헤르만 헤세 작품선
데미안·수레바퀴 아래서

H Hesse

헤르만 헤세 작품선
데미안 · 수레바퀴 아래서

신라출판사

머/리/말
자아를 찾는 영원한 구도자, 헤르만 헤세

　헤세의 작품은 거의가 자신의 체험이나 관찰을 토대로 한 그의 자서전이며 자아탐구서라고 할 수 있다.

　헤세가 관심을 둔 대상은 인간이었다. 언제나 자기 자신의 내면에서 출발하여 인간의 개인적인 삶을 그려 내고, 개개인의 지적·정신적 상황을 탐구함으로써 시대의 일반적 상황을 규명하고자 하였다.

　《데미안Demian》은 헤세의 제2처녀작이라고 할 수 있는 작품이다.

　싱클레어라는 청년이 자신의 내부에 두 개의 상반된 세계가 공존하고 있어 그 대립 때문에 괴로워하는 수기 형식으로 시작되고 있지만, 사실은 작가 자신의 젊은 날의 정신 편력기遍歷記라 할 수 있을 것이다. 싱클레어가 연상의 친구인 데미안의 인도로 '이 세상에 있는 어떤 험난한 길도 자기 자신에게로 가는 길보다 걷기 어렵지 않다'는 것을 깨닫고 오로지 자신의 내면으로 파고드는 과정을 내용으로 하고 있다.

　제1차 세계대전 직후 헤세는 일체의 과거를 청산하고 본래의 자기 자신이 되기 위해 외곬으로 창작에만 몰두하였는데, 그 산물 중의 하나가 《데미안》이다. 《데미안》은 전쟁이 끝난 후 정신적인 폐허 속에서 헤매던 독일의 많은 젊은이들에게 열화와 같은 반향을 일으켰다.

《수레바퀴 아래서Das Glasperlenspiel》는 헤세의 마울브론 신학교 시절의 체험을 바탕으로 씌어진 자전적 소설이다.

장래가 촉망되는 천부적인 소질이 있는 한스 기벤라트라는 소년이 아버지와 학교 선생들의 속물적인 기대 때문에 유년시절의 자연스럽고 당연한 놀이와 기쁨을 포기한 채 공부에만 몰두한 나머지 두통에 시달리고 고독에 휩싸여 지내다가 마침내 신경쇠약에 걸려 자살한다. 인간에 대한 기본적인 이해가 부족한 권위 있는 자들의 경멸에 찬 눈빛 때문에 못다 핀 꽃 한 송이가 되어 스러져 버린 것이다.

참된 자아를 찾는 길은 험하고 멀다. 그러나 진정한 자아에 도달하면, 그때는 자신에게 귀를 기울이는 것만으로도 우리가 나아갈 방향을 찾는 열쇠를 거머쥐게 될 것이다.

차례

• 에밀 싱클레어의 젊은 시절 이야기 •

프롤로그 • 10
두 개의 세계 • 13
카인 • 43
예수 옆에 매달린 도둑 • 71
베아트리체 • 97
새는 알을 깨고 나온다 • 126
야곱의 투쟁 • 149
에바 부인 • 179
끝의 시작 • 213

수레바퀴 아래서

희망의 불꽃 • 228

아름답고 자유로운 여름방학 • 265

신학교 생활 • 296

만남과 이별 • 339

제2의 유년기 • 375

청춘의 거센 파도 • 400

못다 핀 꽃 한 송이 • 429

데미안

• 에밀 싱클레어의 젊은 시절 이야기 •

프롤로그

두 개의 세계

카인

예수 옆에 매달린 도둑

베아트리체

새는 알을 깨고 나온다

야곱의 투쟁

에바 부인

끝의 시작

프롤로그

> 나는 정말 나의 내면에서 우러나오는 그대로만 살려고 애썼다.
> 그런데 바로 그것이 어찌 그리도 어려웠을까!

　내 이야기를 하려면 아주 오래전 이야기부터 시작해야 한다. 내 유년의 맨 처음, 아니 할 수만 있다면 아득한 나의 근원까지 거슬러 올라가야 하리라.

　흔히 소설가라는 사람들은 소설을 쓸 때 자기가 마치 하느님이기라도 한 듯 주인공의 인생사를 속속들이 아는 체하며 펜을 든다. 그리고는 하느님이 몸소 이야기하듯 한 인간의 성격이나 면모, 모든 생활 양상을 거울 들여다보듯 하나도 빠뜨리지 않고 독자에게 모조리 펼쳐 놓을 수 있는 줄로만 알고 있다. 그러나 어떤 소설가도 그렇게 할 수는 없으며, 나 또한 마찬가지이다.

　어느 작가에게나 자기의 이야기는 소중하겠지만, 지금부터 시작하려는 내 이야기는 내게 더할 나위 없이 소중한 것이다. 왜냐하면 이것은 결코 가공인물이 아니라 실존하는 한 사람의 인간 기록— 머릿속 상상으로 만들어

낸, 이상적인, 어쩌면 존재할 수도 있는 인간이 아니라 단 한 번뿐인 삶을 생생하게 영위한 인간이며, 현재 살아 있는 바로 나 자신에 대한 이야기이기 때문이다.

그런데 '살아 있는 사람'이란 것이 무엇인지, 지금은 그 어느 때보다도 모호해졌다. 한 사람 한 사람이 다 소중하고, 또 단 한 번뿐인 자연의 시도인 인간을 얼마나 많이 학살하고 있는가. 만약 우리가 꼭 한 번만 존재하는 소중한 생명이 아니라면, 그리고 단 한 번밖에 살지 못하는 우리를 총탄 한 발로 이 세상에서 완전히 말살시켜 버릴 수도 있다면, 그렇다면 나 자신에 대해서건 누구에 대해서건 이야기한다는 자체가 아무 의미가 없을 것이다.

그러나 사람은 어느 누구를 막론하고 독자적이고 일회적인 존재이며 아주 특별하고, 어떤 경우에도 중요하며 주목할 만한 하나의 점點이다. 이 점에서 세계에서 일어나는 여러 현상들이 결코 두 번 다시 되풀이되는 일 없이 오직 한 번 서로 교차한다. 그래서 아무리 하찮은 사람의 이야기일지라도 중요하고 영원하고 신성한 것이다. 또한 그 한 번뿐인 삶을 살아가면서 자연의 뜻을 실현하고 있다는 점에서 경이로우며 충분히 주목할 만한 존재인 것이다. 누구의 정신이든 어떤 형상을 지니고 있으며, 누구의 마음속에서든 피조물이 고뇌하고, 또 누구의 마음속에서든 한 구세주가 십자가에 매달리고 있는 것이다.

오늘날 '인간이란 무엇인가'에 대해 올바른 답을 제시하는 사람은 별로 없는 듯하다. 그러나 대부분의 사람들은 이 문제를 끊임없이 생각하고 있으며, 어렴풋이나마 그 의미를 감지하기는 한다. 그리고 감지한 만큼 편안하게 죽음의 길로 떠난다. 내가 이 이야기를 다 끝내고 나면 보다 편안하게 눈을 감을 수 있겠다고 생각하는 것과 마찬가지로.

나는 내가 깨달은 인간이라고는 결코 생각지 않는다. 나는 끊임없이 뭔가를 찾는 구도자求道者의 삶을 살아왔고, 지금도 그 길을 걷고 있을 뿐이다. 그러나 이제 더 이상은 별의 계시나 책 속에서 깨달음을 얻으려고 하지는 않는다. 내 몸속에서 피가 속삭이는 가르침에 귀를 기울이고 있다.

내 이야기는 결코 유쾌하지 않다. 지어낸 이야기처럼 달콤하지도 조리가 정연하지도 않다. 더 이상 자기기만을 하지 않으려는 사람들의 생활처럼 어리석고 혼란스러우며, 광기와 몽상의 늪이 있을 뿐이다.

개개인의 삶은 궁극적으로 자기 자신에 도달하기 위한 하나의 여정이다. 자신이 지향하는 한 가지 길을 가 보려고 시도하며, 그 시도는 평탄치 않은 험하고 좁은 길을 암시한다. 그러나 일찍이 그 어떤 사람도 완전히 자기 자신이 된 적은 없었다. 그런데도 그렇게 되어 보려고 각자 노력하는 것이다. 어떤 사람은 막연히, 또 어떤 사람은 명확하게 나름대로 할 수 있는 만큼 힘껏 노력하는 것이다.

세상에 태어난 생명들은 탄생의 잔재인 태고 적 점액과 껍질을 죽을 때까지 걸머지고 간다. 끝내 인간이 되지 못한 채 개구리나 도마뱀이나 개미로 생애를 마치는 경우도 있고, 위는 인간인데 아래는 물고기인 경우도 있다. 그러나 그 모두가 인간이 되려는 자연의 자식들인 것이다.

형태는 어떻든 간에 인간은 모두 어머니의 자궁에서 나온 존재이다. 똑같이 그 심연으로부터 비롯된 시도로 세상에 던져졌지만 각자 자기 나름의 목표 달성을 위해 노력한다. 우리는 서로 이해할 수는 있다. 그러나 가장 정확하게 자기 자신을 설명할 수 있는 사람은 오직 그 자신뿐이다.

두 개의 세계

나는 고향의 라틴어 학교에 다니던 열 살 무렵에 있었던 일부터 내 이야기를 시작해 볼 작정이다.

그때 생각을 하니 먼저 여러 가지 추억들이 짙은 향기로 되살아난다. 슬프고 고통스러웠던 일, 즐거웠던 일, 두려웠던 일들이 한꺼번에 밀어닥쳐 기분 좋은 전율로 내 마음을 뒤흔든다. 어둠침침한 골목들과 밝은 집들, 시계탑에서 시각을 알리는 종소리와 사람들의 얼굴이 떠오르고 포근하고 따뜻하며 쾌적함으로 가득 찬 방들, 비밀스럽고 무시무시한 유령이라도 나올 것 같은 음산한 방들, 따스한 벽난로와 토끼, 하녀들, 그리고 민간약 냄새와 말린 과일 향기가 난다. 그곳에서는 두 개의 세계가 한데 뒤섞여 돌아가고 있었으며, 두 세계의 끝에서 낮과 밤이 나왔다.

하나의 세계는 나도 대부분 잘 알고 있는 아버지의 집이었다. 그 세계에는 아버지와 어머니, 사랑과 엄격함, 모범과 교훈이 있었다. 그 세계에 속하는 것은 온화한 광채와 맑음과 깨끗함이었다. 그 세계에는 부드럽고 다정한 이야기들, 청결한 손, 깨끗이 손질된 옷, 엄격한 예절이 있었다. 그 세계에서는 아침이면 찬송가가 울려 퍼지고, 크리스마스에는 축하 파티가 열렸다. 그 세계에는 바로 미래로 이어지는 곧고 바른 길이 있었다. 그 세계에는 의무와 책임, 양심의 가책과 참회, 관용과 선한 원칙들이 있었으며, 사랑과 존경이 넘쳐흘렀다. 그리고 하느님의 말씀과 지혜가 있었다. 그러므로 맑고 깨끗하며 아름답고 절도 있는 인생을 살고자 한다면 그 세계에 머물러 있으면 되었다.

그러나 또 하나의 세계가 이미 우리 집 한가운데서 시작되고 있었다. 그것은 완전히 다른 세계였다. 냄새도 다르고 말투도 달랐으며, 약속도 요구도 판이했다. 그 두 번째 세계에는 하녀들과 젊은 일꾼들, 유령 이야기와 추문들이 있었다. 그 세계에는 도살장과 감옥, 주정뱅이들과 악쓰는 아낙들, 새끼를 낳는 암소와 거꾸러진 말들, 강도의 침입, 살인, 자살 같은 어처구니없고 복잡하고 유혹적이며 무시무시하면서도 수수께끼 같은 일들이 넘치고 있었다. 그 모든 일들이 사방에서, 바로 집 앞길과 옆집에서도 일어났다. 바로 내 주위에서 몸서리쳐지도록 야만적이면서도 잔인한 온갖 일들이 벌어지고 있었던 것이다. 경찰과 뒷골목 불량배들이 쫓고 쫓기며 달리고, 주정뱅이가 마누라를 패고, 저녁때면 젊은 여공들이 떼를 지어 공장에서 나왔다. 마술을 걸어 멀쩡한 사람을 병들게 하는 노파도 있었다. 숲 속에는 도적 떼가 득실대고, 방화범이 경찰에게 붙잡혀 가기도 하고……. 이처럼 요란스러운 두 번째 세계는 어디에나 들끓으며 퀴퀴한 냄새를 뿜어 댔다. 어머니와 아버지가 계시는 우리 집 외에는 어디나 다 그러했다.

우리 집에는 평화와 질서와 안식이 있었고, 또한 의무와 거리낄 것 없는 양심, 너그러움과 사랑이 있었다. 그것은 실로 놀랍고 신기한 일이었다. 그리고 그 모든 다른 것들, 소란스럽고 음침하고 폭력적인 모든 것들로부터 한 발자국만 떼면 어머니 품속으로 피신할 수 있다는 것도 경이로웠다.

그런데 가장 기이했던 것은 완전히 다른 이 두 세계가 서로 맞닿아 있다는 사실이었다. 맞닿아 있을 뿐만 아니라 얽히고설켜 있었다! 예를 들면, 우리 집 하녀 리나는 저녁기도 때면 거실 문가에 앉아서 깨끗하게 씻은 손을 새로 다림질해 두른 앞치마 위에 포개 올려놓고 맑은 목소리로 찬송가를 함께 부르곤 했다. 그럴 때의 리나는 아버지와 어머니의 세계, 즉 질서와 평화가 있는 첫 번째의 밝고 올바른 세계에 속해 있었다. 그러나 곧바로 부엌이나 장작을 쌓아 둔 광에서 나에게 머리가 없는 난쟁이 이야기를 들려주거나 푸줏간 앞에서 이웃 아낙네들과 말다툼을 할 때는 아주 딴사람이 되어 다른 세계에 속하는 것이었다. 이것은 그녀뿐 아니라 이 겹쳐진 양극의 세계에 살고 있는 사람 모두가 그랬다. 특히 나 자신이 더욱 그러했다.

분명히 나는 밝고 올바른 세계에 속해 있었고, 그 세계의 주인인 우리 어머니 아버지의 어엿한 아들이었다. 하지만 내가 눈과 귀를 향하는 곳 어디에나 다른 세계가 널려 있었고, 나는 그 세계에서도 살았다. 물론 양심의 가책이나 불안감 같은 것을 이따금 느낄 때도 있었지만, 어쨌든 그 경우에는 두 번째 세계에 속해 있는 셈이었다. 아니, 속해 있는 셈 정도가 아니라 한동안 내가 가장 살고 싶어한 곳이 바로 이 두 번째 세계였다. 여기에서 밝은 세계로 돌아가는 것은 —그것이 아무리 필요하고 좋은 일이라고 해도— 조금도 아름답지 않고 지루하며 황량한 세계로 되돌아가는 것이라는 기분이 들기도 했다.

내 인생의 목표가 우리 아버지 어머니처럼 사는 것, 그렇게 밝은 세계에서 순수하고 질서정연한 삶을 영위하는 것이라는 의식은 항상 있었다. 그러나 거기에 이르는 길은 멀다. 거기에 도달하자면 여러 학교를 다니며 공부를 해야 하고 숱한 시험을 치르지 않으면 안 된다. 그리고 그 길은 또 다른 어두운 세계 곁을 지나가거나 그 한가운데를 뚫고 지나가야만 되는 것이다. 그러다 보면 자칫 그 어둠 속에서 걸음을 멈춘다거나 그 어둠 밑바닥으로 가라앉아 버리는 일이 생길지도 모른다. 이러한 가능성은 충분히 있다고 봐야 할 것이다.

그리고 그렇게 되어 버린 탕아들의 이야기가 있었다. 나는 그런 이야기들을 아주 열심히 읽었다. 그런 이야기들에서는 탕아가 아버지 곁으로, 즉 선善으로의 귀환만이 언제나 구원이며 위대한 것으로 되어 있었다. 나도 그렇게 하는 것이 올바르고 착하고 바람직한 것이라고 느꼈다. 하지만 그럼에도 불구하고 악당이나 탕아들이 나오는 대목에 훨씬 더 마음이 끌렸다. 솔직히 말하면, 탕아나 악당이 참회하고 나서 다시 받아들여지는 것이 어떤 때는 아주 유감스러웠다.

그러나 그런 말을 입 밖에 내지는 않았다. 그럴 생각조차 없었다. 다만 한 가닥 예감이자 현실적인 가능성으로 감정의 밑바닥에 막연히 자리 잡고 있었다. 악마를 상상할 때도 그놈이 변장을 했건 공공연히 모습을 드러내건 간에 어두컴컴한 뒷골목이나 술집, 또는 장터에 나타난다고만 여겼지 내가 살고 있는 세계, 우리 집에 나타나는 모습으로는 결코 떠올릴 수 없었다.

누나들도 밝은 세계에서 살고 있었다. 그녀들은 내 눈에 본질적으로 아버지 어머니를 닮아 있었다. 그녀들은 나보다 훨씬 착하고 얌전했으며, 품행도 방정하여 결점이 거의 없는 것처럼 보였다. 그녀들에게도 부족한 점과 나쁜 습관이 있긴 했지만, 그것들은 내 보기에는 그리 심각한 것이 아니었다. 어쨌든 내 경우와는 아주 다른 것으로 생각되었다. 내 경우에는 선한 것과 접촉하는 것이 아주 어렵고 딱하게 되기가 일쑤였으며, 어두운 세계가 그녀들보다 훨씬 더 가까이 내 곁에 다가와 있었던 것이다.

누나들은 적어도 내가 어머니 아버지나 마찬가지로 소중히 여기고 존경해야 마땅했다. 어쩌다 그녀들과 다투고 난 후 양심에 비추어 생각해 보면 언제나 내가 나쁘고 용서를 빌어야 하는 장본인이었다. 누나들을 모독하는 것은 어머니 아버지와 선한 규칙을 모독하는 것이나 마찬가지였던 것이다.

두 세계에 양다리를 걸친 나는 방종하기 그지없는 거리의 부랑아들에게는 거리낌 없이 지껄일 수 있어도 누나들에게는 털어놓지 못할 비밀이 많았다. 마음이 밝고 양심도 거리낄 것 없는 기분 좋은 날에 누나들과 놀며 얌전한 동생인 체하는 내 모습을 한 걸음 떨어져서 바라보는 것은 흐뭇한 일이었다. 그럴 때의 나는 그야말로 착하고 아름다운 천사였다. 천사라면 마땅히 그러할 것이다! 우리가 알고 있는 것 가운데 천사가 되는 것만큼 최고의 것은 없었다. 내가 천사가 된 덕분에 누나들은 마치 여신이라도 된 것 같은 얼굴을 하고 있었고, 그것은 우리의 기억 속에 가장 아름답고 향기로운 추억으로 남아 있다.

그러나 그런 시간, 그런 날은 얼마나 드물었던지! 처음에는 얌전한 체하면서 누나들과 악의 없는 놀이를 시작하지만, 나는 자주 지나친 열정과 격한 감정에 사로잡히곤 했다. 그것이 누나들에게는 너무 심하게 느껴져 말다툼이 오가고, 나는 화가 치밀어 누나들에게 지독한 욕설을 퍼부어 대며 거칠게 행동했다. 그러면서도 마음속으로는 이미 나 자신이 부당하다는 것을 스스로 뜨겁게 느끼고 있었다. 그러고 나면 어둡고 격앙된 후회와 회한의 우울한 시간이 닥쳐왔다. 그 다음에는 잘못했다고 용서를 비는 고통스러운 순간이 다가오고, 그런 다음에야 다시 한 줄기 빛이 비치고 갈등이 없는 조용하고도 감사에 가득 찬 행복이 잠시 혹은 몇 시간 동안 되돌아오는 것이었다.

나는 라틴어 학교에 다니고 있었다. 시장의 아들과 영림주임營林主任의 아들이 나와 한반이어서 가끔 우리 집에 놀러왔다. 모두가 장난이 심한 개구쟁이들이지만 엄연히 밝은 세계에 속한 아이들이었다. 그러나 내가 사귄 애들은 그 애들뿐만이 아니었다. 일반 초등학교에 다닌다는 이유로 멸시를 받고 있던 근처의 아이들하고도 가깝게 지냈던 것이다. 그들 가운데 한 아이와의 일부터 내 이야기를 시작해 보겠다.

수업이 없던 어느 날 오후—아마 열 번째 생일이 지난 지 며칠 뒤였던 때로 생각된다—나는 이웃에 사는 두 소년과 함께 뒷골목을 돌아다니며 놀고 있었다. 거기에 우리보다 체격이 큰 아이가 끼어들었다. 공립학교에 다니고 있는 열세 살가량의(공립학교는 8년제. 라틴어 학교 하급생은 공립학교 상급생보다 나이가 어림) 성격이 난폭한 아이인데, 양복점 재단사의 아들이었다. 그의 아버지는 주정뱅이였으며, 가족들도 이웃 간에 좋지 못한 평을 듣고 있었다.

이 프란츠 크로머에 대해서는 나도 들어 알고 있었다. 나는 그 애를 내심 두려워했기 때문에 그 애가 우리 틈에 끼어드는 것이 반가울 리 없었다. 그 애는 벌써 어른 티를 내며 공장에 다니는 젊은 직공들의 걸음걸이와 말투를 흉내 내고 있었다.

우리 셋은 그가 시키는 대로 사람들 눈에 띄지 않게 강둑을 내려가 다리

밑으로 몸을 숨겼다. 아치형 교각과 천천히 흐르는 강물 사이의 좁은 강가에는 쓰레기가 산더미처럼 쌓여 있었다. 유리 조각이며 녹슨 쇠붙이, 부서진 의자, 경대 등 허접한 물건들이 교각의 높이 거의 반 정도나 쌓여 있었는데, 거기서 가끔 쓸 만한 것들이 발견되기도 했다.

우리는 프란츠 크로머의 지휘하에 폐품더미를 샅샅이 뒤져서 쓸 만한 것들을 찾아낸 다음 그 애에게 보여야만 했다. 그러면 그 애는 우리가 주워 온 것들을 자기 호주머니 속에 쑤셔 넣든가 강물에 던져 버리는 것이었다. 그러고는 납이나 놋쇠나 구리 같은 쇠붙이를 잘 찾아보라고 명령했다. 그런 것은 모두 그 애의 호주머니 속으로 들어갈 것이었다. 짐승의 뿔로 만든 낡은 빗도 그 애의 호주머니 속으로 들어갔다.

나는 프란츠와 한자리에 어울려 있는 것이 몹시 가슴이 조였다. 아버지가 알게 되면 어째서 그런 아이와 사귀냐고 꾸지람을 들을 것이 뻔했지만, 그 꾸지람이 무서운 것이 아니라 프란츠가 무서웠기 때문이었다.

그러나 한편 프란츠 크로머가 나를 다른 아이들과 똑같이 취급해 주는 것이 나로서는 기쁘기도 했다. 그 애는 명령했고 우리는 복종했다. 내가 프란츠와 어울린 것은 그때가 처음이었지만, 마치 오래전부터 그래 온 것 같은 기분이 들었다.

한참 후 우리는 강가의 땅바닥에 주저앉았다. 프란츠는 강물에 침을 뱉었는데, 그 행동이 꼭 어른 같았다. 잇새로 침을 탁 뱉는데, 어디든 맞히고 싶은 자리에 명중시키는 것이었다.

프란츠가 이야기를 시작했다. 그러자 아이들은 학생들만의 무용담이랄 수 있는 그런 이야기, 모두가 못된 장난을 했다는 이야기를 자랑삼아 늘어놓으며 무슨 대단한 일이라도 해낸 것처럼 우쭐대는 것이었다. 나는 할 말이 없어 입을 다물고 있었다. 그러나 바로 그런 침묵이 프란츠의 시선을 끌게 되고, 마침내 그의 화를 돋우는 것은 아닐까 두려웠다.

두 친구는 프란츠가 우리를 다리 밑으로 끌고 올 때부터 나를 제쳐놓고 그에게 붙은 터라 나는 그들 셋 가운데 이방인이며, 내 옷차림이나 태도가 그들에게 반감을 사고 있다는 것을 느낄 수 있었다. 게다가 라틴어 학교에 다니고 있고, 상류사회 명문의 아들인 나를 프란츠가 좋아할 리 없었다. 다른 두 아이도 여차하여 내가 프란츠한테 골탕을 먹거나 얻어맞는다 해도 나 몰라라 할 것은 뻔한 일이었다.

불안감으로 가슴이 조여 더 이상 견딜 수 없게 된 나는 마침내 황당무계한 도둑질 사건을 그럴 듯하게 꾸며 대기 시작했다. 물론 그 도둑질의 주인공은 나였다.

"어느 날 밤, 친구 하나와 거리 모퉁이 물레방앗간 집 과수원에서……."

나는 거짓 도둑질 이야기를 시작했다. 과수원에서 사과를 한 자루나 훔쳤는데, 그것도 보통 사과가 아니고 제일 맛이 좋은 라이네테와 골트파르메네 종만 골라서 훔쳤다고 했다. 나는 코앞에 닥친 위험에서 벗어나려고 엉터리 거짓말을 꾸며 댔지만, 일단 이야기를 시작하면 상대방이 곧이듣도록 그럴듯하게 늘어놓는 데는 자신이 있었다. 이야기를 꾸며 들려주는 일은 나에겐 종종 있었던 일인 것이다.

이야기가 금세 끝나 버리면 의심을 사서 더욱 곤란한 지경에 놓이게 되지나 않을까 염려한 나는 온갖 기교를 다 동원하여 이야기를 불려 나갔다.

"…내가 사과나무에 올라가서 사과를 따 아래로 던지는 동안, 친구 놈은

망을 보면서 자루에 사과를 담았어. 신나게 따서 던지고 있는데, 망을 보던 놈이 자루가 꽉 찼으니 그만 내려오라잖아. 그래서 내려가 보니까 정말 자루가 터질 지경이었어. 너무 무거워서 끌고 가지도 못하겠더라고. 할 수 없이 절반 덜어 놓고 반 자루만 갖고 나왔는데, 남겨 둔 걸 생각하니 아까워 미치겠는 거야. 어쨌겠어? 반시간쯤 뒤에 다시 가서 마저 가져왔지."

이야기를 마치면서 나는 박수를 기대했다. 내가 만들어 낸 도둑질 이야기에 스스로 도취되어 마지막에는 얼굴까지 벌겋게 달아올라 있었다. 그러나 아무리 기다려도 박수소리는 나지 않았다. 작은 두 아이는 심드렁하니 말이 없었다. 그러나 프란츠는 실눈을 뜨고 내 얼굴을 뚫어져라 쳐다보고 있었다.

"그게 사실이냐?"

얼마 후에 프란츠 크로머가 위협하는 투로 물었다.

"그럼, 사실이지!"

"그러니까 진짜로 있었던 일이란 말이지?"

"틀림없이 진짜로 있었던 일이야."

속으로는 겁이 나서 숨이 막힐 것 같았지만, 나는 시치미를 떼고 진짜라고 우겼다.

"너 맹세할 수 있지?"

그 순간 가슴이 덜컥 내려앉았으나, 나는 즉시 그렇다고 대답했다.

"그럼, '하느님과 목숨을 걸고 맹세한다.' 따라 해 봐!"

나는 따라 했다.

"하느님과 목숨을 걸고 맹세한다."

"그래서?"

프란츠 크로머는 그제야 만족한 듯이 이렇게 말하고는 몸을 돌렸다.

나는 그것으로 끝났다고 생각했다. 크로머가 자리에서 일어났을 때는 정말 기뻤다. 다리 위로 올라갔을 때 나는 주저하면서 이젠 집에 가야 된다고 말했다.

"서둘러 인사할 거 없어."

프란츠는 씨익 웃으며 말했다.

"어차피 같은 방향인데……."

그러고는 앞장서서 건들건들 걸어갔다. 나는 도저히 다른 데로 갈 용기가 나지 않았다. 그런데 그 애는 정말로 우리 집 쪽으로 향하고 있었다.

우리 집 앞에 다다랐을 때, 현관문과 현관문의 묵직한 놋쇠 손잡이와 창문에 비친 햇살과 어머니 방의 커튼이 보였을 때 나는 안도의 숨을 길게 내쉬었다.

아, 집에 돌아왔다! 이 밝고 평화로운 세계로 돌아올 수 있다니 얼마나 좋은가!

나는 재빨리 현관문을 열고 들어가 뒤도 돌아보지 않고 문을 닫으려 했다. 그런데 프란츠 크로머가 문을 밀고 들어서서는 마당 쪽에서만 빛이 들어오는 서늘하고 침침한 문 안쪽의 타일을 깐 현관 바닥에 떡 버티고 서서 내 팔을 붙잡는 것이었다.

"그렇게 서두를 거 없다니까!"

프란츠 크로머는 나직하면서도 위압적인 목소리로 말했다.

나는 흠칫 놀라면서 그를 돌아다보았다. 내 팔을 움켜잡은 그의 손은 무쇠처럼 단단했다.

'얘가 대체 무슨 속셈으로 이러는 거지? 나를 괴롭히려는 걸까?'

나는 순간적으로 생각해 보았다.

'내가 고함을 지르면, 누군가가 이층에서 내려와 줄까?'

그러나 나는 포기했다.

"왜? 뭘 어쩌자고?"

내가 물었다.

"뭐, 별건 아니야. 너한테 좀 묻고 싶은 게 있어서 말이야. 다른 놈들은 들을 필요가 없는 거라서."

"뭔데? 말해 봐. 난 빨리 이층에 올라가 봐야 해. 알겠어?"

"그 모퉁이 물레방앗간 옆 과수원 주인이 누군지 알고 싶어서 말이야. 넌 알고 있지?"

"아니, 난 몰라. 물레방앗간 주인 거겠지, 뭐."

프란츠는 갑자기 내 팔을 비틀어 나를 돌려세우더니 자기 앞으로 바싹 끌어당겼다. 그의 얼굴을 정면으로 쳐다보지 않을 수 없는 자세가 되고 말았다. 그의 두 눈은 사악함으로 번쩍거렸으며, 입 언저리에는 흉물스러운 미소가 떠올라 있었다. 얼굴 전체에 잔인한 힘이 넘치는 표정이었다.

"그렇다면 얘야, 그 과수원 주인이 누군지 내가 가르쳐 주마. 난 사과를 도둑맞았다는 이야기를 진작부터 듣고 있었어. 그리고 그 주인이 사과를 훔쳐 가는 놈이 누군지 알려 주는 사람에겐 2마르크를 주겠다고 한 것도 알고 있지."

"맙소사!"

나는 소리쳤다.

"설마 나를 일러바치진 않겠지?"

말은 이렇게 했지만, 그의 염치에 호소해 보았자 아무 소용도 없는 일임을 나는 직감적으로 느꼈다. 그는 내가 살고 있는 세계와는 아주 다른 세계에 속해 있는 인간이다. 그 정도의 배신쯤이야 조금도 죄악이 아니라는 것을 나는 분명히 의식했다. 그런 면에서 그 '다른' 세계의 사람들은 우리와 판이하게 구분되는 것이라고 나는 정확히 인식했다.

"뭐, 일러바치진 않겠지?"

프란츠는 나직이 웃었다.

"이봐, 친구! 넌 내가 위조라도 해서 2마르크 은화쯤 쉽게 만들어 낼 수 있다고 생각하는 모양인데, 난 개털이야. 너처럼 부자 아버지도 없고 말이야. 그런데 2마르크를 벌 수 있는 기회를 포기하라고? 2마르크라, 어쩌면 더 줄지도 모르지. 도둑놈을 두 명이나 잡아 줄 테니."

그러고는 내 팔을 홱 뿌리쳤다.

우리 집 현관 안에는 이제 더 이상 평화도 안전도 없었다. 내 주위의 밝은 세계가 무너져 내렸다. 프란츠 크로머는 틀림없이 나를 고발할 것이다. 나는 범죄자가 되고 말았다. 아버지의 귀에도 들어갈 것이고, 어쩌면 경찰도 올 것이다.

파국에 대한 불안과 공포가 나를 위협하고, 모든 흉측하고 위험한 것이 일제히 나를 응징하기 위해 동원되는 것 같았다. 내가 훔치지 않았다는 말은 용인될 여지도 없었다. 하느님과 목숨을 걸고 맹세까지 하지 않았는가. 오, 하느님 맙소사!

눈물이 핑 돌았다. 나는 무슨 짓을 해서라도 이 위기에서 빠져나가야만 한다고 생각했다. 프란츠를 매수해서라도 나를 구해야겠다고 생각한 나는 절망적인 기분으로 호주머니를 모두 뒤져 보았다. 사과도 주머니칼도 나오지 않았다. 아무것도 없었다.

'아, 그래! 시계가 있지!'

할머니가 물려주신 낡은 은시계였다. 고장이 나서 시간을 가리키지는 않았지만 그냥 가지고 다니던 것이다. 나는 얼른 시계를 꺼내 들고 말했다.

"크로머, 제발 이르지 말아 줘. 그건 너한테도 좋은 일이 아니잖아. 이 시계 너 줄게. 정말 이거밖에 가진 게 없어서 그래. 자, 받아. 은시계야. 조금 고장 나긴 했지만 알맹이는 고급이야. 약간만 손보면 시간은 딱딱 맞을 거야."

그는 입가를 일그러뜨리며 미소를 짓더니 큼지막한 손으로 시계를 낚아챘다. 나는 그 손이 얼마나 우악스러운지, 내게 얼마나 깊은 적개심을 품고 있는지를 느꼈다. 그 손은 내 삶과 평화를 휘어잡으려 하고 있었다.

"그거 은이야."

나는 은이라는 데 악센트를 주며 수줍게 말했다.

"이까짓 게 은이면 뭐해. 고장 난 고물일 뿐인데."

그는 완전히 경멸하는 투로 내뱉었다.

"너나 고쳐 써!"

"하지만 프란츠."

나는 그가 휙 가 버리지나 않을까 불안해하면서 외쳤다.

"잠깐만! 이 시계를 가지라니까 그래! 이거 정말 은이야. 진짜란 말이야!

이거 말곤 가진 게 없어서 그래."

그는 냉랭하게 멸시하듯 나를 쏘아보았다.

"내가 지금 어디로 갈 건지 짐작하는 모양이구나? 경찰한테 고발할 수도 있지. 내가 잘 아는 짭새가 있거든."

그는 돌아서서 현관문을 열려고 했다. 나는 그의 소맷자락을 붙잡고 늘어졌다. 놔줘서는 안 된다. 그를 그대로 가게 내버려 두었다가 닥쳐올 온갖 일들을 겪느니 차라리 죽어 버리는 것이 훨씬 나을 것 같았다.

"프란츠, 제발!"

흥분한 나머지 쉰 목소리로 애원했다.

"고장 난 시계를 줬다고 너무 섭섭하게 생각하지 말고 제발 그만둬. 그냥 재미로 그래 보는 거지? 그렇지?"

"그럼! 물론 재미로 한번 그래 보는 거지. 하지만 이게 진짜 재미 삼을 일이 되게 하려면 넌 대가를 톡톡히 치러야 될걸."

"프란츠, 내가 어떻게 해야 되는지 말해 줘. 뭣이든 할게."

그는 반쯤 내리깐 눈으로 내 얼굴을 찬찬히 들여다보더니 다시 웃었다.

"생각 좀 해라, 생각을!"

그는 선심이라도 쓰듯 말했다.

"난 지금 입만 벙긋하면 2마르크의 은화를 벌 수 있어. 그리고 일단 쥘 수 있는 돈을 내팽개칠 만큼 부자도 아니고. 알지? 그런데 넌 부자야. 은시계도 있잖니? 그러니까 네가 나한테 2마르크를 주면 만사 오케이야."

나는 그 논리를 이해했다. 그러나 2마르크라니! 2마르크란 내게는 10마르크, 100마르크, 아니 1000마르크나 마찬가지로 도저히 마련할 수 없는 큰돈이었다. 내게는 돈이 없었다. 어머니한테 맡겨 둔 저금통이 있긴 했지만, 그 속에는 삼촌이나 여타 손님들이 왔을 때 얻은 10페니히나 5페니히짜리 동전이 몇 개 들어 있을 뿐이었다. 그 외에는 한 푼도 없었다. 그때는 아직 용돈도 받지 않던 시절이었다.

"난 한 푼도 없는걸."

나는 슬프게 말했다.

"돈이 있어야 말이지. 하지만 다른 것이라면 뭐든지 줄게. 아메리카 인디언에 관한 책도 있고, 주석으로 만든 병정들과 컴퍼스가 하나 있어. 그걸 줄게."

크로머는 뻔뻔하고 심술궂게 입술을 움칠하더니 퉤 하고 현관 바닥에 침을 뱉었다.

"헛소리 집어치워!"

그가 명령하듯 말했다.

"뭐, 컴퍼스도 하나 있다고? 흥! 그깟 고물딱지들은 너나 가져! 더 이상 화 돋우지 말고 돈을 내놓으라니까, 돈!"

그는 막무가내였다.

"하지만 없는 걸 어떻게 줘? 난 돈을 받아 본 적이 없어. 없는 걸 자꾸 내놓으라면 난 어떡해?"

"알았어. 그렇다면 내일 나한테 2마르크를 가져오는 거야. 학교가 끝난 뒤 시장 어귀에서 기다리고 있을 테니까. 알았지? 시장 어귀로 갖고 오란 말이야. 그럼 모든 게 끝이니까. 만약 안 가져오면, 알지?"

"알겠어. 하지만 대체 어디서 돈을 가져오라는 거야, 프란츠? 난 정말 돈이 없는데."

"너네 집은 부잔데 왜 돈이 없어! 죽는소리 그만 하고 내 말 똑똑히 들어! 내일 학교 끝나고 시장 어귀다? 알았지? 다시 말하지만, 만약 안 가져오면……."

프란츠 크로머는 무서운 눈길로 나를 쏘아보고는 또다시 침을 뱉어 놓고 가 버렸다.

나는 계단을 올라갈 수가 없었다. 내 삶은 산산이 조각나 있었다.
'달아나서 돌아오지 말까? 아니면 물에 빠져 죽어 버릴까?'
하지만 그러면 어떨지는 똑똑하게 떠오르지 않았다.
나는 어둠 속에서 계단 맨 아래 칸에 한껏 웅크리고 앉아 불행에 몸을 내맡겼다. 리나가 장작을 가지러 광주리를 들고 내려오다가 울고 있는 나를 발견했다.
나는 리나에게 위에 가서는 아무 말도 말라고 부탁한 뒤 계단을 올라갔다. 창문 곁의 옷걸이에는 아버지의 모자가 걸려 있었다. 어머니의 양산도 걸려 있었다. 그것을 본 순간 여기는 우리 집이라는 생각과 어머니 아버지에 대한 한없는 애정과 그리움이 왈칵 솟구쳤다. 가슴이 뭉클했다. 마치 집을 뛰쳐나갔던 방탕한 자식이 오랜만에 옛집으로 돌아와 이 방 저 방을 둘러보며 그리운 냄새를 맡는 듯했다. 나는 마음속으로 그 모자와 파라솔에 하소연하고 감사하면서 인사를 했다.
그러나 그 모든 것은 이제 내 것이 아니었다. 그것들은 모두 어머니 아버지의 밝은 세계의 것이었다. 어쩌다 과오를 범하게 된 나는 모험과 죄악에 휩쓸려 낯선 물결 속에 깊숙이 빠져들고 말았다. 내가 다시 떠오르기를 기다리는 것은 적의 위협과 불안, 치욕뿐이었다.

아버지의 모자와 어머니의 파라솔, 오래된 질 좋은 사암砂岩 바닥, 현관의 장식장 위에 걸려 있는 커다란 그림, 그리고 그 안쪽 거실에서 들려오는 누나들의 목소리…… 그 모든 것이 그 어느 때보다도 사랑스럽고 정답고 소중하게 여겨졌다. 하지만 그것들은 이제 더 이상 나에게 위안이 되지 못했고, 안전한 내 소유물도 아니었다. 오로지 나를 책망만 하는 것 같았다. 더 이상 내 것이 아니었다. 나는 그 명랑함과 고요함에 끼어들 수가 없었다. 오늘 내가 구두에 묻혀 들어온 것은 발깔개에 문질러 닦아 낼 수 있는 더러움이 아니었다. 나는 어머니 아버지의 세계에 전혀 낯선 그림자를 끌어들인 것이다. 이제까지 내가 아무리 많은 비밀과 근심걱정을 가지고 있었다 해도 지금 내가 집에 가지고 들어온 것에 비하면 장난이나 웃음거리에 불과한 것이었다.

운명이 나를 뒤쫓고 있었다. 운명의 손이 나를 향해 뻗쳐 오고 있었다. 그 손들 앞에서는 어머니도 나를 보호해 줄 수 없으며, 어머니는 그것이 무엇인지조차도 모를 것이다. 이제 내가 저지른 죄가 도둑질이냐 거짓말이냐—나는 하느님과 목숨을 걸고 도둑질했다고 맹세하지 않았는가!— 그것은 중요하지 않았다. 내 죄는 도둑질이나 거짓말에 있는 것이 아니라 악마에게 손을 내밀었다는 사실 그 자체였다. 나는 왜 그 애들을 따라갔을까. 나는 왜 아버지의 말에 귀를 기울이는 것보다 더 진지하게 크로머의 말에 귀를 기울였을까. 나는 왜 도둑질 이야기를 꾸며 대고 영웅적인 행위라도 되는 양 범행을 뽐냈을까. 바로 그때 악마가 내 손을 잡은 것이다. 그리고 그때부터 나를 괴롭히는 적이 내 뒤를 쫓기 시작한 것이다.

'내일 학교 끝나고 시장 어귀에서……'

나는 한순간 공포에 질렸다. 코앞에 닥칠 내일도 문제였지만, 앞으로의 나의 길이 점점 더 내리막길로, 암흑 속으로 빠져들 것이라는 무서운 확신이 들어 온몸에 소름이 끼쳤다. 아까의 과오에 새로운 과오들이 잇따를 것이 틀림없다는 것, 아무 일도 없었던 듯 시치미를 떼고 누나들 앞에 모습을 나타내거나 어머니 아버지에게 인사하고 키스를 하는 것들이 모두 거짓이라는 것, 그리고 나만 아는 비밀과 나를 저주하는 운명이 내 몸에 들러붙어 떨어지지 않으리라는 것을 나는 뚜렷하게 인식했다.

다시 아버지의 모자를 보자, 한순간 신뢰와 희망이 불빛이 마음속에서 반짝였다.

'그래, 아버지한테 모두 털어놓자. 그리고 아버지의 판결과 처벌을 받는 거야. 아버지에게 내 비밀을 말하고 구원해 달라고 해야겠다. 여태까지 해 왔던 대로 정말로 잘못을 뉘우치고 진심으로 용서를 빌면 아버지도 내 마음을 알아주 시겠지.'

이 마음속의 속삭임이 얼마나 달콤하게 들리던지! 또 얼마나 아름다운 유혹이던지!

그러나 이 생각은 아주 잠시뿐이었다. 나 자신 그렇게 하지 못하리라는 것을 너무나 잘 알고 있었다. 나는 지금 아무도 모르는 비밀을 갖고 있으며, 내가 저지른 죄의 대가를 치르는 것은 나 혼자 감내해야 한다는 것을 알고 있었다.

아마 나는 지금 인생의 갈림길에 서 있는 것이리라. 아마도 나는 이 시간부터 영원히 악의 세계에서 살게 되는지도 모른다. 악인들과 어울려 비밀을 공유하고, 그들에게 무조건 복종하는 생활을 하면서 분명 그들과 똑같은 사람이 되지 않을 수 없을 것이다. 나는 잠시 어른 티를 내고 영웅 행세를 했다가 이제 그로 인한 결과를 감당해 내야만 하는 것이다.

내가 방으로 들어섰을 때 아버지께서 내 구두가 젖은 것을 나무란 것은 다행한 일이었다. 아버지의 주의가 딴 곳에 쏠렸다는 것은 내가 그보다 더 나쁜 일을 저지른 것을 전혀 눈치 채지 못하셨다는 것이 된다. 그 정도의 꾸지람이면 얼마든지 들을 만했다.

그런데 그때 이상하고도 새로운 느낌 하나가 울컥 치솟았다. 가슴에 뽑히지 않는 미늘들이 가득 박힌 듯한 날카롭고 불길한 느낌이었다. 내가 아버지보다 우월하다고 느꼈던 것이다! 그와 동시에 아버지의 우둔함과 무지가 경멸스러웠다. 젖은 구두에 대한 잔소리쯤은 아주 하찮게 생각되었다. '만약 아버지가 아시게 되면!' 하고 생각했는데, 사실은 살인죄를 고백해야 되는 판에 빵 하나를 훔친 죄로 심문을 받는 범인 같은 기분이 든 것이다.

추악하고 꺼림칙한 느낌이었지만, 그러나 스스로 혐오스럽지는 않았다. 그 느낌은 오히려 강렬하고 깊은 매력을 지니고 있었으며, 그 어떤 다른 생각보다도 훨씬 더 단단하게 나 자신을 나의 비밀과 죄에 결박시켰다. 어쩌면 프란츠 크로머는 지금쯤, 아니 벌써 경찰이나 과수원 주인한테 밀고했는지 모른다. 여기서는 나를 어린아이 취급을 하는데, 내 머리 위로는 조만간 폭풍우가 몰아닥칠 것이라는 생각이 들었다.

지금까지 이야기해 온 이 체험에서는 바로 이 순간이 나의 기억 속에 영원히, 그리고 중요한 사건으로 새겨져 있다. 그 순간에 바로 아버지의 신성한 권위에 첫 칼자국을 낸 것이기 때문이다. 내 유년 시절을 고이 지탱해 주고 있던 기둥에 내려쳐진 최초의 일격이었다. 그리고 이 기둥은 모든 인간이 자기 자신이 되기 위해서 제일 먼저 넘어뜨려야만 하는 것이기도 했다. 누구의 눈에도 띄지 않는 이런 무형의 체험으로부터 우리 운명의 내면적이고 본질적인 금이 그어진다. 이러한 일격과 균열은 다시 아물고 통증도 곧 잊혀진다. 그러나 마음속 가장 깊은 비밀의 방 안에 살아 있으면서 계속 피를 흘린다.

나는 이 새로운 감정을 갖게 된 것이 무서웠다. 당장에라도 무릎을 꿇고 엎드려 아버지의 발에 입을 맞추며 사죄하고 싶었다. 그러나 본질적인 것은 그 무엇도 사죄할 수 없는 법이다. 어린 아이도 그쯤은 어느 현자賢者 못지않게 직감적으로 느끼고 인식한다.

내 문제를 깊이 생각해 보고, 또 내일 프란츠 크로머를 만날 일을 여러 모로 궁리해야 했으나 거기까지 이르지는 못했다. 저녁 내내 나는 거실의 완전히 달라진 분위기에, 아니 일변된 나 자신이 원래는 친근했던 그 분위기에 익숙해지도록 노력해야만 했다. 벽시계며 테이블, 성경, 거울, 책장, 벽에 걸린 그림…… 그런 것들이 내게 작별을 고하고 있었다. 나는 얼어붙는 가슴으로 나의 세계가, 행복하고 아름다운 나의 삶이 과거가 되며 내게서 떨어져 나가는 것을 바라보고 있어야 했다. 그리고 흡수력이 강한 새 뿌리가 생겨나 어둡고 낯선 외부 세계에 깊숙이 닻을 내린 채 단단히 붙잡혀 있다는 사실을 의식해야만 했다. 처음으로 나는 죽음을 맛보았다. 그 맛은 너무나 쓰디썼다. 왜냐하면 죽음은 곧 또 하나의 탄생이며, 새 삶에 대한 불안과 걱정이었기 때문이다.

마침내 잠자리에 들게 되었을 때는 얼마나 기뻤던지! 침대에 들기 직전에 아버지의 저녁기도가 정죄淨罪(가톨릭에서, 살아서 지은 죄에 대한 대가를 다 치르지 않은 사람이 죽은 후 연옥에서 불로써 죄를 씻고 천국에 들어가는 일)의 불길처럼 나를 휩쓸고 지나갔던 것이다. 게다가 내가 제일 좋아하는 찬송가를 모두 불렀던 것이다. 아, 하지만 나는 함께 부르지 못했다. 구절마다 내게는 쓰디쓴 쓸개즙이자 독약이었던 것이다. 축복의 기도문을 욀 때도 나는 입을 열지 못했다. 그리고 아버지가,

"저희 모두와 함께하소서!"

하고 끝내실 때, 그때 내 몸을 스쳐 간 경련이 나를 단번에 이 테두리에서 몰아냈다. 하느님의 은총이 가족들과는 함께했지만 이제 나와는 함께하지 않았다. 나는 차갑고 깊은 피곤을 느끼며 그 자리를 떠났다.

잠자리에 누워 있는 동안 따스한 온기와 편안함이 나를 부드럽게 감싸 오자, 내 마음은 다시 불안에 떨면서 크로머와의 사건 주위를 날아다니기 시작했다.

그때 어머니가 언제나처럼 내 방에 들어와 잘 자라는 밤인사를 해 주고 나가셨다. 그 발소리의 여운이 아직도 방 안에 울리고 있었고, 어머니가 들고 있는 촛불 빛이 문틈으로 새어 들어오고 있었다.

'이제 곧.'

하고 나는 생각했다.

'곧 어머니가 다시 들어오실 게 틀림없어. 어머니는 뭔가를 느끼신 거야. 내 볼에 입을 맞추고는 다정하고 희망을 주는 목소리로 물으실 테지. 나는 분명 울음을 터뜨리게 될 거고, 그러면 목에 걸려 있는 돌덩이가 녹아서 어

머니를 껴안고 그 이야기를 할 수 있게 되겠지. 그것으로 모든 일이 끝나는 건데, 그러면 구원받을 수 있는데!'

문틈이 깜깜해진 후에도 나는 얼마 동안 계속 귀를 기울이며 생각했다.

'그렇게 되어야 하는데. 꼭 그렇게 되어야 하는데.'

그러고 나서 나는 다시 내 당면문제로 돌아가 내 적의 눈을 기억해 냈다. 프란츠 크로머의 얼굴이 선명하게 떠올랐다. 그는 실눈을 하고 입가에 야비한 웃음을 흘리고 있었다. 어떻게 헤쳐 나가야 할까 곰곰이 생각하는 동안 그의 얼굴은 점점 더 커지고 흉악해졌다. 그의 사악한 눈은 악마처럼 번득였다. 나는 잠이 들 때까지 그에게 시달렸다. 그러나 꿈속에까지 그가 나타나지는 않았다. 그날 있었던 사건도 꿈에 나타나지 않았다. 나는 아버지와 어머니, 그리고 누나들과 함께 보트를 타고 가는 아주 평화로운 꿈을 꾸었다. 휴일날의 평화와 즐거움만이 우리를 에워싸고 있었다.

한밤중에 잠에서 깨었는데, 그때까지도 행복의 뒷맛이 남아 있었다. 누나들의 하얀 여름옷이 여전히 햇빛 속에서 빛나고 있었다. 그러나 다음 순간 나는 곧바로 무서운 현실로 끌려 나와 다시 사악한 눈을 가진 적과 마주서 있었다.

다음날 아침 어머니가 내 방으로 달려와 소리치셨다.

"웬일이니? 지금이 몇 신데 아직 이러고 있어?"

그러고는 내 안색이 좋지 않은 것을 보시고,

"어디가 아픈 거니?"

하고 걱정스레 물으셨다. 그 물음에 답하듯 나는 토하고 말았다.

그로 인해 얼마간 덕을 보았다. 약간 몸이 안 좋을 때면 늘 하던 대로 오전 내내 카밀레 차를 마시면서 침대에 누워 있어도 좋았던 것이다.

나는 몸이 아플 때면 카밀레 찻잔을 곁에 놓고 누워 어머니가 옆방에서 청소하는 소리, 리나가 현관에서 고기를 팔러 온 사람과 주고받는 말을 듣는 것을 아주 좋아했다. 학교에 가지 않는 오전은 왠지 마력적이고 동화적이었다. 그럴 때 햇살은 방 안으로 어른어른 장난치듯 비쳐 들었는데, 학교에서 초록색 커튼을 따라 떨어지던 그 햇살이 아니었다. 그러나 오늘은 그런 것들이 전혀 맛이 나지 않았으며, 들려오는 소리도 거슬리기만 했다.

'아, 이러다 그냥 죽어 버렸으면!'

하지만 단지 몸이 조금 아프다고 죽지는 않는다. 학교에 가지 않아도 되는 이유는 되었지만, 11시에 시장 어귀에서 기다리고 있을 프란츠 크로머를 피할 수 있는 이유가 되지는 못했다. 어머니의 다정스러움도 위안이 되기는커녕 성가시고 마음이 불편했다.

나는 다시 잠든 척 눈을 감고 이리저리 궁리해 보았다. 그러나 아무리 궁리를 짜내 봐도 뾰족한 수가 없었다. 어쨌든 11시까지는 시장 어귀에 나가야만 했다.

벽시계가 10시를 가리켰을 때, 나는 어머니에게 이제 괜찮아졌다고 말하고 자리에서 일어났다. 그런 경우에는 으레 좀 더 누워 있으라거나 오후에는 학교에 가라는 분부가 떨어졌다. 어머니는 좀 더 누워 있으라고 했지만, 나는 학교에 가고 싶다고 했다. 마음속에 계획을 하나 짜 놓았던 것이다.

빈손으로 프란츠 크로머를 만나러 갈 수는 없는 노릇이었다. 그래서 어머니에게 맡겨 둔 내 작은 저금통을 갖고 가야겠다고 마음먹었다. 물론 그것만으로는 어림도 없었지만, 그래도 그거라도 가져가는 것이 빈손으로 가는 것보다는 나을 것이다. 우선은 그것으로 크로머를 달래야 한다는 생각이 들었다.

양말만 신은 채 어머니 방에 살금살금 들어가 테이블 위에 있는 내 저금통을 집어 들었을 때는 기분이 아주 이상했다. 어제처럼 불쾌한 기분은 아니었다. 가슴이 두근거려 숨이 막힐 것만 같았다. 계단 아래 내려와서야 저금통에 자물쇠가 채워져 있는 것을 보았을 때도 가슴은 여전히 두 방망이질 치고 있었다.

저금통을 여는 일은 아주 쉬웠다. 가느다란 얇은 양철 막대 하나만 잡아당겨 찌그러뜨리면 되었다. 그러나 찌그러진 저금통을 보니 마음이 아팠다. 이것으로 도둑질이 시작된 것이기 때문이다. 그때까지는 사탕이나 과일 같은 것을 슬쩍 꺼내 먹는 짓밖에는 하지 않았었다. 그런데 이것은 비록 내 돈이긴 하지만 분명히 도둑질을 한 것이었다. 나는 크로머와 그의 세계에 한 발자국 더 다가선 것이며, 이후로는 모든 일들이 이런 식으로 아주 거침없이 내리막으로 향하고 말리라는 것을 느꼈다. 그런 생각을 하는 '나'에게 저항해 보았지만, 악마가 데려간다 하더라도 이제는 돌이킬 길이 없었다.

나는 불안해하면서 돈을 세어 보았다. 제법 많이 들어 있는 것처럼 동전 소리가 쩔렁댔는데, 막상 꺼내 놓고 보니 65페니히밖에 안 되었다. 나는 찌그러진 빈 저금통을 아래층 복도에 감춰 놓고 돈을 손에 꼭 쥐었다. 그리고 현관문을 나서는데 기분이 아주 이상했다. 이제껏 이런 기분으로 현관문을 나선 적은 한 번도 없었던 것이다. 위층에서 누군가가 나를 불렀다. 아니,

부르는 것만 같았다. 나는 황급히 도망쳐 나왔다.

시간은 아직 많이 남아 있었다. 나는 일부러 돌아서 가는 길로 접어들었다. 변모하는 거리의 뒷골목을 지나, 한 번도 본 적 없는 구름 아래로, 나를 주의 깊게 바라보는 듯한 좁은 골목길 양쪽에 늘어선 집들을 지나, 내게 혐의를 두는 눈초리를 퍼붓는 것 같은 사람들 곁을 지나쳤다.

도중에 문득 학교 친구 하나가 언젠가 가축시장에서 1탈러(약 3마르크)를 주웠다던 이야기가 생각났다.

'하느님, 저에게도 그런 기적을 베풀어 주십시오!'

나는 이렇게 기도하고 싶었다. 그러나 내게는 이미 기도할 자격이 없었다. 그리고 설령 그럴 자격이 있다 해도 찌그러진 저금통이 다시 멀쩡해지지는 않을 것이다.

프란츠 크로머는 멀리서 나를 알아보았다. 그렇지만 아주 천천히, 일부러 나를 눈여겨보지 않는 듯 굴며 천천히 다가왔다. 그러고는 따라오라고 명령하는 눈짓을 하고는 뒤도 돌아보지 않고 천천히 발걸음을 옮겼다. 슈트로 거리의 뒷골목을 따라 내려가 좁은 판자 다리를 건넜다. 그리고 마침내 집들이 끝나는 거리 어귀에 있는 신축 중인 집 앞에서 발을 멈췄다. 그곳에는 일하는 사람들도 없었고, 현관문도 창문도 달려 있지 않은 벽들만 앙상하게 서 있었다.

크로머는 그제서야 나를 한 번 돌아보고는 안으로 들어갔다. 따라 들어오라는 지시였다. 내가 뒤따라 들어가자 그는 벽 뒤로 가서 딱 버티고 서더니 자기 앞으로 오라는 눈짓을 했다. 내가 주춤주춤 그 앞으로 가자 그는 불쑥 손을 내밀었다.

"갖고 왔겠지?"

그의 목소리는 싸늘했다.

나는 주먹을 쥔 채 호주머니에 넣고 있던 손을 빼어 그의 손바닥 위에 돈을 쏟아 놓았다. 그는 마지막 5페니히짜리 동전의 짤그랑 소리가 채 잦기도 전에,

"65페니히잖아."

하며 내 얼굴을 쏘아보았다.

"응."

나는 주눅이 들어 대답했다.

"이게 내가 가진 전부야. 너무 적지? 그래, 나도 알아. 하지만 그게 다야. 이거라도 받아 줘."

"머리가 좋은 놈인 줄 알았더니……."

그는 부드럽게 타이르는 말투로 나를 나무랐다.

"명예를 아는 남자라면 약속을 지켜야지. 안 그래? 난 너한테 정당치 않은 돈을 달라는 게 아냐. 그건 너도 알지? 자, 이 쇠붙이들은 도로 가져가! 깎지 않고 다 주는 데가 있으니까 말야."

"하지만 이것밖엔 없는 걸 어떡해! 이게 내 저금통에서 꺼낸 전부야. 정말이야."

"그건 네 사정이고 내 알 바 아니지."

싸늘하게 내뱉은 크로머는 다시 말을 이었다.

"이봐, 난 널 불행에 빠뜨리고 싶진 않아. 이게 65페니히니까…… 넌 나한테 1마르크 35페니히를 빚진 거야. 그 빚은 언제 갚을래?"

"오, 크로머! 그건 꼭 갚을게. 언제라고 지금 확실히 말할 수는 없지만…… 아마 내일이나 모레면 더 생길 거야. 내가 이 일을 우리 아버지한테 말할 수 없다는 건 이해할 수 있지?"

"난 몰라, 알고 싶지도 않고! 어쨌든 널 불행에 빠뜨리고 싶진 않다고 했잖아. 난 내 몫의 돈을 당장에라도 가질 수 있어. 그건 너도 알지? 넌 가난한 나보다 더 멋진 옷을 입고, 점심에는 나보다 뭔가 더 좋은 걸 먹겠지. 그래도 입을 다물고 있을게. 조금 기다려 주겠다는 거야. 모레 휘파람을 불지, 오후에. 그땐 나머지를 다 가져와야 해. 내 휘파람 소리 알지?"

그는 휘파람을 불어 보였다. 가끔 들어 본 적이 있는 소리였다.

"응, 알고 있어."

그는 나와는 아무 상관도 없는 사람이라는 듯 나를 혼자 남겨 두고 가 버렸다. 우리 사이에 거래 이상의 것은 없었던 것이다.

프란츠 크로머의 휘파람 소리가 갑자기 들린다면 아마 지금도 나는 소스라칠 것 같다. 그때부터 나는 종종 그의 휘파람 소리를 듣게 되었다. 그 소리는 늘 쉴 새 없이 들리는 것 같았다. 나를 예속시킨, 나의 운명이 되어 버린 그 휘파람 소리는 집에서 놀고 있을 때든 학교에 가서 공부를 할 때든 시간과 장소를 가리지 않고 내게 붙어 다녔다.

온화하고 맑은 가을날 오후면 나는 내가 좋아하는 우리 집 정원의 조그마한 꽃밭에 나와 있는 일이 많았다. 그런 때는 묘한 충동이 일어 어렸을 때 하던 놀이를 하곤 했다. 유년시절로 돌아가서 지금의 나보다 약간 더 어리고 착하며 죄가 없는 순진한 아이가 되어 보는 것이었다. 그러나 그렇게 놀다가도 크로머의 휘파람 소리—늘 예상하고 있으면서도 언제나 놀라게 되는—가 들려오면 깜짝 놀라 생각의 실마리가 끊어지고 공상마저 산산조각이 나는 것이었다. 그러면 나는 나가지 않을 수 없었고, 고약하고도 끔찍한 곳까지 그 고문자를 따라가 빚 독촉과 경고를 받으며 그에게 변명을 늘어놓지 않으면 안 되었다.

그런 일이 몇 주일이나 되풀이되었다. 그러나 나에게는 그것이 여러 해, 아니 영겁처럼 생각되었다. 나는 좀처럼 돈을 얻을 기회가 없었다. 그에게 5페니히 한 번, 10페니히 한 번을 갖다 주었는데, 그것도 리나가 지갑이 든 장바구니를 부엌 조리대에 두고 잠깐 자리를 비운 사이에 훔친 것이었다.

나는 번번이 크로머에게 욕을 먹고 경멸을 받았다. 그의 말에 의하면, 나는 그를 속이는 놈이었고, 그의 정당한 몫을 가로채고도 빚을 갚으려 하지 않는 뻔뻔한 놈이며, 그를 불행하게 만드는 나쁜 놈이었다. 내 일생에서 그때처럼 괴로움이 치솟은 적이 없고, 그때보다 더한 절망과 예속감을 느껴본 적은 없었다.

저금통은 장난감 돈을 넣고 찌그러진 곳을 대충 펴서 제자리에 갖다 놓았다. 아무도 저금통에 대해 묻는 사람은 없었지만, 언제 그 일이 탄로나 내게 벼락이 떨어질지 모르는 일이었다. 어머니가 내게 조용히 다가설 때면 나는 크로머의 휘파람 소리를 듣는 것 이상으로 어머니를 두려워했다. 저금통에 대해서 물어 보려고 오시는 게 아닐까 생각했기 때문이었다.

내가 돈을 구하지 못한 채 그를 만나러 가는 일이 되풀이되자, 그 악마는 다른 식으로 나를 괴롭히고 이용하기 시작했다. 자기 아버지의 심부름을 나에게 대신 시켰고, 시킬 일이 딱히 없으면 10분 동안 한 발로 뛰게 한다든지 길 가는 사람의 등에 종이쪽지를 붙이게 하는 따위의 장난을 내게 명령했다. 이 고역은 꿈속에서까지 여러 날 밤 계속되어 나는 악몽의 땀에 흠뻑 젖어 누워 있곤 했다.

얼마 동안은 병이 났었다. 자주 토하고 가벼운 오한이 났으며, 밤에는 열이 오르고 식은땀도 흘렸다. 어머니는 뭔가 잘못되었다고 느끼셨는지 내게 깊은 주의를 기울여 주었는데, 나는 그것이 오히려 고통스러웠다. 어머니의 관심에 신뢰로 부응할 수 없었기 때문이다.

하루는 막 잠자리에 누웠을 때 어머니가 초콜릿 하나를 가져오셨다. 그것은 내 유년시절을 생각나게 하는 일이었다. 하루를 말썽 없이 잘 지내고 잠자리에 들면 초콜릿을 상으로 주며 잘 자라는 인사를 하시곤 했던 것이다. 그날도 어머니는 침대 옆에 서서 초콜릿을 내미셨다. 나는 너무나 슬픈 나머지 고개만 가로저었다.

"왜 그러니? 또 어디가 아픈 거야?"

어머니는 내 머리를 쓰다듬으며 물으셨다. 나는 어린애가 앙탈을 부리듯 소리칠 수밖에 없었다.

"싫어! 싫어! 아무것도 안 먹어!"

어머니는 초콜릿을 머리맡 테이블 위에 놓고 나가셨다. 다음날 어머니가 그 일에 대해 캐물었을 때 나는 시치미를 뚝 떼고 전혀 아는 바가 없는 체했다.

하루는 어머니가 의사를 부르셨다. 나를 진찰한 의사는 아침마다 냉수마찰을 하든가 찬물로 몸을 닦으라고 처방을 내렸다.

그 시절의 내 상태는 일종의 정신착란이었을 것이다. 우리 집의 정연한 평화 속에서 나는 소심하게, 그리고 가책을 느끼면서 유령처럼 살고 있었다. 가족 누구의 생활에도 관여하지 않았다. 그러나 아주 잠깐이라도 나 자신을 잊는 일은 드물었다. 가끔 흥분하여 해명을 요구하시는 아버지에게는 마음을 닫고 냉담하게 지냈다.

카인

    구원의 손길은 전혀 예상치 못했던 곳에서 왔다. 그와 동시에 어떤 새로운 것이 내 삶 안으로 들어와서 오늘날까지도 계속 작용하고 있다.
    우리 라틴어 학교에 학생 하나가 새로 들어왔다. 그는 얼마 전에 우리 고장으로 이사 온 어느 유복한 미망인의 아들로, 소매에 상장喪章을 달고 있었다. 나보다 한 학년 위인 데다 나이도 몇 살 더 많은데, 그는 곧 모두의 관심의 대상이 되었고 나 또한 그를 주목했다.
    이 유별난 학생은 겉보기에는 아주 나이가 들어 보여 누구에게도 소년이란 인상을 주지 않았다. 그는 어른처럼, 아니 그냥 어른이라기보다 신사처럼 낯설고도 점잖게 우리 유치한 소년들 사이를 오갔다. 인기가 있지는 않았다. 놀이에도 끼지 않았고, 싸움질에는 더욱 끼어들지 않았다. 다만 선생님들에게 맞서는 그의 자신감 있고 단호한 어조가 다른 학생들의 호감을 산 것뿐이다. 이름은 막스 데미안이었다.
    우리 학교에서 가끔 있는 일이었는데, 어느 날 무슨 이유에선지 넓은 우리 교실에 다른 반 학생들이 들어와 함께 공부를 하게 되었는데, 바로 데미안의 반이었다. 우리 하급반은 성경 이야기 시간이었고, 상급반은 작문 시간이었다. 나는 카인과 아벨에 관한 이야기를 들으면서 데미안을 자주 바

데미안 43

라보았다. 그의 얼굴은 이상하게도 나를 매료시켰다. 그는 총명하고 환하고 아주 단호한 얼굴로 작문에 주의력을 집중하고 있었는데, 그 모습은 주어진 과제를 처리하고 있는 학생이 아니라 자기가 연구하는 문제에 전념하고 있는 학자처럼 보였다.

사실 호감이 가지는 않았다. 아니, 오히려 거부감을 주었다. 그가 나보다 훨씬 우월하고 침착했으며, 그 본질도 도전하고 싶을 만큼 이성적이고 안정되어 있었다. 그의 눈은 아이들이 결코 좋아하지 않는 어른의 표정을 띠고 있었는데, 그러면서도 어딘가 애수 어린 냉소를 담고 있었다. 어쨌든 나는 그를 바라보지 않을 수 없었다. 한 번은 그가 내 쪽으로 눈길을 돌렸는데, 나는 놀라서 얼른 고개를 옆으로 돌려 버렸다.

지금 와서 당시 그가 학생으로서 어떤 모습이었는가를 생각해 보면 다음과 같이 말할 수 있다. 데미안은 여러 면에서 다른 학생들과 달랐으며, 그만의 완전히 독특하고 개성적인 특징을 가지고 있었기 때문에 남의 눈에 띄는 존재였다. 그러나 그는 남의 눈에 띄지 않으려고 노력했다. 마치 변장한 왕자가 농부들 사이에 끼어 있으면서 그들과 같아 보이려고 애쓰는 것처럼 행동했다.

그날 학교에서 집으로 돌아오는 길에 데미안이 내 뒤에서 걸어오고 있었다. 다른 아이들이 각자 자기 집을 향해 가고 나 혼자 걷게 되자, 그는 성큼성큼 걸어와 나를 따라잡더니 말을 걸었다. 그 말도 자기 딴엔 애써 우리가 쓰는 말투를 흉내 낸 것이겠지만 아주 어른스럽고 공손했다.

"좀 같이 가도 될까?"

그는 다정하게 물었다. 나는 마치 그에게 아첨을 받은 듯한 기분으로 고개를 끄덕였다. 그러고는 내가 어디에 사는지 자세히 말해 주었다.

"아, 거기!"

그가 엷은 미소를 지으며 말했다.

"그 집은 내가 벌써부터 알고 있지. 문 위에 붙어 있는 이상한 것이 곧바로 내 관심을 끌더라."

처음엔 그가 무엇에 대해 하는 말인지 금방 알아차리지 못했다. 그가 우리 집을 나보다 더 잘 아는 것 같아 놀라울 뿐이었다. 아마도 현관문 위 아치형의 돌림띠를 마무리하는 맨 꼭대기에 새겨진 문장紋章을 말하는 것 같았다. 그것은 세월이 흐르면서 선명하던 돋을새김의 모양새가 편편해지고 몇 번이나 페인트가 덧칠된 것으로, 내가 알고 있는 한 우리 가문과는 아무 상관도 없는 문장이었다.

"그것에 대해서는 별로 아는 게 없는데……."

나는 수줍게 말했다.

"그건 새이거나, 뭐 그 비슷한 걸 거야. 어쨌든 아주 오래된 거야. 우리 집이 예전엔 수도원의 일부였대."

"아마 그럴지도 모르지."

그는 고개를 끄덕였다.

"언제고 한번 자세히 봐! 그런 것들은 아주 재미있거든. 내가 보기에 그건 매 암놈 같아."

우리는 계속 걸었다. 나는 몹시 당황스러워하고 있었다.

갑자기 무슨 재미있는 생각이라도 떠올렸는지 데미안이 웃었다.

"아까 내가 너희 반에 들어갔었잖아!"

그가 생기 있게 말했다.

"너네 선생님이 이마에 표지標識를 단 카인의 이야기를 했는데, 그 얘기 재미있었어?"

재미있었냐고? 학교에서 배우는 것들 중 재미있는 것이라곤 없었다. 그러나 나는 감히 말을 하지 못했다. 마치 어른과 이야기하고 있는 것 같았기 때문이다. 그래서 재미있었다고 거짓말을 했다.

"나한테는 거짓말하지 않아도 된단다, 애야."

데미안은 내 어깨를 툭툭 두드렸다.

"카인의 이야기는 정말 특이한 거야. 성경에 나오는 대부분의 다른 이야기들보다 훨씬 특이하지. 그런데 선생님은 거기에 대해서는 이야기를 많이 하지 않고 그냥 신과 죄악에 대해 다들 아는 이야기만 하더라. 내 생각엔 말이야……."

데미안은 잠시 말을 끊고 웃는 얼굴로 물었다.

"그런데 너 이런 거 관심 있니?"

그러고는 다시 말을 이었다.

"나는 이렇게 생각해. 그 카인에 관한 얘기는 완전히 다른 방향, 전혀 다른 의미로 해석할 수도 있어. 우리가 학교에서 배우는 것은 분명 사실이고 또 옳은 것이지만, 그 모두를 선생님들의 견해와 다르게 해석할 수도 있어. 그러면 대개는 훨씬 더 좋은 의미를 갖게 되지. 예를 들면, 카인이나 그의 이마에 붙어 있는 표지만 해도 오늘 우리가 들은 선생님의 설명만으로는 도저히 만족할 수가 없잖아. 넌 만족스럽니? 한 사나이가 질투 때문에 자기 동생을 죽였다, 이건 있을 수 있는 일이야. 그리고 동생을 죽인 그 사나이가 그 후 불안감에 싸이고 소심해지는 것도 있을 수 있는 일이지. 하지만 그 사나이에게 표창으로 표지를 주고, 그 표지가 사람들을 벌벌 떨게 한다는 게 말이 되니?"

"그건 그래."

나는 데미안의 이야기에 흥미를 느끼며 대답했다. 그 이야기가 내 마음을 사로잡기 시작했던 것이다.

"그럼 그 얘기를 어떻게 해석해야 하는 거야?"

"아주 간단해! 맨 처음 문제가 된 것은 카인의 이마에 있는 표지잖아."

데미안은 또 내 어깨를 툭툭 두드리고는 이야기를 시작했다.

"자, 어떤 사나이가 있어. 그의 얼굴에는 다른 사람들을 압도하는 표지가 있어서 아무도 감히 그를 건드리지 못해. 그 사나이는 물론 그의 후손들까지도 다른 사람들에게 경외심을 불러일으키게 했지. 하지만 그 표지란 게 대체 뭘까? 그건 아마, 아니 틀림없이 우편물 소인처럼 정말로 이마에 찍힌 표지는 아니었을 거야. 이 세상에 그런 뚜렷한 징후는 좀처럼 나타나지 않거든. 오히려 그건 형체를 거의 알아볼 수 없기 때문에 더 무시무시했을 거야. 그것은 그 사나이의 시선에 담긴 비범한 정신과 담력 같은 게 아니었을까? 사람들은 카인과 그 후예들에게 두려움을 느끼고 있었기 때문에 표지를 가지고 있다고 하게 된 거야. 그리고 저마다 나름대로 그 표지를 설명했을 거야. 인간은 언제나 자기에게 유리하고 자기가 옳다고 여기게끔 남에게 이야기하거든. 그래서 카인의 표지는 원래 우월함에 대한 표창이었는데 그 반대로 설명된 거야. 그 표지를 가진 놈들은 아주 악독하고 무시무시하다고 말야. 또 카인의 후예들은 실제로 그렇기도 했어. 용기와 독특한 개성을 가지고 있었지. 그것이 다른 사람에겐 두려움을 주었고. 사람들로서는 겁 없고 무시무시한 일족이 주위를 돌아다니고 있는 것이 몹시 불편했을 거야. 그래서 카인의 일족에게 별명을 붙이고 악평을 퍼뜨려 놓은 거야. 그것으로 자기들을 불안하게 하고 공포를 느끼게 한 것에 대해 복수한 셈이지. 내 말 이해되니?"

"응. 그러니까 카인은 조금도 나쁜 사람이 아니었단 말이지? 그럼 성서에 나오는 얘기가 실제로는 전혀 사실이 아니라는 말이야?"

"그렇기도 하고 아니기도 해. 아주 옛날 옛적의 이야기는 언제나 사실이지만, 그렇다고 그것이 언제나 사실 그대로 기록되고 설명된다고는 할 수 없어. 내 개인적인 생각이지만, 나는 카인이 아주 대단한 사람이었을 것 같아. 그런데 그를 무서워하는 겁쟁이들이 그런 이야기를 지어 냈을 거야. 하지만 카인과 그 후예들이 정말로 일종의 '표지'를 지녔던 것은 사실이야. 보통 사람들과 달랐다는 것도 사실이고."

나는 정말 놀랐다.

"그럼 카인이 아벨을 때려 죽였다는 것도 사실이 아니라는 거야?"

나는 충격을 받았다기보다 감동하여 물었다.

"아니지! 죽인 건 사실이야. 강한 사람이 약한 사람 하나를 때려죽인 거지. 그들이 정말 형제였는지는 의심할 여지가 있지만, 그건 그리 중요하지 않아. 결국 인간은 모두 형제니까 말이야. 어쨌든 어떤 강한 자가 어떤 약한 자를 때려죽였어. 그것은 영웅적인 행위였을 수도 있고, 아닐 수도 있지. 어쨌든 그 뒤로 약한 사람들은 전전긍긍하며 마음 편히 살 수 없다고 탄식했지. 그런데 '왜 그를 죽여 없애지 않느냐?'고 누가 물으면 '우리는 용기 없는 겁쟁이들이라서 그렇소.'라고 대답하지 않고 '그럴 수 없소. 그는 하느님이 주신 표지를 얼굴에 가지고 있소.'라고 핑계를 댔지. 대충 이런 식으로 거짓 이야기가 생겨났을 거야. 이런, 내가 널 너무 오래 붙들고 있었구나. 그럼 잘 가라!"

혼자 남은 나는 그 어느 때보다 혼란스러웠다. 그가 사라지자마자 그의 말이 모두 터무니없다는 생각이 들었다. 카인이 훌륭한 인간이고 아벨은 겁쟁이라니! 카인의 표지가 표창이라고? 정말로 어처구니없는 얘기였다. 하느님을 모독하는 일이다. 그게 사실이라면 하느님은 도대체 어디 계신단 말인가. 하느님은 아벨의 제물祭物을 기쁘게 받아들이시지 않았는가. 아벨을 사랑하시지 않았는가. 아니다, 말도 안 되는 소리다! 나는 데미안이 나를 놀리고 골탕 먹일 속셈으로 그런 말을 한 것이라고 추측했다.

데미안이 정말 머리 하나는 비상한 놈이라는 생각이 들었다. 말솜씨도 번드르르했다. 하지만 카인이 남들과 다른 아주 대단한 사나이라니! 아무리 생각해도 터무니없는 말이었다.

어쨌든 나는 성서나 그 밖의 다른 것에 대해 그때처럼 그렇게 많이 생각해 본 적이 없었다. 그 덕분에 프란츠 크로머를 몇 시간, 아니 저녁 내내 완전히 잊어버릴 수 있었다.

나는 집에서 성경의 카인과 아벨 부분을 다시 한 번 통독했다. 이야기는 짤막하고 명료했다. 그런데 거기서 특별히 감추어진 의미를 찾는다는 건, 제멋대로 다른 해석을 한다는 건 완전히 미친 짓이라고 생각되었다. 데미안의 말대로라면, 사람을 때려죽인 자도 자기가 하느님의 은총을 받은 사람이라고 선언할 수 있다는 말이 아닌가! 천만에, 도저히 말도 안 되는 이야기였다. 내가 데미안의 이야기에 귀를 기울였던 것은 그의 태도가 너무나 세련됐기 때문이다. 그 모든 이야기를 마치 자명한 일인 듯 그렇게 쉽고 멋지게, 게다가 그런 눈으로 말하다니!

물론 나 자신도 아주 정상적인 상태는 아니었다. 심지어 몹시 혼란스러웠다. 나는 얼마 전까지 밝고 깨끗한 세계에서 살았었다. 나 자신이 또 다른 아벨이었다. 그런데 지금은 어두운 세계로 굴러 떨어져서 그 속에 깊숙이 가라앉아 있다. 그런데도 나는 마음 저 깊은 곳에서 데미안의 이야기에 찬성할 수 없는 것이다. 어째서 그런 것일까?

그때 기억 하나가 불현듯 떠올랐다.

'그래!'

나는 순간 거의 숨을 쉴 수가 없었다. 지금의 내 불행이 시작된 그 괴롭던 저녁, 그때 나는 한순간 아버지와 아버지의 밝은 세계, 그리고 우둔함과 무지를 경멸했었다! 그렇다. 그때 난 표지를 달고 있는 카인이었다. 하지만 그 표지는 수치가 아니라 표창이었다. 악의에 찬 불행을 겪었기 때문에 내가 아버지보다 더 높은 곳에, 선하고 경건한 사람들보다 더 높은 곳에 서 있다고 멋대로 생각했던 것이다.

물론 그 당시에는 이렇게 확실한 형태를 갖춘 사색을 하지 못했었다. 이 모든 것이 그 안에 내포되어 있었지만, 그때는 다만 여러 가지 느낌들—외롭고 괴로우면서, 동시에 나를 우쭐하게 했던 기이한 흥분의 불길이 한꺼번에 타올랐을 뿐이었다.

찬찬히 생각해 보았다. 데미안은 얼마나 이상하게 두려움을 모르는 자와 겁쟁이들에 대해 이야기했던가! 카인의 이마에 찍힌 표지에 대한 풀이는 또 얼마나 기이했던가! 그때 그의 눈, 그 독특한 어른의 눈은 어쩌면 그렇게 빛을 내뿜던지!

그때 한 생각이 어렴풋이 나의 뇌리를 스쳐 갔다.

'그 자신이, 데미안이 바로 카인 같은 존재가 아닐까? 그 자신이 카인을 닮았다고 믿기 때문에 그렇게 카인을 옹호한 것이 아닐까? 그의 눈에서 힘찬 빛이 나오는 것은 무엇 때문일까? 왜 그는 그렇게 약하고 겁 많은 사람들, 사실은 하느님의 뜻에 부합되는 경건한 사람들을 비웃었을까?'

내 생각은 꼬리에 꼬리를 물고 이어졌다. 돌멩이 하나가 우물 안에 던져진 것이다. 그 우물은 나의 어린 영혼이었다. 그리고 카인, 때려죽임, 표지는 내가 아주 오랜 세월 동안 시도해야 할 인식과 회의와 비판의 출발점이 되었다.

나는 데미안의 카인에 대한 이야기를 아무한테도 말하지 않았는데, 다른 아이들도 나만큼이나 그를 이상하게 생각하고 있었다. '새로 온 애'에 대한 소문이 무성하게 나돌았다. 내가 진작 그 소문들을 들었었다면 그 하나하나가 데미안을 아는 열쇠가 되어 그를 조금은 이해할 수 있었을지도 모른다. 그러나 내가 알고 있는 것은 맨 처음에 퍼졌던, 그의 어머니가 굉장한 부자라는 것뿐이었다.

데미안의 어머니는 교회에 가서 예배를 보는 일이 없고, 그 아들도 마찬가지라고들 말했다. 그들 모자가 유대인이라고 떠벌리는 사람도 있었고, 어쩌면 회교도인지도 모른다는 얘기도 있었다. 막스 데미안의 신체적 힘에 대해서는 더 동화 같은 이야기들이 떠돌았다. 데미안의 반에서 제일 힘센 아이가 그에게 싸움을 걸었는데, 데미안이 거절하자 겁쟁이라고 욕했다가 데미안에게 호되게 당한 것만은 사실이었다. 그 자리에 있었던 아이들 말에 의하면, 데미안이 한 손으로 그 애의 목덜미를 잡아 꽉 눌렀을 뿐 주먹질 한 번 안 했는데, 그 애는 얼굴이 창백해지더니 슬금슬금 달아나서는 며칠이나 팔을 쓰지 못하더라는 것이었다. 어느 날은 데미안에게 덤볐던 그 애가 죽었다는 소문까지 나돌았다. 그로부터 여러 가지 소문과 구구한 억측이 꼬리에 꼬리를 물었다. 모두가 자극적이고 놀라운 소문들이었다. 그리고 얼마 동안은 잠잠하더니 곧 새로운 소문이 퍼졌다. 데미안이 어떤 여자애와 '갈 데까지 다 간' 사이로 사귀고 있다는 것이었다.

그러는 동안에도 나와 프란츠 크로머와의 관계는 여전히 계속되고 있었다. 나는 그에게서 빠져나올 수가 없었다. 그가 간혹 며칠간 나를 자유롭게 내버려 둔다 해도 나는 휘파람 소리가 언제 들려올까 신경을 곤두세우고 그에게 얽매여 있었다.

내 꿈속에서 그는 내 그림자처럼 함께 살았다. 내 공상은 그가 현실에서 나에게 저지르지 않은 악행조차 꿈속에서 자행하게 했다. 꿈속에서 나는 완전히 그의 노예였다. 본래 꿈을 많이 꾸는 편인 나는―나는 늘 범상치 않은 꿈을 꾸는 인간이었다―현실에서보다 이 꿈속에서 생활할 때가 더 많았다. 그리고 그 그림자에 시달려 힘과 활기를 잃어 갔다. 여러 가지 꿈을 꾸었지만, 크로머가 나를 학대하는 꿈을 특히 자주 꾸었다. 그는 놀이 삼아 내 얼굴에 침을 뱉고, 나를 올라타고 무릎으로 짓누르기도 했다. 그리고 무엇보다도 나를 괴롭힌 것은 중한 범죄를 저지르도록 나를 유혹하는 꿈이었다. 유혹했다기보다 그의 막강한 영향력을 마구잡이로 행사하는 것이었다.

제일 무서운 꿈은 우리 아버지를 죽이려는 꿈이었는데, 그 꿈에서 깨어났을 때는 거의 미칠 지경이었다.

크로머가 시퍼렇게 날이 선 칼을 내 손에 쥐어 주었다. 우리는 길가 가로수 뒤에 숨어서 누군가를 기다렸다. 이윽고 어떤 사람이 다가오자 크로머가 내 팔을 누르며, '저놈이 네가 죽여야 할 놈이야!' 하고 소리쳤다. 자세히 보니 바로 우리 아버지였다. 그 순간 잠에서 깨어났다.

이런 일들 때문에 나는 카인과 아벨은 가끔 생각할 때가 있었지만 막스 데미안은 별로 생각하지 않게 되었다.

데미안이 나에게 다시 다가온 것은 이상하게도 꿈속에서였다. 나는 또다시 난폭한 학대를 당하는 꿈을 꾸었는데, 이번에 내 위에 올라탄 사람은 프란츠 크로머가 아니라 막스 데미안이었다. 이 꿈은 내게 아주 신기하고도 깊은 인상을 주었다. 크로머였을 때는 고통과 치욕에서 벗어나기 위해 발버둥쳤는데, 그 상대가 데미안이 되고 나서는 기쁨과 무서움이 반반씩 섞인 감정으로 기꺼이 견디는 것이었다. 이런 꿈을 두 번 꾸었다. 그러고는 상대가 다시 크로머로 바뀌었다.

나는 꿈속에서 경험한 일과 현실에서 체험한 일을 오래전부터 아주 분명하게 구별할 수 없게 되었다. 그러나 어쨌든 간에 프란츠 크로머와의 지독한 악연은 지속되고 있었다. 내가 여러 차례 작은 도둑질을 해서 빚진 돈을 다 갚고 난 뒤에도 그 관계는 끝나지 않았다. 끝날 리 없었다. 이번엔 그가 진짜로 저지른 내 도둑질에 대해 알고 있기 때문이었다. 내가 돈을 가져갈 때면 그는 늘 어디서 돈이 생겼냐고 묻곤 했었다. 나는 전보다 더 단단히 그의 손아귀에 쥐여 있었다.

그는 툭하면 아버지한테 모두 일러바치겠다고 날 위협했다. 그럴 때면 나는 두려움보다도 애초의 그날 저녁에 아버지의 모자를 보고 한 줄기 희망을 가졌던 그때 왜 아버지에게 털어놓고 말하지 못했던가를 통탄할 뿐이었다. 그러나 아무리 비참했어도 모든 것이 다 내 잘못이라고 뉘우치지는 않았다. 또 언제나 후회만 하고 있은 것도 아니다. 가끔은 모든 것이 이렇게 될 수밖에 없는 운명이었다는 느낌도 들었으며, 내 위에 어떤 숙명이 드리워져 있어 그것을 거부하려는 시도는 소용없는 일 같았다.

어머니 아버지도 이런 나 때문에 적잖이 속을 태웠으리라 생각된다. 나는 악령에 씌워 내가 그토록 친밀했던 공동체에 더 이상 어울리지 않았던 것이다. 그러면서도 실낙원을 향하는 격렬한 향수처럼 그 공동체를 사무치게 그리워했다. 특히 어머니는 나를 악동이 아니라 환자로 취급했다. 그러나 상황이 진짜 어떠했는가는 두 누나의 태도로 가장 잘 알 수 있었다. 누나들은 나를 자주 위로해 주었는데, 그것이 나를 한없이 비참하게 만들었다. 누나들은 나를 악령에 홀린 인간으로 여기고 그걸 힐책하기보다는 불쌍히 여겼으며, 그러한 태도로 내가 악령에 지배당하고 있음을 분명히 알게 해 주었다.

나는 가족들 모두가 나를 위해 기도하고 있는 것을 알았다. 그리고 그 기도가 부질없음도 알고 있었다. 고통에서 벗어나고 싶은 바람, 진실로 고해하고 편안하게 살고 싶다는 욕구가 이따금 불길처럼 타오를 때도 있었다. 하지만 나 스스로 아버지에게도 어머니에게도 모든 것을 바로 말하고 설명할 수 없으리라는 것을 먼저 느꼈다. 나는 알고 있었다. 내가 고해를 한다면 모두가 다정하고 부드러운 마음으로 들어주리라는 것을. 그리고 나를 위로하고 동정해 주리라는 것을. 그러나 날 완전히 이해하지는 못하리라는 것을. 그 모든 것이 운명이었는데 일시적인 탈선 정도로밖에는 보지 않으리라는 것을.

아직 열한 살도 되지 않은 아이가 이렇게 느낄 수 있다는 것이 믿기지 않는 사람도 더러 있을 줄 안다. 나는 그런 사람들에게 내 이야기를 하고 있는 것이 아니다. 인간이란 존재를 좀 더 잘 아는 사람들에게 말하고 있는 것이다. 자기감정의 일부를 개념으로 바꾸는 것에 익숙한 어른들은 아이들에게는 그러한 개념이 없으며 체험 자체도 없는 줄 안다. 그러나 나는 내 인생을 통틀어 이때처럼 심각하게 체험하고 괴로워한 적이 또 없었다.

어느 비 오는 날, 나의 박해자에게서 성城 앞 광장으로 나오라는 명령이 떨어졌다. 나는 광장의 흠뻑 젖은 검은 나무 밑에 서서 박해자를 기다리며, 계속해서 떨어지는 축축한 이파리들을 발로 그러모아 꾹꾹 밟고 있었다. 돈은 못 가져왔고, 크로머에게 뭐라도 줘야겠기에 먹지 않고 남겨 두었던 과자 두 개를 손에 들고 있었다. 나는 벌써 오래전부터 그렇게 어딘가 한구석에 서서 몇 시간이고 그가 나타날 때까지 기다리는 데 익숙해져 있었다. 그리고 사람이 어떻게 바꿀 도리가 없는 것은 하는 수 없이 받아들이기 마련이듯 그것을 감수하고 있었다.

크로머가 어슬렁거리며 다가왔다. 그 애는 그날 오래 머물지 않았다. 웃으면서 내 가슴팍을 주먹으로 두어 번 가볍게 쥐어박고 과자를 빼앗더니, 눅눅해진 담배 한 대를 내게 권했다. 나는 받지 않았다. 그의 생뚱맞은 친절이 의아스럽기만 했다.

"아, 참!"

그가 떠나려다 말고 돌아서면서 말했다.

"잊어버리기 전에 말해 두는데, 다음엔 네 누나를 데리고 나와. 큰누나 말이야. 이름이 뭐였지?"

나는 영문을 몰라 멍하니 그의 얼굴을 쳐다보았다.

"뭔 말인지 몰라? 네 큰누나랑 같이 나오라구."

"알아들었어, 크로머. 하지만 그건 안 돼. 그런 짓은 할 수 없어. 누나도 절대 나오지 않을 거고."

나는 이것 역시 어떤 간계를 꾸미기 위한 구실임에 틀림없다고 생각했다. 그는 늘 그런 식이었다. 무언가 불가능한 것을 요구하여 나를 당황하게 만들어 놓고 나서 나에게 굴욕을 주고, 그런 다음 서서히 어떤 거래에 응하게끔 하는 것이었다. 그러면 나는 얼마간의 돈을 주든가 다른 선물로 몸값을 주고 그의 손아귀에서 잠시 빠져나오곤 했던 것이다.

그런데 이번에는 달랐다. 내가 그럴 수 없다고 거부했는데도 화를 내지 않는 것이었다.

"그럼 말야……."

그는 말끝을 얼버무리다가 다시 이었다.

"내가 너의 누나랑 알고 지내고 싶어서 그러는 건데, 한 번쯤 인사 정도 하는 건 괜찮겠지? 잘 생각해 봐, 가령 이런 방법도 있지. 너는 그냥 누나를 데리고 산책만 하면 돼. 그럼 내가 우연히 지나가다가 만난 것처럼 끼어들 테니까. 내일 다시 의논하기로 하고, 오늘은 이만 하지. 내일 휘파람을 불 테니까 빨리 나와."

그가 떠나고 나서야 나는 그가 원하는 것의 의미를 어렴풋이나마 깨달았다. 나는 아직 어린아이였지만 사내아이와 계집아이가 좀 더 나이가 들면 금지된 어떤 비밀스러운 일을 함께 벌일 수 있다는 것을 간혹 들어 알고 있었던 것이다. 그러니까 이제 얼마나 엄청난 일이 벌어지게 될 것인지 분명해졌다! 나는 결코 그렇게 되지 않게 하겠다고 즉시 결심을 굳혔다. 그러나 그 다음에 있을 크로머의 보복에 대해서는 감히 생각할 엄두조차 내지 못했다. 또다시 새로운 고문이 시작되었다. 내 유치한 거짓말의 대가를 아직도 충분히 치르지 못했던 것이다.

암담한 기분으로 나는 주머니에 두 손을 찔러 넣은 채 텅 빈 광장을 가로질렀다. 새로운 고통, 새로운 굴종의 생활이 내 앞으로 다가오고 있었다.

그때 나직하면서도 활기찬 목소리가 나를 불렀다. 나는 놀라 빨리 걷기 시작했다. 그러나 이내 뒤따라온 누군가의 손이 내 어깨를 붙잡았다. 크로머의 손처럼 우악스럽지 않고 아주 부드러운 손길이었다.

막스 데미안이었다.

"형이었구나?"

내 목소리는 불안정했다.

"깜짝 놀랐잖아."

데미안은 내 얼굴을 찬찬히 들여다보았다. 그의 시선은 너무나 어른스럽고 압도적이며 나를 꿰뚫어보는 듯했다. 우리는 카인의 이야기를 나눈 그때 이후 오랫동안 서로 이야기를 나눈 적이 없었다.

"미안하게 되었군."

그는 특유의 공손하면서도 아주 단호한 어조로 말했다.

"하지만 이봐, 누가 부른다고 그렇게 놀라서는 안 돼."

"그렇긴 하지. 하지만 그럴 수도 있지 뭐."

"그럴 수도 있겠지. 하지만 알아 둘 게 있어. 네게 아무 짓도 하지 않은 사람을 보고 그렇게 깜짝 놀란다면 누구라도 널 이상하게 생각할 거야. 그리고 궁금해지기 시작하지. 깜짝 놀라는 것은 뭔가 겁을 내고 있다는 것인데, 무엇 때문에 겁을 내는 걸까? 겁쟁이들은 언제나 불안한 법이거든. 그런데 내 생각엔 넌 원래 겁쟁이가 아니야. 그렇지? 지금 넌 뭔가를 두려워하고 있어. 또 두려운 사람도 있고. 그런데 그런 일이 있어선 결코 안 되지. 안 되고말고! 사람을 두려워해서는 안 돼. 설마 내가 두려운 건 아니겠지? 아니면 두렵니?"

"오, 아니야! 그럴 리 없잖아."

"그렇지? 그럼 대체 누구야, 네가 두려워하는 사람이?"

"몰라…… 날 그냥 내버려 둬. 나한테 뭘 원하는 거야?"

나는 기회가 생기면 도망치려고 걸음을 빨리 했다. 그는 나와 보조를 맞췄는데, 나를 곁눈질로 꿰뚫어보는 듯한 시선이 온몸에 느껴졌다.

"한번 가정을 해 보자."

그가 다시 말을 꺼냈다.

"내가 너한테 호감을 가지고 있다면, 넌 나한테 겁을 낼 이유가 전혀 없겠지. 그래서 하는 말인데, 난 너와 한 가지 실험을 해 보고 싶어. 재미있기도 하고, 너도 꽤 유익한 것을 배울 수 있을 거야. 그럼, 잘 들어 봐. 난 가끔 독심술이란 것을 써 보고 있어. 마술은 아닌데, 어떻게 하는지 모르는 사람에게는 아주 신기해 보이지. 여러 사람을 깜짝 놀라게 할 수도 있어.

자, 그럼 시작해 볼까? 내가 너한테 호감을 갖고 있다고 하자. 그런데 너도 나를 좋아하는지 어떤지 네 마음을 들여다보고 싶어졌어. 그러기 위해서 이미 나는 첫발을 내디뎠지만 말이야. 내가 너를 불렀을 때 넌 깜짝 놀랐지. 그러니까 넌 잘 놀라는 거야. 그리고 그건 곧 너한테 두려운 일이나 사람이 있다는 증거지. 그럼 그건 어디서 비롯된 것일까? 누구도 두려워할 필요가 없는데 말이야. 누군가가 두렵다면, 그건 그에게 자기 자신을 지배할 힘을 내주었다는 것에서 비롯하는 거야. 만약에 네가 어떤 나쁜 짓을 했는데 누군가가 그 사실을 알고 있다면, 그때 그가 널 지배하는 힘을 갖게 되는 거야. 알아들었니? 이제 분명하지, 안 그래?"

나는 안절부절못하며 데미안의 얼굴을 쳐다보았다. 그의 얼굴은 여느 때나 다름없이 진지하고 영리해 보였으며 호의가 넘치고 있었다. 하지만 정겹거나 부드럽지는 않았다. 너그럽지만 엄격한 인상을 주었으며, 정의 아니면 그와 유사한 것이 그 속에 깃들여 있었다. 나는 내게 무슨 일이 벌어지고 있는 건지도 몰랐다. 그는 마술사처럼 내 앞에 서 있었다.

"이해했니?"

그가 다시 한 번 물었다. 나는 고개를 끄덕였다. 아무 말도 할 수 없었던 것이다.

"아까도 말했지만, 독심술이란 게 그 방법을 모르는 사람들에겐 신기해 보여도 우리 생활에서 아주 자연스럽게 행해지고 있어. 언젠가 내가 너한테 카인과 아벨에 대해서 얘기한 적이 있는데, 그때 네가 날 어떻게 생각했는지 정확하게 알아맞힐 수도 있어. 아마 한 번쯤은 내 꿈도 꾸었을 거야. 이번 일과는 관계가 없는 거지만 말이야. 자, 이쯤 해 두자. 내가 아는 애들 누구보다도 넌 영리해! 난 내가 믿을 수 있고 머리도 좋은 사람과 얘기하기를 좋아해. 괜찮겠지?"

"물론이지. 그런데 뭐가 뭔지 난 이해를 못 하겠어."

"그럼 유쾌한 실험을 계속해 볼까? 그러니까 우리는 S(Sinclair의 두문자)라는 소년이 잘 놀란다, S는 누군가를 몹시 두려워한다, 필시 그 누군가와 S 사이에는 불편한 비밀이 하나 있다는 것을 알아냈어. 대강 맞지?"

꿈속에서처럼 나는 그의 목소리에, 그의 영향력에 굴복하고 있었다. 나는 그저 고개만 끄덕였다. 그가 내 입에서 나올 말을 하고 있었던 것이다. 내 가슴속에 있는 모든 것을 다 알고 있는 목소리였다. 나 자신보다도 모든 상황을 더 잘, 명확하게 알고 있는 목소리였다.

데미안은 힘차게 내 어깨를 두드렸다.

"그럴 줄 알았어! 그럼 딱 한 가지만 더 물을게. 조금 전에 헤어진 그 애 이름이 뭐지?"

나는 흠칫 놀랐다. 건드려진 나의 비밀이 마음속에서 다시 고통스럽게 몸부림쳤다. 그것은 밝은 빛을 보기를 싫어했다.

"누구? 광장엔 아무도 없었어."

데미안은 웃었다.

"그냥 말해! 그놈 이름이 뭐야?"

나는 중얼거리듯이 조그맣게 말했다.

"프란츠 크로머 말이야?"

데미안은 흡족해하며 내게 고개를 끄덕여 주었다.

"좋아! 넌 역시 똑똑한 녀석이야. 우린 친구가 될 수 있겠다."

그러고는 다시 진지한 얼굴로 말했다.

"그런데 너한테 해 줄 말이 있어. 그 크로먼지 뭔지 하는 놈은 나쁜 놈이야. 얼굴만 봐도 알 수 있지. 넌 어떻게 생각하니?"

"정말 그래."

나는 한숨을 푹 내쉬며 말했다.

"그놈은 나쁜 놈이야. 악마야! 하지만 그놈이 내가 이렇게 말하는 걸 알면 안 돼. 맙소사! 정말 그놈이 알아서는 안 돼! 형이 그놈을 알아? 그놈도 형을 알고 있어?"

"걱정 마! 그놈은 갔어. 그리고 그놈은 나를 몰라. 아직은 모르지. 하지만 난 그놈을 꼭 알고 싶어. 공립학교에 다니나?"

"응."

"몇 학년인데?"

"5학년. 혹시 그놈을 만나게 되더라도 내 얘기는 절대 하지 마. 아무 얘기도……."

"걱정 마! 너한테는 아무 일도 일어나지 않을 테니까. 그런데 그 크로머란 놈에 대해서 좀 더 얘기해 줄 생각은 없니?"

"안 돼, 그럴 수 없어! 더 이상 날 괴롭히지 마!"

그는 잠시 입을 다물고 무엇인가를 생각하는 것 같더니,

"유감인걸!"

하면서 다시 입을 열었다.

"실험을 좀 더 계속할 수 있었는데 말이야. 어쨌든 널 괴롭힐 생각은 없어. 그런데 그놈을 두려워하는 게 부당하다는 것쯤은 너도 알지? 그런 종류

의 두려움은 사람을 아주 망가뜨리거든. 그런 것에서 벗어나야 해. 네가 정말로 사내다운 사내가 되려면 그런 걸 떨쳐 버려야 해. 알겠니?"

"형 말이 맞아…… 하지만 어쩔 수가 없어. 형은 아무것도 몰라."

"넌 네가 생각한 것 이상으로 내가 훨씬 많은 걸 알고 있다는 걸 잘 알지? 너 혹시 그놈한테 빚진 거라도 있니?"

"응, 그렇기도 해. 하지만 그건 그리 대수롭지 않아. 그보다는…… 아니야, 난 말 못 하겠어. 말할 수 없어!"

"네 빚을 갚아 주어도 아무 소용이 없다는 거니? 내가 너한테 돈을 줄 수도 있는데."

"아냐, 그게 아냐, 아니라니까! 부탁이야, 이 일은 아무에게도 말하지 말아 줘. 단 한 마디도! 안 그러면 내가 불행해져!"

"날 믿어, 싱클레어. 지금 말 못 하겠다면 나중에 언제라도 네 비밀을 말할 때가 있겠지."

"그런 일은 없어! 결코!"

나는 격해서 소리쳤다.

"너 좋을 대로 해. 난 다만 네가 언젠가는 나한테 좀 더 자세한 이야기를 해 줄 것이라고 생각한 것뿐이야. 물론 자진해서 말이지. 설마 내가 크로머 같은 부류라고 생각하는 건 아니지?"

"물론 아니야. 하지만 형은 그 일에 대해서 아무것도 모르잖아."

"전혀 모르지. 다만 그게 뭘까 곰곰이 생각해 볼 뿐이지. 어쨌든 나는 크로머처럼 널 괴롭히는 사람이 아니라는 것만 믿어 줘. 게다가 넌 내게 빚진 것도 없잖니."

한동안 침묵이 흘렀다. 그 사이에 나도 얼마쯤은 침착해질 수가 있었다. 그러나 데미안이 어떻게 내 비밀을 눈치챘는지 수수께끼처럼 여겨졌다.

"그만 가 봐야겠다."

데미안이 빗속에서 외투 깃을 여미면서 말했다.

"싱클레어, 우리가 이왕에 여기까지 왔으니까 한 마디만 더 할게. 넌 반드시 그놈을 떨쳐 버려야 해! 달리 방법이 없거든 그놈을 때려죽여! 네가 그렇게 한다면 정말 존경스러울 거야. 내가 도와줄 수도 있어."

나는 새롭게 겁이 났다. 카인의 이야기가 불현듯 머리에 떠올랐다. 무서움에 사로잡혀 나는 훌쩍훌쩍 울기 시작했다. 너무나도 소름끼치는 일들이 나를 에워싸고 있는 것 같았다.

"이제 그만."

막스 데미안이 미소를 지었다.

"그만 집으로 돌아가. 우리 둘이서 틀림없이 해치울 수 있어. 때려죽이는 게 제일 간단하지. 이런 경우엔 언제나 가장 간단한 것이 최선이지. 다시 말하지만, 넌 크로머를 떨쳐 내지 못하는 한 괴로움에서 벗어날 수 없어. 알겠지?"

나는 집으로 돌아왔다. 마치 일 년쯤 떠나 있다가 돌아온 것처럼 모든 것이 달라 보였다. 나와 크로머 사이에 어떤 미래, 희망 같은 무엇이 끼어들고 있었다. 나는 더 이상 혼자가 아니었다. 그리고 그때 비로소 혼자만의 비밀을 안고 살아온 지난 몇 주간이 얼마나 무섭고 고독했는가를 깨달았다. 또한 지금까지 몇 번이나 깊이 생각했던 것, 부모님에게 고해를 하면 마음은 후련하겠지만 완전히 나를 구원하지는 못할 것이라고 생각했던 것도 떠올랐다. 하지만 이제 나는 고해를 한 것이나 마찬가지였다. 부모님이 아닌 다른 사람에게 한 것이지만, 누구에게 고해를 했건 구원의 예감이 짙은 향기처럼 내게로 풍겨 오는 것을 느끼고 있었다.

불안이 눈 녹듯 한꺼번에 완전히 사라진 것은 아니었다. 나는 나의 적과 길고도 무서운 대결을 벌일 각오를 하고 있었던 것이다. 그랬던 만큼 며칠이나 아무 일 없이 평온하게 조용히 흘러가는 것이 더 이상했다.

매일처럼 들려오던 크로머의 휘파람 소리가 뚝 끊어졌다. 하루가 지나고 이틀이 지나고 일주일이 지나도록 들리지 않았다. 그렇다고 그 악마가 앞으로 영원히 내 집 앞에 나타나지 않을 거라는 사실은 감히 믿을 수가 없었다. 그 악마가 갑자기, 전혀 예기치 않은 때에 불쑥 나타나지 않을까 싶어 내심 망을 보고 있었다.

그러나 그는 끝내 나타나지 않았다. 휘파람 소리가 들리지 않았다! 그런데도 나는 새로운 자유를 그대로 믿을 수 없어 여전히 의혹을 품고 지냈다. 그 의혹은 어느 날 우연히 프란츠 크로머와 마주칠 때까지도 계속되었다.

나는 자일러 가의 뒷골목에서 내 쪽으로 걸어오고 있던 프란츠 크로머와 딱 마주쳤다. 그는 나를 보자 흠칫하더니 이내 얼굴을 찡그리고—그렇게 찡그린 얼굴은 그때 처음 보았다— 나를 피해 그냥 홱 돌아서는 것이었다.

나로서는 놀라운 순간이었다. 내 적이, 무서운 내 박해자가 나를 보고 달아나 버리다니! 내 악마가 내게 겁을 내다니! 기쁨과 놀라움의 전율이 내 온몸을 휩쓸었다.

그 무렵의 어느 날, 데미안이 다시 내 앞에 나타났다. 그는 학교 앞에서 나를 기다리고 있었다.

"안녕!"

내가 먼저 인사했다.

"별일 없니, 싱클레어? 요즘 어떻게 지내는지 얘기나 좀 들어 볼까 하고. 크로머가 이젠 널 괴롭히지 않지?"

"형이 그놈을 혼내 준 거야? 어떻게? 대체 어떻게 했기에? 말해 줘. 난 영문을 모르겠어. 그놈은 이제 나타나지도 않아."

"그거 잘됐구나. 만약 그놈이 또 나타나면, 아마 그럴 염려는 없겠지만 워낙 뻔뻔스러운 놈이니까, '데미안을 잊어버렸어?'라고만 말해."

"그게 무슨 말이야? 그놈을 두들겨 팼어?"

"아니, 난 그런 짓은 별로 좋아하지 않아. 그저 너하고 얘기하듯 그놈하고 몇 마디 얘기만 했어. 너를 가만히 내버려 두는 것이 그놈 자신에게도 이로울 거라는 사실을 똑똑히 알게 해 주었을 뿐이야."

"히야, 정말? 그놈에게 설마 돈 같은 걸 주지는 않았겠지?"

"물론이지! 그 방법은 네가 이미 실험해 봤잖아."

나는 그가 어떤 식으로 크로머를 응징했는지 확실히 알고 싶어 자꾸 캐물었지만, 그는 곧 내 곁을 떠나 버렸다. 나는 전부터 그에게 느껴 오던 가슴 답답했던 감정을 품은 채 그 자리에 서 있었다. 감사함과 부끄러움, 경탄과 두려움, 호감과 반항심이 기묘하게 뒤엉킨 감정이었다.

곧 그를 다시 볼 수 있겠거니 생각했다. 그를 다시 만나면 모든 일에 대해서, 특히 카인에 대해서 더 많은 이야기를 들어 보리라 생각했다. 그러나 그렇게 되지 않았다.

'감사'라는 것은 결코 내가 신뢰하는 미덕이 아니었다. 그리고 그것을 어린아이에게 요구하는 것은 잘못된 일로 보였다. 때문에 내가 막스 데미안에게 전혀 감사해하지 않은 것이 지금 생각해도 별로 놀랍지 않다. 데미안이 그때 나를 크로머의 손아귀에서 구해 주지 않았다면, 나는 아마 평생토록 병들고 타락해 버렸을 것이라고 지금도 나는 확신한다. 당시에도 그 구원을 나는 내 짧은 인생의 가장 큰 체험으로 생각하고 있었다. 그런데 나는 그 구원자를, 그가 기적을 완수하자마자 그에 대해서는 더 이상 신경을 쓰지 않았던 것이다.

감사해하지 않았다는 것은 이미 말했듯, 내게는 이상하게 생각되지 않는다. 이상한 것은 나에게 호기심이 없었다는 점이다. 어떻게 데미안이 나를 감동시킨 그 비밀에 좀 더 가까이 다가가지 않고 단 하루라도 평온하게 살아갈 수 있었을까? 카인에 대해서, 크로머에 대해서, 또 독심술에 대해서 좀 더 듣고 싶은 호기심을 어떻게 억제할 수 있었을까? 아무래도 이해가 안 되지만 실제로 그랬다.

나는 내가 한순간에 악령의 그물에서 풀려나는 것을 보았다. 그리하여 다시 밝고 즐거운 세계로 돌아가 있는 나를 보았다. 더 이상 불안의 발작이나 목을 죄는 듯한 심장의 격한 고동에 시달리지 않았다. 저주의 주문이 풀려 더 이상 가책에 시달리는 죄인이 아니었으며, 예전과 다름없는 학생으로 되돌아가 있었다. 내 본성은 될 수 있는 한 빨리 균형과 안정 속으로 되돌아가려고 애를 썼다. 그래서 먼저 진저리나고 위협적인 일들은 모두 집어던지고 그것을 잊어버리려는 데 전력을 다했다. 그리하여 내 죄와 공포의 긴 역사 전체가 밖으로는 어떤 흉터도 인상도 남기지 않은 채 놀라우리만큼 빠르게 내 기억에서 사라져 버렸다. 그뿐 아니라 나에게 힘을 실어 주고 나를 구원해 준 데미안까지도 그 악몽과 함께 내 기억에서 빨리 지워 버리려 했다는 것도 지금에 와서는 이해할 수 있다.

저주받은 비탄의 계곡에서, 크로머의 몸서리쳐지는 억압에서 상처 입은 나의 영혼은 온 힘을 다해서 일찍이 행복으로 충만해 있던 세계로 도망쳐 돌아왔던 것이다. 잃어버렸던 낙원으로, 아버지와 어머니의 밝은 세계로, 누나들에게로, 정결한 향기와 하느님의 은총을 받는 아벨의 세계로.

데미안과 짤막한 대화를 나누었던 날, 내가 되찾은 자유를 완전히 확신하고 또다시 그런 일이 생길까 봐 두려워하지 않게 된 그날, 드디어 나는 전부터 갈망하던 일을 실행했다. 고해를 한 것이다.

나는 어머니한테 가서 장난감 돈이 들어 있는 찌그러진 저금통을 보여드리고, 내가 얼마나 오랫동안 내 자신의 죄 때문에 사악한 박해자에게 시달려 왔던가를 말씀드렸다. 어머니는 다 이해하시지는 못했지만 저금통과 달라진 나의 시선을 보고, 달라진 내 목소리를 듣고 내가 이제 병이 나았으며 어머니의 품으로 되돌아왔다는 것을 몸소 느끼셨다.

나는 후련하고 벅찬 감정으로 내가 밝은 세계에 다시 받아들여진 축제를, 탕아의 귀향 의식을 치렀다. 어머니는 나를 아버지에게로 데려가셨다. 같은 이야기가 되풀이되고, 질문과 경악의 탄성이 터져 나왔다. 부모님은 내 머리를 쓰다듬으시며 그동안 마음을 짓눌렀던 걱정을 떨치시고 안도의 숨을 내쉬었다. 그것으로 모든 것이 더할 나위 없이 깨끗하게 해결되었다. 믿어지지 않을 정도였다. 나는 정말 열정적으로 그 안정되고 조화로운 밝은 세계로 뛰어들었다.

마음의 평온과 부모님의 신뢰를 되찾은 기쁨은 너무나 컸다. 나는 곧 부모님의 모범적인 아들이 되었고, 전보다 더 많이 누나들과 어울려 놀았다. 기도시간에는 구원받은 자의 기쁨과 회개한 자의 정성을 다하여 좋아하던 찬송가들을 함께 불렀다. 거기에는 티끌만큼의 거짓도 섞이지 않았다. 모두 진심에서 우러나온 행동이었다.

하지만 나 자신이 완전히 안정된 것은 아니었다. 바로 이 대목에서 내가 데미안을 빨리 잊은 이유가 진정으로 해명될 것이다. 나는 그에게 고해를 했어야 했다! 그랬다면 부모님에게 한 고해처럼 그렇게 화려하고 감동적이진 않았겠지만 내게는 보다 풍성한 결과를 가져왔을 것이다.

그때 나는 어머니 아버지의 밝은 세계, 예전의 낙원으로 되돌아와 관대하게 받아들여진 것에 감사하며 거기에 달라붙어 있기 위해 나의 모든 뿌리를 뻗고 있었다. 그런데 데미안은 결코 그 세계에 속해 있지 않았고, 또 그 세계와 맞지도 않는 사람이었다. 크로머와는 다르지만, 나에게는 사악하고 나쁜 세계와 인연을 맺게 하는 또 하나의 유혹자였다. 그런데 나는 그 세계에 대해서는 영원히 알고 싶지가 않았던 것이다. 나 자신이 간신히 아벨이 된 지금, 아벨이기를 포기하고 카인을 찬양하는 일을 도울 수는 없었으며 또 그러고 싶지도 않았다.

이것은 밖으로 드러난 상황이다. 그러나 내면적으로는 이러했다.

내가 크로머라는 악마의 손아귀에서 풀려나긴 했지만, 내 자신의 힘과 노력으로 풀려나지는 않았다. 나는 이 세상의 오솔길을 걷다가 미끄러워 넘어질 뻔했다. 그때 친절한 손 하나가 나를 잡아 구해 낸 지금, 나는 더 이상 한눈팔지 않고 곧장 어머니의 품속으로, 경건했던 어린 시절의 안전한 울타리 속으로 되돌아왔다. 그리고 실제보다도 더 어리게, 더 의존적으로,

더 어린 아이같이 행동했다. 왜냐하면 크로머와의 예속 관계를 새로운 의존으로 대체해야 했기 때문이다. 혼자서 이 세상을 살아갈 수는 없기 때문이다. 그래서 맹목적으로 아버지 어머니에의 의존, 이미 유일한 세계가 아님을 알아 버린 옛날의 '밝은 세계'에의 의존을 선택한 것이었다.

그렇지 않았다면 나는 분명 데미안에게 의지하고 그에게 내 모든 것을 털어놓았을 것이다. 내가 그렇게 하지 않은 것은 그 당시 그의 이상스러운 사고를 불신하는 데서 비롯된 불안감 때문이었는데, 사실 그것은 두려움 외에는 아무것도 아니었다. 내가 만약 데미안에게 의존했더라면 그는 내게 우리 부모님보다 훨씬 더 많은 것을 요구했을 것이다. 격려와 경고로, 때로는 조롱과 풍자로 나를 보다 더 자립적으로 만들려고 노력했을 것임에 틀림없다.

아, 지금에 와서야 나는 알게 되었다. 이 세상에 있는 어떤 험난한 길도 자기 자신에게로 가는 길보다 걷기 어렵지 않다는 것을!

그로부터 반년쯤 뒤, 나는 의혹을 풀어 보려고 함께 산책길에 나선 아버지께 물어 보았다.

"카인이 아벨보다 더 훌륭하다고 말하는 사람이 있던데, 어떻게 생각하세요?"

아버지는 깜짝 놀라시며, 그것은 조금도 새로울 게 없는 견해라며 대략 다음과 같이 설명하셨다.

그 같은 견해는 원시 기독교 시대에도 있었다. 여러 종파에 의해 그 견해가 주장되었는데, 그 종파 가운데에는 '카인파'도 있었다. 그러나 그런 궤변적인 해석은 우리의 신앙을 파괴하려는 이단적인 시도에 지나지 않는다.

만약에 카인의 행위가 정당하고 아벨이 그릇된 인간이라면 당연히 하느님이 과오를 범한 것이 되며, 성서의 하느님은 절대적 유일신이 아니라 거짓된 신에 불과하다는 결론이 나오게 된다. 카인파는 실제로 그러한 궤변으로 설교도 하고 선교도 했지만, 그 이단자들은 벌써 오래전에 세상에서 사라져 버렸다.

아버지는 내 학교 친구가 그것에 대해 조금이라도 알고 있다는 사실이 놀랍다시며, 그러한 이단적인 견해에는 절대로 귀를 기울이지 말라고 진지하게 경고하셨다.

예수 옆에 매달린 도둑

내가 어렸을 때 부모님의 슬하에서 누렸던 안정감에 대해서, 사랑이 넘치는 부드럽고 밝은 환경 가운데서 즐거운 나날을 보냈던 시절에 대해서는 들려줄 이야기가 무궁무진하다. 모두가 아름답고 정답고 사랑스러운 이야기들이다. 그러나 내 인생에서의 나의 관심사는 오로지 '나 자신'에 이르기 위하여 내가 내디뎠던 걸음들뿐이다.

즐거운 안식처와 행복한 섬들, 낙원의 매력 등을 나라고 모를 리 없다. 하지만 그것들은 과거의 광채 속에 싸인 채 놓아두고 거기에 다시 발을 들여놓을 생각은 없다.

그래서 이 이야기가 아직 내 소년기에 머물러 있는 동안 더 할 이야기는 그 당시 어떤 새로운 것이 내게 닥쳐왔으며 무엇이 나를 앞으로 몰아갔는지, 또 무엇이 나를 유혹했는지에 대한 것뿐이다.

이와 같은 충동들은 언제나 저 '다른 세계'에서 몰려왔고, 늘 두려움과 강압과 양심의 가책을 수반했다. 또한 너무도 혁명적이어서 내가 안정하고자 하는 곳의 평화를 위태롭게 했다.

그리고 허용된 밝은 세계에서는 숨기고 은폐해야 하는 하나의 원시적 충동이 내 자신 속에 살고 있다는 사실을 새롭게 발견해야만 했던 시절이 되었다. 모든 사람들에게처럼 내게도 서서히 눈 뜨는 성性에 대한 감정이 적으로서, 파괴자로서, 금단의 것으로서, 유혹으로서, 또 죄악으로서 달려들었다. 내 호기심이 추구하는 것, 내게 꿈과 쾌감과 공포를 주는 것, 사춘기의 큰 비밀, 이런 것들은 울타리로 둘러싸인 내 유년기의 평화롭고 온화한 행복에는 전혀 어울리지 않았다.

나는 다른 아이들과 똑같이 더 이상은 어린아이가 아닌 이중생활을 영위하고 있었다. 즉, 내 의식은 우리 집의 허용된 경계 안에서 살면서 어렴풋이 솟아오르는 새로운 세계는 부정했다. 동시에 그 밑에 숨어 있는 여러 종류의 꿈이나 본능, 은밀한 소망 속에서도 살았다. 그 위에서 의식적 삶이 만드는 다리는 점점 더 위태롭게 되어 갔다. 내 속에서 유년의 세계가 붕괴되고 있었던 것이다!

거의 대부분의 부모들처럼 우리 부모님도 입 밖에 낼 수 없는 곳에서 눈을 뜨기 시작하는 내 생명의 충동을 모른 척하였다. 다만 점점 더 비현실적이고 위선적으로 되어 가는 어린아이의 세계 속에 좀 더 머무르려는 나의 절망적인 시도들을 다함없는 세심한 배려를 기울여 도와주었을 뿐이다. 이 점에서 부모라는 존재가 얼마나 도움이 될 수 있는지는 모르므로 나는 내 부모님을 비난하지는 않는다. 나를 완성하고 내 길을 발견하는 것은 나 자신의 문제였다. 그런데 나는 유복하게 키워진 대부분의 아이들이 그렇듯이 자신의 문제를 잘 처리 해 내지 못했다.

이 시기에는 누구나 이러한 어려움을 겪는다. 평범한 사람들에게 있어서 이 시기는 자기 삶의 욕구가 주변 세계와 가장 격렬하게 충돌하는 때이며, 한 발짝 한 발짝 고된 괴로움을 겪으면서 전진해야만 하는 인생의 분기점인 것이다. 많은 사람들이 이 시기에 죽음과 새로운 탄생을 경험한다. 인생에서 오로지 한 번, 유년 시절이 서서히 와해될 때, 우리가 사랑했던 모든 것이 우리를 떠나가려 하고 돌연 천애天涯의 고독과 죽음의 냉기에 에워싸여 있음을 느낄 때 경험하는 것이다. 그리고 아주 많은 사람들이 일생을 두고 애통하게도 두 번 다시 돌아올 수 없는 과거에 집착한다. 모든 꿈 중에서도 가장 사악하고 가장 치명적인 실낙원의 꿈에 집착하게 되는 것이다.

다시 내 이야기로 돌아가자. 내게 유년이 끝났음을 알려 주던 느낌들이나 꿈속의 환상들은 여기서 이야깃거리가 될 만큼 그리 대단하지는 않다. 중요한 것은 거기에 '어두운 세계', '다른 세계'가 다시 나타났다는 것이다. 한때 프란츠 크로머였던 것이 이제는 내 자신 속에 박혀 있었다. 그리고 그 '다른 세계'가 다시금 나를 지배하기 시작했다.

크로머와의 사건이 있은 후 몇 년이 지나고였다. 내 인생에서 아주 극적이고 죄악에 찼던 그 시절은 저편 아득히 멀어져서 짧은 악몽을 꾸고 곧 잊어버린 것처럼 흔적도 없이 사라진 때였다. 어쩌다 프란츠 크로머와 마주치는 일이 있어도 내 쪽에서 거의 주의를 하지 않을 정도였다. 하지만 내 비극의 또 하나의 중요한 등장인물, 막스 데미안은 그때까지도 내 주변에서 완전히 사라지지 않고 있었다. 그는 오랫동안 내 삶의 가장자리에 멀리 서 있었기 때문에 눈에는 띄었지만 영향을 끼치지는 않았다. 그저 간간이 신경이 쓰일 뿐이었다. 그러던 그가 마침내 서서히 거리를 좁히고 다가와 다시 힘과 영향력을 발휘하기 시작했다.

그 당시의 데미안에 대해서 내가 무엇을 알고 있었는지 떠올려 본다. 나는 일 년 동안, 아니 어쩌면 그 이상 데미안과 단 한 번도 이야기를 나눈 적이 없는 것 같다. 내 쪽에서 그를 피했고, 그도 일부러 굳이 나를 만나려고 하지는 않았다. 언젠가 한 번 우연히 마주쳤을 때 그는 고개를 끄덕여 아는 체했을 뿐 말은 걸어 오지 않았다. 그 다음에는 이따금씩 친근한 미소를 보내 왔다. 나는 그 미소 속에 약간의 빈정거림과 비난이 들어 있는 것처럼 생각되었다. 그렇지만 그것은 나 혼자만의 생각이었을 수도 있다. 내가 그와 함께 겪은 사건이며 당시 그가 나에게 행사했던 기이한 영향력에 대해서는 그도 나도 모두 잊은 듯이 행동했던 것이다.

데미안의 모습을 떠올려 본다. 지금 생각해 보니, 나는 늘 그를 먼발치에서 주목하고 있었던 것 같다. 그가 등교하는 모습이 떠오른다. 그는 혼자서 갈 때도 있었고 키가 큰 학생들 틈에 끼어서 갈 때도 있었다. 그 어느 때든 그는 자신만의 공기에 에워싸여 자신의 법칙대로 외롭고 고요하게, 하늘의 별처럼 걷고 있었다. 아무도 그를 사랑하지 않았고, 어머니 외에는 누구와도 친한 사람이 없었다. 그런데 그 어머니와도 모자지간이 아니라 어른들 교류하듯 지내는 것처럼 보였다. 선생님들은 되도록이면 그를 가까이하려 하지 않았다. 그는 모범생이긴 했지만 누구의 눈에 들려고 노력하는 학생이 아니었기 때문이다. 우리는 가끔 그가 선생님에게 말대꾸했다는 소문을 들을 수 있었는데, 그 항변은 우리에게 있어 더할 나위 없이 날카로운 도전이거나 통쾌한 빈정거림이었다.

두 눈을 감고 데미안의 모습을 떠올려 본다. 그가 어느 골목길에 서 있다. 저기가 어딜까? 그래, 생각났다. 우리 집 앞길이다. 데미안이 우리 집 앞에 서서 현관문 위에 장식되어 있는, 새가 새겨진 문장을 스케치하고 있다. 나는 창가의 커튼 뒤에 숨어서 문장에 집중하고 있는 그의 맑고 조용하면서도 이지적인 얼굴을 보며 놀라워하고 있다. 그것은 어른의 얼굴, 그것도 남다르게 뛰어난 의지로 가득 차 있는 탐구자, 혹은 환하고 서늘한 눈을 가진 예술가의 얼굴이었다. 그는 특별히 맑고 냉정하고 총명한 눈을 가지고 있었다.

또다시 그가 보인다. 나는 학교에서 돌아오는 길에 다른 아이들과 함께 쓰러져 있는 말을 구경하고 있었다. 말은 수레의 끌채에 묶여 있는 채로 쓰러져 있었는데, 커다란 콧구멍을 하늘로 향하고 구원을 요청하는 듯 헐떡거리고 있었다. 어딘가의 상처에서 흐르는 피가 먼지 쌓인 길바닥을 검붉게 물들이고 있었다. 속이 메슥거리고 기분이 나빠져 눈을 돌렸을 때 데미안의 얼굴이 보였다. 그는 앞쪽에 나와 있지 않았다. 멀찍이 뒤쪽에 그답게 태평스레, 그리고 아주 점잖게 서 있었다. 그의 눈은 말의 머리를 향해 있었는데, 예의 그 깊고 고요하며 무엇에 거의 빠져 있는 듯하면서도 냉정한 주의력을 띠고 있었다. 나는 오랫동안 그를 눈여겨보지 않을 수 없었다. 그 당시는 의식하지 못했지만, 데미안의 얼굴에서 뭔가 독특한 것을 보았던 것이다. 데미안은 얼굴은 단지 소년답지 않고 어른스러웠을 뿐만 아니라, 그 안에 여자 얼굴도 들어 있는 것 같았다. 특히 내 눈에는—비록 순간적이긴 했지만—그 여자 얼굴이 수천 살은 먹은 듯한, 왠지 시간을 초월하여 지금 우리가 살고 있는 시대와는 다른 시대의 낙인이 찍혀 있는 것처럼 보였다. 짐승이나 나무, 혹은 별이라면 그렇게 보일 경우가 있을 수 있었다.

지금 내가 어른이 되어 말한 것을 그때는 알지 못했으며 그 느낌도 정확하지 않았다. 그저 뭔가 비슷한 것을 느꼈을 뿐이다. 어쩌면 그는 미남인데다 내 마음에 들었을지도 모르고, 아니면 그가 거슬렸을지도 모른다. 그것 또한 구분이 가지 않는다. 내가 본 것은 오직 그가 우리들과 달랐다는 것뿐이다. 그는 한 마리 짐승, 아니면 유령, 아니면 어떤 우상 같았다는 것이다. 그때 그의 실제 모습이 어땠었는지는 생각해 낼 수 없지만, 아무튼 그는 우리와는 상상조차 할 수 없을 만큼 다른 인간이었다.

그 당시의 기억은 여기까지이다. 어쩌면 이만큼의 기억도 부분적으로는 훨씬 나중에 그의 인상에서 얻은 것을 재구성해 낸 것인지도 모르겠다.

나이를 몇 살 더 먹고 나서야 나는 그와 가깝게 지내는 사이가 되었다. 데미안은 관습에 따라 그의 동급생들과 함께 교회에서 받게 되어 있는 견진성사(가톨릭에서 성세 성사를 받은 신자에게 성령과 그 선물을 주어 신앙을 성숙하게 하는 의식)를 받지 않았다. 그리하여 또 한바탕 화젯거리가 되었다. 학교에서는 그가 사실은 유대교도거나 이교도라고들 했다. 한편에서는 데미안도 그의 어머니도 무종교주의자거나 아니면 요사스러운 사교邪敎를 믿고 있다고 떠벌리는 아이들도 있었다. 이 사교와 연관해서 데미안이 자기 어머니와 연인과 같은 관계로 살고 있다는 의심도 받은 것 같다.

추측하건대, 아마도 그는 그때까지 아무런 신앙 없이 키워진 것 같았다. 그런데 그 점이 그의 장래에 불이익을 초래하게 될지도 모른다고 생각했는지, 어쨌든 그의 어머니는 그의 동급생들보다 2년 늦게 그를 견진성사에 참여시킬 결심을 했다. 그리하여 그는 몇 달 동안 견진성사 수업을 우리 반에서 받게 되었고, 내 동급생이 되었다.

그러나 나는 한동안 그와 완전히 거리를 두고 있었다. 너무나 무성한 소문과 비밀에 싸여 있는 그와 어떤 관계도 갖고 싶지 않았던 것이다. 특히 크로머 사건으로 내 마음속에 남아 있는 어떤 의무감이 그와의 관계를 더욱 꺼리게 만들었다. 그리고 마침 그때 나는 나 자신의 비밀만으로도 벅찬 상태였다. 공교롭게도 견진성사 수업과 내가 성性에 결정적으로 눈을 뜬 시기가 일치했던 것이다. 그래서 선량한 의지를 가지고 있었음에도 불구하고 경건한 가르침에 대해 관심을 갖기가 어려웠다. 신부가 하는 이야기는 내게서 아득하게 멀리 떨어진, 조용하고 성스러운 비현실 속에 놓여 있었다. 그것은 대단히 아름답고 가치가 있는 것이었겠지만 결코 현실성이 있거나 자극적인 것은 아니었다. 그에 반해 다른 한편의 것은 바로 목전의 현실이었고 극도로 자극적인 것이었다.

이러한 상태가 나를 견진성사 수업에 무관심하게 만들면 만들수록 나의 관심은 그만큼 더 막스 데미안에게로 향했다. 눈에 보이지 않는 뭔가가 그와 나를 묶어 놓고 있는 것 같았다. 나는 가능한 한 정확하게 그 실마리를 따라가 보고자 한다.

어느 이른 아침에 견진성사 수업이 시작되었는데, 교실에는 아직 등불이 켜져 있었다. 신부님은 카인과 아벨에 대한 이야기로 수업을 시작했다. 나는 졸음이 와서 거의 듣지 않고 있었다. 그때 신부님이 목소리를 한층 높여 카인의 '표지'에 대해서 설명하기 시작했다. 바로 그 순간 나는 내 몸에 뭔가 와 닿는 듯한, 혹은 경고를 받은 듯한 느낌이 들어 얼굴을 들었다. 그때 줄지어 놓인 앞쪽 책상에서 데미안이 나를 돌아보고 있었다. 무언가 말하는 듯한 그의 맑은 눈에는 조소인 것도 같고 진지함인 것도 같은 표정이 나타나 있었다. 그는 아주 잠깐 나를 보고 다시 앞을 향했다. 나는 한껏 긴장하여 신부님의 이야기에 귀를 기울였다. 그리고 카인과 그 표지에 대한 이야기를 들으며, 마음 깊은 곳에서부터 한 가지를 깨달았다. 그것은 신부님의 이야기가 다는 아니라는 것, 다른 견해도 있다고 생각하며 내 자신이 그 점에 비판을 가하고 있다는 것이었다.

그 잠깐 사이에 나는 데미안과 다시 결합되었다. 그리고 기묘한 일은, 서로의 영혼이 결합되었다고 느끼자마자 마치 마술처럼 공간적으로도 가까워지는 것이었다. 그가 그렇게 만들었는지, 아니면 순수한 우연이었는지는 모르지만 —나는 확고하게 우연이라고 믿었지만— 며칠 지나지 않아 데미안의 자리가 갑자기 바로 내 앞자리로 바뀌는 것이었다. —학생들이 빽빽이 들어찬 교실 안의 퀴퀴한 냄새 한가운데서 아침마다 그의 목덜미에서 풍겨 오는 감미롭고 신선한 비누냄새 맡기를 내가 얼마나 좋아했던가를 아직도 기억하고 있다. 그러고는 며칠 뒤에 그의 자리가 다시 내 옆자리로 바뀌었는데, 그해 겨울 내내, 그리고 다음해 봄이 다 가도록 그는 그 자리에 그대로 앉아 있었다.

이른 아침 견진성사 수업을 듣는 내 기분은 완전히 달라졌다. 이제는 졸리지도 지겹지도 않았다. 그 시간을 오히려 즐겁게 기다리게 되었다. 우리가 주의력을 집중하여 신부님의 말씀에 귀를 기울이는 것은 아주 가끔이었다. 내 짝은 내게 눈짓 하나로 주의를 집중해서 들어야 할 이야기를 시사해 주었다. 그가 단호한 눈짓을 하면 그것은 내게 비판의식과 회의를 가지라는 경고였다.

그러나 우리는 자주 나쁜 학생들이었다. 전혀 강의를 듣지 않는 일도 있었던 것이다. 데미안은 선생님들이나 동급생들에게는 늘 공손했고, 다른 애들처럼 짓궂은 장난을 하거나 큰 소리로 웃거나 떠드는 것을 한 번도 보지 못했으며, 선생님들께 꾸지람을 듣는 일도 결코 없었다. 하지만 그는 아주 조용히, 소리를 낮춘 귓속말들보다는 신호나 눈짓으로 수업시간에 자기가 열중하고 있는 장난에 나를 끌어들였다. 가끔 신기한 일들이 일어나곤 했다.

예를 들면, 그는 내게 자기가 흥미를 갖고 있는 어떤 아이를 어떻게 연구하고 있는지에 대해 말해 주었다. 그는 대단히 많은 아이들을 아주 정확하게 알고 있었다. 한 번은 수업이 시작되기 전에 그가 한 아이를 슬쩍 가리키며 말했다.

"내가 엄지손가락을 들어 보이면 저 애가 우리 쪽을 돌아보거나 목덜미를 긁을 거야."

그러고는 수업이 시작되었다. 얼마 후, 좀 전에 들었던 말을 생각하지도 않고 있을 때 데미안이 갑자기 내게 엄지손가락을 들어 보였다. 나는 얼른 그가 지목했던 학생을 지켜보았다. 실로 기묘하게도 그가 지목한 아이는 매번 쇠줄에 매여 당겨지기라도 하는 듯 막스가 말한 대로의 몸짓을 했다. 그것은 데미안이 그 아이의 동작을 예언한 것이 아니라 그 아이에게 그런 동작을 취하게끔 하는 것이었다. 나는 신부님한테도 한번 실험해 보라고 데미안에게 졸랐지만 그는 하지 않았다.

그러던 어느 날, 수업이 시작되기 전에 내가 데미안에게 걱정을 말했다.

"오늘은 신부님이 나한테 아무것도 묻지 않았으면 좋겠어. 예습을 못 해 왔거든."

그날 그가 나를 도와주었다. 신부님은 교리문답의 한 단락을 암송할 학생을 찾고 있었다. 신부님의 시선이 내 주위를 맴돌다가 조마조마해하고 있는 내 얼굴에서 멎었다. 신부님이 천천히 다가왔다. 그리고 나를 손가락으로 가리키며 내 이름을 부르려는 순간, 갑자기 생각이 변했는지 그 손으로 자기 옷깃을 만지작거렸다. 그러고는 자기를 똑바로 응시하고 있는 데미안에게 뭔가를 물으려 하다가 다시 방향을 바꾸더니, 그 자리를 떠나면서 한동안 기침을 한 후에 다른 학생을 호명했다.

이 장난에 재미를 붙이고 흥겨워하는 동안 내 친구가 나한테도 이따금 그런 짓을 하고 있다는 것을 서서히 알아차렸다. 학교 가는 길에 갑자기 데미안이 어느 정도의 간격을 두고 내 뒤를 따라오고 있다는 기분이 들 때가 있었다. 그래서 뒤를 돌아보면 그는 어김없이 거기에 있었다.

나는 그에게 물어 보았다.

"형은 대체 무슨 수로 형의 생각을 남들에게도 생각하게 만드는 거야?"

그는 언제나처럼 어른 같은 태도로 침착하고 요령 있게 대답했다.

"아니, 그런 일은 할 수 없어. 신부님은 자유의지가 있다고 말씀하셨지만, 자유의지란 없어. 그래서 다른 사람에게서 내가 원하는 대로의 생각을 얻을 수도 없거니와, 또 내가 원하는 대로의 것을 다른 사람에게 시킬 수도 없는 거지. 하지만 누군가를 잘 관찰할 수는 있어. 잘 관찰해 보면 그가 도대체 무엇을 생각하고 느끼고 있는지 어느 정도는 정확하게 알 수가 있지. 그러면 그가 다음 순간에 무엇을 하리란 것도 대개 알아맞힐 수 있어. 사람들이 몰라서 그렇지, 그건 아주 간단한 일이야. 물론 연습이 필요하지만. 예를 들면, 불나방 중에 수컷보다 암컷의 수가 훨씬 적은 불나방이 있는데, 이 불나방도 다른 동물들과 똑같이 수컷이 암컷을 수태시키고 암컷이 알을 낳는 식으로 번식하지. 그런데 네가 만약 이 불나방의 암컷 한 마리를 가지고 있다면, 밤에 이 암나방에게로 날아오는 수많은 수나방들을 볼 수 있어. 그 수나방들은 몇 킬로미터나 떨어진 먼 곳에서부터 날아오는 거야. 생각해 봐, 몇 킬로미터나 떨어진 먼 곳에 있는 수나방들이 어떻게 네가 갖고 있는 단 한 마리의 암컷을 감지하고 추적해 오는 걸까? 곤충학자들도 수십 차례 실험해 봤지만 확실하게 밝혀내진 못했어. 아마 일종의 후각이 발달했거나 뭐 그런 거겠지. 이를테면 훌륭한 사냥개가 눈에 띄지 않는 짐승 자취를 찾아내어 따라갈 수 있는 것처럼 말이야. 이해하겠지? 자연계에는 이런 일들이 허다해. 누구도 설명할 수는 없지만. 그런데 나는 이렇게 말하고 싶어. 만약에 이 불나방의 암컷이 수컷과 같은 수효였거나 더 많았다면 수컷들의 후각이 그처럼 발달하진 않았을 거라고 말야. 수컷들이 그처럼 예민한 후각을 지니게 된 건 그들의 번식 본능에 의한 거듭된 훈련 때문일 거야. 인간이든 동물이든 어떤 특정한 것에 자신의 모든 주의력과 의지를 집중시키면 그것에 도달하게 돼. 자, 이게 전부야. 네가 아까 물었던 것도 똑같은 이치야. 누군가를 주의 깊게 자세히 관찰해 보면 그에 대해서 그 자신보다 네가 더 잘 알게 돼."

하마터면 '독심술'이란 단어를 입 밖에 내어 오래전 일인 크로머와의 사건을 데미안에게 상기시킬 뻔했다. 하지만 그 일은 우리 두 사람 사이에 있는 이상한 일 가운데 하나이기도 했다. 그가 몇 년 전에 아주 진지하게 내 인생에 개입했던 일에 대해 그는 물론 나도 결코 입 밖에 내지 않았던 것이다. 아주 살짝 암시하는 일조차 없었다. 우리 사이에는 이전에 아무 일도 없는 듯했다. 아니면 우리 둘 다 상대방이 그 일을 완전히 잊었다고 굳게 믿는 듯도 했다. 심지어는 한 번인가 두 번인가 함께 길을 가다가 프란츠 크로머와 마주친 적도 있는데, 그때도 우리는 눈길 한 번 서로 주고받지 않앉었다. 그에 관해 단 한 마디도 하지 않았었다.

"그러면 아까 말한 자유의지는 어떻게 되는 거지?"

내가 물었다.

"형은 아까 자유의지란 게 없다고 하고는, 지금은 또 의지를 집중시키면 목적에 도달하게 된다고 말했어. 이건 앞뒤 말이 안 맞잖아! 내가 내 의지의 주인이 아닌데 어떻게 내 마음대로 내 의지를 이리저리로 향하게 할 수 있어."

그가 내 어깨를 툭툭 쳤다. 내가 그를 기쁘게 할 때 그가 늘 하는 행동이었다.

"좋은 질문이야!"

그는 어른처럼 빙그레 웃으며 말하였다.

"네가 그걸 묻다니 아주 훌륭해! 항상 물어야 해. 항상 의심해야 하고. 그리고 그 질문에 대한 답은 아주 간단해. 예를 들면, 아까 그 불나방이 자기의 의지를 별이나 뭐 그 비슷한 곳으로 향했다면 그건 이룰 수 없는 일이겠지. 물론 불나방은 그런 어리석은 짓은 하지도 않지만. 불나방은 자기에게 의미와 가치가 있는 것, 자기가 필요로 하는 것, 자기가 꼭 가져야만 하는 것만 찾는 거야. 그리고 바로 그렇기 때문에 믿을 수 없는 일도 기적 같은 일도 이루어지는 거지. 불나방은 자신 외에는 어떤 동물도 갖지 못하는 마법 같은 제6감을 개발하는 거야! 물론 인간은 동물보다 활동 범위도 넓고 관심의 대상도 더 많지. 하지만 우리 인간도 비교적 좁은 테두리 안에 살면서 거기서 벗어나지 못해. 어떤 것에 대해 이런저런 상상의 날개를 펼 수는 있겠지. 가령 북극에 가고 싶다든가 뭐 그런 것 말이야. 하지만 정말로 실행하거나 강렬하게 원할 수 있는 것은 오로지 그 소망이 내 자신 속에 굳게 뿌리를 박고 나란 존재가 완전히 그것으로 채워져 있을 때만 가능하지. 그럴 경우에 네가 내면에서 명령하는 것을 실험해 보면, 그때는 틀림없이 좋은 결과를 얻을 수 있어. 네 의지를 마치 잘 훈련된 말처럼 부릴 수 있게 되는 거야. 가령 지금 내가 우리 신부님이 앞으로 안경을 안 쓰시도록 힘써 봐야겠다고 한다면 그게 되겠어? 그건 그냥 장난이야. 하지만 내가 작년 가을에 한 것처럼, 앞자리에 앉아 있으면서 자리를 바꿔야겠다는 확고한 의지를 갖게 되면 그럴 때는 아주 잘되지. 그때 마침 아파서 결석하던 아이가 갑자기 나타났어. 알파벳순으로 그는 내 앞자리에 앉아야 되었고, 누군가가 그에게 자리를 내줘야 했지. 물론 내가 기꺼이 자리를 내주고 네 옆으로 갔던 거야. 내 의지가 그렇게 하려고 준비하고 있었기 때문에 즉시 기회를 포착한 거지."

"맞아!"

내가 말했다.

"그때 나도 이상하게 생각했었어. 우리가 서로 관심을 가지자마자 형은 점점 내 자리로 가깝게 다가왔거든. 그런데 왜 그랬어? 처음부터 바로 내 옆에 앉지 않고 두세 번 옮겨서 내 옆으로 왔잖아. 안 그래? 왜 그런 거야?"

"처음엔 나 자신이 어느 자리로 가고 싶은지 제대로 몰랐었기 때문이야. 나는 그냥 훨씬 뒤쪽으로 가고 싶었거든. 네 옆으로 가는 것이 원래 내 의지였는데, 그때는 그것을 의식하지 못했던 거야. 그때 네가 네 의지로 나를 끌어당겨 도와준 거지. 네 앞자리에 앉았을 때야 비로소 나는 내 소망의 절반이 이루어졌다는 생각을 하게 됐어. 그때 깨달았지. 내가 원래 원했던 것은 바로 네 옆자리였다는 것을 말이야."

"그렇지만 형이 내 옆자리로 올 때는 결석하다가 갑자기 나온 아이도 없었는데?"

"그래, 없었어. 그때는 내가 원해서 곧바로 실행했지. 자리가 비어서 간 게 아니라 거기 앉아 있던 애하고 자리를 바꾼 거야. 내가 먼저 재빨리 그 자리에 앉아서 그 애더러 내 자리에 앉으라고 한 거지. 그 아이는 조금 의아해하면서도 그러라고 하더군. 그리고 변화가 일어났다는 것을 신부님이 한 번 알아차리셨어. ―아무튼 신부님은 내가 껄끄러우신가 봐. 번번이 나와 관련되면 내심 마음 불편해하셔― 신부님은 내 이름이 데미안이고, D자로 시작하는 내가 S자로 시작되는 아이들 가운데 앉아 있다는 것을 이상하게 생각하셨지! 그런데 그 사실이 그분의 의식 속에 깊이 파고들지는 않았던 거야. 내 의지가 거기에 맞서서 그렇게 되지 않도록 내가 쉴새없이 그분을 방해했거든. 그 선하신 분은 뭔가가 맞지 않는다는 것을 거듭 알아차리시고 어떻게 된 일일까 고개를 갸웃거렸지만, 한 마디도 하지 않으셨어. 그 때 내게는 아주 간단한 방법이 있었지. 매번 아주, 아주 똑바로 그분의 눈을 응시하는 거야. 그러면 거의 모든 사람들이 못 견디지. 다들 불안해져. 만약 네가 누군가에게 뭔가를 얻고자 하여 느닷없이 눈에 힘을 주고 똑바로 그의 눈을 쏘아보는데도 그가 전혀 불안해하지 않거든 포기해! 그런 사람에게서는 결코 아무것도 얻어 낼 수 없거든. 하지만 그런 일은 아주 드물지. 내가 아는 사람 중에 그렇게 해 봐야 소용없는 사람이 딱 한 명 있지만."

"그게 누군데?"

나는 얼른 물어 보았다.

그는 눈을 가느스름하게 뜨고 나를 바라보았다. 그는 생각에 잠기면 으레 그런 눈이 되었다. 그러더니 그는 눈길을 딴 데로 돌리고 대답을 하지 않았다. 몹시 궁금했지만 더 이상 물을 수는 없었다.

데미안은 그때 자기 어머니 이야기를 한 것이 아닌가 싶다. 그는 어머니와 무척 친밀했는데 나에게 한 번도 어머니 이야기를 한 적이 없고, 자기 집에 나를 데려간 일도 없었다. 그래서 그의 어머니가 어떤 분인지 나는 전혀 몰랐다.

그 당시 나도 가끔 실험을 했었다. 데미안처럼 어떤 목표물에 내 의지를 집중하고 그것에 도달하려고 시도해 보곤 했었다. 어떻게 해서든 반드시 실현시키고 싶은 절실한 소망이 있었던 것이다. 그러나 내 의지는 한데 모아지지 않았다. 데미안과 그 이야기를 해 볼 용기는 내지 못했다. 내가 소망하는 것을 아무래도 그에게 고백할 수 없었던 것 같다. 그리고 그도 내게 묻지 않았다.

그러는 동안 내 신앙심은 적지 않은 빈틈을 갖게 되었다. 전적으로 데미안의 영향을 받은 탓이지만, 나의 경우 무종교와 무신앙을 주장하는 동급생들의 생각과는 그 이유가 전혀 다르다고 스스로 생각하고 있었다. 무신앙을 주장하는 아이들이 몇 있었다. 그들은 이따금 신을 믿는다는 것은 우스꽝스러운 데다 인간으로서 품위 없는 일이라는 말을 흘렸다. 삼위일체니 예수가 동정녀의 몸에서 태어났다느니 하는 따위의 이야기는 정말 웃기는 이야기며, 오늘날까지 이런 넋 빠진 이야기를 팔고 다니는 행상인行商人이 있다는 것은 수치라는 것이었다.

나는 결코 그렇게 생각하지는 않았다. 때로 회의를 품긴 했어도, 내 어린 시절의 체험을 통해 현실적으로 얼마든지 우리 부모님이 사시는 것 같은 경건한 삶이 존재하며, 그것이 결코 위선이거나 품위 없는 것이 아니라는 것을 잘 알고 있었기 때문이다. 오히려 종교적인 것에 대해서는 여전히 깊고 경건한 마음을 갖고 있었다. 다만 데미안의 영향으로 성서의 설화나 교의를 좀 더 자유롭게, 보다 개인적이고 유희적이고 환상적으로 해석하고 바라보는 습관이 생겼을 뿐이다. 나는 언제나 그의 설명에 기뻐하며 그 견해를 즐겨 추종했다. 물론 나로서는 너무 과격한 것은 아닐까 생각할 때도 많았지만. 카인에 대한 견해가 그 대표적인 예이다.

한번은 견신성사 수업 중에 그가 훨씬 더 대담한 견해를 피력해 나를 놀라게 한 적도 있다. 신부님이 골고다 언덕에 대한 이야기를 막 끝낸 참이었다. 구세주의 수난과 죽음에 대한 성서 이야기는 유년 시절부터 내게 깊은 인상을 남겼던 이야기였다. 어린아이였던 나는 성 금요일 같은 날에 아버지가 예수 수난사를 낭독하시고 나면 거의 광적으로 감동에 사로잡히곤 했다. 나 자신이 그 비통하게 아름답고, 창백하고, 무섭도록 생생한 겟세마네 동산과 골고다 언덕에서 사는 것 같았다. 그리고 바흐의 '마태 수난곡'을 들을 때면 그 신비로운 세계가 지닌 음울하면서도 우렁찬 열정의 광채가 온갖 신비로운 전율로 나를 뒤흔들었다. 나는 지금도 이 음악에서, 그리고 '비극 Actus Tragicus(바흐의 장송 칸타타)'에서 모든 시와 모든 예술적 표현의 정수를 맛보곤 한다.

견진성사 수업이 끝날 때쯤, 데미안이 깊은 생각에 잠겨 있다가 내 얼굴을 보며 말했다.

"싱클레어, 이 얘긴 아무래도 마음에 걸리는 데가 있어. 자, 여기를 한 번 죽 읽어 봐. 그리고 음미해 봐. 뭔가 싱겁고 감상적인 데가 있어. 예수와 함께 십자가에 매달린 두 강도에 대한 이야기 말야. 언덕 위에 예수와 두 강도를 매단 십자가 세 개가 나란히 서 있는 모습은 정말 장엄하지! 하지만 이건 우직한 강도들에 대한 감상적인 선교 전단용傳單用 이야기야! 두 강도가 무슨 짓을 저질렀는지는 모르지만, 여하튼 그들은 무서운 죄를 범한 죄인이야. 하느님이 모든 걸 알고 있지. 그런데 한 강도가 죽음을 코앞에 두고 회개의 눈물을 줄줄 흘리는 거야! 너한테 묻겠는데, 무덤 두 발짝 앞에서 하는 회개가 도대체 무슨 의미가 있을까? 이거야말로 달짝지근한 속임수야. 지극히 교화적인 배경에다 측은지심이라는 엿기름을 곁들인 거지. 진정한 신부님의 이야깃거리는 아무래도 못 돼. 만약 네가 오늘 두 강도 중 한 사람을 친구로 택해야 한다면, 혹은 둘 중 누구를 더 신뢰할 수 있는가를 생각해야 한다면 그건 이 징징거리는 개십자 쪽이 아닐 게 분명해. 다른 쪽이야. 회개하지 않은 그 강도야말로 개성이 강한 진짜 사내잖아. 그의 처지에서는 그저 듣기 좋은 허튼소리에 지나지 않는 회개 따위를 무시한 거야. 그는 끝까지 자신의 길을 간 것이지. 그리고 그때까지 자신을 도와 온 악마의 손을 마지막 순간에 놓는 비겁한 짓을 하지 않은 거야. 그는 줏대 있는 인간이야. 성서 이야기에서는 줏대 있는 사람들이 매번 손해를 보지만. 어쩌면 그도 카인의 후예일 거야. 그렇게 생각하지 않니?"

나는 몹시 당황했다. 이 예수의 십자가 수난 이야기라면 내 자신이 내 집처럼 편안히 확신해도 된다고 믿었었는데, 지금 비로소 내가 얼마나 개성 없고 상상력도 없이 그 이야기를 듣고 읽었는가를 깨달았다. 데미안의 새로운 해석이 나에게는 숙명적으로 들렸다. 이제까지 고수하지 않으면 안 된다고 믿어 왔던 내 기존관념을 완전히 뒤집어 버리는 것이었다. 그렇지만 그게 아니다. 지고至高의 성인을 아무나 그렇게 함부로 다루어서는 안 되는 것이다.

언제나처럼 내가 아무 말도 하지 않는 것은 곧 속으로 반대하고 있는 것임을 알아차린 데미안이 먼저 입을 열었다.

"알았어."

그는 나를 설득하기를 단념하고 말을 계속했다.

"이건 오래된 이야기야, 그렇게 심각해질 필요 없어. 하지만 네게 말해 두고 싶은 것이 있어. 바로 이 이야기에 이 종교의 결점이 아주 분명히 드러나는 점 하나가 있다는 거야. 구약이나 신약의 이 신은 확실히 전능하고 훌륭하지만, 원래 그가 나타내야 할 표상을 드러내고 있지 않은 데 문제가 있어. 그는 선하시고 귀하시고 아버지시고 아름다우시고, 그리고 높으시고 다감한 분이야. 그건 좋아! 그런데 세계는 다른 것으로도 이루어져 있단 말이야. 악마의 세계가 있지. 지금에 와서는 모조리 악마에게 귀속되어 버렸지만. 그런데 세계의 이 다른 부분 절반이 통째로 은폐되고 묵살되어 있어. 사람들은 신을 모든 생명의 아버지라고 찬미하면서도 모든 생명의 근거가 되는 성생활性生活은 간단히 묵살하고, 툭하면 그걸 악마의 소행이며 죄악이라고들 말하지. 나는 사람들이 이 여호와 신을 숭배하는 것에 대해서는 아무런 반대도 하지 않아. 조금도. 하지만 우리는 모든 것을 숭배하고 신성시해야 된다고 생각해. 인위적으로 분리시킨 절반만이 아니라 세계 전체를 말이야! 그렇다면 우리는 신에게 예배하는 동시에 악마에게도 예배를 드려야 할 거야. 그게 옳은 일이라고 생각해. 아니면 예배를 하나 더 만들든지. 악마도 그 안에 포함하고, 세상에서 지극히 자연스러운 일들이 행해질 때도 그 앞에서 눈을 감지 않아도 좋을 그런 신을 위해서 말이야."

데미안은 평소답지 않게 거의 흥분해 있었다. 하지만 곧 다시 미소를 띠었고, 더 이상은 나에게 대답을 강요하지 않았다.

그러나 나는 데미안의 이야기를 들으며 내가 소년 시절 내내 누구에게도 말하지 못한 채 풀 수 없었던 수수께끼에 대한 의문을 풀 수 있었다! 데미안은 신과 악마에 대하여, 공인된 신의 세계와 묵살된 악마의 세계에 대하여 말했던 것이다. 그것은 바로 나 자신의 생각, 나 자신의 신화, 나 자신의 두 세계 혹은 세계의 두 절반—밝은 세계와 어두운 세계에 관한 생각이었던 것이다. 나만의 문제였던 것이 모든 인간의 문제, 모든 삶과 생각의 문제였다는 깨달음이 돌연 성스러운 그림자처럼 내 마음을 스쳐 갔다. 그리고 다음 순간 지극히 개인적인 내 삶과 생각이 거대한 사유의 영원한 흐름에 얼마나 깊이 관여되어 있는가를 느끼게 되자 두려움과 경외심이 엄습했다.

그 깨달음은 내 의문을 풀어 주고 행복하게 해 주는 것이었는데도 왠지 기쁘지 않았다. 그 깨달음의 맛은 시고 떫었다. 그 안에는 일말의 책임의식이, 이제는 더 이상 어린아이일 수 없다는, 홀로 독립해야 한다는 울림이 들어 있었기 때문이다.

나는 아주 어릴 때부터 지녀 왔던 '두 개의 세계'에 대한 내 견해를 친구에게 이야기했다. 이처럼 마음속에 품고 있던 비밀을 털어놓는 것은 난생 처음이었다. 친구는 내가 마음속 깊이 자기와 공감하고 있으며 또 인정한다는 것을 알아차렸다. 물론 그러한 나를 이용하려는 것은 아니었다. 그는 일찍이 본 적 없는 진지한 태도로 내 이야기에 귀를 기울였다. 그리고 똑바로 내 눈을 들여다보고 있었기 때문에 나는 끝내 눈을 다른 데로 돌리지 않을 수 없었다. 그의 시선 속에서 또 그 시간을 초월한 상상조차 할 수 없는 나이를 느꼈기 때문이다.

"그 얘긴 다음에 언제 더 하도록 하자."

그는 다독거리듯 말했다.

"네가 네 입으로 말하는 것 이상을 생각하는 사람인 걸 알고 있어, 싱클레어. 그리고 네가 생각했던 것을 다 경험으로 살리지 못했다는 것도 나는 알지. 물론 너 자신이 더 잘 알겠지만 말야. 그런데 그래선 안 돼. 실제 행동으로 옮길 수 있는 생각만이 가치가 있는 것이거든. 네가 말한 '허용된 세계'는 단지 세계의 절반에 지나지 않는다는 것을 너는 알았어. 그리고 나머지 절반은 신부님이나 선생님들처럼 감추려 했지. 하지만 잘 안 될 거야. 그건 누구도 안 돼! 한번 생각하기 시작하면 절대로 안 되는 법이야."

이 말은 나에게 깊게 와 닿았다.

"그렇긴 하지만!"

나는 거의 부르짖다시피 말했다.

"그렇지만 실제로 금지된 추악한 일들이 있잖아. 이건 형도 부인하지 못할걸! 그런데 생각했다고 어떻게 금지된 일을 실행해? 어떤 일이 일단 금지되면 우리는 포기해야 되는 거야. 세상에 살인이나 별의별 죄악이 다 존재하고 있는 건 나도 알아. 하지만 그런 것들이 존재하니까 날더러 자진해서 범죄자가 되라는 건 말이 안 되잖아?"

"아무래도 오늘은 이야기를 다 끝내지 못할 것 같다."

데미안은 흥분한 나를 가라앉혔다.

"널더러 누굴 때려죽이라거나 소녀를 강간 살인하라는 게 아니야. 당연히 아니지. 하지만 넌 아직 '허용되었다', '금지되었다'라는 것이 무엇인지 통찰하는 단계에까지는 가 보지 못했어. 겨우 진리의 일부분을 느낀 것뿐이야. 곧 다른 부분도 차차 알게 될 거야. 그것에 자신을 믿고 내맡겨 봐. 넌 아마 일 년쯤 전부터 네 속에서 다른 무엇보다 강한 하나의 충동을 느꼈을 거야. 맞지? 그런데 그 본능적 충동을 '금지된' 것이라고 생각하고 있지. 하지만 그리스인들을 비롯해 다른 여러 민족들은 오히려 이 충동을 신성한 것으로 여겨 큰잔치를 벌이며 그것을 기렸어. 그러니까 내 말은, '금지되었다'는 것은 영원한 것이 아니라 바뀔 수 있다는 거야. 누구든 신부님 앞에 여자를 데리고 가서 결혼이란 걸 하고 나면 그 여자와 함께 자도 좋다고 허용되지. 다른 민족의 경우에는 사정이 다르지, 지금까지도 말이야. 그러니까 우리는 무엇이 허용되고 무엇이 금지되어 있는지, 자기에게 금지되어 있는 것이 무엇인지 스스로 찾아내야 해. 그런데 금지된 짓을 전혀 하지 않고도 대단한 악당이 되는 사람도 있어. 거꾸로 악당이 되어야 금지된 일을 할 수 있기도 하고 말이야. 사실 그것은 안일에 관계된 문제지. 스스로 생각하고 스스로 자신을 판결하지 못하는 사람들은 이 금제禁制에 복종하고 순응하지. 이런 사람들은 세상 살기가 쉽지. 하지만 자기 내면에 어떤 규범이 있다는 것을 느끼는 사람들도 있어. 그들에게는 여느 신사들이 일상다반사로 하는 일들이 금지되기도 하고, 반대로 엄격하게 금지되어 있는 일들이 허용되기도 해. 각자 스스로 자기 자신에 대해 책임을 질 일이지."

데미안은 한꺼번에 많은 이야기를 한 것이 후회되는지, 갑자기 말을 뚝 끊었다. 나는 그때 그가 무슨 생각을 했으며 무엇을 느꼈는지 조금은 짐작할 수 있었다. 평소에 그는 이야기할 때 겉보기에는 단순히 자기 머리에 떠오르는 것을 유쾌하게 말하는 것처럼 이야기했지만, 그 자신이 언젠가 말했듯 '그저 지껄이는' 이야기하기를 죽기보다 더 싫어했다. 그런데 그때 그는 내가 자기의 이야기에 진정한 관심을 기울이곤 있지만 처음 듣는 이야기에 대한 흥미와 그의 재치 있는 언변에 대한 즐거움으로, 다시 말해서 완전한 진지함이 결여되어 있다는 것을 느낀 것이었다.

방금 전에 내가 마지막으로 쓴 말! '완전한 진지함의 결여'를 다시 읽어보니 갑자기 다른 장면 하나가 떠오른다. 내가 아직 절반은 어린아이이던 시절에 막스 데미안과 함께 겪은 가장 강렬한 장면이다.

우리가 견진성사를 받을 때가 다가왔다. 마지막 종교 수업 시간에는 최후의 만찬에 대한 설명이 있었다. 신부님은 그것을 아주 중요하게 여겼으므로 더 신경을 쓰시며 무척 열심이셨다. 분명 어떤 성스러운 감동이 있었다. 그런데 바로 그 마지막 수업 몇 시간 동안에 내 생각은 다른 것에 묶여 버렸다. 다른 것이란 바로 내 친구 막스 데미안이었다.

교회라는 공동체에 입문하는 거룩하고 장엄한 의식인 견진성사를 기다리는 동안 좀 엉뚱한 생각이 들었다. 약 반년가량 받은 종교 수업의 가치가 교실에서 배운 것 가운데 있지 않고 데미안의 곁에서 그의 감화를 받아 얻어진 것이라는 생각이 가슴 한 구석에서 머리를 들기 시작했던 것이다. 내가 입문할 곳은 교인들의 교회가 아니라 전혀 별도의, 어딘가 이 지상에 분명히 존재하고 있을 사상과 개성을 지닌 종단宗團인 것 같았다. 그 종단의 교주나 사도들이야말로 내 참다운 벗이라는 생각이 들었다.

나는 이 생각을 떨쳐 내려고 노력했다. 어찌 되었든 간에 견진성사 의식만큼은 엄숙한 마음으로 품위 있게 경험하겠다고 결심했기 때문이다. 그런데 나의 새로운 생각들은 그 품위가 별로 마음에 들지 않는 것 같았다. 아무리 애를 써도 새로운 생각들을 떨쳐 낼 수가 없었던 것이다.

하지만 나는 기어이 내가 원하는 것을 하리라 마음먹었다. 나름대로 생각이 있었다. 그 생각은 바로 코앞에 닥쳐온 교회 의식과 연결되어, 나는 이 의식을 다른 사람들과는 다르게 독자적으로 치를 준비를 했다. 나에게는 그 의식이 데미안의 감화에 의해서 알게 된 사고세계의 일원이 된다는 의미가 내포되어 있었던 것이다.

내가 다시 한 번 데미안과 열심히 논쟁을 벌인 것은 그 무렵이었다. 언젠가 견진성사 수업이 시작되기 바로 전이었다. 데미안은 단추를 꼭 채운 듯한, 꽤 노숙하고 점잔 빼는 내 이야기에 시큰둥한 얼굴을 했다.

"말이 너무 많으면……."

그가 서먹할 정도로 진지하게 말했다.

"똑똑한 이야기를 늘어놓는 건 아무런 가치도 없어. 전혀! 자기 자신으로부터 멀어져 갈 뿐이야. 자기 자신에게서 멀어져 가는 것은 죄악이지. 거북이처럼 자기 자신 속으로 완전히 기어들 수 있어야 해. 거북이처럼."

그리고 우리는 바로 교실로 들어갔다. 곧 수업이 시작되었다.

나는 신부님의 이야기에 주의를 집중하려고 애썼고, 데미안은 그러는 나를 방해하지 않았다. 한참 후 그가 앉아 있는 옆자리에서 뭔가 이상한 기미가 느껴졌다. 마치 자리가 휑하니 비어 버린 듯 일종의 공허랄까 서늘함 같은 것이 느껴지는 것이었다. 그 느낌이 조여들기 시작했을 때 고개를 돌려 옆을 보았다.

내 친구는 여느 때와 다름없이 거기 앉아 있었다. 꼿꼿하게 바른 자세로 단정하게 앉아 있었다. 그러나 평소와 아주 달랐다. 무언가 알 수 없는 것이 그의 몸에서 발산되고 있었고, 그 몸은 내가 한 번도 본 적이 없는 이상한 것에 둘러싸여 있었다. 나는 그가 눈을 감고 있다고 생각했는데 그는 눈을 뜨고 있었다. 하지만 그 눈은 아무것도 보고 있지 않았다. 보고 있지 않은 것이 아니라 자신의 내면, 아니면 아득히 먼 곳을 향해 이미 떠나고 없었다. 미동도 없이 그는 거기에 앉아 있었다. 숨도 쉬지 않는 것처럼 보였다. 입은 나무나 돌로 깎아 놓은 것 같았으며, 얼굴은 핏기가 없이 창백했다. 앞자리의 긴 나무의자 위에 놓여 있는 두 손은 정물화의 모델로 갖다 놓은 돌이나 과일처럼 생명 없이, 손가락 하나 까딱하지 않고 있었다. 그렇지만 맥없이 늘어진 것이 아니라 은밀하고 강인한 생명력을 가지고 있었다.

나는 전율했다. 하마터면 그가 '죽었다!'고 크게 소리를 지를 뻔했다. 그러나 그가 죽지 않았다는 것을 나는 알고 있었다. 나는 마법에 걸린 듯 그의 얼굴을, 그 핏기 없고 돌처럼 굳어 버린 파리한 가면을 바라보며 시선을 떼지 못했다. 그러면서 '저게 진짜 데미안이다!'라고 느꼈다. 나와 함께 걷고 이야기하던 여느 때의 그는 다만 데미안의 반쪽이었다. 이따금씩 한 역할을 연기하는, 그때그때 적당한 처리를 하며 순응하고 마음이 내키면 호의로써 함께하는 그저 반쪽의 데미안일 뿐이었다. 그러나 진짜 데미안은 이런 모습이었다. 이렇게 돌 같고, 고색창연하고, 동물 같고, 목석같고, 아름답고, 싸늘하고, 죽어 있는 동시에 생명력이 충만해 있는 모습이었다. 그리고 그의 주위는 고요한 공허, 정기精氣, 별과 하늘과 고독한 죽음이 에워싸고 있었다!

나는 전율하며 그가 지금 자신 속에 완전히 침잠해 있다는 것을 느꼈다. 나는 일찍이 그때처럼 고독했던 적이 없다. 나는 그와 아무런 관계도 없는 사람이었다. 그는 내가 도달할 수 없는 사람이었다. 그가 세상에서 가장 먼 섬에 가 있다 해도 이토록 내게서 멀리 느껴지지는 않았을 것이다.

나 외에는 아무도 그 광경을 보지 못했다는 것이 도저히 이해되지 않는다! 모두가 보고 전율을 느꼈어야 하는데, 그에게 주의를 기울인 사람이 아무도 없었던 것이다. 그는 그림처럼, 내가 동상이라고 생각할 수밖에 없는 자세로 꼿꼿이 앉아 있었다. 파리 한 마리가 그의 이마에 내려앉아 천천히 콧등을 거쳐 입술 쪽으로 기어갔다. 그런데도 그는 눈썹 하나 움찔 하지 않았다.

'어디에, 데미안은 지금 대체 어디에 가 있는 걸까? 뭘 생각하고 있을까? 뭘 느끼고 있는 거지? 천국에 가 있는가, 지옥에 가 있는가.'

그것을 그에게 직접 물어 볼 수는 없었다. 수업이 끝날 무렵 그는 다시 살아나 숨을 쉬기 시작했다. 나와 시선이 마주쳤을 때는 이미 여느 때의 데미안으로 돌아와 있었다.

'도대체 어디에 갔다 온 것일까?'

그는 피곤해 보였다. 얼굴은 혈색을 되찾고 두 손도 움직이기 시작했다. 그러나 갈색 머리카락은 윤기가 없고 부스스해 보였다.

그 일이 있은 다음 며칠 동안 나는 내 침실에서 여러 번 새로운 연습에 몰두했다. 의자에 똑바로 앉아 정면의 한 점에 시선을 고정시키고 완전히 부동자세를 취했다. 그리고 기다렸다. 얼마나 내가 오랫동안 그 자세를 지속시킬 수 있으며, 또 무엇을 느낄 것인지를. 그러나 매번 얼마 못 가 곧 피곤해지고 눈꺼풀에 심한 경련이 일 뿐이었다.

그 후에 견진성사 의식이 있었는데, 거기에 대해서는 별로 남아 있는 기억이 없다.

이제 모든 것이 달라졌다. 내 유년 시대는 폐허가 되어 내 주변에서 자취를 감추었다. 부모님은 약간 난처한 기색으로 나를 지켜보고 있었고, 누나들은 아주 낯설어졌다. 유년의 꿈에서 깨어나자 이제까지 친숙했던 감정이나 기쁨은 빛이 바래고 왜곡되었다. 꽃밭은 향기를 잃고, 수풀은 더 이상 마음을 끌지 않았다.

내 주위의 세계는 고물상처럼 아무런 맛도 멋도 없었다. 책은 그냥 종이뭉치가 되어 버렸고, 음악은 그저 소음일 뿐이었다.

가을이 되면 나뭇잎이 주위에 떨어진다. 그러나 나무는 느끼지 못한다. 나무줄기 위로 비가 쏟아지고 햇빛이 흘러들고 서리가 내린다. 나무의 내부에서는 생명이 서서히 가장 깊은 곳으로 움츠러 들어간다. 그러나 나무는 죽은 것이 아니다. 기다리고 있는 것이다.

방학이 끝나면 다른 도시에 있는 김나지움에 진학하기로, 난생 처음 집을 떠나기로 결정되어 있었다. 어머니는 가끔 전에 없이 정겹게 내 옆에 다가와 사랑과 향수와 잊지 못할 추억들을 내게 상기시키려고 애쓰셨다. 이별을 준비하시는 것이었다.

데미안은 여행을 떠났다.

나는 고독했다.

베아트리체

 친구를 다시 만나 보지 못한 채 나는 방학이 거의 끝날 무렵 성聖 ××시로 떠나 왔다. 부모님도 함께 오셔서 세세한 데까지 마음을 써 나를 어느 김나지움의 교사가 운영하는 소년 하숙집에 맡기셨다. 부모님이 그때 나를 어떤 곳에 넣었는가를 아셨더라면 아마 기겁하지 않을 수 없었을 것이다.
 시일이 지남에 따라 내가 선량한 아들이 되고 또 유능한 시민이 될는지, 아니면 내 천성이 다른 길을 향해 갈는지는 여전히 의문으로 남아 있었다. 아버지의 집과 그 정신의 그늘 속에서 행복하려 했던 내 마지막 노력은 꽤 오랫동안 계속되었지만, 가끔 성공한 듯했어도 결국은 완전히 실패로 끝나고 말았다.
 견진성사를 마친 후 방학 동안 내가 처음으로 느꼈던 그 불가사의한 공허와 고독감은 —이 공허와 고독감을 어떻게 또 알게 되었던가!— 쉽게 사라지지 않았다. 고향을 떠날 때는 이상하리만큼 마음이 가뿐했었다. 조금도 슬프지 않은 것이 오히려 부끄러울 정도였다. 누나들은 하염없이 울었지만 나는 전혀 눈물이 나지 않았다. 그리고 그러한 나 자신이 놀라웠다. 그때까지의 나는 늘 감수성이 풍부하고 바탕이 비교적 선한 소년이었는데, 지금은 완전히 달라져 버린 것이다. 나는 바깥 세계에서 벌어지는 일들에 대해서는 전혀 관심을 기울이지 않았다. 오직 나 자신의 내면에 귀를 기울이고 강물 소리를, 내 마음속 지하에서 출렁이는 금제의 어두운 강물 소리를 듣는 데만 열중했다. 그런 나날이 거의 반년이나 계속되었다.

그 반년 동안 내 키는 부쩍 자랐다. 그리하여 키만 훌쩍 크고 몸피는 가는 아직 덜 성숙한 모습으로 세상을 둘러보았다. 소년의 사랑스러운 모습은 내게서 완전히 사라졌다. 그런 모습으로는 남들로부터 사랑을 받지 못할 것이라고 생각되었으며, 나 자신 또한 그러한 내 모습을 사랑하지 않았다. 나는 막스 데미안이 미칠 듯이 자주 그리웠다. 그리고 가끔은 그가 미울 때도 있었다. 몹쓸 병을 떠맡아 내 삶이 빈곤해진 책임을 그에게 돌리기도 했다.

하숙집에서는 처음부터 사랑도 존경도 받지 못했다. 다른 하숙생들은 나를 처음에는 음침하고 패기 없는 사람이라고 놀리더니 나중에는 차츰 불쾌한 괴짜라며 멀리하기 시작했다. 나는 그것이 마음에 들어 일부러 그 역할을 과장하며 고독 속으로 더더욱 빠져들었다. 남들이 보기에는 그러한 내가 지극히 시건방지게 세상을 멸시하는 것처럼 보였을 테지만, 나 자신은 고뇌와 절망이 파고드는 발작에 짓눌리고 있었다.

학교에서는 새로운 비축 없이 집에서 쌓았던 지식만 소모해 나갔다. 이 학교는 전에 다니던 학교에 비해 진도가 약간 뒤처져 있었다. 그래서 내 또래의 동급생들을 다소 경멸하며 어린아이들로 취급하는 버릇이 생기고 말았다.

일 년 이상을 그렇게 지냈다. 방학을 맞아 처음 집으로 돌아갔을 때도 내게는 전혀 새로운 것이 없었다. 나는 기꺼이 다시 하숙집으로 돌아왔다.

11월 초였다. 그 무렵 나는 날씨가 좋든 나쁘든 산책을 하며 생각에 잠기는 것이 버릇이 되었다. 깊은 생각에 잠겨 산책하면서 종종 희열 같은 것을 맛보았던 것이다. 우수와 세상에 대한 멸시와 자기모멸에 가득 찬 희열이었다.

어느 날, 나는 축축한 안개가 깔린 어스름 무렵에 어슬렁어슬렁 공원을 거닐었다. 사람의 그림자가 없는 넓은 가로수 길은 어서 오라고 나를 부르는 듯했다. 길에는 낙엽이 두텁게 쌓여 있었다. 나는 우울한 쾌감을 느끼며 낙엽들을 밟았다. 축축하고 쌉싸래한 냄새가 났다. 멀리 있던 나무들이 안개를 뚫고 유령처럼 불쑥불쑥 나타났다가 뒤로 사라져 갔다.

나는 가로수 길 끝까지 가서 멈추어 섰다. 그러고는 어디로 갈까 망설이면서 발밑에 떨어져 있는 낙엽들을 응시하며 그 축축한 부패와 사멸의 향기를 탐닉하듯 들이마셨다. 나의 내면에서 무언가가 응답하며 그 향기를 반겼던 것이다. 아, 삶의 맛이 이토록 김빠진 것인가!

그때 곁길에서 누군가가 나타나 깃 달린 외투자락을 바람에 날리면서 내 쪽으로 걸어왔다. 내가 그만 돌아서려는데 그가 나를 불러 세웠다.

"어이, 싱클레어!"

내 곁으로 다가온 사람은 하숙집에서 제일 나이 많은 알폰스 베크였다. 나는 그를 보는 것이 좋았고, 그에 대해 아무런 반감도 없었다. 그가 다른 모든 후배들한테나 나한테나 늘 비아냥거리는 말투로 아저씨처럼 군다는 것을 제외하면. 그는 곰처럼 힘이 세다고 알려져 있었다. 하숙집 주인도 꼼짝 못 하게 제 손아귀에 쥐었다는 소문도 있었다. 어쨌든 그는 김나지움 학생들 사이에 떠도는 많은 소문의 주인공이었다.

"여기서 뭘 하니?"

그는 어른이 가끔 어린아이들 사이에 끼어들 때 하는 말투로 붙임성 있게 물었다.

"어디, 내가 알아맞혀 볼까? 너 시를 짓고 있었지?"

"천만에! 시는 무슨 시."

나는 무뚝뚝하게 대꾸했다.

그는 웃음을 터뜨리더니 나와 어깨를 나란히 하고 걸으며 지껄이기 시작했다. 내겐 전혀 익숙지 않은 방식이었다.

"이봐, 싱클레어. 넌 내가 그 방면에 대해선 모를 거라고 생각하는 모양인데, 그런 걱정은 할 필요 없어. 이런 가을 저녁에 사색에 잠겨서 안개 속을 거닐다 보면 뭔가 꼭 집어 말할 수 없는 감정이 저절로 우러나는 법이지. 그런 때는 시라도 짓고 싶어지는 거잖아. 자연의 쇠락이라든가, 그 자연처럼 사라지는 청춘이라든가 뭐 그런 것에 대해서 말이야. 하인리히 하이네처럼."

"난 그렇게 감상적이지 않아."

난 얼른 그의 말을 끊었다.

"그래, 좋다! 그 얘기는 그만두고, 이런 날씨에는 포도주라도 한 잔 조용히 마실 수 있는 장소를 찾는 게 좋을 것 같은데. 어때, 함께하지 않을래? 난 지금 아주 외롭거든. 싫어? 뭐, 네가 굳이 모범생이고자 한다면야 나도 굳이 권하진 않겠어. 널 꼬드길 마음은 없으니까."

얼마 후 우리는 뒷골목의 어느 주점에서 품질이 수상한 포도주 잔을 부딪쳤다. 처음에는 그리 내키지 않았지만 어쨌든 그건 뭔가 새로운 것이기는 했다. 술에 익숙지 않았던 나는 몇 모금 마시지 않아 아주 말이 많아졌다. 내 속에서 창문 하나가 활짝 열리고 바깥세계가 그리로 들어왔다. 오랫동안, 얼마나 끔찍하게 오랫동안 나는 마음을 터놓고 내 영혼에 관한 말을 하지 못했던가! 나는 정신없이 이야기를 늘어놓았다. 카인과 아벨에 대한 이야기까지 화젯거리로 내놓았다.

알폰스 베크는 유쾌한 얼굴로 내 이야기에 귀를 기울였다. 마침내 나는 내 말에 귀를 기울여 주는 사람을 얻은 것이며, 그에게 무언가를 말할 수 있게 된 것이었다. 그는 내 어깨를 툭 치며,

"굉장한 녀석인걸!"

하고 감탄했다. 지금까지 쏟아 내지 못해 욕구불만인 채 마음속에 가둬 두었던 이야기를 마음껏 쏟아 내는 기쁨에, 또 나의 생각을 인정받고 나보다 나이 많은 사람에게 나의 가치를 알게 해 주었다는 기쁨에 내 가슴은 부풀어 올랐다. 그리고 그가 나를 '천재적인 멋진 녀석'이라고 말했을 때는 그 말이 달콤하고 독한 술처럼 내 가슴속에 스며들었다. 세계는 새로운 색깔로 불타올랐으며, 사상의 샘물이 수백 개의 샘에서 콸콸 솟아나와 흘러갔다.

우리는 선생님과 친구들에 대한 이야기도 했는데, 서로 근사하게 통하는 것 같았다. 우리는 그리스인과 이교異敎에 대해서도 이야기했다. 베크는 어떻게 해서든 나의 연애사건에 대한 이야기를 들으려고 나를 유도했다. 그러나 나는 그 점에 대해서는 이야기할 게 없었다. 경험한 것이 아무것도 없었기 때문에 들려줄 이야기가 없었던 것이다. 내가 마음속으로 느끼고 공상하던 것은 불타듯 내 속에 확실히 들어앉아 있었지만, 술의 힘을 빌려도

그것을 털어놓고 말할 수는 없었다.

여자에 대해서는 베크가 훨씬 많이 알고 있었다. 나는 여자에 대한 이야기를 열중하여 들었다. 믿을 수 없는 이야기도 있었다. 불가능하다고 여겼던 일들이 평범한 현실로서 아주 자연스럽게 이루어지고 있는 것이었다.

알폰스 베크는 아마 열여덟 살 정도일 텐데 벌써 여러 가지를 경험하고 있었다. 그는 여러 소녀들과 사귀어 봤다고 했다. 그러나 소녀들은 남자가 알랑거리며 비위를 맞추고 예의바르게 굴기를 바라는데, 뭐 그 자체도 좋긴 하지만 그것으로 완전한 것은 아니라는 것이었다. 여자를 보다 더 잘 알려면 나이 든 부인들을 상대해야 하며, 부인들이 훨씬 속이 트여 있다는 것이었다. 가령 문구점을 하는 야겔트 부인과는 이야기가 통하며, 그녀의 문구점 계산대 뒤에서 일어난 일 같은 것은 어느 책에도 씌어 있지 않다는 것이었다.

나는 완전히 매료되어 멍하니 앉아 있었다. 나라면 야겔트 부인을 결코 사랑할 수 없을 것 같았다. 하지만 어쨌든 그것은 이제까지 들어 본 적이 없는 이야기였다. 어른의 세계에는, 적어도 나보다 좀 더 나이 든 사람들의 세계에는 내가 꿈도 한 번 꾸어 본 적 없는 샘이 솟아 흐르고 있는 것처럼 생각되었다. 어딘가 거짓말 같은 구석도 있었다. 그리고 모든 것이 내가 생각하고 있던 사랑의 맛보다도 보잘것없고 평범했다. 그러나 어쨌든 그것은 현실이었다. 삶이고 모험이었다. 그것을 이미 경험했고, 그것을 당연한 일로 여기는 사람이 내 곁에 앉아 있었다.

우리의 대화는 약간 저속해져서 무엇인가가 빠져 있었다. 나는 더 이상 천재적인 귀여운 녀석이 아니었다. 단순히 어른의 말에 귀를 기울이고 있는 소년에 불과했다. 그래도 요 몇 달간의 내 삶에 비하면 아주 멋지고 낙원 같았다. 또한 술집에 앉아 있는 것부터 이야기하고 있는 내용까지 그 모든 것이 —비로소 서서히 느끼기 시작한 것이지만— 엄격하게 '금지된' 것이었다. 아무튼 나는 그 가운데서 불길이 치솟는 듯한 뜨거운 감정과 혁명적인 기분을 맛보았던 것이다.

나는 그날 밤의 일을 지금도 아주 똑똑히 기억하고 있다. 그날, 베크와 나는 한밤중에 어슴푸레 타고 있는 가스등 옆을 지나서 축축한 냉기가 감도는 밤길을 더듬어 하숙집으로 돌아왔다. 그때 나는 난생 처음으로 취해 있었다. 기분이 좋지 않았고 몹시 고통스러웠지만, 그러면서도 어떤 매력과 감미로움이 있었다. 그것은 반란이며 방종이었고, 동시에 생명이며 살아 있는 정신이었다.

베크는 '머리에 피도 안 마른 풋내기'라고 호되게 욕지거리를 하면서도 나를 기꺼이 떠맡았다. 그는 나를 거의 떠메다시피 해서 하숙집으로 데려가서는 마침 열려 있는 복도 창문으로 나를 살짝 밀어 넣고 자기도 그렇게 숨어들어 왔다.

나는 곧바로 아주 잠깐 동안 죽은 듯이 잠을 잤다. 그러고는 몹시 고통스러워하며 잠에서 깼을 때는 취기가 사라지고 미칠 듯한 슬픔이 나를 엄습했다. 나는 침대 위에 일어나 앉았다. 아직도 낮에 입고 있던 셔츠를 입은 채였다. 내 옷가지며 구두는 방바닥에 널브러져 있고 담배 냄새와 토사물 냄새가 코를 찔렀다. 머리가 지끈지끈 아프고 목이 타는 듯한 갈증에다 울컥울컥 욕지기질이 치밀어 몹시 고통스러웠다. 그런데 그 와중에 내가 오랫동안 직시하지 않던 영상이 떠올랐다.

고향의 우리 집, 아버지, 어머니, 누나들과 정원, 조용하고 아늑한 내 침실이 보였다. 라틴어 학교와 시장 광장, 데미안과 견진성사 수업시간들이 보였다. 그 모두가 밝은 광휘에 휩싸여 있었으며, 모두가 놀랍고 거룩하고 순결했다. 그리고 모든 것이 어제만 해도, 몇 시간 전만 해도 나의 것이었고 나를 기다렸는데 ―그렇다는 것을 비로소 알았지만― 지금 이 시각에는 타락하고 저주받아 있다는 것을 알게 되었다. 더 이상 내 것이 아니었다. 나를 밀어내고, 증오에 찬 눈으로 나를 노려보고 있었다! 내가 기억할 수 있는 아주 어렸던 황금빛 유년 시절부터 부모님에게 받았던 온갖 사랑과 친밀감, 어머니의 애정 어린 입맞춤, 해마다 찾아오던 크리스마스이브, 경건하고 명랑했던 우리 집의 일요일 아침, 정원의 꽃 하나하나…… 그 모든 것이 황폐해지고 말았다. 그 모든 것을 내 자신의 두 발로 짓밟아 버린 것이다. 만약 지금 집행관이 와서 나를 묶어 인간쓰레기이며 신전 모독자라고 교수대로 데려간다면 나는 저항하지 않고 순순히 따라갔을 것이다. 지극히 당연한 일로 받아들였을 것이다.

나의 내면의 모습이 그러했다. 거리를 어정거리며 세상을 경멸하던 나! 오만함에 가득 찬 정신으로 데미안의 사상에 공명했던 나! 나는 술에 취한, 더럽고 욕지기질 나는 인간쓰레기이자 추잡한 놈이고, 야비한 충동의 기습을 받은 살벌한 야수였다. 모든 것이 정결하고 환하고 우아한 사랑스러움인 저 정원에서 온 내가, 바흐의 음악과 아름다운 시를 사랑했던 내가!

아직도 속이 메스껍고 나 자신에 격분해 있는 내 귀에 웃음소리가 들려왔다. 자제력 없이 멍청하게 큭큭 터뜨리는 주정뱅이의 웃음소리였다. 그게 바로 나였다!

그러나 그 모든 것에도 불구하고 이 고통들을 겪는 것에는 상당한 쾌감과 전율이 있었다. 내 마음이 너무나 오랫동안 맹목적으로 둔감하게 웅크리고 있었기에, 너무나 오랜 침묵으로 가난해져 구석에 처박혀 있었기에 이러한 자기고발까지도, 이 모든 불쾌한 감정조차도 그지없이 반가웠던 것이다. 감정이 살아 있었다! 나는 비참한 가운데서도 불길이 치솟고 심장이 뛰는, 어떤 속박에서 풀려나는 것 같은 해방감을 느꼈다.

이러한 일을 겪은 뒤로 나는 아주 착실하게 내리막길을 걸었다. 난생 처음 취했던 것은 곧 두 번 세 번으로 이어지고, 마침내는 완전히 술꾼이 되어 버렸다. 우리 학교 학생들은 하루가 멀다 하고 술집에 드나들며 행패를 부리기도 했는데, 거기에 가담하는 학생들 가운데 내가 제일 나이가 어렸다. 그러나 나는 더 이상 '끼워 주는' 어린애가 아니라 주모자요 스타였다. 나는 다시 어두운 세계, 악마의 세계에 소속된 것이다. 그리고 그 세계의 명사名士가 되어 있었다.

그러나 내 마음은 참담하기 그지없었다. 나 자신을 파멸시키는 방탕 속에서 살고 있었던 것이다. 학교에서는 멋진 녀석, 대단히 과단성 있고 재치 있는 녀석으로 인정받고 있었지만 마음속 깊은 곳에서는 두려움에 가득 찬 내 영혼이 불안에 떨고 있었다.

나는 지금도 어느 일요일 오전을 기억하고 있다. 꾀죄죄한 뒷골로 술집에서 나오던 나는 거리에서 놀고 있는 아이들을 보고 눈물을 흘렸었다. 머리를 깔끔하게 빗질하고 일요일 정장을 차려 입은 아이들이 환하고 즐겁게 놀고 있는 모습이 나를 초라하게 만들었던 것이다. 어둡고 초라한 술집의 맥주가 엎질러져 있는 더러운 식탁에서 터무니없이 방자한 언행과 냉소주의로 친구들을 놀라게 하면서도 실제의 나는 내 자신이 냉소를 보내는 모든 것에 경외심을 가지고 있었던 것이다. 마음속으로 울며 내 영혼 앞에, 내 과거 앞에, 어머니 앞에, 신 앞에 무릎을 꿇고 엎드려 있었던 것이다.

내가 나를 따르는 패거리들과 한 번도 일체가 될 수 없었다는 것, 그들 가운데서 늘 외로웠고 그 때문에 그렇게까지 괴로웠던 데에는 사실 그럴 만한 이유가 있었다. 나는 술집에서는 주정뱅이들의 영웅이고 독설가였지만 아주 거친 것은 심정적으로 경멸하는 사람이었다. 선생이나 학교, 부모, 교회에 대한 내 생각을 피력할 때는 재치와 패기를 과시했다. 내가 직접 떠들지는 못했지만 음담패설도 태연히 들었다. 하지만 패거리들이 여자한테 갈 때는 한 번도 그 축에 끼지 않았다. 나는 늘 혼자 애타는 사랑에의 동경에 가득 차 있었다. 내가 하는 말대로라면 나는 분명 뻔뻔스러운 향락자여야 했지만, 누구도 나보다 상처 잘 받고 부끄러움을 많이 타는 사람은 없었다. 가끔 양갓집 소녀들이 귀엽고 말쑥하게 차려입고 환하고 우아하게 내 앞에서 걸어가는 것을 볼 때면 내게는 그들이 경이롭고 순결한 꿈이었다. 그들이 나보다 천 배는 더 착하고 청순하게 생각되곤 했다. 나는 한동안 야겔트 부인의 문구점에도 갈 수 없었다. 그녀를 보면 알폰스 베크가 들려준 이야기가 떠올라 얼굴이 빨개졌기 때문이다.

이 패거리들 속에서도 항상 외롭고 나 자신 그들과 다르다는 생각을 하면 할수록 나는 그들에게서 더욱 헤어 나오지 못했다. 사실 술을 퍼마시고 헛소리를 늘어놓는 일이 나에게 단 한 번이라도 즐거움을 준 적이 있는지, 그것은 지금도 알 수 없다. 음주 또한 술에서 깰 때 고통스럽지 않을 정도로 익숙해지지도 않았다. 모든 것이 일종의 강압 같았다. 술 마시고 떠드는 일 외에 무엇을 해야 될지 몰랐기 때문에 그저 내가 할 수 있는 일을 하는 것뿐이었다. 나는 오랫동안 혼자 있는 것이 두려웠다. 늘 거기로 마음이 쏠린다고 느끼는, 그 많은 부드럽고 부끄럽고 은밀한 감정의 내습이 두려웠다. 너무나 자주 엄습하는 애욕이 두려웠다.

나한테 무엇보다도 필요한 것은 진정한 친구였다. 내가 바라보기만 해도 좋은 아이들이 두세 명 있기는 했다. 그러나 그 애들은 선량한 학생 축에 속했고, 나의 방종은 이미 오래전부터 그 누구에게도 비밀이 아니었으므로 그들은 나를 피했다. 나는 모든 학우들에게 발밑의 지반이 흔들거리는, 가망 없는 '노는 아이'로 간주되고 있었다. 선생님들도 나에 대해 많은 것을 알고 있었다. 나는 몇 차례 혹독한 벌을 받았으며, 마지막으로 학교에서 쫓겨날 일만 남았다는 이야기가 나돌고 있었다. 그건 내 쪽에서도 기다리는 일이었다. 나 자신도 벌써 오래전부터 좋은 학생이 아니라는 것은 알고 있었다. 퇴학당하기까지 그리 오래 걸리지 않으리라고 느끼면서 근근이 건들건들 헤쳐 나가고 있었던 것이다.

신이 우리를 고독하게 만들어 우리를 자기 자신에게로 인도하는 길은 수없이 많다. 신은 그때 그런 길을 나에게 마련해 준 것이었다. 악몽과도 같았다. 더러운 것, 끈적거리는 것, 깨진 맥주잔과 독설로 지새운 밤 너머로 내 모습이 보였다. 저주 받은 몽유병자가 괴로워하면서 추하고 더러운 길을 쉬지 않고 기어가는 모습이 보였다. 공주님을 찾아가는 길에 악취와 쓰레기가 가득한 뒷골목의 오물웅덩이에 처박혀 버렸다는 꿈 이야기가 있는데, 내 경우가 그랬다. 내 운명은 그런 식으로 고독해지도록, 나와 유년 시절 사이에 환하게 웃고 있는 무정한 문지기들이 굳게 지키고 있는 낙원의 문이 놓여지도록 정해져 있었던 것이다. 그것이 시작이었다. 나 자신에 대한 향수의 시작이었고 각성이었던 것이다.

하숙집 주인의 경고성 편지를 받고 아버지가 처음 나타나 느닷없이 내 앞에 마주 섰을 때만 해도 나는 움칫했었다. 그러나 그해 겨울이 끝날 무렵 두 번째로 오셨을 때는 벌써 냉담하고 무관심했다. 아버지가 꾸중을 하다가 달래기도 하고 어머니를 상기시키셔도 나는 모른 체했다. 아버지는 마침내 분통을 터뜨리시며, 만일 내가 달라지지 않는다면 불명예스럽고 모욕적인 퇴학을 당하게 하여 감화원에 처넣겠다고 하셨다.

'그러시지!'

아버지가 떠나시자 마음이 조금 안됐었다. 아버지는 아무것도 이루지 못하셨고, 나와 마음이 통하는 어떤 길도 찾아내지 못하셨다. 그리고 잠시 동안이었지만, 일이 그렇게 된 것은 당연하다는 생각을 했다.

내가 무엇이 되건 나로서는 상관없었다. 별로 특별하지도 아름답지도 않은 모습으로, 술집에 진을 치고 앉아 의기양양하게 굴면서 나는 세상과 싸움을 벌이고 있었다. 그것이 나 나름대로의 저항 방법이었다. 그렇게 나 자신을 망가뜨리면서 가끔 이런 생각을 하는 것이었다.

'세상이 나를 필요로 하지 않는다면, 나 같은 사람에게 보다 나은 자리나 보다 가치 있는 소임을 맡겨 주지 않는다면 나라는 사람은 이렇게 망가질 수밖에 없지. 세상이 손해를 보는 거지 뭐!'

그해의 크리스마스 휴가는 정말로 즐겁지 않았다. 내가 집으로 돌아갔을 때 어머니는 깜짝 놀라셨다. 그동안 키가 훌쩍 더 컸고, 눈가에 부스럼

이 나 있는 얼굴은 야위고 핏기를 잃어 잿빛으로 황폐해 보였으며, 코 밑에 수염이 돋기 시작한 데다 얼마 전부터 쓰기 시작한 안경이 어머니에게 아주 생소한 느낌을 주었던 것이다. 누나들은 뒤로 물러나 키들거렸다. 모든 것에 비위가 상했다. 서재에서 나눈 아버지와의 대화도 씁쓸하고 불쾌했으며, 몇몇 친척들이 반가워하는 인사도 유쾌하지 않았다. 무엇보다도 특히 크리스마스이브가 유쾌하지 않았다. 이날은 내가 태어난 이래로 우리 집에서 가장 중요한 날로, 사랑과 감사가 있는 축제 분위기와 부모님과 나 사이의 유대를 새롭게 해 주는 날이었다. 그런데 이번에는 모든 것이 마음을 짓누르고 당황하게 만들 뿐이었다.

아버지는 여느 때처럼 성경을 펼쳐 들고 '그 지역에 목자들이 밤에 밖에서 자기 양 떼를 지키더니(누가 2:8)'를 읽으셨다. 누나들이 환하게 웃으면서 선물이 놓여 있는 탁자 앞에 서 있는 것도 예년과 다름없었다. 그러나 아버지의 목소리는 즐겁지 않았고 얼굴은 늙고 짓눌려 보였으며, 어머니는 슬픈 표정이었다. 내게는 모든 것이, 선물이며 축복이며 성경과 크리스마스 트리 모두가 거북하고 괴롭기만 했다. 달콤한 냄새가 나는 케이크에서는 그보다 더 감미로운 추억의 뭉게구름을 내뿜고 있었고, 전나무 크리스마스 트리는 향내를 뿜어내며 지나가 버린 일들을 이야기해 주고 있었다. 나는 그 저녁과 크리스마스 휴가가 빨리 끝나기만을 고대했다.

나는 겨우내 그런 심정으로 지냈다. 그리고 바로 얼마 전에 처음으로 교무회로부터 심각한 경고를 받았다. 퇴학의 위험이 바로 코앞에 닥쳐와 있었다. 어차피 그렇게 될 일이었다.

'좋으실 대로!'

나야 별로 이의가 없었다.

막스 데미안에게는 특별한 유감이 있었다. 그동안 그를 한 번도 보지 못했던 것이다. 학교생활을 처음 시작했을 때 그에게 두 번 편지를 보냈었다. 그런데 답장을 받지 못했기 때문에 나는 방학 중에도 그를 찾아가지 않았다.

초봄의 어느 날, 한 소녀가 우연히 내 주의를 끌었다. 지난 가을 알폰스 베크와 처음 만났던 그 공원의 가시나무 울타리에 파릇한 새싹이 막 돋아나기 시작한 때였다. 나는 답답한 마음으로 근심에 싸여 혼자 산책하고 있던 참이었다. 건강이 나빠져 있는 데다 지속적으로 돈에 쪼들리고 있었기 때문이다. 학우에게 얼마간의 빚을 지고 있었고, 몇몇 가게에 담뱃값이나 뭐 그 비슷한 물건들의 외상도 붙어 가고 있었다. 집에서 돈을 더 타 내려면 필요 불가결한 지출 명목을 꾸며 내야만 했다. 하지만 그 근심이 대단히 심각한 것은 아니었다. 머지않아 이곳에서의 생활에 종말을 고하고 내가 물속으로 뛰어들거나 감화원으로 보내지면 그런 사소한 일들도 결코 문제가 되지 않을 것이기 때문이었다. 그러나 나는 내내 그런 아름답지 못한 일들과 얼굴을 맞대고 살았고, 그것들에 짓눌려 지내고 있었다.

그런 봄날 공원에서 아주 마음에 드는 소녀를 만난 것이다. 키가 크고 날씬한 몸매에 멋진 옷차림을 했으며, 매우 영리한 소년 같은 인상의 얼굴이었다. 내가 좋아하는 형으로, 첫눈에 곧 내 마음에 들었다. 그녀는 내 상상력을 바쁘게 했다. 나보다 별로 나이가 많아 보이지 않았지만 훨씬 성숙하고 고상했으며, 몸매의 윤곽이 뚜렷하여 이미 완전한 숙녀가 다 되어 있었다. 게다가 내가 특히 좋아하는, 자부심에 가득 차 있는 소년 같은 인상의 얼굴이었다. 바로 그 얼굴이 내 시선을 강하게 끌었다.

나는 그때까지 단 한 번도 내 마음을 빼앗긴 소녀에게 접근하는 데 성공해 본 일이 없었다. 그 소녀의 경우도 마찬가지였다. 그러나 이전의 어떤 소녀보다 깊은 인상을 남긴 그녀를 쉽게 잊을 수는 없었다. 내 삶에 미친 그 짝사랑의 영향은 더할 수 없이 컸다.

하나의 영상이, 고귀하고 존경할 만한 영상이 홀연히 다시 내 눈앞에 나타난 것이었다. 아, 나의 내면에서는 그 어떤 욕구나 갈등도 그녀에 대한 외경과 숭배만큼 깊고 격렬하지 않았다. 나는 그녀에게 '베아트리체'라는 이름을 붙였다. 단테는 읽지 않았지만 베아트리체에 대해서는 알고 있었다. 어느 영국 그림에서 봤는데, 나는 그 복제품을 간직하고 있었다. 그 그림은 영국 라파엘 전파Pre-Raphaelite Brotherhood의 소녀상으로, 팔다리가 아주 길고 날씬하며, 얼굴도 작고 갸름했고, 두 손과 표정은 영혼이 깃들어 있는 분위기로 표현되어 있었다. 나의 아름다운 소녀는 내가 좋아하는 날씬한 자태와 소년 같은 얼굴에 영혼이 깃든 분위기를 띠고는 있었지만 그 소녀상과 아주 똑같지는 않았다.

베아트리체와는 단 한 마디도 이야기를 나눈 적이 없었다. 그런데도 그녀는 당시 나에게 지극히 깊은 영향을 주었다. 자신의 영상을 내 앞에 내세워 보여 주었고, 나에게 성소聖所를 열어 주었으며 나를 수도원의 기도자로 만들어 주었던 것이다. 그날로 나는 술집 출입과 밤에 싸돌아다니는 일을 멀리하게 됐다. 나는 다시 혼자 있을 수 있었다. 다시 즐겨 책을 읽고, 산책을 즐기게 되었다.

그 갑작스러운 변화로 나는 굉장한 비웃음을 샀다. 하지만 나는 동요하지 않았다. 사랑하고 숭배할 대상을 갖게 되었기 때문이다. 나는 잃었던 이상理想을 되찾았으며, 내 삶은 다시 영롱한 예감과 신비로운 여명으로 넘치게 되었다. 그 점이 나를 사람들의 비웃음에 무신경하게 만들어 주었다. 비록 우러러보는 한 영상의 노예이며 봉사자에 불과했지만, 그렇게 해서라도 나는 다시 나 자신에게로 편안히 안착할 수 있었던 것이다.

그 시절을 회상하면 뭉클한 감동이 밀려온다. 나는 더없이 맹렬한 노력으로 내 인생 한 시기의 폐허에서 하나의 '밝은 세계'를 건설하고자 했다. 나는 다시 내 내면에 있는 어둠과 악을 떨쳐 내고 완전히 밝은 세계 속에 하느님 앞에 무릎 꿇고 그대로 머물고자 하는 단 하나의 간절한 욕구로 살았다. 어쨌든 그때의 '밝은 세계'는 어느 정도는 내 자신의 창조에 의한 것이었다. 어머니 품속으로, 책임 없는 아늑함 속으로 다시 도망쳐 기어드는 것이 아니었다. 나 자신에 의하여 창안되고 요구된 새로운 예배, 책임과 자기 기율이 있는 예배였다. 내가 그토록 시달렸으며 도피하려고만 했던 애욕은 이제 이 성스러운 불 속에서 정신과 기도로 승화되었다. 캄캄한 것이 있어서는 안 되었다. 어떤 추한 것도 있어서는 안 되었다. 신음하며 지새는 밤도, 음란한 그림 앞에서 뛰던 심장의 고동도, 금지된 문 앞에서의 도취도, 음탕한 것도 이제 있어서는 안 되었다. 그 모든 것 대신에 나는 베아트리체의 영상으로 나의 제단을 마련했다. 그리고 나 자신을 그녀에게 바치는 것으로써 하느님과 정신에게도 나 자신을 봉헌했다. 어두운 힘들에서 빼앗은 삶에 대한 흥미를 밝은 힘들에게 제물로 바쳤다. 나의 목표는 쾌락이 아니라 순결이었고, 행복이 아니라 아름다운 정신세계였다.

베아트리체에 대한 예배는 내 생활을 완전히 변화시켰다. 어제까지만 해도 조숙한 냉소주의자였던 나는 지금 성자聖者가 되겠다는 목표를 지닌 수도원의 청소부였다. 나는 지금까지 몸에 배어 있던 사악한 생활을 청산했을 뿐만 아니라 다른 모든 것도 바꾸려고 노력했다. 모든 것에 정결함과 고귀함, 품위를 부여하려고 애를 썼다. 식사할 때나 이야기할 때에도, 옷을 차려입을 때에도 항상 그것을 생각했다. 매일 냉수욕으로 아침을 시작했는데, 처음에는 나 자신을 혹독하게 다스려야 했다. 나는 언제나 진지하고 품위 있게 행동했으며, 몸을 곧게 세우고 좀 더 천천히 점잖게 걸었다. 남들에게는 우스꽝스럽게 보였을지도 모른다. 하지만 나에게는 그 모든 것이 예배 의식이었다.

나의 변화된 마음가짐과 신념을 표현하기 위해 시도했던 여러 가지 새로운 연습들 가운데 한 가지가 내게 매우 중요해졌다. 나는 그림을 그리기 시작했다. 내가 지니고 있던 그 영국 베아트리체의 초상이 '나의 베아트리체'와 충분히 닮지 않은 데서 시작된 일이었다. 나는 나 자신을 위하여 그녀를 그리고 싶었다.

나는 완전히 새로운 기쁨과 희망을 품고 얼마 전부터 혼자 쓰게 된 내 방에 깨끗한 종이와 그림물감, 붓, 팔레트, 유리잔, 도자기 접시, 연필 등을 준비했다. 작은 튜브에 든 템페라tempera(아교나 달걀노른자로 안료를 녹여 만든 불투명한 그림물감)가 나를 황홀하게 했다. 그중에 크롬옥시드 그린이 있었는데, 그 초록물감이 작고 하얀 접시에서 처음 빛을 발하던 모습이 아직도 눈에 선하다.

나는 아주 조심스럽게 시작했다. 사람의 얼굴을 그리는 것은 어려웠다. 그래서 우선 다른 것부터 그리는 것으로 연습에 들어갔다. 장식품, 꽃, 풍경 상상화, 교회 옆에 서 있는 나무 한 그루, 나무들이 있는 로마의 다리를 그렸다. 때로는 이 장난 짓에 완전히 정신없이 빠져들어 크레파스를 선물 받은 어린아이처럼 행복해했다.

마침내 나는 베아트리체를 그리기 시작했다. 그러나 처음 몇 장은 완전히 실패하여 찢어 버렸다. 때때로 거리에서 마주치곤 했던 그 소녀의 얼굴을 그리려 하면 할수록 그만큼 더 잘되질 않았다. 애를 쓰던 나는 끝내 소녀를 그리는 것을 포기하고 그냥 얼굴 하나를 그리기 시작했다. 다만 상상만으로 시작한 한 부분에서 그저 붓 가는 대로 물감이 묻혀지는 대로 그려 나갔다. 그렇게 그려진 것이 바로 꿈에서 본 얼굴이었는데, 그런 대로 만족스러웠다. 하지만 나는 계속 노력했다. 한 장 한 장 새 종이에 그릴 때마다 점점 어떤 선과 윤곽이 분명해졌다. 비록 실물과 닮지는 않았어도 점점 그 소녀의 얼굴에 가까워져 갔다.

갈수록 나는 꿈꾸는 듯한 붓놀림으로 선을 긋고 면을 채우는 데 익숙해져 갔다. 모델도 없이 반은 장난삼아 마음 내키는 대로 그려 대고 있었다. 그러던 어느 날, 나는 거의 무의식 중에 또 하나의 얼굴을 완성했다. 그런데 그 얼굴이 지금까지 완성된 것들보다 아주 강렬하게 나에게 말을 걸어 오는 것이 아닌가! 그것은 그 소녀의 얼굴은 아니었다. 결코 그럴 리가 없었다. 무엇인가 다른 것, 어딘가 비현실적인 모습이었다. 그래도 가치가 없는 것은 아니었다. 그것은 소녀의 얼굴이라기보다는 청년의 얼굴처럼 보였다. 머리카락은 나의 예쁜 소녀처럼 환한 금색이 아니라 불그스름한 기운

이 도는 갈색이었으며, 턱은 강하고 윤곽이 뚜렷했고, 입술은 붉은 꽃을 피우고 있었다. 전체적으로 다소 굳은 표정이어서 가면 같았지만, 아주 인상적이었으며 신비로운 생명력이 넘치고 있었다.

완성된 그림 앞에서 나는 기묘한 인상을 받았다. 이 얼굴은 신상神像 같기도 하고 성자聖者의 가면처럼도 보였다. 반은 남자고 반은 여자이며 나이가 없었다. 굳센 의지를 보이면서도 동시에 꿈을 꾸고 있는 것 같았으며, 굳어 있으면서도 남모르게 생명력 있어 보였다. 이 얼굴은 나에게 무언가 할 말이 있는 듯했으며, 나에게 뭔가를 요구하는 것 같았다. 그리고 잘은 모르겠지만 그 누군가를 닮아 있었다.

그 초상화는 한동안 나의 모든 생각을 따라 다녔으며 내 생활에 관여했다. 나는 그것을 서랍 속에 감추어 두었다. 누가 그것을 훔쳐보고 나를 비웃게 해서는 안 되기 때문이었다. 그러나 혼자 내 작은 방 안에 있을 때면 곧바로 나는 그 그림을 꺼내어 들여다보곤 했다. 밤에는 마주 보이는 침대 발치의 벽에 핀으로 붙여 놓고 잠들 때까지 바라보았으며, 아침이면 눈을 뜨자마자 첫 눈길이 그리로 갔다.

바로 그 무렵부터 나는 어린아이였을 때처럼 다시 꿈을 많이 꾸기 시작했다. 여러 해 동안 꿈을 꾸지 않았던 것 같다. 그런데 이제 꿈이 다시 나타난 것이다. 전혀 새로운 종류의 영상들, 그리고 그 초상이 자주 꿈속에 나타났다. 그 초상은 내게 생기를 띠고 친근하게 말을 걸기도 하고 적대적이 되기도 했으며, 어떤 때는 얼굴을 찡그리고 어떤 때는 무한히 아름답고 고귀했다.

그러던 어느 날 아침, 그런 꿈들을 꾸다 깨어났을 때 나는 갑자기 그 초상의 실체를 알아보았다. 그 초상은 참으로 믿을 수 없을 만큼 나를 다정하게 쳐다보고 있었다. 내 이름을 부르는 것 같았다. 어머니처럼 나를 잘 아는 것 같았다. 아득한 옛날부터 내내 나를 향하고 있었던 것 같았다. 나는 가슴을 두근거리며 초상을 응시하였다. 숱 많은 갈색 머리카락과 반은 여자로 보이는 입술, 특별하게 밝은 ─저절로 그렇게 말랐다─ 뚜렷한 이마를 바라보았다. 바라볼수록 뭔가가 새로이 발견되고 점점 더 분명하게 인식되는 것이 있었다. 그 초상이 누구인지 알 수 있었다.

나는 침대에서 벌떡 일어나 초상 앞으로 바싹 다가갔다. 그러고는 가까이에서 크게 뜨고 응시하는 초록빛 두 눈을 들여다보았다. 오른쪽 눈이 왼쪽 눈보다 약간 높게 붙어 있었다. 그런데 느닷없이 그 오른쪽 눈이 찡긋했다. 가볍고 섬세하게, 그러나 분명하게 찡긋했다. 그리고 그 찡긋거림으로써 비로소 그 그림의 주인공을 알아차렸다.

'여태 몰라봤다니!'

그것은 막스 데미안의 얼굴이었다.

그 후 나는 이 초상을 내 기억 속의 데미안의 진짜 표정과 자주 비교해보았다. 비슷하기는 해도 똑같지는 않았다. 하지만 그래도 데미안이었다.

언젠가 어느 초여름 저녁, 서쪽으로 난 내 방 창문으로 석양의 붉은빛이 비스듬히 비쳐들고 있었다. 방 안은 어스레했다. 그때 내 머릿속에 한 생각이 떠올랐다. 베아트리체, 혹은 데미안의 초상을 창살이 교차하는 창문 가운데에 핀으로 꽂아 놓고 석양이 거기로 비쳐 들면 어떤지 봐야겠다는 생각이었다. 그렇게 하고 바라보자, 얼굴은 윤곽이 없어지고 흐릿해졌다. 그러나 불그스름하게 테를 두른 눈과 밝은 이마와 유난히 붉게 보이는 입이 화면에서 떠올라 야성적으로 작렬하는 것이었다. 나는 빛이 사라지고 나서도 오랫동안 그것을 마주 보고 있었다. 그런데 차츰 이것은 베아트리체도 데미안도 아니고 나라는 느낌이 왔다. 물론 내 얼굴이 그렇게 생긴 것은 아니었다. 또한 그럴 이유도 없었다. 그러나 그것은 나의 삶을 이루고 있는 바로 그것이었다. 나의 내면, 나의 운명 혹은 나의 수호신이었다. 만약 내가 언젠가 친구를 찾아낸다면 내 친구의 모습이 저러하리라. 언젠가 하나 생긴다면 내 애인의 모습이 저러하리라. 나의 삶이 저럴 것이며 나의 죽음이 저럴 것이다. 이것은 내 운명의 울림이자 리듬이었다.

그 몇 주 전부터 나는 책을 한 권 읽고 있었는데, 전에 읽은 어떤 것보다도 깊은 감명을 주는 책이었다. 나중까지도 책을 그렇게 경험한 일은 없었다. 아마 니체Nietzsche나 그랬을지 모르겠다. 그것은 노발리스Novalis의 책으로 편지와 잠언들이 들어 있었는데, 그중 많은 것을 이해하지 못했는데도 모두 하나같이 내 마음을 끌어당겼으며 나를 친친 감고 놓아 주지 않았다. 잠언 하나가 아직도 생각난다. 나는 그 잠언을 펜으로 초상화 밑에 적어 놓았다.

―운명과 심성은 하나의 개념에 붙여진 두 개의 이름이다.

이 말의 의미를 바로 그때 이해했던 것이다.

내가 베아트리체라고 이름 붙인 그 소녀는 여전히 길에서 자주 마주쳤다. 그러나 이제는 아무런 동요도 느끼지 않았다. 단지 한 가닥 부드러운 일치감을 느낄 뿐이었다.

'넌 나와 연결되어 있어. 너 자신이 아니라 네 그림만 말이야. 넌 내 운명의 일부분이거든.'

또다시 막스 데미안에 대한 그리움이 강렬해졌다. 벌써 몇 년째나 그에 대해서 아무것도 모르고 있었다. 방학 중에 단 한 번 그와 맞닥뜨린 적이 있을 뿐이었다. 내가 그 짤막한 해후에 대한 이야기를 내 기록에서 일부러 빠뜨렸다는 것을 지금 알았다. 그것이 부끄러움과 허영심 때문이었다는 것도 이제 알겠다. 그것을 만회해야겠다.

방학 중의 어느 날, 나는 술집을 드나들던 권태롭고 늘 다소 피곤한 그 얼굴로 고향 도시를 어슬렁어슬렁 산책용 지팡이를 빙빙 돌리며 걷고 있었다. 속물들의 변함없이 똑같은, 경멸스러운 얼굴들을 흘겨보며 걷다가 내 옛 친구가 맞은편에서 오고 있는 것을 발견했다.

그를 보자마자 나는 움찔했다. 그리고 그 순간 내 머릿속으로 프란츠 크로머가 번개처럼 휙 스쳐 갔다.

'데미안이 제발 그 이야기를 잊어버렸기를!'

그에게 어떤 의무를 지고 있다는 것이 아주 불쾌했다. 사실 그것은 어리석은 어린아이들 이야기였다. 그래도 마음의 빚이 있기는 했다.

데미안은 내가 그에게 인사를 할 것인지 아닌지 기다리는 것 같았다. 내가 될 수 있는 한 태연하게 인사를 하자 그가 손을 내밀었다. 옛날과 똑같은 악수였다! 힘 있고, 따뜻하면서도 서늘하고 남자다웠다!

그는 내 얼굴을 찬찬히 들여다보며 말했다.

"많이 컸구나, 싱클레어!"

그는 전혀 달라 보이지 않았다. 여전히 늙어 보이기도 하고 젊어 보이기도 했다.

우리는 함께 산책을 하며 여러 가지 이야기를 나누었지만 그나 나나 예전의 이야기는 한 마디도 꺼내지 않았다. 전에 그에게 두 번 편지를 썼는데 답장을 못 받았던 생각이 났다.

'아, 데미안이 그것도 잊어버렸으면 좋을 텐데. 그 멍청한 편지들을!'

데미안은 편지에 대해서도, 답장을 보내지 않은 것에 대해서도 아무 말이 없었다.

그 무렵은 아직 베아트리체 초상화도 없을 때였다. 내가 아직 내 황량한 시절 한가운데 있을 때였다. 교외로 나갔을 때 함께 술집에 가자고 했더니 그는 순순히 따라왔다. 나는 떠벌리면서 포도주 한 병을 시켰다. 그리고 그의 잔에 술을 따르고 잔을 부딪치며 음주에 익숙하다는 것을 과시했다. 그러고는 첫 잔을 단숨에 비웠다.

"술집에 자주 다니나?"

그가 나에게 물었다.

"아, 뭐."

나는 굼뜨게 대답했다.

"달리 뭐 할 일이 있어야지. 뭐니 뭐니 해도 결국은 이게 제일 근사하잖아."

"그래? 하기야 그럴 수도 있겠지. 사실 멋진 면이 있긴 해. 도취, 바커스적인 것! 하지만 술집에 죽치고 앉아 있는 사람들에게서는 그런 멋진 요소가 완전히 사라진 것 같아. 술집을 출입하는 자체가 뭔가 정말 속물적인 것 같아. 그래, 하룻밤쯤 이글이글 타는 불 옆에서 진짜 아름다운 도취경에 비틀거려 보는 것도 근사한 일이긴 하지! 하지만 그렇게 한 잔 두 잔 거푸 마셔 대는 것은 아마 진짜가 아닐걸? 밤이면 밤마다 단골집 술상 앞에 앉아 있는 파우스트를 상상할 수 있나?"

나는 술을 마시면서 적의에 찬 눈으로 그를 바라보았다.

"누구나가 다 파우스트는 아니지."

나는 짤막하게 말했다.

그는 다소 어이없다는 표정으로 나를 바라보았다. 그러고는 옛날처럼 신선하고 우월감에 찬 웃음을 터뜨렸다.

"뭣 때문에 이런 걸 가지고 너하고 다투겠냐. 어쨌든 술꾼이나 방탕아들의 삶이 나무랄 데 없이 선량한 시민의 삶보다 활기에 차 있기는 하겠지. 이건 책에서 읽은 건데, 방탕한 생활이야말로 신비주의자가 되기 위한 최고의 준비기라고 하더군. 예언자는 늘 그런 인물들 가운데서 나오지. 성 아우구스티누스 같은 사람들 말이야. 그도 한때는 유명한 향락주의자이자 방탕아였지."

나는 배알이 틀렸다. 그리고 그에게 훈계를 듣고 싶지 않았다. 그래서 권태롭다는 듯이 말했다.

"누구나 저 살고 싶은 대로 사는 거야! 솔직히 말하지만, 난 예언자나 그 뭐가 되는 일 따위에는 전혀 관심 없어."

데미안이 눈을 가느스름하게 뜨고 알겠다는 듯 나를 쏘아보았다.

"이봐, 싱클레어."

그는 천천히 말했다.

"너를 불쾌하게 만들 생각은 아니었어. 한데 말이야, 지금 네가 무슨 목적으로 술을 마시고 있는지, 그건 우리 둘 다 몰라. 하지만 너의 인생을 결정하는, 네 안에 있는 것은 그걸 알고 있지. 이걸 알아야 할 것 같다. 우리들 속에는 모든 것을 알고, 모든 것을 하고자 하고, 모든 것을 우리 자신보다 더 잘 해내는 어떤 사람이 있다는 걸 말이야. 미안하지만 나 먼저 일어나야겠다."

우리는 간단히 헤어졌다.

나는 기분이 몹시 언짢은 채 그대로 눌러앉아 내 잔을 다 비웠다. 술집을 나설 때 데미안이 벌써 계산을 했다는 것을 알았다. 그 때문에 나는 더욱 부아가 치밀었다.

내 생각은 지금 다시 그 작은 사건에 머물러 있다. 내 머리는 데미안의 생각으로 가득 찼다. 그리고 그가 저 교외 술집에서 한 말들이 신기하게도 고스란히 다시 내 기억 속에 떠올랐다.

'이걸 알아야 할 것 같아. 우리들 속에는 모든 것을 알고, 모든 것을 하고자 하고, 모든 것을 우리 자신보다 더 잘 해내는 어떤 사람이 있다는 걸 말이야.'

나는 창문에 걸려 있는 초상을 쳐다보았다. 빛이 완전히 사라졌는데도 초상의 두 눈은 아직도 활활 타고 있었다. 그것은 데미안의 시선이었다. 혹은 내 속에 있는 사람, 모든 것을 아는 그 사람이었다.

나는 데미안이 얼마나 그리웠는지 모른다. 그의 소식은 전혀 듣지 못하고 있었다. 내 손이 닿지 못하는 곳에 있었던 것이다. 내가 아는 건 아마도 지금 어딘가에서 대학을 다니고 있으리라는 것, 그가 김나지움을 졸업한 뒤 그 어머니가 우리 도시를 떠나 다른 곳으로 이사를 갔다는 것뿐이었다.

크로머 사건까지 거슬러 올라가 막스 데미안과의 모든 추억을 들추어냈다. 그 당시 그가 했던 말들이 얼마나 끊임없이 지금까지도 내게 들려오고 있는지! 그가 언젠가 나에게 해 준 말들은 오늘날까지도 모두가 생생한 의미를 지니고 있었고, 바로 나의 당면 문제였으며 나와 밀접하게 관련되어 있었다. 그다지 즐겁지 않았던 마지막 만남에서 그가 한 방탕아와 성자에 대한 이야기도 문득 깨달아지는 바가 있었다.

'내게도 정말 그와 똑같은 일이 일어난 것일까? 나야말로 취기와 더러움 속에서, 마비와 상실 속에서 살지 않았던가. 새로운 삶에 대한 충동으로써 아주 정반대의 것이, 정결함에의 욕구와 성스러움에의 동경이 내 마음속에서 살아날 때까지.'

그렇게 계속 기억을 따라갔다. 벌써 오래전에 밤이 되었고, 밖에는 비가 내리고 있었다. 내 기억 속에서도 빗소리가 들렸다. 마로니에 나무 아래서 그가 언젠가 프란츠 크로머에 대해서 나한테 묻고 나의 첫 비밀들을 알아맞히던 때였다. 기억들이 하나하나 되살아났다. 학교 가는 길에서의 대화들, 견진성사 수업시간들, 그리고 끝으로 막스 데미안과 처음 만났던 때가 떠올랐다.

'그때 무슨 이야기를 했었지?'

얼른 생각이 나지 않았다. 천천히, 아주 천천히 생각했다. 그 생각에 완전히 침잠했다. 그러자 그것도 머리에 또렷이 떠올랐다.

그는 카인과 표지에 대한 이야기를 했었다. 그리고 우리 둘은 우리 집 앞에 서 있었다. 그때 그는 우리 집 현관문 위에 붙어 있는, 오래되어 마모된 문장에 대해서 말했었다. 그 문장이 흥미롭다고 했었다. 또 그런 것들을 자세히 보라는 말도 했었다.

그날 밤 나는 데미안과 그 문장에 관한 꿈을 꾸었다. 문장은 끊임없이 모습이 바뀌었다. 데미안이 문장을 두 손에 들고 있었는데, 아주 작아져서 잿빛이 되기도 하고 느닷없이 거대해져서 여러 색깔을 나타내기도 했다. 그런데도 데미안은 그것이 언제나 한 가지 색이고 똑같은 물건이라고 설명해 주었다. 그러더니 나에게 그 문장을 억지로 먹였다. 그것을 삼키자 문장 속의 새가 살아서 내 배를 다 채우고 나를 안에서부터 쪼아 먹기 시작하는 것이 느껴져 기겁했다. 나는 죽음의 공포에 가득 차 펄쩍 뛰어 일어나며 잠에서 깼다.

잠이 완전히 달아났다. 한밤중이었다. 방 안으로 비 들이치는 소리가 들려 창문을 닫으려고 침대에서 내려서다가 방바닥에 떨어져 있는 무언가 허연 것을 밟았다. 아침이 되어 그것이 내가 그린 초상이라는 것을 알았다. 그림은 젖은 채로 방바닥에 떨어져 있었는데 불룩하게 부풀어 올라 있었다. 나는 그것을 말리려고 흡수지 사이에 끼워서 두꺼운 책 속에다 눌러 두었다. 다음날 보니 완전히 말라 있었다. 그러나 그림이 달라져 있었다. 빨갛던 입술은 색이 옅어지고 번져서 약간 좁아져 있었다. 이제 완전히 데미안의 입이었다.

나는 새 종이에다 문장의 새를 그리기 시작했다. 새가 원래 어떤 모습이었는지는 똑똑히 기억할 수 없었다. 그리고 몇 군데는 가까이 다가가서 본다 해도 분간할 수 없기도 했다. 문장이 마모되어 편편해진 데다가 자주 페인트를 덧칠했기 때문이다. 그 새는 무엇인가의 위에 서 있거나 아니면 앉아 있었을 것이다. 아마 꽃 아니면 광주리나 둥우리, 혹은 나뭇가지였는지도 모른다. 나는 그것에 더 이상 신경 쓰지 않고 확실하게 기억나는 것에서부터 시작했다. 뭔지 모를 욕구에 의해 나는 즉시 밝은 색채로 그리기 시작했다. 새의 머리는 황금빛이었다. 기분 내키는 대로 계속해서 며칠 만에 완성할 수 있었다.

내가 그린 것은 대담하고 날카로운 부리를 가진 한 마리 맹조猛鳥였다. 몸의 절반이 어두운 지각地殼 속에 박혀 있었고, 절반은 푸른 하늘을 배경으로 어마어마하게 큰 알에서 나오려는 듯 그 속에서 빠져나오려고 솟구치고 있었다. 한참 동안 물끄러미 바라보고 있자니 그 새가 점점 더 내 꿈속에 나타났던 영롱한 문장처럼 보였다.

데미안에게 편지를 쓴다는 것은 나로서는 엄두도 못 낼 일이었다. 설령 그의 주소를 알고 있었다 해도 말이다. 하지만 그 그림은 부쳐 주고 싶었다. 그 무렵 내가 다른 모든 일들을 처리했던 방식대로 나는 막연한 예감에 사로잡혀 일단 그에게 그림을 부치기로 결심했다. 그가 받아 볼 수 있든 없든 그런 것은 아무래도 좋았다. 그림에는 아무것도 적어 넣지 않았고, 내 이름조차도 쓰지 않았다. 스케치북에서 찢어 내 너덜거리는 종이의 가장자리를 깨끗하게 잘라 내고, 커다란 봉투를 사서 그림을 넣은 뒤 내 친구의 예전 주소를 적어 넣어 부쳤다.

시험이 닥쳐왔다. 나는 여느 때보다도 더 열심히 공부해야만 했다. 내가 형편없는 방황을 갑자기 청산한 뒤로 선생님들은 나를 다시 너그럽게 받아들여 주었다. 아직 모범생은 아니었지만, 나 자신도 또 다른 그 누구도 반년 전에 퇴학을 당할 뻔했었다는 사실을 기억하고 있지는 않았다.

아버지도 이제는 비난이나 위협하는 문구 없이 다시 이전 같은 어조로 편지를 보내 오셨다. 그렇지만 나는 아버지에게든 다른 누구에게든 나에게 어떻게 그런 변화가 일어났는지 설명할 생각은 없었다. 이 변화가 우리 부모님과 선생님들의 소망과 일치한 것은 아주 우연한 일이었다. 이 변화는 나를 다른 사람들에게로 데려간 것이 아니었다. 나를 그 누구에게도 접근시키지 않았다. 나를 한층 더 고독하게 만들었을 뿐이다.

당시 변화의 한가운데에 있었던 나 자신은 몰랐지만 나의 변화는 그 어딘가를, 데미안을, 앞으로의 내 운명을 목표로 삼고 있었다. 베아트리체에서 비롯된 일이었지만, 나는 얼마 전부터 그림이 그려진 종이들과 데미안에 대한 생각들과 더불어 살고 있었다. 얼마나 완벽하게 비현실적인 세계 속에서 살았던지 베아트리체마저도 내 시야와 생각에서 완전히 사라졌다.

내 꿈들, 내 기대들, 내 내면의 극심한 변화에 대해 나는 그 누구에게도 한 마디도 말할 수 없었던 것 같다. 설령 그렇게 하고 싶었더라도 못했을 것이다.

어떻게 내가 그걸 털어놓을 수 있었겠는가!

새는 알을 깨고 나온다

내가 그린 꿈속의 새는 내 친구를 찾아 날아갔다. 놀랍게도 얼마 후에 실로 기묘한 방법으로 회답이 온 것이다.

어느 날, 쉬는 시간이 끝나고 다음 수업이 막 시작되기 전 내 책에 쪽지 하나가 꽂혀 있는 것이 눈에 띄었다. 그것은 우리 반 학생들이 수업 시간 중에 선생님 몰래 서로 주고받는 쪽지와 똑같은 모양으로 접혀 있었다. 나는 약간 놀랐는데, 누가 나한테 그런 쪽지를 보냈을까 해서였다. 나는 어떤 학우와도 그런 식으로 사귀는 사이가 아니었기 때문이다. 교실에서 흔히 하는 무슨 장난을 하자는 것이겠지 하며, 절대 그런 일에 관여하지 않을 생각으로 읽어 보지도 않은 채 책 앞쪽에다 끼워 넣었다. 그런데 수업 도중에 나도 모르게 그 쪽지를 다시 손에 들게 되었다.

쪽지를 만지작거리다 무심코 펼쳤는데, 그 안에 몇 마디가 적혀 있었다. 그것을 훑어보다가 한 구절에서 깜짝 놀랐다. 내 가슴은 운명 앞에서, 혹독한 추위가 닥친 때처럼 오그라들었다.

―새는 알을 깨고 나온다. 알은 세계이다. 태어나려는 자는 하나의 세계를 깨뜨리지 않으면 안 된다. 새는 신에게로 날아간다. 신의 이름은 아브락사스.

이 글줄을 몇 번이고 되풀이해서 읽은 뒤 나는 생각에 깊이 빠졌다. 이건 데미안의 답장이 분명했다. 의심의 여지가 없었다. 나와 그 외에 그 새에 대해 아는 사람이 있을 수 없었다. 내 그림을 그가 받은 것이다. 그는 이해하였고, 내가 풀이하는 것을 도와준 것이다. 하지만 이것들이 서로 무슨 관련이 있는 것일까? 그리고 아브락사스란 무엇인가 하는 의문이 가장 고민스러웠다. 들어 본 적도 읽어 본 적도 없는 말이었다.

'신의 이름은 아브락사스!'

강의는 조금도 듣지 못한 채 수업이 끝났다. 다음 수업이 시작되었다. 오전의 마지막 수업으로, 젊은 조교 담당 시간이었다. 대학을 갓 졸업한 그 조교는 젊다는 것, 우리에게 위엄 부리지 않는다는 것만으로도 우리의 호감을 사고 있었다.

우리는 그 폴렌 조교의 지도로 헤로도토스Herodotos를 읽는 중이었다. 이 강독은 내가 흥미를 가진 몇 안 되는 과목의 하나였다. 그러나 그날 나는 정신이 딴 데 팔려 있었다. 책은 폈으나 해석을 따라가지 않고 내 생각에 빠져 있었다.

나는 전에 데미안이 종교수업 시간에 했던 말이 얼마나 맞는지 이미 몇 차례 경험해서 알고 있었다. 사람이 아주 강렬하게 소망하는 것은 정말 이루어졌다. 수업 중에 내가 아주 강렬하게 내 자신의 생각에 열중해 있으면 정말 선생님도 나를 그대로 내버려두었다. 그런데 내가 좀 산만하거나 졸고 있을 때에는 선생님이 갑자기 내 옆에 와 있는 것을 이미 나도 겪었던 것이다. 그러나 진실로 생각에 침잠해 있을 때는 안전했다. 그리고 뚫어져라 바라보는 것도 벌써 시험해 보았고 믿을 만하다는 것도 확인했다. 데미안과 사귀던 무렵에는 되지 않았었는데, 이제는 시선과 생각만으로도 숱한 일을 해낼 수 있다는 것을 깨닫고 있었다.

그때도 나는 그렇게 앉아 헤로도토스로부터, 그리고 학교로부터 멀리 떨어져 있었다. 그런데 한순간 선생님의 목소리가 번개처럼 내 의식을 치고 들어왔다. 화들짝 깨어나 보니 선생님이 바로 내 곁에 바싹 다가와 서 계셨다. 이미 내 이름이 불렸는가 싶었는데 나를 보고 계시지는 않았다.

내가 안도의 한숨을 내쉴 때 다시 선생님의 목소리가 내 귀를 강타했다. 선생님의 '아브락사스'라는 말이 커다랗게 들려왔던 것이다.

처음 부분은 듣지 못했지만, 나는 폴렌 선생의 이어지는 설명에 귀를 기울였다.

"우리는 저 종파의 세계관과 고대의 신비주의적인 합일을, 합리주의적인 관찰의 입장에서 보듯이 그렇게 단순하게 상상해서는 안 됩니다. 오늘날 우리가 말하는 의미의 학문이란 고대에는 존재하지도 않았습니다. 그 대신 철학적, 신비주의적인 진리를 다루는 연구가 고도로 발달되어 있었지요. 거기에서 부분적으로 사기와 범죄로도 이어지는 주술이나 그 밖의 사악한 것들이 나온 거지요. 하지만 원래는 주술에도 고귀한 유래와 깊은 사상이 있는 것입니다. 앞서 예로 들었던 아브락사스 학설도 그렇습니다. 오늘날도 사람들은 아브락사스를 그리스의 주문과 연관시켜 일컫고 있으며, 미개민족들이 믿고 있는 마술 부리는 악마의 이름쯤으로 생각하는 것입니다. 그러나 아브락사스는 훨씬 더 많은 의미를 갖고 있는 것으로 생각됩니다. 우리는 그 이름을 신적인 것과 악마적인 것을 결합시키는 상징적 사명을 띤 어떤 신의 이름 정도로 생각하면 되겠지요."

그 몸집이 작고 박식한 분은 섬세하고도 열정적으로 이야기를 계속해 나갔지만 주목하고 있는 사람은 아무도 없었다. 그리고 아브락사스라는 이름이 더 이상 나오지 않자 나의 주의력도 다시 내 자신 안으로 가라앉았다.

'신적인 것과 악마적인 것을 결합시키는……'이라고 한 말의 여운이 아직도 내게서 사라지지 않고 있었다. 여기서 나는 연관을 지을 수 있었다. 그 말은 우리 우정의 마지막 시기에 데미안과 나누었던 대화를 통해 내게는 더 없이 친숙한 것이었다. 데미안은 그때 말했었다. 우리는 숭배하는 신 하나를 가지고 있지만, 그 신은 세계를 멋대로 절반으로 갈라놓고 그 반쪽—허용된 '밝은 세계'—밖에 나타내지 못하고 있다. 그러나 우리는 세계 전체를 다스리는 절대자를 숭앙해야 된다. 그러니까 악마 같은 신을 받들든가 그렇지 않으면 신에게 예배하는 것과 마찬가지로 악마에게도 예배를 올리지 않으면 안 된다고. 그런데 바로 아브락사스가 바로 그런, 신인 동시에 악마인 것이었다.

그로부터 얼마 동안 나는 아주 열성적으로 아브락사스의 자취를 찾았다. 아브락사스를 찾아 온 도서관을 샅샅이 뒤졌다. 하지만 아무런 성과도 없었다. 그리고 나는 천성적으로 손에 쥐고 보면 돌 하나에 불과한 그런 진리를 찾아내는 직접적이고 의식적인 탐구에 깊이 열중하는 편이 못 되었다.

한때 그리도 열렬히 열중했던 베아트리체의 영상도 차츰 서서히 가라앉았다. 아니, 오히려 내게서 천천히 떠나갔다고 해야 옳을 것이다. 점점 지평선으로 멀어져 가서 그림자처럼 아스라하게 희미해졌다. 더 이상 내 영혼을 충족시켜 주지 못했던 것이다.

나 자신 속에 침잠하여 몽유병자처럼 살고 있던 내 삶 속에 어떤 새로운 것이 형상을 이루기 시작했다. 삶에의 동경, 아니 그보다는 사랑에 대한 동경과 베아트리체를 숭배함으로써 한동안 해소되었던 성적인 충동이 다시금 꿈틀거렸다. 그것은 새로운 우상과 목표를 갈구했지만 나는 여전히 그 어떤 것도 성취하지 못하고 있었다. 그러나 나로서는 내가 갖고 있는 사랑에의 동경을 기만하고 내 친구들처럼 나름대로 소녀들에게서 행복을 찾는 그런 일을 기대하기란 그 어느 때보다 더 불가능했다.

나는 또다시 꿈을 심하게 꾸었다. 그것도 밤보다 낮에 더 많이 꾸었다. 공상이나 영상들, 혹은 소망들이 내 안에서 솟구쳐 나를 바깥세계와 분리시켜 놓았기 때문이다. 나는 현실의 환경보다 내 마음속의 이 영상들, 이 꿈들, 혹은 그림자들과 더 현실적으로 더 생생하게 교류하며 살았다.

그 가운데 계속 되풀이되는 내용의 꿈 하나가 나에게 아주 중요해졌다. 이 꿈, 내 인생에서 가장 중요하고 또 가장 불길했던 꿈은 대략 이런 것이었다.

내가 고향의 집으로 돌아간다. 현관문 위에는 문장의 새가 푸른색을 배경으로 황금색으로 빛나고 있다. 집 안에서 어머니가 나를 마중 나오신다. 내가 안으로 들어서며 어머니를 포옹하려 하자 그 얼굴은 어머니가 아니라 생전 처음 보는 사람의 얼굴로 바뀐다. 키가 크고 힘 있는 인물, 막스 데미안 같기도 하고 내가 그린 초상 같기도 하지만 그와는 또 다른 인물이다. 힘이 있으면서도 완전히 여성적이다. 그 인물이 나를 끌어당겨 온몸이 짜릿하도록 깊은 사랑의 포옹을 한다. 희열과 전율이 뒤섞인다. 그 포옹은 예배인 동시에 범죄였다. 나를 포옹한 사람의 얼굴에는 어머니에 대한 너무 많은 추억, 내 친구 데미안에 대한 너무 많은 추억이 유령처럼 서려 있다. 그 인물의 포옹은 모든 경건함과는 정반대의 느낌이었지만, 그럼에도 축복 같은 희열이었다. 나는 깊은 행복감을 느끼며, 동시에 죽음의 두려움과 격심한 양심의 가책을 느끼며 무서운 죄악에서 벗어나듯 이 꿈에서 깨어나곤 했다.

이 완전히 내면적인 영상과 내가 찾아야 할 신에 대해 외부에서 보내 온 암시는 무의식적이긴 했지만 점차 하나로 결합되었다. 그리고 점점 더 긴밀해지고 내밀해졌다. 나는 내가 바로 이 예감의 꿈속에서 아브락사스를 부르고 있다는 것을 느끼기 시작했다. 희열과 짜릿함이 섞이고, 남자와 여자가 섞이고, 더없이 신성한 것과 가장 추악한 것이 뒤얽히고, 깊은 죄악은 지극한 청순함으로 충격을 주었다. 내 꿈속의 사랑의 영상이 그러했다. 그리고 아브락사스도 그러했다.

사랑은 이제 더 이상 내가 처음에 겁먹고 느꼈던 것처럼 동물적인 어두운 충동이 아니었다. 그리고 더 이상 내가 베아트리체의 영상에다 바친 것 같은 경건하게 정신화된 숭배 감정도 아니었다. 사랑은 그 양면을 다 지니고 있었다. 양면일 뿐만 아니라 그 이상의 것이었다. 천사인 동시에 악마였고, 남자와 여자가 하나였으며, 인간인 동시에 짐승이었고, 지고의 선이자 극단적인 악이었다. 이 양 극단을 맛보는 것이 내 삶의 길이고 그 길을 걸어야 하는 것이 내 운명처럼 생각되었다. 나는 그 운명을 동경하면서 두려워했지만 운명은 늘 거기 있었다. 늘 내 위에 있었다.

다음해 봄에 김나지움을 졸업하고 대학에 가도록 되어 있었다. 그러나 나는 아직 어느 대학에서 무슨 공부를 해야 할지 정하지 못하고 있었다. 코 밑에는 거뭇거뭇 수염이 자랐다. 어른이 된 것이다. 그렇지만 나는 완전히 무력했고 목표가 없었다. 확실한 것이 있다면 내 내면의 목소리, 그 꿈의 영상뿐이었다.

나는 꿈의 영상이 인도하는 대로 따라가야 할 의무를 느꼈다. 그러나 그 것은 어렵게 느껴졌다. 나는 날마다 거기에 반항했다. 내가 머리가 돈 것은 아닐까 생각한 적이 한두 번이 아니다. 어쩌면 내가 다른 사람들과 다른 걸까? 그러나 다른 사람들이 해내는 것은 나도 모두 할 수 있었다. 조금만 애쓰면 플라톤을 읽을 수 있었고, 삼각법 과제를 풀거나 화학분석을 따라갈 수 있었다. 단 한 가지, 내 안에 숨겨진 목표를 끄집어내어 내 앞의 어딘가에 그려 내는 일은 할 수 없었다. 교수나 판사 또는 의사나 예술가가 될 것이며, 그러자면 얼마만큼의 시간이 걸리고, 그것의 이점은 무엇인가를 정확하게 아는 다른 사람들처럼 그려 내는 일은 불가능했다. 나도 언젠가는 그 무엇이 되겠지만, 그걸 지금 어떻게 알겠는가. 아마 여러 해 동안 찾고 또 찾게 될 것이다. 그런데도 아무것도 되지 못하고 어떤 목표에도 이르지 못할지도 모른다. 어쩌면 하나의 목표에 이르렀지만, 그것은 악하고 위험하고 무서운 것일지도 모른다.

나는 정말 나의 내면에서 우러나오는 그대로만 살려고 애썼다. 그런데 바로 그것이 어찌 그리도 어려웠을까!

나는 가끔 내 꿈속의 강렬한 사랑의 영상을 그림으로 그려 보려고 시도했다. 그러나 한 번도 성공하지 못했다. 성공하면 그 그림을 데미안에게 보내려고 했었다. 그는 대체 어디에 있는 것일까? 나는 그에 대해 아무것도 몰랐다. 내가 아는 건 그가 나와 결합되어 있다는 것뿐이었다. 언제 그를 다시 만나게 될까?

베아트리체라는 우상을 숭배하던 저 몇 주일, 아니 몇 달간의 포근한 안정 상태는 이미 오래전에 사라졌다. 그 무렵 나는 어떤 섬에 이르러 평화를 찾아냈다고 생각했었다. 하지만 어떤 상태가 좋아지면, 어떤 꿈이 내게 편안해지면 어느새 그것은 벌써 시들고 흐려졌다. 난 늘 그 모양이었다. 그것을 개탄한들 무슨 소용 있으랴!

나는 이제 가라앉지 않는 욕망, 팽팽한 기대의 불 속에서 살고 있었다. 그것은 자주 나를 완전히 난폭한 미치광이로 만들었다. 내 꿈속 연인의 영상이 현실적으로 살아 있는 연인처럼 선명하게, 내 손바닥을 들여다보는 것보다 훨씬 더 선명하게 내 눈앞에 떠올랐다. 나는 그 영상과 더불어 이야기하고, 그 앞에서 울고, 또 저주하기도 했다. 나는 그 영상을 어머니라고 부르며 눈물을 흘리면서 그 앞에 무릎을 꿇었다. 또한 연인이라고 부르며 모든 것을 충족시켜 주는 성숙한 입맞춤을 기대하기도 했다. 그 영상을 또 악마, 창녀, 흡혈귀, 살인자라고 부르면 그 영상은 더할 나위 없이 애정 어린 사랑의 꿈으로, 거칠고 음탕한 행위 속으로 나를 끌어들였다. 거기에는 그 어느 것도 지나치게 선량하거나 고상한 것이 없었다. 또한 그 무엇도 지나치게 나쁘고 비천한 것도 없었다.

그해 겨울 내내 나는 형언하기 어려운 내면의 폭풍 속에서 살았다. 외로움과는 오래전부터 친숙하게 지낸 터이므로 고독에 짓눌리지는 않았다. 나는 데미안과 새와 내 운명이자 내 연인인 위대한 꿈속의 영상과 함께 살았다. 그 속에서 사는 것만으로도 충분했다. 그들은 모두 위대한 것과 넓은 것을 지향하고 있었고, 그들 모두 아브락사스를 궁극의 목표로 삼고 있었기 때문이다. 그러나 이 꿈들 중 어느 것도, 내 생각들 중 어느 것도 나에게 복종하지 않았다. 그 어느 것도 내가 부를 수는 없었다. 그 어느 것도 내 마음대로 채색할 수 없었다. 그것들이 와서 나를 가졌고, 나는 그것들의 지배를 받으며 살았다.

나는 외부를 향해서는 안정되어 있었던 것 같다. 사람에 대해서는 두려움을 갖지 않았던 것이다. 내 학우들도 그것을 알고 내게 남모르는 존경을 보내어 나로 하여금 자주 미소 짓게 했다. 나는 원하기만 하면 그들 대부분을 아주 잘 꿰뚫어볼 수 있었고, 이따금씩 그렇게 해서 그들을 깜짝 놀라게 했다. 다만 그러고 싶은 마음이 아주 드물게 생기거나 전혀 내키지 않을 뿐이었다. 나는 늘 나 자신에게만 열중해 있었다. 그리고 이제 마침내 삶의 단편이나마 한번 살아 보기를, 내 속에서 나온 무언가를 세상에 주고, 세상과 관계를 맺고 한판 싸움을 벌이게 되기를 열렬히 갈망했다.

이따금 밤거리를 걸을 때, 그리고 잠드는 것이 불안해서 자정까지도 집으로 돌아올 수 없을 때면 나는 생각했다. 지금, 바로 지금 내 연인이 내게로 오고 있다고, 다음 모퉁이를 지나고 있을 거라고, 다음 창문에서 나를 부를 거라고. 그 모든 것이 때로는 견딜 수 없이 고통스러워 죽어 버릴 작정도 했었다.

그 당시 나는 흔히들 말하는 '우연'에 의해서 아주 특이한 은신처를 찾아냈다. 그러나 우연이란 존재하지 않는다. 무언가를 절실하게 필요로 하는 사람이 자신에게 정말로 필요한 것을 찾아냈다면, 그것은 그 자신의 욕구와 필요가 그를 거기로 인도한 것이다.

거리를 배회하면서 두세 번인가 어느 교외의 자그마한 교회에서 오르간 소리가 나는 것을 들은 적이 있는데, 그 자리에 멈춰 서서 듣지는 않았었다. 그런데 어느 날 다시 그 오르간 소리가 들렸다. 바흐가 연주되고 있었다. 출입구로 갔지만 문이 잠겨 있었다. 골목에 사람이 거의 없어 나는 교회 옆 연석緣石에 앉아 외투 깃을 세우고 귀를 기울였다. 소리는 크지 않았지만 음질은 좋았다. 그런데 연주가 아주 놀라웠다. 지극히 개인적인 의지와 인내심을 표현하는 듯한 것이어서 마치 기도하는 것처럼 들렸다. 나는 문득 이런 생각이 들었다.

'저 연주자는 이 음악 안에 어떤 보물이 숨겨져 있는 것을 알고, 마치 자신의 생명을 끌어내듯 그 보물을 찾아내려고 애쓰고 있구나.'

나는 음악에 대해서 테크닉 면으로는 별로 아는 것이 없다. 하지만 영혼의 표현이라는 점에 있어서는 어릴 때부터 본능적으로 이해했으며, 음악적인 것은 누가 설명하지 않아도 스스로 느끼고 알았다.

연주자가 그 다음 또 무엇인가 현대적인 곡을 연주했다. 레거Rager의 곡인 것 같았다. 교회 안은 완전히 어두웠다. 다만 바로 앞에 있는 창문으로 어슴푸레한 한 줄기 불빛이 새어 들고 있었다. 연주가 끝나기를 기다리면서 서성거리고 있자니, 마침내 연주자가 나오는 것이 보였다. 나보다 나이는 들어 보였지만 아직 젊은 사람이었다. 체격이 다부지고 땅딸막했는데, 힘차면서도 내키지 않는 듯한 걸음걸이로 급히 그곳을 떠났다.

그날 이후로 나는 이따금씩 저녁 시간에 그 교회 앞에 앉아 있거나 서성거리곤 했다. 하루는 문이 열려 있기에 교회 안으로 들어갔다. 그러고는 그 연주자가 높은 곳에 매달려 있는 가스등의 빈약한 불빛 아래서 오르간을 연주하고 있는 동안 회중석에 반시간가량 앉아 있었다. 추위에 떨면서도 행복했다. 그가 연주하는 음악에서 내가 들은 것은 그 사람 자신만이 아니었다. 그가 연주하는 모든 곡들은 왠지 모르게 서로 연관을 가지고 있는 것 같았다. 그가 연주하는 곡들은 모두 신앙심 깊고 헌신적이었으며 경건했다. 그러나 교회에 다니는 신자나 신부 또는 목사님들의 경건함이 아니라 중세기의 걸인 순례자와 같은 경건함이었다. 모든 종파를 초월하는, 하나의 우주적 감정에 귀의하는 경건함이었다. 바흐 이전의 거장들, 그리고 옛 이탈리아인들의 음악이 노련하게 연주되었다. 그리고 그 곡들은 한결같이 연주자의 영혼 속에 담긴 것을 드러내고 있었다. 세상에 대한 동경, 세상을 속속들이 파악하고 그 세상으로부터 벗어나려는 거친 몸부림, 자신의 어두운 영혼의 소리를 경청하는 헌신에의 도취와 경이로운 것에 대한 깊은 호기심들을 이야기해 주고 있었다.

한번은 연주를 마치고 교회에서 나오는 연주자를 몰래 따라갔다. 그는 한참을 걸어서 교외 변두리에 있는 작은 주점으로 들어갔다. 나는 호기심을 누르지 못하고 이끌리듯 뒤따라 들어갔다. 그때 처음으로 그의 모습을 똑똑하게 볼 수 있었다. 그는 한 귀퉁이에 있는 주인 맞은편 테이블에, 까만 펠트 모자를 쓴 채 포도주 한 잔을 앞에 놓고 앉아 있었다. 그의 얼굴은 내가 예상했던 대로였다. 못생긴 데다 다소 야성적이었으며, 탐색적이고 완고하고 고집스럽고 의지에 차 있었다. 그러면서도 입 언저리에서는 어린아이 같은 순진함이 엿보였다. 남성다운 강함은 모두 눈과 이마에 모여 있어 얼굴의 아래 부분은 여리고 미숙한 일면이 있음을 드러내고 있었으며,

부분적으로 나약한 느낌이었다. 우유부단함이 여실히 보이는 턱은 이마나 시선과는 대조적으로 소년 같은 인상이었다. 내 마음에 든 것은 긍지와 적의에 가득 찬 그의 암갈색 두 눈이었다.

나는 아무 말 없이 연주자의 맞은편에 가 앉았다. 주점 안에 다른 사람은 없었다. 그가 쫓아내기라도 하겠다는 듯 나를 쏘아보았지만, 나는 버티고 앉아서 그의 눈길을 태연히 받아 냈다. 결국 그가 불평을 터뜨렸다.

"도대체 왜 그렇게 쳐다보는 거야? 나한테 원하는 거라도 있나?"

"아뇨, 선생한테 뭘 원하는 것은 아닙니다."

내가 말했다.

"전 이미 선생에게 받은 것이 많습니다."

그가 이맛살을 찌푸리며 말했다.

"음악광인가? 음악에 넋을 빠뜨리는 건 구역질나는데……."

나는 물러서지 않았다.

"저는 벌써 여러 번 선생의 연주를 들었습니다. 저 시내에 있는 교회 바깥에서요."

내가 말했다.

"선생을 귀찮게 할 생각은 없습니다. 저는 선생한테서 어쩌면 뭘 찾아낼지도 모른다고 생각했지요. 뭔지는 잘 모르지만, 뭔가 아주 특별한 것을요. 그런데 선생께서는 제 얘길 듣고 싶지 않으신가 봅니다. 저는 교회에서 선생께 귀를 기울였었는데."

"난 항상 문을 잠그는데?"

"얼마 전에 한 번 잊으셨더군요. 그래서 안에 들어가 앉아 있었죠. 다른 때는 바깥에 서 있거나 계단 위에 앉아서 들었지요."

"그랬나? 다음엔 안으로 들어오게. 냉기가 좀 덜할 테니까. 그럴 때는 그냥 문을 두드려. 힘차게. 내가 연주할 때는 두드리지 말고. 그런데 무슨 말을 하려 했나? 아주 젊은 사람이로군. 김나지움 학생이거나 대학생 같은데, 자네 음악가인가?"

"아뇨. 그저 음악을 즐겨 들을 뿐입니다. 음악이 그냥 다 좋은 건 아니고, 선생이 연주하시는 것 같은 절대적이랄까, 한 인간이 천국과 지옥을 뒤흔들고 있다고 느껴지는 그런 음악을 좋아합니다. 전 음악이 아주 좋아요. 아마도 음악은 도덕적이지 않아도 되기 때문이 아닌가 싶습니다. 다른 것은 모두 도덕적이지요. 저는 도덕적이지 않은 무엇인가를 찾고 있습니다. 도덕적인 것에 늘 시달렸거든요. 신인 동시에 악마인 그런 신이 있다던데 혹시 아세요? 그런 신이 있다는 이야길 어떤 사람한테 들었습니다."

연주자는 넓은 모자를 약간 뒤로 젖히고 머리를 흔들어 넓은 이마에 내리덮인 짙은 색 머리카락을 양옆으로 갈라놓았다. 그러고는 나를 뚫어져라 바라보며 테이블 너머 나에게로 얼굴을 바싹 들이댔다.

그는 나직하나 긴장된 목소리로 물었다.

"좀 전에 말한 신이 어떤 신인가?"

"저도 잘 모릅니다. 이름만 알고 있지요. 그 신의 이름은 아브락사스라고 합니다."

음악가는 누가 엿듣지나 않나 확인하는 듯 주위를 둘러보고는 다시 내게로 얼굴을 내밀고 속삭이듯 말했다.

"그럴 줄 알았지. 자넨 뭘 하는 사람인가?"

"김나지움 학생입니다."

"아브락사스는 어디서 알았나?"

"우연히요."

그는 테이블을 탕! 내리쳤다. 그의 잔에서 술이 튀었다.

"우연히라고? 멍청한 소리 하지 말게, 이 사람아! 아브락사스는 우연히 알게 되는 게 아니야. 내가 아브락사스에 대해 얘기해 주지. 내가 아브락사스에 대해 좀 알거든."

그는 입을 다물고 앉은 채 의자를 뒤로 약간 물렸다. 나는 잔뜩 기대에 차서 그를 바라보았다. 그러자 그는 얼굴을 찌푸리며 말했다.

"여기서는 아니고! 다음에, 다음에 듣게."

그러면서 그는 벗어 놓은 외투 주머니를 뒤져 군밤 몇 개를 내게 던졌다.

나는 말없이 그걸 받아서 까먹으며 마음이 아주 흐뭇했다.

"그래……"

그가 한참 뒤에 나직이 말했다.

"어디서 들었나, 그 신에 대해서?"

나는 망설이지 않고 그에게 이야기해 주었다.

"저는 외로움에 지쳐 절망하고 있었어요. 그러던 어느 날 옛 친구가 갑자기 생각나는 거예요. 제가 많은 것을 알고 있다고 생각하는 친구지요. 그 바로 전에 제가 그림을 한 장 그렸는데, 새가 지구에서 빠져나오려고 하는 그림이었어요. 전 그 그림을 친구에게 보냈어요. 그리고 꽤 여러 날이 지났는데, 뜻하지 않게 종이쪽지 하나가 제 손에 들어왔어요. 그 쪽지에, '새는 알에서 나오려고 싸운다. 알은 세계이다. 태어나려는 자는 하나의 세계를 파괴하지 않으면 안 된다. 새는 신에게로 날아간다. 신의 이름은 아브락사스.'라는 글이 씌어 있더군요."

그는 아무런 대꾸가 없었다.

우리는 군밤을 까서 포도주에 곁들여 먹었다.

"한 잔 더 할래?"

그가 물었다.

"아뇨. 전 술을 별로 좋아하지 않아요."

그는 좀 실망한 듯 웃었다.

"좋을 대로! 난 술을 좋아하지. 난 좀 더 있을 테니 먼저 가게."

두 번째로 만났을 때 연주자는 별로 말이 없었다. 오르간 연주를 끝낸 그는 나를 옛 시가의 어느 골목에 있는 오래된 저택으로 데려갔다. 그러고는 다소 황량하고 을씨년스러운 이층의 커다란 방으로 안내했다. 거기에는 피아노 외에 음악과 상관있어 보이는 것이라곤 없었다. 커다란 책장과 책상이 놓여 있어 학자의 서재 같은 분위기였다.

"책이 참 많네요."

나는 감탄하며 말했다.

"다 내 책은 아니야. 아버지의 장서가 대부분이지. 여긴 우리 아버지 집이고. 하지만 자네한테 아버지를 소개해 줄 수는 없어. 이 집에서는 내 손님들을 그다지 존중해 주지 않거든. 나는 버려진 자식이야. 우리 아버진 이 도시에서 목사, 설교자, 뭐 그런 걸 직업으로 하는 빌어먹게 존경할 만한 사람이지. 그런데 나는, 쉽게 말해서 그분의 재능 있고 장래가 촉망되는 아들인데 약간 머리가 돌아서 빗나간 길을 걷고 있다 이거지. 나는 신학도였는데 국가고시 직전에 그놈의 답답한 대학을 때려치웠어. 내 개인적으로는 아직도 여전히 신학도이지만. 사람들이 시대에 따라서 어떤 신을 고안해 냈는가, 그것이 나한텐 가장 중요한 관심사지. 어찌 됐건, 현재 나는 음악가이고 머지않아 오르간 연주자 자리를 얻게 될 것 같아. 그러면 다시 교회로 돌아갈 수 있는 거지."

나는 책장에 꽂힌 책들을 조그만 탁상 등잔의 약한 불빛이 밝혀 주는 데까지 죽 훑어보았다. 그리스어, 라틴어, 히브리어로 된 제목들이 보였다. 그 사이 연주자는 벽 쪽의 어두운 방바닥에 엎드려 무언가를 하고 있었다.

"이리 오게!"

잠시 후에 그가 나를 불렀다.

"이제부터 철학 좀 하자고. 철학 한다는 건 '배 깔고 엎드려서 아가리 닥치고 생각하기'야."

그는 성냥을 그어서 앞에 있는 벽난로 속의 종이에 불을 붙였다. 그러자 삽시간에 장작으로 불꽃이 옮겨 가고 이내 불길이 솟았다. 그는 아주 조심스럽게 불을 헤치고 장작을 더 지폈다.

나는 그의 곁으로 가서 낡아 올이 풀린 양탄자 위에 엎드렸다. 그는 불을 응시했다. 나도 그 불에 마음이 끌렸다. 우리는 아무 말 없이 타닥거리는 장작불 앞에 엎드려 불길이 활활 타오르면서 숫숫거리고, 가라앉아 휘어지고, 가물거리다 마침내는 조용하게 잦아드는 모습을 지켜보았다. 아마 한 시간가량 그러고 있었던 것 같다.

"불을 숭배하는 것이 인간이 창안해 낸 것 가운데 가장 멍청한 것만은 아니었어."

그가 혼잣말처럼 웅얼거렸다. 그 외에는 그도 나도 한 마디 말이 없었다. 나는 꿈과 고요 속에 잠겨 멍하니 불길을 지켜보며 불과 연기 속에 떠도는 영상들을 보았다. 타고 남은 재에도 영상들이 있었다.

한 번 깜짝 놀랐는데, 함께 불을 보고 있던 그가 벽난로 속에 관솔을 던지자 조그맣고 날렵한 불꽃이 확 치솟는 것이었다. 나는 그 속에서 매의 머리를 한 황금빛 새를 보았다. 사그라지던 벽난로의 불길이 황금빛으로 작렬하는 실 가닥을 한데 모아 그물을 만들었다. 문자와 갖가지 형상들의 얼굴, 동물, 식물, 곤충, 뱀 등에 대한 추억이 되살아났다. 문득 정신이 들어 옆을 보니, 그는 주먹으로 턱을 받치고 마치 넋이 나간 듯 재를 뚫어져라 응시하고 있었다.

"전 이제 가야겠는데요."

나는 나직하게 속삭이듯 말했다.

"그래, 그럼 가 봐. 또 보자!"

그는 일어나지도 않은 채 작별을 고했다.

등불이 꺼져 있었기 때문에 방이고 복도고 온통 깜깜했다. 나는 손으로 더듬어 가며 계단을 내려와 가까스로 그 집을 나왔다. 골목길에 멈추어 서서 그 낡은 집을 올려다보았다. 어느 창에도 불빛이 없었다. 주석으로 만든 작은 문패가 문 앞의 가스등 불빛을 받아 반짝거렸다. '주임목사 피스토리우스'라고 적혀 있었다.

하숙집으로 돌아와 저녁을 먹고 혼자 내 작은 방에 앉았을 때야 비로소 나는 아브락사스에 대해서도 그 밖의 일에 대해서도 피스토리우스에게서 들은 것이 없다는 것을 깨달았다. 우리가 주고받은 말은 고작해야

열 마디도 안 되었다. 그러나 그의 집에 갔던 것을 나는 크게 만족스럽게 생각했다. 게다가 그가 다음번에는 오르간 연주로는 가장 뛰어난 북스테후데Dietrich Buxtehude(독일 바로크 음악의 거장으로 작곡가 겸 오르간 연주자. 1637~1707)의 파사칼리아passacaglia(17-18세기에 스페인과 이탈리아를 중심으로 유행한 무곡)를 들려주겠다고 약속했던 것이다.

그 당시는 몰랐지만, 벽난로 앞에 엎드려 있던 그때 오르간 연주자 피스토리우스는 내게 이미 첫 수업을 해 준 것이었다. 불을 들여다본 것은 내게 유익했다. 그것은 내가 늘 지니고는 있었지만 한 번도 보살핀 적 없었던 내 내면의 성향들을 강화하고 확인시켜 주었던 것이다. 그것들이 부분적으로 차츰 명확해졌다.

나는 어린아이였을 때부터 이상스럽게 생긴 자연물을 바라보는 버릇이 있었다. 그저 생김새를 보는 것이 아니라 그것이 가지고 있는 고유한 매력과 깊은 의미가 담긴 듯한 자연의 속삭임에 몰두하여 관찰했다. 길게 뻗쳐 나무처럼 되어 버린 나무뿌리, 암석에 깃들여 있는 여러 빛깔의 무늬, 물 위에 뜬 기름얼룩, 금이 간 유리…… 이런 것들이 종종 내게 커다란 매력을 던지고 있었다. 물과 불, 연기, 구름, 먼지, 그리고 햇빛 아래서 눈을 감으면 보이는 빙빙 맴도는 현란한 색깔의 무늬들이 특히 더 그랬다.

피스토리우스의 집을 다녀온 이후 며칠 동안 이러한 것들이 다시 내 마음속에 나타났다. 그것은 그 이후로 왠지 모르게 활기가 생기고 어떤 환희와 자아의식이 높아진 덕분이었다. 타오르는 불을 바라보는 것이 그토록 마음을 유쾌하고 풍요롭게 해 주는 것인지 미처 몰랐던 것이 이상스러울 정도였다.

이제까지 내가 참다운 본래의 인생 목표를 향해서 나아가는 도중에 발견했던 얼마 안 되는 경험들에 이 새로운 경험이 보태졌다. 불길이 타올랐다 사그라져 재가 되는 것을 바라보는 것처럼 자연 형상을 관찰하고 그 형상에 몰두하는 일은 우리 마음속에 그러한 형상을 낳은 자연의 의지와 우리 각자의 내면세계가 일치하고 있다는 감정을 불러일으킨다. 그리고 그 일치감을 곧 우리 자신의 기분으로, 우리 자신의 창조물이라고 여기고 싶은 유혹을 느끼게 된다. 우리와 자연 사이의 경계가 흔들리고 와해되는 것을 느끼며, 우리의 망막에 비치는 이 영상들이 바깥의 인상들로부터 비롯된 것인지 내면의 인상에서 비롯된 것인지조차 구분할 수 없게 된다.

그 어디에서도 우리가 얼마나 능력 있는 창조자인지, 우리 영혼이 얼마나 지속적으로 세계의 끊임없는 창조에 관여하는지를 이 연습에서처럼 간단하고 쉽게 알아내지는 못한다. 우리의 내부에 있는 신과 자연에 있는 신은 불가분의 신이다. 그러므로 바깥세계가 붕괴된다 해도 우리 가운데 누군가가 그 세계를 다시 세울 수 있는 것이다. 산과 강, 나무와 잎, 뿌리와 꽃 같은 모든 자연 형성물의 원형은 우리 마음속에 미리 만들어져 있으며, 그 원형은 바로 우리의 영혼에서 나오기 때문이다. 영혼의 본질은 영원이다. 우리로서는 그 본질을 알 수 없지만, 사랑의 힘과 창조력으로써 그것이 어떤 것인가를 느낄 수는 있다.

몇 해가 지나서야 나는 어느 책에서 이 관찰을 뒷받침해 주는 근거를 발견했다. 많은 사람들이 침을 뱉어 놓은 담벼락을 관찰하는 것은 흥미 있는 일이며, 거기에서 자극을 받는다는 레오나르도 다빈치에 대한 이야기에서였다. 레오나르도 다빈치는 축축한 담벼락에 있는 침자국들 앞에서 피스토리우스와 내가 불 앞에서 느낀 것과 똑같은 것을 느꼈던 것이다.

다음번에 함께 있게 되었을 때 그 오르간 연주자는 내게 이런 말을 했다.

"우리는 우리의 개성의 경계를 늘 너무나 좁게 긋고 있어. 우리는 개인적인 것으로 구분이 되고, 다른 것과 상이하다고 인식하는 것만 개성이라고 생각해. 그러나 우리는 세계의 총체로 이루어져 있어. 우리 개개인 모두가 말이야. 우리의 육체가 어류에 이르기까지, 아니 그보다 훨씬 아득한 데에 이르기까지 소급되는 진화의 계보를 갖고 있는 것과 마찬가지로, 우리의 영혼 속에도 여태까지의 사람들의 영혼 속에서 살았던 모든 신들과 악마들이 살고 있지. 그것이 그리스인의 것이든 중국인의 것이든 혹은 아프리카 원주민의 것이든 일찍이 인류의 영혼이 생각해 낸 모든 신과 악마를 각자의 내면에 가지고 있는 거야. 모두가 가능성이나 소망이나 혹은 탈출구로서 우리들 내부에 함께 존재하며 현존하고 있거든. 만약 인류가 교육을 전혀 받지 못했지만 재능을 갖고 태어난 아이 하나만 남겨놓고 멸종한다면, 그 아이는 사물이 이루어지는 전체과정을 다시 찾아낼 거야. 그리고 모든 신들, 악마들, 낙원, 계명과 금기, 신약과 구약 그 모든 것을 다시 창조해 내겠지."

"만약 그렇다면……."

나는 이의를 제기했다.

"그렇다면 인간의 가치는 어디에 있는 겁니까? 우리 내부에 이미 모든 것이 완성되어 있다면 우리는 어떤 노력도 할 필요가 없는 것 아닐까요?"

"잠깐!"

피스토리우스는 격하게 소리쳤다.

"세계를 그저 자기 속에 지니고 있느냐, 아니면 그것을 알기나 하느냐 이게 큰 차이지! 미친놈도 플라톤을 연상시키는 훌륭한 사상을 말할 수 있고, 헤른후트파Gerrnhut派(독일의 종교개혁자 친첸도르프가 창설한 경건주의 교단) 학교의 신앙심 깊은 어린 학생이 그노시스파Cnosis派(1-2세기 무렵 그리스·로마 등지에서 기독교를 극복하려던 지적·신비주의적 사상의 경향. 구약의 신을 비인격적·관념적인 것으로 바꾸어 율법을 배척하고 방탕한 생활을 하며 그리스도의 역사성을 부정했음)나 조로아스터교Zoroaster敎(기원전 6세기 무렵 페르시아의 예언자 조로아스터가 창시하였으며, 선신의 상징인 해·불·별 따위를 숭배함) 등에 나타나는 심오한 신화적 연관을 창조적으로 숙고할 수도 있어. 하지만 그들은 세계가 자기 안에 있다는 사실은 몰라. 그 사실을 모르는 한 나무거나 돌인 거지. 기껏해야 짐승이고 말이야. 이런 인식의 첫 불꽃이 희미하게 밝혀질 때, 그때 그들은 비로소 인간이 되지. 자네는 저기 거리를 걸어 다니는 두 발 달린 것들 모두를, 그들이 똑바로 서서 걷고 새끼를 열 달 동안 배 속에 품고 있다고 해서 인간이라고 여기진 않겠지? 그들 중 얼마나 많은 사람이 물고기거나 양, 버러지거나 거머리인 줄은 아시나? 얼마나 많은 사람이 개미들인지, 얼마나 많은 사람이 벌들인지! 어쨌든 그들 하나하나 속에 인간이 될 가능성은 들어 있지. 그러나 각자가 그 가능성들을 예감함으로써 부분적으로는, 심지어 그것들을 의식하는 것을 배움으로써 비로소 그 가능성들은 자기 것이 되는 거라네."

우리의 대화는 대략 이러했다.

그 대화가 내게 완전히 새롭거나 전적으로 놀라운 것은 없었다. 그러나 그 설명은 모두 —가장 진부한 것까지도— 내 마음속의 한 지점을 꾸준히 망치질했다. 모든 대화가 내 자아 형성에 도움이 되었다. 모든 대화가 내가 허물을 벗는 일을, 알 껍질을 부수는 일을 도와주었다. 그의 말 한 마디 한 마디에 나의 황금빛 새가 조금씩 껍질을 깨뜨리고 천천히, 자유롭게 고개를 쳐들더니 이내 껍질 밖으로 그 아름다운 머리를 불쑥 내미는 것이었다.

우리는 종종 서로의 꿈 이야기를 하기도 했다. 피스토리우스는 꿈을 해석할 줄 알았다. 놀라웠던 예 하나가 아직도 기억에 남아 있다.

어느 날 꿈을 꾸었는데, 그 꿈속에서 나는 날 수 있었다. 내 의지에 의해서가 아니라 알 수 없는 힘에 의해서 어느 정도 큰 도약으로 공중에 내던져진 것이었다. 그 비상의 느낌은 기운을 북돋우는 것이었으나, 원치 않았는데도 높은 하늘을 획획 날게 되자 곧 두려움으로 변했다. 그러나 호흡을 멈추었다가 한꺼번에 힘껏 토해 내는 식으로 나 자신이 상승과 하강을 조절할 수 있다는 것을 깨닫고는 마음이 놓였다.

그 꿈에 대해서 피스토리우스는 이렇게 말했다.

"자네를 날 수 있게 만든 그 원동력은 우리 위대한 인류가 가지고 있는 커다란 특전이라네. 그것은 모든 힘의 근원과 연결되어 있다는 느낌이지. 하지만 곧 두려워지지. 빌어먹게 위험하거든! 그래서 대부분의 인간은 날기를 기꺼이 포기하고 법 규정에 따라 인도를 걷는 쪽을 택하는 거야. 그런데 자네는 아니야. 자네는 계속 날고 있어. 유능한 젊은이답게 말이야. 그리고 자네는 놀라운 것을 발견하지. 자네를 계속 낚아채 가는 알 수 없는 커다란 힘에 자신의 힘이 더해지는 것을, 하나의 섬세한 기관—방향키 말일세—으로 방향을 조절할 수 있음을 발견하지. 이건 대단한 거야! 그것이 없다면 그냥 공중에 떠 있다가 아래로 곤두박질치겠지. 미친 사람들이 그러듯이 말이야. 그들에게는 인도를 걸어 다니고 있는 사람들에게보다 더 예민한 예지력이 주어졌지만, 그 예지력에 맞는 열쇠나 방향키가 없어. 그래서 마냥 바닥없는 곳으로 쏴악 빨려들고 있지. 그런데 자네는 말야, 싱클레어, 자네는 계속 날고 있어! 어떻게? 자네는 새로운 기관, 즉 하나의 호흡 조절기를 가지고 날고 있는 거야. 이제 자네의 영혼이 근본적으로 얼마나 '개인적'이지 못한가를 알 수 있을 거야. 그런 조절기를 고안해 낸 게 자네 영혼은 아니니까 말이야. 조절기란 새로운 게 아니야. 수천 년 전부터 존재하는 것을 잠시 차용借用했을 뿐이지. 그것은 물고기의 평형기관—부레지. 실제로 부레가 동시에 허파여서 상황에 따라서는 정말로 숨 쉬는 데 부레를 이용하는, 진화가 덜 된 희귀한 물고기 종류가 오늘날에도 있지. 그러니까 자네가 꿈에서 날 때 비행용 공기주머니로 사용한 허파하고 똑같은 거야!"

그는 동물도감을 가져와 나에게 그 진화가 덜 된 물고기들의 이름과 그림까지 보여 주었다. 나는 나의 내부에 진화 초기의 기능이 생생하게 살아 있다는 것을 느끼고 이상한 전율에 몸을 떨었다.

야곱의 투쟁

내가 오르간 연주자 피스토리우스에게서 들은 아브락사스에 대한 이야기를 간단히 요약해 들려줄 수는 없지만, 나는 그에게서 나 자신에로의 길로 한 걸음 더 나아가는 가장 중요한 것을 배웠다.

나는 당시 열여덟 살의 평범치 않은 젊은이였다. 여러 가지 면에서 조숙했지만, 또 여러 가지 면에서 몹시 뒤처지고 무력하여 갈피를 잡지 못하고 있었다. 때때로 나 자신을 다른 사람들과 비교해 보고 우쭐하고 교만할 때도 있었으나, 꼭 그만큼 의기소침하고 굴욕스러울 때도 많았다. 나 자신을 천재로 생각할 때도 있었지만 머리가 반쯤 돌아 버린 것이 아닌가 생각할 때도 여러 번 있었다. 또래들의 기쁨이나 생활을 함께 나누는 일이 내게는 어려웠다. 그리고 그럴 때마다 자책과 근심으로 나 자신을 소모했다. 나는 그들로부터 절망적으로 격리되어 있으며, 내 인생의 문은 굳게 닫혀 있다는 생각에 괴로워하고 있었다.

그런데 그 자신이 완전 괴짜였던 피스토리우스는 내게 용기와 스스로에 대한 존경을 잃지 않는 법을 가르쳐 주었다. 그는 내 한 말들, 내가 꾼 꿈들, 나의 상상과 생각에서 늘 가치 있는 것을 찾아냈다. 그리고 언제나 그것들을 진지하게 논평하면서 방향을 제시해 주었다.

그가 말했다.

"자네 나한테 이야기한 적 있지? 음악은 도덕적이지 않기 때문에 좋아한다고. 하지만 자네 자신이 바로 도덕주의자가 아니기도 해야지! 자신을 남들과 비교해서는 안 돼. 자연이 자네를 박쥐로 만들어 놓았다면 자신을 타조로 만들려고 해서는 안 돼. 더러 자신을 특별하다고 생각하고 자신이 대부분의 사람들과 다른 길을 가고 있다고 자책하는데, 그 자책도 그만둬야 하네. 불을 들여다보게. 구름을 바라보게. 예감들이 떠오르고 자네 영혼 속에서 목소리들이 말하기 시작하거든 곧바로 자신을 그 목소리에 맡기고 아무것도 묻지 말게. 그것이 선생님이나 아버님, 혹은 그 어떤 하느님의 마음에 들까 하고 말이야. 그런 물음이 자신을 망치는 거야. 그런 물음들 때문에 인도로 올라서는 것이며 화석이 되어 가는 거지. 이봐, 싱클레어. 우리의 신은 아브락사스야. 그런데 그는 신이면서 또 악마지. 그 안에 밝은 세계와 어두운 세계를 가지고 있어. 아브락사스는 자네 생각 그 어느 것에도, 자네 꿈 그 어느 것에도 이의를 제기하지 않아. 결코 잊지 말게. 하지만 자네가 언젠가 나무랄 데 없이 정상적인 인간이 되면 그때는 아브락사스가 자네를 떠나지. 그때는 자신의 사상을 담아 끓일 새로운 냄비를 찾아 그가 자네를 떠나는 거라네."

내가 꾼 모든 꿈들 가운데서 저 어두운 사랑의 꿈이 가장 끈질기게 이어지는 꿈이었다. 나는 아주 자주 그 꿈을 꾸었다. 문장의 새 밑을 지나 오래된 우리 집 안으로 들어서서 마중 나온 어머니를 포옹하려 했는데, 어머니 대신 키가 크며 절반은 남자이고 절반은 어머니 같은 여자를 안는 것이었다. 그녀를 두려워하면서도 불타는 욕망 때문에 나는 그녀에게 다가갔다.

그런데 이 꿈을 친구에게 결코 이야기할 수 없었다. 다른 모든 것은 그에게 열어 보였지만 이 꿈만은 감춰 두었다. 그것은 나만의 은신처이며 비밀이며 피난처였다.

마음이 짓눌릴 때면 피스토리우스에게 전에 들었던 북스테후데의 파사칼리아를 연주해 달라고 청하곤 했다. 그러고는 황혼이 짙은 교회 안에 앉아서 자기 속에 침잠하여 자신에게 귀 기울이게 하는 이 기이하고 내밀한 음악에 몰입했다. 그 음악은 들을 때마다 기분이 좋았고, 나로 하여금 더욱더 영혼의 목소리들을 인정할 수 있는 마음의 준비를 시켜 주었다.

우리는 가끔 오르간 연주가 끝난 후에도 그대로 교회 안에 앉아서 희미한 빛이 뾰족한 아치형의 높은 창문을 통하여 비쳐 들다가 가물가물 사라지는 모습을 바라보았다.

"내가 이런 말을 하면 우습게 들리겠지?"

피스토리우스가 입을 열었다.

"내가 한때 신학생이었고 거의 사제가 될 뻔했었다는 게 말야. 그러나 그때 내가 저지른 것은 형식적인 과오였을 뿐이야. 사제가 되는 것, 그건 아직도 내 직업이자 목표지. 다만 난 너무 일찍 만족했고 나를 마음대로 쓰시라고 여호와에게 맡겼지. 아브락사스를 알기 전이었어. 아, 어느 종교든 좋아. 종교는 영혼이야. 그리스도의 성찬을 들든 메카로 순례를 가든 마찬가지야."

"그렇다면 실제로 목사가 될 수도 있었겠는데요?"

내가 말했다.

"아니, 싱클레어. 아니야. 그러려면 난 거짓말을 해야 됐어. 내가 믿는 종교는 종교가 아니라 인간의 지성이나 사고능력의 산물인 듯 취급되고 있었거든. 나는 급하면 아쉬운 대로 가톨릭 신부는 될 수 있지만 신교 목사 노릇은 안 해. 절대! 신앙심이 돈독한 기독교 신자들 몇을 알고 있는데, 그들은 성경의 자구를 그대로 믿는 사람들이야. 그들한테 그리스도는 나에게 그냥 인물이 아니라 하나의 영웅이고 신화며, 거대한 그림자 상像이라고 어떻게 말하겠나? 그들은 그 그림자 안에서 자신의 모습이 영원의 벽에 그려진 것을 보는데 말이야. 그리고 신성한 말 한 마디를 들으러, 의무 하나를 완수하러, 아무것도 놓치지 않기 위하여 등등의 이유로 교회에 가는 그들에게 내가 무얼 말할 수 있었을까? 그들을 개종시켜야 하나? 하지만 난 전혀 그럴 생각이 없어. 사제란 개종시키려 하지 않아. 다만 같은 종파의 신자들 가운데서, 자기와 비슷한 생각을 갖고 있는 사람들 안에서 살려고 하지. 그리고 그 속에서 각 개인이 신을 만들어 내는 생각, 그 생각의 표현자이며 담당자이기를 원할 뿐이야."

그는 잠시 말을 끊었다가 다시 계속했다.

"지금 우리가 아브락사스라는 이름으로 부르는 우리의 새로운 신앙은 우리가 가질 수 있는 것 가운데 최상의 것이야. 그런데 그는 아직 젖먹이지! 아직 날개도 돋지 않았어. 아, 외로운 종교, 그건 아직 진정한 종교가 아니야. 종교에는 공통적인 것이 있어야 돼. 예배와 도취, 제전과 비밀의식 등을 가져야 해."

그는 생각에 잠겼다.

"비밀의식이라면 혼자서도…… 좁은 공간에서도 할 수 있는 것 아닌가요?"

나는 약간 주저하면서 물었다.

"할 수야 있지."

그는 고개를 끄덕였다.

"나는 이미 벌써부터 하고 있어. 남에게 알려지면 한동안 감옥살이를 하게 될 예배를 하고 있지. 나도 알고 있어. 이 예배는 아직 옳은 것이 아니야."

갑자기 그가 내 어깨를 두드렸기 때문에 나는 움칫했다.

"이봐, 싱클레어."

그는 나를 살피는 듯한 시선으로 보며 말했다.

"자네한테도 비밀의식이 있지? 나한테 말하지 않은 어떤 꿈을 꾸고 있는 게 틀림없어. 굳이 알 생각은 없네. 하지만 말해 두겠는데, 그 꿈들대로 살도록 해. 그 꿈대로 행하고, 그 꿈의 제단을 세우라고. 아직 완전한 것은 못 되지만 그것도 하나의 길이니까 말이야. 우리가, 자네와 내가, 그리고 몇몇 다른 사람들이 이 세상을 새롭게 개혁할 수 있는지 없는지는 두고 봐야 알 일이지. 하지만 자기 마음속에서는 날마다 새롭게 해야 되네. 그렇지 않으면 우리는 아무것도 아니야. 그걸 생각해 보게! 자넨 지금 열여덟 살이지, 싱클레어? 거리의 여자들한테도 못 가지. 사랑의 꿈, 사랑할 수 있기를 열망하고 있는데도 말이야. 자네가 꾸는 꿈들은 어쩌면 자네가 무서워하는 그런 것일지도 모르지. 하지만 무서워하지 말게. 그것은 자네가 갖고 있는 것 가운데서 가장 귀한 거니까. 날 믿어도 돼. 나는 자네만 할 때 사랑의 꿈을 업신여겼었지. 그래서는 안 되는 거였는데 말이야. 이제 아브락사스를 알게 된 이상 그럴 필요는 없네. 아무것도 두려워하지 말게. 영혼이 바라고 있는 것은 그 어떤 것도 금지된 일이라고 주저해서는 안 돼."

나는 놀라서 반박했다.

"하지만 생각나는 모든 것을 행동으로 옮길 수는 없잖아요. 어떤 사람이 마음에 안 든다고 그를 죽여서는 안 되지요!"

그는 나에게 바싹 다가왔다.

"상황에 따라서는 죽여도 돼. 하지만 대개의 경우 죽이는 것이 잘못된 경우가 많을 뿐이지. 스쳐 간 생각을 모두 무턱대고 행동으로 옮기라는 말이 아닐세. 다만 훌륭한 의미를 가진 착상들을 몰아내고 그걸 이리저리 도덕화해서 해롭게 만들지 말라는 거지. 자신이나 남을 십자가에 못 박는 대신에 장엄한 사상의 잔으로 술을 마시면서 치르는 희생의 비밀의식도 생각할 수 있는 것이지. 또 그런 행위 없이도 자신의 본능이나 유혹을 존경과 사랑으로 다룰 수도 있어. 그러면 그것들이 그 의미를 내보이지. 그것들도 나름대로 의미가 있거든. 다시 한 번 그 어떤 미칠 듯한 일이나 죄라고 생각되는 일이 떠오르거든 싱클레어, 누군가를 미치도록 죽이고 싶다거나 또는 여자와 함께 아주 음란한 짓을 저지르고 싶은 생각이 들거나 하면, 그때 잠시 생각해 보게. 그렇게 자네 속에서 상상의 날개를 펴고 있는 것은 아브락사스라는 것을! 자네가 죽이고 싶은 인간은 결코 아무개 씨가 아니야. 그는 분명 하나의 위장에 불과할 뿐이지. 우리가 누군가를 미워한다면, 우리는 그에게서 바로 우리 자신 속에 들어앉아 있는 그 무엇인가를 보고 미워하는 거야. 우리들 자신 속에 있지 않은 것, 그건 우리를 자극하지 않아."

피스토리우스가 이처럼 내 마음속에 은밀하게 숨겨져 있는 비밀을 명중시키는 말을 한 적은 그때까지 한 번도 없었다. 나는 아무 말도 할 수 없었다. 그러나 아주 강하고 특별하게 내 마음에 와 닿는 충고였다. 내가 여러 해 전부터 마음속에 간직하고 있는 데미안의 말과 너무도 똑같은 울림을 가지고 있었기 때문이었다. 피스토리우스와 데미안이 서로 알 리가 없는데, 그 두 사람은 미리 짠 것처럼 나에게 똑같은 말을 한 것이다.

"우리가 눈으로 보는 사물들은……."

피스토리우스는 나직이 말했다.

"즉 우리 마음속에 있는 사물들이지. 우리가 마음속에 가지고 있는 것 말고는 실제로는 아무것도 없는 셈이지. 많은 사람들이 외부의 형상을 현실로 생각하고 자기 자신의 내부 세계에는 발언권을 주지 않기 때문에 너무나 비현실적인 생활을 하고 있는 거야. 그렇게 함으로써 행복할 수는 있겠지. 그러나 일단 다른 것을 알게 되면 그때부터는 대부분의 사람들이 가는 길을 가겠다는 선택이란 없어져 버리지. 싱클레어, 대부분의 사람들이 가는 길은 쉽네. 우리들의 길은 어렵고. 우리 함께 가 보세."

며칠 후, 나는 밤늦게 술에 취해 비틀거리며 걷고 있는 그를 보았다. 그전에 두 번이나 교회에 가서 그를 기다리다가 허탕을 친 뒤였다. 그는 차가운 밤바람을 맞으며 외롭게 모퉁이를 돌아 나오고 있었다. 나는 그를 부를까 하다가 그만두었다. 그는 나를 알아보지 못한 채 내 옆을 스쳐 지나갔다. 줄곧 보이지 않는 어두운 부름을 쫓아가는 듯, 타는 듯한 고독한 눈동자로 앞을 응시하고 있었다. 나는 다음 길모퉁이까지 그의 뒤를 따라가 보았다. 그는 마치 보이지 않는 쇠줄에 묶여 끌려가는 것처럼 보였다. 흐트러진 걸음걸이로 아주 부지런히, 유령처럼 걸어갔다.

나는 슬퍼져서 더 이상 따라가지 않고 돌아섰다. 그리고 하숙집으로, 구제받을 수 없는 나의 꿈들에게로 돌아왔다.

'그는 저렇게 자기 속의 세계를 새롭게 하고 있구나.'

나는 이런 생각을 했는데, 곧 그 방법은 아주 저속하며 너무나 도덕적인 발상이라고 느껴졌다. 그러나 그의 꿈에 대해 내가 무엇을 안단 말인가. 그는 어쩌면 그렇게 술에 취해서도 전전긍긍하는 나보다 오히려 더 안전한 길을 걷고 있는지도 몰랐다.

한 번도 눈여겨본 적 없던 급우 하나가 수업 시간 사이 쉬는 시간만 되면 내게 접근하려고 애쓰는 것이 눈에 띄었다. 키가 작고 허약해 보이는 가냘픈 청년으로, 붉은빛 도는 금발의 숱 적은 머리에 눈초리와 태도에는 어딘지 독특한 데가 있었다.

어느 날 저녁이었다. 내가 하숙집으로 돌아가는 길인데 그가 골목에서 기다리고 있다가 내가 그냥 자기 앞을 지나쳐 가게 놔두더니, 다시 뒤쫓아 와서 하숙집 현관문 앞에서 걸음을 멈추는 것이었다.

"너 나한테 무슨 할 말 있는 거니?"

내 물음에 그는 수줍게 말했다.

"너하고 얘기 좀 하고 싶었어. 조금만 같이 걷자."

나는 그를 따라 걸었는데, 그가 몹시 흥분하고 기대에 부풀어 있는 것이 느껴졌다. 그의 두 손이 떨리고 있었던 것이다.

"너 심령술 하니?"

그가 난데없이 불쑥 물었다.

"아니야, 크나우어."

내가 웃으며 말했다.

"전혀 아니야. 왜 그런 생각을 하게 됐지?"

"그럼 접신술接神術하니?"

"그것도 아니야."

"오, 그렇게 시치미 떼지 마! 난 네가 아주 특별한 사람이라는 걸 잘 알아. 네 눈에 나타나 있거든. 난 네가 신령과 교류한다고 확신해. 호기심에서 묻는 게 아니야, 싱클레어. 절대 아니야! 나도 그 구도자거든. 그리고 난 너무 외롭단 말이야."

"그래, 계속해 봐."

나는 그를 부추겼다.

"난 신령에 대해서는 전혀 몰라. 그냥 내 꿈속에서 살고 있을 뿐이야. 그걸 네가 감지한 모양이구나. 다른 사람들도 꿈속에서 살고 있지만 자신의 꿈속에서 살고 있지는 않지. 그게 다를 뿐이야."

"그래, 어쩌면 그럴지도 모르겠다."

그는 나직이 말했다.

"어떤 종류의 꿈속에서 살고 있느냐 그게 문제인 거지. 너 혹시 '하얀 주술呪術'이라는 말 들어 본 적 있니?"

"아니, 없어. 그게 뭔데?"

"그건 자기 자신을 지배하는 법을 배우는 것이라더라. 늙지도 죽지도 않을 수 있고, 마술도 부릴 수 있대. 넌 그런 연습 한 번도 안 해 봤어?"

나는 호기심이 생겨 그 연습이 어떤 것이냐고 물어 보았다. 그러나 그가 뭔가를 숨기는 듯 굴어서 나는 돌아가려고 몸을 돌렸다. 그러자 그가 주섬 주섬 털어놓기 시작했다.

"가령, 난 잠들고 싶을 때나 정신을 집중하고 싶을 때 그런 연습을 시작해. 처음에는 뭔가 하나를 생각해 내. 예를 들면 단어 하나라든지 어떤 사람의 이름, 혹은 기하 도형 하나를 생각하는 거야. 그런 다음에 그것을 내 몸속으로 집어넣는다고 생각하는 거야. 가능한 한 한껏 집중해서 그것들이 내 안에, 내 머릿속에 있다고 상상하지. 마침내 내 몸 안에 있다는 느낌이 들 때까지. 그런 다음 그것이 목에 걸렸다고 생각하고. 그런 식으로 마침내 그것이 내 몸에 가득 찰 때까지 생각해. 그리고 나면 완전히 확고해지지. 그때부터는 어떤 일이 있어도 마음의 평정을 잃지 않게 돼."

그가 무슨 생각을 하고 있는지 어느 정도는 이해가 되었다. 그러나 그가 정작 하고 싶은 말은 그게 아니라는 것이 느껴졌다. 그가 이상스러울 정도로 흥분해 있으며 초조해하고 있었기 때문이다. 나는 그가 쉽게 말문을 트도록 해 주었다. 그러자 그는 곧 자신의 관심사를 들고 나왔다.

"너도 금욕하고 있니?"

그가 불안해하며 물어 왔다.

"무슨 뜻이지? 성性 문제를 말하는 건가?"

"그래그래. 난 지금 이 년째 금욕을 하고 있어. 그 학설에 대해 알고 난 다음부터야. 그 전에는 나도 죄를 지었었어. 너도 벌써 알겠지만. 넌 그러니까 여자하고 잔 적이 없는 거지?"

"없어. 그럴 상대를 못 찾았거든."

"그럼 그럴 상대가 나타나면 그 여자하고 함께 잘 거니?"

"물론이지. 그 여자가 싫다고만 하지 않는다면 말이야."

나는 약간 농조로 말했다.

"그게 정말이라면 넌 그릇된 길을 밟는 거야! 내면적인 힘은 철저하게 금욕할 때만 키울 수 있거든. 난 이 년 동안 그걸 지켰어. 이 년 하고도 한 달이 좀 더 됐지. 그건 참 힘들어! 번번이 더 이상 지탱할 수 없을 것 같았으니까."

"이봐, 크나우어. 난 금욕이 그렇게 대단히 중요하다고 생각하진 않아."

"나도 알아."

그는 내 말을 가로챘다.

"다들 그렇게 말하지. 하지만 넌 안 그럴 줄 알았어. 좀 더 높은 정신적인 길을 가는 사람은 늘 몸이 정결해야 해. 반드시!"

"그래, 그렇다면 그렇게 해! 하지만 난 이해가 안 된다. 자신의 성을 억누르는 사람이 왜 그것을 향락하는 사람보다 더 정결하다는 건지. 넌 네 머릿속이나 꿈속에서도 성욕을 누를 수 있다는 거니?"

그는 절망적인 눈으로 나를 쳐다보았다.

"아니야, 하느님 맙소사! 그렇지만 그렇게 해야 해. 나도 밤에 꿈을 꿔. 나 자신한테조차도 말할 수 없는, 무서운 꿈을 꾼다고!"

나는 피스토리우스가 나한테 했던 말을 생각했다. 그러나 그의 말이 아무리 옳더라도 그 말을 그대로 전할 수는 없었다. 그리고 내가 직접 경험해서 얻은 것도 아니고 또 나 자신도 그것을 따르고 있다고는 말할 수 없으므로 충고할 수도 없었다.

나는 입을 다물었다. 누군가가 나에게 충고를 구하는데 해 줄 말이 없다는 사실에 굴욕을 당한 느낌이었다.

"난 별짓을 다 해 봤어!"

크나우어는 내 곁에 서서 탄식을 했다.

"할 수 있는 건 다 해 봤어. 냉수욕도 해 보고 눈으로 온몸을 비벼 보기도 하고 체조와 달리기도 해 보았어. 그러나 다 소용없었어. 매일 밤 생각도 해서는 안 되는 그런 꿈을 꾸다가 화들짝 놀라 깨어나곤 해. 끔찍한 것은, 그것 때문에 내가 정신적으로 배워 놓은 모든 것이 내게서 차츰 사라지는 거야. 그러고 나면 그때부터는 아무리 애써도 정신을 집중하거나 다시 잠들 수 없어. 자주 누워서 밤을 꼬박 새우곤 해. 그런데 결국 내가 이 싸움을 이겨 내지 못하고 나 스스로 항복하여 다시 자신을 더럽히게 될 경우에는 애당초 싸움을 하지 않았던 사람들보다도 더 추악한 결과를 가져오게 될 거야. 이해하겠니?"

나는 고개를 끄덕였지만 그에게 해 줄 말이 없었다. 그가 지루해지기 시작했고, 그가 공공연하게 드러낸 괴로움과 절망이 내게 그리 깊은 인상을 주지 않는 것에 내심 놀랐다. 다만,

'나한텐 널 도와줄 방법이 없구나.'

라고 느낄 뿐이었던 것이다.

"그러니까 넌 전혀 모르는 거지?"

그가 마침내 기진맥진하여 슬프게 말했다.

"나한테 해 줄 말이 전혀 없어? 그래도 한 가지는 있을 거 아냐. 넌 대체 어떻게 하고 있니?"

"난 아무것도 해 줄 말이 없구나, 크나우어. 이 문제는 서로 돕고 어쩌고 할 일이 아니야. 나를 도와준 사람도 아무도 없었어. 너 스스로 곰곰 생각

해 볼 수밖에 없어. 그런 다음에 네 본질에서 실제로 우러나오는 것을 행할 수밖에 없어. 다른 길은 없어. 네가 너 자신을 찾아내지 못하면, 다른 영들도 찾아낼 수 없을 거야."

그 자그마한 친구는 실망해서 갑자기 말을 뚝 끊더니 나를 물끄러미 쳐다보았다. 그 시선이 갑자기 증오의 빛을 띠며 적의가 이글이글 타올랐다. 그는 얼굴을 찡그리고 격하여 소리쳤다.

"그래, 너 이제 보니 아주 훌륭한 성인군자로구나! 너도 너 나름의 죄를 짓고 있다는 걸 내가 모를 것 같니? 혼자 성자인 체하면서 너도 나나 다른 사람들과 똑같이 남몰래 더러운 것에 매달려 있지! 너도 돼지야, 나나 마찬가지로. 우린 똑같은 돼지라고!"

나는 그를 세워 둔 채 몸을 돌려 그 자리를 떠났다. 그는 두서너 걸음 따라오다가 멈추어 서더니 갑자기 돌아서서 달아났다. 연민과 혐오가 뒤섞여 속이 메슥거렸다. 하숙집의 내 방으로 돌아와 그림 몇 장을 주위에 둘러 세우고 더없이 간절한 마음으로 내 자신의 꿈들에 열중했을 때에야 비로소 그 느낌에서 벗어날 수 있었다. 그러자 곧 내 꿈이 떠올랐다. 현관문과 문장의 새, 어머니, 낯선 그 여자에 대한 꿈이었다. 그 여자의 표정이 어찌나 또렷하게 보이던지, 나는 그날 밤부터 그녀의 모습을 그리기 시작했다.

몽환적인 무의식 상태에서 스케치를 끝내고 색칠까지 하여 며칠 뒤에 그림이 완성됐다. 나는 밤에 그림을 벽에 붙여 놓고 탁상 램프를 그 앞으로 밀어 놓았다. 그러고는 결판이 날 때까지 싸워야 하는 신 앞에 선 듯 그 앞에 서 있었다. 그 얼굴은 전에 그린 얼굴을 닮아 있었다. 내 친구 데미안을 닮기도 했고 몇 군데 표정은 나와도 닮아 있었다. 한쪽 눈이 다른 쪽 눈보다 눈에 띄게 높이 달려 있었고, 침잠하여 응결되고 운명에 가득 찬 시선은 내 머리 위를 지나 어딘가로 향해 있었다.

그림 앞에 서서 나는 내적인 긴장으로 가슴속까지 서늘했다. 나는 그 그림에게 묻기도 하고 하소연도 했다. 그 그림을 비난하고 애무하기도 하고 기도도 드렸다. 그림을 어머니라고 부르고 연인이라고 불렀다. 창녀, 매춘부라고도 부르고 아브락사스라고도 불렀다. 그러는 사이 피스토리우스의 말이 —아니면 데미안의 말이었을까?— 떠올랐다. 언제 그 말을 들었는지는 기억할 수 없었으나 다시 들리는 것 같았다. 그것은 야곱이 신의 천사와 싸운 대목의 말이었다. '당신이 내게 축복하지 아니하면 가게 하지 아니하겠나이다(창세기 32:26)'.

램프 불빛에 비친 그 얼굴은 나의 간청에 따라 수시로 변했다. 환하게 밝아지다가 까맣게 어두워지고, 꺼져 가는 눈 위로 파리한 눈꺼풀을 감다가는 다시 이글거리는 시선으로 쏘아보기도 했다. 그것은 여자였다가 남자가 되기도 했으며, 소녀였다가 어린아이가 되기도 하고 짐승이 되기도 했다. 얼룩으로 번지다가 다시 크고 뚜렷해지기도 했다. 나는 결국 내 마음속에서 들리는 뚜렷한 부름에 의해 눈을 감았다. 그리고 내 마음으로 그 얼굴을 보았다. 그러자 그 얼굴은 한층 더 강렬한 인상으로 변하는 것이었다.

나는 그 앞에 무릎을 꿇으려고 했다. 그러나 그 얼굴이 어찌나 내 안으로 깊이 들어왔는지 그것을 나 자신과 갈라놓을 수 없었다. 마치 나 자신이 그림이 되어 버린 것 같았다.

그때 마치 봄의 폭풍인 듯 어둡고 무거운 포효 소리가 들렸다. 나는 형언할 수 없는 불안과 새로운 체험의 감정에 몸을 떨었다. 수많은 별들이 눈앞에서 반짝이다가 사라졌다. 잊어버렸던 최초의 유년시절까지, 아니 전생과 생성의 초기 단계까지 이르는 기억들이 콸콸 흘러나와 나를 스쳐 흘러갔다. 나의 온 생애를 가장 비밀스러운 것까지 되풀이하는 듯한 그 기억들은 어제 오늘에서 그치는 것이 아니었다. 계속 나아가 내 미래를 비추고, 나를 오늘로부터 낚아채어 새로운 삶의 형식으로 끌고 갔다. 그 새로운 삶의 영상들은 엄청나게 밝고 눈부셨다. 그러나 그중 어느 것도 나중에는 제대로 기억할 수 없었다.

한밤중에 깊은 잠에서 깨어나 보니, 나는 옷을 입은 채로 침대에 비스듬히 걸쳐 누워 있었다. 불을 켰다. 무언가 중요한 것을 생각해 내야만 할 것 같은 기분이었다. 몇 시간 전의 일에 대해서 기억나는 것이 아무것도 없었던 것이다. 불을 켜자 차츰 기억이 되살아났다.

나는 그림을 찾았다. 그림이 벽에 걸려 있지 않았다. 책상 위에도 놓여 있지 않았다. 그러자 희미하게나마 내가 불태워 버린 것 같기도 했다. 아니면 내가 그것을 불태우고 그 재를 먹었던 것은 꿈이었을까?

커다란 불안감이 엄습하며 온몸이 후들거렸다. 나는 누구에게 강요당하기라도 한 듯 모자를 쓰고 하숙집을 빠져나왔다. 폭풍에 떼밀리듯 거리와 광장을 빠른 걸음으로 내쳐 걸었다. 내 친구의 어두운 교회 앞에서 귀를 기울여도 보고, 어두운 충동에 휩싸여 무엇을 찾는지도 모른 채 찾고 또 찾았다. 사창가가 있는 교외를 지났다. 그곳은 여기저기 아직 불이 켜져 있었다. 더 멀리 외곽에는 공사 중인 신축 건물과 산더미처럼 벽돌이 쌓여 있었고, 일부는 잿빛 눈으로 덮여 있었다.

몽유병자처럼 알지 못할 압박감에 짓눌려 이 황량한 곳을 헤매다 보니 언젠가 나의 박해자 크로머가 최초의 계산을 하기 위해 나를 끌고 갔던 고향의 신축 중이던 가옥이 머리에 떠올랐다. 그와 흡사한 가옥이 잿빛 어둠 속에서 지금 내 앞에도 서 있는 것이었다. 검게 보이는 문구멍들이 나를 향해서 입을 벌리고 있었다. 그것이 나를 그 안으로 들어오라고 유혹하는 듯했다. 나는 뒤로 물러서려다가 모래와 허섭스레기에 걸려 비틀거렸다. 물러서려는 것보다 들어가고 싶은 충동 쪽이 더 강하여 나는 안으로 들어가지 않을 수 없었다.

판자 조각과 깨진 벽돌들을 넘으며 나는 비틀비틀 그 황량한 공간 속으로 들어갔다. 축축한 냉기에 돌 냄새가 섞여 쿰쿰한 냄새가 났다. 약간 밝게 보이는 모래 한 무더기만 보일 뿐 온통 캄캄했다.

그 순간 깜짝 놀란 듯한 목소리가 들려왔다.

"맙소사, 싱클레어! 어디서 오는 거야?"

그러면서 내 곁 어둠 속에서 사람 하나가, 작고 마른 사내가 유령처럼 몸을 일으키는 것이었다. 머리카락이 곤두설 정도로 놀랐지만, 곧 그가 크나우어라는 것을 알아보았다.

"여길 어떻게 왔지?"

그는 흥분하여 제정신이 아닌 듯했다.

"내가 여기 있는 줄 어떻게 알고 날 찾아왔냐고!"

나는 그가 무슨 소리를 하는 건지 알 수 없었다.

"난 널 찾아온 게 아니야."

나는 당황하며 말했다. 말 한 마디 한 마디가 힘이 들어, 무겁게 얼어붙은 것 같은 입술 사이로 간신히 넘어 나오는 말이었다.

그는 나를 뚫어져라 쳐다보았다.

"날 찾아온 게 아니라고?"

"그래, 아니야. 뭔가에 이끌려 왔어. 혹시 네가 날 부른 거니? 네가 부른 게 틀림없구나. 그런데 여기서 뭘 하고 있는 거야, 이 한밤중에?"

그가 가느다란 두 팔로 발작이라도 일으킨 듯 나를 껴안았다. 그 팔은 떨리고 있었다.

"그래 한밤중이야. 머지않아 틀림없이 아침이 올 테고. 싱클레어, 넌 나를 잊지 않았구나! 날 용서해 줄 수 있겠니?"

"대체 뭘?"

"내가 너무나 추하게 굴었잖아!"

그제야 비로소 우리가 나누었던 대화가 생각났다. 며칠 전이었던 것 같은데, 내게는 벌써 한평생이 흐른 것 같은 느낌이었다. 그러나 그 순간 나는 갑자기 모든 것을 알 수 있었다. 그와 나 사이에 있었던 일뿐만 아니라 왜 내가 이곳으로 오게 되었는지, 크나우어가 이 외딴 곳에서 무엇을 하려 했는지도.

"너 자살할 작정이었구나, 크나우어?"

그는 추위와 공포에 와들와들 떨고 있었다.

"그래, 그러려고 했어. 내가 해낼 수 있을지는 모르지만 말야. 아침이 될 때까지 기다려 볼 생각이었어."

나는 그를 바깥으로 끌고 나왔다. 수직으로 뻗친 첫새벽 빛이 잿빛 공중에서 말할 수 없이 차갑고 냉담하게 어렴풋이 빛나고 있었다.

공사장에서 상당히 떨어진 곳까지 그의 팔을 잡고 데리고 갔다. 그리고 나도 모르게 이런 말을 했다.

"이제 그만 집으로 가. 그리고 아무한테도 말하지 마! 넌 길을 잘못 들어 헤맸던 거야. 그냥 길을 잘못 들었던 것뿐이야! 우린 네 생각처럼 돼지가 아니야. 사람이지. 우린 온갖 신을 만들어 내고 그 신들과 싸우지. 싸워서 이겨야 해. 그래야 신들이 우리를 축복해 주지."

우리는 아무 말 없이 더 걷다가 헤어졌다. 내가 하숙집으로 돌아왔을 때는 날이 완전히 밝아 있었다.

김나지움 시절에 가장 좋았던 것은 피스토리우스와 함께 오르간 곁에서 혹은 벽난로 불 앞에서 지낸 시간이었다. 우리는 아브락사스에 대한 그리스어 원본을 함께 읽었다. 그는 나에게 베다Veda(인도 바라문교 사상의 근본 성전이며 가장 오래된 경전. 인도의 종교·철학·문학의 근원을 이룸)의 번역을 군데군데 읽어 주었고, 신성한 옴(불교의 진언 가운데 가장 위대한 것으로 여겨지는 신성한 음절)을 외는 방법을 가르쳐 주기도 했다. 그중에서도 나를 고취시킨 것은 그의 해박한 지식이 아니라 내 마음 자체가 전진해 있음을 알게 된 일이었고, 나 자신의 꿈과 사랑과 예감에 대한 신뢰감이 증가된 것이었으며, 내 속에 있는 힘에 대한 자각이 증가되었다는 것이었다.

피스토리우스와는 여러 면에서 호흡이 맞았다. 내가 마음을 집중하여 그를 생각하면 그는 어떤 식으로든 나에게 전갈을 보내온다는 것을 나는 확신하게 되었다. 나는 그가 내 앞에 없어도 ―데미안에게 그랬던 것처럼― 무엇이든 물어 볼 수 있었다. 그의 모습을 마음을 집중하여 또렷이 그려 놓고 강력한 의지로 그에게 묻기만 하면 되었다. 그러면 질문에 쏟았던 모든 영혼의 힘이 대답이 되어 내 마음속으로 되돌아왔다. 그런데 내가 머릿속에 그리고 또 불러낸 것은 피스토리우스도 막스 데미안도 아니었다. 그것은 내가 꿈꾸고 그린 그림, 남자이면서 여자인 영상, 내 수호신의 영상이었다. 그것은 더 이상 내 꿈속이나 종이 위에 그려지는 것에 그치지 않고 내 이상상理想像이 되어 차원이 높여진 나 자신의 모습으로 내 마음속에 살고 있었던 것이다.

자살 미수자 크나우어와 나와의 관계는 특이하면서도 가끔 웃음을 자아냈다. 내가 몽유병자처럼 그에게 이끌려갔던 그날부터 그는 마치 충직한 하인이나 개처럼 나에게 매달려 자신의 삶을 내 삶에 연결시키려고 애를 썼다. 거의 맹목적으로 나를 따랐다. 그는 괴상한 소원이나 질문 사항들을 들고 나에게 왔다. 신령들을 보고 싶다거나 카발라kabbālāh(유대교의 신비주의적 교파의 가르침을 적은 책)를 배우고 싶다는 것이었다. 내가 그런 것은 전혀 모른다고 잘라 말해도 그는 곧이듣지 않았다. 그는 내가 무소불능無所不能의 힘을 지녔다고 믿고 있었다.

그런데 기이했던 일은, 내가 마음속에 얽혀 있는 어떤 문제를 풀어야 할 때 꼭 그가 놀랍고도 엉뚱한 질문을 가지고 찾아오는 것이었다. 그리고 그의 이것일까 저것일까 하는 변덕스러운 착상과 관심사가 바로 내 문제 해결의 실마리가 되거나 화두가 되는 것이었다. 나는 종종 그가 귀찮아서 강제로 쫓아 버리기도 했다. 그러기는 했지만 크나우어 역시 나를 위해 보내진 사람이고, 내가 그에게 준 것은 갑절로 되돌아왔으므로 그도 나에게는 한 사람의 인도자이며 하나의 길이라는 생각이 들었다. 그는 자기가 구원을 얻고자 읽은 책이나 글들도 내게 가져왔는데, 그것들은 내가 한순간에 깨달을 수 있었던 것보다도 더 많은 것을 내게 가르쳐 주었다.

이 크나우어는 나중에 자각하지도 못하는 사이에 차츰 내 길에서 멀어져 갔다. 그로 인한 시비나 충격은 거의 없었다. 그러나 피스토리우스와는 그렇지 않았다. 성 ××시에서의 내 학창시절이 거의 끝나 갈 무렵, 나는 또 한 번 특이한 체험을 했다.

아무리 악의가 없는 사람일지라도 살아가면서 한두 번은 순종과 감사라는 미덕에 대한 갈등을 경험하게 된다. 누구라도 한 번쯤은 자기 아버지, 또는 선생님들로부터 자기를 독립시키는 걸음을 내디뎌 보는 것이다. 거의 대부분의 사람이 고독의 쓰라림을 참아 내지 못하고 이전으로 다시 돌아갈지라도 한 번은 시도해 보는 것이다. 그런데 내가 우리 부모님과 그들의 세계, 내 유년시절의 '밝은 세계'에서 떨어져 나온 것은 무언가로 격심하게 싸우고 나서가 아니었다. 서서히, 거의 눈에 띄지 않게 그들로부터 멀어지고 낯설어지게 된 것이다. 그래서 고향에 돌아가면 마음이 아프고 쓸쓸한 시간들이 더러 있었다. 하지만 못 견딜 정도로 고통스러운 것은 아니었다. 견딜 만했다.

그러나 거의 습관적이거나 외부의 영향 때문이 아니라 지극히 자연스럽게 우러난 마음으로 사랑과 존경심을 바쳤던 곳, 더없는 진정함으로 제자이자 친구였던 거기— 바로 그곳에 쓸쓸하고 무서운 순간이 찾아온다. 우리의 마음을 이끌어 가는 물결이 사랑하는 사람들로부터 멀어져 가려는 것을 갑자기 깨닫는 바로 그 순간이다. 바로 그때 친구이자 스승을 거부하려는 생각 하나하나가 독침으로 우리 자신의 심장을 찌른다. 바로 그때 방어하려고 휘두른 타격 하나하나가 자신의 얼굴을 내리친다. 바로 그때 자신은 아주 올바른 윤리와 도덕을 지니고 있다고 생각하는 사람에게 '배신'과 '배은망덕'이라는 치욕적인 별명이 붙거나 낙인이 찍히게 된다. 그런 경우에 놀란 가슴은 두려움에 차서 유년의 미덕들이 있는 아늑한 골짜기로 도망쳐 돌아가며, 그런 결렬이 이루어지고 그런 유대가 끊어져야 한다는 것을 믿을 수 없게 되는 것이다.

그렇듯이, 바로 그것처럼, 시간이 가면서 내 마음속에 피스토리우스를 무조건 나의 지도자로 인정할 수 없다는 저항심이 서서히 싹트기 시작했다. 내 청년시절 아주 중요한 몇 달 동안 나는 그와 우정을 나눴다. 그의 충고와 위로를 받았고, 그의 친근함을 몸소 체험했었다. 신이 그의 입을 빌려 나에게 이야기를 했다. 그에 의해 내 꿈들이 밝혀지고 해석되어서 나에게로 되돌아왔다. 그는 나에게 나 자신의 길을 걸을 수 있는 용기를 선물해 주었던 것이다.

아, 그런데 이제 그에게 저항하는 힘이 점점 커지는 것을 감지한 것이었다. 이제 와서 들어 보니 그의 말에는 지나치게 훈계적인 것이 담겨져 있고, 그가 완전히 이해하는 것은 나의 일부분에 지나지 않는다는 생각이 드는 것이었다.

우리 사이에 다툼은 없었다. 요란한 장면도, 결별도, 청산조차도 없었다. 나는 그에게 다만 한 마디, 사실은 아무런 해도 없는 말을 한 마디 했을 뿐이다. 그러나 그 해롭지 않은 말 한 마디가 던져진 바로 그 순간 우리 사이에 있었던 아름다운 환상이 산산이 부서져 색색으로 흩어졌다.

어떤 예감이 이미 오래전부터 나를 짓누르고 있긴 했다. 그것이 분명한 느낌으로 구체화된 것은 어느 일요일 그의 고색이 짙은 서재에서였다. 우리는 불이 붙어 있는 벽난로 앞 방바닥에 엎드려 있었다. 피스토리우스는 그가 연구하고 명상해 보고 그 미래에 대한 가능성까지 생각하고 있는 비밀 의식과 종교의 형태에 대해 이야기하고 있었다.

그러나 나에게는 그 모든 것이 인생을 결정할 만큼 중요하다기보다는 그저 기이하고 재미있는 이야깃거리로밖에 들리지 않았다. 나에게는 그저 현학적인 과시로 들렸다. 내 귀에는 이전 세계들의 폐허를 뒤지는 고달픈 탐색의 소리가 거기서 들려왔다. 나는 문득 이 모든 방식, 이런 신화 예배, 전승된 신앙 형식을 모자이크처럼 짜 맞추는 유희에 거부감이 들었다.

"피스토리우스."

나는 갑자기 그의 이야기를 중단시켰다. 나 스스로도 놀랄 만큼 악의가 담겨 있었다.

"꿈 이야기나 들려주십시오. 간밤에 꾸신 진짜 꿈 이야기요. 지금 말씀하시는 건 참 빌어먹게 골동품 냄새가 납니다."

나는 그의 말투를 흉내 낸 것이었지만, 그는 내가 그런 식으로 말하는 것을 들어 본 적이 없었다. 나 자신도 말을 내뱉은 순간 벌써 내가 그의 심장을 쏘아 맞힌 화살이 그의 무기고에서 꺼낸 것이었음을 번개같이 느꼈다. 나 자신도 놀랍고 수치스러웠다. 그가 냉소적인 목소리로 이따금씩 내뱉던 자기비난의 어휘들을 이제 내가 한껏 극단화시켜 악랄하게 그에게 쏘았던 것이다.

피스토리우스도 그것을 순간적으로 알아차리고 즉시 입을 다물었다. 나는 갑자기 몰려드는 불안감에 가슴을 죄면서 그를 바라보았다. 그의 얼굴빛은 더할 수 없이 창백하게 변해 있었다.

한동안 무거운 침묵이 흘렀다. 그는 새 장작을 불 속에 던져 넣은 뒤 가라앉은 목소리로 말했다.

"자네 말이 맞아, 싱클레어. 자네는 영리한 친구야. 두 번 다시 골동품 냄새로 자넬 괴롭히지 않겠네."

그는 매우 침착하게 말했지만, 나는 그가 입은 마음의 상처가 얼마나 큰지 느낄 수 있었다. 그의 고통이 고스란히 내게로 옮겨 오는 것 같았다. 아, 대체 나는 무슨 짓을 저지른 것인가!

눈물이 쏟아질 것 같았다. 진심으로 그에게 사과하고 용서를 빌고 싶었다. 그에게 나의 사랑, 나의 애정 어린 감사를 확인해 주고 싶었다. 감동적인 말들이 떠올랐다. 그러나 나는 입을 열 수가 없었다. 그냥 방바닥에 엎드린 채로 불만 응시하고 있었다. 그도 말이 없었다. 그렇게 우리는 엎드려 있기만 했다.

불은 다 타서 사그라져 갔다. 타닥타닥 튀던 불꽃이 하나씩 사그라질 때마다 나는 다시는 돌이킬 수 없는 아름다운 것과 정다운 것이 함께 식어 가고 사그라져 가는 것을 느꼈다.

"제 말을 혹시 오해하시지 않았을까 두렵습니다."

내가 먼저 풀이 죽어 메마르고 쉰 목소리로 입을 열었다. 마치 신문의 연재소설을 낭독하는 것 같은 멍청하고 무의미한 말들이 기계적으로 내 입술 사이에서 흘러나왔다.

"난 자네 말을 정확히 이해했네."

피스토리우스는 나직이 말했다.

"자네 말이 옳아."

그는 조금 사이를 두었다가 천천히 다시 말을 이었다.

"한 사람이 다른 사람에게 자신이 옳다고 맞설 수 있는 바로 그만큼 말일세."

'아뇨, 아뇨! 제가 틀렸어요!'

내 마음속에서는 이렇게 외치고 있었다. 그러나 입으로는 아무 말도 나오지 않았다. 내가 단 한 마디 말로써 그의 본질적인 약점, 그의 괴로움과 상처를 깊게 찔렀다는 것을 알았던 것이다. 그가 자신을 불신하지 않을 수 없는 바로 그 점을 내가 건드렸던 것이다. 그의 이상에서는 '골동품 냄새'가 났으며, 그는 과거를 지향하는 구도자요, 낭만주의자였다.

불현듯 이런 생각이 뇌리를 스쳐 갔다. 피스토리우스는 나에게 준 것을 자기 자신에게는 줄 수 없었으며, 내 눈에 비쳤던 그의 모습도 그의 실체는 아니었다. 그는 길잡이인 자신도 넘어서지 못하고 떠나야 했던 길로 나를 인도했던 것이다.

어떻게 그런 말이 나올 수 있었는지는 신이나 아실 일이었다. 나는 전혀 나쁜 뜻이 아니었고 파국의 예감도 없었다. 그 말을 입 밖에 내는 순간에도 무엇을 말하고 있는지 전혀 의식하지 못했었다. 다만 약간 심술궂고 위트 있는 착상을 조금 입 밖에 냈다는 정도였다. 그런데 그것이 그만 운명이 되어 버렸다. 나로서는 약간 경솔하고 부주의한 실언이었을 뿐인데 그에게는 그것이 그대로 심판이 되어 버렸던 것이다.

그때 나는 얼마나 간절히 소망했는지 모른다. 그가 화를 내며 자신을 방어하고 나한테 소리쳐 주기를! 그러나 그는 아무 일도 하지 않았다. 만약 할 수만 있었더라면 그는 미소를 지었을 것이다. 그가 그럴 수 없었다는 것, 미소조차 지을 수 없었다는 것은 내가 그에게 준 충격이 얼마나 큰 것이었던가를 반증하는 것이었다.

피스토리우스는 주제넘고 배은망덕한 제자의 공격을 그렇듯 말없이 받아들임으로써, 침묵한 채 내가 옳다고 인정함으로써, 나의 말을 '운명'으로 인정함으로써 내가 나 자신을 미워하도록 만들었다. 그리함으로써 나의 경솔함을 천 배나 더 크게 만들었다. 때리려고 달려들었을 때는 방어력 있는 강한 사람을 쳤다고 생각했었다. 그런데 맞은 사람은 인고하는 고요한 인간, 묵묵히 수긍하는 무저항의 인간이었던 것이다.

우리는 오랫동안 사그라져 가는 장작불 앞에 그대로 엎드려 있었다. 불꽃이 그리는 형상의 하나하나, 숯덩이로 변하는 장작개비 하나하나가 행복하고 아름답고 풍요로웠던 시간들을 기억 속에서 불러왔고, 피스토리우스에게 진 마음의 빚더미를 점점 더 크게 쌓아 올렸다.

마침내 나는 더 견디지 못하고 방바닥에서 일어나 복도로 나왔다. 그리고 방문 밖에서 오래도록 서 있었다. 방문 앞에 서 있다가 어두운 계단참에, 계단을 내려와서는 현관 앞에, 집 바깥으로 나와서는 대문 앞에 아주 오래도록 서 있었다. 그러나 그는 끝내 모습을 나타내지 않았다.

나는 계속해서 걸었다. 해가 질 무렵까지 몇 시간이고 시내와 교외, 공원과 숲을 돌아다녔다. 그리고 그때 처음으로 내 이마에 카인의 표지가 찍혀 있다는 것을 느꼈다.

나는 찬찬히 피스토리우스와의 일을 반성해 보았다. 그 반성은 모두가 나 자신을 비난하고 피스토리우스를 옹호하려는 의도였다. 하지만 처음부터 끝까지 돌이켜 생각해 보아도 결과는 그 반대였다. 나는 천 번 만 번이라도 내 경솔했던 말을 후회하고 철회할 용의가 있었다. 그렇더라도 그것은 어쩔 수 없는 사실이었다. 그제야 비로소 피스토리우스가 이해되었고, 그의 모든 꿈을 내 앞에 그려 볼 수 있었다.

그는 사제가 되어 새로운 종교를 전도하고 찬양과 사랑, 그리고 새로운 예배 형식을 갖추어 새로운 상징들을 세우려는 꿈을 꾸었다. 그러나 그것은 그의 힘으로 될 일이 아니었고 그의 직분도 아니었다. 그는 너무도 편안하게 이미 존재하는 일 속에 머물러 있었고, 지나칠 정도로 정확하게 예전의 것을 알고 있었다. 그는 이집트에 대해, 인도에 대해, 미트라스Mithras(로마 제국에서 널리 숭배되었던 미트라스교에서 제사로 모시는 신)에 대해, 아브락사스에 대해 너무도 많이 알고 있었다. 그의 사랑은 이미 이 세상이 보아 온 형상들에 매여 있었다. 그러면서도 그 자신 스스로 새로운 것은 그야말로 예전 것과 다르게 새로워야 한다는 것, 항상 새 땅에서 솟아나야지 수집되거나 도서관에서 찾아내어져서는 안 된다는 것을 알고 있었다. 그의 직분은 어쩌면 그가 나에게 해 주었던 것처럼 인간이 그 자신에게 도달하도록 돕는 일일지도 몰랐다. 그들에게 전대미문의 완전히 새로운 것, 새로운 신을 제시하는 것은 그의 직분이 아니었다.

그런데 여기서 갑자기 예리한 인식이 불꽃같이 일어났다. 누구에게나 그의 직분이 있으며, 누구도 그것을 자유롭게 선택하거나 변경하거나 마음대로 지배할 수 없다는 인식이었다. 새로운 신을 원하는 것은 잘못이었다. 이 세상에 그 무엇인가를 주겠다는 것 자체가 완전히 틀린 생각이었다! 깨달은 사람의 직분이란 단 한 가지, 자기 자신을 찾고 자기 속에서 확고해지는 것, 어디로 가든 자신의 길을 앞으로 더듬어 나가는 것 외에 다른 것은 없었다. 이 생각이 나를 온통 뒤흔들어 놓았다. 그리고 이것이 내가 이 체험에서 얻은 성과였다.

나는 자주 내 미래의 영상들을 가지고 유희했었다. 어느 때는 시인으로, 또 어느 때는 예언자 혹은 화가, 아무튼 나를 위하여 준비되어 있을 역할들을 꿈꾸어 보곤 했었다. 그런데 그 모든 것이 아무것도 아니었다. 나는 시를 짓기 위하여, 예언하기 위하여, 그림을 그리기 위하여 존재하는 것이 아니었다. 또 다른 어떤 인간이 되려고 존재하는 것이 아니었다. 그것들은 다만 부수적으로 생성되는 것이었다. 모든 사람에게 있어서 진정한 직분이란 자기 자신에 도달하는 것 그 한 가지뿐이었다. 어쩌면 시인, 혹은 미치광이, 예언자, 또는 범죄자로 끝장이 날지도 모른다. 그러나 그것은 관심 가질 일이 아니었다. 그런 건 궁극적으로 중요한 게 아니었다. 누구나가 관심을 가져야 할 일은 자신의 운명을 발견하는 것이며, 그 운명을 자기 스스로 완전히, 그리고 굴절 없이 다 살아 내는 일이다. 그 외의 것은 모두 반토막짜리 얼치기였다. 그 외의 것은 모두 자신의 운명에서 빠져나가려는 시도에 지나지 않으며, 대중의 이상으로의 재도피이고, 무비판적 적응이자 자기 자신에 대한 두려움이었다.

새로운 영상이 무섭고도 거룩하게 눈앞에서 솟았다. 지금까지 몇 번이나 예감한 바 있고, 이미 여러 번 이야기했는지도 모르지만 이제야 비로소 체험을 했던 것이다. 나는 자연이 내던진 자식이다. 불확실한 것 속으로, 어쩌면 새로운 것을 향해, 어쩌면 허무를 향해 내던져진 존재인지도 모른다. 그의 의지를 내 속에서 느껴 그것을 완전히 내 것으로 만드는 일, 그것만이 나의 직분이었다. 오직 그것만이!

나는 이미 지겹도록 고독을 맛보았었다. 그런데 이제까지보다 더 깊은 고독이 있을 것이며, 그 고독에서 벗어나지 못하리라는 것을 예감했다.

피스토리우스와 화해하려고 애쓰지는 않았다. 우리는 여전히 친구였으나 관계는 달라져 있었다. 우리는 꼭 한 번 그 일에 대해서 대화했었다. 아니, 사실 그렇게 만든 것은 그였다.

그는 말했다.

"자네도 알다시피, 난 사제가 되고 싶었네. 새 종교의 사제가 되고 싶었지. 하지만 결코 될 수 없을 걸세. 그건 전부터 알고 있었어. 내 자신에게 완전히 고백은 하지 않았어도 벌써 오래전부터 말이야. 나는 이제 다른 사제 역할을 하려고 하네. 어쩌면 오르간이나 그 밖의 다른 방법으로. 그렇긴 해도 난 늘 뭔가 나 자신이 아름답고 성스럽게 느끼는 것에 에워싸여 있어야 해. 오르간 음악이든 비밀의식이든 상징이든 신화든, 나는 그런 것이 필요해. 또 그런 것을 놓치고 싶지 않네. 이게 내 약점이지. 왜냐하면 싱클레어, 나도 내가 그런 소망을 가져서는 안 된다는 걸 알고 알거든. 그것이 내겐 사치이며 약점이라는 것을 잘 알고 있지. 만약 내가 아주 단순하게 아무런 요구 없이 운명에 나 자신을 맡긴다면, 오히려 그 편이 더 위대한 일이고 올바른 일일 거야. 하지만 난 그럴 수 없네. 그것이 내가 할 수 없는 유일한 한 가지지. 아마 자네는 언젠가 그렇게 할 수 있을 걸세. 하지만 그건 세상에서 제일 어려운 거라네."

피스토리우스는 잠시 쉬었다가 다시 말을 이었다.

"이보게, 난 가끔 운명에 나를 내맡기는 공상도 해 봤었네. 하지만 그럴 수 없었네. 그 앞에서 몸서리쳐지는 거였어. 난 그렇게 완전히 발가벗은 채 외롭게 서 있을 수가 없네. 나 역시 약간의 온기와 먹이가 필요하고, 가끔은 나와 비슷한 것들 속에서 살고 싶은 한 마리 약하고 불쌍한 개라네. 정말 자기 운명 외에는 아무것도 원하지 않는 사람은 이미 자기와 비슷한 사람을 가질 수 없네. 완전히 혼자지. 주위에는 오직 차가운 우주만 있을 뿐이네. 자네 알지, 그건 겟세마네 동산의 예수야. 지금까지 기꺼이 십자가에 못 박힌 순교자들은 아주 많아. 하지만 그들도 영웅은 아니었네. 완전히 자유로운 생각을 가진 것도 아니었지. 그들 역시 무엇인가를 원했지. 그들이 좋아하며 정들었던 것을 원했단 말일세. 그들은 모범과 이상도 가지고 있었지. 하지만 오로지 운명만을 원하는 자, 그에게는 모범도 이상도 없어. 사랑스러운 것도 위로가 되는 것도 아무것도 없어, 그에게는! 사실은 이 길을 가야 되겠지. 자네나 나나 우린 정말 고독해. 그래도 우린 아직 가진 게 있지. 남들과 다르다는, 거역한다는, 비범한 것을 원한다는 남모르는 만족을 가지고 있지. 이 만족 또한 버려야 해. 그 길을 완전히 가고자 한다면 말이야. 혁명가가 되려 해서도 안 돼. 모범이 되려 해서도, 순교자가 되려 해서도 안 돼. 상상할 수도 없지만 말이야."

그렇다. 그것은 상상할 수도 없는 일이었다. 그러나 꿈꿀 수는 있었으며, 짐작하고 예감할 수는 있었다. 몇 번인가 아주 고요한 정적 속에 잠겨 있을 때 나는 그것을 얼마간 느꼈었다. 그럴 때면 나는 내 마음속으로 눈길을 돌려 두 눈을 부릅뜨고 있는 내 운명의 영상을 들여다보았다. 그 두 눈은 예지로 가득 차 있기도 했고, 광기로 가득 차 있을 때도 있었다. 사랑이 환히 빛날 때도 있었고 악의를 뿜어 낼 때도 있었다. 그러나 그런 것은 아무래도 좋았다. 그것은 다 같은 것이었다. 인간에게는 그중 그 무엇도 택할 권리가 없었던 것이다. 어떤 것이 좋다고 원할 수 없는 것이었다. 오직 자신의 운명만을 원할 수 있을 뿐이었다. 그리로 가는 한 구간을 피스토리우스가 길잡이로서 나에게 봉사를 했던 것이다.

그 무렵, 나는 맹목적으로 사방을 헤매고 다녔다. 내 마음속에 폭풍이 휘몰아쳤고, 내딛는 한 걸음 한 걸음이 몹시 위태로웠다. 내 앞에는 지금까지 걸어온 모든 길이 그리로 들어가 가라앉아 버리고 마는 심연과 같은 암흑의 수렁이 있을 뿐이었다. 그때 나는 내 마음속에 있는 인도자를 보았다. 데미안을 닮아 있었으며 그 눈에 내 운명이 적혀 있었다. 나는 종이에 다음과 같은 글을 적었다.

―한 인도자가 나를 떠났습니다. 나는 완전히 어둠 속에 서 있습니다. 혼자서는 한 발짝도 떼어 놓을 수 없습니다. 도와주십시오!

나는 이 쪽지를 막스 데미안에게 보내려다가 그만두었다. 그렇게 하려고 할 때마다 번번이 어리석고 무의미하다는 생각이 들었기 때문이다. 그러나 나는 그 짧은 기도를 외웠고, 그것을 자주 내 마음속에서 되뇌었다. 그것은 어느 때나 나와 함께 있었다. 나는 기도가 무엇인지 비로소 알기 시작했던 것이다.

내 김나지움 시절이 끝났다. 나는 휴가 여행을 떠날 예정이었다. 아버지가 생각해 내신 일인데, 여행에서 돌아오면 곧바로 대학에 진학하기로 되어 있었다. 무슨 과로 갈지는 아직 결정하지 못하고 있었다. 어쨌든 한 학기는 철학을 공부해도 좋다는 아버지의 허락을 얻어 두고 있었으므로 어떤 과가 되었든 나는 만족스러웠을 것 같다.

에바 부인

휴가 중에 나는 막스 데미안이 어머니와 함께 살던 집을 찾아가 보았다. 나이 많은 한 부인이 뜰을 산책하고 있기에 말을 걸었더니, 그녀는 그 집 주인이었다. 데미안 일가에 대해서 묻자, 그녀는 그들을 잘 기억하고 있었지만 지금 어디서 살고 있는지는 몰랐다. 내가 그들에게 남다른 관심을 갖고 있는 것을 알아차린 부인은 나를 집 안으로 데리고 들어가서 앨범을 가져다 데미안의 어머니 사진을 보여 주었다. 나에게 그의 어머니에 대한 기억은 거의 없었다. 그러나 그 조그마한 사진을 보는 순간 내 심장의 고동이 멎는 듯했다. 그것은 내 꿈의 영상이었던 것이다!

그녀였다. 키가 크고 거의 남자 같은 여자의 모습, 아들과 비슷한데 어머니다운 표정, 엄격하고 깊은 열정을 띤 표정을 지니고 있었으며, 아름다우면서 유혹적이고, 아름다우면서 접근하기 어려운 여자, 수호신이자 어머니이기도 하고 운명인 동시에 연인이기도 한 바로 그녀였다!

이렇게 하여 내 꿈의 영상이 지상에 살고 있다는 것을 알았을 때 아주 엄청난 기적을 경험한 것 같은 경이로움이 내 온몸을 흔들었다. 저런 풍모의 여자, 내 운명의 표정과 모습을 지닌 여자가 실제로 존재했던 것이다! 그녀는 어디에 있을까? 어디에! 그런데 그녀가 데미안의 어머니였다.

그 후 나는 곧 여행을 떠났다. 특별한 여행이었다! 나는 줄곧 그녀를 찾으면서 그때그때 머릿속에 떠오르는 생각대로 여기저기를 쉬지 않고 돌아다녔다. 그녀를 상기시키는 모습, 그녀를 닮은 모습들만 자꾸 마주치는 날이 있었다. 그런 날은 뒤엉킨 꿈속에서처럼 그 모습들을 좇아 낯선 도시들의 골목들을 헤매고 정거장을 두리번거리고 기차 안으로 끌려들어갔다. 그런가 하면 내가 그렇게 찾아다니고 있는 것이 얼마나 부질없는 일인가를 깨닫는 날도 있었다. 그런 날에는 아무것도 하지 않고 그 어딘가에, 공원에, 호텔 정원에, 대합실에 앉아서 내 마음을 들여다보며 그 영상을 생생하게 다시 살려 내려고 애를 썼다. 그러면 그 영상은 부끄럼 타듯 도망쳐 버리곤 했다. 한 번도 잠을 제대로 잘 수가 없었다. 고작해야 기차를 타고 낯선 풍경들을 지나면서 15분가량씩 끄덕끄덕 조는 것이 다였다.

한 번은 취리히에서 어떤 여자가 내 뒤를 따라왔다. 얼굴은 예뻤지만 다소 뻔뻔스러운 여자였다. 나는 뒤도 돌아보지 않고 계속 앞만 보고 걸었다. 다른 여자에게 잠시라도 관심을 가지느니 차라리 죽어 버리는 게 나을 것 같았다.

나는 내 운명이 나를 끌어당기고 있음을 감지했다. 머지않아 곧 실현되리라는 것이 느껴졌다. 그런데도 아무런 일도 할 수 없다는 초조감 때문에 나는 미칠 것만 같았다. 한 번은 정거장에서, 인스부르크에서였던 것 같은데 막 출발하는 기차의 창가에 그녀를 연상시키는 모습이 앉아 있는 것을 보고 여러 날 아주 불행했다. 그리고 돌연 그 모습이 밤에 다시 내 꿈속에 나타났다. 나는 내 추적의 부질없음에 대한 부끄럽고 서글픈 생각으로 그날로 집으로 돌아왔다.

몇 주 뒤 나는 H대학에 등록을 하고 대학생이 되었다. 그런데 모든 것이 너무나 실망스러웠다. 내가 들은 철학사 강의는 대학에서 공부하는 젊은이들의 방황과 똑같이 실체가 없고 판에 박힌 것들이었다. 하나같이 천편일률적이었다. 이 사람이나 저 사람이나 하는 짓이 똑같았고, 아직 소년티가 나는 얼굴에 비치는 달아오른 즐거움은 보는 사람이 우울할 정도로 공허하고 기성품 같아 보였다!

그럼에도 불구하고 나는 자유로웠다. 나 자신을 위해서 온 하루를 쓸 수 있었다. 교외의 오래된 집에서 조용하고 쾌적하게 지냈다. 내 책상 위에는 니체의 책이 몇 권 놓여 있었다. 나는 니체와 함께 살며 그의 영혼의 고독을 느끼고 그를 끊임없이 몰아간 운명의 냄새를 맡았다. 그와 함께 괴로워했다. 일찍이 그토록 가차 없이 자신의 길을 갔던 사람이 존재했었다는 것이 행복했다.

어느 날 저녁 늦게, 나는 가을바람 부는 거리를 한가롭게 거닐었다. 어떤 술집 앞을 지나는데 대학생들의 노랫소리가 흘러 나왔다. 열어젖뜨린 창문 안에서는 담배연기가 자욱하게 새어 나왔다. 큰 홍수처럼 쏟아져 나오는 노랫소리는 힘차고 요란했지만 어딘지 생명력이 없는 것 같고 단조롭게 느껴졌다.

나는 한쪽 모퉁이에 서서 귀를 기울였다. 판에 박힌 젊음의 쾌활함이 두 술집에서 흘러나와 어두운 밤하늘로 울려 퍼졌다. 어디를 가나 함께 쭈그려 앉은 단체와 모임이 있었다. 어디서나 운명의 짐 풀기와 따뜻한 군중 속으로의 도피가 있었다!

내 뒤로 두 사나이가 천천히 지나갔다. 나는 그들의 대화를 조금 들었다.

"여긴 흑인 부락 젊은이들의 집회장이나 다를 게 없지 않소?"

한 사나이가 말했다.

"모든 점이 같습니다. 몸에 문신을 하는 것이 또다시 유행이랍니다. 이것이 신세대의 유럽이지요."

그 목소리는 놀랍게도 주의를 기울이게 하는 귀에 익은 것이었다.

나는 어두운 골목으로 들어서는 두 사람의 뒤를 따라갔다. 한 사람은 키가 작고 풍채가 좋은 일본인이었다. 가로등 밑을 지나며 웃고 있는 노란 얼굴이 빛나 보였다.

그때 다른 사나이가 다시 말했다.

"그런데 당신네 일본도 별로 다르진 않을 겁니다. 군중을 따르지 않는 사람은 어디를 가도 드무니까요. 여기에도 조금 있을 뿐입니다."

그 말 한 마디 한 마디가 기쁨과 놀라움으로 내 가슴에 스며들었다. 말하는 사람은 내가 아는 사람이었다. 그는, 그는 막스 데미안이었다!

나는 바람이 부는 어두운 골목길을 걸어 나가는 데미안과 그 일본인의 뒤를 따라 걸으며 그들의 대화에 귀를 기울이며 울림이 있는 데미안의 목소리를 즐겼다. 그 목소리는 예전과 다름없는 어조를 지니고 있었으며, 옛날의 아름다운 고요와 차분함을 지니고 있었고, 또 나를 지배하는 힘을 가지고 있었다. 이제 모든 것이 다 잘된 셈이다. 나는 데미안을 찾은 것이다.

교외의 어느 거리 어귀에서 일본 사람이 작별을 하고 집 안으로 들어갔다. 데미안은 그 길을 되돌아 나왔다. 나는 길 한가운데에 멈춰 서서 그를 기다렸다. 가슴을 설레며 나를 향해 마주 오는 모습을 보고 있었다. 갈색

레인코트를 입고, 팔에는 가느다란 단장을 걸고 있었다. 그는 똑바른 자세로 탄력 있게 특유의 고른 걸음걸이를 유지한 채로 내 바로 앞까지 와서 모자를 벗었다. 결단력 있어 보이는 꼭 다문 입과 넓은 이마가 환한 그의 얼굴이 보였다.

"데미안!"

내가 외쳤다.

그는 내게 손을 내밀었다.

"너였구나, 싱클레어! 안 그래도 널 기다리고 있었지."

"내가 여기 있는 걸 알고 있었어?"

"알고 있었던 건 아니야. 그렇게 되기를 바라고 있었지. 보는 건 지금이 처음이고. 넌 저녁 내내 내 뒤를 따라왔지?"

"그럼 나라는 걸 금방 알았던 거야?"

"물론이지! 넌 변하기는 했지만 그 표지를 갖고 있거든."

"표지? 무슨?"

"우리가 언젠가 카인의 표지라고 했던 거. 네가 아직 기억하는진 모르겠지만 말이야. 그건 우리의 표지야. 넌 언제나 그걸 가지고 있었어. 그래서 내가 네 친구가 된 거고. 그런데 지금은 그것이 더 뚜렷해졌구나."

"난 몰랐어. 아니, 어쩌면 알고 있었는지도 모르겠다. 한번은 형을 그렸었는데, 놀랍게도 그게 나하고도 비슷했어. 그 표지 때문이었을까?"

"그래, 바로 그 때문이었지. 네가 이제 여기 있으니 좋구나! 우리 어머니도 기뻐하실 거야."

나는 가슴이 철렁했다.

"형 어머니? 여기 계셔? 하지만 날 모르시잖아."

"아니, 너에 대해서 아시지. 널 잘 아실 거야, 네가 누군지. 내가 말씀은 안 드렸지만. 아무튼 오랫동안 네 소식을 못 들었구나."

"응, 가끔 편지를 쓰고 싶었지만 잘 안 됐어. 그리고 얼마 전부터는 형을 곧 만나게 될 거라는 느낌이 들었고. 매일 기다리고 있었어."

그는 내 팔짱을 끼고 걷기 시작했다. 그에게서 나온 안정감이 내게로 전해졌다. 우리는 곧 예전처럼 이런저런 이야기를 했다. 학생시절을, 견진성사 수업시간을, 또 그 당시 방학 때의 저 불행한 만남도 기억했다. 다만 두 사람 사이의 가장 긴밀했던 최초의 끈, 프란츠 크로머에 대해서만은 그때도 이야기가 없었다.

어느새 우리는 기이하고도 예감에 찬 대화 한가운데로 빠져들어 있었다. 데미안은 아까 일본인과 나누었던 대화의 끝을 이어 대학생활에 대하여 이야기했고, 거기서부터 아주 다른 이야기로 화제를 바꿨다. 그것은 우연히 그런 것 같았지만 데미안의 이야기 속에서는 모든 것이 밀접한 연관을 가지고 있었다.

그는 유럽의 정신과 이 시대의 징표에 대해서 이야기했다. 가는 곳마다 연합과 패거리 짓기가 기세를 떨치고 있는데, 그 어디에도 자유와 사랑은 없다고 그는 말했다. 대학생 서클과 노래 동호인 모임에서 국가에 이르기까지의 모든 공동체는 강제적인 결속이며 불안과 공포와 당황에서 생겨난 단체로서, 이제 내부가 썩을 대로 썩어 와해되기 직전에 놓여 있다는 것이었다.

"연대라는 건."

데미안이 말했다.

"멋진 일이지. 하지만 지금 여기저기에서 번창하고 있는 집단은 전혀 연대가 아니야. 그저 개개인이 서로를 알기 시작하는 것으로 생성된 집단일 뿐이지. 그리고 그것들이 얼마 동안은 세상을 개조시킬 거야. 하지만 지금의 집단은 군중의 결속에 불과해. 사람이 사람에게, 서로에게로 도피하고 있어. 귀족은 귀족끼리, 노동자는 노동자끼리, 학자는 학자끼리! 그들 모두 두렵고 불안하기 때문이지. 그런데 그들이 왜 불안한지 알아? 그건 자기 자신에 대한 신념이 없기 때문이야. 우리는 자신이 없을 때 공포를 느끼잖니."

데미안은 신념에 가득 찬 목소리로 말을 이었다.

"그들은 자신들이 살아 온 삶의 법칙들이 이제는 맞지 않는다는 것을, 자기들이 낡은 지침서에 따라 살고 있다는 것을 느낀 거야. 종교도 도덕도 지금 우리가 필요로 하는 것에 맞지 않아. 백 년, 혹은 그 이상을 유럽은 그저 연구만 하고 공장이나 지었어. 사람들은 사람을 하나 죽이는 데 화약이 몇 그램 필요한지는 정확히 알지. 하지만 신에게 어떻게 기도해야 하는지는 몰라. 한 시간이라도 어떻게 유쾌하게 보낼 수 있는지조차도 모르는걸! 저 대학생들이 우글거리는 술집을 한번 봐. 아니면 부자들이 드나드는 유흥장이라든가. 정말 절망적이야! 이봐, 싱클레어. 그런 것들에서는 진정한 명랑함이 나올 수 없어. 저렇게 겁을 먹고 뭉친 사람들은 두려움과 악의로 가득 차 있기 때문에 남을 결코 신뢰할 수 없거든. 그들은 지금 이상理想이 아닌 이상에 매달려 있어. 그러면서 새로운 이상을 내세우는 사람에게는 돌팔매질을 하지. 싸움이 일어나리라는 것을 나는 감지해. 날 믿어, 곧 벌어질 거야! 물론 그것들이 세상을 '개선'하지는 못해. 노동자들이 그들의 공장주를 때려죽이든 러시아와 독일이 서로 총질을 하든 주인만 바뀌겠지. 그래도 아주 쓸데없는 짓은 아닐 거야. 오늘날의 이상이 얼마나 가치 없는 것인가는 밝힐 테니까. 석기시대의 신들을 청소할 테고. 지금 존재하는 세상은 멸망하려 하고 있어. 그리고 곧 멸망할 거야."

"그럼 우리는 어떻게 될까?"

내가 물었다.

"우리? 아마 같이 몰락하고 말걸. 우리도 맞아 죽을 수 있으니까. 다만 그런 식으로 끝장나지 않았으면 하고 바랄 뿐이지. 우리에게서 남은 것, 혹은 살아남은 사람들의 주위에 미래의 의지가 집결될 거야. 우리 유럽이 한동안 기술과 과학이라는 학문의 대목 시장을 떠벌여 놓고 소리소리 질러 대는 통에 들리지 않았던 인류의 의지가 드러날 거야. 그 다음엔 인류의 의지가 오늘날의 공동체들, 국가들과 민족들, 협회들과 교회들의 의지와 결코 같지 않다는 것이 그 어디서나 드러나겠지. 오히려 자연의 의지는 개개인의 의지 속에 씌어 있어. 네 마음속에 그리고 내 마음속에. 예수 속에 씌어 있고 니체 속에 씌어 있지. 지금의 공동체들이 와해되는 날 이 유일한 흐름은 때를 맞이하게 될 거야. 물론 그 흐름은 매일같이 변화할 테지만."

우리는 밤늦게야 강가에 있는 어떤 집 정원 앞에 멈추어 섰다.

"우린 여기서 살고 있어."

데미안이 말했다.

"조만간 한번 와. 어머니랑 진심으로 기다릴게."

나는 기쁜 마음으로 쌀쌀한 밤공기를 뚫고 먼 거리의 귀로에 올랐다. 시내 곳곳에서 술에 취해 집으로 돌아가는 대학생들이 시끌벅적 떠들어 대며 비틀거리고 있었다.

나는 자주 어떤 때는 결핍감을, 어떤 때는 경멸감을 느끼며 그들의 코믹한 즐거움과 내 외로운 생활이 대립되어 있다고 느꼈었다. 그러나 오늘은 아니었다. 그런 생활은 나와는 전혀 무관하며, 그런 세상이 나한테서는 멀리 떨어져 있다는 것이 아주 느긋하고 뿌듯하게 느껴지는 것이었다.

내 고향의 관리들, 그 위엄 있는 노신사들이 머릿속에 떠올랐다. 그들은 축복 받은 천국의 기념품이라도 되는 양 자신들이 술집에서 살다시피 했던 대학시절의 추억에 매달려 있었다. 그리고 시인이나 또 다른 낭만주의자들이 그들의 유년에 바치는 숭배심과도 같이 그들이 학창시절에 누렸던 '자유'를 예찬하고 있었다. 어디서나 똑같았다! 어디서나 그들은 이미 지나가 버린 시간 속에서 '자유'와 '행복'을 찾았다. 그들은 몇 년 동안 술을 퍼마시고 방종한 생활을 하다가 자신의 책임을 상기했거나, 또는 자신의 길을 가라는 경고를 받았을 것이다. 그리하여 의젓한 얼굴로 술집에서 기어 나와 국가에 봉사하는 근엄한 신사가 된 것이다. 그렇다. 우리가 사는 이 사회는 정말로 썩어 있다. 그리고 세상에는 대학생들의 이 얼빠진 짓거리보다 더 멍청하고 나쁜 일들이 헤아릴 수 없이 많은 것이다.

내가 시내에서 멀리 떨어진 내 숙소에 도착하여 잠자리에 들었을 때는 이 모든 생각들이 자취도 없이 날아가 버렸다. 내 머릿속은 온통 데미안과의 약속으로 가득 차 있었다. 나는 내일이라도 당장 데미안의 어머니를 볼 수 있는 것이다.

대학생들이 술판을 벌이든 얼굴에 문신을 새기든, 세상이 썩어 몰락을 기다리고 있든 말든 그것이 나와 무슨 상관이란 말인가! 나는 오로지 내 운명이 새로운 모습으로 나를 향해 오는 것을 기다리고 있었다.

나는 아침 늦게까지 깊은 잠을 잤다. 새로운 날은 유년시절의 크리스마스 이후 경험해 본 적이 없는 장엄한 축제일처럼 밝아 왔다. 나에게 중요한 하루가 밝은 것이다.

나는 마음의 평정을 잃을 정도로 동요하고 있었지만 불안감은 전혀 없었다. 나를 에워싼 세상이 변화했음을, 나와 깊은 관련을 갖고서 장엄하게 기다리고 있음을 보고 느꼈다. 부슬부슬 내리는 가을비조차도 아름답고 고요하게, 또 축제일답게 엄숙하고도 즐거운 음악으로 가득 차 있었다. 처음으로 외부 세계가 나의 내부 세계와 어울려 순수한 화음을 냈다. 이렇게 영혼의 축제일은 다가왔으며, 나는 살아 있는 보람을 느꼈다.

어떤 집도, 어떤 쇼윈도도, 골목에서 마주치는 어떤 얼굴도 나한테 거슬리지 않았다. 모든 것이 분명 여느 때와 다름없는 그대로였다. 하지만 전처럼 내게 이미 익숙한 공허한 얼굴을 지니고 있는 것이 아니라 기대에 찬 모습으로 경건하게 운명을 맞을 채비를 하고 있었다.

어린 소년이었을 적 큰 축제일 아침에, 크리스마스나 부활절 아침에 세상이 이렇게 보였었다. 그런데 세상이 또다시 이렇게 아름답게 보일 줄은 꿈에도 생각지 못했었다. 나는 나 자신 속에 가라앉아 사는 것에 익숙해 있었다. 또한 외부 세계에 대한 감각을 상실했다는 사실, 내게서 반짝이던 색채들이 없어진 것은 유년의 상실과 밀접하게 연관되어 있다는 사실, 그리고 영혼의 자유를 얻고 그 성장을 이루기 위해서는 이 아름다운 광채를 포기하는 것으로 그 대가를 지불해야만 한다는 사실을 감수하는 데도 익숙해 있었다. 그런데 그 모든 것이 다만 파묻히고 가려진 데 지나지 않았다는 것을, 유년의 행복을 포기하고 자유로워진 사람에게도 세상이 빛을 내뿜는 모습을 바라보고 어린아이 같은 시각의 내밀한 전율을 맛보는 것이 가능하다는 것을 나는 황홀하게 인식했다.

지난밤 막스 데미안과 헤어졌던 교외의 그 강가 정원을 다시 볼 시간이 되었다. 비에 젖어 잿빛이 도는 키 큰 나무들 뒤로 작은 집이 환한 빛을 발하며 아늑하게 숨겨져 있었다. 커다란 유리벽 안쪽에는 키 큰 다년생 화초목들이, 말갛게 닦인 창문 안쪽의 벽에는 서가와 그림들이 걸려 있었다. 앞쪽 현관문은 난방을 해 놓은 작은 홀로 곧장 통해 있었다. 검은 옷에 흰 앞치마를 두른 늙은 하녀가 나를 맞아들여 외투를 받아 주었다.

그녀는 나를 홀에 혼자 있게 했다. 나는 주위를 둘러보다가 곧바로 내 꿈 한가운데 있다는 착각이 들었다. 문 위 짙은 색 나무로 된 벽에 걸려 있는 검은 테두리 액자 속에 내가 잘 아는 그림이, 지각을 뚫고 나오려고 몸을 솟구치고 있는 황금빛 매의 머리를 가진 나의 새가 들어 있었다. 나는 사로잡힌 듯 그 자리에 멈추어 섰다. 마음이 무척 기쁘기도 하고 슬프기도 했다. 그 순간에 그동안 내가 행하고 경험한 모든 것들이 완성되고 대답이 되어 내게로 되돌아오는 것만 같았다.

번개같이 빠르게 한 무리의 영상들이 나의 뇌리를 스쳐 갔다. 현관문 아치 위에 오래된 문장이 새겨져 있는 고향의 집, 그 문장을 스케치하던 소년 데미안, 나를 박해하던 크로머의 사악한 손아귀에 휘둘리며 겁을 집어먹고 있는 소년 나, 조용하고 조그마한 하숙집 책상에서 그리움을 그림으로 그리고 있는 청년 나, 마음의 가닥들이 얽힌 그물 속에 스스로 얽혀든 영혼, 그리고 이 순간까지의 그 모든 것이 내 마음속에서 메아리쳤다. 내 마음속에서 긍정되고 대답되고 시인되었다. 나는 축축해진 눈으로 그림을 응시하며 내 마음을 읽고 있었다.

그러던 어느 한순간, 내 시선이 나도 모르게 아래로 향했다. 그리고 나는 보았다. 새 그림 아래의 열린 문 앞에 서 있는 검은색 옷을 입은 키 큰 부인을. 그녀였다!

나는 아무 말도 할 수 없었다. 그 아들의 얼굴과 똑같이 시간도 나이도 알 수 없는, 혼이 깃든 의지로 충만한 얼굴의 아름답고 기품 있는 여인이 나에게 다정하게 미소 짓고 있었다. 그녀의 시선은 성취였고, 그 미소는 나의 귀향을 의미했다. 나는 아무 말도 못 한 채 두 손을 내밀었다. 그 손을 그녀가 힘 있고 따뜻한 두 손으로 마주 잡았다.

"싱클레어죠? 금방 알아봤어요. 잘 왔어요."

깊고 따뜻한 목소리였다. 나는 감미로운 포도주에 젖듯 그 목소리에 젖어들었다. 그리고 눈을 들어 그녀의 고요한 얼굴, 깊이를 헤아리기 어려운 검고 신비스러운 눈, 생기 있는 원숙한 입, 자유롭고 당당한 그 표지를 지닌 넓은 이마를 쳐다보았다.

"얼마나 기쁜지 모르겠습니다."

나는 그녀의 두 손에 입을 맞추었다.

"전 이제까지 줄곧 길을 잃고 방황하다 이제야 집으로 돌아왔습니다."

그녀가 어머니처럼 미소 지었다.

"누구도 집으로 아주 돌아오지는 못해요, 싱클레어."

그녀가 다정하게 말했다.

"그렇지만 정든 길들이 서로 교차되는 곳, 거기서는 온 세상이 잠시나마 고향처럼 보이지요."

그녀가 말하는 것은 내가 그녀에게로 오는 길에 느낀 것이었다. 그녀의 목소리, 또 그녀의 말은 아들과 매우 닮았으면서도 전혀 달랐다. 모든 것이 보다 더 성숙하고 보다 더 따뜻하고 보다 더 자명했다. 그러나 막스가 그 옛날 누구에게나 소년의 인상을 주지 않았던 것처럼, 아니 그와 반대로 그의 어머니는 성장한 아들을 둔 어머니 같은 인상을 전혀 주지 않았다. 윤기가 흐르는 머리는 싱싱한 젊음이 물결치고 있었고, 금빛이 도는 탄력 있는 피부는 주름 하나 없었으며, 입술은 꽃처럼 환히 피어 향기가 감돌았다. 그녀는 내 꿈속에서보다도 더 당당하게 여왕처럼 내 앞에 서 있었다. 그녀가 내 곁에 있다는 것만으로도 나는 사랑의 행복을 느낄 수 있었고, 그녀가 나를 바라봐 주는 것만으로도 내 꿈은 실현된 것이었다.

이것은 내 운명이 내게 보여 준 새로운 영상이었다. 더 이상 가혹하거나 고립시키지 않았고, 오히려 성숙하고 쾌락에 가득 차 있었다. 나는 새삼스레 결단을 내리거나 맹세할 필요가 없었다. 이미 길이 높게 나 있는 목적지에 도달해 있었던 것이다. 거기서부터의 길은 그리 멀지 않은 곳에 있는 행복의 나무 그늘이 드리워지고, 그리 멀지 않은 곳에 있는 갖가지 즐거움의 동산이 시원한 기운을 뿜으며 약속의 땅을 향해 뻗쳐 있었다. 이후에 내가 어떻게 된다 할지라도 나는 행복했다. 이 세상에서 그녀를 안다는 것이, 그녀의 목소리에 젖어든다는 것이, 그녀 곁에서 숨 쉰다는 것이 행복했다. 그녀가 내게 어머니가 되든 연인이 되든 여신이 되든 그녀가 거기에 있기만 하면 되는 것이다! 나의 길이 그녀의 길에 가깝기만 하다면!

그녀는 내가 그린 매 그림을 가리켰다.

"이 그림을 받았을 때만큼 우리 막스가 기뻐한 적은 없었어요. 나도 그랬구요."

그녀는 생각에 잠겨 말했다.

"우린 당신을 기다리고 있었는데, 이 그림이 왔을 때 당신이 우리에게 오는 중이라는 걸 알았지요. 당신이 어린 소년이었을 때, 싱클레어. 하루는 내 아들이 학교에서 돌아와서 말하더군요. 이마에 표지를 지닌 애가 하나 있어. 그 아인 분명 내 친구가 될 거야, 라고요. 그가 당신이었어요. 그동안 사는 게 쉽지 않았을 거예요. 그러나 우린 당신을 믿었답니다. 한번은 방학 때 막스하고 만난 적이 있었지요? 그때 당신은 열여섯 살이었을 거예요. 막스가 나한테 그 이야길 했어요."

내가 그 이야기를 중단시켰다.

"아, 형이 그 이야기를 하다니! 그때는 제가 가장 방탕하고 비참했던 시절이었습니다."

"그래요. 막스가 나한테 그러더군요. '싱클레어는 지금 제일 어려운 고비에 서 있어. 대중 속으로 도망쳐 들어가려고 해. 술집까지 드나들고 있어. 하지만 그렇게 끝나지는 않을 거야. 표지가 가려져 있지만, 그것이 남모르게 그를 불태우고 있거든.' 그렇지 않았나요?"

"오, 그래요. 그랬어요. 정말 그랬어요. 그 뒤에 저는 베아트리체를 발견했고, 그 다음에 마침내 저를 인도해 주는 피스토리우스를 만났지요. 저는 그때 비로소 소년시절에 왜 그렇게 막스와 강하게 연결되어 있었는가, 왜

제가 그토록 벗어날 수 없었는가를 분명히 알 수 있었습니다. 부인, 아니 어머니! 전 그 당시 자주 자살을 생각했었어요. 이 세상의 인생길이 누구에게나 그렇게 어려운 것인가요?"

그녀가 바람처럼 가볍게 손으로 내 머리를 쓸어 넘겨 주었다.

"태어나는 것은 늘 어렵지요. 알잖아요, 새가 알에서 나오려고 얼마나 애를 쓰는지. 돌이켜 생각해 보세요. 그 길이 그렇게 어렵기만 했어요? 아름답지는 않았나요? 혹시 더 아름답고 더 쉬운 길을 알고 있었나요?"

나는 고개를 가로저었다.

"어려웠어요."

나는 꿈속에서처럼 말했다.

"너무 힘들었어요. 꿈을 꾸기 전까지는요."

그녀는 고개를 끄덕였다. 그러고는 나를 뚫어져라 쳐다보았다.

"그래요. 사람은 자신의 꿈을 찾아내야 해요. 그러면 길이 쉬워지지요. 하지만 영원히 지속되는 꿈은 없어요. 어떤 꿈이든 새 꿈으로 교체되지요. 그러니 어떤 꿈에도 집착해서는 안 되는 거예요."

나는 몹시 놀랐다. 그 놀람이 벌써 하나의 경고였을까? 아니면 방어였을까? 그러나 그게 문제가 아니었다. 나는 그녀의 인도를 받으며 목적지에 대해서는 묻지 않을 각오가 되어 있었다.

"모르겠습니다."

내가 말했다.

"제 꿈이 얼마나 지속될는지. 하지만 이것이 영원히 계속되기를 소망합니다. 제가 그린 새 그림 아래서 제 운명이 어머니처럼, 연인처럼 저를 맞아 주었습니다. 제 주인은 운명입니다. 저는 운명에 속해 있고, 그 외에는 누구의 소유물도 아닙니다."

"그 꿈이 당신의 운명인 한 당신도 그 운명에 충실해야겠지요."

그녀가 진지하게 확인시켜 주었다.

한 가닥 슬픔이 나를 사로잡았다. 그리고 이렇게 매혹당한 순간에 죽어 버리고 싶은 소망이 간절했다. 와락 눈물이 솟구쳐 —얼마나 오랫동안 나는 울지 않았던가!— 걷잡을 수 없이 나를 압도했다. 나는 황급히 그녀에게서 얼굴을 돌리고 창가로 걸어가 흐릿한 눈으로 화분의 꽃 너머를 바라보았다.

등 뒤에서 그녀의 목소리가 들렸다. 그 목소리는 침착하면서도 찰찰 넘치도록 부어진 포도주 잔처럼 사랑으로 가득 차 있었다.

"싱클레어, 어린애같이! 당신의 운명도 당신을 사랑하고 있어요. 언젠가 그것은 완전히 당신 것이 될 겁니다. 당신이 꿈꾼 대로요. 당신이 변함없이 충실하면요."

가까스로 눈물을 억누르고 그녀에게로 얼굴을 돌리자 그녀가 손을 내밀었다.

"나한텐 친구들이 있어요."

그녀는 내 손을 잡으면서 미소를 띠고 말했다.

"몇 명 안 되지만 아주 가까운 친구들이죠. 그들은 나를 에바 부인이라고 불러요. 원한다면 당신도 나를 그렇게 불러 주세요."

그러고는 내 손을 잡고 정원으로 나 있는 문 쪽으로 데리고 가더니 문을 열고 정원을 가리켰다.

"저 바깥에 가면 막스를 찾을 수 있을 거예요."

나는 키가 큰 나무들 아래에 온통 뒤흔들리고 마비된 채 멍청히 서 있었다. 여느 때보다 더 깨어 있는지 아니면 더 꿈꾸고 있는지 그건 알 수 없었다. 나뭇가지들에서 빗방울이 가볍게 떨어지고 있었다. 나는 천천히 정원 안으로 들어섰다. 정원은 강기슭을 따라 뻗어 있었다.

마침내 데미안을 찾아냈다. 그는 문이 열려 있는 작은 정자 안에서 웃통을 벗은 채 걸려 있는 모래주머니를 상대로 권투 연습을 하고 있었다. 나는 놀라서 멈춰 섰다.

데미안은 건장한 체격이었다. 떡 벌어진 가슴, 야무지고 사내다운 머리, 치켜 든 두 팔의 불룩 솟은 근육은 강인하고 실팍했다. 그리고 허리와 어깨와 팔꿈치에서 유연한 동작이 샘솟듯 솟아 나오고 있었다.

"데미안!"

나는 큰 소리로 불렀다.

"거기서 뭘 하고 있는 거야?"

그는 유쾌하게 웃었다.

"연습하는 중이야. 그 일본인하고 격투시합을 하기로 했거든. 그 녀석, 키는 작지만 고양이처럼 상당히 날쌔고 꾀도 있단 말이야. 사실은 내가 한 번 졌는데, 이번엔 설욕할 거야. 이번에도 지면 안 되지."

그는 속옷과 윗옷을 입었다.

"벌써 우리 어머니를 만난 거야?"

그가 물었다.

"응, 데미안. 형 어머니는 정말 멋지셔! 에바 부인이라고 부르시라더라!"

이름도 그분한테 아주 잘 어울려. 모든 본질의 어머니 같으셔."

그는 잠시 생각에 잠긴 모습으로 내 얼굴을 쳐다보았다.

"벌써 이름까지 알았어? 넌 자랑스러워해도 되겠다! 어머니가 초면에 그 이름을 가르쳐 준 사람은 네가 처음이야."

그날부터 나는 에바 부인의 집에 아들이나 동생처럼, 또는 연인처럼 드나들기 시작했다. 등 뒤로 그 집 문을 닫고 들어설 때면, 멀리서 정원의 키 큰 나무가 보이는 것만으로도 나는 벌써 풍요롭고 행복했다. 바깥에는 '현실'이 있었다. 바깥에는 거리와 집들, 사람과 시설들, 도서관과 강의실들이 있었다. 그러나 그 집 안에는 사랑과 영혼이, 동화와 꿈이 살고 있었다. 그렇다고 우리가 세상과 동떨어져서 살고 있는 것은 결코 아니었다. 우리의 사고나 대화는 오히려 세상 한복판의 일들에 대한 것이 많았다. 다만 다수의 사람들과 다른 영역 안에서 살고 있었을 뿐이다. 우리는 세상 사람들과 뚜렷한 경계선을 긋고 분리되어 있는 것이 아니라 오직 세상을 보는 관점의 차이에 따라 분리되어 있을 뿐이었다.

우리의 사명은 이 세상에 하나의 섬을 보여 주는 것, 하나의 모범이랄까 아무튼 살아가는 다른 가능성을 제시하는 것이었다. 오랫동안 고립되어 있던 나는 완전한 고독을 맛본 사람들 사이에 존재하는 공동체를 알게 되었다. 나는 행복한 사람들의 연회나 흥겹게 노는 사람들의 축제로 되돌아갈 생각은 조금도 없다. 결코! 다른 사람들의 연대를 보고 부러움을 갖거나 시샘도 느끼지 않을 것이다. 나는 차츰 표지를 달고 있는 사람들의 비밀에 싸인 내막에도 정통하게 되었다.

세상 사람들은 표지를 달고 있는 우리를 이상한 사람, 미친 사람, 심지어는 위험한 사람이라고까지 생각할지도 모른다. 그것도 틀린 말은 아닐지도 모르지만. 하지만 우리는 깨달은 사람, 혹은 깨달아 가고 있는 사람들이며 우리의 노력은 갈수록 완전해지는 깨달음으로 향하고 있었다. 반면에 세상 사람들의 노력이나 행복의 추구는 그들의 의견이나 이상과 의무, 그들의 생활과 행복을 집단의 그것과 점점 더 밀착시키는 방향으로 치닫고 있었다. 그곳에도 노력이 있고 힘과 위대성은 있었다. 그러나 우리의 견해로는 표지를 단 우리는 자연의 의지를 새로운 것, 개별화된 것, 그리고 미래의 것으로 제시하는 데 반해서 그들은 고수固守의 의지 속에 살고 있었다. 그들에게는 인류가, 그들도 우리처럼 사랑하는 인류가 무언가 완성된 것, 보존되고 지켜져야만 하는 것이었다. 반면 우리에게는 인류가 하나의 먼 미래, 우리 모두가 그것을 향해 가는 도중에 있고, 그 모습은 아무도 모르며, 그 법칙 또한 어디에도 씌어 있지 않은 미래였다.

에바 부인과 막스와 나 외에도 우리 모임에는 다소 멀든 가깝든 간에 매우 다양한 종류의 구도자들이 있었다. 그들 대다수는 특수한 길을 걷고 개별적인 목적에 몰두하고 있었으며, 독특한 의견과 사명에 매달려 있었다. 그들 가운데는 점성술사와 카발라 교도, 톨스토이 추종자도 한 사람 있었으며, 여러 부류의 다감하고 수줍고 상처 입기 쉬운 사람들이 있었고, 새로운 소수 종파의 신봉자 외에도 요가 장려자와 채식주의자 등등이 있었다. 이 모든 사람들과 우리는 각자의 비밀에 싸인 꿈에 대해서 경의를 표하는 일 외에는 사실 아무런 정신적인 공유도 없었다.

그 외에 우리에게 좀 더 가까운 사람들이 있었는데, 과거의 신들이며 새로운 최고의 이상에 대한 인류의 추구를 추적하고 있어서 그들의 연구는 자주 피스토리우스를 생각나게 해 주었다. 그들은 책을 가져와서 고대어로 씌어진 글을 우리에게 번역해 주었으며, 옛 상징들과 의식儀式의 그림을 보여 주고 그것을 보는 법을 가르쳐 주기도 했다. 오늘날까지 인류가 가졌던 이상理想이란 모두 무의식적인 영혼의 꿈이라는 것, 인류가 자기들의 미래의 가능성에 대한 예감을 따라갔던 꿈들로 이루어져 있다는 것을 우리에게 가르쳐 주기도 했다. 그렇게 해서 우리는 고대의 천 개의 머리를 가진 신들의 무리에서부터 기독교로 전환한 여명기에 이르기까지를 통찰할 수 있었다. 고독하고 신앙심 깊은 사람들의 종파와 민족에서 민족으로 옮아간 종교의 변천사를 우리는 알게 되었다.

우리는 이렇게 수집한 모든 자료에서 현세대에 대한 비판과 현대 유럽에 대한 비판도 할 수 있게 되었다. 유럽은 방대한 노력을 기울여 막강한 새 무기를 만들어 내기는 했지만 마침내는 심각하게 현저한 정신적 황폐화에 빠져 버리고 말았던 것이다. 전 세계를 얻기는 했지만, 그러느라 그 영혼을 잃어버렸기 때문이다.

우리의 공동체에도 특정한 희망과 구원의 교리를 믿는 신봉자들이 있었다. 유럽을 개종시키려는 불교도들이 있는가 하면, 톨스토이 신봉자와 그 외의 다른 종파에 속하는 사람들도 있었다. 우리는 그들 이야기에 귀를 기울이긴 했지만 어떤 교리건 상징 이외의 다른 의미로는 받아들이지 않았다. 그것들이 미래에 어떤 모습을 드러낼 것인가에 대한 근심은 우리 표지를 지닌 사람들의 책임이 아니었다.

우리에게는 어떤 종파의 어떤 구원론이든 애초부터 죽어 있고 무익한 것이었다. 우리가 의무이자 운명이라고 느끼는 것은 오로지 하나뿐이었다.

우리 각자가 완전히 자기 자신에 도달하여 자신의 의지로 삶을 영위함으로써 불확실한 미래가 가져올 어느 것에나 대처할 수 있는 마음의 준비를 갖추어 두는 것이었다. 왜냐하면 현재의 기존관념이 와해되고 새로운 것이 탄생될 시기가 다가오고 있다는 것을 —입 밖에 내든 내지 않든— 분명히 인지하고 있었기 때문이다.

데미안은 가끔 이런 말을 했다.

"무슨 일이 닥칠지는 짐작도 할 수 없어. 유럽의 영혼은 오랫동안 쇠사슬에 매여 있던 짐승이야. 그 짐승이 자유로워지면 그 첫 활동은 아마 그다지 사랑스럽지는 않을 거야. 하지만 이제까지 그토록 오랫동안 기만만 당하고 마비되어 있던 영혼의 진정한 고난이 나타나게 되는 날에는 그것이 지름길로 가든 어느 우회로로 돌아가든 그건 상관없어. 그때가 되면 우리의 날이 올 거야. 사람들이 우리를 필요로 하게 되지. 지도자나 새로운 법의 제정자로서가 아니라 —새로운 법률 같은 것은 우리가 살아서 겪지는 못할 테지— 오히려 선선히 응하는 자로서, 운명이 부르는 곳이라면 함께 갈 용의가 있고 그곳에 나설 각오가 되어 있는 그런 사람으로서 말이야. 인간은 누구라도 자신의 이상을 위협받으면 모험에 가까운 일이라도 해낼 각오를 하게 돼. 하지만 새로운 이상, 새롭지만 어쩌면 위험할지도 모르는 무서운 성장의 움직임이 문을 두드릴 때는 아무도 내다보는 사람이 없는 법이야. 그런 때 거기 있다가 함께 갈 얼마 안 되는 사람이 우리가 될 거야. 그러라고 우리에게 표지가 찍혀 있는 것이니까. 공포와 증오를 불러일으켜 그 당시의 인류를 답답한 목가적 세상에서 끌어내 위험스러운 넓은 세계로 몰아가도록 카인에게 표지가 찍혀 있었던 것처럼 말이야. 인류가 가는 길에 영향력을 발휘했던 사람들은 모두가 하나같이 그들에게 닥친 운명을 받아들일 자세였기 때문에, 오로지 그 때문에 유능하고 영향력이 있었던 거야. 그건 모세나 석가모니에게도 적용되고, 나폴레옹과 비스마르크에게도 적용되지. 어떤 흐름에 봉사하느냐, 또 어떤 극極의 지배를 받느냐 하는 것은 자기가 선택할 수 있는 게 아니야. 만약 비스마르크가 사회민주당원의 주장을 이해하고 그들에게 동조했더라면 그는 현명한 신사는 될 수 있었겠지만 운명적인 인물은 되지 못했을 거야. 나폴레옹도 그랬고, 시저가 그랬고, 로욜라가 그랬어. 다들 그랬어! 우린 그것을 언제나 생물학적이고 진화론적인 견지에서 생각해야 돼! 지표 위에서 일어난 지각변동이 물에 살던 동물을 뭍으로, 뭍에 살던 동물을 물속으로 던져 넣었을 때, 새로운 전대미문의 일을 완수하고 새로운 적응으로 자기들의 종족을 구할 수 있었던 것은 그러한 운명을 받아들일 준비를 갖추고 있었던 개체뿐이야. 그들 중 누가 전에 보수주의자였으며 현상 유지자들이었는지, 혹은 이단적인 혁명가였는지 우리는 몰라. 다만 그들은 준비가 되어 있었기 때문에 그들의 종족을 건져 새로운 발전 위에 올려놓을 수 있었다는 사실은 알고 있지. 그래서 우리는 준비하려는 거야."

우리가 이런 대화들을 나눌 때 에바 부인도 종종 자리를 함께했었다. 그러나 우리의 대화에 끼어들지는 않았다. 그저 무한한 신뢰와 이해심으로 자신의 생각을 말하는 우리의 이야기를 경청할 뿐이었다. 우리의 이런저런 생각은 모두 그녀의 메아리였다. 그녀에게서 나와서 그녀에게로 되돌아가는 것처럼 보였다. 그녀 가까이에 앉아서 이따금씩 그녀의 목소리를 듣고 그녀를 에워싸고 있는 성숙한 영혼의 분위기에 젖는 것이 나에게는 다시없는 행복이었다.

내 마음이 흐려지거나 또는 마음에 새로운 것이 진행되고 있으면 그녀는 즉시 그 변화를 알아차렸다. 내가 잠을 자며 꾸는 꿈들은 마치 그녀가 불어넣어 준 영감인 것 같았다. 나는 그녀에게 자주 내 꿈 이야기를 들려주었으며, 그 꿈들은 그녀에게는 이해되고 자연스러운 것이었다. 그녀가 분명하게 이해하지 못하는 꿈이라고는 없었다.

한동안 나는 우리가 낮에 나누었던 대화들을 그대로 옮겨 놓은 것 같은 꿈들을 꾸었다. 온 세계가 뒤흔들리는 꿈을, 나 혼자 혹은 데미안과 함께 긴장한 채 위대한 운명을 기다리는 꿈이었다. 운명은 여전히 가려져 있었다. 그러나 왠지 에바 부인의 표정을 지니고 있었다. 그녀로부터 선택을 당하든 배척을 당하든, 그것이 바로 운명이었다.

가끔 그녀는 미소를 지으며 이런 말을 했다.

"꿈이 그게 전부는 아니지요, 싱클레어? 가장 중요한 점을 잊고 있어요."

그러면 나는 다시 그 꿈을 머리에 떠올렸고, 어떻게 제일 중요한 것을 잊어버릴 수 있는지 이해할 수 없었던 적도 있었다.

때때로 나는 욕정에 시달렸다. 그녀를 끌어안지도 못하면서 가까이에서 본다는 것이 더 이상 견딜 수 없는 고통이었다. 그녀는 그것도 곧 알아차렸다. 한번은 그 집에 며칠 동안 가지 않다가 이윽고 미칠 듯한 심정이 되어 찾아갔는데, 그녀가 나를 한켠으로 데리고 가서 말했다.

"당신 스스로 가망 없다고 생각하는 소망들에 집착해서는 안 돼요. 당신이 무엇을 원하는지 난 알아요. 그런 소망은 아예 버리든가, 아니면 완전하고 올바르게 원해야만 해요. 당신이 그 소망을 성취할 수 있다고 확실히 믿고 바란다면 언젠가는 성취할 수도 있는 거예요. 그러나 당신은 소망한 다음에 후회하고, 그러면서 두려워하지요. 그 모든 것을 극복할 수 있어야 돼요. 옛날이야기를 하나 들려줄게요."

그러고는 별과 사랑에 빠진 한 청년에 대한 이야기를 들려주었다.

청년은 바닷가에 서서 두 손을 뻗어 별을 애무했다. 별에게 기도하고, 별을 꿈꾸며, 그의 생각을 온통 별에게 기울였다. 그러나 별은 인간의 포옹을 받을 수 없다는 것을 그는 알고 있었다. 그는 실현될 가망도 없는데 별을 사랑하는 것이 자신의 운명이라고 생각했다. 그리하여 그 운명에 순종함으로써 자신을 정화시켜 줄 체념과 침묵, 줄어들지 않는 그리움에 대한 시를 짓곤 했다. 하지만 그의 꿈들은 모두 별을 향하고 있었다. 어느 날 밤, 청년은 다시 바닷가 높은 절벽 끝에 서서 별을 올려다보며 별에 대한 사랑을 불태우고 있었다. 그리움이 극도로 커진 한순간, 그는 별을 향해 허공으로 훌쩍 몸을 날렸다. 그 순간 번개같이 그의 뇌리를 스쳐 가는 생각이 있었다. '불가능한 일이야!' 청년은 바닷가에 떨어져 죽고 말았다. 그는 사랑하는 법을 몰랐던 것이다. 만약 몸을 날리는 순간에 사랑이 성취될 것이라고 굳게 믿는 영혼의 힘을 지녔더라면 그는 하늘로 날아올라가 별과 하나가 되었을지도 모른다는 것이었다.

"사랑은 구걸해서는 안 되는 거예요."

그녀가 말했다.

"강요해서도 안 되지요. 사랑은 스스로 확신하는 힘을 지녀야만 해요. 그러면 사랑은 끌림을 당하지 않고 스스로 끌어당기지요. 싱클레어, 당신의 사랑은 나에게 끌리고 있어요. 언제가 됐든, 당신의 사랑이 나를 끌어당기면 내가 가겠어요. 나를 바치지는 않겠어요. 획득당할 거예요."

그러고는 다른 이야기 하나를 더 들려주었다.

이루어질 희망도 없이 한 여인을 사랑하는 청년이 있었다. 그는 자신의 영혼 속에 완전히 틀어박혀 사랑의 그리움 때문에 자신이 활활 타서 없어져 버리는 것 같다고 생각했다. 그에게서 세상이 사라졌다. 그는 푸른 하늘도 초록 숲도 더는 보지 않았다. 개울물도 그에게는 소리를 내지 않았고, 하프도 울리지 않았다. 모든 것이 잿빛으로 가라앉아 그는 가엾고 비참하게 되었다. 그러나 그의 사랑은 날이 갈수록 커 갔다. 사랑하는 여인을 소유하지 못할 바에야 차라리 죽고 싶었다. 그때 자신의 사랑이 자기 마음속의 다른 모든 것들을 불태워 버린 것을 느꼈다. 그러자 사랑의 힘이 강력해져 자꾸만 그녀를 끌어당겼다. 그 아름다운 여인은 그 힘에 따를 수밖에 없었다. 마침내 그녀가 왔다. 그는 두 팔을 활짝 벌리고 서서 그녀를 자기에게로 끌어당겼다. 그러나 그녀가 그의 앞에 와서 서자, 그녀는 완전히 달라져 있었다. 그는 자신이 잃어버렸던 온 세계가 자기 앞에 끌어당겨져 있는 것을 전율하면서 보았다. 그녀가, 온 세계가 그에게 몸을 내맡기는 것이었다. 하늘과 숲과 개울물, 그 모든 것들이 새로운 빛으로 생생하고도 찬란하게 그를 향해 다가와서 그의 것이 되고 그의 언어로 말하는 것이었다. 그는 그저 여자 하나를 얻는 대신 온 세계를 마음속에 소유하게 되었던 것이다. 하늘의 별 하나하나가 그의 안에서 불타고 그의 영혼을 통해 기쁨의 빛을 뿜어냈다. 그는 사랑을 했고, 그 결과 자기 자신을 발견했던 것이다. 그러나 대부분의 사람들은 사랑에 빠지면 자신을 잃어버리고 만다.

에바 부인에게로 향하는 사랑이 내 생활의 유일한 내용인 것처럼 생각되었다. 그 사랑은 날마다 형태를 바꾸어 갔다. 나는 가끔 내 본질이 이끌리고 거기에 도달하려고 애쓰는 대상이 그녀가 아니라는 새로운 생각이 고개를 쳐드는 것을 느꼈다. 그녀는 다만 내 내면의 욕구의 상징에 불과하다는 것과 나를 내 자신 속으로 더 깊게 인도하려 한다는 생각이 뚜렷하게 떠오를 때도 있었다. 그리고 그녀의 말은 종종 내 마음을 뒤숭숭하게 하는 급박한 질문에 대한 내 무의식적인 대답처럼 들리기도 했다. 그녀 곁에서 관능적인 욕망으로 불타며 그녀의 손길이 닿았던 물건에 입을 맞출 때도 있었고, 점차 관능적인 사랑과 비관능적인 사랑이, 현실과 상징이 서로 겹칠 때도 있었다. 그리고 내 방에 고요히 앉아서 그녀를 열렬히 생각할 때면 그녀의 손이 내 손에, 그녀의 입술이 내 입술에 닿는 것 같은 느낌이 들 때도 있었다. 혹은 내가 그녀 집에서 그녀의 얼굴을 보며 이야기하고 그녀의 목소리를 듣고 있으면서도, 그녀가 실제로 거기에 있는 건지 꿈은 아닌지 잘 분간할 수 없는 때도 있었다.

나는 하나의 사랑을 어떻게 지속적인 불멸의 것으로 소유할 수 있는지를 어렴풋이 느끼기 시작했다. 어떤 책을 읽다가 새로운 인식을 갖게 되었는데, 그것은 에바 부인의 입맞춤과 똑같은 느낌이었다. 그녀는 내 머리를 쓰다듬어 주며 성숙하고 향기로운 따뜻한 미소를 지어 주기도 했는데, 그럴 때면 나는 마치 내가 내 자신 안에서 한 걸음 진보를 이루어 냈을 때와 똑같은 감회를 느끼는 것이었다. 나에게는 중요하고 운명적인 모든 것이 그녀의 모습을 지니고 있었다. 그녀는 내 모든 사상으로 변신할 수 있었고, 내 모든 사상은 그녀로 변할 수 있었다.

나는 부모님과 함께 지내야 할 크리스마스 휴가가 다가왔을 때 다소 두려웠었다. 2주일 동안이나 에바 부인과 떨어져 지내야 한다는 것을 의미하기 때문이었다. 그러나 막상 집에 돌아갔을 때는 고통이랄 것까지 없었다. 멀리 떨어진 우리 집에 앉아서 그녀를 생각하는 것도 나쁘지 않았던 것이다. H시로 돌아와서도 이틀 동안 그녀의 집에 가지 않았었다. 그 안정감과 그녀의 감각적인 존재로부터의 해방감을 즐기고 싶어서였다.

그동안 나는 그녀와의 결합이 새롭게 비유적인 방법으로 이루어지는 꿈을 꾸었다. 그녀는 바다였고, 나는 그 안으로 흘러드는 강물이었다. 그녀도 별이고 나도 별이었는데, 내가 그녀를 찾아가던 도중에 서로 만난 우리는 우리가 서로를 끌어당겼음을 느꼈다. 두 별은 희열에 차서 영원히 서로 원을 그리며 돌았다.

나는 그녀를 다시 방문했을 때 그 꿈 이야기를 들려주었다.

"아름다운 꿈이네요."

그녀는 나직하게 말했다.

"그 꿈을 실현시켜 보세요."

이른 봄, 내가 결코 잊을 수 없는 하루가 있었다. 나는 데미안의 집 홀로 들어섰다. 한쪽 창문이 열려 있었고, 미풍이 히아신스의 짙은 향기를 홀 안으로 실어 나르고 있었다. 아무도 눈에 띄지 않아 곧장 계단을 올라가서 막스 데미안의 서재로 갔다. 그러고는 가볍게 문을 두드리고 평소처럼 대답도 기다리지 않고 안으로 들어갔다.

커튼이 모두 쳐져 있어 방 안이 어두웠다. 막스가 화학 실험실을 설비해 놓은 작은 곁방으로 통하는 문이 열려 있어, 그 문으로 구름을 뚫고 나온 햇빛이 희미하게 흘러 들어오고 있었다. 나는 방 안에 아무도 없는 줄 알고 한쪽 커튼을 옆으로 젖혔다.

거기 작은 걸상, 커튼 쳐진 창 가까이에 막스 데미안이 기이하게 변해서 웅크리고 앉아 있었다. 그의 모습을 본 순간 한 가지 생각이 뇌리를 스치고 지나갔다.

'언젠가 한 번 봤던 모습이다!'

그는 미동도 없이 두 팔을 힘없이 늘어뜨리고 앉아 있었다. 손은 가볍게 무릎에 올려놓고, 고개는 약간 앞으로 숙인 채였다. 눈을 크게 뜨고 있었는데, 초점 없는 눈동자에서는 한 조각 유리에서 반짝이는 듯한 작은 빛이 반사되어 나오고 있었다. 자신에게 깊이 침잠해 있는 창백한 얼굴은 엄청난 응결 말고는 다른 표정이 없었다. 그 얼굴은 마치 사원 현관에 있는 태곳적 동물의 가면처럼 보였다. 그는 숨도 쉬지 않는 것처럼 보였다.

나는 기억 하나를 떠올리며 전율했다. 저렇게, 꼭 저렇게 하고 있는 모습을 여러 해 전, 내가 아직 어린 소년이었을 때 한 번 본 적이 있었다. 그때도 두 눈은 저렇게 내면을 향하여 응결되어 있었다. 그때도 두 손은 저렇게 생명 없이 나란히 가지런히 놓여 있었다. 그때는 파리 한 마리가 그의 얼굴 위를 기어갔었다. 그때도 저렇게 늙고 시간을 초월한 듯 보였었다. 얼굴의 주름 하나도 오늘과 다르지 않았다.

두려움이 엄습해서 나는 가만히 서재를 빠져나와 계단을 내려왔다. 홀에 에바 부인이 있었는데, 그녀는 창백했고 지쳐 보였다. 그녀의 그런 모습은 처음 보았다. 그림자 하나가 창문을 스쳐 갔다. 눈부신 흰 태양이 갑자기 사라졌다.

"막스한테 갔었어요."

내가 얼른 낮은 소리로 말했다.

"무슨 일이 있었나요? 자고 있는 건지 뭔가에 골몰해 있는 건지 잘 모르겠어요. 전에도 저런 모습을 한 번 본 적이 있어요."

"그 앨 깨우진 않았죠?"

그녀가 다급하게 물었다.

"네. 제가 들어가는 소리도 듣지 못했어요. 저는 얼른 다시 나왔고요. 에바 부인, 막스가 왜 그런지 말씀해 주세요."

그녀는 손등으로 이마를 훔쳤다.

"안심해요, 싱클레어. 그 애한테 무슨 일이 일어난 건 아녜요. 돌아가 있는 거랍니다. 오래 걸리지 않을 거예요."

그녀는 일어나 비가 오는데도 정원으로 나갔다. 함께 가서는 안 될 것 같았다. 나는 홀 안에서 왔다 갔다 하며 히아신스의 마비시키는 듯한 향기를 맡았다. 마음 조이며 문 위에 있는 나의 새 그림을 응시했고, 그날 아침 이 집을 채우고 있던 이상하고 불안한 분위기에 압박감을 느끼면서 숨을 들이마셨다. 어찌 된 걸까? 무슨 일이 일어난 걸까?

에바 부인은 곧 돌아왔다. 빗방울이 그녀의 짙은 색 머리카락에 방울방울 맺혀 있었다. 그녀는 자신의 안락의자에 앉았다. 온몸이 피곤해 보였다.

나는 그녀 곁으로 다가가 그녀 위로 몸을 숙이고 그녀의 머리카락에 매달려 있는 빗방울들을 입 맞추어 떼어 냈다. 그녀의 두 눈은 맑고 고요했으나 빗방울들은 눈물 같은 맛이 났다.

"막스를 살펴보고 올까요?"

내가 나직이 물었다.

"어린아이처럼 굴지 말아요, 싱클레어!"

그녀는 자기 속에 깃들인 어떤 마력을 깨뜨리기라도 하려는 듯 강하게 나무랐다.

"돌아갔다가 나중에 다시 오도록 해요. 지금은 같이 이야기를 할 수가 없네요."

나는 그 집을 나와 거리를 지나 산으로 달려갔다. 비스듬히 내리는 성긴 비가 내 얼굴을 적셨다. 구름은 육중한 압박을 받아 겁을 집어먹은 듯 나지막이 흘러가고 있었다. 아래쪽에는 거의 바람이 일지 않았다. 그러나 높은 곳에서는 폭풍이 불고 있는 것 같았다. 때로 잠깐씩 태양이 두터운 잿빛 구름 사이에서 파리하고 눈부시게 얼굴을 내밀곤 했다.

그때 하늘 저편에서 노란빛 엷은 구름 한 조각이 떠왔다. 그 구름은 잿빛 벽에 막혀 더 가지 못하고 멈추어 있더니, 몇 분 지나지 않아 노란빛과 푸른빛에서 형상 하나를 만들어 냈다. 거대한 새의 모습이었다. 그 새는 푸른 혼돈을 찢어 떨치고 큰 날갯짓으로 날아서 하늘 속으로 사라졌다. 그러더니 다시 폭풍이 일고 비에 우박이 섞여 요란하게 타다닥 소리를 내며 쏟아져 내렸다. 짧지만 요란스럽고 무섭게 울리는 천둥이 빗발에 얻어맞은 풍경 위에서 으르렁거렸다. 그러다가 곧 다시 햇빛이 비치고, 갈색 숲 너머 저쪽의 산봉우리를 덮고 있는 눈이 파리하게 햇살을 반사시켰다.

몇 시간이 지난 뒤 비에 젖어 돌아갔을 때, 데미안이 나와서 현관문을 열어 주었다.

그는 나를 자기 방으로 데리고 올라갔다. 실험실에서는 가스 불꽃이 타고 있었고, 종이가 여기저기 널려 있었다. 무슨 실험을 하고 있는 중이었던 것 같았다.

"앉자."

그가 권했다.

"피곤하겠다. 형편없는 날씨에 바깥에 한참 있었나 보군? 곧 차를 가져올 거야."

"오늘 뭔가가 시작되었어."

내가 망설이며 말했다.

"이건 단순한 천둥번개일 수 없어."

그가 탐색하듯 나를 바라보았다.

"뭘 본 건가?"

"응, 구름 속에서 한순간 분명하게 형상 하나를 보았어."

"무슨 형상?"

"새였어."

"매? 그거였지? 네 꿈속에 나타난 새?"

"응, 내 매였어. 누렇고 굉장히 컸어. 검푸른 하늘로 날아가 버리고 말았지만."

데미안은 깊은 한숨을 내쉬었다.

노크 소리가 나더니 늙은 하녀가 차를 가져왔다.

"들어 봐, 싱클레어. 네가 그 새를 본 건 우연이 아닐 거야."

"아니지. 그런 걸 어떻게 우연이라고 할 수 있겠어."

"그래, 아니야. 뭔가 의미가 있지. 뭔지 알겠니?"

"아니 몰라. 그 뜻이 어떤 충격이라는 것, 운명 속의 한 걸음이라는 것만은 느끼겠어. 우리 모두가 관계된 일인 것 같아."

그는 격하게 왔다 갔다 했다.

"운명 속의 한 걸음이라고!"

그는 크게 소리쳤다.

"똑같은 것을 나도 어젯밤 꿈에 보았어. 어머니도 어제 예감을 느꼈고. 어머니도 같은 말을 하셨지. 나는 내가 사다리를 타고 나무인지 탑인지 기어 올라가는 꿈을 꾸었어. 위에 올라가자 온 나라가 보였어. 그것은 널따란 평지였는데 나라 전체가, 도시와 마을이 있는 온 나라가 불타고 있는 거야. 다 얘기해 주지는 못하겠다. 나 자신한테도 아직 분명치 않은 게 있거든."

"형은 그 꿈이 형하고 관련 있는 꿈이라고 생각해?"

"나와 관련 있는 것이냐고? 그야 물론이지! 자신과 무관한 꿈을 꾸는 사람은 아무도 없어. 그런데 어젯밤에 꾼 꿈은 나한테만 관련된 것이 아니야. 아까 네가 한 말이 맞아. 우리 모두에게 관련된 꿈이야. 나는 나 자신의 영혼 가운데서 동요가 일어나는 꿈을, 그리고 아주 드물긴 하지만 온 인류의 운명이 암시되는 꿈을 아주 정확하게 구별하고 있어. 나는 그런 꿈을 꾼 일이 드물고, 그리고 그것이 예언이 되고 현실이 되었다고 할 만한 꿈을 한 번도 꾸어 보지 못했어. 해석이 좀 애매하지만, 내가 내게만 관련된 꿈을 꾸지 않았다는 것만은 확실해. 다시 말해서, 그 꿈은 내가 과거에 꾸었고, 지금도 계속 꾸고 있는 옛날의 꿈과는 다른 것들에 속하는 거야. 그 꿈들은 싱클레어, 이미 너한테도 말했지만 내가 예감을 얻을 수 있는 그런 꿈들이지. 우리 세계가 정말 썩었다는 것은 알고는 있지만 그것만으로는 세상이 멸망한다거나 혹은 그와 비슷한 예언을 할 수 있는 근거는 되지 못해. 하지만 나는 여러 해 전부터 낡은 세상이 와해될 날이 다가오고 있다는 결론을 내리거나 혹은 네가 원하는 대로 말해도 좋지만, 어쨌든 그런 내용을 느끼는 꿈을 꾸어 오고 있어. 처음엔 아주 약하고 어렴풋한 예감이었지만, 갈수록 뚜렷해지고 강해졌어. 아직도 나는 나와 관련된 어떤 크고 무서운 것이 다가오고 있다는 것 외에는 아무것도 모르고 있어. 싱클레어, 우리가 이따금 얘기했던 일을 우리는 경험하게 될 거야. 이 세상은 스스로를 혁신시키려 하고 있어. 죽음의 냄새가 나. 죽음 없이는 아무런 새로운 것도 나오지 않으니까. 그것은 내가 생각했던 것보다 한층 더 몸서리쳐지는 일일 거야."

나는 깜짝 놀라서 그의 얼굴을 물끄러미 쳐다보았다. 그리고 조심스럽게 청했다.

"나머지 것도 얘기해 줄 수 없어?"

"그건 곤란해."

데미안은 고개를 가로저었다.

그때 문이 열리더니 에바 부인이 들어왔다.

"여기 함께 있었구나! 얘들아, 너희 설마 슬퍼하고 있는 건 아니지?"

그녀는 산뜻했고, 더 이상 피곤해 보이지 않았다. 데미안이 그녀에게 미소 지어 보였다. 그녀는 마치 겁먹은 아이들 곁에 오는 것처럼 우리에게로 다가왔다.

"우린 슬퍼하지 않아요, 어머니. 이 새로운 표지에 대해서 해석을 좀 내려 봤어요. 그렇지만 물론 그것과는 아무런 관계도 없어요. 오려고 하는 것은 느닷없이 나타나는 것이니까요. 그럼 우리가 알 필요가 있는 것을 경험하게 될 테지요."

그러나 나는 기분이 언짢았다. 그래서 작별인사를 하고 혼자서 홀을 지나는데, 히아신스의 향기가 시들하고 무의미하며 송장 냄새처럼 느껴졌다. 어두운 그림자가 이미 우리 머리 위에 드리워졌던 것이다.

끝의 시작

나는 여름휴가 때에도 계속해서 H시에 머무를 수 있게 해 놓았다. 집에 있는 대신, 우리는 이제 거의 언제나 강가의 정원에서 대부분의 시간을 보냈다. 데미안과의 격투에서 보기 좋게 진 일본인은 떠났고, 톨스토이 추종자도 또한 가 버렸다. 데미안은 말을 가지고 있어서 날마다 끈질기게 말을 타고 돌아다녔다. 그래서 그의 어머니와 단둘이 있게 될 때가 많았다.

나는 이따금씩 내 삶의 평화로움에 놀라곤 했다. 너무나 오랫동안 고독하게 지냈고 체념하는 일과 내 자신의 괴로움과 싸우는 데 익숙했던 터라 H시에서의 이 몇 달 동안은 꿈의 섬에서 사는 것 같았다. 거기서 나는 요술에 걸린 듯 안락하게, 오로지 아름답고 유쾌한 일들과 생각 속에서 살 수 있었다. 나는 이것이 우리가 구상하는 보다 높은 새로운 공동체의 전조라는 것을 어렴풋이 느끼고 있었다.

그러나 차츰 이 행복에 깊은 슬픔이 엄습해 왔다. 그것이 오래 지속될 수는 없으리라는 것을 잘 알고 있었기 때문이다. 나는 본래 넘치는 만족감과 쾌적함 속에서 생활하도록 태어나지 못한 사람이었다. 내게는 고통과 쫓김이 필요했다. 언젠가 이 아름다운 사랑의 환상에서 깨어나 오로지 고독과 싸움뿐인, 아무런 평화나 공존도 없는 차가운 세계 속에서 온전히 홀로 다시 서게 되리라는 것을 느끼고 있었다. 그리하여 나는 내 운명이 아직도 이 아름답고 고요한 얼굴을 지니고 있다는 데 기뻐하며 갑절의 애정을 기울여서 에바 부인 옆으로 바싹 다가갔다.

여름의 몇 주일은 너무나 빠르게 지나갔다. 여름휴가가 벌써 끝나 가고 있었다. 이별이 곧 닥칠 것이었다. 나는 이별을 생각해서는 안 되었다. 그리고 사실 그것은 생각조차 하지 않았으며, 나비가 꿀 많은 꽃에 매달려 있듯이 아름다운 나날에 매달려 있었다. 내 생애에서 행복하고도 아름다운 시절이었다. 내 인생에서 처음으로 공동체에 받아들여지고 최초의 성취를 이룬 시절이었다. 다음에는 어떤 일이 올 것인가? 나는 어쩌면 또다시 싸워 나갈 것이며, 그리움으로 괴로워하며 꿈을 꿀 것이며, 고독해질 것이다.

그러던 어느 날, 그런 예감이 아주 맹렬한 기세로 나를 엄습하여 에바 부인에 대한 사랑이 갑자기 고통스러울 정도로 활활 타올랐다. 맙소사! 이제 곧 나는 그녀를 보지 못하게 될 것이며, 집 안을 걸어 다니는 그녀의 안정되고 다정한 발걸음 소리도 듣지 못하게 될 것이고, 내 책상 위에는 더 이상 그녀가 꽂아 주는 꽃이 놓여 있지 않을 것이다. 그런데 나는 무엇을 얻었던가? 그녀를 획득하는 대신, 그녀를 얻기 위해 싸우는 대신, 그녀를 영원히 내게로 단숨에 끌어오는 대신 나는 꿈꾸기만 하고 행복에 잠겨 흔들리기만 했던 것이다.

그녀가 일찍이 진정한 사랑에 대해 해 준 모든 말들이 떠올랐다. 그 많은 다정하면서도 경고하는 말들, 그 많은 나직한 유혹들, 어쩌면 약속들이 모두 떠올랐다. 그런데 나는 무엇을 이루었는가? 아무것도! 이룬 것은 아무것도 없었다!

나는 내 방 한가운데 서서 내 모든 의식을 집중하여 에바 부인을 생각했다. 그녀가 내 사랑을 느낄 수 있도록, 그녀를 내게 끌어당기기 위해 내 영혼의 힘들을 한데 모으려 했다. 그녀가 내 앞에 와서 내 품에 안기기를 열망했다. 내 입맞춤이 그녀의 무르익은 사랑의 입술을 끝없이 헤치게 되기를 열망했다.

그렇게 의식을 집중시키면서 손가락 끝과 발가락 끝이 싸늘해질 때까지 방 한가운데 긴장하고 서 있었다. 내 몸에서 힘이 쑥 빠져나가는 것이 느껴졌다. 순간 나의 내부에서 뭔가 밝고도 환한 것이 촘촘하게 응결되었다. 나는 잠시 심장에 수정 한 덩이를 품고 있는 것 같은 기분이 들었다. 그리고 그것이 나의 자아自我라는 것을 깨달았다. 다음 순간 냉기가 가슴까지 차올랐다.

무서운 긴장에서 풀려났을 때 나는 무언가가 다가오는 느낌을 받았다. 나는 죽을 만큼 탈진되어 있었으나 에바 부인이 내 방 안으로 들어오는 것을 바라볼 준비가 되어 있었다. 그녀가 정열을 불태우면서 황홀하게 내 방 안으로 들어서기를 기다렸다.

그때 따가닥따가닥 말 달리는 소리가 긴 길에서 망치 치듯 다가오더니 현관 앞에서 뚝 그쳤다. 창가로 달려가 아래를 내려다보니 데미안이 말에서 내리고 있었다. 나는 계단을 뛰어 내려갔다.

"무슨 일이야, 데미안? 혹시 어머니한테 무슨 일이 생긴 건 아니지?"

그는 내 말을 귀담아듣고 있지 않았다. 그의 얼굴은 창백했으며, 그의 이마 양쪽에서부터 뺨으로 땀이 흘러내리고 있었다.

그는 거친 숨을 몰아 쉬고 있는 말의 고삐를 정원 울타리에 매고는 거리

쪽으로 내 팔을 잡아끌었다.

"너도 벌써 소식 들었니?"

나는 아무것도 몰랐다.

데미안은 내 팔을 누르며 어둡고 연민에 찬, 독특한 눈길로 나를 보았다.

"그래, 이봐, 드디어 시작됐어. 러시아와의 긴장이 고조되어 있었다는 건 너도 알고 있었지?"

우리 가까이에 아무도 없건만 그는 나직하게 말했다.

"뭐라고? 그럼 전쟁이 터졌단 말이야? 그런 건 생각지도 않고 있었어."

"아직 선전포고를 한 것은 아니지만, 전쟁이야. 날 믿어. 지금까지 이 일로 너를 번거롭게 하고 싶지 않아서 말하지 않았었지만, 그 후로도 세 번이나 새로운 징조를 보았거든. 그 징조는 세상의 몰락도 지진도 혁명도 아니었어. 전쟁이 일어나리란 거였어. 사태가 어떻게 되어 가는지 볼 수 있을 거야. 사람들은 그것을 기뻐할 테고. 벌써부터 전쟁이 시작되는 것을 기뻐하고 있어. 싱클레어, 무슨 뜻인지 알겠니? 모두들 그 정도로 단조롭고 지겨운 생활을 하고 있었다는 증거야. 너도 곧 알게 되겠지만, 이번 전쟁은 발단에 불과해. 아마도 어떤 특정 지역에 국한되는 것이 아니라 전 세계로 확대되는 대규모의 전쟁이 될 것 같다. 그리고 동시에 새로운 세상이 시작될 거야. 그 새로운 세상이 낡은 것에 집착하고 있는 사람들에게는 소름 끼칠 정도로 충격적이겠지. 넌 어떡할래?"

나는 당황했다. 모든 것이 나에게는 아직도 생소하고 사실처럼 들리지 않았다.

"아직 모르겠어. 형은?"

그는 어깨를 으쓱했다.

"동원령이 내리면 곧바로 입대할 거야. 난 소위야."

"형이? 그건 전혀 몰랐는데……."

"그랬을 테지. 내가 말해 주지 않았으니까. 그게 내가 세상에 적응하는 한 방법이야. 난 외부에 드러나길 좋아하지 않지만 언제나 올바로 되기 위해서 남보다 더 많은 노력을 해 왔어. 일주일 후면 난 전장에 나가 있을 거야."

"맙소사!"

"이봐, 일을 감상적으로 생각해서는 안 돼. 살아 있는 사람에게 총을 겨누라고 지휘하는 것이 근본적으로 내게 즐거울 리 없지. 하지만 그런 건 부차적인 문제야. 이제 우리는 모두 커다란 수레바퀴 속에 휩쓸려 들어갈 거야. 너도 마찬가지로. 너도 분명 징집될걸?"

"그럼 형 어머니는, 데미안?"

나는 불과 15분 전에 있었던 일을 생각해 냈다. 얼마 안 되는 사이에 세상이 얼마나 변해 버렸는가? 나는 내 운명의 감미롭고 황홀한 영상을 불러내기 위해 내 모든 힘을 한데 모았었다. 그런데 이제 운명은 갑자기 새롭게, 무시무시한 가면을 쓰고 나를 위협적으로 노려보고 있는 것이었다.

"우리 어머니? 아, 우리 어머닌 걱정할 필요 없어. 어머닌 안전하셔. 이 세상 누구보다도 안전하시지. 단단한 마음을 갖고 계시니까. 우리 어머닐 그토록 사랑하니?"

"형도 알고 있었어?"

데미안은 환하게 껄껄 웃었다.

"이 어린 친구야! 물론 알고 있었지. 사랑하지도 않으면서 우리 어머니를 에바 부인이라고 부른 사람은 아무도 없었어. 한데, 어떻게 된 거야? 오늘 넌 어머니나 나를 불렀지? 안 그래?"

"아, 불렀어. 에바 부인을 불렀어."

"어머니가 들으셨어. 갑자기 너한테 가 보라고 하셨거든. 어머니께 러시아에 대한 소식을 막 들려드리고 난 참인데 말이야."

우리는 되돌아섰다. 별로 더 나눌 이야기가 없었다. 그는 정원 울타리에 매어 두었던 말고삐를 풀고는 말 위에 훌쩍 올라탔다.

나는 위층 내 방으로 돌아와서야 비로소 내가 얼마나 지쳐 있는지를 감지했다. 데미안이 전한 전쟁 소식을 들은 탓도 있었지만, 그보다는 그가 오기 전 몇 분간의 치열한 긴장 때문이었다.

그러나 에바 부인은 내 영혼의 소리를 들었다! 내 마음이 내 영혼의 힘에 의해 그녀에게 전해진 것이다. 그녀가 직접 왔더라면 더 좋았을 것이다. 그러나 그러지 않았다고 해도 얼마나 신기한 일인가. 근본적으로 얼마나 아름다운가!

이제 전쟁이 일어난다고 한다. 우리가 이미 여러 번 이야기했던 일들이 이제 일어나기 시작하는 것이다. 그런데 데미안은 그 일에 관해서 굉장히 많은 것을 미리 알고 있었다. 지금 세상의 흐름은 이미 그 어느 곳에선가 우리 곁을 지나가고 있는 것이 아니라 그것은 갑자기 우리의 가슴 한복판을 뚫고 흘러가고, 모험과 거친 운명이 우리를 부르고 있다. 지금, 아니면 곧 이 세상이 스스로 변화하려 하며 우리를 필요로 하는 순간이 다가온 것이다. 데미안이 옳았다. 감상적으로 받아들여서는 안 되는 것이다. 단지 기억할 만한 일은, 이제 내가 그토록 고독했던 나의 '운명'을 많은 사람들과, 온 세상과 더불어 경험해야 된다는 사실이었다. 그럼 좋다! 나는 마음의 준비를 단단히 했다.

저녁때 시가지를 지나갈 때 곳곳마다 대단한 흥분으로 들끓고 있는 것을 보았다. 어디서나 '전쟁'이란 말이 들려왔다.

나는 에바 부인의 집으로 갔다. 우리는 정원에 있는 정자에서 저녁을 먹었다. 내가 유일한 손님이었다. 전쟁에 대해서는 아무도 말이 없었다.

밤늦게 돌아오려 할 때 에바 부인이 말했다.

"사랑하는 싱클레어, 오늘 날 불렀었죠? 그런데 왜 나 대신 막스를 보냈는지 알지요? 그러나 잊지 말아요. 당신은 이제 부르는 방법을 알았어요. 언제든 표지를 지닌 누군가가 필요하거든 그때 다시 불러요."

그러고는 그녀가 먼저 일어나 정원의 어스름을 뚫고 앞서 걸어갔다. 그 비밀에 에워싸인 여인은 말없는 나무들 사이를 왕녀처럼 당당하게 걸어갔다. 그녀의 머리 위에서 조그맣고 사랑스러운 별들이 반짝이고 있었다.

내 이야기는 곧 끝이 난다.

사태는 급격히 진전되었다. 곧 전쟁이 시작되고, 데미안은 군복 위에 은회색 외투를 걸치고 아주 낯선 모습으로 전선으로 떠났다. 나는 그의 어머니를 집으로 바래다 주고 그녀와도 곧바로 작별하였다. 그녀는 내 입술에다 입을 맞추고 아주 짧게 나를 가슴에 안아 주었다. 그녀의 큰 눈이 가까이에서 흔들림 없이 내 눈 안으로 타들어 오고 있었다.

모든 사람들이 형제가 된 것 같았다. 그들은 조국과 명예를 말했다. 그러나 그것은 운명이었다. 그들 모두가 한순간 그 가림 없는 얼굴을 들여다본 운명이었다.

젊은 남자들은 병영에서 나와서 기차를 탔다. 그리고 많은 얼굴들에서 나는 표지를 —우리의 표지였다— 아름답고 고귀한 표지를 보았다. 그 표지는 사랑과 죽음을 의미하는 것이었다. 나 역시 한 번도 본 적 없는 사람들의 포옹과 악수와 키스를 받았다. 나는 그것을 이해했고 기꺼이 응답했다. 그들이 그렇게 하는 것은 운명의 뜻이 아니라 일종의 도취였다. 그러나 도취란 신성하다. 그것은 모두가 운명의 눈 속을 잠깐 동안 고무적인 눈초리로 바라본 데서 기인했던 것이다.

내가 전장에 나갔을 때는 이미 겨울이 다 되어 있었다.

나는 처음 총 쏘는 일에 흥분을 느끼기는 했으나 곧 모든 일에 실망했다. 전에 나는 왜 인간이 하나의 이상을 위해서 사는 일이 그토록 어려운지에 대해 곰곰 생각해 본 적이 많았다. 그런데 지금 나는 많은 사람들이, 아니 모든 사람들이 이상을 위하여 죽을 수도 있음을 보았다. 다만 그 이상은 각자가 자유로이 선택한 이상이 아니라 인류에게 공통적으로 떠맡겨진 이상인 경우에 한해서였다.

나는 시간이 흐르면서 내가 사람을 과소평가했다는 사실을 알게 되었다. 아무리 군복무와 공통적인 위험이 그들을 획일화시켰다고 하더라도 나는 많은 사람들, 살아 있는 사람이거나 죽어 가는 사람들이거나 그들 모두가 자기 운명의 의지에 눈부시도록 접근하고 있는 것을 보았다. 많은 사람들, 아주 많은 사람들이 공격 때 외에도 언제나 고집스럽고 아득하고 다소 신들린 듯한 눈빛을 지니고 있었다. 그것은 목적 외에는 아무것도 아는 바없이 괴물 같은 전쟁에만 몰두해 있음을 나타내는 시선이었다. 설령 이들이 언제나 자기들이 원하는 바를 믿고 그리고 생각하고 있다손 치더라도 그들은 각오를 하고 있었으며 쓸 만했고, 그들에게서 미래가 형성될 수 있는 것이었다. 그리고 세상이 점점 더 경직되어 전쟁과 영웅주의에, 명예 등 그 밖의 케케묵은 이상에 맞추어져 있는 듯 보일수록 그만큼 더 요원하게 그리고 그만큼 더 거짓말처럼 외면적인 인간성의 목소리 하나하나가 울렸다. 이 모든 것은 전쟁의 외적이고 정치적인 목적들에 대한 물음이 피상적인 것에 지나지 않듯 다만 피상적인 것에 불과했다. 그 깊숙한 곳에서는 새로운 인간성 같은 것이 생겨나고 있었다.

많은 사람들이 바로 내 옆에서 죽어 갔다. 그들의 증오와 분노, 살육과 말살은 어떤 특정 대상에 매여 있지 않다는 통찰이 느껴졌다. 아니, 대상들은 목표들과 마찬가지로 완전히 우연이었다. 그들의 가장 근원적인 감정이나 가장 거친 감정들도 적을 향하고 있지 않았다. 그들의 피 흘리는 위업은 오로지 내면의, 그 자체 안에서 산산이 파열된 영혼의 발산이었다. 다시금 태어나기 위하여 광분하여 죽이고 말살하고 멸망하려는 영혼의 발산이었다. 거대한 새가 알에서 나오려고 싸우고 있었다. 알은 세계였고, 그 세계는 짓부수어져야 했다.

이른 봄의 어느 날 밤, 나는 아군이 점령한 지역 농장 앞에서 보초를 서고 있었다. 가끔씩 미풍이 불어오고 있었다. 플랑드르 평야의 높은 상공을 한 떼의 뭉게구름이 지나가고 있었다. 그 구름 뒤쪽 어디쯤엔가 달이 있을 것이다.

나는 이유 모를 걱정에 온종일 불안해하고 있었다. 까닭 없이 마음이 심란했다. 나는 보초를 서면서 이제까지의 내 생활상과 에바 부인과 데미안에 대해서 곰곰 생각했다. 곁에 있는 은백양나무에 기대어 서서 움직이고 있는 하늘을 응시했다. 남몰래 바르르 떨고 있는 하늘의 밝은 빛이 이내 커다란 형상들로 연달아 솟구쳤다. 나는 내 맥박이 기이하게 가냘프게 뛰고 피부가 바람과 비에 둔감해진 데서, 내 내면에서 선뜩선뜩 느껴지는 각성에 의해서 내 주위에 한 지도자가 있다는 것을 감지했다.

구름 속에 대도시가 보였다. 그곳에서 수많은 인간들이 떼를 지어 나와서 드넓은 지역으로 혼잡을 이루며 흩어져 갔다. 그 군중들 한복판에 반짝이는 별을 머리에 달고 산맥처럼 거대하며 에바 부인과 같은 표정을 지닌 어떤 강인한 신의 모습이 나타났다. 그 여신의 품속으로 사람들이 모두 빨려들 듯 들어가서는 사라졌다. 여신은 사람들을 품고 대지에 웅크리고 앉았다. 여신이 눈을 감자, 어디선가 한 줄기 서광이 뻗쳐 와 여신의 이마에 붙어 있는 표지를 비췄다. 그러자 여신의 커다란 얼굴이 고통으로 일그러졌다. 그러고는 갑자기 큰 소리를 내질렀다. 그 순간 여신의 이마에서 수천 개의 별들이 튀어나왔다. 그 별들은 찬란한 포물선을 그리며 어두운 하늘로 날아올랐다.

그 별들 가운데 하나가 날카로운 음향을 내며 마치 나를 찾는 듯 똑바로 나를 향해 날아왔다. 그러더니 요란한 소리를 내며 수천 개의 불꽃으로 쪼개져서 나를 허공으로 휙 끌어올렸다가 다시 땅바닥에 내동댕이쳤다. 천둥 같은 소리를 내면서 내 머리 위에서 세계가 무너졌다.

나는 은백양나무 가까이에서 흙에 뒤덮인 채 상처투성이로 발견되었다.

나는 머리 위로 포화가 퍼부어지고 있는 어느 지하실에 누워 있었다. 그리고 어떤 수레에 누워 덜컹덜컹 빈 벌판을 지나갔다. 대체로 나는 잠을 잤거나 의식이 없었다. 그러나 깊이 잠을 자면 잘수록 무엇인가가 나를 끌어당김을, 나를 지배하는 주인인 어떤 힘을 따라가고 있음을 그만큼 강렬하게 느꼈다.

나는 마구간의 짚더미 위에 누워 있었다. 어두웠다. 누군가가 내 손을 밟고 지나갔다. 그러나 내 내면적인 것은 더 계속해서 나아가려 하고 있었으며 한층 더 강하게 끌리고 있었다.

나는 다시 차 안에 누웠고, 그 후에는 들것인지 사다리인지 모를 것에 누워 있었다. 나는 점점 더 강하게 그 어느 곳으로 가라고 명령받고 있는 것을 느꼈다. 그리하여 나는 마침내 그곳까지 가려고 하는 절박감 이외에는 아무것도 느끼지 않았다.

드디어 나는 목적지에 도착했다. 밤이었다. 그때는 또렷한 의식을 갖고 있었다. 조금 전까지도 나는 강력한 끌림과 절박감을 느끼고 있던 참이었다. 지금 나는 홀 안 바닥 위 매트리스 위에 누워 있었으며, 내가 부름을 받은 바로 그 자리에 와 있다는 것을 인식했다.

주위를 둘러보았다. 내 매트리스 바로 곁에 다른 매트리스가 있고 그 위에 누군가가 있었다. 그는 몸을 굽혀 나를 들여다보았다. 그의 이마에 표지가 있었다. 막스 데미안이었다.

나는 말을 할 수가 없었다. 그 역시 말을 못 했다. 또는 하지 않았는지도 모른다. 그저 나를 쳐다보고만 있었다. 그의 등 뒤의 벽에 걸린 등불 빛이 그의 얼굴을 비추고 있었다. 그는 나에게 미소를 지어 보였다.

아주 꽤 오랜 시간 내내 그는 말없이 내 눈을 들여다보았다. 그러고는 천천히 자기 얼굴을 내 얼굴 가까이로 거의 맞닿을 정도까지 들이밀었다.

"싱클레어!"

그는 속삭이듯 말했다.

나는 그에게 말을 알아듣고 있다는 눈짓을 보냈다. 그는 다시 동정하는 표정으로 미소 지었다.

"어린 소년이 됐네!"

그가 미소를 띠며 말했다. 그의 입이 이제 내 입 아주 가까이에 있었다. 그는 나직이 말을 계속했다.

"이봐, 싱클레어. 프란츠 크로머 아직도 기억해?"

나는 그에게 눈을 깜박여 보였다. 미소를 지을 수도 있었다.

"꼬마 싱클레어, 잘 들어. 나는 곧 떠나게 될 거야. 넌 어쩌면 내가 다시 한 번 필요할 수도 있어. 크로머에게 맞서든 혹은 그 밖의 다른 일로든. 그때는 네가 나를 불러도 이렇게 기차를 타거나 혹은 말을 타고 달려오지 못해. 그땐 네 자신 안에 귀를 기울여야 해. 그러면 알아차릴 수 있을 거야. 내가 네 안에 있다는 것을. 알겠니? 그리고 한 가지 더! 에바 부인이 그러더구나. 네가 언젠가 잘 지내지 못하게 되면 날더러 당신의 키스를 너에게 전해 주라고. 나에게 너한테 보내는 키스까지 같이 해 주셨거든. 자, 눈 감아, 싱클레어."

나는 선선히 눈을 감았다. 내 입술 위에 가벼운 입맞춤이 느껴졌다. 내 입술에서는 계속해서 조금씩 피가 흐르고 있었다. 그리고 나는 잠이 들었다.

아침에 사람들이 나를 깨웠다. 붕대를 새로 감아야 했던 것이다. 잠이 완전히 깼을 때 나는 얼른 옆 매트리스로 고개를 돌렸다. 한 번도 본 적 없는 낯선 사내가 거기 누워 있었다.

붕대를 감는다는 것은 고통스러운 일이었다. 그리고 그때부터 내게 일어난 모든 일이 고통스럽기만 했다. 그러나 나는 이따금 열쇠를 찾아내어 완전히 내 자신 속으로, 거기 어두운 거울 속에 운명의 영상이 잠들어 있는 곳으로 내려갔다. 그리고 거기에서 그 어두운 거울 위에 몸을 숙이기만 하면 되었다. 그러면 나 자신의 모습이 보였다. 내 친구이며 인도자인 데미안과 꼭 닮아 있는 내 모습이.

수레바퀴 아래서

희망의 불꽃
아름답고 자유로운 여름방학
신학교 생활
만남과 이별
제2의 유년기
청춘의 거센 파도
못다 핀 꽃 한 송이

희망의 불꽃

요제프 기벤라트 씨는 중개업을 하면서 대리점을 했다. 그는 그가 사는 마을의 다른 사람들에 비해서 특별히 내세울 만한 점이나 남다른 점을 가지고 있지는 않았다. 그저 건장한 몸집에 어지간한 장사 수완을 지녔으며, 황금을 숭배하는 솔직한 모습을 보여 주었다. 그는 정원이 딸린 아담한 집을 소유하였고, 선조들이 대대로 묻힌 가족묘를 소유하고 있었다.

그의 종교의식은 약간 개방적이었지만 겉치레에 지나지 않았다. 하나님이나 관료들에게는 적절한 존경심을 표하였고, 시민적인 예의범절에 대해서는 비굴할 정도로 맹목적인 복종심을 보였다. 주량은 꽤 셌으나 결코 만취되는 일이 없었고, 때로는 남에게 의혹의 눈초리를 받을 만한 일도 했지만 법이 허용하는 범위를 벗어난 적은 단 한 번도 없었다. 그리고 가난한 사람에게는 염치없이 먹을 것이나 탐내는 가난뱅이라고, 돈 많은 사람에게는 교만한 졸부라고 욕을 했다.

그는 시민단체의 일원으로서 금요일이면 늘 독수리 주점에서 나인핀스 ninepins(아홉 개의 핀을 세워 놓고 공을 굴려 쓰러뜨리는 실내경기. 11세기 무렵에 독일의 교회에서 시작된 현대 볼링의 전신. 구주희九柱戱라고도 함)를 했다. 그리고 빵 굽는 날이나 시식회, 또는 순대국 먹기 모임에도 빠지는 일이 없었다. 일할 때에는 싸구려 여송연을 피웠지만, 식후나 일요일에는 고급 담배를 피웠다.

그의 내면생활은 그야말로 속인俗人 그 이상도 그 이하도 아니었다. 다소나마 지녔던 감성은 이미 메말라 버린 지 오래됐고, 다만 인습적이고 거추장스러운 가족애, 자기 자식에 대한 자부심, 그리고 이따금 가난한 사람들에게 베푸는 즉흥적인 적선 같은 것이 그의 기질의 전부였다. 또한 그의 정신적인 역량은 엄격하게 한계가 지어진 타고난 교활성과 계산적인 술책을 벗어나지 못했다. 독서라고는 신문을 읽는 것이 고작이었으며, 예술 감상의 욕구는 해마다 시민단체에서 베푸는 소인극素人劇이나 때때로 서커스 구경을 하는 정도면 충분했다.

그가 설령 이웃의 누군가와 이름이나 집을 바꾼다 할지라도 무엇 하나 달라지는 것은 없을 것이다.

그가 가장 신경을 쓰는 것은 온갖 뛰어난 힘과 인물에 대한 끊임없는 시기와 모든 비범함이라든가 자유로움, 세련됨, 정신적인 것에 대한 지루함에서 비롯되는 본능적인 적의였고, 이것 역시 이 마을 사람들과 공통된 점이었다.

그에 관한 이야기는 이것으로 충분하다. 그의 평범하기 그지없는 생활과 그 자신도 의식하지 못하는 비극을 설명한다는 것은 신랄한 독설가들이나 하는 일일 것이다.

어쨌든 그에게는 외아들이 있었다. 그 아이에 관해서 이야기하려고 이처럼 서두가 길었다.

한스 기벤라트는 누구나 인정할 정도로 재능 있는 아이였다. 그가 얼마나 섬세하고 남다른지는 다른 아이들 틈에 끼어 있는 모습만 봐도 충분히 알 수 있었다.

이 작은 마을 슈바르츠발트에는 아직까지 그만한 인물이 배출된 적이 없었다. 이 좁은 세계 밖으로 시선을 준다든지, 이 마을을 떠나 다른 도시에서 활동하는 사람이 이곳에서 나온 일은 전혀 없었던 것이다.

이 소년의 진지한 눈망울과 총명해 보이는 이마, 그리고 단정한 걸음걸이는 누구에게서 물려받았는지 아무도 알지 못했다. 어쩌면 어머니한테서? 그의 어머니는 벌써 여러 해 전에 세상을 떠났는데, 살아생전의 그녀는 언제나 병약하고 근심에 싸인 모습이었다. 그의 아버지는 고려의 대상도 되지 못했다. 그렇다면 지난 8, 9세기에 걸쳐 그토록 많은 건실한 시민들이 나왔으면서도 아직 한 번도 재간꾼이나 천재를 길러 내지 못한 바로 이 오래된 작은 마을에 정말이지 하늘에서 신비로운 희망의 불꽃이 떨어진 셈이었다.

이 마을에서는 니체가 지은 《자라투스트라의 교설》을 알지 못해도 교양 있는 인간으로 행세할 수가 있었다. 그들의 부부생활은 대부분 견실하고 행복하였으나 삶 자체는 개선하기 어려운 옛날 습관으로 생활하고 있었다. 편하고 부족한 것 없이 지내는 마을 사람 중에는 지난 20년 사이에 숙련공에서 공장주가 된 사람도 적지 않았다. 그들은 관리 앞에서는 모자를 벗고 예의를 지키지만, 그들끼리는 관리를 '아귀' 혹은 '졸자 서기'라고 불렀다. 그러면서도 그들의 야심은 될 수 있으면 자기 아들을 공부시켜서 관리를 만드는 것이었다. 그러나 유감스럽게도 이것은 거의 이룰 수 없는 꿈에 불과했다. 그들의 자녀들은 거의 모두가 라틴어 하급학교에서조차도 낙제를 거듭한 끝에 겨우 졸업을 하기 때문이었다.

그런데 한스 기벤라트는 타고난 천재였다. 그의 재능은 누구도 의심하지 않았다. 선생들이나 교장선생은 물론 동급생, 이웃사람들이나 마을의 목사도 모두가 이 소년을 총명한 두뇌를 가진 특별한 존재로 인정했다. 그리하여 그의 장래는 확실하게 결정되었다. 슈바벤에서는 아무리 재주가 뛰어난 아이라 해도 부모가 큰 부자가 아니면 단 하나의 좁은 길만 있었던 것이다. 그것은 바로 주州 시험을 치러서 신학교에 입학하고, 그다음에는 튀빙겐 대학에 진학하여 거기에서 목사나 학교 교사가 되는 것이었다.

해마다 4, 50명의 시골 소년이 이 평탄하고 안전한 길을 걸었다. 겨우 입교식(성서문답과 신앙고백을 통하여 교회의 일원이 되는 신교의 종교 의식)을 끝낸 아이들이 모두 공부에 지친 나머지 무척이나 여윈 모습으로 국가의 보조금을 받아 라틴어를 중심으로 한 다양한 영역의 학문을 섭렵하고, 8년 내지 9년 뒤에는 그들의 인생 여정에 있어 보다 긴 두 번째 삶을 향해 발걸음을 내딛게 된다. 여기서 이들은 자신들이 받은 은혜를 국가에 보답해야 하는 것이다.

몇 주일 후에 국가가 지방의 영재를 선발하는 주 시험이 있을 예정이었다. 이 시험이 치러지는 동안 시험이 행해지고 있는 수도는, 작은 도시나 마을로부터 한숨과 기원이 집중되곤 하였다.

한스 기벤라트는 이 작은 도시에서 고통스러운 경쟁에 참가할 유일한 후보자였다. 그것은 커다란 명예였다. 하지만 결코 거저 얻어진 명예는 아니었다.

　매일 오후 4시까지 계속되는 수업시간 외에 교장선생의 그리스어 과외 수업이 이어졌다. 그런 후 6시부터는 목사님이 친절하게 라틴어와 종교의 복습을 지도해 주었다. 그 외에도 일주일에 두 번, 저녁식사 후 한 시간씩 수학선생으로부터 지도를 받았다. 그리스어는 불규칙동사와 불변화사로 표현되는 문장 결합의 변화에 중점을 두었고, 라틴어는 문체를 간명하게 하는 것, 특히 시의 형식에 중점을 두었다. 또 수학에서는 복잡한 비례법에 주력을 기울였다. 이것들은 선생도 종종 강조한 바와 같이 장래의 연구나 생활에 아무 가치도 없는 것 같지만 그것은 어디까지나 그렇게 보이는 것에 불과했다. 실제로는 매우 중요하였다. 그것은 논리적인 능력을 기르고 모든 명쾌하고 냉정하고 정확한 사고의 토대가 되는 것이기 때문에 다른 어느 과목보다도 더욱 중요했다.

　학력 연마 때문에 두뇌의 부담이 너무 지나쳐 정서를 등한히 하거나 고갈되는 일이 없도록, 한스는 매일 아침 수업을 시작하기 한 시간 전에 견진성사를 받는 소년들의 성서 수업에 출석해도 좋다는 허가를 얻었다. 거기에서는 부렌츠의 종교 문답서를 사용하여 감격적인 문답을 암기 낭독케 함으로써 소년의 마음속에 종교적인 생명의 신선한 공기를 불어넣었다.

　그러나 한스는 유감스럽게도 생에 활력을 주는 이러한 시간들을 스스로 단축시켜 모처럼의 혜택을 저버리곤 하였다. 그는 그리스어나 라틴어 단어와 연습문제를 적은 종이쪽지를 문답서에 몰래 끼워서 거의 한 시간 내내 세속적인 학문에 몰두하였기 때문이다. 그러면서도 그는 양심에 꺼려 끊임없이 불안과 초조감을 느꼈다. 감독 목사가 옆으로 온다든지 그의 이름을 부를 때면 깜짝 놀라 몸을 움츠렸다. 대답을 해야만 할 경우에는 이마에 진땀이 났고 가슴이 두근거렸다. 그러나 그의 대답은 틀림없었고 발음도 어김없이 정확했으므로 목사는 그를 높이 평가하고 있었다.

쓰기와 암기, 복습과 예습 과제는 날마다 과목마다 쌓이기 때문에 밤늦게까지 침침한 남포등 밑에서 그것을 정리하지 않으면 안 되었다. 가정의 평화스러운 분위기에서 하는 공부가 특히 능률적이라고 담임선생이 말했기 때문에 화요일과 토요일에는 보통 10시까지 공부했으며, 다른 날에는 11시, 12시, 때로는 더 늦게까지 계속되었다. 아버지는 석유가 많이 소비되는 것을 약간 언짢아했지만 아들이 공부하는 것을 자랑으로 생각하였다.

한가로운 시간이나 일요일—우리 생활의 7분의 1을 차지하는—에는 학교에서 읽지 못하는 책을 두서너 권 읽는 한편 문법을 복습했다.

'물론 적당히 해야지! 일주일에 한두 번의 산보는 아주 효과적일 거야. 날씨가 좋으면 책을 들고 교외로 나가는 것도 좋겠지. 신선한 바깥 공기를 쐬면 재미있고도 쉽게 암기할 수 있는 방법을 알게 될 것이다. 어쨌든 고개를 들고 활발하게 산보할 일이다!'

이런 생각을 한 한스는 그 후 고개를 한껏 높이 쳐들고 산보하면서 공부를 하였다. 그러고는 밤잠을 자지 못해 가장자리가 푸르고 피로한 눈을 한 채 묵묵히 돌아다녔다.

"기벤라트에 대해 어떻게 생각하십니까? 합격하겠지요?"

어느 날 담임선생이 교장선생에게 물었다.

"그럼요. 그 아이는 틀림없이 해낼 거요."

교장선생은 기쁜 듯이 이렇게 말했다.

"그 애만큼 영리한 애는 없어요. 잘 봐요, 그 애는 완전히 초월한 것처럼 보입니다."

지난 일주일 사이에 기벤라트의 정신세계는 더욱 충만해졌다. 귀엽고 부드러운 소년의 얼굴에는 안정을 잃고 깊숙이 들어간 눈이 음울한 열정을 지닌 채 불안스럽게 빛나고 있었고, 아름다운 이마에는 그의 정신을 드러내는 듯한 가느다란 주름들이 꿈틀거렸다. 뿐만 아니라 가냘픈 팔과 손은 축 늘어진 채 보티첼리를 연상케 하는 나른한 우아함을 보여 주었다.

이윽고 시험이 내일로 다가왔다. 한스는 다음날 아침 아버지와 함께 슈투트가르트로 떠나기로 되어 있었다. 거기에서 주 시험을 치르고, 자신이 신학교의 좁은 수도원 문을 들어갈 자격이 있는지 없는지를 확인할 단계가 된 것이다.

한스는 교장선생에게 고별인사를 하러 갔다. 교장선생은 이제까지와는 다른 부드러운 표정으로,

"오늘은 더 이상 공부하지 말거라. 약속할 수 있지? 너는 내일 건강한 몸으로 슈투트가르트로 가야 되니까 지금부터 한 시간 동안 산보한 뒤에 일찍 자거라. 젊은 사람은 잠을 충분히 자야 돼."
라고 말하였다.

한스는 여러 가지 두려운 충고를 들을 줄 알고 잔뜩 긴장하고 있었는데 의외로 이처럼 다정한 말에 거뜬한 기분으로 숨을 크게 내쉬며 교문을 나섰다. 커다란 키르히베르크의 보리수들이 늦은 오후의 따가운 햇볕 아래 힘없이 서 있었고, 시장 광장에서는 두 개의 커다란 분수가 소리를 내면서 반

짝이고 있었다.

 삐쭉빼쭉 불규칙한 지붕들의 선 위에는 검푸른 전나무로 덮인 산이 가깝게 나타나 보였다. 소년은 이 모든 것이 아주 오랫동안 못 보았던 것처럼 여겨졌다. 그에게는 모든 것이 매우 아름답고 매혹적으로 생각되었다. 머리가 아팠으므로 오늘은 교장선생의 말대로 더 이상 공부하지 않기로 했다. 그는 천천히 시장터와 옛 시청을 지나서 시장의 좁은 길을 지나 대장간 앞을 지나쳐 옛 다리에 이르렀다.

 그는 다리 위에서 잠시 서성이다 폭이 넓은 난간에 걸터앉았다. 몇 달 동안 거의 매일 이곳을 하루 네 번씩이나 지나다니면서도 다리 근처의 작은 고딕식 교회나 개울, 수문, 제방, 방앗간을 전혀 눈여겨보지 않았었다. 수영을 하는 냇가의 풀밭과 버들이 우거진 강변도 그대로 지나쳤다. 거기에는 피혁 건조장이 나란히 있었고, 개울은 호수와 같이 깊고 푸르렀으며 활처럼 휘어 늘어진 가느다란 버드나무 가지는 물속까지 드리워져 있었다. 한스는 자신이 얼마나 자주 이곳에서 반나절 혹은 하루 종일을 보냈었나 하는 생각을 했다. 이곳에서 수영을 하고 잠수를 하고 노를 젓고 낚시질을 했었던 것이다.

 아, 낚시질……! 지금은 완전히 잊어버리고 만 놀이다. 지난해, 시험 때문에 낚시질이 금지되었을 때 그는 고통스러워 몹시 울었다.

 낚시질! 그것은 그에게 가장 재미있는 일이었다. 가느다란 버드나무 그늘 속에 있으면 방앗간 둑의 물소리가 점점 가까이 들려왔다. 깊고 조용한 물, 수면의 반짝임, 부드럽게 구부러진 긴 낚싯대, 고기가 물려서 끌어올릴 때의 흥분, 파닥파닥 뛰는 싱싱하고 살진 고기를 손으로 잡았을 때 그 형언할 수 없는 희열…….

그는 큰 잉어를 몇 번이고 낚아 올린 적이 있었다. 은어와 백어 그리고 맛있는 잉어, 또한 작고 아름다운 피라미도 낚았었다.

한스는 오랫동안 수면을 내려다보았다. 푸른 개울 한구석을 멍하니 바라보고 있는 동안 그는 서글픈 생각에 잠겼다. 생각해 보니 아름답고 자유분방한 소년의 즐거움은 먼 옛날의 것이 되어 버렸다.

그는 호주머니에서 빵을 꺼내어 뚝뚝 떼어서 물속에 던졌다. 그러고는 크고 작은 빵덩어리들이 가라앉으면서 고기에게 뼈끔뼈끔 먹히는 것을 바라보고 있었다. 처음에는 작은 고기들이 달려와서 작은 덩어리만 먹고는 큰 덩어리를 먹고 싶어 주둥이로 쿡쿡 쪼았다. 그러는 동안 좀 큰 은빛 백어가 유유히 조심스럽게 다가왔다. 그 넓고 검은 등은 물 밑바닥과 구별이 되지 않았다. 이 고기는 조심조심 빵 주위를 헤엄치다가 별안간 크고 둥근 입을 벌려 그것을 냉큼 삼켜 버렸다. 천천히 흐르는 물에서는 물비린내가 풍겨 왔다.

흰 구름이 두서너 조각 희미하게 푸른 수면에 비쳤다. 물레방앗간에서는 둥근 바퀴가 끼익끼익 소리를 내고, 두 군데의 둑으로 흐르는 서늘하고 낮은 물소리가 끊임없이 들려왔다.

소년은 지난 일요일에 행해진 견진성사를 생각했다. 그날 의식이 행해지는 동안 모두가 감동하고 있을 때 그는 그리스어 동사를 암기하고 있는 자신을 발견하고는 몸을 움츠렸었다. 그 외에도 최근 수업 중에 눈앞에 놓여 있는 공부 대신 지나간 일들 혹은 앞으로 있을 공부에 대해서 생각하는 일이 아주 많았다.

'그래도 시험은 잘 칠 수 있을 거야!'

그는 멍한 기분으로 일어섰으나 어디로 가야 한다는 생각은 없었다. 그때 갑자기 누군가가 억센 손으로 그의 어깨를 붙잡아 깜짝 놀랐다. 그러나 그의 어깨를 잡은 사람의 목소리는 아주 상냥했다.

"어떠냐 한스, 잠깐 같이 걸을까?"

구둣방 플라이크 아저씨였다. 전에는 종종 저녁에 한 시간 정도 이 아저씨 곁에서 지낸 일이 있었지만, 그것도 이미 오래전의 이야기다.

한스는 그와 함께 걷기 시작했다. 하지만 이 신앙심이 돈독한 경건주의자가 하는 말을 별로 주의 깊게 듣지는 않았다. 플라이크 아저씨는 주에서 실시하는 시험에 한스의 성공을 빈다며 격려해 주었다. 그러나 아저씨 이야기의 본뜻은, 그런 시험이란 게 그다지 대수로운 것이 아니며, 어떤 사람도 낙방을 할 수 있으므로 낙방했다고 부끄러울 것은 없다는 것이었다. 만약 한스가 그러한 경우를 당한다면, 신이 모든 인간 하나하나에게 독특한 의견을 갖고서 예정된 길로 그들을 이끈다는 사실을 생각하기 바란다고 덧붙였다. 그것이 신의 섭리라는 것이었다.

한스는 이 아저씨에 대해서 다소 양심의 가책을 느끼고 있었다. 그는 플라이크 아저씨의 의젓하고 장중한 성품을 존경하고 있었지만, 마을 사람들은 이 아저씨와 다른 기도회 형제들에 대하여 우스꽝스러운 이야기를 많이 늘어놓곤 했었다. 한스도 어떤 때는 그들의 농담이 옳지 않다는 것을 알면서도 함께 웃음을 터뜨렸던 것이다.

한스는 지금 날카로운 질문을 당할 것이 두려워서 어느 때부터인가 구둣방을 피해 온 자기의 옹졸함을 부끄럽게 생각하고 있었다. 한스가 선생들의 자랑거리가 되고 자기 자신도 얼마간 우쭐한 기분이 되면서부터 플라이크 아저씨는 종종 그를 우습게 바라보며 그의 건방진 마음을 꺾어 보려고 했다. 그러나 그것 때문에 소년의 마음은 모처럼 호의를 갖고 지도해 주는 이 인도자에게서 멀어져 갔다. 그것은 한스가 이미 반항심이 한창 절정에 달한 나이였고, 그는 자신의 자아의식을 건드리는 일에 대해서 민감했기 때문이다.

지금도 한스는 플라이크 아저씨와 나란히 걷고 있으면서도 아저씨가 염려와 사랑스러움이 가득 찬 시선으로 자기를 굽어보고 있다는 사실을 전혀 알지 못했다.

그들은 한참을 걸어 크로넨 골목에서 마을 목사와 마주쳤다. 구둣방 아저씨는 정중하지만 차가운 인사를 하고는 갑자기 걸음을 빨리 했다. 이 목사가 진보적인 신앙인이며 부활을 믿지 않는다는 평판이 돌고 있기 때문이었다.

이번에는 목사가 소년을 데리고 걷기 시작했다.

"건강은 어떠냐? 여기까지 온 것만도 대단하구나."

"예, 괜찮아요."

"그래, 이제 잘해야 된다. 모두들 너에게 큰 기대를 걸고 있는 거 알지? 특히 라틴어에서는 좋은 성적을 올릴 것이라고 나는 믿는다."

"하지만 혹시 제가 시험에서 떨어지게 된다면……."

한스는 자신 없이 말했다.

"떨어진다고?"

목사는 놀란 나머지 걸음을 멈췄다.

"그런 일은 상상도 할 수가 없구나. 전혀 있을 수 없는 일이야. 어떻게 그런 쓸데없는 생각을 할 수 있니!"

"전 그냥 그렇게 되면…… 하고 생각한 것뿐입니다."

"그런 일은 있을 수 없다, 한스야! 없고말고. 거기에 대해서는 아예 근심할 필요도 없다. 자! 그러면 아버지에게 안부 전하고 기운을 내라!"

한스는 목사를 전송하였다. 그러고 나서 구둣방 아저씨가 사라진 쪽으로 눈을 돌렸다.

그 아저씨는 무슨 이야기를 했던가? 마음만 올바르고 하느님만 잘 공경한다면 라틴어 같은 것은 그다지 중요하지 않다고 말했다. 그러나 말만은 쉬운 일이다. 그리고 목사님은……. 만일 시험에서 떨어지게 된다면 한스는 두 번 다시 목사님 앞에 얼굴도 내밀지 못할 것이다.

침울한 기분으로 집에 돌아온 한스는 언덕에 비스듬히 자리 잡은 자그마한 정원에 들어섰다. 거기에는 벌써 오래전부터 사용하지 않아 거의 허물어져 버린 정자가 서 있었다. 그 안에 판잣집을 만들어 놓고 3년 동안이나 토끼를 길렀는데, 지난 가을 시험 때문에 아쉽게도 토끼를 치워 버렸다. 어떠한 취미나 마음의 위안거리를 가질 여유가 없었던 것이다.

이 정원에 들어온 것이 얼마 만인지! 허물어진 판자벽은 손을 보고 자시고 할 여지도 없이 되어 있었다. 벽 구석에 있는 종유석 덩어리는 허물어져 있었으며, 나무로 만든 조그마한 물수레바퀴가 수도관 옆에 나뒹굴고 있었다.

한스는 이것들을 깎고 맞추고 하면서 기뻐하던 때를 회상하였다. 불과 2년 전의 일인데 아주 먼 옛날같이 느껴졌다. 그는 조그마한 물레바퀴를 이리저리 홱홱 구부려 완전히 못쓰게 부숴서 담장 너머로 내던졌다.

'이런 것은 모두 없애 버려. 오래전부터 이미 무용지물인 걸.'

그때 문득 머릿속에 친구 아우구스트가 떠올랐다. 아우구스트는 물레방아를 만들고 토끼집을 고칠 때 도와줬었다. 둘은 이곳에서 돌팔매질로 고양이를 쫓고 천막을 치며, 오후예배 보는 날에는 당근을 먹으며 종종 오후 늦게까지 시간 가는 줄 모르고 놀았던 것이다. 그러나 이후 한스는 열심히 공부하지 않으면 안 되었고, 아우구스트는 일 년 전에 학교를 그만두고 기계공 견습생이 되었다. 그 후로 아우구스트의 얼굴을 두 번밖에는 보지 못했다. 물론 그도 정신없이 바빠 시간 낼 틈조차 없다.

구름의 그림자가 급히 골짜기 위를 달려갔다. 해는 벌써 산머리 가까이에 와 있었다. 한스는 순간 바닥에 엎드려서 소리 내어 울고 싶은 충동에 사로잡혔다. 하지만 그 대신 마차 차고에서 손도끼를 들고 나와 가냘픈 팔을 휘둘러 토끼집을 마구 두드려 부쉈다. 판자 조각은 사방으로 흩어지고 못은 찌익찌익 소리를 내면서 구부러졌다. 작년 여름 이래로 그 자리에 있던 썩은 토끼밥이 튀어나왔다. 한스는 닥치는 대로 손도끼를 휘둘러 댔다. 마치 그리 해야 토끼나 아우구스트나 그 밖의 어린 시절의 추억에 대한 그리움을 없앨 수 있다고 믿는 것 같았다.

"야! 야! 도대체 뭐하는 거냐?"

아버지가 창가에서 소리쳤다.

"장작 패요!"

한스는 더 이상 대답하지 않고 손도끼를 집어던지며 뒷길로 뛰어나와 냇가를 향해 달려갔다. 양조장 곁에 두 개의 뗏목이 묶여져 있었다. 전에는 종종 뗏목을 타고 몇 시간이고 내를 따라 떠내려간 일이 있었다. 무더운 여름날 오후에 나무 사이로 철썩철썩 물이 튀어 오르는 뗏목을 타고 떠내려가노라면 때로는 통쾌하기도 하고 때로는 졸음에 빠지기도 했다.

그는 한가롭게 흔들리고 있는 뗏목 위로 뛰어올랐다. 그리고 포개어 쌓인 버드나무 위에 누워 상상의 나래를 펴기 시작했다.

'뗏목이 흘러간다. 초원을 지나고, 밭을 지나고, 마을을 지나고, 서늘한 숲 모퉁이를 지나 다리와 들어 올려진 수문 밑을 지나서 천천히 흘러 내려가고 있다. 나는 그 위에 누워 있다. 모든 것이 다시 옛날처럼 되었다. 카프 베르크에서 토끼풀을 뜯고 냇가 가죽공장에서 낚시질을 하던 무렵, 두통도 나지 않고 근심걱정도 없던 때와 같이 되었다.'

피곤에 지친 한스는 저녁때에야 집으로 돌아왔다. 아버지는 내일로 다가온 슈투트가르트로의 수험여행 때문에 무척이나 들떠 있었다. 한스를 보자 가방에 책은 챙겨 넣었느냐, 검정 옷을 준비했느냐, 기차를 타고 가면서 문법책을 읽을 생각은 없느냐, 지금 기분은 어떠냐는 등 몇 번씩이나 되풀이해서 물었다.

한스는 짜증 섞인 목소리로 짤막한 대답을 하고는 저녁밥도 먹는 둥 마는 둥 건성건성 마치고 곧 잠자리 인사를 했다.

"그래, 잘 자거라. 푹 자야 해. 내일 아침 6시에 깨워 주마. 혹 사전은 잊지 않았겠지?"

"네, 사전 같은 것은 잊지 않아요. 안녕히 주무세요."

한스는 자그마한 자기 방에서 불도 켜지 않은 채 오래도록 앉아 있었다. 이 방은 오늘까지 시험 소동이 가져다준 유일한 혜택이었다. 좁지만 자신만의 방, 이 안에만 있으면 자기가 주인이고 누구에게도 방해받지 않았다. 그는 이곳에서 피곤과 졸음, 두통과 싸우면서 밤늦게까지 시저와 크세노폰, 문법과 사전, 그리고 수학문제에 머리를 처박고 지냈던 것이다. 때로는 시험에 합격하여 이름을 떨치겠다는 공명심功名心에 불타 끈기와 집념으로 밀어붙이기도 했고 때로는 절망감에 빠질 때도 있었다. 그래도 그는 이 방에서 시험 때문에 한꺼번에 빼앗긴 어릴 때의 놀이 이상으로 가치가 있다고 여겨지는 시간들을 보냈었다. 그것은 자부심과 도취와 승리감에 넘쳐 마치 꿈인 양 뭐라 말할 수 없는 시간이었다.

그럴 때면 그는 학교나 시험, 그리고 그 밖의 모든 것을 초월해서 보다 더 높은 세계를 꿈꾸고 동경에 잠기는 것이었다. 한스는 자신이 볼이 통통하고 평범한 학교 친구들과는 아주 달라서 장차 뛰어난 사람이 되어 언젠가 한번은, 속세와는 동떨어진 높은 곳에서 그들을 굽어보게 될 것이라는 건방지면서도 행복에 겨운 꿈을 꾸었었다.

지금도 그는 이 작은 방 안에 자유롭고 시원한 공기가 가득 차 있는 듯 숨을 깊이 들이마셨다. 그리고 침대 위에 걸터앉아 꿈과 소원에 대한 상상의 날개를 펴며 몇 시간을 멍하니 보냈다. 얇은 눈꺼풀이 과도한 공부로 인해 까슬까슬해진 큰 눈을 차츰 내리덮었다.

한스는 눈을 한 번 크게 떴으나 눈꺼풀은 이내 다시 눈을 내리덮었다. 창백한 소년의 얼굴이 야윈 어깨 위로 떨어지고 가느다란 양팔이 힘없이 늘어졌다. 그는 옷을 입은 채로 잠들고 말았다. 마치 어머니의 손길 같은 고단한 잠이 불안에 떠는 소년의 심장의 고동을 진정시키고 이마의 가느다란 주름살을 펴 주었다.

일찍이 없던 일이었다. 이른 새벽인데도 불구하고 교장선생이 몸소 정거장까지 나와 준 것이다.

검정색 프록코트를 입은 기벤라트는 설렘과 기쁨과 자랑에 겨워 잠시도 가만히 서 있지를 못했다. 그는 교장선생과 한스의 주위를 돌아다니면서 역장과 역무원들로부터 안전한 여행과 아들의 합격을 기원한다는 인사를 받아넘겼다. 그리고 작고 딱딱한 여행가방을 이 손에서 저 손으로 수도 없이 옮겨 쥐고 있었다. 또한 양산을 팔에 끼는가 하면 무릎 사이에 끼곤 하면서 몇 번씩이나 떨어뜨렸다. 그럴 때마다 가방을 내려놓고 양산을 다시 집어 들었다. 남들은 아마도 그가 왕복 차표를 가지고 슈투트가르트에 가는 것이 아니라 미국에라도 가는 모양이라고 생각했을 것이다. 한스는 겉으로는 침착하게 보였으나 남모르는 불안감이 그의 목을 조르고 있었다.

마침내 기차가 역에 도착하고 사람들이 모두 기차에 올라탔다. 교장선생이 작별의 인사로 손을 흔들어 보였고 아버지는 담배에 불을 붙였다. 기차가 출발하자 아래 골짜기 사이로 시가지와 개울이 감추어졌다. 두 사람에게 있어 이 여행은 즐겁기는커녕 고통이었다.

아버지는 슈투트가르트에 도착하자 갑자기 활기를 되찾았다. 쾌활하고 다정다감하며 모든 일에 능한 사람처럼 변해 있었다. 한스는 아버지에게서 시골 사람이 오랜만에 잠시 도시에 나와 기뻐하는 느낌을 받았다. 그러나 한스 자신은 점점 더 말이 없어지고 한층 더 불안해졌으며, 시가지를 바라보면서 중압감을 느꼈다. 낯선 얼굴들, 뼈기듯이 높게 치솟은 건물들, 아무리 걸어도 끝이 보이지 않을 정도로 길게 뻗어 있는 도로, 말이 끄는 전차, 거리의 소음, 한스는 이 모든 것들에게 압도당하고 두려움을 느꼈다.

한스와 아버지는 큰집에서 묵기로 했다. 그러나 큰집의 낯선 공간, 큰어머니의 호들갑스러운 친절과 수다스런 이야기, 그리고 오랜 시간 그들과 함께 앉아 있어야만 하는 일, 거기에다 용기를 북돋아 주려는 아버지의 끝없는 설교 같은 격려가 한스의 기분을 상하게 했다.

그는 방 한구석에 무료하게 앉아 눈에 익지 않은 주위 환경이나 큰어머니, 큰어머니가 입고 있는 도시풍의 옷차림, 벽에 걸려 있는 커다란 무늬의 양탄자, 탁상시계, 벽에 그려진 그림들, 그리고 창밖으로 펼쳐져 있는 소란스러운 거리의 풍경들을 바라보았다. 그러고 있으려니 자신은 완전히 무기력한 듯했다. 집을 떠난 지 벌써 오랜 시간이 흘러 그동안에 애써 왼 것들을 한꺼번에 다 잊어버린 것 같은 기분도 들었다.

오후가 되자 그는 그리스어의 불변화사를 복습하려고 했다. 그때 큰어머니가 산책을 나가자고 제의했다. 순간 한스의 머릿속에 초원의 푸르름과 숲속의 바람소리 같은 것이 떠올랐다.

한스는 큰어머니의 제안에 선뜻 응했다. 그러나 그는 곧, 이 대도시에서는 산책도 시골에서와는 달리 또 다른 오락의 하나라는 것을 알았다.

아버지는 시내에 방문할 곳이 있었기 때문에 큰어머니와 한스 둘만이 산책을 하기 위해 집을 나섰다. 하지만 벌써 층계에서부터 불행히 시작되고 말았다. 이층에서 뚱뚱한 몸집에 거만해 보이는 부인과 마주쳤는데, 큰어머니가 허리를 굽혀 인사를 하자마자 그 부인은 비상한 말솜씨로 지껄이기 시작했다. 그녀의 수다는 무려 15분이 넘도록 계속되었다.

그동안 한스는 층계 난간에 몸을 기대고 서 있었는데, 그 부인이 끌고 온 강아지가 한스의 냄새를 맡기도 하고 짖어 대기도 했다. 그리고 또 그 뚱뚱한 부인이 코안경 너머로 몇 번이고 한스의 위아래를 훑어보는 것을 보고 그는 부인들이 자신에 대한 이야기를 하고 있다는 것을 깨달았다.

뚱뚱한 부인과 헤어진 후 거리로 나오기가 무섭게 큰어머니는 어느 상점 안으로 들어갔다. 밖에서 한참을 기다려도 큰어머니는 좀처럼 나오지 않았다. 초조하게 서 있는 동안 한스는 통행인들에게 이리저리 밀리기도 하고 거리의 부랑아들에게 놀림을 당하기도 하였다. 상점에서 나온 큰어머니는 한스에게 넓적한 초콜릿 하나를 주었다. 그는 초콜릿을 좋아하지도 않으면서 예의바르게 감사하다는 인사를 하고 받았다.

다음 길모퉁이에서 그들은 말이 끄는 전차에 올라탔다. 그곳서부터 만원이 된 전차는 끊임없이 종소리를 울려 대며 거리를 달렸다. 마침내 가로수가 늘어서 있는 큰길가 공원에 도착했다. 공원에서는 분수가 물을 뿜고 있었고, 울타리를 두른 관상용 화단에는 꽃이 만발해 있었으며, 작은 인공 연못에는 금붕어들이 헤엄치고 있었다.

사람들은 이리저리 오가기도 하고, 짝을 지어 원을 그리듯이 빙빙 돌아다니기도 했다. 가지각색의 우아한 옷차림을 한 사람들, 자전거, 휠체어, 유모차 등이 눈에 띄었고, 소란스러운 목소리도 들려왔다. 큰어머니와 한스는 먼지투성이의 후텁지근한 공기를 들이마셨다.

마침내 그들은 다른 사람들과 함께 벤치에 나란히 자리를 잡았다. 방금 전까지만 해도 큰어머니는 내내 쉬지 않고 이야기를 늘어놓았었다. 이제는 신음하듯 한숨을 내쉬고는 한스에게 상냥한 미소를 보냈다. 그러고는 여기서 초콜릿을 먹으라고 권했다. 그는 먹고 싶지가 않았다.

"아니 왜 안 먹으려는 거니? 그러지 말고 어서 먹어라. 먹으라니까!"

한스는 하는 수 없이 초콜릿을 꺼내어 잠시 은박지를 만지작거리다가 조금 떼어 입에 넣었다. 초콜릿을 좋아하지 않지만, 그렇다고 그것을 큰어머니에게 말할 용기가 없었다.

그가 초콜릿 한 조각을 입에 물고 어떻게든 그것을 삼키려고 애쓰는 사이에 큰어머니는 산책하는 사람들 속에서 아는 사람을 발견했다.

"여기 앉아 있어라. 곧 돌아올게."

한스는 이때다 싶어 한숨을 내쉬면서 초콜릿을 잔디밭에 냅다 던져 버렸다. 그러고는 박자를 맞춰 다리를 흔들면서 사람들을 바라보고 있자니 갑자기 서글픈 생각이 들었다. 불규칙 동사를 외워 보려고 했으나 끔찍하게도 거의 아무것도 생각이 나지 않았다. 그동안 외웠던 것들을 까맣게 잊어버리고 만 것이다. 한스는 너무 놀라 그만 얼굴이 파랗게 질리고 말았다.

'내일이 시험인데!'

이윽고 큰어머니가 시험에 관한 정보를 얻어 가지고 돌아왔다. 올해에는 118명이나 되는 수험생들이 주 시험에 응시하며, 그중 36명만이 합격할 수 있다는 것이었다. 그 말을 들은 한스는 완전히 풀이 죽어 돌아오는 길에는 한 마디도 하지 않았다.

집에 돌아온 한스는 다시 머리가 아프기 시작했다. 너무나 절망스러워 아무것도 먹고 싶지 않았다. 그가 음식을 전혀 먹으려고 하지 않자 아버지는 그를 크게 꾸짖었다. 심지어 큰어머니도 그를 못마땅하게 여겼다.

한스는 밤에 괴로운 잠 속에서 무서운 꿈에 쫓겼다. 그는 117명의 다른 수험생들과 함께 시험장에 앉아 있었다. 시험관은 고향의 마을 목사와 비슷했으며 큰어머니와 비슷한 것도 같았다. 그는 한스 앞에 초콜릿을 잔뜩 쌓아 놓고 먹으라고 했다. 한스가 울면서 초콜릿을 먹는 있는 동안 다른 수험생들은 차례로 일어나서 작은 문으로 나가고 있었다. 모두들 주어진 초콜릿을 다 먹어치웠는데 한스의 눈앞에 놓인 초콜릿더미는 점점 더 불어나서 책상과 의자 위로 넘친 나머지 당장이라도 그를 질식시킬 것만 같았다.

다음날 아침, 한스가 시험에 늦지 않기 위해 시계에서 눈을 떼지 않고 커피를 마시고 있을 때 고향에서는 여러 사람들이 그를 생각하고 있었다.
먼저 구둣방 아저씨 플라이크— 그는 아침 수프를 먹기 전에 하나님께 기도를 올렸다. 그의 가족과 숙련공들, 두 명의 견습공이 식탁에 둘러앉아 있었다. 언제나 하는 아침기도에 오늘은 다음과 같은 문구를 덧붙였다.
"주여! 오늘 시험을 치르는 한스 기벤라트를 보살펴 주소서. 그를 축복하시고 강하게 하소서. 훗날 주의 거룩한 이름을 온 세상에 올바르게 알리는 훌륭한 일꾼이 되게 하소서."
마을의 목사는 따로 한스를 위한 기도는 하지 않았으나 아침밥을 먹으면서 부인에게 다음과 같이 말했다.
"오늘이 한스 기벤라트가 시험 치는 날이야. 두고 보구려, 그 애는 틀림없이 사람들이 주목하는 인물이 될 거야. 그렇게 되면 내가 라틴어를 가르친 게 보람 있는 일이지."
담임선생은 수업을 시작하기 전에 학생들에게 말했다.
"지금 슈투트가르트에서는 주 시험이 시작되고 있을 거다. 우리 모두 한스의 행운을 빌어 주자. 물론 그에게 행운 따윈 필요하지 않겠지만 말이야. 너희 같은 놈들 열 명이 모여도 당해 내지 못할 만큼 한스는 똑똑하니까."

학생들 또한 대부분 이곳에 없는 한스를 생각하고 있었다. 더욱이 한스의 합격과 낙방에 대해서 서로 내기를 걸고 있던 아이들은 더욱 그랬다.

진심에서 우러나오는 기원과 깊은 관심은 쉽사리 먼 거리를 뛰어넘어 멀리까지 영향을 미치는 법이다. 한스에게도 고향에 있는 사람들 모두가 자기를 생각하고 있다는 것이 느껴졌다.

한스는 두근거리는 가슴을 억누르며 아버지를 따라 시험장에 들어섰다. 조교의 지시대로 따르면서도 초조하고 두려웠다. 안색이 창백한 소년들이 들어차 있는 커다란 강당에 서 있는 자신의 모습이 마치 취조실에 갇혀 있는 죄인처럼 느껴졌다.

교수가 들어와서 수험생들에게 조용히 하라고 주의를 환기시켰다. 그러고는 라틴어 문장연습 텍스트를 받아쓰게 했다.

그때서야 한스는 비로소 안도의 한숨을 내쉬었다. 시험문제가 너무 쉬운 나머지 우습게 여겨졌다. 그는 즐겁다고 해도 좋을 기분으로 재빨리 초고를 작성한 다음, 다시 신중하게 깨끗이 정서하였다. 그는 맨 먼저 답안지를 낸 수험생 가운데 한 사람이었다.

시험을 치른 뒤 큰집으로 돌아가던 한스는 그만 길을 잘못 들어 무더운 시내 거리를 두 시간 동안이나 헤매고 다녔다. 그러나 마음이 그다지 산란하지는 않았다. 오히려 큰어머니나 아버지로부터 잠깐이나마 떨어져 혼자 있다는 사실이 기쁘기까지 했다. 또한 길도 잘 모르면서 소음으로 가득한 수도의 거리를 걷고 있으려니까 자신이 마치 두려움을 전혀 모르는 모험가가 된 기분도 들었다.

시내를 온통 헤매고 다니며 길을 묻고 물어서 겨우 집에 들어선 그에게 이내 질문이 퍼부어졌다.

"어떻게 했니?"

"어땠어?"

"시험은 잘 본 거니?"

"쉬웠어요."

그는 뿌듯한 기분으로 대답했다.

"그런 것쯤은 이미 5학년 때 다 번역할 수 있었던 문제였거든요."

그는 배가 몹시 고팠기 때문에 많은 양의 식사를 했다.

오후에는 할 일이 없었으므로 아버지는 여러 친지들과 친구들을 만나는 자리에 한스를 데리고 다녔다. 그중 한 집에서 검정 옷을 입은 내성적인 소년을 만났다. 그도 한스와 마찬가지로 주 시험을 치르려고 괴팅겐에서 온 아이였다.

한스와 그 소년은 서먹서먹했지만 호기심이 가득한 눈으로 서로 마주 보았다.

"라틴어 시험은 어땠어? 쉬웠지! 안 그래?"

한스가 물었다.

"응, 아주 쉬웠어. 그런데 바로 그게 문제야. 쉬운 문제일수록 틀리기 쉽거든. 마음을 놓으니까. 거기에 바로 함정이 있었을 거야."

"정말 그럴까?"

"물론이지! 시험관들이 그렇게 멍청하지는 않을 테니까."

한스는 약간 놀란 기색으로 잠시 생각에 잠겼다가 머뭇거리며 물었다.

"혹시 너 아직 시험문제 가지고 있니?"

소년이 자기 노트를 가지고 왔다. 그들은 한 단어도 빠뜨리지 않고 시험 문제를 살펴 나갔다.

괴팅겐의 소년은 라틴어에 퍽 정통한 것처럼 보였다. 한스가 전혀 들어 보지도 못했던 문법 용어를 두 번이나 사용하는 것이었다.

"내일은 무슨 시험이지?"

괴팅겐의 소년이 물었다.

"그리스어랑 작문."

"그런데 너희 학교에서는 수험생이 몇 명이나 왔니?"

"나 혼자야."

한스가 말했다.

"아, 그래? 우리 괴팅겐에서는 열두 명이 왔어. 그중에 천재가 세 명 있는데, 그들 중 하나가 수석할 거라고 모두들 기대하고 있어. 작년에도 괴팅겐에서 일등이 나왔거든— 만약 떨어지면 넌 김나지움(독일의 전통적인 중등교육기관)에 가니?"

한스는 그런 것에 대해서는 전혀 생각해 본 적이 없었다.

"글쎄…… 모르겠어. 아니, 아마 안 갈 거라고 생각해."

"그래? 난 이번에 떨어져도 어디든 상급학교에 가서 계속 공부하게 될 거야. 떨어지면 어머니가 울름으로 보내 준댔어."

소년의 이야기를 들은 한스는 놀라움을 금치 못했다. 그리고 3명의 천재를 포함한 12명이나 되는 괴팅겐 학생들도 불안의 대상이었다. 자신이 그들을 제치고 합격할 수 있을 것 같지 않았던 것이다.

그는 큰집으로 돌아온 뒤 곧바로 책상에 앉았다. 그러고는 -mi로 끝나는 동사를 다시 한 번 죽 훑어보았다. 라틴어에는 자신이 있기 때문에 전혀 불안하지 않았지만, 그리스어는 그에게 조금 특별한 언어였다. 그는 깊이 빠져들 정도로 그리스어를 좋아하기는 했지만, 그것은 단지 그리스어로 된 글을 읽기 위해서였다. 그중에서도 특히 크세노폰은 무척이나 아름답고 감동적이었으며, 생생하게 씌어져 있었다. 모든 것이 맑고 깨끗하고 힘 있게 울렸으며, 경쾌하고 자유스러운 정신을 가졌고 또한 이해하기도 쉬웠다.

그러나 문법, 또는 독일어를 그리스어로 번역하지 않으면 안 될 경우에는 서로 틀리는 규칙과 형태의 혼동에 빠졌으며, 맨 처음 그리스어 철자도 제대로 읽지 못했던 첫 수업시간 때와 거의 비슷한 공포감을 다시 느끼는 것이었다.

다음날은 예정된 순서대로 그리스어와 독일어 작문 시험을 치렀다. 그리스어 문제는 매우 길었으며 결코 만만치 않았다. 또한 독일어 작문의 주제는 무척이나 까다로웠다. 자칫하면 문제 자체를 이해하지 못하는 경우가 생길 수도 있었다. 10시경부터 시험장은 찌는 듯이 무더워지기 시작했다.

한스는 좋은 펜을 가지고 있지 않았으므로 그리스어 답안지를 정서하면서 종이를 두 장이나 망쳤다. 또 작문 시험 때는 옆에 앉은 뻔뻔한 아이 때문에 몹시 난처하기도 했다. 그는 대담하게도 질문을 쓴 종이쪽지를 한스에게 보내 놓고 옆구리를 찌르며 대답을 재촉하는 것이었다. 옆에 앉은 수험생과 이야기하는 것은 매우 엄격하게 금지되어 있었으며, 만일 이를 어길 때에는 가차 없이 시험장에서 쫓겨나게 되어 있었다. 겁에 질린 한스는 그 종이쪽지에 '날 가만둬.'라고 써서 돌려주고는 그 아이에게 등을 보이고 앉았다.

날씨가 몹시 더웠다. 잠시도 쉬지 않고 같은 보조로 끈질기게 책상 사이를 왔다 갔다 하는 감독 교수도 여러 차례 손수건으로 얼굴을 닦고 있었다. 한스는 견진성사 때의 두꺼운 옷을 입고 있었기 때문에 땀을 흘리고 있었다. 머리가 아파 오기 시작했다.

결국 그는 '합격은 틀렸어.' 하는 심드렁한 기분으로 답안지를 제출하고 말았다.

시험을 마치고 돌아온 한스는 식사 도중 한 마디도 하지 않았다. 마구 퍼부어지는 질문들에 대해 그저 어깨만 으쓱할 뿐 죄를 지은 사람 같은 얼굴 표정을 지었다. 큰어머니는 이런 한스를 위로해 주었으나 아버지는 흥분하며 불편한 심기를 감추지 못했다. 식사가 끝나자 아버지는 아들을 옆방으로 데리고 가서 꼬치꼬치 캐물었다.

"도대체 왜 그러는 거야?"

"시험을 잘 못 봤어요. 떨어질 것 같아요."

한스는 이렇게 대답했다.

"어째서 주의하지 않았니? 정신을 바짝 차렸어야지…… 시원찮은 놈!"

말없이 잠자코 있던 한스는 아버지의 욕설에 흥분되어 얼굴을 붉히며 말했다.

"아버지는 그리스어 같은 건 아예 모르시잖아요!"

2시에 구술시험을 치르러 가는 일이 제일 고역이었다. 구술시험에 대한 두려움이 가장 컸기 때문이다.

뜨겁게 내리쬐는 태양 아래 찌는 듯이 무더운 거리를 걷고 있는 동안 한스는 기분이 몹시 비참했다. 두통과 불안, 그리고 현기증 때문에 눈도 제대로 뜰 수 없을 지경이었다.

한스는 커다란 녹색 탁자에 자리 잡고 앉아 있는 세 명의 시험관들 앞에 마주 앉았다. 그러고는 10분에 걸쳐 몇 개의 라틴어 문장을 번역한 뒤에 그들이 묻는 질문에 대답하였다. 그러고 나서 10분간 또 다른 세 시험관 앞에 앉아서 그리스어를 번역하고 여러 가지 질문을 받았다. 마지막으로 한 시험관이 그리스어의 불규칙 부정과거형 하나를 질문했다. 그러나 한스는 이에 대답하지 못했다.

"가도 좋아요. 저기 오른쪽 문으로!"

문을 나서던 한스는 갑자기 그 부정과거형을 생각해 내고는 그 자리에 멈추어 섰다.

"나가세요!"

시험관이 그에게 소리쳤다.

"밖으로 나가라니까요! 혹시 어디가 불편한가요?"

"아닙니다. 그 과거형을 지금 생각해 냈습니다."

그는 방 안을 향해 그 동사의 변화 형태를 크게 외쳤다.

시험관들 중 한 사람이 웃는 것을 보고 그는 불타는 듯한 머리를 싸안고 그 방을 뛰쳐나왔다. 그런 뒤에 이제까지 오갔던 시험관의 질문과 자기가 한 대답을 생각해 내려고 애썼으나 모두 뒤죽박죽이 되어 버렸다. 다만 커다란 녹색 탁자의 표면과 프록코트를 입은 나이 든 세 명의 엄숙한 시험관들과 펼쳐져 있던 책, 그리고 그 위에 놓여 있던 자기의 떨리던 손, 이런 것들이 되풀이되어 떠오를 뿐이었다.

'맙소사! 난 뭐라고 대답한 걸까?'

한스는 거리로 나와 걷기 시작했다. 길을 걷고 있던 한스는 여기 슈투트가르트에 와서 이미 몇 주일이 지나 집으로 돌아갈 수 없게 된 것 같은 생각이 들었다. 자기 집 정원의 광경과 전나무 숲의 푸른 산, 그리고 냇가의 낚시터 등이 너무나 멀리 떨어져 있고 아주 오랜 옛날에 본 것 같은 느낌이 들었다.

'아! 오늘 중에 집으로 돌아가고 싶다…….'

그의 생각에 이곳에 더 머물러 있을 필요가 없었다. 시험은 모두 헛일이 되어 버린 것 같았다. 그는 우유빵을 하나 샀다. 그리고 아버지에게 변명을 해야 하는 것이 싫었으므로 오후 내내 거리를 헤매었다.

그가 큰집으로 돌아왔을 때는 모두가 그를 걱정하고 있었다. 그가 피곤하고 비참해 보였기 때문에 가족들은 그에게 달걀 수프를 먹여서 침대로 보냈다. 내일은 수학과 종교시험이 있다. 그 시험만 끝나면 집에 돌아갈 수 있다.

다음날 시험은 아주 쉬웠다. 어제 중요한 과목에서 실패하고 오늘 모든 것이 잘된 것은 너무도 심한 아이러니였다.

'어쨌든 좋아. 이제 집으로 돌아갈 일만 남았으니까!'

그는 큰집에 돌아와서 보고하였다.

"시험은 다 끝났어요. 이제 집으로 돌아갈 수 있게 됐어요."

아버지는 오늘 하루 더 있다 가자고 말했다. 모두들 탄슈타트에 가서 그곳 온천공원에서 커피를 마시자는 것이었다.

그러나 한스가 혼자서라도 오늘 집으로 돌아가게 해달라고 간청하여 아버지는 하는 수 없이 허락해 주었다.

역에 도착한 한스는 큰어머니로부터 작별의 입맞춤과 간식을 받았다. 그리고 표를 가지고 기차에 올라탄 그는 피로하여 아무런 생각 없이 기차에 흔들리며 푸른 언덕지대를 지나서 집으로 향했다.

검고 푸른 전나무 산이 나타났을 때, 비로소 소년은 구출된 것 같은 기쁨을 느꼈다. 늙은 하녀와 자기의 작은 방, 교장선생과 정든 교실과 그 밖의 여러 가지 것들과의 재회가 기쁜 마음으로 기다려졌다.

다행스럽게도 기차역에는 호기심 많은 낯익은 얼굴들이 전혀 눈에 띄지 않았다. 한스는 자그마한 가방을 든 채 아는 사람 눈에 띄지 않으려고 서둘러 집으로 걸어갔다.

"슈투트가르트에서는 좋은 시간 보냈니?"

늙은 안나가 물었다.

"좋은 시간이라고요? 시험이 무슨 재미 좋은 일이라도 된다는 거예요? 전 그저 집에 돌아온 것만 좋을 뿐이에요. 아버지는 내일 오세요."

그는 시원한 우유를 한 컵 마시고 창문 밖에 걸려 있는 수영 팬츠를 집어 들고 밖으로 뛰어나갔다. 그러나 모든 사람들의 수영장이 되어 버린 초원으로는 가지 않았다.

그는 시내에서 훨씬 멀리 떨어진 개울로 갔다. 그곳은 높이 솟은 덤불 사이로 수심 깊은 물이 천천히 흐르고 있었다. 그는 옷을 훌훌 벗고 시원한 물속에 손과 발을 조심스럽게 담갔다. 그러고는 몸이 좀 떨렸으나 물속으로 뛰어들었다. 약한 물살을 거슬러 천천히 헤엄을 치고 있으려니 지난 수일간의 땀과 불안이 자기 몸에서 사라지는 것이 느껴졌다. 강물이 그의 가냘픈 몸을 식히며 어루만지는 동안 새로운 의욕으로 충만해진 한스의 영혼은 아름다운 고향을 되찾은 것이다.

그는 힘차게 헤엄쳤다. 그러고는 잠시 휴식을 취한 뒤에 또다시 힘차게 헤엄쳤다. 상쾌하고 서늘한 기운과 기분 좋은 피곤함이 몰려왔다. 그는 하늘을 보고 누운 채 다시 강물을 따라 떠내려가면서 은빛 원을 그리며 떼 지어 날아가는 저녁 파리의 붕붕거리는 소리에 귀를 기울였다. 노을이 지는 하늘을 가로질러 바삐 날아가는 작은 제비 떼도 보았다. 벌써 산 너머로 기운 태양은 하늘을 분홍빛으로 물들이고 있었다. 그가 물속에서 나와 다시 옷을 입고 꿈꾸는 듯한 기분으로 어슬렁어슬렁 집으로 돌아올 무렵 골짜기는 어느덧 땅거미가 짙게 드리워져 있었다.

그는 돌아오는 길에 상인 작크만의 정원을 지나쳤다. 아주 어렸을 때 그 정원에서 서너 명의 아이들과 함께 익지도 않은 풋살구를 몰래 따 먹은 적이 있었다. 그리고 전나무에서 잘라 낸 목재들이 여기저기 뒹굴고 있는 키르히너 목재소 옆을 지났다. 이전에는 그 재목 아래에서 항상 낚싯밥 지렁이를 찾아내곤 했었다.

다시 감독관 게슬러의 작은 저택도 지나쳤다. 2년 전에 한스는 얼음판 위에서 스케이트를 타던 게슬러의 딸 엠마에게 말을 걸고 싶어 애를 태웠었다. 한스와 동갑내기인 엠마는 이 마을 여학생 중에서 가장 예쁘고 우아했다. 그 당시 한스는 엠마와 한 번 이야기를 나누거나 그녀의 손을 잡아 보는 것이 단 하나의 소망이었다. 그러나 그의 수줍음 때문에 그의 바람은 이루어지지 않았다. 그 후 엠마는 기숙학교로 보내졌다. 지금은 그녀의 얼굴도 거의 기억나지 않는다.

그러나 어렸을 때의 이 일이 한스의 머릿속에 순간적으로 떠올랐고, 더욱이 그것은 이제껏 경험한 어떤 것보다도 강한 색채와 이상스럽게도 가슴 떨리게 하는 향기를 품고 있었다.

그 무렵 한스는 저녁이면 나숄트 집안의 리제에게 놀러 갔었다. 리제와 함께 문간의 통로에 앉아서 감자껍질을 벗기며 여러 가지 이야기를 듣기도 했다. 또한 일요일이면 이른 새벽에 일어나 둑 아래로 달음박질을 쳤다. 그러고는 양심의 가책을 느끼며 바지를 걷어 올리고 새우 혹은 물고기를 잡느라 나들이옷을 적시곤 하여 아버지한테 매를 맞곤 했었다.

그 시절에는 기이하고 이상야릇한 일들과 사람들이 많았다. 한스는 이 모든 것들을 오랫동안 완전히 잊고 있었던 것이다!

고개가 굽은 구둣방 아저씨 쉬트로마이어— 사람들은 그가 자기 부인을 독살했다고 믿고 있었다. 그리고 점심을 싼 보따리를 등에 걸머지고 지팡이에 몸을 의지한 채 주의 전역을 싸돌아다니는 엉뚱한 벡크 씨— 예전에는 네 마리의 말과 사두마차를 소유했던 재력가였기 때문에 마을 사람들은 그의 이름에 언제나 '씨'를 붙여 불렀다.

이제 한스는 이 모든 사람들에 관해서는 단지 이름만 기억할 뿐이다. 이 어두컴컴하고 비좁은 골목 세계가 자기와는 아무런 인연도 없었던 것처럼 느껴졌다. 그리고 그것은 그에게 어떤 활기를 준다거나 혹은 경험할 만한 가치가 있는 것도 아니었다.

다음날도 쉬는 날이었다. 한스는 아침 늦게까지 잠자리에 누워 혼자만의 자유로움을 만끽했다.

점심때는 아버지의 마중을 나갔다. 아버지는 슈투트가르트에서 맛본 여러 가지 즐거움이 아직 남아 있는 듯 행복스럽게 보였다.

"한스야, 합격하면 무엇이든 네 요구 한 가지를 들어 주마. 뭘 요구할지 잘 생각해 둬라."

아버지는 유쾌한 어투로 말했다.

"틀렸어요."

한스는 한숨을 내쉬며 말했다.

"떨어질 게 뻔해요."

"이런 바보, 어째서 그런 말을 하니! 아버지 마음이 바뀌기 전에 무엇이든 네가 욕심나는 것이 있으면 말해 두는 게 좋을걸."

"방학이 되면 다시 낚시질하고 싶어요. 해도 좋아요?"

"좋아! 시험에 합격만 한다면—."

일요일인 다음날 아침에는 바람이 거세게 몰아치고 소나기가 내렸다. 한스는 몇 시간이고 자기 방에 틀어박혀서 책을 읽기도 하고 생각에 잠기기도 했다.

그는 다시 한 번 슈투트가르트에서 본 시험성적을 면밀히 따져 보았다. 그러나 몇 번을 거듭 따져 보아도 '훨씬 더 좋은 답안을 만들 수 있었을 텐데.' 하는 결론뿐이었다. 절망적이었다.

'아무래도 합격할 가망이 없어. 아, 이 빌어먹을 두통!'

그는 차츰 불안에 싸이며 가슴이 답답하고 머리가 아파 왔다. 걱정에 시달리던 그는 마침내 아버지에게로 달려갔다.

"저, 아버지!"

"왜 그러니?"

"좀 여쭤 볼 게 있어서요. 그 소원에 관한 건데……, 저 그냥 낚시질 그만둘래요."

"뭐? 그런데 왜 새삼스럽게 지금 그 얘길 하는 거니?"

"왜냐하면…… 저…… 제가 여쭤 보려고 한 건 다름 아니라……."

"뭔데 그러냐? 어서 말해 봐라. 실없는 소리냐, 아니면 좋은 이야기냐?"

"혹시 제가 낙방하게 되면, 그러면 김나지움에 가도 될까 해서요……."

기벤라트는 기가 막혀 할 말을 잊고 말았다.

"뭐? 김나지움?"

그는 펄쩍 뛰며 고함을 질렀다.

"네가 김나지움에 가……? 도대체 어느 놈이 너한테 그런 걸 알려 주더냐?"

"누가 알려 준 게 아니에요. 그냥 저 혼자 생각해 본 거예요."

소년의 얼굴에 숨이 끊어질 때의 괴로운 표정이 나타났다.

"썩 나가거라! 나가!"

아버지는 성난 얼굴로 손을 내저으며 말했다.

"김나지움이라니, 당치도 않다! 넌 내가 상공회의소 고문이라도 되는 줄 아냐?"

아버지의 단호한 거절에 한스는 더 이상 아무 말도 못 하고 절망적인 기분으로 아버지 방에서 나왔다.

"얼빠진 놈!"

아버지는 자식의 뒤통수에 대고 욕을 했다.

"그런 일이 있을 법이나 해! 낙방하면 김나지움에 가겠다고? 바보 같은 놈, 턱도 없지!"

한스는 반시간 동안이나 창턱에 걸터앉아서 깨끗이 닦인 마룻바닥을 보고 있었다. 이제 정말 신학교도 김나지움도 못 가고 학문도 못 하게 되면 어떻게 될 것인가 생각해 보았다. 아마도 견습생으로서 치즈 점포나 사무실에 들어가 그저 평범한 여느 사람의 하나가 되어 일생을 마치게 될 것이다. 그는 그러한 사람들을 경멸하고 있었으며, 어떻게 해서든지 그 사람들보다는 훨씬 뛰어난 사람이 되려고 했었다. 귀엽고 영리한 소년 한스의 얼굴이 분노와 슬픔에 가득 차 일그러지기 시작했다.

그는 분을 못 이겨 창턱에서 벌떡 일어나더니 옆에 놓여 있던 라틴어 시선집을 와락 집어 들어 벽에 힘껏 내동댕이쳤다. 그러고는 문 밖으로 뛰쳐나와 빗속을 달렸다.

월요일 아침, 한스는 학교에 일찍 갔다.

"어떠냐?"

교장선생이 악수를 청하며 물었다.

"어제 올 줄 알았는데…… 시험은 잘 봤니?"

한스는 고개를 수그렸다.

"한스야! 어떻게 되었어? 잘 보지 못했니?"

"그런 것 같습니다."

"그래? 어디, 기다려 보자."

교장선생은 그를 위로해 주었다.

"아마 오늘 오전 중으로 슈투트가르트에서 소식이 올 거야."

그날은 오전 시간이 끔찍스러울 정도로 지루했다. 점심때까지도 아무런 소식이 없었다. 한스는 가슴이 메어 아무것도 먹지 못하였다.

오후 2시에 한스가 교실에 들어가자 담임선생이 먼저 와 있었다.

"한스 기벤라트!"

그는 큰 소리로 한스를 불렀다. 한스가 앞으로 나가자 선생이 손을 내밀었다.

"축하한다, 한스! 넌 이번 주 시험에 이등으로 합격했다."

한순간 교실이 조용해졌다.

그때 문이 열리고 교장선생이 들어왔다.

"한스, 축하한다! 자, 무슨 말이든지 해 보거라."

소년은 너무나 뜻밖이라 어리둥절하였다. 그러나 차츰 기쁨에 벅차기 시작했다.

"오! 왜 아무 말도 하지 않느냐?"

"그것만 대답했더라면 완전 일등이었을 텐데……."

그는 무의식중에 이런 말이 튀어나왔다.

"자, 이젠 집에 가 보도록 해라."

교장선생이 한스의 등을 두드리며 말했다.

"가서 아버지께 알려드려야지. 그리고 학교엔 나오지 않아도 좋다. 어차피 일주일 후면 방학이 시작되니까."

소년은 현기증을 느끼며 거리로 나왔다. 길가에 늘어선 보리수와 햇살 아래 펼쳐져 있는 시장터가 눈에 띄었다. 모든 것이 전과 다름없었으나 그에게는 보다 더 아름답고 뜻 깊게, 그리고 즐겁게 보였다.

그는 합격한 것이다. 더욱이 2등이었다. 맨 처음 합격이라는 소식을 들었을 때의 기쁨의 소용돌이가 가라앉자 그의 마음은 차츰 뜨거운 감사의 정으로 가득 찼다.

이제 마을 목사를 피하지 않아도 된다. 이제 상급학교에 올라가 공부를 계속할 수 있게 되었다. 치즈 가게나 사무실에 들어가게 될 것을 두려워할 필요도 없었다. 그리고 이제는 낚시질도 갈 수 있다.

한스가 집에 들어섰을 때 아버지는 마침 현관문 앞에 서 있었다.

"무슨 소식 들었니?"

아버지의 질문은 간단했다.

"별 거 아녜요. 내일부터 학교에 가지 않아도 돼요."

"뭐라고? 도대체 그게 무슨 소리냐?"

"전 이제 신학교 학생이거든요."

"합격했구나!"

한스는 고개를 끄덕였다.

"좋은 성적이더냐?"

"이등이었어요."

그것은 늙은 아버지도 전혀 기대하지 않았던 성과였다. 아버지는 할 말을 잊은 채 아들의 어깨를 두드리고, 웃고, 머리를 흔들었다. 그러고는 잠시 후 입을 열었으나 여전히 아무 말도 하지 못하고 그저 고개를 저을 뿐이었다.

"장하다!"

비로소 아버지는 외쳤다. 그리고 또 한 번,

"정말 장하다!"

하며 매우 기뻐했다.

한스는 집 안으로 뛰어 들어가 다락방으로 이어진 계단을 올라갔다. 그리고 텅 빈 다락방의 벽장 안을 뒤지기 시작했다. 그는 여러 개의 상자와 실뭉치, 코르크 마개를 있는 대로 다 끄집어냈다. 그것은 그의 낚시도구였다. 다음은 무엇보다도 좋은 나뭇가지를 잘라다 낚싯대를 다듬어야 했다.

그는 아버지한테로 갔다.

"아버지, 주머니칼 좀 빌려 주세요."

"무엇에 쓰려고?"

"나뭇가지를 잘라 낚싯대를 만들려고요. 고기 낚을······."

아버지는 호주머니에 손을 넣었다.

"자!"

아버지는 얼굴에 미소를 띠며 큰 소리로 말했다.

"2마르크다. 이제 너도 네 칼을 사는 게 좋겠다. 그러나 한프리트한테 가서 사지 말고 건너편 대장간으로 가거라."

한스는 즉시 대장간으로 달려갔다. 대장간 아저씨는 한스에게 시험에 대해서 묻고, 기쁜 소식을 듣고는 특별히 좋은 칼을 내주었다.

브뤼엘 다리 아래에는 강을 따라 아름답고 미끈한 오리나무와 개암나무가 우거져 있었다. 한스는 그곳에서 오랫동안 찬찬히 고른 끝에 세차고 탄력이 좋은 가지를 잘라 급히 집으로 돌아왔다.

그는 발갛게 상기된 얼굴로 눈을 반짝이며 낚시 갈 준비를 하기 시작했다. 이것저것 준비하는 것도 낚시질 못지않은 즐거운 일이었다.

그는 어두워질 때까지 그 일에 열중해 있었다. 하얀색, 갈색, 녹색의 실을 따로따로 골라내고, 정성스럽게 그것을 잇고, 얽히고 헝클어진 것을 풀었다. 그리고 각기 크기와 모양이 다른 코르크와 찌를 검사하고, 새로 깎기도 했다. 또 저마다 다른 무게의 조그만 납덩이를 틈새를 갖춘 둥근 형태로 만들어 그 틈에 낚싯줄을 끼워 넣기도 했다. 그 다음에는 낚싯바늘―그것은 저장해 둔 것이 아직까지 조금 남아 있었다. 그것을 나누어 일부는 네 겹의 검정 바느질실과 현악기 줄에, 나머지는 잘 꼰 말총에 단단히 야무지게 잡아맸다.

그 일은 밤늦게야 완전히 끝났다. 한스는 이제 7주 동안의 긴 방학이 지루하지 않을까 걱정할 필요가 없다. 낚싯대만 있으면 얼마든지 아침부터 저녁때까지 냇가에 혼자 앉아 하루를 보낼 수 있는 것이다.

아름답고 자유로운 여름방학

여름방학은 이래야 한다! 산 위에는 용담(과남풀)처럼 푸른 하늘이 펼쳐지고, 햇볕이 내리쬐는 무더운 날씨가 몇 주일이나 계속되었다. 이따금 장대 같은 소나기가 잠깐씩 내릴 뿐이었다.

냇물은 사암과 전나무 숲 그늘과 좁은 골짜기 사이를 흘렀다. 그러나 따스했으므로 저녁 늦게까지도 물에 들어갈 수가 있었다. 작은 시내 주변에는 마른풀과 베어 놓은 풀냄새가 감돌았다.

좁고 긴 보리밭은 누렇게 금갈색으로 변해 있었고, 냇가 여기저기에는 하얀 꽃을 피운 풀이 어른의 키만큼이나 높다랗게 우거져 있었다. 삿갓 모양으로 생긴 그 꽃에는 언제나 조그마한 곤충이 담뿍 붙어 있었다. 사람들은 그 풀의 속이 빈 마디를 잘라 내어 크고 작은 피리를 만들기도 했다.

수풀가에는 털이 있고 노랑꽃이 피는 현삼이 보기 좋게 열을 지어 늘어서 있었다.

또한 부처꽃과 철쭉꽃이 가늘고 억센 줄기 위에서 흔들리면서 골짜기 비탈을 온통 자홍색으로 물들이고 있었다. 전나무 아래에는 빨간 디기탈리스가 품위 있고 아름다우면서도 이국적인 자태를 자랑하며 피어 있었다. 그 꽃은 은빛의 털을 지닌 넓적한 근생엽根生葉(뿌리나 땅속줄기에서 돋아 땅 위로 나온 잎)과 튼튼한 줄기, 긴 줄기 위에 높다랗게 늘어선 예쁜 분홍빛의 꽃 받침을 가지고 있었다. 그 옆으로는 파리버섯, 우산버섯, 싸리버섯 등 갖가지 종류의 버섯이 자라고 있었다. 그리고 숲과 풀밭 사이의 잡초가 우거진 경계에는 금작화가 진황색으로 반짝이고 있었고, 연자색의 석남화가 무리지어 있었다. 또한 재벌 풀베기가 눈앞에 닥친 풀밭에는 황새냉이, 동자꽃, 샐비어, 체꽃 등이 다채롭게 우거져 있었다.

활엽수림 속에서는 방울새가 쉬지 않고 지저귀고, 전나무 숲에서는 밤색 다람쥐가 나뭇가지 사이를 뛰어다니며 놀고 있었다. 길바닥과 담 주위, 메마른 고랑에는 초록색 도마뱀들이 따뜻한 것이 기분 좋은 듯 편히 숨을 쉬면서 눈을 껌벅이고 있었다. 그칠 줄 모르는 매미의 울음소리도 풀밭 너머 아주 멀리까지 울려 퍼졌다.

이맘때면 마을은 영락없이 시골 분위기이다. 마른풀을 실은 마차와 그 풀내음, 낫을 가는 소리가 거리와 하늘을 가득 메운다. 만일 두 채의 공장 건물이 눈에 띄지 않는다면 자신이 어느 농촌에 있는 것 같을 것이다.

방학 첫날, 한스는 안나 할멈이 일어나기도 전에 벌써 부엌에 나와 조급한 마음으로 커피가 끓기를 기다렸다. 그는 안나 할멈의 불 지피는 일을 도와준 뒤에 신선한 우유로 식힌 커피를 재빨리 마시고는 빵을 호주머니에 집어넣고 밖으로 뛰어나갔다.

한스는 철둑길에 멈춰 섰다. 그리고 바지 주머니 속에서 둥근 양철 깡통을 끄집어내어 부지런히 메뚜기를 잡기 시작했다.

기차가 지나갔다. 그곳은 선로가 급경사를 이루고 있었으므로 기차는 아주 천천히 연기를 한가로이 길게 내뿜으며 달리고 있었다. 모두 열어젖혀진 창 안쪽의 기차 칸에 승객은 별로 보이지 않았다. 한스는 하얀 연기가 소용돌이치다가 곧 이른 아침의 맑게 갠 하늘로 사라지는 것을 지켜보았다. 이 모든 풍경이 정말 얼마나 오랜만인가!

그는 숨을 크게 들이마셨다가 내뱉었다. 마치 잃어버렸던 아름다운 시간을 아무런 거리낌이나 불안도 없이 지금 갑절로 되찾고자 하는 것 같았다.

메뚜기를 담은 깡통과 새 낚싯대를 들고 다리를 건너 야채밭을 지나가는 동안 한스의 가슴은 알지 못할 환희와 낚시질의 기대감으로 가슴이 두근거렸다. 그는 말을 씻기는 곳으로 갔다. 수심이 가장 깊은 곳이며, 버드나무로 가려져서 그 어디보다도 방해받지 않고 편하게 낚시질을 할 수 있는 곳이었다.

그는 실을 풀어 자그마한 납덩이를 달아매고 살찐 메뚜기를 낚싯바늘 끝에 푹 꽂았다. 그러고는 낚싯대를 냇물의 한복판으로 힘차게 던졌다.

오랫동안 잘 익혀 온 놀이가 다시 시작되었다. 이내 작은 붕어들이 낚싯밥 주위에 몰려들었다. 낚싯밥은 곧 먹혀 버렸다. 두 번째 메뚜기가 꿰졌다. 그리고 또 하나, 계속해서 네 번째, 다섯 번째의 낚싯밥이 정성들여 차례로 낚시 끝에 꿰졌다.

마침내 그는 또 하나의 납덩이를 실에 달아서 무겁게 했다. 잠시 후 제법 큰 물고기가 낚싯밥을 건드렸다. 그 물고기는 낚싯밥을 살짝 끌어당겼다가 놓더니 다시 한 번 건드려 보고는 덥석 물었다.

노련한 낚시꾼은 실과 낚싯대를 통하여 손끝에 전해지는 미세한 움직임을 느낄 수 있는 법이다. 한스는 재빨리 나꿔챈 뒤 조심조심 끌어당기기 시작했다. 물고기가 낚싯밥을 문 채 물 밖으로 끌려 나왔다. 쥐노래미였다.

담황색으로 빛나는 넓적한 몸뚱이와 세모진 머리, 그리고 유별나게 아름다운 살빛 지느러미로 보아 쥐노래미가 틀림없었다. 무게가 얼마나 될까?

그러나 그것을 어림하기도 전에 그 물고기는 필사적으로 몸뚱이를 뒤틀기 시작했다. 그리고는 물 위에서 버둥거리다 결국 낚싯바늘에서 떨어져 재빨리 도망쳐 버렸다. 한스는 그 물고기가 물속에서 서너 번 돈 뒤에 은빛 번개처럼 물속 깊이 사라지는 모습을 그저 물끄러미 바라볼 뿐이었다. 물고기가 낚싯밥을 꽉 물지 않았던가 보다.

낚시꾼은 완전히 흥분되어 정신을 집중했다. 그의 시선은 물에 닿아 있는 가느다란 갈색의 낚싯줄에 날카롭게 쏠렸다. 볼은 빨갛게 달아올랐고 몸놀림은 민첩하고 정확했다. 두 번째 쥐노래미가 낚싯밥을 물더니 이내 놓아 버렸다. 드디어 낚아 올린 것은 유감스럽게도 자그마한 잉어였다. 그리고 잇따라 모래무지 세 마리를 낚았다. 이 물고기는 아버지가 좋아했기 때문에 특히 한스를 즐겁게 하였다. 거의 손바닥만 한 이 물고기는 작은 비늘에 기름진 몸뚱이를 하고 있었다. 두툼한 머리에는 우스꽝스럽 생긴 하얀 수염이 있으며 조그만 눈과 가늘고 긴 몸통을 가졌다. 빛깔은 녹색과 갈색의 중간색으로 땅에 올려놓으니 갈색이 되었다.

그 사이에 해는 높이 솟아올라 있었다. 둑에 부딪친 물거품이 하얗게 빛나고, 따뜻한 산들바람이 수면을 일렁이게 하고 있었다. 그리고 손바닥 크기만 한 눈부신 구름 조각이 두서넛 둥실둥실 떠 있었다.

날이 무더워졌다. 푸른 하늘에 가만히 떠 있는, 빛을 담뿍 머금고 있는 조용하고 자그만 구름조각만큼이나 맑게 갠 여름날의 따가움을 잘 나타내 주는 것은 없다. 그런 구름이 없다면 사람들은 종종 날씨가 얼마만큼 더운

지 의식하지 못할 수도 있다. 푸른 하늘이나 반짝이는 수면에서가 아니라 새하얀 한낮의 구름을 보면 사람들은 문득 태양의 찌는 듯한 뜨거움을 느낀다. 그래서 그늘을 찾아 두리번거리다가 땀이 흘러내린 이마를 손으로 가리는 것이다.

한스는 차츰 낚시질에 흥미를 잃어 갔다. 약간 피곤함을 느꼈다. 그리고 어차피 한낮이 되면 물고기는 거의 낚이지 않는다.

물고기 중에서는 은빛 쥐노래미가 제일 나이를 먹었는데, 큰 놈도 한낮에는 햇볕을 쬐기 위해 수면으로 올라온다. 그놈들은 열을 지어 거무스레한 빛깔을 띤 채 수면에 닿을락 말락 얕게 떠서 강을 거슬러 헤엄쳐 간다. 그러다가도 때때로 깜짝 놀란 듯이 방향을 바꾸기도 한다. 그것들도 이 시각에는 낚싯밥을 전혀 건드리지 않는다.

한스는 낚싯대를 버드나무 가지 너머로 물속에 드리워 놓았다. 그러고는 땅바닥에 주저앉아 녹색의 푸른 내를 바라보았다. 물고기들이 검은 등을 보이며 서서히 위로 올라오는 것이 보였다. 따뜻함에 끌려서 정연하게 천천히 헤엄쳐 나가는 조용한 고기 떼, 물이 따뜻해서 기분이 좋은 것임에 틀림없었다. 한스는 운동화를 벗고 미지근한 물속에 발을 담갔다.

그는 자신이 낚은 물고기를 살펴보았다. 그것들은 커다란 주전자 안에 가만히 떠 있다가 이따금 가볍게 파닥거릴 뿐이었다.

얼마나 아름다운가— 물고기들이 움직일 때마다 흰색, 갈색, 녹색, 은빛, 윤이 나지 않는 황금빛, 청색, 그리고 그 외의 여러 색깔들이 비늘과 지느러미에서 반짝였다.

주위는 적막했다. 다리를 건너가는 차 소리나 물레방아가 덜그럭거리는 소리도 여기서는 아주 희미하게 들릴 뿐이었다. 단지 하얀 거품이 이는 둑에서 끊임없이 흘러내리는 낮은 물소리와 뗏목의 말뚝을 스쳐 도는 물살의 나지막한 소리만이 평화롭고 서늘하게 자장가처럼 울려왔다.

그리스어와 라틴어도, 문법과 문체론도, 수학과 암기도, 그리고 오랫동안 안정을 잃고 쫓기듯 살아온 일 년 동안의 고통스럽던 불안, 그 모든 것들이 졸음에 잠긴 따스한 한나절 속으로 조용히 잠겨 버렸다.

한스는 머리가 아팠으나 여느 때처럼 그렇게 심하지는 않았다. 이제 다시 예전처럼 냇가에 앉아 둑에서 하얀 물거품이 물보라가 되어 흩날리는 것을 지켜보던 한스는 눈을 가늘게 뜨며 낚싯줄 쪽으로 시선을 옮겼다. 옆에 있는 주전자 안에서는 낚아 올린 물고기들이 헤엄치고 있었다. 뭐라고 형언할 수 없는 기분이었다.

이따금 한스의 머릿속에 주 시험에 합격하였다, 그리고 2등이었다 하는 생각이 느닷없이 떠오르곤 하였다. 그때마다 한스는 맨발로 물장구를 치며 두 손을 바지 주머니에 집어넣고 휘파람을 불었다.

사실 그는 휘파람을 잘 불지 못했다. 그래서 학교 친구들로부터 꽤 놀림을 받았었다. 고작해야 입술을 오므리고 나지막한 소리를 낼 정도였으나 다른 사람에게 들려주는 것이 아니었으므로 그것으로 충분했다. 더욱이 지금은 아무도 듣는 사람이 없지 않은가.

다른 아이들은 지금 교실에 앉아서 지리 수업을 받고 있을 것이다. 자기 혼자만 시냇가에 앉아 한가로이 즐기고 있는 것이다. 자기는 모든 아이들을 앞질렀고, 지금 다른 아이들은 모두 자기 발 아래에 있다.

그는 아우구스트 외에는 친구도 없었고, 아이들의 싸움이나 장난에는 별로 흥미를 느끼지 못했다. 그래서 다른 아이들에게 무척이나 놀림을 받았었다.

'이제 네놈들은 내 뒷모습이나 멍하니 쳐다볼 테지. 야, 이 얼간이 같은 놈들아!'

이 순간, 한스는 그들을 한껏 경멸하고 입을 비쭉거리느라 잠시 휘파람을 중단했다. 그리고 나서 낚싯줄을 걷어 올리던 그는 웃음을 터뜨리고 말았다. 낚싯바늘에 꿰어 놓은 미끼가 감쪽같이 없어져 버렸던 것이다. 깡통에 남아 있던 파란 메뚜기들을 놓아주자 메뚜기들은 비틀비틀하면서 얕은 풀 속으로 기어 들어갔다.

옆에 있는 가죽공장에서는 이미 점심시간의 휴식을 즐기고 있었다. 그도 점심을 먹으러 돌아갈 시간이었다.

한스는 점심을 먹는 동안 거의 말을 하지 않았다.

"얼마나 잡았니?"

아버지가 물었다.

"다섯 마리요."

"오 그래? 어미 고기는 잡지 않도록 주의해라. 그렇지 않으면 나중엔 어린 고기들을 구경도 하지 못하게 될 테니까."

이야기는 더 이상 계속되지 않았다.

날씨가 무척이나 무더웠다. 식사 후에 바로 목욕을 하지 못한다는 것은 정말 유감스러운 일이다. 도대체 그것이 왜 몸에 해롭다는 것인가! 나쁠 것이 뭐 있단 말인가!

사실 그는 금지된 일임에도 불구하고 식사 후에 바로 수영하러 간 일이 여러 번 있었다. 그러나 이제는 결코 그런 짓을 하지 않을 것이다. 자기는 이미 그런 미성숙한 짓을 할 아이가 아닌 것이다. 더욱이 구두시험 때 시험관들은 자기에게 '씨'라는 호칭을 붙이지 않았던가!

한 시간가량 정원의 전나무 아래 누워 있는 것도 나쁘지 않았다. 쉴 만한 그늘은 충분했다. 책도 읽고 나비를 바라보기도 했다. 이렇게 그곳에서 2시까지 뒹굴었다. 조금만 더 있었더라면 잠들어 버릴 뻔했다.

"자, 이제 수영하러 가자!"

수영장이 있는 풀밭에는 어린 꼬마들만 서너 명 있을 뿐이었다. 큰 아이들은 모두 학교 교실에 있을 것이라고 생각하자 한스는 그것이 매우 유쾌했다. 그는 천천히 옷을 벗고 물속으로 들어갔다.

그는 더운 것과 찬 것을 골고루 즐길 줄을 알고 있었다. 잠시 헤엄 치고는 물속으로 잠수하기도 하고, 철썩철썩 물을 치기도 하였다. 그러고는 강가에 배를 깔고 엎드렸다. 빠르게 말라 가는 피부에 햇빛이 따갑게 내리쬐었다.

꼬마 녀석들이 존경 어린 표정으로 슬그머니 그의 곁으로 다가왔다. 그렇다. 그는 유명 인물이 된 것이다. 실제로 그는 여느 아이들과는 전혀 다른 모습을 하고 있었다. 햇볕에 그을린 가느다란 목덜미 위로 고운 머리가 자연스러우면서도 우아하게 얹혀 있었다. 그리고 영혼이 충만한 듯한 얼굴은 지적이었고 남을 압도하는 듯한 눈망울을 가지고 있었다. 그러나 다른 부분은 몹시 야위어 있었다. 팔다리는 가늘고 연약해 보였으며, 가슴과 등은 갈빗대를 셀 수 있을 정도였다. 장딴지에도 거의 살이 붙어 있지 않았고 넓적다리는 거의 없는 것이나 마찬가지였다.

오후 내내 한스는 햇볕과 물 사이를 오가며 시간을 보냈다. 4시가 지나서 학교 친구들 대부분들이 떠들면서 급히 그에게로 달려왔다.

"야, 기벤라트! 넌 참 좋겠다!"

한스는 느긋하게 몸을 쭉 폈다.

"응, 나쁘지 않아."

"신학교는 언제 가는 거니?"

"9월에. 지금은 방학이야."

한스는 학교 친구들이 부러워하는 것을 은근히 즐기고 있었다. 뒤에서 비아냥거리는 소리가 크게 들리고 누군가가 다음과 같은 구절을 읊었을 때에도 그는 전혀 아무렇지도 않았다.

슐체 집안의 리자벨처럼
그렇게 될 수만 있다면!
그 애는 대낮에도 침대에 누워 있는데
나는 그렇지 못하다네!

한스는 그냥 웃어 넘겼다. 그 사이에 소년들은 옷을 벗기 시작했다. 한 아이만이 단숨에 물속으로 뛰어들고, 다른 아이들은 먼저 조심스럽게 물을 끼얹어 몸을 식혔다. 헤엄치기 전에 잠시 풀밭에 눕는 아이도 있었다.

멋진 잠수를 선보인 아이가 찬사를 받았다. 가만히 서 있다 물속으로 떠밀린 겁 많은 아이는 '사람 살려!' 하고 외쳐 댔다. 아이들은 서로 뒤쫓기도 하고 달리기도 하고 헤엄을 치기도 했다. 그리고 풀밭에 누워 일광욕을 즐기고 있는 아이에게 물을 끼얹기도 하며 놀았다. 주위는 물을 첨벙거리는 소리와 고함치는 소리로 몹시 소란스러웠다. 냇가의 풀밭은 온통 물에 젖은 허연 빛깔의 몸매들로 빛나고 있었다.

한 시간 뒤에 한스는 그 자리를 떠났다. 따스한 석양 무렵이면 물고기들이 다시 입질을 시작하는 것이다.

저녁때까지 그는 다리 위에서 낚시질을 했다. 그러나 고기는 한 마리도 잡지 못했다. 고기들이 몰려들기는 했으나 매번 미끼만 먹어치울 뿐이었다. 낚싯바늘에 매단 버찌가 너무 크거나 물렁한 모양이었다. 그는 나중에 다시 한 번 시도해 보기로 마음먹었다.

저녁때 집으로 돌아온 한스는 식탁에서 많은 친지들이 축하하러 왔었다는 이야기를 전해 들었다. 그리고 오늘 발행된 주간지를 받아 들었다. 거기에는 '공보公報'라는 제목 아래 다음과 같은 기사가 실려 있었다.

올해 우리 마을에서는 주에서 치르는 초급 신학교의 입학시험에 단 한 명의 후보자 한스 기벤라트를 보냈었다. 그런데 방금 그가 2등으로 합격했다는 기쁜 소식을 받았다.

그는 기사를 접어서 호주머니에 넣고 아무 말도 하지 않았다. 그러나 가슴은 자부심과 기쁨으로 터질 지경이었다.

잠시 후 그는 또다시 낚시하러 갔다. 이번에는 치즈를 미끼로 가지고 갔다. 치즈는 물고기들이 좋아하는 먹이일 뿐만 아니라 어두운 데서도 눈에 잘 띄었다.

낚싯대는 집에 놓아두고 아주 간단한 손낚시를 가지고 나섰다. 손낚시는 그가 가장 즐기는 낚시질이었다. 낚싯바늘을 매단 실만 손에 쥐고 있으면 되기 때문에 낚싯대나 낚시찌가 필요 없었다. 이것은 낚싯대를 이용하는 낚시보다 조금 힘은 들었으나 훨씬 재미있다. 물고기가 미끼를 슬쩍 건드리거나 덥석 무는 기미를 금세 알아차릴 수 있고, 낚싯줄을 잡은 손이 아래로 당겨지면 바로 물고기를 들어 올리면 되는 것이다. 물론 이러한 낚시질에는 숙련이 필요하다. 낚시꾼의 손가락은 기민해야 하고 마치 탐정처럼 주위의 동정에 주의를 기울이고 있어야만 한다.

움푹 팬 좁다란 골짜기에는 황혼이 일찍 찾아들었다. 다리 아래 물은 검고 조용했으며 아래쪽 방앗간에는 벌써 불이 켜져 있었다. 사람들이 떠들고 노래하는 소리가 다리와 길 위로 울려 퍼졌다.

밤공기는 약간 후텁지근했다. 냇물에서는 검게 보이는 물고기가 끊임없이 물 밖으로 뛰어올랐다. 이런 밤에는 이상스럽게도 고기들이 흥분하여 지그재그로 쉿쉿 달리기도 하고 물 밖으로 뛰어오르기도 하고 낚싯줄에도 부딪치고 정신없이 낚싯밥에 달려들기도 했다.

한스가 치즈 조각을 다 없앴을 때에는 자그마한 잉어 4마리가 낚여 있었다. 그는 내일 이것들을 마을 목사에게 가져다 줘야겠다고 마음먹었다.

따뜻한 바람이 골짜기 아래로 불어 왔다. 주위는 어둑했지만 하늘은 아직 밝은 기운이 남아 있었다. 저물어 가는 마을에서는 교회의 탑과 성城 지붕의 시커먼 윤곽만이 하늘을 향해 뾰족하게 솟아 있었다. 멀리서 폭풍우가 몰려오고 있는가 보았다. 이따금 아득하게 천둥소리가 들려왔다.

한스는 10시에 잠자리에 들었다. 머리와 팔다리가 적당히 나른하고 피곤하여 졸음이 왔다. 참으로 오랜만에 맛보는 느낌이었다.

아름답고 자유로운 여름날— 한가로이 멱을 감고 고기를 낚고 몽상하면서 지내는 나날이 위로와 유혹의 날개를 펴고 그를 기다리고 있었다. 오직 하나, 일등을 못 한 것이 분하고 안타까웠다.

아침 일찍 한스는 목사관 문 앞에 서 있었다. 그의 손에는 어제 낚은 물고기가 들려 있었다. 마을 목사가 서재에서 나왔다.

"오오, 한스 기벤라트! 잘 있었니? 축하한다, 진심으로 축하해. 네가 들고 있는 것은 뭐냐?"

"물고기예요. 몇 마리 되지 않지만, 어제 제가 손낚시로 잡은 거예요."

"원, 이런! 고맙구나. 자, 들어오너라."

한스는 목사의 서재로 들어갔다. 그곳은 여느 목사의 방과는 달랐다. 꽃 냄새도 담배냄새도 나지 않았다.

마을 목사가 소장하고 있는 책들은 거의 전부가 금박을 입혀 말끔하게 겉표지를 단 신간이었다. 여느 목사의 서재에서 볼 수 있는, 색이 바래고 좀먹은 구멍투성이의 곰팡이가 난 그런 책들이 아니었다.

서재를 잘 살펴보면, 가지런히 정돈된 장서의 제목에서 새로운 정신—사멸해 가는 시대의 존경할 만한 고전적인 인물들이 보여 주는 것과는 다른 정신—을 읽을 수가 있었다. 여느 목사의 서가에 꽂혀 있을 만한 훌륭한 장서들—이를 테면 벵겔Bengel이나 외팅거Oetinger, 또는 뫼리케mörike의 《투름하안》에서 아름답게 그려진 경건한 가인들의 글들이 여기에는 전혀 꽂혀 있지 않았다. 어쩌면 현대적인 작품들 속에 파묻혀 있는지도 모르지만. 잡지철이나 테이블, 그리고 종이가 흩어져 있는 큰 책상 등 모든 것이 학자답고 엄숙하게 보였다.

마을 목사가 여기에서 열심히 공부하고 있다는 인상을 주었다. 물론 설교나 문답 교시나 성서 강의 등을 위해서보다는 학술잡지를 위한 연구나 논문, 또는 자기의 저술에 필요한 사전 연구를 위해서였다. 몽상적인 신비주의나 예감에 가득 찬 명상도 여기에서는 다루지 않았다. 과학의 심연을 넘어서 사랑과 동정을 가지고 메마른 민중의 마음을 향해 다가가는 순박한 심정의 신학도 물론 없었다. 그 대신 성서에 대한 날카로운 비판이 열심히 행해졌다. 그리하여 '역사적인 예수' 찾기가 추구되었다.

신학도 다른 영역과 다를 바가 없다. 예술이라 해도 좋을 신학도 있으며, 일면 과학인 신학도 있으며, 적어도 그러기 위해 노력하는 신학도 있다. 그것은 옛날이나 지금이나 마찬가지였다. 과학적인 사람들은 오래된 포도주를 언제나 새로운 술 포대에 담는다. 새로운 술 포대에 담기 때문에 전통적인 가치를 잊어버리는 것이다. 반면에 예술적인 사람들은 가지가지 피상적인 오류를 거리낌 없이 고수하면서 많은 사람들에게 위안과 기쁨을 주었던 것이다.

이것이 예로부터의 비평과 창조, 학문과 예술 양자 간의 오래된 승부 없는 싸움이었다. 이 싸움은 언제나 전자가 정당했으나 그것은 아무에게도 소용이 없었다. 그러나 후자는 언제나 믿음과 사랑, 위로와 아름다움, 그리고 연원에 대한 예감의 씨앗을 뿌리고 풍요로운 토양을 새로이 발견해 왔다. 그것은 삶이 죽음보다 강하고 믿음이 의심보다 강하기 때문이었다.

한스는 강단과 창문 사이에 놓여 있는 자그마한 가죽 소파에 처음 앉아 보았다. 마을 목사는 매우 친절하였다. 그는 마치 절친한 친구에게처럼 신학교에서의 생활이라든지 공부에 대해 여러 가지를 이야기해 주었다.

"네가 신학교에서 맨 처음에 겪게 될 새로운 것 중에서 제일 중요한 것은……."

한스는 목사의 말에 귀를 기울였다.

"그리스어로 된 신약성서를 읽는 거야. 그것에 의해서 네 앞에 새로운 세계가 열릴 테니까. 열심히 공부하는 만큼이나 기쁨도 크단다. 처음엔 아주 힘들 거야. 그것은 우아한 그리스어가 아니라 새로운 정신으로 만들어진 특수한 어법이거든."

한스는 긴장하며 듣고 있었으나 자신이 진정한 학문에 한 발짝 다가선 듯한 자랑스러운 느낌이 들었다.

"그런데 이 새로운 세계에서 틀에 박힌 교육을 받기 때문에…… 물론 그 새로운 세계의 매력도 얼마가 지나면 조금은 상실되겠지만."

하며 목사는 말을 이었다.

"다음으로는 히브리어에 전력을 경주하지 않으면 안 될 거야. 그것도 처음에는 시간을 아주 많이 잡아먹게 될 거다. 너 혹시 지금 방학 중에 그리스어를 시작해 볼 마음은 없니? 그러면 신학교에 가서 다른 일을 할 수 있는 시간과 의욕이 좀 더 생길 테니까 말이다. 누가복음 두세 장을 함께 읽어 가다 보면 아주 쉽게 배울 수 있을 거야. 사전은 내가 빌려 주지. 하루에 한 시간, 길어야 두 시간가량 조금씩만 해 보는 거야. 물론 그 이상은 안 돼. 넌 지금 무엇보다도 충분한 휴식이 필요하니까. 하지만 이것은 어디까지나 제안일 뿐이다. 난 네 즐거운 휴가 기분을 망치고 싶지 않거든."

한스는 마을 목사의 제안에 동의하였다. 방학 중의 누가복음 공부는 그의 자유의 창공에 나타난 한 조각 구름처럼 생각되었으나, 목사의 제안을 거절하기가 왠지 부끄러웠다. 그리고 방학이나 휴가 중에 틈틈이 새로운 언어를 배운다는 것은 힘든 일이라기보다는 오히려 즐거운 일이었다. 그렇지 않아도 그는 신학교에서 배우게 될 많은 새로운 것에 대해서, 특히 히브리어에 대해서 은근히 겁을 먹고 있던 터였다.

그는 흡족한 기분으로 목사관을 물러나왔다. 그리고는 낙엽송이 늘어선 길을 따라 숲 속으로 들어갔다. 사소한 불만은 이미 사라지고 없었다. 마을 목사의 제안에 동의하기를 정말 잘했다는 생각이 더욱더 굳어져 갔다. 신학교에서도 다른 친구들보다 앞서려면 야망과 인내심을 갖고 공부에 힘쓰지 않으면 안 되기 때문이었다. 그는 기필코 친구들보다 출중하게 되겠다고 마음먹었다.

'그런데 무엇 때문에 그래야 하지?'

그것은 한스 자신도 알 수 없었다.

3년 전부터 그는 마을 전체의 주목의 대상이 되었다. 선생들과 마을 목사, 아버지, 특히 교장선생까지 그를 격려의 채찍질로 숨 가쁘게 몰아세우며 공부를 시켰었다. 그리고 그는 매년 타의 추종을 불허하는 최우등생이었다. 차츰 그는 자기에게서 수석자리를 빼앗고 어깨를 겨루는 자를 허용하지 않는다는 것을 자랑으로 삼기에 이르렀다. 지금의 그에게 있어 주 시험 때문에 걱정하던 일은 이미 과거지사가 되어 있었다.

휴식을 갖는다는 것이 더할 나위 없이 즐거운 일인 것만은 사실이다. 산책하는 사람이 아무도 없는 아침의 숲은 유난히 더 아름다웠다. 전나무가 기둥처럼 줄지어 서서 끝없이 펼쳐진 넓은 숲에 청록색의 둥근 지붕을 이루고 있었다.

잡초들은 별로 없었다. 단지 여기저기 산딸기 덤불만이 무성했고, 수십 킬로미터에 걸쳐 솜털처럼 부드러운 이끼로 뒤덮인 지대에는 키 작은 산앵두나무와 석남화 풀이 자라고 있었다.

이슬은 이미 말라 버렸다. 곧게 뻗은 나무줄기 사이로 아침 숲의 독특한 냄새가 감돌고 있었다. 태양의 열과 이슬의 증기, 이끼 냄새, 나무 진, 전나무 잎, 버섯 등의 냄새가 서로 어우러져 발산하는 향내는 모든 감각을 마취시키듯 살며시 오관에 스며들었다.

한스는 이끼 위에 벌렁 누워 다닥다닥 달려 있는 검은 딸기를 따 먹었다. 이곳저곳에서 딱따구리가 나무를 쪼았고, 공연히 그것을 질투하는 듯한 소쩍새 울음소리가 들려왔다.

검은빛이 도는 전나무 우듬지 사이로 티끌 한 점 없는 검푸른 하늘이 보였다. 멀리 가득 차게 늘어선 수천 주의 곧게 뻗은 나무 기둥이 육중한 갈색의 벽을 이루고, 여기저기 나무 사이로 따스한 햇살이 이끼 위에 점점이 뿌려지고 있었다.

한스는 적어도 룩첼러 호수나 크로쿠스 초원까지 먼 산책을 할 요량이었다. 그런데 그는 지금 이끼 위에 누워 산딸기를 먹으면서 피곤하고 의외로운 기분에 잠겨 주위를 바라보고 있었다. 왜 이처럼 피곤한 것인지 그 자신도 이상스럽게 여겨졌다. 전에는 서너 시간을 걸어도 전혀 피곤하지 않았다.

그는 다시금 기운을 내어 멀리 한번 걸어 보자고 마음먹었다. 그러고는 수백 보 걸었으나 어느 사이엔가 자신도 모르게 이끼 위에 누워 쉬고 있었다. 그는 드러누운 채 눈을 가늘게 뜨고 나무줄기와 우듬지, 그리고 녹색의 지면을 망연히 바라보았다. 이 숲의 공기가 왜 이리 무겁고 피곤한 것일까!

한스는 정오 무렵 집으로 돌아왔다. 또다시 머리가 아파 왔다. 눈도 아팠다. 숲으로 난 언덕길에서 태양이 견딜 수 없게 눈부셨었다. 오후 서너 시간을 부득이 집에서 유쾌하지 못한 기분으로 지내다가 목욕을 하고 나니 비로소 머리가 맑아졌다. 이제 마을 목사에게 갈 시간이었다.

가는 도중 그는 구둣방 플라이크 아저씨에게 붙들렸다. 아저씨는 작업장 창가의 삼각의자에 앉아 있었다.

"어디 가니? 요즘엔 널 통 볼 수 없더구나."

"목사님한테 가는 길이에요."

"또? 시험이 끝났는데도?"

"네. 이번엔 다른 공부예요. 제가 지금까지 배운 것과는 전혀 다른 그리스어로 씌어진 신약성서를 배우러 가요."

아저씨는 모자를 뒤로 홱 젖히더니 명상가와 같은 넓은 이마에 굵은 주름살을 지었다. 그러고는 한숨을 무겁게 내쉬었다.

"한스."

아저씨는 나지막하게 그를 불렀다.

"내 너한테 하고 싶은 말이 있다. 여태까지는 주 시험을 보는 것이어서 잠자코 있었는데, 이젠 더 이상 참을 수가 없구나. 넌 마을 목사가 믿음이 없는 자라는 것을 반드시 알고 있어야 한다. 그는 성서가 잘못되었다느니 거짓이라느니 하며 너에게 성서를 가르치는 게 아니라 거짓을 가르치려 할 거야. 그런 목사와 함께 신약성서를 읽으면 너도 모르는 사이에 신앙을 잃어버리게 될 거다."

"그렇지만 플라이크 아저씨, 전 단지 그리스어를 배우려는 것뿐이에요. 신학교에 가면 어차피 배워야 하거든요."

"너야 그렇게 말할 수 있지. 하지만 성경을 신앙심이 깊고 양심적인 선생한테서 배우는 것과 사함의 하느님을 믿지 않는 선생한테서 배우는 것은 큰 차이가 있단다."

"그렇겠죠. 하지만 목사님이 정말로 하느님을 믿는지 안 믿는지는 모르는 거잖아요."

"그 목사는 하느님을 믿고 있지 않아, 한스. 난 유감스럽게도 그것을 알고 있다."

"그럼 전 어떡하죠? 간다고 약속했는데."

"그렇다면 당연히 가야지. 그러나 혹시 목사가, '성서는 인간이 만든 것이고 거짓말이다. 성령의 계시는 아니다.'라고 말하면 그 즉시 나한테 오너라. 그 문제에 대해서 나랑 이야기하자꾸나! 그래 줄래?"

"그럴게요, 플라이크 아저씨. 하지만 그런 심각한 일은 아마 없을 거예요."

"곧 알게 될 거다. 내가 한 말을 잊지 마라."

목사는 아직 목사관에 돌아와 있지 않았다. 한스는 서재에서 목사를 기다리며 금박을 입힌 책들의 표지를 찬찬히 살펴보았다. 그러고는 구둣방 아저씨의 이야기 때문에 생각에 깊이 잠겼다.

한스는 마을 목사나 새 시대의 목사에 대해서 사람들이 하는 이야기를 이미 여러 차례 들어 왔다. 하지만 이제야 처음으로 긴장과 호기심을 자극하는 이런 문제를 생각하게 되었다. 그에게 있어서 이 일은 구둣방 아저씨가 말한 것처럼 그렇게 심각하거나 끔찍한 일로는 생각되지 않았다. 도리어 여기에 오래된 커다란 비밀을 파헤쳐 볼 수도 있을 것 같은 가능성을 예감하고 있었다.

어린 시절 라틴어학교에 입학하여 처음 몇 년 동안은 신의 존재라든가 영혼의 소재, 악마 또는 지옥 등에 대한 의문으로 가끔 터무니없는 상념에 사로잡히곤 했었다. 그러나 최근 2, 3년 동안은 공부에만 열중했기 때문에 그러한 의문은 완전히 잠들어 버렸다. 그가 학교에서 얻은 기독교적인 신앙은 구둣방 아저씨와 이야기를 나눌 때에나 얼마간 개인적인 생명을 불러일으킬 뿐이었다. 구둣방 아저씨와 마을 목사를 비교하던 한스는 배시시 미소를 지었다.

오랜 세월 힘든 노력에 의해서 얻어진 구둣방 아저씨의 준엄하고 확고한 신앙이 한스에게는 이해되지 않았다. 플라이크 아저씨는 똑똑하기는 하였으나 단순하고 편파적이었으며, 독실한 신앙에만 얽매여 있기 때문에 사람들로부터 조소를 당하고 있었다. 기도하는 모임에서는 엄격한 재판관으로서, 또는 권위 있는 성서 해석자로서의 역할을 다하고 있었다. 또한 여기저기 시골 마을로 예배를 보러 다니며 교인들의 신앙심을 고취시켰다. 그 외에는 여느 사람들과 마찬가지로 소시민적인 수공업자에 지나지 않는다. 반면에 마을 목사는 풍부한 경험과 뛰어난 언변을 지닌 설교자일 뿐만 아니라 부지런하고 학식이 높은 인물이었다. 한스는 존경하는 마음으로 목사의 서가를 올려다보았다.

이윽고 목사가 돌아왔다. 그는 프록코트를 벗고 가벼운 차림의 검정색 실내 조끼로 갈아입었다. 그러고는 한스에게 그리스어 판 누가복음을 내주었다. 그것은 라틴어를 공부할 때와는 아주 딴판이었다.

목사와 한스는 몇 줄 안 되는 문장을 읽은 뒤에 단어 하나하나를 차근차근 번역해 나갔다. 목사는 별로 낯설지 않은 예문을 들어 가며 재치 있고 능숙한 어투로 이 언어의 근원적인 정신을 설명해 주었다. 그리고 이 책이 생겨난 시대와 내력에 대하여 이야기해 주었다. 목사는 단 한 시간 만에 독서의 전혀 새로운 개념을 소년 한스에게 불어넣은 것이다.

한스는 어렴풋하게나마 깨닫게 되었다. 이 모든 시구와 단어 하나하나에 어떤 비밀과 사명이 숨어 있으며, 옛날부터 얼마나 많은 학자와 사상가와 연구가들이 이 문제와 얼마나 치열하게 씨름해 왔겠는가 하는 생각이 들었다. 그리고 이 한 시간 동안에 자신도 진리 탐구자들의 대열 속에 발을 들여놓은 듯한 기분이 들었다.

마을 목사는 한스에게 사전과 문법책을 빌려 주었다. 그는 집에 돌아와서도 저녁 내내 공부에 몰두했다. 얼마나 많은 공부와 지식의 산을 넘어야 참다운 연구의 길로 들어서게 되는지를 느낄 수 있었다. 그리하여 그는 결코 도중에 흐지부지되는 일이 없도록 끝까지 최선을 다하겠다고 굳게 다짐하였다. 구둣방 플라이크 아저씨의 일은 잠시 한스의 뇌리 속에서 사라지고 말았다.

며칠 동안이나 이 새로운 존재 양식이 한스를 사로잡았다.

한스는 매일 밤 목사관으로 갔다. 그리고 날이 갈수록 학문의 길은 아름답고 어려우며, 동시에 추구할 만한 가치가 있다고 여겨졌다. 아침에는 일찍 일어나 낚시하러 나서고, 오후에는 수영하러 시냇가로 갔다. 그 외에는 거의 집에 틀어박힌 채 외출을 하지 않았다.

주 시험에 대한 불안감과 승리감으로 인해 사라져 버렸던 명예욕이 다시금 살아나서 그에게 조금도 쉴 틈을 주지 않았다. 동시에 지난 몇 달 동안 자주 느꼈던 형용할 수 없는 야릇한 감정이 다시 그의 가슴속에서 머리를 들기 시작했다. 그것은 고통이 아니었다. 빠른 맥박과 흥분을 동반한 승리에 대한 조급함이었다. 또한 무작정 앞으로 나아가려고 하는 억제되지 않는 욕망이기도 했다.

나중에는 어김없이 두통이 시작되었다. 그러나 그 미묘한 감정이 지속되는 동안 독서와 학습의 성취는 폭풍처럼 빠르게 진전되었다. 그리하여 전에는 15분이나 걸리던 크세노폰의 가장 어려운 문장도 이제는 장난처럼 읽을 수가 있었다. 그리고 사전을 찾지 않고도 날카로운 이해력을 십분 발휘하여 무척이나 난해한 글들을 몇 페이지씩 줄줄 즐겁게 읽어 내려갔다.

한스는 너무나 기뻤다. 이처럼 고조된 학구열과 지식욕에 자신감까지 결부되어, 그는 학교에서 선생에게 배우는 시대는 이미 지나가 버리고 지식과 능력의 정상을 향하여 자신에게 주어진 혼자만의 길을 걷고 있는 기분이었다.

한스는 이러한 기분에 사로잡힘과 동시에 너무나도 선명한 꿈 때문에 자주 잠에서 깨어났다. 밤중에 가벼운 두통을 느끼며 잠에서 깨어나 다시 잠들지 못할 때에는 자신도 모르게 성취에 대한 욕망에 사로잡혔다. 자신이 친구들보다 굉장히 앞서 있다거나, 교장선생을 비롯한 학교의 모든 선생들이 자기에게 얼마나 경의나 감탄의 눈길을 던졌는가를 떠올릴 때마다 그는 뿌듯한 우월감을 느끼는 것이었다.

교장선생은 자신에 의해 일깨워진 한스의 아름다운 야망을 잘 이끌어 나갔다. 또 그것이 성장해 가는 것을 보는 것은 교장선생의 은밀한 즐거움이기도 했다.

교사란 정이 없고 화석과 같이 고루하며 영혼을 상실한 틀에 박힌 인간이라고는 말해서는 안 된다. 그렇지 않다. 약간의 고무와 자극으로써 한 아이의 재능이 싹트기 시작할 때, 그 아이가 나무칼이나 딱지나 활 같은 아이 노리갯감을 버리고 앞을 향하여 발걸음을 힘껏 내디딜 때, 멋대로 자라 온 통통한 뺨을 지닌 아이가 진지한 학습을 통하여 섬세하고 거의 금욕적인 아이로 탈바꿈할 때, 그 아이의 얼굴에 연륜과 학식이 더해 가고 그의 눈망울이 목표를 향하여 더욱 깊어질 때, 또한 그의 손이 점점 침착해져서 희고 조용해질 때 교사의 영혼은 즐거움과 자랑으로 웃는다. 교사의 의무와 그가 국가로부터 받은 직무는 어린 소년의 내면에 있는 거친 힘과 본능적인 욕망을 길들이고 국가가 공인한 절제된 평화로운 이상을 심어 주는 것이다.

현재 만족스러운 삶을 영위하고 있는 시민이나 열성적인 관리가 된 사람들 가운데에도 학교에서 이러한 교육을 받지 못했다면 무식하고 난폭한 개혁가나 쓸데없는 사념만을 일삼는 몽상가가 되었을 사람도 적지 않을 것이다.

소년의 내면에는 거칠고 야만적인 요소가 숨어 있다. 그것을 먼저 깨뜨려야 한다. 또한 소년의 내면에 있는 위험한 불꽃을 먼저 꺼 버려야 하며 쫓아내야만 한다.

자연이 만든 그대로의 인간은 측정할 수 없이 불투명하고 불온하다. 그것은 미지의 산으로부터 흘러 떨어지는 세찬 물줄기이며 길도 질서도 없는 원시림이다. 강제적으로 원시림의 나무를 베어 깨끗이 정리하지 않으면 안 되는 것처럼, 학교도 태어난 그대로의 인간을 깨부수고 굴복시키고 강압적으로 제어하지 않으면 안 된다. 학교의 사명은 정부가 승인한 기본원칙에 따라서 자연 그대로의 인간을 사회의 유용한 일원으로 만들고, 잠재되어 있는 개성을 일깨우는 것이다. 그런 뒤 마침내는 병영兵營의 주도면밀한 훈련에 의하여 마지막 완성을 이루게 된다.

어린 기벤라트는 얼마나 아름답게 성숙했는가! 길거리를 어슬렁거린다거나 장난을 치는 따위의 일은 그 스스로 그만두었다. 학교에서 공부하다가 공연히 웃는 일도 사라진 지 이미 오래되었다. 정원 가꾸기와 토끼 기르기, 그리고 낚시질 같은 취미생활도 오래전에 그만둔 것이다.

어느 날 저녁, 교장선생이 친히 기벤라트의 집을 방문하였다. 그는 영광으로 기뻐 어쩔 줄 모르는 아버지를 정중히 대하고는 한스의 방으로 들어갔다. 소년은 책상에 앉아 그리스어 누가복음을 읽고 있었다.

그는 한스에게 아주 다정하게 말을 건넸다.

"기특하구나, 기벤라트! 벌써 공부를 시작한 것은 아주 잘한 일이다. 그런데 공부를 하느라 날 한 번도 찾아오지 않은 것이냐? 난 매일 기다리고 있었는데."

"찾아뵈려고 했는데요…….."

한스는 변명을 늘어놓았다.

"근사한 물고기 한 마리쯤 잡아다 드리고 싶은 생각에 그만……."

"물고기? 무슨 고기 말이냐?"

"잉어나 뭐 그런 거요."

"아, 그래. 너 낚시하러 다니니?"

"네, 아버지께서 허락해 주셨거든요. 하지만 잠시 동안이에요."

"흠, 그래. 재미있느냐?"

"네, 그럼요."

"좋다, 아주 좋아! 최선을 다하여 분투하였으니 휴가 동안 쉬는 것은 당연하지. 그럼 지금 공부해 볼 마음은 없겠구나."

"아뇨, 교장선생님! 공부도 하고 싶어요."

"네가 하고 싶지 않다면 절대 강요하고 싶지는 않다."

"아뇨, 정말 하고 싶습니다."

교장선생은 두세 번 심호흡을 하고는 가느다란 수염을 만지면서 의자에 앉았다.

"얘, 한스야. 내 말은 이런 거야."

교장선생이 입을 열었다.

"내가 오래전부터 경험해 온 일인데, 시험성적이 좋았던 아이가 나중에 갑자기 성적이 나빠지는 수가 종종 있더구나. 신학교에 가면 여러 새로운 과목들을 배워야만 하는데, 새 학기가 시작되기 전에 배울 걸 미리 공부해 오는 아이들이 많단다. 특히 시험성적이 별로 좋지 못했던 아이들이 그러지. 그런 애들이 갑자기 성적이 좋아져서 휴가 중에 영예로움에 싸여 태평하게 놀기만 했던 아이들을 잡아채서 뒤로 밀어 버리고는 어느 날 갑자기 정상의 자리를 차지해 버리는 거야."

교장선생은 한숨을 내쉬며 말을 이었다.

"넌 여기서는 언제나 쉽게 수석을 할 수 있었지만, 신학교에 가면 사정이 달라진다. 거기 학생들은 모두가 천재이거나 아주 성실한 아이들뿐이지. 그런 아이들을 놀면서 앞지른다는 건 결코 쉬운 일이 아닐 거야. 내 말 알아듣겠니?"

"네!"

"그래서 말인데, 너도 이 휴가 중에 앞으로 배울 내용을 미리 공부해 두면 어떨까 한다. 물론 적당히 해야지. 너한텐 휴가를 즐길 권리가 충분히 있으니까. 또 마땅히 쉬기도 해야 하고. 하지만 하루에 한두 시간쯤 공부하는 것은 그다지 무리가 안 될 거고, 그러는 것이 오히려 너한테 좋을 것 같다고 난 생각한다. 노력을 게을리 하면 자칫 탈선하기 쉽고, 나중에 다시 본궤도에 올라 순조롭게 가려면 몇 주일이나 고생해야 될 테니까 말이다. 어떻게 생각하니?"

"저는 마음의 준비가 되어 있습니다. 교장선생님께서 지도만 해 주신다면……."

"좋아. 신학교에서는 히브리어 다음으로 특히 호머가 새로운 세계를 열어 줄 것이다. 지금 확실하게 기초를 닦아 놓으면 나중에 호머를 읽을 때 훨씬 재미있고 이해가 빠를 것이다. 호머의 언어는 고대 이오니아 방언이지. 그건 시의 운율법과 더불어 아주 독창적인 거란다. 정말이지 그의 시를 올바르게 감상하려면 부지런히 철저하게 공부하지 않으면 안 될 것이다."

물론 한스는 이 새로운 세계에도 기꺼이 뛰어들 마음의 준비가 되어 있었다. 그는 최선을 다하겠다고 교장선생에게 약속했다.

하지만 그 다음이 문제였다. 교장선생은 헛기침을 하더니 다정한 목소리로 다시 말을 이었다.

"한 가지 더 덧붙이자면, 수학에도 두세 시간 정도 시간을 내면 좋겠다고 생각한다. 물론 네가 수학에 약한 건 아니지만, 그렇다고 수학이 너의 장기는 아니잖니. 신학교에서는 대수와 기하를 배우게 될 거야. 앞의 몇 과만이라도 미리 공부해 두는 것이 좋을 거야."

"네, 알겠습니다."

"언제라도 날 찾아오너라. 네가 훌륭하게 자라는 모습을 지켜보는 것이 나에겐 명예로운 일이 될 것이다. 아무튼 수학은 개인지도를 받을 수 있도록 아버지께 잘 말씀드리거라. 일주일에 서너 시간 정도면 충분할 거야."

"네, 교장선생님."

또다시 공부의 열기가 뜨겁게 타오르기 시작했다. 한스는 이제 단 한 시간이라도 낚시질이나 산책을 나갔다 오면 그것이 마음에 걸렸다. 헌신적인 수학 선생은 한스가 평소 수영하던 시간을 공부 시간으로 바꾸어 놓았다.

그런데 한스는 대수만큼은 아무리 공부해도 즐겁지가 않았다. 찌는 듯이 무더운 대낮에 수영하는 대신 수학선생의 후텁지근한 방에 가서, 모기가 앵앵거리는 탁한 공기 속에서 피곤한 머리로 A 플러스 B, A 마이너스 B를 목쉰 소리로 암송한다는 것은 너무나 고통스러운 일이었다. 기분이 좋지 않은 날에는 무기력하고 갑갑한 분위기가 암울한 절망감으로 바뀌는 것이었다.

수학은 그에게 있어 아주 묘한 것이었다. 그는 결코 수학실력이 없지 않았다. 때때로 아주 훌륭한 풀이와 답을 내고 득의양양할 때도 있었다. 수학에는 변칙과 속임수가 없으며, 문제를 떠나서 불확실한 샛길을 서성거릴 필요가 없는 점이 한스는 마음에 들었다. 같은 이유로 그는 라틴어도 매우 좋아했다. 이 언어는 아주 분명하고 확실했으므로 거의 의문이 없었다.

그런데 수학은 가령 답이 모두 맞았다고 해도 그 이상의 어떤 의미는 생겨나지 않았다. 수학 공부는 곧게 뻗어 있는 국도를 걷는 것같이 생각되었다. 끊임없이 앞으로 나아가고, 어제까지도 이해하지 못했던 내용을 하루가 다르게 터득하기는 하지만, 갑자기 시야가 확 트이는 산의 정상에 올라가는 일은 없을 것 같았다.

교장선생 집에서의 공부가 조금 더 생기 있었다. 물론 마을 목사는 그리스어 판 신약성서에서도 교장선생이 생생하고 참신한 호머의 언어를 대하는 것 이상으로 훨씬 더 매력적이고 화사한 감동을 찾아내는 인물이었다. 그러나 호머는 역시 호머였다. 처음에 느꼈던 힘든 굴레를 벗어나기가 무섭게 생각 외로 즐거움이 용솟음치기 시작했다. 그러고는 자꾸만 뿌리칠 수 없는 유혹의 손길을 내밀었다. 한스는 종종 아름다운 울림을 내는 난해하고 비밀스러운 시구를 앞에 놓고 초조와 긴장으로 떨리는 마음을 억누르는 일도 있었다. 그럴 때면 얼른 사전을 펼쳐 조용하고 명랑한 화원으로 들어가는 열쇠를 찾아내곤 했다.

어느새 한스는 또다시 숙제더미에 깔려 있었다. 어떤 때는 밤늦게까지 책상 앞에 앉아 이를 악물고 과제물을 풀었다.

아버지는 아들이 이처럼 열심히 공부하는 모습을 자랑스럽게 지켜보았다. 그의 아둔한 머릿속에 자기 줄기에서 뻗어난 가지 하나를 막연히 존경해 마지않는 저 높은 곳으로 뻗치고 싶어하는 어리석고 평범하고 용렬한 인간들의 이상이 깃들고 있었던 것이다.

휴가의 마지막 주가 되자 교장선생과 마을 목사는 갑자기 눈에 띌 정도로 자상한 정을 베풀었다. 그들은 수업을 중지하고 한스가 산책하도록 배려해 주고, 원기를 회복하여 생기 있게 새로운 행로로 들어서는 것이 그에게 얼마나 필요한 일인지도 역설하였다.

한스는 낚시질을 서너 번 더 갔다. 하지만 머리가 너무 아팠기 때문에 이미 담청색의 초가을 하늘을 비추고 있는 냇가에 우두커니 앉아 있기만 했다. 도대체 전에는 왜 그토록 여름방학을 손꼽아 기다렸는지 이상하게 생각되었다. 지금은 도리어 여름방학이 빨리 끝나길 기다리고 있었다. 하루라도 빨리 신학교에 가서 지금까지와는 전혀 다른 생활과 공부를 시작하고 싶었다.

낚시에는 전혀 신경을 쓰지 않았기 때문에 물고기는 거의 낚이지 않았다. 아버지로부터 그 일에 대해서 한 번 농을 당한 한스는 아예 낚시질을 그만두고 낚시도구를 다락방 상자에 집어넣어 버렸다.

방학이 거의 끝나 갈 무렵, 한스는 비로소 구둣방의 플라이크 아저씨에게 몇 주 동안이나 가지 않았다는 생각이 떠올랐다. 이제라도 찾아가 보아야겠다고 마음먹었다.

그날 밤 한스가 찾아갔을 때 구둣방 주인은 작은아들을 무릎 위에 앉히고 거실 창문 곁에 앉아 있었다. 창문은 열려 있었으나, 가죽과 구두약 냄새가 온통 집 안에 배어 있었다. 한스는 겸연쩍은 얼굴로 자기 손을 아저씨의 거칠고 넓적한 오른손 위에 얹었다.

"그래, 공부하는 것은 어떠냐?"

플라이크 아저씨가 물었다.

"목사한테 열심히 배웠니?"

"네, 매일 가서 많이 배웠어요."

"뭘 배웠는데?"

"주로 그리스어였어요. 그밖에 다른 것도 여러 가지 배웠고요."

"그래서 나한테는 한 번도 찾아올 생각을 안 했구나?"

"오고 싶었어요, 플라이크 아저씨. 하지만 시간이 나질 않았어요. 목사님한테 매일 한 시간, 교장선생님한테 매일 두 시간, 수학선생님한테 일주일에 네 번씩 가야 했거든요."

"아니, 휴가 중인데도? 그건 어리석은 짓이야!"

"전 모르겠어요. 그냥 선생님들이 시키셔서 한 거예요. 그리고 공부하는 것은 저한테는 별로 어려운 일도 아니에요."

"그야 그럴 테지."

플라이크 아저씨는 이렇게 말하며 한스의 팔을 잡았다.

"공부하는 것도 좋지만 팔이 이게 뭐냐? 얼굴도 몹시 야위었고…… 너 아직도 두통이 있니?"

"가끔요."

"정말 어리석구나, 한스! 그건 죄악이다. 너만 한 나이에는 바깥 공기도 실컷 마시고 운동도 맘껏 하고 휴식도 충분히 취하지 않으면 안 돼. 도대체 방학은 무엇 때문에 있는 거겠니? 설마 방 안에 처박혀서 공부만 하라고 있는 것이냐? 넌 정말 뼈와 가죽뿐이구나."

한스는 웃었다.

"그래, 넌 물론 잘 해낼 거야. 그러나 지나치면 아니한 것만 못하단다. 그건 그렇고, 목사한테서는 뭘 배웠냐? 무슨 말을 하더냐?"

"여러 가지를 말씀하셨지만, 나쁜 말은 한 마디도 하지 않았어요. 목사님은 아주 박식하세요."

"성서를 모독하는 말 같은 것은 않더냐?"

"네, 그런 적은 한 번도 없었어요."

"그건 다행이구나. 너에게 분명히 말해 두는데, 영혼을 더럽히느니 차라리 열 번이라도 육신을 썩히는 것이 낫다. 머지않아서 너도 목사가 될 거잖니. 목사란 근사하면서도 무거운 직책이다. 하나님의 올바른 일꾼이 되기 위해서는 네 또래의 대부분의 젊은 애들과는 달라야 해. 넌 틀림없이 인간의 영혼을 구하고 가르치는 사람이 될 거야. 나 또한 그것을 진심으로 원하고 있지. 그것이 이루어지도록 기도드리마."

구둣방 아저씨는 의자에서 일어서서 소년의 어깨 위에 양손을 힘 있게 올려놓았다.

"건투를 빈다, 한스! 언제나 바른 길을 걷도록 해라. 주님이 너를 축복하고 지켜 주시기를! 아멘."

구둣방 아저씨의 엄숙한 태도와 기도, 그리고 사투리가 섞이지 않은 짤막한 작별인사가 소년 한스에게는 왠지 고루하고 당황스러웠다. 마을 목사는 헤어지면서 아저씨처럼 그렇게 하지 않았었다.

　신학교에 갈 준비를 하다 보니 며칠이 바쁘게 흘러갔다. 친지들을 찾아다니며 작별 인사를 나누고, 신학교에서 사용할 이불이며 옷가지, 책들은 미리 우편으로 부쳤다. 손가방 짐도 쌌다.

　어느 선선한 아침, 아버지와 아들은 마울브론을 향해 출발했다. 정든 고향과 집을 떠나 낯선 학교에 들어가는 것은 흥분되고 두려운 일이 아닐 수 없었다.

신학교 생활

시토 교단의 마울브론 수도원은 주의 북서쪽, 숲이 우거진 언덕과 적막이 감도는 자그마한 호수 사이에 자리 잡고 있었다. 아름답고 견고하게 지어진 이 수도원은 오랫동안 잘 보존되어 왔다. 건물의 내부와 외부 모두 그 웅장함과 화려함이 남달랐기 때문에 누구라도 한 번쯤 거기서 살아 보고 싶어할 만큼 매력적인 거주공간이었다. 수도원은 수백 년에 걸쳐 주변의 푸른 자연환경과 어우러져 고상하고 친밀한 분위기를 자아내고 있었다.

이 수도원을 방문하는 사람은 높은 담벽 사이로 그림처럼 열려 있는 문을 지나 아주 넓고 조용한 뜰로 들어서게 된다. 거기에는 물을 뿜어 대는 분수와 수령樹齡이 꽤 되는 거목들이 엄숙하게 서 있었다. 그리고 앞뜰의 양쪽으로 견고한 석조건물이 나란히 서 있고, 그 사이로 비길 데 없이 우아하고 황홀한 아름다움을 지닌 후기 로마네스크 풍의 현관과 더불어 교회의 본당이 모습을 드러냈다. 이 현관은 '파라다이스'라고 불리고 있었다. 본당의 육중한 지붕 위에는 바늘처럼 뾰족한 작은 탑이 익살스럽게 세워져 있었는데, 어떻게 그 작은 탑에 종을 매달았는지 모를 일이다.

잘 보존되어 전혀 손상되지 않은 본당의 회랑은 그 자체가 하나의 아름다운 예술작품이었다. 이 회랑 때문에 분수 딸린 고귀한 기도실이 마치 회랑의 장식물 같았다. 본당에는 장중하면서도 우아한 천장이 둥근 십자형으로 되어 있는 성직자 식당, 담화실, 평신도 식당, 수도원장의 방 등과 두 개의 기도실이 당당하게 들어서 있었다. 또한 본당 뒤편에 있는 그림같이 아름다운 담, 발코니, 문, 작은 뜰, 물레방아, 저택 등이 이 중후한 고대건물을 환하게 장식하고 있었다.

　넓은 앞뜰은 텅 비어 있어 적막감마저 들었다. 나무 그늘에 잠겨 조는 듯했으나 점심시간 뒤에 주어지는 휴식시간에는 잠시 활기를 띠었다. 식사를 끝낸 한 무리의 젊은 학생들이 여기저기 흩어져서 몸을 풀거나 서로 부르기도 하고, 이야기를 나누며 웃음을 터뜨리기도 하고, 공놀이를 하기도 했다. 그러다가 휴식시간이 끝나기가 무섭게 재빨리 담장 안으로 사라져 그림자 하나 보이지 않았다.

　적지 않은 사람들이 이 뜰에 서서 '이곳이야말로 건실한 삶과 기쁨의 장소이며, 생동감이 넘치는 행복의 뿌리가 자라는 곳임에 틀림없다. 여기야말로 성숙한 정신을 가진 선량한 사람들이 깊은 명상을 거쳐 밝고 아름다운 창작을 할 수 있는 곳이다.'라고 생각했을 것이다.

　속세와 동떨어진 이 아름다운 수도원은 오래전부터 언덕과 숲의 뒤편에 숨어 있었다. 하지만 감수성이 예민한 젊은이들에게 아름답고 조용한 환경을 마련해 주기 위해 프로테스탄트의 신학교 학생들에게는 이 아름다운 수도원을 열어 주었다. 어린 학생들은 이곳에서 도시와 가정에서의 마음을 산만하게 하는 영향으로부터 벗어나게 되고, 분망한 생활의 해로운 환경으로부터 보호를 받았다. 그렇게 함으로써 소년들은 수년간 히브리어와 그리스어를 포함한 여러 분야의 공부를 진지한 생활의 목표로 삼게 되고, 젊은 영혼의 갈망을 순수하고 이상적인 학문을 연구하고 음미하는 데 집중시킬 수가 있었다. 자아 훈련과 공동체 의식을 키우는 기숙사에서의 생활도 중요한 교육의 원동력이 되었다.

신학교 학생들의 생활과 학업을 뒷받침하는 교회 재단은 이들이 남다른 정신의 소유자가 되도록 특별한 관심을 기울인다. 그리하여 그들은 나중에 언제라도 서로를 알아 볼 수 있게 된다. 그것은 일종의 교묘하고 확실한 낙인이었다. 간혹 집단생활을 견디다 못한 나머지 수도원을 뛰쳐나가는 난폭한 학생을 제외한 슈바벤의 신학교 학생들은 평생 그 낙인을 지니고 사는 것이다.

인간이란 저마다 다르며, 그 인간이 자란 환경과 경우 또한 서로 얼마나 다른가! 그것을 교단에서는 학생들에게 일종의 정신적인 제복 혹은 법복法服을 입혀서 합법적이고 근본적으로 동일하게 만들어 버렸다.

신학교에 입학할 때 어머니가 생존해 있어 함께 수도원의 문턱을 들어선 학생이라면 누구나 그날을 흐뭇한 감동을 느끼며 감사하는 마음으로 평생을 두고 생각한다. 그러나 한스 기벤라트는 그러한 경우가 아니었으므로 아무런 감동도 없이 덤덤하게 넘겼지만 다른 아이들의 어머니들을 바라보며 강한 인상을 받았다.

대침실이라 불리는, 벽장이 붙어 있는 넓고 긴 복도에는 상자와 바구니들이 여기저기 흩어져 있었다. 양친이 따라온 소년들은 짐을 풀거나 소지품을 정리하기에 바빴다. 각자에게는 번호가 매겨진 벽장이 주어졌고, 공부하는 방에서는 번호 매겨진 책상을 배정받았다. 아이들과 학부모는 마룻바닥에 무릎을 구부리고 앉아서 짐을 풀고 있었다. 그 사이를 조교가 군주처럼 걸어 다니면서 때때로 친절한 조언을 해 주었다. 모두들 가방에서 꺼낸 의복을 펴고 내의를 개고 책을 쌓고 구두와 슬리퍼를 정돈하였다. 준비물은 모두가 대개 같았다. 꼭 가져와야만 할 속옷의 개수와 그 외에 필요한 생활용품 같은 것은 미리 지정되어 있었던 것이다.

이름을 새겨 넣은 놋쇠 대야는 세면장으로 가지고 갔다. 이어서 세면장에는 수건과 비눗갑과 빗과 칫솔 같은 것이 나란히 놓여졌다. 그 외에도 소년들은 램프와 석유통, 식기도 한 벌씩 가지고 왔다.

소년들은 너 나 할 것 없이 모두 흥분된 상태로 바쁘게 움직였다. 미소 지으며 도와주려는 아버지도 있었지만, 대부분의 아버지들은 종종 회중시계를 들여다보며 지루해하거나 손을 떼고 밖으로 나가려고 했다. 반면에 어머니들은 그야말로 온갖 정성을 다하여 보살펴 주려 애썼다. 의복과 내의를 하나하나 손에 들고 주름을 펴고, 혁대를 반듯하게 당기고, 그러고는 이것들을 찬찬히 살펴본 뒤 될 수 있는 한 깨끗하고 편리하게 쓸 수 있도록 벽장 안에 분류하여 넣었다. 그러면서 애정 어린 목소리로 이런저런 것들을 가르쳐 주었다.

"새로 산 내의는 특히 아껴 입어. 3마르크 50페니히나 주었으니까."

"빨랫감은 다달이 철도편으로 보내거라. 급할 때만 우편으로 보내고. 그리고 이 검정 모자는 일요일에만 쓰도록 해."

인자하게 생긴 뚱보 어머니는 높은 상자 위에 앉아서 아들에게 단추 다는 법을 가르쳐 주고 있었다.

다른 곳에서는 또 이런 이야기도 들려왔다.

"집이 그리울 땐 언제라도 편지를 하렴. 뭐, 크리스마스가 그리 많이 남지는 않았지만 말야."

아직 꽤 젊어 보이는 어떤 곱상한 어머니는 가득히 채워진 옷장을 바라보더니 애정 어린 손길로 아들의 속옷이며 겉저고리와 바지를 어루만졌다. 그러고는 어깨가 넓고 볼이 통통한 아들의 얼굴을 쓰다듬기 시작했다. 그 아들은 부끄러운 나머지 웃으면서 어머니의 손을 뿌리치더니 어리지 않게 보이려는 듯 양손을 바지 주머니에 찔러 넣었다. 작별은 아들보다 어머니가 더 힘들어하는 것 같았다.

어떤 아이들은 전혀 반대의 모습을 보이기도 했다. 그들은 짐 정리에 여념이 없는 어머니를 도와줄 생각은 않고 그저 넋을 잃고 물끄러미 바라보고만 있었다. 할 수만 있다면 다시 어머니와 함께 집으로 돌아가고 싶은 표정들이었다.

어느 아이를 보아도 이별에 대한 불안, 자꾸만 커져 가는 고향에 대한 애정과 애착 같은 감정들이 자신을 지켜보는 낯선 사람들에 대한 수줍음과 처음으로 남자로서의 면목을 유지하려는 반항적인 심리와 맹렬히 다투고 있었다. 더러는 소리를 내어 울고 싶은 것을 참으면서 일부러 아무렇지 않은 표정을 지어 보이는 아이도 있었다. 슬픔 따위는 전혀 문제가 되지 않는다는 표정이었다. 어머니들은 그러한 자식들을 보며 미소 짓고 있었다.

거의 대부분의 소년들은 짐꾸러미 상자에서 생활필수품 외에 작은 사과 봉지와 훈제 소시지, 비스킷 등을 담은 바구니 같은 약간 값비싼 것들을 꺼냈다. 스케이트를 가지고 온 아이도 많았다. 특히 눈에 띈 것은 자그마한 덩치에 약삭빠르게 생긴 작은 소년이 햄 덩어리를 통째로 가지고 온 것이었다. 그 아이는 그것을 전혀 숨기려고 하지 않았다.

집에서 직접 온 아이와 이제까지 객지에서 학교를 다녔거나 혹은 기숙사에 있었던 아이는 쉽게 분간할 수 있었다. 그러한 경험이 있는 아이에게서는 흥분과 긴장이 엿보이지 않았다.

기벤라트 씨는 아들을 도와서 민첩하고 노련한 손놀림으로 짐을 풀어 요령 있게 그 일을 끝냈다. 다른 사람들보다 빨리 끝냈기 때문에 한스와 함께 하는 일 없이 지루하게 서 있었다. 그러나 어디를 둘러보아도 충고하거나 훈계하는 아버지들, 위로하거나 조언을 주는 어머니들, 그리고 불안한 마음으로 귀를 기울이고 있는 아들들의 모습이 눈에 띄었으므로 그도 한스의 인생 여정에 도움이 될 만한 이야기를 들려주는 것이 옳을 듯싶었다. 그래서 한참 생각한 끝에 오랫동안 머리를 숙인 채 말이 없는 아들 곁을 답답하게 왔다 갔다 하다가 갑자기 입을 열고는 엄숙한 말투로 판에 박힌 금언을 늘어놓았다. 한스는 갑작스런 아버지의 언변에 좀 놀라기는 했지만 그저 묵묵히 듣고 있었다. 그런데 옆에 서 있던 한 목사가 아버지의 설교에 귀를 기울이며 즐겁게 미소 짓고 있는 것을 보고는 부끄러워서 아버지를 구석으로 끌어당겼다.

"이제 알겠지? 네가 가문의 명예를 올려 줄 거지? 그리고 윗사람의 말도 잘 듣고 지킬 거지?"

"네, 물론이죠."

아버지는 말을 그치고 크게 한숨을 내쉬었다. 하지만 시간이 흐르면서 차츰 따분해지기 시작했다. 그것은 한스도 마찬가지였다. 그는 불안한 마음으로 호기심 어린 눈을 깜빡이며 창 너머로 적막이 감도는 회랑을 내려다보았다. 속세를 벗어난 듯한 회랑에는 고풍스러운 품위와 평온이 감돌고 있었다. 그 분위기는 이곳 위층에서 소란스럽게 떠들고 있는 소년들과 묘한 대조를 이루고 있었다.

한스는 짐 정리에 바쁜 아이들을 찬찬히 둘러보았다. 알 만한 아이는 하나도 없었다. 저 슈투트가르트에서 봤던 괴팅겐 출신의 아이는 라틴어에 정통한 것 같았는데 합격되지 않은 모양이었다. 어디에서도 발견할 수 없었다. 한스는 그 아이에 대한 일은 곧 잊고 앞으로 함께 공부하게 될 동급생들을 관찰하였다.

어느 아이를 막론하고 준비해 온 물건의 종류나 수는 비슷했다. 그러나 도시에서 온 아이와 시골에서 온 아이, 부유한 집 아이와 가난한 집 아이는 쉽게 구별이 갔다. 물론 부잣집 애들이 신학교에 들어오는 일은 드물었다. 그것은 양친의 자부심 때문이라든가 깊은 식견 때문이기도 했고 아이의 재능 때문인 경우도 있었다. 그러나 자신들이 체험한 수도원에서의 생활을 그리워하며 자식을 마울브론으로 보내는 교수나 상당한 지위에 있는 관리도 결코 적지는 않았다. 그래서 40여 명의 신입생이 입고 있는 검은 예복은 옷감이나 디자인에 있어 여러 가지 차이가 드러나 있었다. 뿐만 아니라 아이들의 예의범절이나 사투리, 그리고 행동양식에서도 분명한 차이를 엿볼 수 있었다.

경직된 팔다리와 마른 체격을 지닌 슈바르츠발트 출신, 연한 금발에 입이 크고 다혈질인 고원지대 출신, 활동적인 성격에 자유롭고 명랑한 평야지방 출신, 뾰족한 구두를 신고 순화된 사투리를 구사하는 슈투트가르트 출신의 세련된 아이들도 있었다. 이 꽃다운 나이의 소년들 5분의 1 정도가 안경을 쓰고 있었다. 좀 마른 듯은 하지만 수려하게 생긴 어느 슈투트가르트 출신의 '마마보이'는 빳빳한 고급 펠트 모자를 쓰고 품위 있는 자태를 뽐냈다. 그러나 그 남다른 겉치레 때문에 벌써 이 첫날 좀 거친 몇몇 아이들에게 후일 조소나 자극을 가하고자 하는 욕망을 일으킨 사실은 전혀 모르고 있었다.

누구라도 사람을 볼 줄 아는 눈을 지닌 사람이라면 겁에 질린 듯한 이 소년들이 주가 잘못 선발하지 않은 뛰어난 인재들이라는 것을 금세 알아차릴 수 있을 것이다. 암기 위주의 주입식 교육을 받고 왔다는 것을 바로 알 수 있는 평범한 소년도 있었고, 영민하거나 자기주장이 강한 빠릿빠릿한 소년도 적지 않았다. 그들의 반들반들한 이마 깊숙이에는 보다 질 높은 삶에 대한 바람이 반쯤 꿈에 잠겨 있는 것처럼 보였다.

이중에 필경 한두 명 정도는 빈틈없이 완고한 슈바벤 형 두뇌 소유자일 것이다. 그리고 이 슈바벤 형 두뇌 소유자가 시간이 지남에 따라 차차 커다란 세계의 한가운데로 뚫고 들어가 그들의 다소 메마르고 완고한 사상을 새롭고 강력한 체제의 중심축으로 만들 것이다. 이들을 슈바벤 형 두뇌 소유자라고 하는 까닭은 슈바벤이 극히 교육이 잘된 신학자를 세상에 내놓았을 뿐만 아니라 전통적으로 철학적 사색의 능력이 있다는 것을 자랑으로 하고 있기 때문이다. 실제로 슈바벤에서는 이 철학적 사색으로 인해 이미 여러 명의 명망 높은 예언자 혹은 이단자를 낳았던 것이다. 이 비옥한 주는 정치적인 전통에 있어서는 다른 주에 비해 뒤떨어지지만, 적어도 신학과 철학의 정신적인 영역에서는 변함없이 온 세계에 확고한 영향을 미치고 있었다. 또한 이 지방의 주민 가운데는 심미적이고 환상적인 시학을 즐기는 사람들이 많아 예로부터 훌륭한 음유시인들이 나오기도 했다.

마울브론 신학교의 시설과 관습은 외형적으로는 전혀 슈바벤적이지 않았다. 오히려 수도원 시절부터 남아 있는 라틴어 이름에 고전적인 명칭이 새로 붙여졌다.

학생들에게 배정된 방은 포룸, 헬라스, 아테네, 스파르타, 아크로폴리스라고 불렸다. 맨 끝에 위치한 가장 작은 방이 게르마니아라고 불려진 것은 게르만적인 현재로부터 가능하다면 로마나 그리스적인 환상을 만들어 내려는 의도가 다분히 숨겨져 있는 것 같았다. 물론 이것 또한 외면적인 관점일 뿐이었다. 사실은 히브리어로 된 이름이 더 잘 어울렸을지도 모른다.

우연인지는 모르겠으나 아테네 방에는 마음이 넓고 말솜씨가 뛰어난 학생이 아니라 아주 고지식하고 게으른 학생들이 들어가고, 스파르타 방에는 무인 기질을 지녔거나 고행자 같은 학생이 아니라 쾌활하면서도 거만을 떠는 학생들이 들게 되었다. 한스 기벤라트는 9명의 학우들과 함께 헬라스 방을 배정받았다.

그날 밤, 한스는 처음으로 학우들과 함께 써늘하고 단조로운 침실에 들어가 자기의 좁은 침대에 드러눕자 기분이 묘했다. 무어라 형용할 수 없는 기분이었다.

천장에는 커다란 석유램프가 매달려 있었는데, 소년들은 그 빨간 불빛 아래서 모두가 옷을 벗었다. 10시 15분이 되자 조교가 와서 램프를 껐다. 이제 그들은 모두 나란히 누워 있었다. 침대 두 개 사이마다 벗어던진 옷이 얹혀져 있는 작은 의자가 있었고, 기둥 옆에는 아침 종을 울리는 끈이 늘어져 있었다.

벌써 사귀었는지 두세 명의 소년들이 속닥속닥 몇 마디 소곤거리더니 곧 잠잠해졌다. 다른 아이들은 서로 낯을 가리느라 모두가 다소 가라앉은 기분으로 몸 한 번 움직이지 않고 누워 있었다. 이미 잠든 아이는 숨을 깊이 들이쉬고 있었고, 자면서 팔을 움직이는 아이가 있어서 린넨 홑이불이 바삭바삭 소리를 냈다. 눈을 뜨고 있는 아이는 아주 조용히 누워 있었다.

한스는 오랫동안 잠을 이룰 수 없었다. 학우들의 숨소리에 귀를 기울이고 있는데 잠시 후 하나 건너 다음 침대에서 이상한 소리가 들려왔다. 한 아이가 홑이불을 머리 위에 뒤집어쓰고 흐느끼고 있었다.

멀리서 울려오는 듯한 그 나직한 흐느낌이 한스의 마음을 여지없이 흔들어 놓았다. 그는 별로 향수를 느끼지는 않았으나, 그래도 역시 조용하고 작은 자기 방이 그리워졌다. 거기에 새로운 미래에 대한 불안함과 많은 학우들에 대한 소심한 두려움이 더해졌다.

아직 밤이 깊지 않았지만 눈을 뜨고 있는 아이는 하나도 없었다. 아이들은 줄무늬가 그려져 있는 베개에 뺨을 푹 파묻은 채 나란히 잠들어 있었다. 슬픔에 겨워하던 아이도 반항적인 아이도, 쾌활한 아이도 소심한 아이도 모두 다 깊은 휴식과 망각의 늪 속으로 빠져든 것이다.

오래된 뾰족한 지붕과 탑, 발코니, 고딕식 첨탑과 담벽, 아치형의 회랑 위로 창백한 반달이 떠올랐다. 달빛은 처마 끝과 문지방에 머물더니 고딕식 창과 로마네스크식 문 위로 흘러갔다. 그러고는 회랑 분수의 예스럽고 아담한 수반 속에서 엷은 금빛으로 떨고 있었다. 달빛은 세 개의 창을 뚫고서 헬라스 방에도 비쳐 들었다. 그리하여 옛날 승려들의 꿈을 지켰듯이 지금 자고 있는 소년들의 꿈을 지키고 있었다.

다음날 기도실에서는 장엄한 입학식이 거행되었다. 선생들은 프록코트를 입고 서 있었다. 교장선생이 식사式辭를 했다. 학생들은 의자에 앉아 생각에 잠긴 듯한 얼굴로 허리를 앞으로 굽히고 있었다. 이따금 훨씬 뒤에 앉아 있는 양친을 돌아다보는 학생도 있었다. 어머니들은 이런저런 생각에 미소를 띤 채 자식들을 바라보았고, 아버지들은 똑바로 앉아서 엄숙하고 진지하게 교장선생의 식사를 듣고 있었다. 그들의 가슴은 자랑과 뽐내고 싶은 감정과 아름다운 희망으로 부풀어 있었다. 금전적인 이득 때문에 아들을 국가에 팔았다고 생각하는 사람은 이 자리에 아무도 없었다.

마지막으로 학생들이 하나씩 호명되어 나가 교장선생과 악수를 하며 의무와 책임에 대한 선서를 했다. 이것으로써 이들은 그 자신이 잘못을 저지르지 않는 한 죽는 날까지 국가로부터 생계를 보장받게 된 것이다. 하지만 이러한 선물이 거저 주어지지는 않는다는 사실을 생각하는 사람은 단 한 사람도 없었다.

소년들은 부모들과 이별을 나누었다. 그 장면은 이제까지보다 훨씬 더 진지하고 애절했다. 부모들은 더러는 걸어서, 혹은 우편마차로, 혹은 서둘러서 구한 여러 가지 탈것으로 뒤에 남은 자식들의 시야에서 사라져 갔다. 이별을 아쉬워하는 손수건들이 부드러운 9월의 미풍에 오래도록 나부꼈다. 마침내 떠나가는 부모들은 모두 숲 속으로 사라지고, 자식들은 생각에 잠긴 채 묵묵히 수도원으로 돌아왔다.

"자, 이제 부모님들은 떠나셨다."

조교가 말했다.

학생들은 각기 자기 방 동료들끼리 어울려 얼굴을 익히고 아는 사이가 되었다. 잉크병에 잉크를 채우고, 램프에 석유를 붓고, 책과 노트를 정리하며 새로운 공간에 적응하려고 노력했다. 그러면서 호기심 어린 눈이 서로 마주칠 때마다 망설임 없이 말을 걸었다. 서로 고향과 출신 학교를 묻기도 하고, 진땀을 흘렸던 주 시험에 대한 이야기를 끄집어내기도 했다. 끼리끼리 이야기를 나누는 여기저기에서 해맑은 웃음소리까지 터져나왔다. 저녁 무렵에는 이미 항해를 마친 선객들보다도 더 서로를 잘 아는 친숙한 사이가 되어 있었다.

한스와 함께 헬라스 방을 쓰는 아홉 명의 학생 중에는 네 명의 특징 있는 소년이 있었다. 나머지는 그저 평범한 부류에 속했다.

먼저 슈투트가르트에서 온 교수의 아들 오토 하르트너는 재능이 뛰어나고 침착하며, 언제나 자신감에 넘치고 행동거지 또한 흠잡을 데가 없었다. 거기에다 체격도 건장하고 옷도 말끔하게 잘 차려입고 다녔다. 그에게서 풍겨나는 당당한 풍채는 학우들의 눈길을 끌기에 충분했다.

다음에는 산악 지대 어느 작은 마을의 읍장 아들인 카를 하멜이다. 이 아이를 사귀는 데에는 시간이 꽤 걸렸다. 왜냐하면 그가 모순투성이인 데다 무디고 차가운 자신만의 껍질 속에 들어앉아 좀처럼 나오려 하질 않았기 때문이다. 때로는 격정에 사로잡혀 제멋대로 굴기도 하고 종잡을 수 없이 난폭해지기도 했다. 하지만 그것도 오래 계속되지는 않았다. 그가 다시 자신의 껍질 속으로 들어가 버리기 때문이었다. 그래서 그가 냉철한 관찰자인지 음흉한 위선자인지 알 수가 없었다.

성격이 그리 복잡하지 않으면서 눈에 띄는 아이는 슈바르츠발트의 훌륭한 가문 출신인 헤르만 하일너였다. 벌써 첫날부터 그가 주 시험 때 작문을 육각 운으로 맞추어 쓴 인물이라며 문예 애호가이자 시인이라는 소문이 주위에 무성했다. 그는 이야기하기를 좋아하고 활기가 넘쳤으며, 근사한 바이올린도 가지고 있었다. 감상적이며 약간의 경솔함과 소년다운 순박성이 혼합된 것이 그의 기질이었는데, 그는 그것을 일부러 노출시키고 있는 것처럼 보였다. 그러나 남의 눈에 잘 띄지 않는 보다 깊은 내면을 지니고 있었고, 몸과 마음은 조숙했으며, 이미 나름대로 시행착오를 겪으며 자신의 길을 걷고 있었다.

헬라스 방에서 가장 특이한 존재는 에밀 루치우스였다. 옅은 금발에 키가 작은 이 아이는 엉큼한 구석이 있으면서 나이 든 농부처럼 끈기 있고 부지런하고 무뚝뚝했다. 그는 작은 덩치와 완숙되지 않은 생김새에도 불구하고 변화할 여지조차 없는 것처럼 여러 가지 점에서 어른의 모습을 하고 있었다. 입학식이 끝난 바로 그날, 다른 아이들은 지루한 나머지 잡담을 늘어놓거나 새로운 생활에 익숙해지려고 노력하고 있는 동안 그는 책상 앞에 앉아 문법책을 펼치는 것이었다. 그러고는 엄지손가락을 양쪽 귀에 집어넣고 잃어버린 시간을 되찾겠다는 듯 눈을 부릅뜨고 공부에 몰두했다.

차츰 시간이 흐르면서 이 괴팍한 소년이 아주 교활한 구두쇠이며 이기주의자라는 사실이 밝혀졌다. 하지만 이러한 악덕조차도 완전히 틀이 잡혀 있었기 때문에 도리어 일종의 존경, 적어도 그냥 눈감아 주는 관용으로 대접을 받는 결과가 되었다. 그는 실로 빈틈없는 절약법과 돈 버는 방법을 알고 있었다. 그 수완이 하나씩 드러날 때마다 학우들은 모두 놀라 입을 다물지 못했다.

아침에 일어났을 때부터 일이 벌어졌다. 루치우스는 세면장에 맨 먼저가 아니면 맨 나중에 나타나 다른 아이의 수건을 사용했다. 가능하면 비누도 다른 아이의 것을 쓰면서 자기 것은 절약했다. 그래서 그의 수건은 언제나 두 주일 혹은 그 이상 쓸 수가 있었다. 규칙에 수건은 일주일에 한 번씩 바꾸게 되어 있었다. 그리고 매주 월요일에 상임조교가 그것을 검사하였다. 루치우스도 월요일 아침에는 새 수건을 자기 번호의 못에 걸어 놓는다. 하지만 점심시간이 되기가 무섭게 새 수건을 걷어서 반듯하게 접은 다음 다시 원래의 상자에 넣고 헌 수건을 걸어 놓는 것이었다. 그리고 그의 비누는 하도 단단하여 잘 닳지 않았으므로 몇 개월이고 쓸 수 있었다. 그렇다고 에밀 루치우스가 꾀죄죄한 외모를 하고 다니는 것은 아니었다. 그는 언제나 말쑥하게 차려입고 옅은 금발머리는 가르마를 타서 정성껏 빗어 넘겼다. 속옷과 겉옷도 지나치리만큼 아껴 입었다.

　루치우스는 세면장에서 곧바로 식당으로 갔다. 학생들의 아침식사로 나오는 것은 커피 한 잔과 각설탕 한 개, 밀빵 한 조각이었다. 대부분의 소년들에게 이런 식사는 결코 충분하지 못했다. 한창 나이에 보통 여덟 시간을 자고 난 뒤에는 배가 몹시 고픈 법이다. 그러나 루치우스는 그것으로 만족하고 매일 각설탕 한 개를 먹지 않고 모아 두었다. 그러고는 1페니히에 각설탕 두 개, 혹은 노트 한 권에 각설탕 스물다섯 개를 맞바꾸었다. 밤에는 값비싼 석유를 절약하기 위하여 다른 학우들의 램프에서 비쳐 나오는 불빛으로 공부하는 것은 어쩌면 지극히 당연한 일이었다. 그러나 놀랍게도 그는 부유한 가정에서 자란 아이였다.

　원래 찢어질 듯이 가난한 집안의 아이들은 살림을 꾸려 가거나 돈을 절약할 줄 모른다. 그들은 갖고 있는 대로 다 써 버리곤 한다. 그들에게는 미래를 위해 저축한다는 것이 낯설게 느껴질 뿐이다.

　에밀 루치우스는 자신의 방식을 정신적인 영역에도 활용했다. 이 점에서 그는 매우 현명했다. 정신적인 소유란 모두 상대적인 가치를 가질 뿐이라는 것을 알고 있는 그는 좋은 성적을 거둘 수 있는 과목만을 힘써서 공부하고, 나머지 다른 과목에 있어서는 욕심을 부리지 않고 중간 성적으로 만족했다. 외는 것이든 실험하는 것이든 간에 그는 언제나 동급생의 성적만을 그 표준으로 삼았다. 두 배나 노력하여 이등이 되느니보다는 차라리 반쯤 노력하여 일등이 되기를 그는 바랐다. 그리하여 저녁에 같은 방의 아이들이 여러 가지 오락과 유희에 빠져 있을 동안 그는 조용히 공부하고 있는 것이 눈에 띄었다. 다른 아이들이 떠들고 있는 것은 그에게는 전혀 방해가 되지 않았다. 뿐만 아니라 그는 이따금 떠들고 있는 아이들에게 질투는커녕 오히려 만족스러운 시선을 던졌다. 만일 모두가 공부하고 있었다면 자신이 애쓴 보람이 없기 때문이었다. 어쨌든 그는 부지런한 노력가였기 때문에 그의 교활한 술수를 악의로 해석하는 사람은 없었다.

　그러나 극단을 달리는 사람들이나 탐욕에 눈이 먼 사람들이 그러하듯, 루치우스도 그만 바보 같은 짓을 하고 말았다.

　수도원의 수업이 전부 무료라는 사실에 착안하여 그는 바이올린 교습을 받기로 마음먹었다. 예전에 조금이라도 교육을 받은 적도 없었고, 섬세한 음감이나 뛰어난 재능이 있었던 것도 아니며, 더구나 음악을 즐기는 기질이 있었던 것은 더더욱 아니었다. 하지만 그는 바이올린도 라틴어와 수학과 마찬가지로 배우면 된다고 믿었다. 음악이란 연륜을 더해 갈수록 점점 더 유익해지는 재산이며, 다른 사람들과 사귐에 있어 인기와 관심을 끌 수 있는 수단이라는 이야기를 들은 적도 있었다. 게다가 수도원의 바이올린을 사용하기 때문에 결코 돈이 드는 일도 아니었던 것이다.

음악선생 하스는 루치우스가 찾아와서 바이올린을 배우고 싶다고 말했을 때 소름이 오싹 끼쳤다. 음악시간을 통해 루치우스의 실력을 너무나도 잘 알고 있었기 때문이다. 음악시간에 루치우스가 부른 노래는 동급생 전원을 꽤나 즐겁게 했으나 교사인 그는 루치우스를 구제불능이라고 생각하며 실망했었다. 그는 루치우스에게 바이올린 배우는 것을 단념시키려고 노력했다. 하지만 그 점에서는 상대방을 너무 얕본 것이었다. 루치우스는 얌전하고 공손하게 미소 지으며 자기의 정당한 권리를 주장하고, 더욱이 음악에 대한 자기의 흥미를 억제할 수 없다고 못 박았다. 이렇게 해서 루치우스는 연습용 바이올린 가운데 가장 나쁜 것을 받았다. 그러고는 일주일에 두 번씩 개인지도를 받고 매일 반 시간씩 연습하기로 하였다. 그러나 첫 번째 연습이 끝나기가 무섭게 같은 방 학우들은 루치우스에게 욕설을 퍼부어 댔다. 그러고는 두 번 다시 이 견딜 수 없는 신음소리를 듣지 않게 해 주기를 바란다고 윽박질렀다.

이때부터 루치우스는 바이올린을 들고 연습하기에 적당한 한적한 곳을 찾아 수도원 구석구석을 헤매 다녔다. 곳곳에서 기이기이 바이올린 줄을 긁는 소리, 끙끙 앓는 듯한 소리, 그리고 끼익끼익 문질러 대는 이상한 소리들이 근방의 학생들을 괴롭혔다. 시인 하일너는 이것을, 고통 받는 낡은 바이올린이 벌레 먹은 구멍을 비집고 나와 살려 달라고 비명을 지르며 탄원하는 것이라고 말하였다.

루치우스의 바이올린 실력은 조금도 나아가는 기미가 보이지 않았다. 그를 힘겹게 가르쳐 온 음악선생은 신경이 곤두서서 그에게 신경질을 내고 거칠게 대하기 시작했다. 루치우스도 거의 체념 상태가 되어 근근이 연습했다. 지금까지 자신만만했던 구두쇠 소매상의 얼굴에도 고통스러운 주름살이 잡히기 시작했다.

정말 비극이었다. 마침내 음악선생이 전혀 불가능하다고 선언하고 바이올린 개인지도를 거부하기에 이른 것이다. 그는 다시 무엇이든 배워 보겠다고 욕심을 부리더니, 이번에는 피아노를 택하여 몇 달 동안 헛된 수고를 했다. 그러고는 결국 의기소침하여 슬그머니 그만두고 말았다. 하지만 나중에 시간이 흘러 음악에 관한 이야기가 오갈 때면, 자기도 예전에는 피아노와 바이올린을 배운 적이 있지만 유감스럽게도 피치 못할 사정으로 이 아름다운 예술로부터 점차 멀어지게 되었다고 말하는 것이었다.

헬라스 방에는 익살맞은 학우들이 있어 그들 덕분에 심심치 않게 웃고 지낼 기회가 많았다. 시인 하일너도 가끔 우스운 장면을 연출하였다. 풍자에 능하고 기지가 넘치는 카를 하멜은 언제나 거리를 두고 주위를 살폈다. 다른 아이들보다 한 살 위인 그는 다소 거드름을 피웠지만 존경을 받으려고는 하지 않았다. 하지만 성품이 변덕스러워 거의 일주일에 한 번 꼴로 싸움판을 벌였고, 그럴 때마다 그는 난폭이 지나쳐 잔인하기까지 했다.

한스 기벤라트는 경악에 찬 눈으로 하멜의 행동을 방관하면서 선량하고 얌전한 축으로서 묵묵히 자기의 길을 걸어가고 있었다. 그는 루치우스 못지않게 부지런했다. 그래서 하일너를 제외한 같은 방 학생들로부터 존경을 받았다. 하일너는 천재적인 분방함을 그의 기치로 하여 때때로 한스를 공부벌레라고 조소하였다.

해질 무렵 기숙사 침실에서 학생들이 서로 멱살을 잡고 벌이는 싸움질은 결코 드문 일이 아니었다. 하지만 하루가 다르게 급속도로 성장해 가는 소년들은 별 탈 없이 잘 어울리고 있었다. 그들은 이제 어른이 되었다는 기분으로, 선생들이 쓰는 '당신'이라는 귀에 익지 않은 호칭에 걸맞는 학문적인 진지함과 정숙한 행동거지를 보여 주려고도 했다. 그리고 마치 새내기 대학생이 고등학교 시절을 돌아다보듯이 이제 막 졸업한 라틴어 학교 시절을 교만한 표정과 동정 어린 시선으로 돌아보았다. 그러나 때때로 이 후천적인 품위를 부수고 가식 없는 무분별이 튀어나와 그들의 본색이 드러났다. 그러면 큰 침실에서는 쿵쿵거리며 뛰는 소리와 소년들 누구나가 갖고 있는 쌍스러운 욕지거리가 마구 쏟아져 나와 온통 아수라장이 되곤 했다.

공동생활을 시작한 지 몇 주일이 지나지 않아 이 한 떼의 젊은이들은 마치 화학반응에 의해 화합물이 침전하는 것 같은 광경을 보여 주었다. 그것은 마치 액체에 떠 있는 탁한 먼지나 찌꺼기들이 한데로 뭉쳐지는가 하면, 곧 다시 풀어져서 전혀 다른 형태의 고체가 되는 것과 같은 것이었다. 처음 만났을 때의 서먹함이 사라지고 서로 충분히 알게 되면서부터 이들은 서로 반응하기 시작했다.

함께 어울리는 동아리들이 만들어지고, 상대방에 대한 우정과 반감의 표현이 보다 뚜렷해졌다. 같은 고향에서 온 친구, 혹은 동창생들이 결합하는 경우는 드물었다. 거의가 새로 사귄 아이들과 가까워졌다. 도시의 아이는 농촌의 아이와, 산악지대의 아이는 평야지대의 아이와 사귀고자 했다. 그것은 다양한 만남을 통하여 자신에게 없는 것을 채우려는 은밀한 욕구이기도 했다.

소년들은 확실치 않은 기준으로 서로 어울릴 만한 친구를 찾아 미지의 세계를 더듬기 시작했다. 평등의식이 생김과 더불어 스스로 일어서려는 독립심도 불태웠다. 비로소 어린 시절의 잠에서 깨어나 처음으로 자신의 개성을 키워 나가는 것이었다. 형용하기 어려운 애착과 질투로 인한 사소한 싸움도 심심찮게 벌어졌다. 그럼으로써 서로 깊은 우정을 발견하고 애정 어린 사이가 되거나 함께 산책을 즐기는 다정한 사이가 되기도 하고, 아니면 적대감을 드러내고 서로 맞붙어 주먹질을 하기도 했다.

한스는 이 모든 일들에 겉으로는 전혀 관심이 없는 체했다. 카를 하멜이 자신의 감정에 겨워 그에게 우정을 격렬하게 표시했을 때는 깜짝 놀라서 뒤로 물러서고 말았다. 그 일이 있은 후 하멜은 곧바로 스파르타 방의 아이와 친해졌다.

한스는 혼자가 되었다. 홀로 남겨진 한스에게 어떤 강렬한 감정이 우정의 나라를 행복스럽게 그리운 색채로써 지평선 위로 떠오르게 했다. 그러고는 보이지 않는 힘으로 한스를 그곳으로 이끌었다. 그러나 한스의 어찌할 수 없는 수줍음이 그를 멈춰 세웠다. 어머니가 없이 엄격한 소년시절을 보내야 했던 한스는 누군가를 사랑하는 마음이 위축되어 있었다.

그는 무엇보다도 겉으로 드러나는 열정을 두려워하고 있었다. 거기에 소년다운 자부심과 불쌍하게도 공명심이 보태져 있었다. 그는 루치우스와는 달랐다. 그는 진정으로 인식의 폭을 넓히려는 순수한 지식욕을 가지고 있었다. 하지만 루치우스와 마찬가지로 공부를 방해하는 것은 모두 멀리하고자 노력했다. 그리하여 열심히 책상에 달라붙어 있었으나, 다른 아이들이 우정을 즐기고 있는 것을 보면 질투와 동경으로 고민하였다.

카를 하멜은 한스가 원하는 친구는 아니었다. 그러나 만일 그 누군가가 와서 그를 세차게 잡아끌었다면 기꺼이 따라갔을 것이다. 부끄러움 많은 처녀처럼 가만히 앉아 자기보다 강한 용기가 있는 사람이 자기를 끌고 가서 아주 행복스럽게 해 주었으면 하고 그는 기다리고 있었다.

신학교에서는 해야 할 일들이 너무나 많았다. 최근에는 수업, 특히 히브리어 배우기에 여념이 없었으므로 소년들에게 있어 시간은 매우 빠르게 흘러갔다.

마울브론을 둘러싸고 있는 자그마한 호수와 연못들은 퇴색한 늦가을의 하늘을 비치고 있었다. 저녁때면 노을빛을 받은 물푸레나무며 떡갈나무며 참나무들이 호수와 연못들에 긴 그림자를 드리웠다. 숲에서는 낙엽들의 마지막 무도회가 한창이었다. 초겨울 바람이 아름다운 숲을 가로지르며 울부짖기도 하고 기뻐 날뛰기도 하며 세차게 몰아쳤다. 가벼운 서리도 벌써 몇 차례나 내렸다.

정서가 풍부한 서정적인 헤르만 하일너는 마음에 맞는 친구를 사귀려고 노력하였으나 뜻을 이루지 못했다. 그래서 외출시간이면 매일 홀로 숲 속을 거닐었다. 그가 특히 즐겨 찾아간 곳은 해묵은 활엽수의 우듬지와 갈대로 둘러싸여 있는 숲 속의 우울한 암갈색 호수였다. 몽상가 하일너는 이 애수 어린 아름다운 숲의 한 모퉁이가 자신을 힘차게 끌어당기는 힘을 느꼈다. 이곳에서 그는 꿈을 꾸는 듯한 기분으로 나뭇가지로 물 위에 원을 그리기도 하고 레나우의 《갈대의 노래》를 읽기도 했다. 그리고 호숫가에 무더기로 자생하고 있는 골풀 사이에 누워 죽음이라든가 소멸 같은 가을다운 시제 詩題를 생각하는 것이었다. 그러고 있으면 낙엽 지는 소리와 나뭇가지 흔들리는 소리가 우울한 화음을 엮어 냈다. 그럴 때마다 그는 주머니에서 검은 수첩을 꺼내어 연필로 한두 구절 적곤 했다.

10월도 다 저물어 가는 어느 흐린 날, 점심시간에 혼자 산책길에 나섰던 한스 기벤라트가 그 장소에 왔을 때에도 하일너는 시를 쓰고 있었다. 그는 이 소년 시인이 널다리에 앉아서 무릎 위에 수첩을 올려놓고 연필을 입에 문 채 생각에 잠겨 있는 것을 보았다. 책 한 권이 그 옆에 펼쳐져 있었다. 한스는 천천히 그에게 다가갔다.

"이봐, 하일너! 여기서 뭐해?"

"호머를 읽고 있어."

"난 네가 뭘 하고 있었는지 알아."

"그래?"

"응. 시를 쓰고 있었지?"

"그렇게 생각해?"

"물론."

"거기 앉아 봐."

기벤라트는 하일너 옆에 나란히 두 다리를 수면 위로 내려뜨리고 앉았다. 그러고는 여기저기서 갈색 잎이 하나 둘 서늘한 공중을 돌다가 소리 없이 수면에 내려앉는 모습을 지켜보았다.

"이곳은 좀 쓸쓸하네."

"응, 그래."

두 소년은 등을 땅바닥에 대고 길게 누웠다. 때문에 가을의 정취가 흠뻑 배어 있는 우듬지는 거의 시야에 들어오지 않았다. 단지 고즈넉하게 떠도는 구름만이 연푸른 하늘에 섬을 이루고 나타났다.

"구름이 정말 멋지다!"

한스는 하늘을 바라보며 즐거운 듯이 말했다.

"그렇구나, 기벤라트."

하일너가 한숨을 내쉬며 말을 이었다.

"저런 구름이 될 수 있다면!"

"그렇게 되면?"

"그러면 하늘을 달릴 수 있을 텐데. 숲과 마을, 읍과 주를 넘어서 아름다운 배처럼. 넌 아직 배를 본 적 없지?"

"응, 아직 못 봤어, 하일너. 넌?"

"난 물론 봤지. 딱하구나, 도대체 아는 게 없으니. 공부벌레처럼 허덕허덕 공부만 하니 별 수 있겠어!"

"그럼, 넌 나를 바보로 생각하는 거야?"

"그런 말은 아니야."

"난 네가 생각하고 있는 것처럼 그렇게 우둔하진 않아. 그건 그렇고, 배에 관한 이야기나 계속해 봐."

하일너는 돌아눕다가 하마터면 물속에 빠질 뻔하였다. 그는 배를 땅에 대고 엎드려서 양손으로 턱을 괴었다.

"라인 강에서."

그는 말을 이어 갔다.

"방학 때 거기서 배를 봤어. 한번은 일요일이었는데 배에서 음악이 흘러나왔어. 밤이 되니까 오색 등불이 켜지고, 그 불빛이 물 위에 비쳤지. 우리는 음악을 들으며 강을 따라 내려갔어. 모두들 라인 주酒를 마셨지. 소년들은 하얀 옷을 입고 있었어."

한스는 말없이 귀를 기울였다.

눈을 감자 배가 음악을 연주하면서 오색 등불을 켠 채 하얀 옷을 입은 소년들을 태우고 여름밤을 달리는 것이 보였다.

하일너는 이야기를 계속했다.

"그래, 지금과는 전혀 달랐지. 여기 있는 놈들 중에 그런 걸 아는 놈은 아마 없을 거야. 모두가 답답하고 비겁한 놈들뿐이야! 그저 악착같이 공부들이나 하고, 히브리어 철자보다 더 고상한 것은 아무것도 몰라. 너도 마찬가지야."

한스는 잠자코 있었다. 이 하일너라는 친구는 정말 괴짜였다. 공상가며 시인이었다. 한스는 그에게 몇 번이나 놀랐었다. 다른 아이들도 다 알고 있지만, 하일너는 어지간히 공부를 하지 않았다. 그런데도 그는 박식하여 어떤 질문에도 멋지게 대답하는 것이었다. 그러면서도 그는 이러한 지식을 경멸하고 있었다.

"예를 들면, 호머를 읽을 때 말이야."

하일너는 계속해서 빈정거렸다.

"우린 오디세이를 마치 무슨 요리책이나 되는 것처럼 읽고 있어. 한 시간에 겨우 두 구절밖에 못 읽는 거야. 단어 하나하나를 되풀이해서 읽고 찬찬히 음미하거든. 하지만 결국에는 구역질이 날 정도로 지겹기만 하지. 그런데 선생은 강의가 끝날 때 언제나 '제군은 이 시인이 얼마나 미묘하게 표현했는지 잘 알았지요? 자, 이제 제군은 시적 창작의 비밀을 알게 되었어요.'

라고 말해. 하지만 그건 우리가 질식하지 않게끔 불변화사와 부정과거형에 양념을 친 것뿐이야. 그런 식이라면 난 호머에 관심 없어. 도대체 고대 그리스의 것이 우리와 무슨 관계가 있다는 거냐? 우리 중에 누군가가 조금이라도 그리스적으로 생활하려고 하거나 혹은 시험해 보려고 한다면 아마 당장 쫓겨날걸? 그런데도 우리 방을 헬라스라고 부르는 것은 정말 웃기지! 어째서 '쓰레기통'이라든가 '노예 감옥', 혹은 '비단 모자'라고 부르지 않느냐 말야. 고전적이라는 것은 모두 쓸데없는 수작에 불과해."

그는 공중에다 침을 뱉었다.

"너 좀 전에 시를 쓰고 있었지?"

이번에는 한스가 물었다.

"응."

"무엇에 대해서?"

"이 호수와 가을에 대해서야."

"보여 줄 수 있어?"

"안 돼, 아직 다 못 끝냈거든."

"그럼 다 되면 보여 줄래?"

"그래, 좋아."

두 소년은 자리에서 일어나 수도원을 향해 천천히 걸어갔다.

"저길 봐! 너는 저 아름다움을 느끼고 있니?"

파라다이스를 지날 때 하일너가 말하였다.

"기도실, 아치형 창문, 회랑, 식당들 말야. 이게 다 고딕식과 로마네스크 식이잖아. 풍성하고 정교한 이 건물들은 모두 예술가들이 지은 거란다. 그런데 이 매력 있는 성이 도대체 무엇에 쓰이고 있어? 고작 목사가 되려는 36명의 가련한 소년들에게만 도움이 되고 있잖아. 국가에 돈이 꽤나 남아도는 모양이야."

한스는 오후 내내 하일너를 생각하지 않을 수 없었다. 그는 도대체 어떤 인간일까? 하일너에게는 한스의 고민이나 소원 같은 것은 전혀 없었다. 그는 자신만의 사고와 언어를 가지고 있었으며, 다른 아이들보다 더 열정적이고 자유로운 생활을 하고 있었다. 하지만 남다른 고민으로 괴로워하며 자기를 에워싼 주위 환경을 몹시 경멸하고 있는 것처럼 보였다. 그는 오래된 기둥과 담벽의 아름다움을 이해하고 있었고, 자신의 영혼을 시구에 반영하고, 공상에 의해서 자기만의 허구적인 삶을 만들어 내는 신비스럽고 기이한 비법을 터득하고 있었다. 또한 감정이 풍부할 뿐만 아니라 남에게 구속받는 것을 싫어했다. 한스가 일 년 동안에나 할 농담을 하일너는 매일매일 쏟아 냈다. 동시에 그는 우울했다. 자기 자신의 슬픔을 타인의 진기하고 귀중한 것이기나 한 것처럼 즐기고 있는 듯이 보였다.

그날 저녁, 하일너는 그의 엉뚱하고 괴팍한 성질의 일면을 같은 방을 쓰는 모든 학우들에게 보여 주었다. 룸메이트 가운데 오토 뱅거라고 하는 속좁은 허풍쟁이가 그에게 싸움을 걸어 왔던 것이다.

하일너는 처음엔 잠시 그를 놀리기만 하면서 가만히 서 있었다. 그러다가 느닷없이 오토 뱅거의 따귀를 갈겼다. 일순간에 두 소년은 서로 뒤엉켜 심하게 몸싸움을 하기 시작했다. 마치 키를 잃은 배처럼 부딪치기도 하고 반원을 그리기도 하고, 주춤 물러서기도 하고 벽으로 밀치기도 하고, 의자를 넘어뜨리기도 하고 마룻바닥에 내동댕이치기도 하면서 헬라스 방 안을 발칵 뒤집어 놓았다. 둘 다 말없이 식식거리며 푸우푸우 거품을 내뿜었다.

룸메이트들은 냉정한 표정으로 이들을 방관하고 있었다. 싸움의 소용돌이에 휘말려들지 않으려고 이따금 이쪽저쪽으로 발을 옮겨 놓고 책상이며 램프가 망가지지 않도록 끄집어 당기고서 재미있다는 듯 마른침을 삼켜 가며 결과가 어떻게 될 것인가 기다리고 있었다. 몇 분이 지났다. 하일너가 힘겹게 몸을 일으켜 털고는 숨을 헐떡이면서 그 자리에 섰다. 그의 몰골은 말이 아니었다. 눈은 빨갛게 충혈되고 셔츠의 깃은 찢겨졌고 바지 무릎에는 구멍이 뚫려 있었다. 상대가 다시 달려들려고 하자 그는 팔짱을 낀 채 가만히 서서 거만스럽게 말했다.

"난 이제 그만 할 테다. 때리고 싶으면 때려라!"

오토 뱅거는 욕설을 퍼부으며 방을 나갔다.

하일너는 책상에 기대서서 램프를 돌리고는 바지 주머니에 양손을 집어넣었다. 그러고는 무엇인가를 골똘히 생각하기 시작했다. 갑자기 하일너의 눈에서 눈물이 비어지더니 자꾸만 하염없이 흘러내렸다. 그것은 뜻밖의 일이었다. 눈물을 보인다는 것은 신학교 학생에게 있어 가장 치욕적인 일이었기 때문이다. 그러나 하일너는 우는 것을 전혀 감추려고 하지 않았다. 눈물을 닦기는커녕 양손을 호주머니에서 빼내려고도 하지 않았다. 그는 방에서 나가지도 않고 창백해진 얼굴을 램프 쪽으로 돌린 채 가만히 서 있었다. 학우들은 심술궂은 호기심을 가지고 그의 주위에 서서 바라보고 있었다. 마침내 하르트너가 그에게 다가가 말했다.

"야 하일너. 부끄럽지도 않나?"

눈물을 흘리고 있던 하일너는 잠에서 깨어난 사람처럼 조용히 주위를 둘러보았다.

"부끄럽지 않냐고? 너희들한테?"

하일너는 큰 소리로 멸시하는 듯 말하였다.

"천만에, 이 친구야!"

그는 눈물을 닦더니 경멸하는 미소를 지어 보이고는 램프를 불어 끄고 방에서 나갔다.

한스 기벤라트는 싸움이 벌어지는 동안 내내 자기 자리를 뜨지 않고 놀라움과 두려움이 뒤섞인 눈으로 하일너를 곁눈질해 보고 있었다. 15분 정도 지난 뒤 그는 용기를 내어서 자취를 감춘 친구를 찾아 나섰다.

하일너는 어둡고 싸늘한 침실의 낮은 창문턱에 미동도 없이 앉아서 회랑을 내려다보고 있었다. 뒤에서 보는 그의 어깨와 머리는 어린애와는 사뭇 다른 진지한 분위기를 풍겼다. 한스가 창가로 다가가도 하일너는 전혀 몸을 움직이지 않았다.

잠시 후 하일너는 고개도 돌리지 않은 채 목쉰 소리로 물었다.

"무슨 일이냐?"

"나야."

한스는 수줍어하며 대답했다.

"무슨 일인데?"

"아무 일도 아냐."

"그래? 그러면 돌아가 줘."

한스는 정말 기분이 나빠서 돌아가려고 하였다. 그때 하일너가 한스를 붙잡았다.

"기다려."

그는 일부러 하는 듯한 농담조로 말하였다.

"진심이 아니었어."

두 소년은 서로 얼굴을 바라보았다. 서로의 얼굴을 정면으로 바라보기는 이번이 처음이었다. 그들은 서로 상대방의 소년다운 표정 너머에 독특한 그만의 영혼이 깃들어 있는 것을 마음속으로 그려 냈다.

하일너는 천천히 팔을 펴더니 한스의 어깨를 붙잡고 서로의 얼굴이 아주 가까워질 때까지 한스를 끌어당겼다. 한스는 갑자기 하일너의 입술이 자기 입술에 닿는 것을 느끼고 깜짝 놀랐다.

그의 심장은 마구 두방망이질 쳤다. 이처럼 어두운 침실에 둘이 함께 있는 것이며 이 돌연한 키스는 어찌 생각하면 지극히 모험적이고 신기하고 또 무섭고 위험스러운 일이었다. 다른 아이들에게 이 현장을 들킨다면 얼마나 무서운 일인가 하고 그는 생각했다. 조금 전에 하일너가 운 것보다도 더 우습고 수치스러운 일로 생각될 것임에 틀림없었기 때문이다. 그는 아무 말도 하지 못하고 피가 세차게 머리 위로 솟구치는 듯한 느낌으로 서 있었다. 가능하다면 얼른 도망치고 싶었다.

만약 이 광경을 본 어른이 있다면 이 순결한 우정 표시의 수줍은 애정과 두 소년의 진지한 얼굴에 아마도 흐뭇한 기쁨을 느꼈을 것이다. 둘 모두 귀엽고 전도유망한 소년으로서 아직 반쯤은 어린애다운 순진성을 가지고 있고 이미 반은 청년시절의 수줍음을 지닌 아름다운 자부심에 넘쳐 있었던 것이다.

젊은이들은 차츰 공동생활에 순응해 갔다. 각자 관심 있는 친구에 대해

서로 잘 알게 되어 우정이 싹텄다. 짝을 지어 히브리어 단어를 외는 학생이 있는가 하면, 같이 스케치하고 산보도 하며 실러Schiller를 읽는 짝들도 있었다. 라틴어는 잘하지만 수학이 서투른 사람은 라틴어가 서투른 대신 수학을 잘하는 아이와 결합하여 공부의 효과를 올리려고 했다. 그리고 물물교환이 기초가 된 우정도 있었다. 한 예로, 다른 아이들의 부러움을 사는 햄을 가진 아이는 쉬탐하임의 과수원집 아들이 자기와 꼭 맞는 짝임을 발견했다. 그 아이는 상자 속에 맛있는 사과를 가득 채워 두고 있었다. 어느 날 햄을 먹다가 목이 마른 그는 사과를 가진 아이에게 사과 하나를 달라고 하고 그 대신 자신의 햄을 주었다. 그리고 함께 앉아서 서로 이야기해 본 결과 햄이 없어지면 곧 보충된다는 것과 사과를 가진 아이 또한 봄이 지나고서도 얼마 동안은 아버지가 저장해 놓은 사과를 먹을 수 있다는 것이 밝혀졌다. 이리하여 견고한 관계가 성립되었는데, 그 관계는 정열적으로 결합된 어떤 이상적인 결합보다도 오래 지속되었다.

고립된 사람은 극히 적었다. 루치우스가 그 적은 수 가운데 하나였다. 이 무렵 예술에 대한 그의 탐욕적인 사랑은 절정에 달해 있었다.

조화롭지 않은 결합도 있었다. 그 가장 대표적인 예가 헤르만 하일너와 한스 기벤라트였다. 이들은 경망한 사람과 신중한 사람, 그리고 감성적인 시인과 끈질긴 노력가와의 결합이었다. 두 사람은 가장 영리하고 재주가 뛰어난 소년으로 손꼽혔지만, 하일너는 천재라고 하는 반 조롱적인 평판을 받고 있는 반면 한스는 모범소년이라는 명성을 듣고 있었다. 그러나 모두들 두 사람에게 그다지 신경을 쓰지 않았다. 각자 자신의 교우관계에 바빴고 자기 일에 몰두하고 있었다.

그러나 이러한 개인적인 흥미와 경험 때문에 신학교를 등한시하지는 않았다. 신학교는 오히려 큰 악장이며 리듬이었다. 그런 점에서 루치우스의 음악이나 하일너의 창작, 아이들의 모든 교우관계, 때때로 있는 싸움질도 부수적인 변화나 사사로운 개개의 여홍으로써 놀잇감에 지나지 않았다.

무엇보다도 히브리어가 힘들었다. 여호와의 기이한 태곳적 언어는 살아 있는 나무처럼 소년들 앞에 우뚝 솟았다. 그리고 진기한 색깔과 향기로운 꽃으로 그들을 놀라게 하였다. 그 가지와 움푹 들어간 곳이나 뿌리 속에는 괴상하고 무섭게 생긴 용이라든지 순박하고 사랑스러운 동화, 그리고 아름다운 소년과 조용한 눈을 가진 소녀, 혹은 억센 여자와 주름살이 많고 깡마른 노인의 머리…… 그러한 천년의 영혼이 무섭게 혹은 정답게 깃들어 있었다. 한가로운 루터의 성서 속에서 구약성서에 가려져 멀리 꿈과 같이 울렸던 것이 지금 이 생소한 참된 언어 속에서는 피와 소리가 낡아서 가슴 답답하기는 하나 강하고 무시무시한 생명력을 얻고 있었다. 적어도 하일너에게는 그렇게 생각되었다. 하일너는 매일매일 모세 5경(구약성서 최초의 5권 〈창세기〉·〈출애굽기〉·〈레위기〉·〈민수기〉·〈신명기〉를 말함)을 읽는 시간을 저주하고 있었다. 하지만 단어를 다 알기 때문에 절대 틀리지 않게 읽으려고 참을성 있게 공부하는 다른 아이들보다 그 속에서 많은 생명과 영혼을 발견하고 또 흡수하였다.

그에 비해 신약성서는 보다 쉽게, 그리고 깊이 이해되었다. 거기에 적힌 말들은 그다지 오래되었거나 깊거나 풍부하지는 않았으나 한층 섬세하고 생생한 열기가 있고, 동시에 환몽적인 정신으로 충만되어 있었다.

그리고 오디세이의 그 힘 있고 경쾌한 음조의 시구에서는 생활의 기록과 예감이 선명하게 떠오르는 것이었다. 그것은 때로는 허식 없는 필치로 꽉 붙잡을 수 있을 것 같았고, 어느 때는 두서너 마디의 말과 구절 속에서 꿈과 아름다운 예감으로써 반짝반짝 빛나면서 떠오르는 것이었다.

이것에 비하면 역사가 크세노폰이나 리비우스는 그 빛을 빼앗기고 만다. 빛을 빼앗기기까지는 않는다 할지라도 미미한 빛으로써 거의 반짝임을 잃고 조심스럽게 옆에 서 있는 것에 지나지 않았다.

한스는 학우들이 모든 일을 자기와는 다르게 관찰하고 있다는 것을 알고는 몹시 놀랐다. 하일너에게 있어서는 추상적인 것만 존재했다. 그렇지 않을 경우에는 무엇이든지 싫증을 내고 팽개쳐 버렸다. 수학은 그에게 있어서 믿을 수 없는 수수께끼를 짊어진 스핑크스였다. 그의 냉차고 꼴사나운 눈초리는 살아 있는 희생양을 꼼짝도 못하도록 만들어 버리는 것이었다. 하일너는 이 괴물을 멀리 돌아서 피해 다녔다.

하일너와 한스의 우정은 좀 색다른 관계였다. 하일너에게 있어서는 오락이고 사치였으며, 기분 좋은 일로서 약간 변덕스러웠다. 그러나 한스로서는 때로는 자랑스럽게 지키는 보물이었고 때로는 견딜 수 없는 큰 짐이었다. 그때까지 한스는 저녁나절을 언제나 공부에 이용하고 있었다. 그런데 요즘은 거의 매일 고통스러운 공부에 싫증이 난 하일너가 와서 그의 책을 밀어 버리고 자기의 상대를 만들었다. 한스는 이 친구를 몹시 사랑했지만, 나중에는 이 친구가 오면 어떡하지 하고 걱정하면서 제한된 공부시간 동안 더욱 열심히 공부하였다.

한스가 열심히 공부하는 것에 대해 하일너가 이론적으로 공격을 해 대면 그는 그야말로 고통스럽기 짝이 없었다.

"그것은 품팔이야."

하일너는 이렇게 말했다.

"너는 어떤 공부든지 네가 하고 싶어서 하는 게 아냐. 다만 선생과 아버지가 무서워서 하는 거지. 일등이나 이등이 되어서 뭘 하게? 나는 이십 등이지만, 그렇다고 해서 너희들 같은 공부벌레들보다 멍청하지 않아."

한스는 하일너의 교과서를 처음 보았을 때 굉장히 놀랐었다. 언젠가 책을 교실에 두고 왔기 때문에 다음 지리시간의 예습을 하기 위해 하일너의 지도를 빌린 적이 있었다. 놀랍게도 하일너의 지도책은 페이지마다 온통 낙서투성이였다. 피레네 반도의 서해안은 괴상한 얼굴 옆모습으로 잡아 끌어당겨져 있었다. 코는 폴토에서 리스본에 이르고, 피니스테레 곶 지방은 곱슬곱슬하게 말아 붙인 머리카락으로 과장되었고, 성 뱅쌍 곶은 수염이 잘 다듬어진 앞얼굴이 되어 있었다. 어느 페이지를 보아도 그런 식이었다. 뒤쪽 백지에는 희화와 대담하고도 익살스러운 시구가 적혀 있었다. 잉크가 떨어져 있는 곳도 여러 군데였다.

한스는 이제까지 자신의 책을 신성한 보물처럼 소중히 다루고 있었다. 그랬기 때문에 하일너의 이러한 대담성을 신성을 모독하는 행위, 심지어는 범죄적인 행위로까지 간주하면서도, 동시에 그 안에서 영웅적인 인물의 위대성을 발견하고 있었다.

착하기만 한 기벤라트가 하일너에게는 그저 손쉬운 장난감이나 집에서 기르는 애완용 고양이에 지나지 않는 것으로 보일지도 모를 일이었다. 한스 자신도 가끔 그렇게 느낄 때가 있었다. 그러나 하일너는 한스가 필요했기 때문에 애착을 가지고 있었다. 하일너는 자기 마음을 털어놓을 수 있는 사람, 자기 말을 진지하게 경청해 주는 사람, 자기의 가치를 인정해 주고 칭찬해 줄 누군가를 필요로 했다. 학교와 인생에 대하여 가히 혁명적이랄 수 있는 과격한 이야기를 한다고 하더라도 자신의 말에 관심을 가지고 열심히 경청해 줄 누군가가 있어야 했다. 공연히 우울할 때는 자신의 무릎을 베게 하고 위로의 말을 해 줄 누군가가 필요했던 것이다.

일반적으로 이런 기질을 가진 사람들이 거의 그러하듯 이 젊은 시인도 가끔 헤아리기 힘든, 다분히 어리광 섞인 우울증 발작에 시달렸다. 그 원인은 어린 마음에 숨어 있는 외로움이기도 하고, 아직 목적이 설정되지 않은 채 넘쳐흐르는 젊음의 열기와 어슴푸레한 예감이나 욕망 등의 어수선함이기도 했으며, 또한 어른이 되어 가면서 나타나는 이해하기 힘든 어두운 충동 때문이었다. 그럴 때마다 그는 위로 받고 애무를 받고 싶은 병적인 욕구를 느꼈다. 어릴 때는 어머니의 사랑을 받았었지만, 아직 여성의 사랑을 받을 만큼 성숙하지 못한 지금은 온순한 친구가 그의 위안자가 되었다.

하일너는 종종 저녁 무렵에 피곤에 지친 모습으로 한스를 찾아왔다. 그러고는 공부하고 있는 한스를 꾀어 함께 침실로 가자고 졸라 댔다. 그 차가운 홀, 혹은 어두워져 가는 높은 기도실을 둘은 나란히 왔다 갔다 하기도 하고 추위에 떨면서 창턱에 걸터앉기도 했다. 그럴 때면 하일너는 하이네를 읽는 서정적인 소년답게 온갖 애처로운 탄식을 내뱉으며 다소 어린애 같은 비애의 구름에 휩싸이는 것이었다. 한스는 잘 이해하지 못하면서도 뭔가 가슴에 울리는 것이 있음을 느꼈다. 때로는 그 기분이 자신도 모르게 전염되어 오는 일까지 있었다.

이 감수성 많은 시인은 특히 흐린 날에 발작을 일으키는 일이 많았다. 늦

가을의 비구름이 하늘을 어두컴컴하게 뒤덮고, 구름 뒤에 숨은 달이 어슴푸레하게 엷은 베일의 틈 새로 모습을 드러내면서 궤도를 그리는 밤이면 그의 비탄에 젖은 신음소리는 절정에 달하곤 했다. 그러면 그는 오시안Ossian 적인 기분에 잠겨 몽롱한 우수 속으로 녹아 들어갔다. 그러고는 그것이 한숨이 되고 말이 되고 시구가 되어서는 아무 죄 없는 한스에게 퍼부어졌다.

한스는 이러한 고뇌와 탄식에 시달리고는 남은 시간을 최대한으로 활용하기 위하여 급한 마음으로 공부에 매달렸다. 그러나 공부는 점점 더 어려워졌다. 예전의 두통이 재발한 것도 놀라운 일은 아니었다. 하지만 하일너 옆에서 하는 일 없이 무료한 시간을 보내는 일이 빈번해지고, 마땅히 해야 하는 공부를 하기 위해서 자신을 채찍질해야 하는 일은 몹시 마음에 걸렸다. 기인奇人 기질의 하일너에 대한 우정 때문에 허덕허덕 지치고, 때 묻지 않은 자아의 순수성이 무언가에 의해 병들게 되었다는 사실을 그는 어렴풋이 느끼고 있었다. 그러나 하일너가 울적해하고 눈물을 흘리면 흘릴수록 가엾고 애처롭게 생각되었다. 그리고 자신이 하일너에게 없어서는 안 될 존재라는 자각이 그의 우정을 더욱 깊게 하고 으쓱하게 만들었다.

게다가 한스는 하일너의 병적인 우울증도 실은 불건강한 충동의 과도한 분출에 지나지 않으며, 자신이 감탄해 마지않는 하일너의 본성에 속하는 것은 아니라는 사실을 알고 있었다. 하일너가 자작시를 낭독하거나 시인의 이상에 대해서 말할 때, 혹은 실러나 셰익스피어의 독백을 정열적인 몸짓으로 낭독할 때면 그는 어떤 마력에 의하여 초월적인 자유와 불타는 열정을 지닌 채 호머의 천사처럼 날개 돋친 발을 갖고 자기와 다른 친구들로부터 벗어나 하늘을 두둥실 떠다니는 것 같았다. 이제까지 시인의 세계는 한스에게 있어서는 거의 미지였고 별로 중요하게 생각하지도 않았었다. 지금 비로소 아름답게 흘러나오는 어구와 진실하게 다가오는 비유와 마음 설레는 음률 등의 매혹적인 힘을 아무런 저항 없이 느끼게 된 것이다. 이 새로이 열린 세계에 대한 한스의 숭배는 친구에 대한 경탄과 더불어 일체 불가분의 감정이 되게 하였다.

그러는 동안에 거센 바람이 휘몰아치는 11월이 다가왔다. 램프를 켜지 않고 공부할 수 있는 시간은 그리 많지 않았다. 어두컴컴한 밤에는 휘몰아치는 폭풍이 산더미 같은 구름을 어둠에 덮인 산꼭대기로 몰아 대고, 낡은 수도원 건물을 신음하듯이 혹은 싸우는 듯이 마구 두들겼다. 나무들은 이제 완전히 옷을 벗어던졌다. 다만 키가 크고 줄기가 굵은 참나무만이 참을 수 없다는 듯이 마른 나뭇가지를 흔들며 불평의 소리를 질러 대고 있었다.

하일너는 완전히 우울해졌다. 그는 한스한테도 오지 않고 외딴 연습실에서 혼자 바이올린을 난폭하게 켜거나 친구들에게 싸움을 걸곤 하였다.

어느 날 하일너가 연습실에 갔을 때 노력가인 루치우스가 악보대 앞에서 바이올린 연습을 하고 있었다. 하일너는 화가 나서 밖으로 나갔다가 30분 후에 다시 들어왔다.

루치우스는 여전히 연습에 열중하고 있었다.

"이제 좀 그만 하시지!"

하일너가 소리를 질렀다.

"다른 사람도 연습해야 되잖아. 네가 긁어 대는 소리 때문에 괴로워 죽을 지경이라고!"

그러나 루치우스는 물러서지 않았다. 그가 전혀 개의치 않고 침착하게 다시 바이올린을 켜기 시작하자 화가 치민 하일너는 악보대를 발길로 걷어차 엎어 버렸다. 악보는 방 안에 사방으로 흩어지고 악보대는 루치우스의 얼굴에 부딪쳤다.

루치우스는 몸을 구부려 악보를 주우면서 단호하게 말했다.

"교장선생님께 이를 거야."

"좋지!"

하일너는 분에 겨워 소리를 질렀다.

"궁둥이도 채였다고 함께 이르시지!"

그는 곧바로 루치우스를 걷어차려고 했다.

루치우스는 껑충 뛰어 옆으로 피하더니 재빨리 몸을 돌려 문께로 달아났다. 하일너가 그 뒤를 쫓았다. 시끌벅적하니 쫓고 쫓기는 추격전이 벌어졌다. 복도와 강당을 지나고 계단과 마루 위를 오르내리더니 마침내는 수도원의 가장 멀리 떨어진 동에까지 이르렀다. 거기에는 조용하고 우아한 교장선생의 저택이 있었다. 그 서재의 문 앞에 이르러 하일너는 도망자를 거의 따라잡았다. 루치우스는 이미 서재를 노크하고 열린 문 안으로 들어서려는 순간에 하일너에게 걷어차이고 말았다. 그리하여 미처 문을 닫을 틈도 없이 교장선생의 신성불가침한 방 안으로 폭탄처럼 뛰어들어갔다. 그것은 전대미문의 사건이었다.

다음날 아침, 교장선생은 청소년의 탈선에 대해서 준엄한 훈시를 하였다. 루치우스는 내심 갈채를 보내면서 듣고 있었다. 하일너에게는 엄한 금고형이 내려졌다.

"수년 이래로……."

하며 교장선생은 하일너에게 호통을 쳤다.

"이곳에서는 이러한 벌이 내려진 적이 없었다. 10년이 지나도 네가 이 일을 결코 잊지 않도록 해 주겠다. 다른 학생들에겐 이 하일너가 무서운 본보기가 될 것이다."

학생들은 모두 겁에 질린 채 하일너를 힐끔힐끔 바라보았다. 하일너의 얼굴이 약간 하얘졌다. 하지만 그는 꼿꼿이 서서 반항하듯 교장선생의 시선을 피하려 하지 않았다. 많은 아이들은 내심 하일너에게 감탄했다.

훈시가 끝난 후 아이들은 떠들썩하게 복도를 가득 메우며 밖으로 나갔다. 하일너는 나병환자처럼 홀로 남겨졌다. 지금 그의 편에 서려면 용기가 필요했다.

한스 기벤라트는 하일너의 편에 서지 못했다. 그래야 하는 것이 자신의 의무라고 느끼면서도 차마 용기를 내지 못한 것이다. 그러고는 자기의 비겁함에 대한 죄책감에 사로잡혀 불행과 수치심으로 창가에 몸을 숨기고는 부끄러운 나머지 고개도 잘 들지 못했다. 하일너를 찾아가고 싶은 마음은 간절했지만, 남의 눈에 띄지 않고 친구를 만나기 위해서는 꽤나 신경을 써야 할 판이었다.

그러나 수도원에서 무거운 금고형을 받은 자는 오랫동안 낙인이 찍힌 거나 다름없었다. 금고형을 받은 자는 특별한 감시를 받았으며, 그와 교제하는 것이 위험한 일임은 두말할 필요도 없었다. 자칫하면 자기도 나쁜 평판을 받게 된다는 것은 누구나 알고 있는 사실이었다. 국가가 학생들에게 베푼 은혜에 대해서 학생들은 당연히 엄격한 규율을 지키는 것으로 보답하지 않으면 안 되었다. 그것은 이미 입학식 때 행해진 긴 훈시 속에 분명히 드러났었다. 한스도 그것을 잘 알고 있었다.

한스는 친구로서의 의무감과 학생으로서의 공명심 사이에서 갈등을 겪다가 끝내 지치고 말았다. 그의 이상은 남보다 앞서 두각을 나타내는 것, 시험에서 훌륭한 성적을 올리는 것, 그리고 자신에게 주어진 역할을 나름대로 잘 해내는 것이었다. 물론 감상적이거나 위험한 역할은 아니었다. 한스는 괴로워하면서 한쪽 구석에 틀어박혀 있었다. 지금이라도 자리를 박차고 일어나 용기를 내어 친구에게 달려갈 수도 있었다. 하지만 시간이 지남에 따라 그것은 점점 더 어려워지고 말았다. 그리하여 자신도 모르는 사이에 이미 하일너를 배신하고 말게 되었다.

하일너는 한스의 배신을 금세 알아차렸다. 이 열정적인 소년은 모두가 자기를 피하고 있음을 느꼈다. 그리고 그것도 당연하다고 생각하였다. 그러나 한스만큼은 굳게 믿어 왔었다. 지금 그가 느끼는 비애과 분노에 비하면 이제까지의 아무런 이유 없던 슬픔과 개탄은 차라리 공허하고 우스꽝스럽게 여겨질 뿐이었다.

하일너는 창백하고 거만한 얼굴로 잠시 기벤라트 옆에 멈추어 서서 낮은 목소리로 내뱉었다.

"넌 비열한 겁쟁이야, 기벤라트. 에잇, 더러운 놈!"

그리고는 두 손을 바지 주머니에 찔러 넣은 채 나지막이 휘파람을 불면서 걸어 나갔다.

젊은이들에게 생각할 일과 해야 할 일이 있다는 것은 참으로 다행스러운 노릇이었다.

이 사건이 있은 지 며칠 뒤 갑자기 흰 눈이 펑펑 쏟아졌다. 그러고는 맑게 갠 하늘 아래 추운 겨울이 시작되었다. 아이들은 눈싸움도 하고 스케이트도 탔다. 그리고 크리스마스와 방학이 다가왔다는 것을 문득 깨닫고는 너나없이 모두 어우러져 이야기꽃을 피웠다. 이제 하일너의 일은 전혀 관심거리가 되지 않았다.

하일너는 오만한 표정으로 고개를 빳빳이 세운 채 빠른 걸음으로 조용히 돌아다녔다. 어느 누구에게도 말을 걸지 않았다. 그는 가지고 다니는 수첩에 수시로 시를 적어 넣었다. 수첩에는 검정 초를 먹인 표지가 붙어 있고, 그 표지에는 〈어느 수도사의 노래〉라는 제목이 붙어 있었다.

참나무와 오리나무, 너도밤나무, 버드나무 들은 서리와 눈이 얼어붙은 하얀 설화雪花를 온통 매달고 있었다. 연못에서는 투명한 얼음이 혹한을 이기지 못해 빠드득 소리를 내기도 했다. 회랑의 가운데뜰은 대리석으로 만들어진 정원처럼 보였다.

축제 기분에 휩싸여 어느 방에서나 들뜬 목소리들이 흘러나왔다. 크리스마스를 기다리는 기쁨은 근엄하며 무뚝뚝한 두 교수에게까지도 상냥함과 들뜬 표정을 떠오르게 하였다. 선생이고 학생이고 크리스마스에 무관심한 사람은 하나도 없었다. 하일너의 찌푸렸던 얼굴도 어느 정도 부드러워지기 시작하였다. 루치우스는 휴가 때 집에 가지고 갈 책과 신에 대하여 곰곰이 생각하였다.

집에서 오는 편지에는 가슴 설레게 하는 사연들이 적혀 있었다. 아들이 가장 원하는 선물이 무엇이냐고 묻기도 하고, 빵 굽는 날이 언제인지를 가르쳐 주기도 하고, 머지않아 깜짝 놀랄 일이 있다는 암시를 하기도 했으며, 다시 만날 날을 손꼽아 기다리는 기쁨에 들뜬 심정을 말하기도 하였다.

방학의 귀향 여행 전에 학생들, 특히 헬라스 방의 학생들은 사소하나마 유쾌한 일을 체험하게 되었다. 어느 날 밤, 가장 큰 헬라스 방에서 열리기로 되어 있는 크리스마스 축제에 선생들을 초대하기로 의견을 모았다. 축사와 두 편의 시 낭송, 그리고 플루트 독주와 바이올린 이중주가 준비되었다. 이에 곁들여 유머러스한 특별순서를 마련해야만 했다. 이런저런 제안이 나오고 토론을 해 보았지만 좀처럼 의견이 일치되지 않았다. 그때 카를 하멜이 별 생각 없이 에밀 루치우스의 바이올린 독주가 가장 재미있을 것이라고 툭 내뱉었다. 그 말에 모두가 '그거 괜찮다!'며 찬성했다. 그리하여 루치우스에게 애걸하기도 하고 여러 가지 약속을 늘어놓기도 하고 또 협박도 한 끝에 마침내 이 가련한 악사의 동의를 얻어 냈다.

선생들에게 보내진 정중한 초대장 프로그램에는 특별 순서난에 다음과 같이 씌어 있었다.

—고요한 밤, 바이올린을 위한 가곡, 실내악의 거장 에밀 루치우스 연주.

실내악의 거장이란 칭호가 붙여진 것은 그가 멀리 떨어진 음악실에서 열심히 연습한 덕택이었다.

교장선생과 교수들, 복습 지도 교사들, 음악선생과 상임조교들이 모두 초대되어 축제에 참석했다. 특별순서가 되었다. 루치우스가 하르트너에게 빌린 검정 프록코트를 입고 머리를 잘 빗질한 모습으로 온화하고 겸손하게 미소까지 띠우면서 등장하자 음악선생의 이마에는 땀이 배기 시작했다. 청중들은 그가 인사하는 모습만 보고도 벌써 웃음을 터뜨렸다. 가곡 〈고요한 밤〉은 그의 손가락 아래에서 가슴이 내려앉는 듯한 애절한 탄식이 되고, 신음과 고통에 쌓인 고뇌의 노래가 되었다. 그는 두 번이나 처음부터 다시 시작해 보았지만, 그래 봤자 마구 선율이 끊겨 엉망일 뿐이었다. 그때마다 그는 발로 박자를 맞추며 혹한의 날씨에 숲에서 땀을 흘리는 나무꾼처럼 온 정력을 다 기울였다.

음악선생은 화가 머리끝까지 치밀어 오른 나머지 얼굴이 하얘졌다.

교장선생은 재미있다는 듯이 그를 향하여 고개를 끄덕여 보였다.

루치우스는 세 번째로 다시 처음부터 시작했다. 그러나 이번에도 역시 잘 안 되자 바이올린을 내리고 청중에게 다음과 같이 변명했다.

"잘되질 않는군요. 전 기껏해야 지난가을부터 바이올린을 켜기 시작했거든요."

"잘했다, 루치우스!"

교장선생이 큰 소리로 외쳤다.

"우린 네가 보여 준 노력에 감사한다. 그렇게 계속 연습하도록 해라. 별에 다다르려면 험한 길을 헤치고 지나야 하는 법이니까."

12월 24일은 새벽 3시부터 침실마다 떠들썩하니 활기가 돌았다. 유리창에는 고운 나뭇잎 모양을 한 성에가 두껍게 끼어 있었다. 욕실의 물은 꽁꽁 얼어붙었고, 수도원의 가운데뜰에는 살을 에는 듯한 날카로운 삭풍이 불어댔다. 하지만 어느 누구도 그것에 개의치 않았다. 식당에서는 커피를 끓이는 큰 주전자가 증기를 내뿜고 있었다.

그로부터 얼마 지나지 않아 외투와 목도리를 휘감은 학생들이 날이 밝기도 전에 떼를 지어 수도원 문을 나섰다. 마침내 귀향길에 오른 것이다. 그들은 희미하게 반짝이는 하얀 들을 지나 조용한 숲을 가로질러 멀리 떨어져 있는 기차역을 향해 걸어갔다.

모두들 떠들썩하게 이야기를 주고받으며 농담도 하고 큰 소리로 웃기도 했으나 각자의 마음속에는 소망과 즐거움과 기대로 가득 차 있었다. 도시나 지방이나 한적한 농가를 막론하고, 그들의 집에서는 크리스마스 장식을 한 따뜻한 방에서 부모와 형제자매들이 애타게 기다리고 있다는 사실을 그들은 알고 있었다. 대다수의 아이들로서는 크리스마스에 먼 객지에서 고향으로 돌아가는 일이 이번이 처음이었다. 가족들이 애정과 자부심에 가득 찬 마음으로 그들을 기다리고 있음을 알고 있었다.

눈으로 뒤덮인 숲 한가운데에 있는 자그만 기차역에서 학생들은 혹독한 추위에 떨면서 기차를 기다렸다. 모두가 이처럼 한마음으로 어우러져 흥겨워했던 적은 여태까지 한 번도 없었다. 하일너만이 입을 꼭 다문 채 멀찌감치 혼자 떨어져 서 있었다. 그는 기차가 오자 다른 아이들이 기차에 오르는 것을 기다렸다가 혼자서 다른 칸에 올라탔다. 한스는 다음 역에서 기차를 바꿔 타면서 다시 한 번 그를 쳐다보았다. 순간적으로 아쉬움과 부끄러움이 느껴졌지만, 그 감정도 곧 집으로 돌아간다는 흥분과 즐거움 속으로 사라져 버렸다.

집에서는 아버지가 만족스러운 미소를 지으며 그를 기다리고 있었다. 그리고 선물 꾸러미가 산더미처럼 놓여 있는 책상이 그를 반겨 주었다. 물론 크리스마스 축제 같은 것은 없었다. 노래며 흥겨움도, 어머니도, 크리스마스트리도 없었다. 아버지는 크리스마스를 어떻게 즐기는 건지 그 방법을 전혀 알지 못했다. 하지만 아들을 무척이나 자랑스럽게 여겼고, 이번에는 선물을 장만함에 있어 돈도 아끼지 않았다. 아무튼 한스는 이러한 크리스마스에 익숙해져 있었다. 때문에 그로서는 부족한 것이 전혀 없었다.

마을 사람들은 한스가 좋아 보이지 않는다고 입을 모았다. 몸이 너무 야위었으며 얼굴이 창백하다는 것이었다. 수도원의 식사가 그렇게 형편없느냐고 묻기도 했다. 한스는 아니라고 딱 잘라 말했다. 잘 지내는데 이따금 머리가 아플 뿐이라고 했다. 그러자 마을 목사는 자기도 젊었을 때 그랬었다며 한스를 위로해 주었다. 이렇게 그 문제는 일단락되었다.

냇물은 매끄럽게 얼어붙어 있었다. 크리스마스 날에는 스케이트를 타는 사람들로 발 디딜 틈도 없이 붐볐다.

한스는 새 옷에 녹색의 신학교 제모를 쓰고 거의 하루 종일 밖에서 살았다. 그는 이제 라틴어 학교 동창생들이 부러워하는 아주 높은 세계에 우뚝 올라선 것이었다.

만남과 이별

이제까지의 예로 볼 때, 4년이라는 신학교 생활을 하면서 한두 명의 학생이 사라지는 것은 보통 있는 일이었다. 어쩌다 죽는 사람이 생겨서 찬송가와 더불어 땅에 묻히거나 친구들을 딸려서 고향으로 보내지기도 하였다. 때로는 제멋대로 신학교에서 도망치는 학생이 있는가 하면 학칙을 어겨 퇴교당하는 학생도 있었다. 또 매우 드문 경우로 상급학년에서나 일어나는 일인데, 청춘의 고뇌에 빠진 젊은이가 헤어날 수 없는 방황 끝에 권총 혹은 투신으로 간단하게 어두운 출구를 찾는 일도 있었다.

한스 기벤라트의 학년에서도 몇 명의 학우가 이런 식으로 사라졌다. 더욱이 우연 치고는 너무 이상스럽게도 모두가 헬라스 방 아이들이었다.

헬라스 방에 금발의 키가 작고 얌전한 소년이 있었다. '힌두'라는 애칭으로 불리는 힌딩거라는 아이였다. 그는 알고이 지방의 어느 마을에서 온 양복점 주인의 아들이었다.

힌딩거는 워낙 조용하게 지내서 그가 사라진 뒤에야 비로소 잠시 동안 학우들의 화제에 올랐으나 그것도 별로 대단한 것은 아니었다. 그는 구두쇠로 소문난 실내악의 거장 루치우스와 책상을 나란히 썼었다. 그래서 다른 아이들보다는 루치우스와 어느 정도 가깝게 지냈고 그 외에는 달리 친구가 없었다. 그가 사라진 후에야 헬라스 방의 아이들은 자기들이 그를 좋아했었다는 사실을 새삼 깨달았다. 간혹 격양되기 쉬운 공동체 생활에서 한마디 불평도 없는 선량한 이웃으로서, 또 마음 편한 쉼터로서 힌딩거의 존재를 좋아하고 있었던 것이다.

1월의 어느 날, 힌딩거는 연못으로 스케이트를 타러 가는 패에 끼어 있었다. 그에게는 스케이트가 없었기 때문에 그냥 구경만 할 작정이었다. 그런데 이내 견디기 힘든 추위를 느낀 나머지 몸을 녹이기 위하여 발을 동동 구르며 연못 주위를 서성거리게 되었다. 그러다 내닫기 시작했는데 그만 길을 잘못 들어 들판 너머 쪽에 있는 또 하나의 작은 호숫가에 이르렀다. 그곳에서는 따스한 물이 제법 힘차게 솟아오르고 있었기 때문에 물 위에는 살얼음이 덮여 있었다. 그는 갈대를 헤치고 그곳으로 들어갔다. 그는 몸집이 작고 가벼웠지만 기슭 가까운 곳에서 그만 얼음이 깨지고 말았다. 잠시 동안 몸부림을 치면서 '사람 살려!'라고 외쳤으나 아무에게도 발견되지 못하고 어둡고 차가운 물속으로 가라앉아 버렸다.

오후 2시에 첫 수업이 시작되었을 때에야 비로소 사람들은 그가 없어진 것을 알게 되었다.

"힌딩거는 어디 갔지?"

복습 지도 교사가 물었다. 아무도 대답하는 사람이 없었다.

"헬라스 방에 가 봐!"

그는 거기에 없었다.

"지각인 게로군. 그럼 그냥 시작합시다. 자, 74쪽 제7구절. 이런 일은 두 번 다시 없도록 합시다. 시간을 엄수하길!"

3시를 알리는 종소리가 울려도 힌딩거는 여전히 모습을 나타내지 않았다. 그제야 불안해진 선생은 교장선생에게 심부름꾼을 보냈다.

교장선생은 즉시 교실로 달려왔다. 그리고 짐짓 위엄 있게 몇 가지 질문을 하고는 곧 상임 조교와 복습 지도 교사의 인솔 아래 열 명의 학생들에게 실종자를 수색하라고 명령했다. 교실에 남아 있는 학생들에게는 받아쓰기 연습을 시켰다.

4시가 되었을 때 복습 지도 교사가 노크도 없이 교실로 들어와 교장에게 귓속말로 무엇인가를 보고했다.

"조용히!"

아이들이 술렁거리자 교장선생의 불호령이 떨어졌다. 학생들은 꼼짝하지 않고 앉아서 마른침을 삼키며 교장선생을 지켜보았다.

"제군의 학우 힌딩거는……."

교장선생은 목소리를 약간 낮춰 말하기 시작했다.

"연못에 빠진 것 같다. 제군들도 그를 찾는 일을 도와야겠다. 마이어 교수가 제군을 지휘할 테니 모든 걸 그분 말씀에 따르도록 해라. 제멋대로 행동해서는 안 된다!"

놀란 학생들은 서로 수군거리며 교수 뒤를 따라 나섰다. 마을에서 온 몇 명의 어른들이 밧줄과 널빤지, 막대기 등을 가지고 나와 급히 달리는 일행에 가담했다. 날은 몹시 추웠고 해는 점점 저물어 가고 있었다.

마침내 뻣뻣하게 굳어 버린 소년의 자그마한 시체가 발견되어 눈 덮인 갈대숲에서 들것에 올려졌을 때는 이미 어둠이 짙게 깔린 뒤였다. 학생들은 놀란 새처럼 불안에 떨며 시체 주위로 몰려들었다. 그리고 두 눈을 크게 뜨고 시체를 바라보면서 파랗게 곱은 손가락을 문질렀다.

물에 빠져 죽은 친구의 주검이 앞서 실려 가고, 학생들은 그 뒤를 따라 눈 덮인 들판을 묵묵히 걷기 시작했다. 그때야 비로소 그들의 억눌렸던 가슴은 갑자기 전율에 휩싸였다. 마치 노루가 적의 냄새를 맡은 것과 같이 이 소년들도 죽음에 대한 공포를 어렴풋이나마 느꼈던 것이다.

슬픔과 추위에 떠는 일행 가운데 한스 기벤라트는 우연히 지난날의 친구 하일너와 나란히 걷고 있었다. 두 소년은 울퉁불퉁한 길을 걷다가 그만 발이 걸려 넘어질 뻔했다. 그제서야 자기들이 나란히 걷고 있었다는 것을 동시에 느꼈다. 죽음의 광경에 강한 충격을 받고 잠시나마 모든 이기심에 대해 허무함을 깊이 느끼고 있었던 탓인지, 어쨌든 한스는 갑자기 친구의 창백한 얼굴을 가까이에서 보자 뭐라 말할 수 없이 처절하게 고통스러웠다. 그는 일시에 치솟는 감정을 억누를 길이 없어 자기도 모르게 그의 손을 잡으려고 하였다. 그러나 하일너는 화를 내며 한스의 손을 뿌리치고 기분이 상한 듯 시선을 돌리고는 곧 대열의 맨 뒷줄로 가 버렸다.

모범 소년 한스는 가슴 저리는 고통과 부끄러움으로 울먹였다. 얼어붙은 들판을 헛디뎌 가면서 걷고 있는 동안 추위로 파랗게 된 볼 위로 주체할 수 없는 눈물이 쉴 새 없이 흘러내렸다. 그는 잊을 수도 없고, 또 아무리 후회해도 돌이킬 수 없는 죄와 태만이 있다는 것을 깨달았다. 양복점 주인의 아들 힌딩거가 아니라 자신의 친구 하일너가 맨 앞에 높이 들린 들것 위에 누워 또 다른 세계로 실려 가는 것처럼 생각되었다. 성적이나 시험이나 월계관이 아닌, 양심의 순결이나 오욕에 의해 인간이 평가되는 그런 세계로 한스의 배신에 대한 고통과 분노를 한 몸에 지고 떠나가는 것 같았다.

그러는 동안 일행은 국도에 다다랐다. 그곳에서 수도원은 가까웠다. 수도원에서는 교장선생을 필두로 교사 일동이 죽은 힌딩거를 맞이했다. 만약 힌딩거가 살아 있었다면 이러한 명예는 생각도 못 했을 일이었다. 선생들은 언제나 죽은 학생을 살아 있는 학생을 대하는 것과는 아주 다른 눈으로 바라본다. 잠시나마 돌이킬 수 없는 그의 삶과 청춘에 내재되어 있는 소중한 가치를 가슴 깊이 되새겨 보는 것이다. 평소에는 아무렇지도 않게 소년의 가슴에 상처를 주었으면서 말이다.

그날 밤, 그리고 다음날도 하루 종일 눈에 띄지 않는 시체가 곁에 있다는 사실이 마술과 같은 효력을 발휘했다. 학생들의 모든 행위와 언어를 부드럽게 하기도 하고 어루만져 주기도 하고 또 살며시 에워싸기도 했다. 그래서 이 짧은 기간에는 싸움도 분노도 일어나지 않고 야단법석이나 웃음도 자취를 감추었다.

죽은 학우에 대한 이야기를 나눌 때에는 반드시 그의 완전한 이름을 불렀다. 죽은 사람을 힌두라는 별명으로 부르는 것은 왠지 실례가 된다고 생각되었던 것이다. 살아 있는 때는 별로 눈에 띄지도 않았고 쳐다보지도 않아서 무리 속에 숨겨져 있던 조용한 힌두가 지금은 자신의 이름과 죽음으로 커다란 수도원 전체를 가득 채우고 있었다.

그 다음날 힌딩거의 아버지가 도착했다. 그는 아들이 누워 있는 방에 두세 시간가량 혼자 있었다. 그리고 나서 교장선생에게 차를 대접받고 그날 밤은 별장 '사슴'에서 묵었다.

장례식을 치르는 날이 되었다. 관은 침실에 안치되어 있었고, 알고이의 양복점 주인은 그 곁에 서서 모든 과정을 물끄러미 쳐다보고 있었다. 몹시 마르고 날카로워 보이는 그는 영락없는 양복점 주인 타입이었다. 초록빛이 도는 검정 프록코트에 통이 좁은 초라한 바지를 입고, 손에는 낡은 예모를 들고 있었다. 슬픔에 잠겨 있는 그의 작고 수척한 얼굴은 바람 속의 1크로이츠(화폐 단위)짜리 촛불처럼 초라하고 나약해 보였다. 그는 교장선생과 교수들에 대한 존경의 마음으로 줄곧 당황스러워하고 있었다.

마침내 관을 나르는 사람들이 들어와 관을 들어 올리려는 순간, 슬픔에 잠긴 양복점 주인이 한 걸음 앞으로 다가섰다. 그는 머뭇거리며 애정 어린 몸짓으로 관을 어루만졌다. 그러고서는 어찌할 바를 모른 채 눈물을 보이지 않으려고 애쓰면서 크고 조용한 방 한가운데에 겨울의 고목처럼 망연히 서 있었다. 그는 모두에게 버림받은 듯한, 아무 희망도 없는, 모든 것을 체념한 듯한 모습이었다. 그 모습이 얼마나 적막하고 허전한지 보는 이들의 마음을 너무도 아프게 했다. 목사가 가까이 다가가 그의 손을 잡고 곁에 서 있었다.

잠시 후 양복점 주인은 괴상하게 휘어진 실크 모자를 쓰고 맨 앞에 서서 관을 따라 나섰다. 층계를 내려가 수도원의 뜰과 낡은 문을 지나고 눈 덮인 하얀 들판을 지나 낮은 담으로 둘러싸인 묘지를 향해 걸어갔다.

무덤가에 모여 찬송가를 부르는 대다수의 학생들은 지휘자의 손을 주시하지 않고 양복점 주인의 외롭고 초라해 보이는 모습을 보고 있었기 때문에 음악선생의 화를 돋우었다. 양복점 주인은 슬픔에 잠겨 추위에 떨면서 고개를 숙이고 있었다. 그리고 목사와 교장선생, 수석 학생의 조사弔詞에 귀를 기울이며 합창하는 학생들에게 멍하니 그저 고개를 끄덕였다. 이따금 웃옷 안주머니에 넣어 둔 손수건을 왼손으로 만지작거렸으나 정작 꺼내지는 않았다.

"저분 대신 우리 아버지가 저 자리에 서 계신다면 어땠을까, 하고 생각하게 되더라."

나중에 오토 하르트너가 말하였다.

그러자 모두들 이구동성으로,

"맞아, 나도 그랬어."

"나도 그런 생각을 했었어."

하며 동감을 나타냈다.

장례식이 끝난 후, 교장선생이 힌딩거의 아버지와 함께 헬라스 방으로 왔다.

"너희들 중 힌딩거와 친하게 지낸 사람이 누구지?"

교장선생은 방 안에 있는 학생들에게 물었다.

처음에는 아무도 나서지 않았다. 힌딩거의 아버지는 애처로운 얼굴로 불안스럽게 어린 학생들의 얼굴을 둘러보았다. 그때 루치우스가 앞으로 나섰다. 힌딩거의 아버지는 그의 손을 덥석 잡더니 잠시 동안 꼭 쥐고는 아무 말도 하지 못하고 있다가 고개를 끄덕이고 방을 나갔다. 그러고 나서 기차에 몸을 싣고 먼 길을 떠났다. 눈에 덮인 들판을 하루 종일 기차로 달려야 집에 돌아가서 아들 힌딩거가 얼마나 외로운 곳에 잠들어 있는지를 부인에게 말해 줄 수 있을 것이다.

얼마 가지 않아 수도원에는 마법의 주문이 풀리기 시작했다. 또다시 선생들의 질타가 시작되고, 학생들이 문을 닫는 손도 난폭해졌다. 사라진 헬라스 방의 한 소년의 일은 거의 잊혀졌다. 몇몇 아이들이 저 비참한 연못가에 오랫동안 서 있었기 때문에 감기에 걸리고 말았다. 그중 병실에 얌전히 누워 있는 아이도 있었지만, 털로 짠 슬리퍼를 신고 목도리를 두르고 뛰어다니는 아이도 몇 명 있었다.

한스 기벤라트는 다리도 목도 아프지 않았으나 그 불행한 참사가 생긴 날 이후로 더욱 진지하고 성숙해 보였다. 무엇인가 그의 내면에 커다란 변화가 일어난 것이었다. 이제 그는 소년에서 청년이 되어 있었다. 이렇게 다른 세계로 옮겨진 그의 영혼은 환경에 제대로 적응하지 못하고 불안에 휩싸인 채 아직도 자신이 머무를 곳을 찾지 못하고 있었다. 그것은 죽음에 대한 두려움이나 선량한 힌두를 잃은 슬픔이 아니었다. 오직 갑작스럽게 되살아난 하일너에 대한 죄책감 때문이었다.

하일너는 다른 두 아이와 함께 병실에 누워서 뜨거운 차를 마셔야만 했다. 그는 힌딩거의 죽음에서 받은 인상을 차분히 정리하고 훗날의 시작詩作을 위한 시간을 가질 수 있었다. 그러나 그것도 그에게는 별로 대수롭지 않은 일 같았다. 그는 도리어 병색이 짙은 비참한 얼굴을 하고 있었으며, 앓고 있는 친구들과도 거의 말을 하지 않았다. 금고형을 받은 이후로 그에게 강제된 고독은 늘 누군가에게 말하지 않고는 견디지 못하던 그의 예민한 감수성에 깊은 상처를 입히고 말았다. 선생들은 그를 혁명적인 불평분자로서 엄중한 감시의 눈초리를 늦추지 않았고, 학우들은 슬그머니 그를 피했다. 게다가 상임조교는 조롱 섞인 알량한 친절을 베풀었다. 하일너의 정신적인 친구인 셰익스피어와 실러, 레나우는 그를 억누르고 굴종을 강요하는 현실 세계와는 다른 보다 힘차고 웅대한 세계를 보여 주었다.

그의 〈어느 수도사의 노래〉는 처음에는 그저 은둔자 같은 우울한 음조를 띠고 있었지만 차츰 수도원과 교사들, 동급생에 대한 증오심에 가득 찬 시구들로 변해 버렸다. 그는 고독과 씨름하는 순교자의 쾌감을 발견하고 아무에게도 이해 받지 못하는 자신의 현실을 오히려 만족스럽게 받아들였다. 그러고는 가혹하다 싶으리만큼 모멸적인 수도사의 노래 속에서 자신이 어린 유베날리스(60세가 되도록 세상에서 인정을 받지 못한 로마의 풍자시인)라도 된 듯이 생각하는 것이었다.

장례식을 치른 지 일주일이 지났다. 같은 병실에 있던 두 명의 친구는 완쾌되어 나가고 하일너 혼자 병실에 누워 있었다. 그때 한스가 병문안을 왔다. 한스는 멋쩍게 인사를 하고는 의자를 침대 옆으로 끌어당겨 앉았다. 그러고는 환자의 손을 잡으려고 하였다. 환자는 불쾌한 듯 벽 쪽으로 돌아눕더니 아주 무뚝뚝한 표정을 보였다. 그러나 한스는 물러나지 않고 하일너의 손을 힘 있게 쥐고는 옛 친구의 얼굴을 억지로 자기 쪽으로 돌리려고 하였다. 그러자 하일너는 화를 내면서 입술을 비틀었다.

"도대체 왜 이러는 거야?"

한스는 그의 손을 놓아주지 않았다.

"내 말 좀 들어 줘."

한스는 말했다.

"맞아, 그때 난 비겁했어. 널 모른 척했지. 하지만 내가 어떤 생각을 하고 있는지 넌 잘 알잖아. 난 여기서 좋은 성적을 유지하고, 할 수만 있다면 일등이 되어 보려고 노력해 왔어. 넌 공부벌레라고 비웃었지만 말야. 하지만 그게 내 유일한 이상이었어. 그보다 더 나은 게 있다는 건 생각해 본 적도 없었다고."

하일너는 지그시 눈을 감았다.

한스는 아주 낮은 목소리로 말을 이었다.

"야, 나 좀 봐. 정말 미안하다. 네가 다시 내 친구가 되어 줄는지 않을는지는 모르지만, 어쨌든 날 용서해 주라."

하일너는 눈을 감은 채 묵묵히 듣고 있었다. 마음속의 모든 착하고 밝은 요소는 지금 친구를 향하여 웃음 짓고 있었다. 그러나 요즘 외롭고 무뚝뚝해 보이는 자신의 역할에 익숙해져 있는 그는 적어도 잠시 동안은 그 가면을 벗지 않고 그대로 눌러 쓰고 있었다. 그래도 한스는 물러나지 않았다.

"제발, 하일너! 이렇게 계속 네 주위를 맴도느니 차라리 꼴찌가 되는 게 낫다고까지 생각했어. 너만 좋다면 우리 다시 친구가 되자. 그리고 다른 아이들 따윈 우리 안중에 없다는 걸 보여 주자."

그때서야 하일너는 한스의 손을 힘 있게 쥐면서 눈을 떴다.

며칠 뒤에 하일너도 병실에서 나왔다. 수도원에서는 이들의 다시 맺어진 우정에 대해서 적지 않은 흥분이 일었다. 이제 두 소년에게는 놀라운 나날이 시작되었다. 특별히 이렇다할 체험이라고 할 만한 것은 없었으나, 서로의 존재에 대한 야릇한 행복감과 일체감이 넘치는 그런 나날이었다. 아무튼 예전과는 달라졌다. 몇 주일 서로 떨어져 있는 사이에 두 소년은 변해 있었다. 한스는 한층 부드럽고 온화하고 열정적이 되어 있었고, 하일너는 더욱 강인하고 남성다운 기질을 띠게 되었다. 그동안 두 소년 모두 서로를 무척 그리워해 왔었기 때문에 이들의 재결합은 하나의 커다란 체험이며 값진 선물과도 같았다. 조숙한 두 소년은 자신들의 우정에서 가슴 두근거리는 수줍음을 지닌 첫사랑의 달콤한 비밀을 본인들은 전혀 자각하지 못한 채 다른 학우들에 앞서 이미 맛보고 있었던 것이다. 더욱이 이들의 결합은 성숙해 가는 남성다움의 거친 매력을 지니고 있었고, 더불어 다른 학우들에 대한 반항심을 가지고 있었다. 한편 다른 학우들에게 있어서는, 하일너는 친할 수 없는 사나이였고 한스는 이해할 수 없는 사나이였다. 그 무렵 모든 아이들 사이의 우정은 아직도 순박한 소년의 소꿉장난에 지나지 않았던 것이다.

하일너와의 우정이 깊어지고 즐거워져 갈수록 신학교는 한스에게서 점점 더 멀어졌다. 새로운 행복감이 신선한 포도주처럼 그의 피와 사상에 끓어올라 번져 나갔다. 그와 동시에 리비우스도 호머도 그 중요성과 빛을 잃고 말았다. 선생들은 지금까지 나무랄 데 없던 모범생 기벤라트가 요주의 인물 하일너의 나쁜 영향에 물들어 문제학생으로 전락해 버린 사실에 경악을 금치 못했다.

선생들이 가장 두려워하는 것은 청년의 발효가 시작되는 위험한 연령의 조숙한 소년에게 나타나는 이상한 현상이었다. 그렇지 않아도 선생들은 하일너의 남다른 천재 기질을 섬뜩하게 여겨 왔었다. 예로부터 천재와 선생들 사이에는 깊은 심연이 있어 왔다. 선생들로서는 천재적인 인간이 학교에서 보이는 태도가 혐오의 대상이었다. 선생들에게 있어서 천재란 선생들에게 전혀 존경심을 보이지 않는 불량학생에 지나지 않았다. 그들은 열네 살에 담배를 피우기 시작하고, 열다섯 살에 연애를 하고, 열여섯 살에 술집을 드나들었다. 그리고 금지된 책을 읽고 대단한 작문을 쓰는 것이었다. 때로는 선생들을 조소 어린 눈으로 뚫어져라 바라보기도 했다. 그래서 선생들의 수첩에 금고형을 받게 될 후보자나 선동가로 기록되는 것이었다.

학교 선생은 자기가 맡은 학급에 한 명의 천재보다는 차라리 열 명의 멍청이들이 들어오기를 바란다. 잘 생각해 보면 당연한 일인지도 모른다. 선생에게 주어진 임무는 일상적인 규칙을 벗어나는 무절제한 인간이 아니라 라틴어와 수학에 뛰어나고 정직하고 성실한 인간을 키워 내는 것이기 때문이다. 하지만 어느 편이 더 상대방 때문에 고통을 겪게 되는가! 학생 때문에 선생이 괴로움을 당하는가, 그렇지 않으면 선생 때문에 학생이 괴로움을 당하는가. 어느 편이 더 상대방을 억누르고 괴롭히는가! 또한 어느 편이 더 상대방의 영혼에 상처를 입히고 더럽히는가! 이러한 문제를 곰곰이 생각해 볼 때마다 누구나 분노와 수치를 느끼며 자신의 어린 시절을 돌아보게 될 것이다. 하지만 그것은 여기서 우리가 문제 삼을 일이 아니다.

진정한 천재들은 스스로 상처를 치유하고 오히려 학교 선생들 보란 듯이 훌륭한 작품을 만들어 내며, 또 훗날 죽어서는 후광에 싸여 마침내 학교 선생들이 학생들에게 걸작을 지어 낸 사람 혹은 고귀한 모범생으로 소개될 인물이 된다는 것을 우리는 위안으로 삼는다.

이렇듯 학교마다 규칙과 정신의 싸움판이 계속 되풀이되고 있다. 국가와 학교는 해마다 새롭게 자라나는 몇 사람의 보다 깊고 뛰어난 정신을 타도하여 뿌리째 뽑아 버리려고 혈안이 되어 있는 사실을 우리는 끊임없이 목격하게 된다. 더욱이 언제나 학교 선생들에게 미움을 받은 학생, 학교에서 도망치거나 내쫓긴 학생, 바로 이들이 후세에 우리 민족의 정신적인 재산을 풍요롭게 만든다는 것도 변함없는 사실이다. 하지만 더러는 말없는 가운데 반항심을 키우며 자신을 소모하고, 마침내 파멸하기에 이르기도 한다. 과연 이들의 숫자가 얼마나 되는지 누가 알겠는가?

　남다른 두 소년의 행위를 위험하다고 여긴 선생들은 이들을 오랫동안 유지되어 온 교칙으로써 매우 엄하게 다스렸다. 다만 히브리어에 가장 열심이었던 한스를 자랑으로 삼고 있던 교장선생만이 그를 구제하기 위해 졸렬한 시도를 해 보았다. 그는 한스를 교장실로 불러들였다. 그림처럼 아름다운 그 방은 전에 수도원장이 기거하던 저택의 어느 구석방이었다. 전해 내려오는 이야기에 의하면, 가까운 이웃 마을 크니틀링엔 태생의 파우스트 박사가 이곳에서 가끔 엘핑거 주를 마셨다고 한다.

　교장선생은 비범한 인물로서 식견도 실무 능력도 뛰어났다. 뿐만 아니라 자기 학생들에게는 일종의 인간적인 호의를 가지고 있었기 때문에 그는 즐겨서 학생들에게 반말을 했다. 그의 치명적인 결점은 자부심이 강한 것이었다. 그 결점은 교장선생으로 하여금 종종 강단에서 아슬아슬한 곡예를 부리게 했으며, 자신의 권력과 권위가 조금이라도 의심 받는 것을 절대로 용납하지 않았다. 또한 다른 사람들의 이의를 받아들이거나 자신의 잘못을 솔직하게 털어놓지도 않았다. 그리하여 무능력하거나 혹은 정직하지 못한 학생들은 교장선생과 더할 나위 없는 유대관계를 맺을 수 있었지만, 반면에 기백이 넘치고 정직한 학생들에게는 적지 않은 어려움이 도사리고 있었다. 약간의 이의를 제기하기만 해도 그 즉시 펄쩍 뛰며 흥분하기 때문이다. 하여튼 그는 용기를 돋아 주는 눈빛과 호소력 있는 목소리로 아버지 대신의 자상한 친구 역할만큼은 노련하게 감당해 오고 있었다. 지금도 그는 그 수단을 썼다.

　"앉게, 기벤라트."

그는 주저주저하면서 교장실로 들어온 소년의 손을 힘 있게 쥐고는 상냥하게 말했다.

"자네와 이야기하고 싶은 것이 있는데, 반말해도 좋은가?"

"그럼요, 교장선생님."

"기벤라트! 너도 물론 알고 있겠지만, 요즘 네 성적이 조금 떨어졌어. 적어도 히브리어에선 말이야. 히브리어로는 여태까지 네가 우리 학교에서 일등이었어. 그런데 갑자기 성적이 떨어지는 게 나로서는 아주 유감이구나. 혹시 히브리어에 흥미를 잃은 것이니?"

"그렇지 않습니다, 교장선생님."

"잘 생각해 봐라. 그런 일은 흔하니까. 아니면 혹시 다른 과목에 주력한 것이겠지?"

"아닙니다, 교장선생님."

"정말이냐? 그래, 그러면 다른 원인을 찾아야겠구나. 어떠냐, 함께 찾아볼까?"

"모르겠습니다…… 전 숙제는 꼬박꼬박 했거든요."

"그래, 틀림없이 그랬다. 하지만 겉으로 보기엔 같아도 내용에 차이는 있기 마련이지. 너는 물론 숙제를 잘해 왔다. 그것이 네 의무이기도 하니까. 하지만 이전엔 성적이 더 좋았고, 노력도 더 많이 했잖아. 어쨌든 지금보다는 더 많은 관심을 보였었지. 그런데 왜 갑자기 학구열이 식어 버렸는지 궁금하구나. 혹시 어디 아픈 데라도 있니?"

"아닙니다."

"그럼 두통이라도 나느냐? 그다지 원기 있어 보이지는 않는구나."

"네, 가끔 머리가 아프긴 해요."

"너무 지나치게 공부해서인가?"

"아닙니다, 전혀 그렇지 않습니다."

"그럼 혹시 개인적으로 책을 많이 읽는 건 아니냐? 솔직히 말해 봐."

"아닙니다. 책은 거의 읽지 않습니다, 교장선생님."

"그렇다면 무슨 일 때문인지 짐작이 안 되는구나. 기벤라트, 잘은 모르겠다만 어딘가에 문제가 있는 것이 틀림없다. 앞으로는 열심히 노력하겠다고 약속해 주겠니?"

한스는 권력자가 내민 오른손에 자기 손을 얹었다. 교장선생은 그를 진심 어린 부드러운 눈길로 바라보았다.

"그럼, 그래야지. 모쪼록 지치지 않도록 해라. 그렇지 않으면 수레바퀴 아래 깔리게 될 테니까."

교장선생은 힘주어 한스의 손을 쥐었다. 한스는 안도의 숨을 쉬면서 문 쪽으로 걸어갔다.

그때 교장선생이 다시 한스를 불렀다.

"하나 더 묻자, 기벤라트. 넌 요즘 하일너와 가깝게 지내는 것 같던데?"

"네."

"다른 아이들보다도 가까이 지내고 있다지?"

"그렇습니다. 그 애는 제 친한 친구거든요."

"도대체 어떻게 해서 그렇게 되었지? 너흰 성격이 전혀 다른데."

"저도 잘 모르겠습니다. 저희는 그저 친구 사이일 뿐입니다."

"내가 그 친구를 별로 좋아하지 않는다는 건 너도 잘 알지? 그 아이는 불만투성이에다 정서도 불안정해. 재능은 있지만 전혀 노력하는 기미가 보이질 않아. 게다가 너에게도 좋지 않은 영향을 끼치고 있어. 난 네가 그 아이를 멀리했으면 싶은데, 어떠니?"

"그럴 순 없습니다, 교장선생님."

"그럴 수 없다고? 아니, 뭣 때문에?"

"그 아인 제 친구인걸요. 전 친구를 간단하게 저버릴 수 없습니다."

"음. 하지만 넌 다른 친구들과도 좀 더 가깝게 지낼 수 있지 않니? 너 혼자만 하일너의 나쁜 영향을 받고 있어. 그 결과는 이미 네 성적에 반영되고 있고. 너는 하일너의 어떤 점에 특별히 마음이 끌리니?"

"저도 모르겠습니다. 하지만 저흰 서로 좋아합니다. 그 친구를 저버리는 건 비겁한 일 같아요."

"그래, 그래. 더 이상 강요하진 않을게. 그렇지만 차츰 그에게서 떨어져 나오기를 바란다. 난 진심으로 그렇게 되길 바란다."

교장선생의 마지막 말에는 앞서 보여 주었던 그 부드러움이 전혀 남아 있지 않았다. 한스는 돌아가도 좋다는 허가를 받았다.

이때부터 한스는 다시금 공부에 전념하기 시작했다. 물론 이전처럼 순조롭게 진전되지는 않았다. 너무 뒤처지지 않으려고 힘겹게 따라갈 뿐이었다. 하일너와의 우정이 하나의 원인이라는 것은 그도 알고 있었다. 그러나 한스는 우정 때문에 손해를 봤다거나 방해를 받았다고는 생각하지 않았다. 오히려 이제까지 소홀히 여겨 왔던 모든 것을 우정으로 보상받았다고 여겼다. 그것은 이전의 무미건조한 의무적인 삶과는 비교할 수조차 없을 만큼 온정이 깃들인 고귀한 삶이었다. 이 점에서 그는 사랑에 빠진 젊은 연인과 같은 기분이었다.

　위대한 영웅 행위가 아닌, 지겹고도 무의미한 공부는 더 이상 감당할 수 없을 것 같은 느낌이 들었다. 한스는 끊임없이 자기 자신을 속박하며 절망적인 한숨을 내쉬었다. 하일너에겐 대충 공부를 하고서도 꼭 필요한 것만을 재빨리 외워 자신의 지식으로 만드는 재주가 있었지만 한스에겐 그런 능력이 없었다. 친구는 하루가 멀다 하고 틈이 나는 저녁시간에 그를 유혹했기 때문에 한스는 무리를 해서라도 매일 아침 한 시간 빨리 일어나지 않으면 안 되었다. 그리고 마치 적과 전쟁을 하듯 특히 히브리어 문법을 공부했다. 정말로 즐겁게 생각된 것은 호머와 역사 시간뿐이었다. 어둠을 헤쳐 나가는 기분으로 호머의 세계에 대한 이해에 가까워졌다.

　역사 속의 영웅들은 점차 단순한 이름이나 연대로 남기를 거부하며 불타는 듯한 눈으로 바로 눈앞에서 그를 바라보는 것처럼 한스에게 생각되었다. 어느 영웅이든 살아 있는 붉은 입술과 얼굴, 손을 가지고 있었다. 어떤 영웅은 붉고 두툼하고 거친 손을, 또 어떤 영웅은 차분하고 서늘한 손을, 또 다른 영웅은 맥이 뛰는 야위고 뜨거운 손을 가지고 있었다.

　복음서를 그리스어 원문으로 읽을 때에도 한스는 거기에 나오는 인물들이 너무나 가깝고 분명하게 느껴져 놀라움과 두려움에 떨기까지 했다. 특히 마가복음 6장의 예수가 제자들과 함께 배에서 내리는 장면에서 그러한 느낌이 강했다. 거기에는 '사람들이 곧 예수이신 줄을 알고 그 온 지방을 뛰어다니면서 병자들을 요에 눕혀 가지고 예수가 계시다는 곳을 찾아 그리로 데려왔다.'라고 씌어 있었다. 이 대목에서 한스는 배에서 내리는 인간 예수를 보았다. 몸이나 얼굴에서가 아니라 빛이 충만한 크고 빛나는 사랑의 눈으로, 그리고 우아하고 아름다운 갈색 손으로 예수를 알아보았다. 그 손은 섬세하면서도 강렬한 영혼에 의해 만들어진 손, 바로 그 영혼이 살아 숨 쉬는 손이었다. 그쪽으로 오라고 부르는 듯도 하고 반기는 듯하기도 했다. 파도가 일렁이는 물가와 무거워진 어선의 뱃머리가 잠시 한스의 눈앞에 떠올랐다가 한겨울에 뿜어진 입김처럼 사라져 버렸다.

이런 일들이 종종 반복되었다. 책 속에서 어떤 인물, 혹은 역사의 한 부분이 다시 한 번 되살아나 자기의 시선을 살아 있는 사람의 눈에 비치기 위하여 뛰어나오는 것이었다.

한스는 놀라워하면서도 있는 그대로 받아들였다. 그리고 홀연히 나타났다가 이내 사라져 가는 현상을 접하며 자기가 마치 검은 대지를 투명한 유리처럼 꿰뚫어본다거나 하느님의 눈에 띈 것 같은 이상야릇한 착각에 빠져들기도 했다. 이런 귀중한 순간들은 불쑥불쑥 아무 때나 부르지 않아도 오고 하소연할 틈도 없이 곧 사라져 버렸다. 그것은 마치 거룩한 순례자나 수도승처럼 뭔가 낯설고 숭엄한 것이어서 말을 건다거나 억지로 머물게 할 수는 없었다. 한스는 이러한 체험들을 혼자 간직하기로 마음먹고 하일너에게조차 아무 말도 하지 않았다.

하일너는 예전의 우울증이 불안정하고 신랄한 정신으로 변하여 닥치는 대로 비평을 해 댔다. 수도원이나 선생들, 학우들뿐만 아니라 심지어는 날씨나 인간적인 삶, 신의 존재에 대해서까지 서슴없이 비평을 가했다. 때로는 싸움질을 하기도 하고, 느닷없이 장난을 치기도 했다. 그는 어쨌든 한 번 고립되었고 다른 아이들과 대립했었기 때문에 졸렬한 자부심으로 이 대립을 완전히 적대관계로 만들어 버렸다. 기벤라트는 하일너의 행동을 막으려고 하지 않았다. 오히려 자신도 거기에 무저항으로 휩쓸려 들어갔다. 그리하여 두 친구는 반감을 가지고 바라보는 학우들로부터 멀리 외딴 섬처럼 떨어져 있었다.

시간이 지나면서 한스는 그것을 점차 불쾌하게 여기지 않게 되었다. 다만 교장선생에 대해서만은 막연한 두려움을 느끼고 있었다. 한때는 촉망받는 애제자였지만 지금은 교장선생의 고의적인 냉대와 경멸을 감수해야만 했다. 그리하여 특히 교장선생의 전공과목인 히브리어에 대해서는 날이 갈수록 흥미를 잃어 가고 있었다.

몇 달 사이에 소수를 제외한 40여 명이나 되는 아이들의 몸과 마음이 모두 변화해 버린 것을 보는 것은 흥미가 있었다. 아이들 대부분은 몸집에는 상관없이 키가 부쩍 자라 있었다. 그래서 이들의 팔다리가 함께 자라지 못한 의복 밖으로 삐죽이 내밀어져 있었다. 이들의 얼굴은 차츰 사라져 가는 소년의 모습과 수줍어하면서도 가슴을 펴기 시작한 어른다움 사이에서 온갖 명암이 교차되고 있었다. 몸은 아직 사춘기의 골격을 나타내지 않은 아이일지라도 적어도 모세의 성서 연구를 통하여 얻어진 의젓한 어른다움을 미끈한 이마에 띠고 있었다. 이제 통통한 볼을 가진 소년들은 찾아보기가 어려웠다.

한스 또한 변해 있었다. 키나 덩치는 하일너와 비슷했지만, 나이는 오히려 더 들어 보였다. 이전에는 투명할 정도로 부드럽게 빛나던 이마의 가장자리가 지금은 뚜렷한 윤곽을 드러내고 있었다. 눈은 한층 깊이 들어갔고, 얼굴은 병색이 완연했으며, 팔다리와 어깨는 뼈만 앙상할 정도로 말라 있었다.

한스는 자신의 성적에 대한 불만이 쌓일수록 하일너의 영향을 받아 학우들로부터 더욱 멀어져 갔다. 그는 이제 더 이상 모범생도 장래의 최우등생도 아니었다. 그러므로 다른 학우들을 내려다볼 근거를 잃었기 때문에 그의 거만은 전혀 어울리질 않았다. 그러나 누군가가 그에게 그런 눈치를 주거나 스스로 그런 느낌이 들 때면 견딜 수 없이 괴로웠다. 한스는 특히 흠잡을 데 없이 모범적인 하르트너와 참견하기 좋아하는 오토 뱅거와는 여러 차례 다투었다.

어느 날, 뱅거가 또다시 한스를 조롱하고 비웃었다. 화가 난 한스는 그만 자제력을 잃고 그에게 주먹을 휘둘렀다. 그들은 심하게 치고받았다. 뱅거는 비겁한 아이였으나 나약한 상대 하나쯤은 손쉽게 해치울 수가 있었기 때문에 한스를 사정없이 때리고 달려들었다. 하일너는 그 자리에 없었다. 다른 아이들은 한가로이 바라보면서 한스가 두들겨 맞는 것을 고소하게 여기고 있었다. 한스는 정신을 못 차릴 정도로 심하게 얻어맞았다. 코에서는 피가 터져 흘렀고 갈비뼈 전체가 아팠다. 밤새도록 수치와 고통과 분노 때문에 잠을 이룰 수가 없었다. 친구 하일너에게는 이 사건을 말하지 않기로 작정했다. 이때부터 한스는 완전히 다른 아이들과 절연하고 거의 말 한 마디 나누지 않았다.

비가 자주 내리고, 저녁에는 황혼이 길어졌다. 봄이 되자 수도원에서는 새로운 조직과 움직임이 일기 시작했다. 피아노를 잘 치는 학생과 플루트를 잘 부는 학생 두 명이 거처하는 아크로폴리스 방에서는 정기적인 '음악의 밤'이 벌써 두 번이나 열렸고, 게르마니아 방에서는 희곡 독서회가 열렸다. 그리고 몇몇 젊은 경건주의자들은 성경 공부반을 만들어 매일 밤마다 주석을 곁들인 칼브의 성서를 한 장씩 읽어 나갔다.

하일너는 게르마니아 방의 독서회에 가입을 지망했으나 거절당했다. 격분한 그는 복수할 심산으로 성경 공부반에 들어가려고 했다. 그러나 거기서도 누구 하나 그를 반겨 주지 않았다. 그러자 하일너는 점잖은 기독 학생들의 소모임에 억지로 밀고 들어갔다. 그러고는 이들의 경건한 대화 속에 끼어들어 신을 모독하는 날카로운 독설로 논쟁과 불화를 야기시켰다. 하일너의 짓궂은 장난은 그리 오래가지 않았다. 그 자신이 먼저 싫증을 낸 것이다. 하지만 진지하면서도 비아냥거리는 말투는 한동안 지속되었다. 그다지 주위의 관심을 끌지는 못했지만.

학생들은 이제 완전히 기획과 창립의 정신에 흠뻑 빠져 있었다. 스파르타 방에 기거하는 학생 하나가 제일 많이 화제에 올랐다. 재능 있고 기지가 넘치는 소년이었다. 그의 주된 목적은 우선 개인적인 명성을 얻는 것이었다. 다음으로는 자신이 기거하는 방에 활기를 불어넣고, 여러 가지 재미있는 장난으로 단조로운 학교 분위기에 적지 않은 변화를 가져오려고 했다. '둔스탄'이라는 별명으로 불리는 그는 학우들의 관심을 끌고 자신의 이름을 날릴 만한 기발한 방법을 고안해 냈다.

어느 날 아침, 침실에서 나온 학생들은 세면장 입구에 붙어 있는 종이 한 장을 발견했다. 거기에는 '스파르타에서 보내 온 여섯 가지 경구'라는 제목 아래 일부러 골라낸 유별난 학우들과 이들의 어리석은 행동과 장난, 우정 등이 이행시로 신랄하게 풍자되어 있었다. 기벤라트와 하일너도 한 대 얻어맞고 있었다.

이 자그마한 집단에 엄청난 흥분이 일어났다. 세면장이 무슨 극장이라도 되는 듯 학생들이 벌 떼처럼 그리로 몰려들어 떠들썩하였다.

그 다음날 아침에는 방문마다 온통 경구와 풍자시가 나붙었다. 반박하거나 동조하는 친구들, 그리고 새로이 공격을 가하는 친구들이었다. 그러나 정작 이 소동의 장본인은 또다시 여기에 가담할 만큼 어리석지 않았다. 곡식창고에 불씨를 던지려는 목적이 이미 달성되었으므로 그는 느긋하게 뒤로 물러나서 손을 비벼 대며 바라볼 뿐이었다. 거의 모든 학생들이 며칠 동안 이 풍자시 소용돌이에 휘말려들었다. 누구나 이행시를 짓느라 애쓰며 생각에 잠겨 이리저리 걸어 다녔다. 주위에서 벌어지는 소동에 전혀 구애받지 않고, 이전과 다름없이 공부에 매달린 사람은 아마 루치우스 하나뿐이었을 것이다. 마침내 어느 선생이 그 일을 알고서 수도원을 난장판으로 만들어 버린 이 소란스러운 유희를 금지시켰다.

약삭빠른 둔스탄은 한 번의 성공으로 만족할 인물이 아니었다. 그 사이에 벌써 또 다른 일을 본격적으로 준비하고 있던 그는 마침내 신문의 창간호를 발행해 냈다. 그것은 아주 작은 크기의 초고지에 복사한 것으로서, 재료는 그동안 수 주일에 걸쳐 수집된 것이었다. 〈가시다람쥐〉라는 제목을 붙인 이 신문은 주로 익살스러운 기사를 싣고 있었다. 여호수아서의 저자와 마울브론 신학교의 한 학생이 나누는 가상의 우스운 대화가 창간호의 특종감이었다.

그 성공은 가히 압권이었다. 둔스탄은 시간에 쫓기는 편집자 겸 발행인다운 얼굴과 거동으로 그 옛날 베네치아 공화국의 명성 높은 아레티나와 흡사한, 비난과 칭송이 어우러진 명성을 수도원 안에서 얻고 있었다.

헤르만 하일너가 열정적으로 편집에 가담하여 둔스탄과 함께 꽤나 날카로운 풍자를 곁들인 검열을 펼쳤을 때 모두들 놀라움을 금치 못했다. 하일너에게는 그러한 역할을 해낼 수 있는 재치와 기질이 충분했다. 거의 한 달 동안 이 작은 신문은 수도원 전체를 흥분의 도가니로 몰아넣었다.

기벤라트는 하일너가 마음대로 하도록 내버려두었다. 자신에게는 그 일을 함께할 흥미도 재간도 없었다. 뿐만 아니라 부쩍 바빠진 하일너가 요즈음 거의 저녁마다 스파르타 방에서 시간을 보내고 있다는 사실조차 알아차리지 못하고 있었다. 얼마 전부터 다른 일에 관심을 쏟고 있었기 때문이다.

한스는 넋 나간 사람처럼 맥없이 어깨를 늘어뜨린 채 돌아다녔다. 별로 내키지 않는 공부는 진척되는 기미가 보이지 않았다.

어느 날 리비우스 시간에 이상한 일이 일어났다. 교수가 한스의 이름을 불러 번역해 보라고 말했다. 그러나 그는 가만히 앉아 있었다.

"어찌 된 일이야? 자넨 왜 일어서지 않지?"

교수가 화를 내며 버럭 고함을 질렀다.

그래도 한스는 움직이지 않았다. 몸을 곧게 펴고 똑바로 앉은 채 고개를 조금 숙이고 눈을 절반쯤 감고 있었다. 이름이 불려져 꿈에서 깨어나기는 했으나 교수의 목소리가 아주 먼 곳에서 울려오는 것처럼 들릴 뿐이었다. 옆자리 아이가 옆구리를 쿡쿡 찌르는 것을 느끼기는 했다. 하지만 자기와는 아무 상관이 없는 일 같았다.

그는 다른 사람들에게 둘러싸여 다른 곳에 가 있었다. 다른 손들이 그를 더듬고, 다른 목소리들이 그에게 말을 건넸다. 나지막하게 아주 가까이서 들려오는 목소리였다. 그것은 입에서 나오는 소리가 아니라 샘에서 솟아나 깊고 부드럽게 흘러나오는 물소리 같았다. 그리고 수많은 시선들이 그를 바라보고 있었다. 그 눈망울이 낯설기는 했지만, 예감으로 빛나는 커다란 눈이었다. 그것은 아마 한스가 방금 전에 리비우스를 읽으며 찾아낸 로마 군중의 눈인지도 모른다. 아니면 그가 꿈에서 보았던지 혹은 언젠가 그림에서 봤던 사람들의 눈일 것이다.

"기벤라트!"

교수는 또 한 번 소리쳤다.

"자네 자고 있나?"

천천히 눈을 뜬 한스는 의아하다는 듯이 교수를 뚫어지게 쳐다보고는 고개를 흔들었다.

"졸고 있었구만! 그렇지 않다면 우리가 지금 어디를 읽고 있는지 말할 수 있나?"

한스는 손가락으로 책의 한 부분을 가리켰다. 그는 어디를 읽고 있는지 잘 알고 있었다.

"자, 지금이라도 일어서는 게 어떻겠나?"

교수는 빈정거리듯 물었다.

한스는 그제서야 의자에서 몸을 일으켰다.

"도대체 뭘 하고 있는 거야? 날 쳐다보게!"

한스는 고개를 들어 교수를 바라보았다. 그의 눈초리가 이상했던지 교수는 의아한 표정을 지으며 머리를 가로저었다.

"어디 아픈가, 기벤라트?"

"아닙니다, 선생님."

"앉게. 이따 수업이 끝나는 대로 내 방으로 오게."

한스는 자리에 앉아서 리비우스 책 위에 엎드렸다. 그는 완전히 깨어나서 제정신으로 돌아왔다. 그러면서도 내면에 자리 잡고 있는 또 다른 눈은 수많은 낯선 인물들의 뒤를 좇고 있었다. 그들은 머나먼 안개 속으로 서서히 멀어져 갔지만, 완전히 사라질 때까지 번뜩이는 눈을 그에게 향하고 있었다. 그와 동시에 교수의 목소리와 번역하고 있는 학우의 목소리, 그리고 교실 여기저기서 나지막하게 웅성거리는 소리들도 점점 가까이 들려왔다. 그러더니 마침내 평소처럼 현실감 있게 확실해졌다. 의자와 교단, 칠판은 이전처럼 그 자리에 서 있었다. 벽에는 나무로 만든 큰 콤파스와 삼각자가 걸려 있었고, 주위에는 학우들이 앉아 있었다. 그들 가운데 많은 아이들이 호기심 어린 눈으로 자신을 빤히 바라보고 있었다. 한스는 깜짝 놀라 정신을 차렸다.

"수업 끝나는 대로 내 방으로 오도록 하게."
라는 교수의 목소리를 들었던 것이다.

맙소사, 도대체 무슨 일을 저질렀단 말인가!

수업이 끝난 후 교수는 눈짓으로 한스를 불렀다. 그러고는 빤히 쳐다보고 있는 학우들 사이로 그를 자기 연구실로 데려갔다.

"자, 대체 어찌 된 일인지 말해 보게. 자고 있었던 것은 아니었다고?"

"그렇습니다."

"그런데 왜 이름을 불렀을 때 일어서지 않았나?"

"저도 잘 모르겠습니다."

"혹시 듣지 못했나? 귀가 어두운가?"

"아닙니다, 들렸습니다."

"그런데도 일어서지 않았단 말이지? 게다가 나중에는 눈빛까지 이상해지더군. 자네 도대체 무슨 생각을 하고 있었나?"

"아무 생각도 하지 않았습니다. 정말 일어서려고 했습니다."

"그런데 못 일어선 것인가? 역시 몸이 좋지 않은 게로군."

"그렇진 않습니다. 제가 왜 그랬는지 저도 모르겠습니다."

"머리가 아팠나?"

"아닙니다."

"이제 돌아가도 좋네."

식사 전에 그는 다시 침실로 불려 갔다. 교장선생이 마을 의사와 함께 그를 기다리고 있었다. 의사는 한스를 진찰하고 나서 이것저것 꼬치꼬치 캐물었으나 확실한 병세를 발견하지는 못했다. 의사는 별로 대수로운 일이 아니라는 결론을 내렸다.

"이건 흔히 있는 가벼운 신경쇠약입니다, 교장선생님."

의사는 여유 있게 웃어 보이기까지 했다.

"일시적인 쇠약 증세입니다. 가벼운 현기증 정도라고나 할까요. 어쨌든 이 젊은이는 매일 바깥바람을 쐬야 합니다. 두통은 물약을 조금 처방하겠습니다."

그때부터 한스는 매일 식사를 마친 뒤 한 시간씩 산책을 나가야만 했다. 한스로서는 조금도 마다할 일이 아니었다. 다만 하일너가 동행하는 것은 절대 안 된다고 교장선생이 단호하게 금지시킨 일이 마음에 걸릴 뿐이었다. 하일너는 분개하여 욕설을 퍼부었으나 따르는 수밖에 도리가 없었다.

그래서 한스는 혼자 산책에 나섰는데, 그것도 나름대로 괜찮은 즐거움이 있음을 발견했다.

봄기운이 한창이었다. 경사가 완만한 아름다운 언덕 위에는 싹을 틔운 연둣빛 초목들이 파도처럼 일렁였다. 나무들은 앙상한 가지의 갈색 그물과도 같던 겨울 모습을 벗어던지고 어린 잎사귀들의 유희를 즐기며 산과 들의 색과 조화를 이루어 살아 숨 쉬는 신록의 파도를 이루고 있었다.

한스는 이전에 라틴어 학교를 다니던 시절에는 지금과는 다른 눈으로 봄을 바라보았었다. 그때는 생기발랄한 호기심으로 자연을 낱낱이 들여다보았다. 철새들이 돌아오는 차례와 나무들이 꽃을 피우는 차례를 종류별로 관찰했다. 그리고 5월이 되기가 무섭게 낚시하러 강으로 내달았다. 그러나 지금은 새의 종류를 구별한다거나 움트는 싹의 모양으로 떨기나무의 종류를 알아내려고 애쓰지 않았다. 그저 도처에 싹트고 있는 빛깔을 바라보며 어린잎의 향내를 들이마시기도 하고 부드럽게 불어오는 산들바람을 피부로 느끼기도 하면서 자연에 대한 놀라움에 사로잡힌 채 들판을 거닐었다.

한스는 피곤함을 자주 느꼈다. 그때마다 당장이라도 드러누워 자고 싶은 욕구에 빠져들었고, 거의 매순간 자기를 둘러싸고 있는 현실적인 것과는 다른 숱한 형상들을 보고 있었다. 그는 그것들의 실체가 무엇인지 몰랐을 뿐만 아니라 알아보려고도 하지 않았다. 그것은 밝으면서 부드럽고 색다른 꿈들이었다. 마치 초상처럼, 혹은 줄지어 서 있는 진기한 가로수처럼 그를 둘러싸고 있었다.

그렇다고 무슨 일이 일어나는 것은 아니었고, 단지 바라보기 위해 존재하는 순수한 화면에 지나지 않았다. 하지만 한스에게는 그 화면을 바라보는 것이 곧 하나의 체험이었다. 낯선 공간과 낯선 사람들에게 내맡겨진 느낌이었고, 낯선 곳에서 밟기 편안한 부드러운 땅 위를 걷는 듯한 느낌이었다. 또한 가볍고 잔잔한, 선들선들 가볍고 미묘한 꿈과 같은 향기가 스며 있는 낯선 공기를 호흡하는 느낌이기도 했다. 때로는 이 화면 대신에 가벼운 손이 그의 몸을 부드럽게 어루만지면서 스쳐 가는 것 같은 아늑하면서도 따뜻한 흥분감이 북받쳐 오르기도 했다.

책을 읽거나 공부를 할 때 한스는 정신을 집중하기가 몹시 힘이 들었다. 그의 흥미를 끌지 못한 책은 그림자처럼 그의 손에서 미끄러져 내렸다. 히브리어 수업을 들으려면 수업 시작 30분 전에 단어를 외워야만 했다.

그러나 물체의 모습이 뚜렷하게 떠오르는 순간이 전보다 더 자주 일어났다. 책을 읽고 있으면 그 안에 서술된 사물들 모두가 갑자기 눈앞에 나타나 생명을 얻고 가까운 주위에 있는 것보다 훨씬 더 생동감 있게 움직이는 것이었다. 자신의 기억력이 하루가 다르게 느슨해지고 점점 더 희미해지고 있다는 사실을 깨달은 한스는 절망감에 빠지고 말았다. 하지만 이따금 오래된 기억들이 무서우리만큼 생생하게 떠올랐고, 그때마다 한스는 놀라움과 두려움에 떨었다.

수업 중이거나 책을 읽다가도 아버지나 안나 할멈, 예전의 라틴어 학교 선생이나 친구 가운데 누군가가 떠오르곤 했다. 그 환영들은 바로 한스의 눈앞에서 형체를 드러내고 잠시 동안 한스의 주의력을 송두리째 빼앗아 버리기 일쑤였다. 슈투트가르트에 머무를 때의 일이나 주 시험을 치를 때의 일, 방학 때 있었던 일들이 몇 번이고 되살아났다. 낚싯대를 드리우고 한가로이 강가에 앉아 있는 자신을 보았고, 햇빛이 내리쬐는 강물의 냄새를 맡기도 했다. 동시에 지금 자기가 꿈을 꾸는 것은 훨씬 옛날의 일처럼 생각되는 것이었다.

후텁지근한 어느 날 석양 무렵, 한스는 하일너와 함께 침실을 어슬렁거리며 고향과 아버지, 낚시질, 학교에 대한 것들을 이야기했다. 하일너는 입을 꾹 다물고 말이 없었다. 한스에게 이야기를 시켜 놓고 이따금 고개를 끄덕이거나 하루 종일 노리갯감으로 가지고 있던 작은 잣대로 허공을 치곤 할 뿐이었다. 시간이 지나면서 한스도 할 말이 없어져 입을 다물고 말았다. 어느새 밤이 되어 있었다. 두 소년은 창턱에 걸터앉았다.

"야, 한스."

마침내 하일너가 입을 열었다. 그의 목소리는 약간 흥분되어 떨리고 있었다.

"어, 왜?"

"아냐, 아무것도……."

"뭔데, 말해 봐!"

"그냥, 생각나는 것이 있어서. 네가 여러 가지 이야길 하니까……."

"뭔데?"

"저어, 너 혹시 여자 뒤를 따라다닌 적 없니?"

잠시 침묵이 흘렀다. 그들은 아직까지 이런 이야기를 나누어 본 적이 없었다.

한스는 그러한 일에 대해 두려움을 가지고 있었다. 하지만 그 수수께끼 같은 신비로운 세계에 대한 이야기가 동화 속의 화원처럼 그를 끌어당겼다. 얼굴이 화끈 달아오르고 손가락이 떨렸다.

"딱 한 번."

한스는 속삭이듯이 말했다.

"아무것도 모르던 어린 시절이었어."

또다시 침묵이 흘렀다.

"……하일너, 넌?"

하일너는 한숨을 내쉬었다.

"에이, 관두자. 이런 이야길 꺼내는 게 아닌데, 공연히."

"아냐, 그렇지 않아."

"……나한텐 좋아하는 여자가 있어."

"너에게? 정말이니?"

"이웃집 아이야. 지난겨울에 그 애한테 키스했었어."

"키스?"

"응…… 어둑어둑한 황혼이었는데, 얼음판 위에서였지. 그 애가 스케이트 벗는 것을 도와주다가, 그때 키스한 거야."

"그 앤 뭐라고 했어?"

"아무 말도 하지 않았어. 그냥 뛰어가 버렸어."

"그 다음엔?"

"그 다음엔! 그게 전부야."

그는 또 한숨을 쉬었다.

한스는 하일너를 금단의 정원에서 온 영웅처럼 바라보았다.

그때 마침 종이 울렸다. 모두 잠자리에 들어야 할 시간이었다. 한스는 불이 꺼지고 주위가 조용해진 한참 후까지도 잠을 이루지 못한 채 하일너가 여자친구에게 한 키스를 상상해 보았다. 다음날 좀 더 자세히 물어 보고 싶었지만 왠지 창피한 생각이 들어 그만두었다. 하일너도 한스가 물어 오지 않았기 때문에 자기가 먼저 입을 열지는 않았다.

한스의 학교생활은 시간이 흐를수록 점점 더 엉망이 되어 갔다. 선생들은 언짢은 얼굴을 하고 이상한 시선으로 그를 쏘아보게 되었고, 교장선생 역시 어두운 얼굴로 그를 바라보았다. 동급생들도 벌써 오래전부터 기벤라트가 일등을 포기했다는 것을 눈치채고 있었다. 학교를 별로 중요하게 생각하지 않는 하일너만이 아무것도 모르고 있었다. 한스 자신도 무슨 일이 일어나든, 또 어떻게 변해 가든 별로 신경을 쓰지 않았다. 그저 되어 가는 대로 내버려둘 뿐이었다.

그 사이 하일너는 열중하던 신문 편집 일에 싫증을 내고 친구에게로 완전히 되돌아왔다. 그러고는 교장선생의 금지령을 무시한 채 한스의 산책에 몇 차례 따라나섰다. 한스와 함께 양지바른 곳에 누워서 몽상에 빠지기도 하고 시도 낭송하고 교장선생을 야유하기도 했다. 한스는 매일매일 하일너가 그의 연애 뒷이야기를 들려주기를 은근히 바라고 있었지만 하일너는 끝내 입을 열지 않았다. 시간이 갈수록 한스 쪽에서 먼저 물어 보기도 거북스러워졌다.

한편 학우들은 지금까지의 따돌림도 모자라 두 소년을 혐오하기 시작했다. 하일너가 〈가시다람쥐〉에서 학우들에게 심술궂고 신랄한 풍자를 해 댔기 때문이었다. 그리고 신문도 이 무렵에 폐간되어 버렸다. 그래도 꽤 오래 간행된 것이었다. 애당초 이 신문은 겨울과 봄 사이의 따분한 몇 주일만 간

행하려고 했던 것이었다.

바야흐로 아름다운 계절이 시작되었다. 아이들은 식물 채집도 하고 산책도 하며 밖에서 얼마든지 즐거운 시간을 가질 수 있었다. 날마다 점심 휴식시간이면 수도원 가운데뜰은 체조하는 아이들, 씨름하는 아이들, 달리기하는 아이들, 공놀이하는 아이들의 활기찬 고함소리로 가득 찼다.

그때 다시금 회오리바람 같은 새로운 사건이 일어났다. 그 장본인은 물론 언제나와 마찬가지로 모두의 발길에 채이는 돌 같은 존재인 헤르만 하일너였다.

교장선생은 소갈머리 없는 한 학생에게서 자신의 금지령을 무시하고서 하일너가 매일 기벤라트의 산책에 동행하고 있다는 사실을 듣게 되었다. 이번에는 한스는 그대로 놔두고 자신과 오랜 적대관계에 있는 주범 하일너만을 교장실로 불렀다. 교장선생이 반말을 하려고 하자 하일너는 즉석에서 반말을 쓰지 말라고 단호하게 요구했다. 교장선생은 자신의 명령을 거역한 것에 대해서 엄하게 추궁하자, 하일너는 자기는 기벤라트의 친구라는 사실을 새삼 밝혔다. 그리고 자기들의 교제를 막을 권리는 아무에게도 없다고 반박하였다. 심한 논쟁이 오갔다. 그리고 마침내 하일너는 서너 시간 감금되는 벌을 받았다. 동시에 당분간은 기벤라트와 함께 외출해서는 안 된다는 엄중한 금지령이 떨어졌다.

다음날, 한스는 다시금 혼자서 공인된 산책길에 나섰다가 2시에 돌아와서 다른 아이들과 함께 교실에 들어갔다. 수업이 시작될 때에서야 하일너가 없어진 사실이 밝혀졌다. 힌두가 없어졌을 때와 너무나 똑같았다. 이번엔 아무도 지각이라고 생각하는 사람은 없었다.

3시에 전교생이 세 명의 선생들과 함께 실종된 학우를 찾아 나섰다. 여러 조로 나뉘어 하일너를 부르며 숲 속을 헤맸다. 두 명의 선생을 위시해서 적지 않은 학생들이 어쩌면 하일너가 자살했을지도 모른다는 불길한 생각을 하고 있었다.

5시에는 그 지방 경찰서와 모든 파출소에 전보電報가 들어갔다. 저녁에는 하일너의 아버지에게 속달우편이 배달되었다. 밤이 깊도록 아무런 종적도 나타나지 않았다. 학생들 사이에서는 하일너가 물에 뛰어들었을지도 모른다는 추측이 난무하며 여기저기에서 수군거리는 소리가 그치지 않았다. 어쩌면 하일너가 집으로 갔을지도 모른다고 말하는 학생도 있었다. 그러나 하일너가 거의 돈을 지니고 있지 않았다는 것이 확인되었다.

학생들은 모두 한스만은 틀림없이 이 일에 대해 알고 있을 것이라고 생각했다. 하지만 한스는 아무것도 몰랐다. 누구보다도 놀라고 걱정하는 사람이 바로 한스였다. 그는 밤에 침실에서 다른 아이들이 서로 묻기도 하고 나름대로 추측하여 말도 안 되는 소리를 지껄이거나 빈정거리기도 하는 소리를 모두 귀담아 들었다. 그러고는 이불을 뒤집어쓴 채 친구의 사고를 걱정하고 또 괴로워하면서 길고도 고통스러운 시간을 보냈다. 하일너는 이제 두 번 다시 돌아오지 않으리라는 불길한 예감이 그의 가슴을 더욱 불안에 떨게 하였다. 슬픔과 두려움에 떨던 한스는 마침내 기진맥진한 나머지 잠이 들고 말았다.

이 무렵 하일너는 수도원에서 몇 마일 떨어진 깊은 숲 속에 누워 있었다. 너무 추워 잠을 이룰 수는 없었지만, 가슴 저 밑바닥에서부터 우러나오는 해방감을 만끽하며 차가운 공기를 마음껏 들이마셨다. 그러고는 비좁은 새장에서 빠져나온 새처럼 팔다리를 쭉 뻗었다. 그는 점심때부터 지금까지 내내 걸었었다. 크니틀링엔에서 얻은 빵을 이따금 한 입씩 뜯어 먹으며 봄날의 맑은 나뭇가지들 사이로 밤의 어둠과 별과 분주하게 떠도는 구름을 쳐다보았다. 어디로 갈 것인가는 문제가 되지 않았다. 적어도 오늘 밤만은 지긋지긋한 수도원을 뛰쳐나와 자신의 의지가 그 어떤 지시나 금지령보다 강하다는 것을 교장선생에게 보여 준 것이다.

다음날도 모두가 하루 종일 하일너를 찾아다녔지만 헛일이었다. 하일너는 어느 마을 가까이 들녘에 쌓아 놓은 짚단 속에서 두 번째 밤을 지내고, 아침에 다시 숲 속으로 들어갔다. 그리고 땅거미가 질 무렵에 다시 마을로 들어가려다가 순찰 중이던 그 지방 경찰관에게 붙들리고 말았다. 경찰관은 악의 없는 욕지거리를 하면서 그를 읍사무소로 데리고 갔다. 거기서 익살과 애교로 읍장의 환심을 산 하일너는 덕분에 읍장의 집에서 하룻밤을 묵을 수 있었다. 하일너는 잠자리에 들기 전에 햄과 계란을 푸짐하게 얻어먹었다. 그리고 그 다음날, 속달 우편을 받고 수도원에 와 있던 그의 아버지가 하일너를 데리러 왔다.

탈주자가 아버지와 함께 되돌아왔을 때 수도원에는 엄청난 흥분이 일었다. 그러나 하일너는 고개를 빳빳하게 쳐들고 다녔다. 천재다웠던 짧은 여행을 뉘우치는 기색은 전혀 없었다. 그는 잘못을 시인하고 용서를 빌라는 요구를 거절했다. 교수회의의 비밀재판에서도 조금도 겁을 먹거나 주저하는 기색 없이 불손하게 행동했다. 선생들은 그를 붙들려고 했으나 그러기에는 너무나 그가 지나쳤다. 마침내 그는 불명예스럽게 퇴교 처분을 당하고, 황혼 무렵 아버지와 함께 두 번 다시 돌아오지 못할 먼 길을 떠났다. 친구 기벤라트와는 잠시 악수를 했을 뿐, 별다른 이야기 없이 이별하였다.

극도로 반항적이고 충격적인 이번의 탈선 사건에 대해서 교장선생은 격한 감정을 쏟아 가며 길고도 위엄 있는 일장 연설을 했다. 그러나 슈투트가르트의 상급 관청에 보낸 그의 보고서는 점잖고 엄정하며 한층 부드러운 문체로 씌어 있었다.

학생들에게는 불평불만을 품고 제멋대로 행동하여 퇴교당한 사람과 편지를 주고받는 것은 금지되어 있었다. 당연히 하일너와의 서신왕래도 금지되었다. 그것에 대해서 한스 기벤라트는 미소를 지어 보일 뿐이었다.

하일너와 그의 도주에 관한 이야기가 몇 주일씩이나 학생들의 입에 오르내렸다. 그리고 시간이 흘러가자 이미 사라지고 없는 하일너에 대한 학생들의 판단이 달라졌다. 그 당시에는 두려워서 피하기만 했던 그 탈주자를 이제는 마치 자유를 찾아 날아간 독수리처럼 부러워하는 학생들도 적지 않았다.

헬라스 방에는 빈 책상이 두 개나 생겼다. 나중에 없어진 아이는 먼저 없어진 아이처럼 그렇게 빨리 잊혀지지는 않았다. 교장선생만이 나중 아이의 일도 하루빨리 잠잠해지기를 바랄 뿐이었다.

그러나 하일너는 수도원의 평화를 깨뜨릴 만한 어떤 짓도 결코 하지 않았다. 한스는 하일너의 소식을 눈이 빠지게 기다렸으나 아무런 소식도 오지 않았다. 하일너는 떠났고, 그대로 행방불명이 된 것이다. 이 인물과 탈주 사건은 차츰 지난날의 이야기가 되어 갔고, 마침내는 하나의 전설로 남게 되었다.

그 열정적인 소년은 앞으로도 계속 천재적인 시도와 방황을 거듭하면서 삶의 고뇌를 거쳐 엄격하게 단련될 것이다. 그리하여 비록 위대한 인물이라고까지는 할 수 없어도 남에게 뒤지지 않을 의젓하고 당당한 인물이 될 것이다.

뒤에 남은 한스는 하일너의 탈주를 알고 있었으리라는 혐의를 벗지 못하고, 그로 인해 선생들의 호의를 완전히 잃고 말았다.

심지어 어느 교수는 한스가 수업 중에 질문에 제대로 대답을 못 하자 이렇게 말하는 것이었다.

"자넨 왜 그 잘난 친구 하일너와 함께 가지 않았나?"

교장선생도 이제 그에게서 손을 떼고 마치 바리새인이 세리稅吏를 보는 것처럼 경멸에 가득 찬 동정심을 가지고 그를 바라보고 있었다.

기벤라트는 더 이상 학생들의 무리에 끼지 못했다. 그는 나병환자나 다름없는 존재가 되어 있었다.

제2의 유년기

들쥐가 저장해 둔 먹이로 살아가듯, 한스는 이전에 공부해 둔 지식으로 얼마간은 버틸 수 있었다. 그러나 그것마저 바닥이 난 뒤에는 괴롭고 궁핍한 나날이 시작되었다. 무기력하나마 다시금 땀을 흘려 곤경에서 잠시 벗어나 보기도 했지만, 그것도 전혀 희망이 없다고 판단되자 절박한 상황 앞에서 허탈한 웃음을 지을 수밖에 없었다.

그는 더 이상 부질없이 애쓰는 일을 그만두기로 했다. 모세오경에 이어서 호머를, 크세노폰 다음에는 대수를 포기했다. 그리고 선생들 사이에서 좋았던 자신의 평판이 점점 바닥으로 떨어지는 현실도 태연히 바라보고만 있었다. 그의 두통은 일상사였고, 간혹 머리가 아프지 않을 때에는 헤르만 하일너를 생각하거나 눈을 커다랗게 뜬 채 가벼운 몽상에 잠기기도 하고, 아무 생각 없이 몇 시간이고 멍하니 허공을 바라보기도 했다.

선생들의 질책은 날이 갈수록 점점 더 심해졌고, 그에 대해 한스는 그저 비굴한 미소를 지을 뿐이었다. 복습 지도 조교 프리드히만이 한스의 넋 나간 듯한 미소를 바라보며 가슴 아파하고, 궤도에서 이탈한 소년을 동정심과 너그러움으로 대해 주는 유일한 사람이었다. 다른 선생들은 모두 화를 내거나 경멸하는 눈으로 바라보았으며, 수업을 마친 뒤에도 교실에 남아 자습하라는 벌을 내리곤 했다. 이따금 그의 잠들어 버린 공명심을 일깨우려고 넌지시 비꼬는 선생도 있었다.

"혹 주무시지 않는다면, 실례지만 이 문장 좀 읽어 주시겠습니까?"

특히 교장선생이 누구보다도 한스에게 화를 크게 냈다. 이 허영심과 자만심에 가득 차 있는 사람은 자기의 시선이 미치는 위력에 대하여 커다란 자부심을 갖고 있었다. 그래서 무서우리만치 위협적인 눈을 부릅뜨고 한스를 쳐다보았다. 그런데도 기벤라트는 여전히 겁먹은 얼굴로 비굴한 미소를 짓는 것이었다. 그럴 때마다 교장선생은 화가 벌컥 치밀어 거의 신경질적이 되곤 했다.

"그 바보 같은 얼굴로 히죽거리지 좀 말게! 엉엉 소리 내어 울어도 시원찮을 마당에."

하지만 한스의 마음에 큰 타격을 준 것은 뜻밖에도 아버지에게서 온 편지였다. 교장선생이 기벤라트 씨에게 아들의 상태를 글로 알렸다. 그 편지를 읽은 아버지는 크게 놀라 어찌할 바를 몰랐다. 아버지는 궁리 끝에 아들의 마음을 바로잡기 위해 한스에게 애걸하는 투의 편지를 보냈다. 이해심 있는 사람이라면 감히 쓸 수 없는 상투적인 격려와 도덕적인 분노가 담긴 틀에 박힌 문구가 빠짐없이 나열되어 있는 편지였다. 그러나 그 내용은 애절한 울먹임으로 젖어 있었기 때문에 아들의 마음을 무척이나 쓰리고 아프게 했다.

교장선생을 비롯해서 기벤라트의 아버지, 교수들과 복습 지도 조교에 이르기까지, 어린 소년들을 키우는 의무에 충실한 지도자들은 누구나가 다 그들이 원하는 바를 방해하는 장애물이 한스의 내면에 자리 잡고 있다는 사실을 알아차렸다. 그래서 이제라도 그것을 억제시키고 무리를 해서라도 바른 길로 되돌려 놓지 않으면 안 되겠다고 생각했다. 아마도 그 동정심 많은 복습 지도 교사 외에 야윈 소년의 얼굴에 떠오르는 넋을 잃은 미소 뒤에, 소멸되어 가는 한 영혼이 번뇌의 익사 상태에서 불안에 떨면서 절망적으로 주위를 두리번거리고 있는 것을 알아본 사람은 하나도 없었을 것이다.

학교와 아버지, 그리고 몇몇 선생들의 야비한 명예심이 어린 소년의 순박한 영혼을 이처럼 무참하게 짓밟아 여기까지 오게 했다고 생각하는 사람은 아무도 없었다. 왜 그는 가장 감수성이 예민한 위험한 소년 시절에 매일 밤늦게까지 공부하지 않으면 안 되었던가. 왜 그에게서 토끼를 빼앗아 버렸던가. 왜 라틴어 학교에서는 그를 친구들과 격리시켰던가. 왜 낚시질을 하거나 빈둥빈둥 놀지 못하게 했던가. 왜 심신을 깎고 닳게 하는 하잘것없는 명예심을 부추겨 그에게 공허하고 저속한 이상을 심어 주었던가. 왜 시험이 끝난 후 마땅히 쉬어야 할 휴식조차 허락하지 않았던가? 이제는 너무 부려서 지칠 대로 지친 어린 망아지는 길바닥에 쓰러져 더 이상 아무 쓸모도 없는 존재가 되어 버린 것이다.

여름이 시작될 무렵, 마을 의사는 다시 한 번 한스를 진찰했다. 그리고 성장기에 흔히 나타나는 신경쇠약 증세라고 거듭 진단했다. 곧 여름방학이 시작되니, 방학 동안 영양가 있는 음식을 충분히 섭취하고 숲 속을 많이 뛰어다니고 충분히 섭생하면 반드시 좋아질 것이라고 말하였다.

그런데 방학을 3주일 남겨 놓았을 때였다.

한스는 오후 수업시간에 교수에게 심한 질책을 받았다. 선생이 욕설을 퍼부어 대자 한스는 의자에 털썩 쓰러져 버렸다. 그러고는 겁에 질려 부들부들 떨더니 갑자기 울음을 터뜨리는 것이었다. 그 울음은 언제까지고 그치질 않았다. 그 때문에 수업은 완전히 중단되고, 한스는 반나절이나 침대에 누워 있었다.

다음날, 수학선생은 수학시간에 흑판에다 기하 도형을 그려 놓고 그 도형을 증명하라고 한스를 지명했다. 한스는 앞으로 나갔으나 흑판 앞에 서자 현기증이 났다. 분필과 잣대를 갖고 되는 대로 선을 긋다가 두 개를 다 떨어뜨렸다. 그것을 주우려고 허리와 무릎을 구부린 한스는 다시 일어나지 못했다.

마을 의사는 자신이 돌보는 환자가 이런 어처구니없는 일을 당했다는 사실을 알고는 몹시 화를 냈다. 그는 태도를 바꾸어 한스에게 즉시 정양靜養을 떠나야 한다는 처방을 내리고, 아무래도 신경과 전문의와의 상담이 필요하다는 의견을 조심스럽게 내놓았다.

"저 학생은 또 발작을 일으킬 겁니다."

그는 교장선생에게 귓속말로 이야기했다.

교장선생은 고개를 끄덕이면서 무자비한 성난 얼굴 대신 아버지같이 동정 어린 표정으로 바꾸는 것이 좋겠다고 생각했다. 그것은 그에게 어려운 일이 아니었다. 아니, 오히려 그 편이 더 잘 어울리는 사람이었다.

마을 의사와 교장선생은 각기 한스의 아버지에게 쓴 편지를 소년의 호주머니 속에 넣어서 그를 집으로 돌려보냈다.

교장선생의 분노는 근심으로 바뀌어 있었다. 바로 얼마 전 하일너의 사건으로 떠들썩했던 교육청이 또다시 발생한 이 불행한 사건에 대해서 어떻게 생각할 것인가에 대한 근심이었다.

　학생들 모두가 의외라고 생각한 것은, 이번 사건에 대해서 당연히 있어야 할 교장선생의 훈시가 없다는 것이었다. 그리고 교장선생이 한스가 고향에 돌아가기 얼마 전부터 기분이 섬뜩할 정도로 그에게 매우 친절했었다는 것이었다.

　교장선생은 한스가 정양 휴가를 마치고 학교로 돌아올 수 없으리라는 것을 잘 알고 있었다. 설령 완쾌된다 해도 이미 한참 뒤처진 이 학생은 결석하고 쉰 수개월은커녕 수주일간의 공부조차도 따라잡기가 불가능한 것이다. 그는 한스가 떠날 때 진심으로 격려하듯이,

　"잘 가게. 또 만나세."

하고 말하고 이별은 했지만, 그 후 헬라스 방에 들어가 3개의 임자 없는 책상을 볼 때마다 마음이 무거웠다. 천부적인 재능이 있는 두 학생과 이별하게 된 데에는 자신에게도 일부 책임이 있을지도 모른다는 생각을 지워 버리기가 힘이 들었다.

　그러나 그는 담력이 세고 도덕적으로도 강인한 인물이었다. 그래서 자신에게 전혀 이롭지 않은 어두운 의문을 마음속에서 쫓아내 버렸다.

　자그마한 여행 가방을 들고 떠나가는 신학교 학생의 뒤로 교회며 문, 박공지붕, 그리고 탑들과 더불어 수도원이 자취를 감추고 숲과 언덕들이 사라졌다. 그 대신 바덴 주 경계 지방의 비옥한 과수원 지대가 나타났다. 이어서 포르츠하임의 시가가 나타나고, 곧바로 슈바르츠발트의 검푸른 전나무 숲이 시작되었다. 그 숲의 무수한 계곡 사이로 내가 흐르고 있었다. 따

갑게 내리쬐는 여름 햇볕을 받아 더욱 푸르러 보이는 전나무 숲은 그 어느 때보다도 시원스러운 그림자를 한층 짙게 드리우고 있었다. 소년은 차창 밖으로 고향의 정취가 짙어 가는 경치를 바라보며 즐거운 마음이 되었다.

그러나 고향의 기차역이 가까워지자 문득 아버지의 모습이 머리에 떠올랐다. 아버지가 마중 나올 것을 생각하니 고통스러운 불안이 조용한 여행의 기쁨을 산산이 부숴 버리고 말았다. 슈투트가르트로 시험을 치러 갔던 일, 신학교에 입학하기 위해 마울브론으로 떠났던 일들이 그때의 긴장과 불안스러운 기쁨에 섞여서 다시 회상되었다. 도대체 무엇 때문에 그 모든 일을 해야만 했던가!

교장선생과 마찬가지로 한스 자신도 또다시 신학교로 돌아가는 일은 없으리라는 것을 잘 알고 있었다. 신학교니 학문이니 야심에 찬 희망이니 하는 것들도 이제는 모두 끝이 났다는 것을 느끼고 있었다. 그러나 지금 그를 슬프게 하는 것은 그러한 일들이 아니었다. 자기에게 건 기대에 배신당하고 실망하고 있는 아버지에 대한 근심이 그의 마음을 무겁게 했다.

그는 그저 쉬고 싶을 뿐이었다. 푹 자고, 마음껏 울고, 꿀 수 있는 데까지 꿈을 꾸고 싶었다. 지독한 고통을 당한 뒤끝이기에 자기를 건드리지 말고 그저 놔두면 좋겠다는 생각뿐이었다. 하지만 집에 돌아가서는 그렇게 할 수만은 없다는 것을 내심 두려워하고 있었다.

기차 여행이 거의 끝나 갈 무렵 한스는 머리가 심하게 아파 오기 시작했다. 기차는 그가 어린 시절 신나게 뛰놀던 언덕과 숲 지대를 달리고 있었지만 그는 더 이상 창밖을 내다보지 않았다. 그래서 하마터면 낯익은 고향역에서 내리지 못할 뻔하였다.

한스는 마침내 우산과 여행 가방을 들고 기차에서 내려 고향의 흙을 밟았다. 아버지가 물끄러미 그를 쳐다보고 있었다. 아들의 비행非行에 대하여 실망과 분노를 느끼던 아버지는 교장선생이 보낸 마지막 편지를 읽고는 당혹스러운 두려움에 싸여 있던 터였다. 그는 수척하고 비참한 몰골을 한 아들을 상상하고 있었다. 그런데 마르고 쇠약해 보이기는 해도 혼자 걸을 수 있는 한스를 보고는 적이 안심이 되었다.

무엇보다도 아버지는 의사와 교장선생이 적어 보낸 아들의 신경병이 가장 불안하고 두려웠다. 그의 집안에서는 여태까지 신경병으로 고생한 사람은 없었다. 그런 병에 걸린 사람에 대한 이야기가 나오면 언제나 이해심이 부족한 조소와 경멸 섞인 동정으로 정신병자로 취급하는 것이었다. 그런데 지금 아들 한스가 그 끔찍스러운 병에 걸려 집으로 돌아온 것이었다.

수도원에서 돌아온 첫날, 한스는 아버지의 꾸지람을 듣지 않고 마중 받은 것이 내심 기뻤다. 그러나 얼마 지나지 않아 아버지가 일부러 그랬었다는 것을 알아차렸다. 아버지는 자신의 감정을 억누르며 한스를 자상하게 대하려고 무진 애를 쓰는 것이었다. 그리고 이따금 기분이 나쁘리만큼 호기심 어린 염탐꾼의 시선으로 바라보기도 하고, 이야기를 건넬 때도 부드럽게 꾸며서 하는 듯한 음조를 띠면서 한스의 동정을 살피기도 했다. 한스는 점점 더 움츠러들었다. 자신의 상태에 대한 막연한 불안감이 그를 괴롭히기 시작했다.

날씨가 좋을 때는 밖에 나가 몇 시간이고 숲 속에서 뒹굴었다. 그럴 때면 기분이 상쾌했다. 꽃과 벌레들을 들여다보고 새들의 노랫소리에 귀를 기울이고 짐승의 발자취를 밟기도 하며 기뻐했던 옛날 소년시절의 행복했던 일들이 숲 속에서는 이따금 그의 상처받은 영혼을 슬쩍 비추기도 하였다. 하지만 그것도 언제나 잠시뿐이었다. 대부분은 축 늘어져서 이끼 위에 누워 있었으며, 무거운 머리를 감싸 쥐고 무엇인가 생각해 내려고 안간힘을 써보지만 아무런 소용이 없었다. 끝내는 또다시 꿈이 찾아들어 그를 멀리 다른 세계로 이끌어 가는 것이었다. 거의 끊일 사이 없이 머리가 아팠다.

언젠가 이런 꿈을 꾼 적도 있었다. 한스는 친구 헤르만 하일너가 죽어서 들것에 누워 있는 것을 보고 그리로 다가가려고 했다. 그러나 교장선생과 교수들이 황급히 그를 밀쳐 냈다. 그들은 한스가 다가서려고 할 때마다 억세게 떠밀어 버리는 것이었다. 신학교의 교수나 복습 지도 교사들뿐만 아니라 라틴어 학교 교장선생과 슈투트가르트의 시험관들도 그곳에 있었는데 모두 화가 난 얼굴이었다. 그러더니 순식간에 그 장면이 바뀌었다. 들것 위에는 물에 빠져 죽은 힌두가 누워 있었다. 우스꽝스러워 보이는 그의 아버지가 슬픔에 잠긴 채 높은 실크 모자를 쓰고 개다리처럼 굽은 다리로 그 옆에 서 있었다.

또 이런 꿈도 꾸었다. 한스는 탈주한 하일너를 찾아 숲을 뒤지고 있었다. 몇 번씩 멀리 나무 기둥 사이로 하일너가 걷고 있는 것이 보였으나 이름을 부르려는 순간에는 언제나 사라지고 마는 것이었다. 마침내 멈춰 선 하일너가 한스가 다가오기를 기다린 후 이렇게 말했다.

"이봐, 나한텐 좋아하는 여자가 있다구!"

그러고는 큰 소리로 웃으며 수풀 속으로 자취를 감추어 버렸다.

한스는 또 약간 말라 보이는 아름다운 남자가 배에서 내리는 광경을 보기도 했다. 그는 고요하고 거룩한 눈과 아름답고 평화로운 손을 가지고 있었다. 한스가 그에게로 달려갔을 때 또다시 모든 것이 사라져 버렸다. 한스는 '이게 무슨 뜻이지?' 곰곰이 생각해 보았다. 그리고 마침내 복음서의 한 구절을 머리에 떠올렸다. 그것은 그리스어로 '사람들이 곧 예수이신 줄 알아보고 그 온 지방을 달려 돌아다니도다.'였다. 그때 περιεδραμδν는 무슨 변화형인가! 그 동사의 현재, 부정법, 완료, 미래는 어떠한 형으로 되는가를 생각해 내지 않으면 안 되었고, 또 그것을 단수, 쌍수, 복수로 완전히 변화시키지 않으면 안 되었다. 그러나 도중에 이것들이 뒤섞여 막힐 때마다 조바심이 나고 식은땀이 흘렀다. 한참 만에 정신을 차리자 그의 머릿속은 상처투성이가 된 느낌이었다. 그의 얼굴이 자기도 모르게 체념과 죄의식에 사로잡힌, 졸린 듯한 미소로 일그러졌다. 바로 그때 신학교 교장선생의 목소리가 들려왔다.

"그 바보 같은 얼굴로 히죽거리지 좀 말게! 엉엉 소리 내어 울어도 시원찮을 마당에."

이따금 좀 나아진 듯한 날도 있었지만, 대체로 한스의 건강 상태는 나아지기는커녕 오히려 자꾸 악화되는 것 같았다. 전에 그의 어머니를 진찰했고 사망 진단을 내렸으며, 지금도 가끔 재발하는 관절통으로 고생하는 아버지를 살펴 주는 한스네 가정의家庭醫는 인상을 찌푸리며 한스에 대한 진찰 소견을 하루하루 미루고 있었다.

그 무렵에 이르러 한스는 처음으로 라틴어 학교 마지막 2년 동안 친구를 한 명도 제대로 사귀지 못했었다는 사실을 깨달았다. 그 당시의 동급생들은 이미 고향을 떠나 버렸거나 아니면 견습공이 되어 동분서주하고 있었다. 한스는 그들 중 어느 누구와도 친분을 맺지 못했다. 그들에게 무엇인가를 구할 만한 것도 없었고, 그들 또한 누구 하나 한스에게 전혀 관심을 기울이지 않았다.

고작해야 늙은 교장선생이 두 번 정도 다정스럽게 몇 마디 말을 건네 준 일이 있고, 라틴어 선생이나 마을 목사도 길거리에서 만나면 친근한 얼굴로 고개를 끄덕여 주었다. 그렇기는 해도 실상 그들에게 있어 한스는 이미 무가치한 존재였다. 무엇인가를 가득 채워 넣을 수 있는 그릇도 아니었고, 여러 가지 다양한 씨앗을 뿌릴 논밭도 아니었다. 한스를 위해서 시간을 낸다거나 관심을 쏟아 봤자 이제는 부질없는 일이 되고 만 것이다.

마을 목사가 조금이라도 애정을 가지고 한스를 돌보아주었더라면 한스를 위해서는 참으로 다행이었을 것이다. 그러나 그가 과연 무엇을 해 줄 수 있었겠는가! 그가 줄 수 있는 건 학문, 적어도 학문에 대한 탐구심은 벌써 그 당시 소년에게 아낌없이 제공해 주었었다. 그는 그 이상의 것은 가지고 있지 않았다. 그는 자신의 라틴어 실력에 대해서만큼은 확고한 자부심을 갖고 있어 그 누가 타당한 근거를 내밀며 반박해도 인정하지 않았다. 또한 그의 설교는 누구나가 익히 알고 있는 성경을 출처로 하지 않았다. 그는 영혼이 지치고 삶에 찌든 사람들이 기꺼이 찾아갈 만한 그런 목사는 아니었다. 그에게는 고뇌를 어루만져 주는 듯한 친절한 시선과 다정한 언어가 결여되어 있었기 때문이다.

아버지 기벤라트 역시 한스에 대한 실망의 분노를 감추려고 애는 썼지만 아들의 친구가 되어 주거나 위로해 주는 사람은 아니었다.

한스는 모두에게 버림을 받은 듯한 기분이 되어 작은 뜰에서 햇볕을 쬐거나 숲 속에서 뒹굴면서 몽상이나 괴로운 생각에 사로잡혔다. 독서는 아무 도움이 되지 않았다. 책을 펴기가 무섭게 머리와 눈이 아파 오기 시작했고, 어느 책에서나 수도원 시절과 그 당시의 두려운 악령들이 되살아나서 질식할 듯한 무서운 꿈의 한 모퉁이로 그를 몰아넣고는 이글거리는 눈빛으로 그를 그곳에 꼼짝하지 못하도록 잡아매는 것이었다.

이렇듯 괴로움과 고독에 에워싸인 병든 소년에게 위로자의 가면을 쓴 또 다른 유령이 접근해 왔다. 그리고 점차 그와 친해져 급기야는 자신과 떼어 놓을 수 없는 존재가 되어 버렸다. 그것은 바로 죽음에 대한 생각이었다. 총기를 구한다거나 숲 속 어딘가에서 목을 매다는 일은 어려운 일이 아니었다. 이 유령은 거의 매일같이 한스의 산책길을 따라다녔다.

한스는 조용하고 외딴 장소를 찾아 이리저리 헤매던 끝에 마침내 행복하게 죽을 수 있는 장소를 발견했다. 그는 그곳을 죽음의 보금자리로 정해 놓고 기회 있을 때마다 그곳을 찾아갔다. 머지않아 사람들이 여기서 자기의 시체를 발견하게 될 것이라고 상상하며 묘한 쾌감을 느끼기도 했다. 밧줄을 맬 나뭇가지도 정해 놓고, 자신의 몸무게를 충분히 지탱할 수 있는지도 시험해 보았다. 아무런 문제도 없었다. 꽤 긴 시간을 두고 아버지에게 남기는 짧은 편지와 헤르만 하일너에게 보낼 매우 긴 편지가 차츰 씌어졌다. 이 편지들은 나중에 한스의 시체 옆에서 발견되게 할 셈이었다.

이제 모든 준비가 다 됐다는 기분이 그의 마음에 평안을 가져다주었다. '숙명의 나뭇가지' 밑에 앉아 있으면 여태껏 그를 짓누르던 압박감이 사라지고 기쁨에 넘치는 환희가 몰려드는 시간을 얼마든지 가질 수가 있었다.

왜 진작 저 아름다운 나뭇가지에 목을 매지 못했던가!

그것은 자신도 알 수가 없었다.

생각은 돌처럼 굳어졌고, 이미 죽기를 결심한 그는 얼마 동안 마음이 안정되었다. 그리고 먼 여행길을 떠나기 전에는 누구라도 그러하듯이, 마지막 며칠 동안 아름다운 햇볕과 고독과 몽상을 더욱 마음껏 맛보았다. 여행은 언제라도 떠날 수 있도록 만반의 준비가 되어 있었다. 그리고 여전히 예전부터 낯익은 그 환경에 머물면서 자신의 위험한 결심은 꿈에도 모르고 있는 사람들의 얼굴을 바라보는 일은 일종의 독특한, 씁쓰레한 맛이 있기는 하나 쾌감이기도 하였다. 의사를 만날 때마다 한스는 마음속으로 이렇게 생각했다.

'자, 두고 보라니까!'

운명의 여신은 그로 하여금 자신의 어두운 구상을 마음껏 즐기도록 내버려두었다. 그가 죽음의 잔을 들이키며 매일 몇 방울의 환희와 삶의 의욕을 맛보는 모습을 지켜보고만 있었다. 물론 이런 불구의 젊은 영혼 하나쯤 거두는 것은 그다지 문제가 되지 않지만, 비록 상처 입은 영혼일지라도 인생의 쓰디쓴 맛을 맛보기 전에는 아직 무대에서 사라져서는 안 되었다.

고통스러운 상념이 떠오르는 일이 그에게서 점차 사라졌다. 대신 나른하면서도 편안한 체념의 기분이 들기 시작했다. 그러한 기분 속에서 한스는 아무런 생각 없이 하루하루 흘러가는 세월을 바라보고 푸른 하늘을 쳐다보았다. 그러는 모습이 몽유병자나 어린아이처럼 보이기도 했다.

어느 날, 한스는 정원의 전나무 아래에 느긋하게 앉아 있었다. 그는 아무런 생각 없이 언뜻 머리에 떠오른 라틴어 학교 시절에 배운 옛 노래를 되풀이하여 흥얼거렸다.

아, 나는 매우 피곤하다

아, 나는 몹시 지쳤다

지갑에는 돈 한 푼 없고

호주머니에도 무일푼

    그는 기억 속에 남아 있는 멜로디를 흥얼거리며, 지금 부르는 것이 스무 번째라는 생각 외에는 아무것도 머릿속에 없었다. 그러나 창가에 서서 듣고 있던 아버지는 소스라치게 놀라고 말았다. 마음이 메마른 아버지에게는 그저 무의미한 장난일 뿐인 단조로운 노래가 이해되지 않는 것이 어쩌면 당연한 일인지도 몰랐다. 아버지는 한숨을 내쉬며 이것은 절망적인 정신박약의 불치병 증세라고 받아들였다. 이때부터 아버지는 더욱더 불안한 심정으로 아들을 관찰했다. 아들은 두말할 것 없이 그것을 눈치채고 괴로워했다. 하지만 저 튼튼한 나뭇가지에 밧줄을 맬 시기는 아직 아니었다.

    그러는 사이에 무더운 계절이 되었다. 슈투트가르트에서의 주 시험과 그해의 여름방학 이래 벌써 한 해가 지난 것이다. 한스는 가끔 그때의 일들을 떠올렸지만 별다른 감동은 일어나지 않았다. 그의 감수성은 무디어질 대로 무디어져 있었다. 낚시질은 하고 싶었다. 하지만 아버지에게 이야기를 꺼낼 용기가 없었다. 그는 물가에 설 때마다 마음이 괴로웠다. 그는 누구의 눈길도 닿지 않는 강기슭에 오랫동안 멈춰 서서 눈을 번득이며 소리 없이 헤엄쳐 가는 거무스름한 고기 떼의 움직임을 바라보곤 했다.

    매일 저녁나절에는 냇가로 목욕을 하러 갔다. 그때마다 검사관 게슬러의 작은 저택을 지나야 했기 때문에 3년 전에 그가 열중했던 엠마 게슬러가 다시 집에 돌아와 있는 것을 우연히 볼 수 있었다.

그는 호기심을 갖고 두어 번 그녀를 쳐다보았으나, 예전처럼 마음에 들지는 않았다. 그때는 날씬한 몸맵시에 아주 아름다운 소녀였는데 이제는 다 큰 처녀가 되어 있었다. 무거워 보이는 걸음걸이와 아이답지 않게 유행을 따른 머리 스타일이 그녀를 꼴사나워 보이게 했다. 길게 늘어뜨린 의상도 어울리지 않았고, 숙녀같이 보이려고 애쓰는 것도 꼴불견이었다. 한스에겐 그녀의 이런 모습들이 우습게 보였으나, 동시에 그녀를 볼 때마다 이상하게 달콤하고 뭐라 말할 수 없는 따스한 기분이 들었던 그 시절의 추억이 떠올라 슬프기도 했다.

그때는 모든 것이 지금과는 사뭇 달랐다. 훨씬 더 아름답고 즐거웠으며 활기가 있었다. 그는 그때 이미 라틴어와 역사, 그리스어와 시험, 신학교, 그리고 두통밖에는 몰랐었다. 하지만 그 시절에는 동화책도 있었고 도둑 이야기를 쓴 책도 있었다. 자그마한 정원에는 한스가 직접 만든 장난감 물레방아가 돌고 있었다. 저녁 무렵이면 나숄트의 집 현관 앞에 모여 리제의 모험담을 듣곤 했으며, 가리발디라고 불리던 이웃집의 늙은 할아버지 그로스 요한을 강도 살인범으로 알고 그 꿈을 꾼 적도 있다. 아무튼 일 년 내내 매달 무엇인가 즐거움이 있었다. 목초를 말리는 일이라든지 토끼풀을 베는 일, 첫 낚시질에 나서거나 개울가재를 잡는 일, 호프를 거둬들이는 일, 나무를 흔들어 자두를 따는 일, 모닥불을 지펴 감자를 굽는 일, 그리고 보리 타작 같은 일들이 있었다. 또 그 사이사이 즐거운 일요일이나 기다려지는 축제일이 있었다.

그리고 신비한 힘으로 그를 잡아당기는 것들이 많았다. 그는 집이나 골목길의 계단, 곡식창고의 바닥, 샘, 담장, 그리고 사람들과 갖가지 동물들을 사랑하고 좋아했었다. 그것들은 뭐라 말할 수 없는 힘으로 그를 유혹했다. 호프를 딸 때에는 그도 거들었다. 처녀들이 부르는 노랫소리에 귀를 기울이며 그 노랫말을 외우려고 애를 썼다. 대부분의 가사들은 웃음을 터뜨릴 만큼 익살스러웠으나 더러는 상당히 애절한 것도 있어서 그런 노래를 듣고 있자면 저절로 목이 멨다.

그런데 이 모든 일들이 한스도 모르는 사이에 하나 둘 자취를 감추고 말았다. 처음에는 리제 곁에 앉아 이야기를 듣는 일이 없어지고, 일요일 오전에 낚시질하는 일이 없어지더니 동화책을 읽는 일이 없어졌다. 그리고 차츰 하나하나 그만두게 되어 마침내는 호프 따기며 정원에서 물레방아를 지며보는 일도 그만두게 되었다.

아! 그 여러 가지 일들은 다 어디로 사라져 버린 것일까?

한스는 영혼이 병들어 버린 지금에서야 현실과는 동떨어진 또 하나의 유년기를 체험하게 되었다. 선생들의 강요로 아름다운 어린 시절을 빼앗겼던 그는 지금 갑자기 끓어오르는 동경심을 갖고 예전의 희미한 기억으로 줄달음질쳤다. 그리고 마술에 걸린 듯 추억의 숲 속을 헤매고 다녔다. 그 추억은 너무나 강하고 뚜렷한 나머지 병적이기까지 했다. 그는 이전에 실제로 맛보았던 체험에 못지않은 애정과 열정으로 이 모든 것들을 다시 받아들였다. 기만당하고 억압이 가해졌던 유년시절이 오랫동안 막혀 있다 터져 나오는 샘물처럼 그의 마음속에 용솟음쳐 올라왔다.

나무는 그 줄기를 잘라 버리면 뿌리 근처에 다시 새 움을 틔운다. 그와 마찬가지로 한창 꽃이 필 무렵 병들어 파멸해 버린 영혼도 그 당초와 꿈 많던 어린 날의 봄 같은 시절로 돌아가는 일이 흔히 있다. 거기서 새로운 희망을 발견하고 끊어진 생명의 끈을 다시 잇기라도 하려는 듯. 하지만 뿌리에서 나온 새싹은 급속히 무럭무럭 뻗어 나기는 하지만 그것이 다시 나무가 되는 일은 결코 없다.

한스 기벤라트도 같은 경로를 더듬었다. 따라서 어린이 나라에서 꿈길을 더듬고 있는 그의 뒤를 좀 따라가 볼 필요가 있다.

기벤라트의 집은 오래된 돌다리 근처에 있었는데, 두 개의 서로 다른 길의 모퉁이를 이루고 있었다. 한스의 집이 속해 있는 쪽의 길은 시내에서 가장 길고 넓고 멋지게 뻗어 있었다. 이 거리는 '게르바 거리'라고 불렸다. 또 다른 길은 짧고 좁은 비탈길로서 가난한 거리였고 '매 거리'라고 불렸는데, 이미 오래전에 폐업한 음식점이 매를 간판으로 하고 있던 데에서 유래된 것이다.

게르바 거리에는 어느 집에나 선량하고 견실한 토박이들만 살고 있었다. 누구나가 자기 집과 묘지, 정원을 가진 사람들이었다. 정원은 집 뒤의 언덕을 타고 가파른 경사를 이루며 길게 올라가 있었고, 그 울타리는 1870년에 만들어진 노란 금작화로 뒤덮여 있는 철길 둑과 경계를 이루고 있었다. 게르바 거리와 품위를 견줄 만한 곳은 마을 광장뿐이었다. 광장에는 교회당과 지방청, 법원, 읍사무소, 교구청 등이 들어서 있어 말끔하고 품위 있는 점에서 도회지 같은 깔끔한 인상을 주었는데, 게르바 거리에는 공공건물은 없었지만 훌륭한 현관문이 달린 주택들과 고풍스러운 목조 건물, 그리고 산뜻하고 밝은 색깔의 박공지붕들이 줄지어 있었다. 건너편은 난간이 달린 성벽 아래로 강이 흐르고 있었기 때문에 한쪽으로만 늘어선 집들은 친근하고 편안하고 밝은 느낌을 주었다.

게르바 거리가 길고 넓고 밝아서 묵직하고 고상하다면 매 거리는 그 반대였다. 이곳에는 기울어져 가는 어둠침침한 집들이 빽빽하게 들어서 있었다. 담벼락에는 얼룩진 회칠이 부서져 떨어지고, 박공지붕은 앞으로 삐죽이 튀어나와 매달려 있어 납작하게 눌린 모자를 연상케 하였다. 문짝이나 창문은 여기저기 틈이 벌어져 손질을 했고, 굴뚝은 기울어져 있었으며 홈통은 헐어 있었다. 집들은 서로 공간과 햇볕을 빼앗고 있었으며, 골목길은 좁은 데다가 기이하게 구부러져 있어서 온종일 언제나 어두컴컴했다. 비가 오는 날이거나 해가 진 뒤에는 습기 찬 기분 나쁜 암흑의 세계로 바뀌었다. 또한 어느 집이나 창문 앞에는 언제나 막대기나 노끈에 많은 세탁물이 걸려 있었다. 세 들어 사는 사람들이나 하룻밤을 묵고 가는 사람을 제외하더라도 실로 많은 가족이 이 비좁고 누추한 골목길에 살고 있기 때문이었다. 이런 곳에는 언제나 가난과 범죄, 질병이 들끓게 마련이었다. 장티푸스가 발생했다고 하면 이곳이었고, 살인이 있었다면 역시 이곳이었다. 시내에 도난이 생기면 먼저 매 거리가 수색을 받았다. 떠돌아다니는 행상인들은 모두 이곳을 숙소로 하고 있었다. 그들 가운데는 마사磨砂(금속제 기물을 닦는 데 쓰는 점성이 없는 백토) 장수 호테호테며 온갖 범죄와 부도덕한 짓을 벌이고 다닌다는 소문을 달고 사는 가위갈이 아담 히텔도 있었다.

한스는 학교에 들어가고 처음 한두 해 동안은 매 거리에 자주 놀러갔었다. 연한 금발을 하고 남루한 옷을 걸친 개구쟁이들과 어울려 평판이 나쁜 로테 프로묄러가 들려주는 살인 이야기를 즐겨 들었던 것이다. 한때 소문난 미인으로서 작은 여관을 운영하던 남편과 이혼한 이 여자는 징역도 5년이나 산 전과자였다. 그녀는 여러 명의 숙련공을 정부情夫로 두어서 이따금 추문을 퍼뜨렸고, 칼부림 사태를 일으키는 빌미가 되기도 했다.

당시 혼자 살고 있던 그녀는 공장 일이 끝나면 커피를 끓여 놓고 이야기를 하면서 저녁시간을 보내고 있었다. 그녀는 언제나 문을 활짝 열어젖혀 놓았기 때문에 아낙네들과 젊은 노동자들뿐만 아니라 이웃에 사는 아이들도 문턱 주위에 둘러앉아 놀라움과 두려움에 떨며 넋을 잃고 그녀의 이야기에 귀를 기울였다. 검게 그을린 돌화로 위에서는 주전자의 물이 끓고 있었고, 그 옆에는 기름 초가 타고 있어서 그것이 푸른빛이 도는 석탄불과 더불어 이상스럽게 깜빡거리며 사람이 가득 들어찬 어두컴컴한 방 안을 비추고 있었다. 그리고 벽과 천장에 이야기를 듣는 사람들의 그림자가 비쳐 마치 도깨비 같은 움직임을 한 방 가득히 그리고 있었다.

여덟 살 난 한스는 거기서 핀켄바인 형제를 알게 되어 아버지의 엄격한 금지령에도 불구하고 일 년 가까이 이 두 아이와 어울렸다. 이 형제는 마을에서 가장 약삭빠른 악동들로, 이름은 돌프와 에밀이었다. 이들은 과일 훔치기와 작은 산짐승을 밀렵하는 것으로 악명이 자자했고, 온갖 잔꾀와 장난에 있어서는 그 누구도 따를 사람이 없어 당당한 대가의 위치에 있었다. 이들은 틈틈이 새알이며 납덩이, 까마귀 새끼, 찌르레기, 토끼를 몰래 내다 팔기도 했다. 밤낚시가 금지되어 있는 줄 알면서도 거침없이 낚싯대를 드리우곤 했다. 그리고 마을의 정원이란 정원은 모두 자기 집 드나들듯 들락거렸다. 울타리가 아무리 뾰족하고 담장에 유리조각이 촘촘히 박혀 있어도 전혀 힘들이지 않고 뛰어넘는 것이었다.

그러나 한스는 매 거리에 살고 있는 아이 가운데 특히 헤르만 레히텐하일과 친하게 지냈다. 부모 없이 고아로 자란 헤르만은 불구인 데다가 어딘지 남다른 데가 있는 조숙한 아이였다. 한쪽 다리가 짧아서 언제나 지팡이를 짚고 다녔으므로 골목길에서 벌어지는 아이들의 놀이에도 끼지 못했다. 마른 몸에다 핏기 없는 병자 같은 얼굴을 하고 있었고, 나이에 어울리지 않는 퉁명스러운 입술과 아주 뾰족한 턱을 갖고 있었다. 손재주에 있어서는 어떤 일을 막론하고 능숙한 재간을 가졌고, 특히 낚시에 대한 뜨거운 열정은 남달랐다. 그 열정이 한스에게로 전해졌다.

그 당시 레히텐하일은 아직 낚시 허가증을 가지고 있지 않았다. 그래도 두 아이는 남의 눈에 띄지 않는 곳에서 몰래 낚시질을 하곤 했다. 물고기를 낚는 자체도 즐거웠지만, 남몰래 하는 낚시질은 아주 짜릿했다.

절름발이 레히텐하일은 낚싯대를 알맞게 자르는 법과 말총 꼬는 법, 낚싯줄을 물들이는 법, 실을 둥글게 올가미를 만드는 법, 낚싯바늘을 뾰족하게 가는 방법 등을 한스에게 가르쳐 주었다. 그리고 날씨와 물을 보는 법, 쌀겨를 풀어 물을 탁하게 하는 방법, 알맞은 미끼를 고르는 법과 그 미끼를 낚싯바늘에 다는 방법을 가르쳐 주었고, 또 물고기의 종류를 구별하는 방법이라든지 고기가 낚시에 걸리는 것을 아는 법, 낚싯줄을 적당한 깊이에 드리우는 방법도 가르쳐 주었다. 말로 하는 것이 아니라 오직 현장에서 실제로 시범을 보여 줌으로써 줄을 잡아당기고 늘어뜨릴 때의 호흡하는 요령과 섬세한 느낌을 가르쳐 주었다. 그는 낚시 가게에서 살 수 있는 멋들어진 낚싯대나 코르크나 유리줄 등 그러한 모든 인위적인 낚시도구를 핏대를 세우면서 경멸하고 깔보았다. 어느 부분이라도 손수 만들어서 맞춘 낚시도구가 아니면 물고기가 낚이지 않는다는 것을 한스에게 확인시켜 주었다.

한스는 핀켄바인 형제와는 다툰 끝에 헤어졌다. 하지만 말이 없고 성품이 조용한 절름발이 레히텐하일은 다툰 적도 없는데 한스를 놓아두고 떠나 버렸다. 2월 어느 날, 그는 옷을 벗어 둔 의자 위에 소나무 지팡이를 올려놓고 초라한 침대에 드러누웠다. 그런데 갑자기 열이 나기 시작하더니 잠시 후 숨을 쉬지 않게 되었다. 혼자 조용히 저 머나먼 나라로 떠나가 버린 것이다. 매 거리는 이내 레히텐하일을 잊어버렸지만 한스만은 꽤 오랫동안 그리운 추억 속에 그를 간직하고 있었다.

매 거리에는 레히텐하일 말고도 유별난 주민이 적지 않았다. 음주벽이 심해서 결국 목이 잘린 우편배달부 뢰텔러를 모르는 사람이 있을까! 그는 2주일에 한 번꼴로 만취해서 길거리에 쓰러져 있거나 한밤중에 소동을 일으켰다. 평소에는 어린아이처럼 선량하고 얼굴에는 언제나 미소를 띠고 있는 사람이었다. 그는 한스에게 타원형의 담배통에서 나는 냄새를 맡아 보게도 하고, 때로는 한스가 가져다주는 물고기를 버터로 구워 함께 먹기도 했다. 그는 유리 눈알이 박힌 박제된 새와 가냘프고 고운 음색으로 오래된 춤곡을 들려주는 아주 오래된 시계를 가지고 있었다.

맨발로 걸어 다녀도 커프스단추는 꼭 달아야 하는 늙은 기계공 포르슈를 모르는 사람도 없다. 그의 아버지는 전통이 오랜 초등학교에서 학생들을 가르치는 엄격한 교사였다. 포르슈는 성경을 절반이나 외우고, 격언이나 도덕적인 금언도 아주 많이 외고 있었다. 하지만 이런 지식이나 노령의 백발에도 불구하고 그는 여자들을 쫓아다니고 술을 마구 퍼마셨다. 좀 취기가 돈다 싶으면 기벤라트 집 모퉁이의 연석에 걸터앉아 지나가는 사람들의 이름을 불러 대며 장황하게 격언을 늘어놓기 일쑤였다.

"야, 한스 기벤라트! 내 아들아, 내 말을 듣거라! 남에게 그릇된 충고를 하지 않고, 그로 해서 나쁜 마음을 품지 않는 자는 복이 있나니! 그것은 아름다운 나무에 달린 푸른 잎사귀와 같으니라. 어떤 잎은 떨어지고 어떤 잎은 돋아나듯이 살과 피를 가진 인간도 어떤 이는 죽고 어떤 이는 태어난다. 자, 이젠 집에 가도 좋다. 이 바다표범 같은 놈아."

포르슈 노인은 경건한 격언 외에도 유령 이야기나 무시무시한 전설들을 굉장히 많이 알고 있었다. 그는 유령이 나오는 장소를 알고 있었다. 그런데 언제나 자신의 이야기에 반신반의로 흔들리고 있었다. 대개 이야기를 시작할 때에는 마치 자신의 이야기 자체와 그 이야기를 듣는 사람들을 비웃는 것처럼 회의적이고 과장적이며 내뱉는 듯한 어조로 말했다. 그러다가 겁에 질린 듯이 점점 목을 움츠려 가며 목소리를 낮추고, 나중에는 소름이 돋을 정도로 나직하게 속삭이는 것이었다.

이 초라하고 비좁은 골목길에는 무섭고 불투명하면서도 이상야릇한 매력으로 사람을 유혹하는 것들이 얼마나 많았던가!

자물쇠 장수 브랜들레도 여기에 살았었다. 폐업한 뒤 아무렇게나 방치해 둔 일터는 아주 황폐하게 변해 있었다. 그는 언제나 반나절씩 작은 창가에 걸터앉아 소란한 골목길을 침울하게 바라보곤 했다. 그러다 가끔 씻지도 않은 채 해진 옷을 입고 돌아다니는 동네 꼬마가 하나라도 잡히면 그 꼴이 뭐냐며 아주 재미있다는 표정으로 아이의 귀나 머리카락을 잡아당겨 파랗게 멍이 들 정도로 온몸을 꼬집어 댔다. 그런데 어느 날, 그는 아연 철사를 목에 친친 감고 계단 위에 매달려 있었다. 그 광경이 너무도 끔찍하여 누구도 그에게 가까이 다가설 엄두를 내지 못했다. 한참 뒤에야 늙은 기계공 포르슈가 펜치를 들고 뒤로 다가가 철삿줄을 끊었다. 그러자 혀를 길게 내밀고 있던 시체는 앞으로 꼬꾸라지며 계단을 굴러서 놀란 구경꾼들의 한복판으로 떨어졌다.

밝고 넓은 게르바 거리에서 어둡고 습기 찬 매 거리로 들어설 때마다 한스를 에워싸는 것은 이상하게도 숨 막히는 공기와 더불어 유쾌한 듯하면서도 두려운 압박감이었다. 그것은 호기심과 두려움, 양심의 가책과 모험에 대한 행복한 기대감이 뒤섞인 야릇한 감정이었다. 매 거리는 지금도 도깨비 이야기나 동화 같은 기적, 전대미문의 흉측한 일 등이 일어날 수 있는 유일한 곳이었다. 마술이나 유령의 존재가 있을 법하고 또 그럴 듯하게 여겨지는 곳이었다. 이곳에서 사람들은 전설이나 저속한 로이틀링의 통속 문학을 읽을 때처럼 달콤한 고뇌의 전율을 맛볼 수 있었다. 통속책은 선생들에게 빼앗기기 일쑤였지만, 그 책에는 존넨 뷔르틀레나 쉰데르 한네스, 메서 카를레, 포스트 미헬 같은 인물들의 이야기와 그들과 비슷한 암흑가의 영웅들, 중죄인, 모험가들의 행각과 처벌에 대한 이야기들이 적나라하게 적혀 있었다.

이 매 거리 외에 또 한 군데 보통 장소와는 틀린, 뭔가 특별한 것을 체험할 수 있는 곳이 있었다. 근처에 있는 커다란 제혁공장이 바로 그곳인데, 그 오래된 건물의 어두컴컴한 다락이나 이상스러운 방은 자기 자신을 잊을 수 있는 아주 특별한 공간이었다. 어두침침한 다락에는 커다란 가죽들이 걸려 있었고, 지하실에는 비밀스러운 굴과 통행이 금지된 통로가 있었다. 이전에 저녁이면 리제가 아이들에게 재미있는 동화를 들려주곤 하던 곳도 바로 여기였다.

이 건물은 맞은편에 있는 매 거리보다는 조용하고 인간미와 친근감을 주었지만, 매 거리에 못지않은 수수께끼가 가득 숨겨져 있었다. 지하실과 굴은 수상했고, 뜰이나 시멘트 바닥에서 방망이로 가죽을 무두질하는 제혁 견습공들의 모습은 독특하고 재미가 있었다. 방마다 문이 열려 있어 하품이라도 하듯 입을 크게 벌리고 있는 넓은 방들은 너무나 적막하여 두렵기까지 했다. 거칠고 무뚝뚝한 주인을 그들은 식인종처럼 무서워하고 싫어했지만, 리제는 그 괴상한 집 안을 요정처럼 이리저리 돌아다녔다. 정감이 넘치는 그녀는 모든 아이들과 새, 고양이나 강아지들의 보호자며 어머니였다. 그녀는 천성이 무척 상냥했으며, 이상스러운 동화나 노래 가사도 많이 외우고 있었다.

이미 오랫동안 동떨어져 있던 이 세계 속에서 지금 소년 한스의 생각과 꿈들이 꿈틀거리고 있었다. 심한 환멸과 절망으로부터 이미 지나가 버린 행복한 시절로 다시 도망쳐 돌아온 것이다. 그때는 그도 많은 희망에 가득 차 있었고, 자기 앞에 놓여 있는 세계를 아주 거대한 마법의 숲으로 보았었다. 그 숲에는 가슴 서늘한 위험과 마술에 걸린 보물, 에메랄드 성 같은 신비스러운 것들이 깊숙이 숨겨져 있었다.

한스는 이 마법의 숲에 발을 들여놓기는 했지만 기적이 나타나기도 전에 금세 지쳐 버렸다. 그리하여 이번에는 수수께끼에 둘러싸인 숲 입구에 부질없는 호기심을 갖고 서 있는 것에 지나지 않았다.

한스는 두세 번 매 거리에 가 보았다. 거기에는 예전과 다름없이 어둠침침함과 역겨운 냄새, 구석진 모퉁이와 햇볕이 들지 않는 계단이 그대로 있었다. 여전히 늙은 남자와 여자들이 문 앞에 앉아 있었고, 남루한 차림의 옅은 금발머리 아이들이 소리를 질러 대며 뛰놀고 있었다. 기계공 포르슈는 더 나이를 먹어 이제는 한스를 알아보지도 못했다. 한스가 수줍어하며 엉거주춤하게 인사를 해도 그저 비아냥거리며 떨리는 목소리로 답례할 뿐이었다. 가리발디라고 불리던 그로스 요한은 이미 죽은 후였고, 로테 프로밀러도 역시 세상을 떠나고 없었다. 우편배달부 뢰텔러는 아직 살아 있었다. 그는 어린애들이 음악소리가 나는 시계를 망가뜨려 버렸다고 하소연을 하더니, 한스에게 냄새 맡는 담배를 권하고 나서는 그에게 구걸을 하는 것이었다. 끝으로 그는 핀켄바인 형제에 대한 이야기를 들려주었다. 한 녀석은 지금 담배공장에 다니고 있는데 벌써 어른처럼 술을 퍼마시고, 또 한 녀석은 교회 축성식에서 칼부림 사건을 벌인 뒤 자취를 감추어 버린 지 일 년이 넘었다는 이야기였다. 한스는 참담하고 우울한 기분이 되어 돌아왔다.

어느 날 석양 무렵, 한스는 제혁공장에 가 보았다. 그 커다란 낡은 건물 속에 잃어버린 즐거운 추억들과 더불어 자신의 유년 시절이 숨겨져 있기나 한 것처럼 그는 문을 지나서 습기 찬 안뜰을 건너 오래된 건물로 끌려 들어갔다.

휘어진 계단과 돌을 깐 문어귀를 지나 어두컴컴한 계단 옆을 손으로 더듬어 가죽이 펼쳐져 걸쳐 있는 다듬이터로 나갔다. 거기서 그는 코를 찌르는 가죽 냄새와 함께 갑자기 솟아오르는 추억의 뭉게구름을 들이마셨다. 그리고 다시 계단을 내려와 뒤뜰로 나갔다. 거기에는 무두질하는 굴과 가죽의 찌꺼기를 말리는 건조대가 있었다. 높이 세워진 그 건조대 위에는 좁은 지붕이 덮여 있었다. 그리고 아니나 다를까! 리제가 벽에 붙여 놓은 의자에 감자 바구니를 안고 앉아서 껍질을 벗기고 있었고, 그 주위에 여러 명의 아이들이 둘러앉아 그녀의 이야기에 귀를 기울이고 있었다.

한스는 어두컴컴한 문턱에 멈춰 서서 그쪽으로 귀를 기울였다. 저물어 가는 제혁공장의 뒤뜰에는 아늑한 평화로움과 안식이 가득 차 있었다. 뜰의 담장 뒤를 흐르는 시냇물 소리 외에는 감자 껍질을 벗기는 리제의 칼 놀리는 소리, 아이들에게 들려주는 그녀의 말소리뿐이었다. 아이들은 정말로 얌전하게 웅크리고 앉아서 꼼짝도 하지 않았다. 그녀는 한밤중에 어린 아이의 목소리가 강 건너편에서 그를 부르더라고 하는 성 크리스토퍼의 이야기를 하고 있었다.

한스는 잠시 듣고 있다가 어두컴컴한 현관을 살그머니 빠져나와 집으로 돌아왔다. 다시는 어린아이가 될 수 없다는 것, 그리고 이제는 석양 무렵 제혁공장의 뒤뜰에서 리제의 이야기를 들으며 앉아 있을 수 없다는 것을 깨달았다. 그는 다시는 제혁공장이나 매 거리에 가지 않겠다고 마음먹었다.

청춘의 거센 파도

가을이 깊어 가고 있었다. 검푸른 전나무 숲에서는 활엽수들이 이곳저곳에서 횃불처럼 노랗게 또는 빨갛게 빛나고 있었다. 골짜기엔 벌써 짙은 안개가 서려 있었고, 아침에는 차가운 강물 위에 김이 서렸다.

신학교 학생이었던 한스는 여전히 창백한 얼굴로 매일 교외를 산책하고 있었다. 마음만 먹는다면 이웃과 어울릴 수도 있었지만, 몸도 피곤하고 전혀 내키지도 않아 일부러 피하고 있었다. 의사는 그의 건강을 위해 물약과 간유, 달걀과 냉수마찰 등을 권했다.

그러나 그런 것들은 어느 것 하나 효험이 없었다. 사실 그것은 이상한 일도 아니었다. 모든 건강한 삶에는 나름대로의 내용과 목표가 있어야 하는 법인데 젊은 기벤라트에게는 그것이 상실되어 있었다.

아버지는 한스를 서기로 만들거나 기술이라도 배우게 해야겠다고 결심하였다. 아들이 아직 허약했으므로 우선은 조금이라도 원기를 돋아 주어야 했지만, 그러나 이제 그의 미래를 생각할 때가 된 것이다.

처음의 혼란스럽던 상념들도 점차 차분히 가라앉고, 한스도 더 이상 자살을 생각하지 않게 되었다. 그러자 이번에는 변덕스러운 흥분과 불안 상태로부터 깊은 우울증이 찾아왔다. 그리하여 마치 부드러운 늪 속으로 빨려 들어가듯 아무런 저항도 하지 않고 서서히 그 속으로 가라앉아 갔다.

한스는 무르익은 가을의 들판을 돌아다니며 계절의 영향에 압도당하고 있었다. 저물어 가는 가을, 고요히 떨어지는 낙엽, 갈색으로 물든 풀밭, 새벽의 짙은 안개, 그리고 성숙할 대로 성숙하여 이제는 도리어 말라 가는 식물의 모습들이 여느 환자들처럼 한스를 절망적인 무거운 기분으로 휘몰아 갔다. 그는 이것들과 함께 소멸하고 함께 잠들고 또한 죽음에 이르고 싶었다. 하지만 자신의 젊음이 그것을 거역하고 은근히 삶에 집착하고 있다는 사실이 그를 괴롭혔다.

그는 나무들이 노랗게 물들고, 갈색을 띠고, 그러다 마침내 벌거숭이가 되어 가는 것을 바라보았다. 숲 속에서 뭉게뭉게 피어오르는 우윳빛 안개도 바라보았다. 또한 마지막 과일 수확이 끝난 뒤 생명을 잃어버린 채 이제는 아무도 쳐다보지 않는, 시들어 가는 과꽃이 있을 뿐인 과수원을 바라보았다. 그리고 수영이나 낚시철이 지난 뒤 마른 잎들로 뒤덮여 있는 강물을 바라보았다. 제혁공장 숙련공들만이 아직도 그 싸늘한 강가에서 참고 견디며 일하고 있었다.

며칠 전부터 헤아릴 수 없이 많은 과즙 찌꺼기들이 강물에 떠내려가고 있었다. 과즙 짜는 공장이나 물레방앗간에서 지금 한창 과즙을 짜고 있기 때문이었다. 시내는 어느 거리에서나 발효하기 시작한 과즙의 향내가 그윽이 풍겨 나오고 있었다.

플라이크 아저씨도 아랫마을 물레방앗간에서 작은 착즙기를 빌려다 과즙을 짜면서 한스를 초대했다.

물레방앗간 앞뜰에는 크고 작은 착즙기, 수레, 과일을 담은 광주리와 자루, 손잡이가 달린 들통, 등에 지는 통, 양푼, 단지, 산더미같이 쌓인 갈색의 과일 찌꺼기, 나무 핸들, 손수레, 텅 비어 있는 운반 도구 등이 있었다. 착즙기가 움직이고 있어 삐걱거리기도 하고 찍찍 소리 내기도 하고 신음하는 듯한 소리, 떠는 소리를 내기도 하였다. 대개의 착즙기는 녹색의 래커 칠이 칠해져 있었다. 그 녹색은 과일 찌꺼기의 황갈색과 사과 광주리의 색깔, 담록색의 강물과 맨발로 뛰노는 어린아이들, 맑은 가을하늘의 햇빛과 어우러져 보는 이들에게 삶의 즐거움과 풍요로움을 느끼게 했다. 사과가 으스러지면서 내는 소리는 입 안에 침을 고이게 하며 식욕을 돋우었다. 그 소리를 들으면 누구라도 얼른 사과 하나를 집어 들어 덥석 물지 않을 수 없었다.

대롱 속에서 이제 막 짜낸 달콤하고 신선한 적황색 과즙이 햇살을 받으면서 흘러나왔다. 그곳에 와서 그 광경을 본 사람이라면 누구나 한 잔 달라고 청하여 주욱 들이켜지 않을 수 없을 것이다. 그러고는 눈망울을 촉촉이 적시며 상큼하고 달콤한 행복감이 몸속을 흘러내리는 것을 느낄 것이다. 과즙의 향내가 근방 일대에 그윽하게 번져 있었다. 이 향내야말로 한 해를 통틀어 가장 멋들어진 성장과 결실의 정수였다.

다가오는 겨울을 앞두고 그러한 향내를 맡을 수 있는 것은 좋은 일이었다. 그럼으로써 사람들은 감사하는 마음으로 여러 가지 기쁘고 멋진 일들을 기억하게 되기 때문이다. 포근한 5월의 비, 쏴 하고 쏟아지는 여름비, 서늘한 가을의 아침이슬, 부드러운 봄날의 햇살, 따갑게 내리쬐는 여름의 뙤약볕, 하얗게 또는 새빨갛게 빛나는 꽃망울, 수확하기 전의 잘 익은 과일이 보여 주는 윤기 나는 적갈색, 계절과 함께 찾아드는 모든 아름다운 것들과 즐거운 것들을 흐뭇하게 기억할 수 있는 것이다.

참으로 모든 사람에게 풍성한 계절이었다.

돈 많고 거만한 사람들도 체면치레를 하지 않고 손수 나와서 살집이 좋은 사과를 손에 들고 무게를 가늠해 보기도 하고, 한 다스 혹은 그 이상의 사과 자루를 세어 보기도 하고, 휴대용 은잔으로 과즙의 맛을 보기도 했다. 그리고 자신들의 과즙에는 한 방울의 물도 들어가지 않게 하라고 두루 이르기도 했다.

가난한 사람들은 한 자루의 과일밖에 없었지만, 그들도 유리컵이나 질그릇으로 맛을 보기도 하고, 과즙을 짜 넣은 통에 물을 타기도 했다. 그러나 만족스럽고 즐거운 기분은 부자와 조금도 다름이 없었다.

여러 가지 이유로 과즙을 짜지 못하는 사람들은 친지나 이웃이 과즙 짜고 있는 곳을 찾아다니며 여기저기에서 한 잔씩 얻어먹고, 그들이 사과를 주머니에 넣어 주면 받곤 했다. 그러고는 전문가라도 되는 듯한 용어를 써 가며 그 방면에 남 못지않은 지식이 있다는 것을 과시하였다.

많은 아이들이, 가난한 집 아이건 부잣집 아이건 간에 작은 잔을 들고 돌아다녔다. 아이들의 손에는 제각기 베어 먹던 사과와 빵 조각이 들려 있었다. 그것은 과즙을 짤 때 빵을 실컷 먹어 두면 후에 배탈이 나지 않는다는 근거 없는 전설이 옛날부터 전해 내려오고 있기 때문이었다.

아이들이 떠들어 대는 소리는 접어 두고라도, 여기저기서 터져 나오는 어른들의 고함소리가 한데 뒤엉켜 더 소란스러웠다. 어느 소리나 분주하고 흥분과 기쁨에 들떠 있었다.

"오, 한스야 이리 오너라! 한 잔 마셔라!"

"정말 감사합니다. 너무 먹어서 이젠 배가 아플 지경이에요."

"자네, 백 파운드에 얼마나 주었나?"

"4마르크. 그래도 꽤 훌륭한 상품이야. 한번 맛 좀 보게."

귀찮은 일도 벌어졌다. 사과자루 하나가 터져 사과들이 주르르 쏟아지더니 사방으로 떼굴떼굴 굴러갔다.

"이런 제기랄, 내 사과! 모두 좀 도와주시오!"

곁에 있던 사람들이 모두 나서서 사과를 주워 주었다. 다만 두세 명의 개구쟁이들이 사과를 슬쩍 주머니에 집어넣으려고 했다.

"이놈들아, 집어넣지 마라! 먹으려면 떳떳하게 말하고 먹어! 훔쳐 넣는 것은 안 돼. 거기 놓지 못하겠느냐, 이놈아!"

"이봐, 친구. 그렇게 재지 말고 한 알 주게."

"야, 꿀맛이구만! 정말 꿀맛이야. 대체 얼마나 만들었나?"

"두 통밖에 안 돼. 그것뿐이지만 나쁘지는 않아."

"한더위에 짜지 않은 게 천만다행인 줄 알아. 한여름이었더라면 그냥 다 마셔 버렸을 거니까."

올해에도 어김없이 서너 명의 염치없는 노인들이 얼굴을 내밀었다. 이미 자신들의 과즙 짜기를 그만둔 지 오래되었지만 그에 대한 경험과 지식은 풍부한 노인들이었다. 그들은 과일을 거저 얻다시피 했던 시절의 이야기를 늘어놓곤 했다. 그때는 모든 것이 지금보다 훨씬 값싸고 품질도 좋았으며, 과즙에 설탕을 탄다든지 하는 일 따위는 생각조차 하지 못했다는 둥, 그 당시에는 과일나무에 열매 달리는 것부터가 지금과는 달랐다는 둥 이야기를 주고받았다.

"그땐 그래도 수확이라고 떠들 수 있었지. 난 사과나무 한 그루를 가지고 있었는데, 그 한 그루에서 5백 파운드나 땄으니까."

하지만 시절이 나빠졌다고 하면서도 염치없는 노인들은 실컷 과즙 맛을 보면서 착즙기 주위를 돌아다녔다. 아직 이가 남아 있는 노인들은 제각기 사과를 열심히 베어 먹으면서 돌아다녔다. 그 가운데 한 노인이 커다란 배를 서너 개나 무리해서 먹더니 결국에는 심한 복통을 일으켰다.

"정말이지……."

그 노인은 탄식을 늘어놓았다.

"예전에는 아무리 많이 먹어도 거뜬했는데."

이렇게 말하고는 한숨을 내쉬면서 커다란 배를 열 개나 먹어치워도 배가 아프지 않던 시절을 회상하는 것이었다.

플라이크 씨는 북적이는 사람들 한가운데에 착즙기를 세워 놓고 견습공의 도움을 받고 있었다. 사과는 바덴에서 구입한 것이어서 그의 과즙은 언제나 최상품이었다. 그는 내심 만족스러워하며 '맛 좀 보려는' 사람들은 누구도 거절하지 않았다. 그의 아이들은 한층 더 신바람이 나 혼잡한 사람들 틈을 헤치며 그 일대를 뛰어다니고 있었다. 그러나 겉으로 드러내진 않았지만 가장 만족하고 있는 사람은 그의 견습공이었다. 산골의 가난한 농가에서 태어난 그는 야외에서 일하는 것이 몸에 배어 있어 더할 나위 없이 즐거웠다. 게다가 최상품 과즙을 마음껏 마실 수 있다는 사실이 마냥 행복하기만 했다. 건강미가 넘치는 시골 청년은 사튀로스의 가면처럼 이를 드러내며 웃고 있었고, 그의 손은 여느 일요일보다 더욱 깨끗해 보였다.

과즙 짜는 장소에 온 한스 기벤라트는 처음에는 아무 말이 없었다. 원래 오고 싶어서 온 것이 아니기도 했었다.

그런데 맨 처음 지나치던 착즙기에서 과즙 잔이 내밀어졌다. 나숄트 집안의 리제였다. 그는 맛을 보았다. 과즙을 마시는 동안 달콤하고 진한 과즙의 맛과 더불어 어린시절의 즐거웠던 가을의 여러 가지 추억들이 되살아났다. 동시에 그들과 함께 즐기고 싶다는 욕망이 슬그머니 일어났다. 낯익은 사람들이 말을 걸어 오고 과즙을 몇 차례 더 얻어 마셨다. 플라이크의 착즙기가 있는 곳에 다다랐을 때는 주위의 흥겨운 분위기와 여러 잔의 과즙이 그를 사로잡아 기분이 완전히 달라져 있었다. 그는 유쾌한 기분으로 구둣방 아저씨에게 인사를 하고 과즙에 얽힌 상투적인 농담을 몇 마디 늘어놓기도 했다. 구둣방 주인은 놀라움을 감추며 그를 반갑게 맞이해 주었다.

반 시간쯤 지나자 파란색 스커트를 입은 아가씨가 다가와 플라이크 아저씨와 견습공에게 미소를 지어 보이고는 일을 거들기 시작했다.

"아, 그래!"

구둣방 주인은 갑자기 생각났다는 듯 말했다.

"얘 엠마, 하일브론에서 온 내 조카야. 얘는 사과즙 짜는 일에는 익숙지 못해. 얘네 고향에서는 포도가 많이 나거든."

그녀는 열여덟이나 열아홉쯤 되어 보였다. 저지대 출신답게 몸놀림도 가볍고 성격도 명랑해 보였다. 키는 그리 크지 않았으나 풍만하고 균형 잡힌 몸매였고, 동그스름한 얼굴에 검고 따뜻한 눈빛과 키스를 하고 싶은 예쁜 입은 야무지고 영리해 보였다. 아무튼 건강하고 명랑한 하일브론 아가씨였으나, 아무래도 경건한 구둣방 아저씨의 친척처럼 보이지는 않았다. 그녀는 어디까지나 속세에 속한 존재였다. 그녀의 눈은 밤마다 성서나 고스너 Gossner의《보석 상자》를 읽는 것을 낙으로 삼는 사람의 눈은 아니었다.

한스는 갑자기 당황스러운 표정이 되어 엠마가 빨리 가 버리기를 진심으로 바랐다. 하지만 그녀는 그 자리를 뜰 생각이 조금도 없는 것 같았다. 웃고 재잘거리며 어떠한 농담도 일일이 재치 있게 받아넘기는 것이었다. 한스는 부끄러워져서 아무 말도 하지 않고 있었다. 안 그래도 상대방에 대한 예의로 '당신'이라는 존칭을 해야 하는 젊은 아가씨들과 사귀는 것을 끔찍하게 생각해 왔는데, 더구나 이 아가씨는 지나치게 활달한 수다쟁이였다. 게다가 그녀는 한스의 존재나 그가 수줍어하고 있다는 것 등은 문제 삼지도 않았기 때문에 그는 당황하였다. 그리고 기분이 상해서 마치 수레바퀴에 치인 달팽이처럼 촉수를 움츠리고 껍질 속으로 들어가 버렸다. 그는 입을 다물고 일에 싫증이 난 것같이 보이려고 애를 써 보았지만 마음대로 되지 않았다. 방금 누가 죽기라도 한 듯한 표정을 지을 뿐이었다.

어느 한 사람 한스의 표정을 살필 겨를이 없었다. 엠마는 더욱 말할 나위도 없었다. 한스가 들은 바에 의하면, 그녀는 2주일 전부터 플라이크 아저씨 집에 손님으로 와 있었다. 그런데 벌써 온 마을 사람들을 다 사귄 것 같았다. 상대방의 신분이 높건 낮건 가리지 않고 아무나 쫓아다니면서 새로 짠 과즙을 맛보고 잠시 익살을 부리며 웃다가 다시 돌아와서는 부지런히 일을 거드는 척했다. 또 어린애들을 안고 사과를 주기도 하며 그 주위 일대에 수다스러운 웃음과 즐거움을 뿌려 놓았다. 가끔 지나가는 아이를 소리쳐서 불러 세우기도 했다.

"너 사과 줄까?"

그러고는 큼직한 빨간 사과 하나를 집어 들고 양손을 등 뒤에 감추고서,

"오른손이게, 왼손이게?"

하면서 알아맞히게 했다.

하지만 사과는 한 번도 아이들이 대답한 손에 들려 있지 않았다. 그래서 아이들이 투정을 부리기 시작하면 그때서야 사과 하나를 내주는 것이었다. 그것도 아주 자그마하고 덜 익은 풋사과였다.

그녀는 한스의 이야기도 들어서 알고 있는 것 같았다.

"당신이 언제나 머리가 아프다는 그 사람이에요?"

이렇게 묻는 것이었다. 그러나 한스가 대답하기도 전에 벌써 옆에 있는 사람들과 다른 이야기에 휩쓸려 들어가 있었다.

한스가 슬그머니 집으로 도망치려고 할 때 플라이크 아저씨가 그의 손에 핸들을 쥐어 주었다.

"조금만 더 해 주게. 엠마가 도와줄 거야. 난 작업장에 가 봐야 하거든."

구둣방 아저씨는 가 버리고, 견습공은 플라이크 부인과 함께 과즙을 날라야 했다. 그래서 엠마와 단둘이 남게 된 한스는 미친 듯이 열심히 일하기 시작했다.

어느 순간, 핸들이 엄청 무겁게 느껴졌다. 웬일인가 싶어 고개를 쳐들자 엠마가 큰 소리로 웃음을 터뜨렸다. 그녀는 장난으로 핸들 반대쪽을 가로막고 있었다. 화가 난 한스가 핸들을 팍 밀었는데도 그녀는 계속 버텼다.

한스는 아무 말도 하지 않았다. 그러나 그녀가 가로막고 있는 핸들을 힘들여 밀면서 갑자기 부끄러워져 당혹스러웠다. 그는 힘을 빼고 핸들을 천천히 돌리며 달콤한 불안에 사로잡혔다. 그때 젊은 아가씨가 대담하게도

바싹 다가와 그의 얼굴을 빤히 들여다보며 미소를 지었다. 그녀가 영 다른 사람처럼 다정하게 느껴지면서 동시에 서먹서먹했다. 그때 그도 약간 웃어 보였으나 어딘지 좀 부자연스럽고 어색했다.

핸들을 완전히 멈추자 엠마가 말했다.

"너무 무리하지 말아요."

그러면서 자기가 막 입을 대고 마신 반쯤 찬 과즙 잔을 그에게 내밀었다. 그 한 모금이 앞서 마셨던 과즙보다 더 진하면서도 달콤하게 느껴졌다. 한스는 더 마시고 싶다는 듯이 빈 잔을 들여다보았다. 어째서 심장의 고동이 빨라지고 숨이 가빠지는지 알 수가 없었다.

두 사람은 다시 일을 시작했다. 한스는 그녀의 스커트가 자신의 몸에 슬쩍 스치고, 그녀의 손이 자신의 손에 닿게 하기 위해 그녀 가까이에 다가서려고 애쓰면서도 자신이 대체 무슨 짓을 하고 있는지조차 몰랐다. 그러나 그녀와 스칠 때마다 그의 심장은 두근거리며 불안한 환희로 숨이 막혔고, 흐뭇하고 달콤한 현기증에 무릎이 약간 떨렸으며, 머릿속은 핑핑 돌고 윙윙 소리가 나며 어지러웠다.

자신이 무슨 이야기를 하고 있는지도 모르면서 그녀가 물으면 대답하고, 그녀가 웃으면 따라 웃고, 그녀가 바보 흉내를 내면 손가락을 내뻗으며 짐짓 겁을 주기도 했다. 그리고 두 번씩이나 그녀가 건네준 잔을 받아 과즙을 마셨다. 동시에 수많은 기억들이 그의 머릿속을 스쳐 갔다. 황혼녘에 남자들과 함께 현관 앞에 서 있던 하녀들의 모습, 이야기책 속에 나오는 두세 문장, 수도원 시절 헤르만 하일너에게서 받은 키스, 거기에 '여자 또는 애인이 생긴다면 어떤 사람일까?'에 대해 학생들 간에 오고간 수많은 말과 확신

없는 대화 등이 떠올랐다 사라졌다. 한스는 산에 오르는 노새처럼 숨을 가쁘게 내쉬었다.

모든 사물이 변해 있었다. 주변에서 분주하게 움직이고 있는 사람들은 고운 빛깔을 띠고 웃음 짓는 구름 속으로 녹아들었다. 그들의 말소리며 욕지거리, 웃음소리 하나하나가 한데 어우러져 띵하니 사라져 버렸고, 시내며 오래된 다리는 한 폭의 그림처럼 아련히 보였다.

엠마의 모습도 달라져 있었다. 이제 한스는 그녀의 얼굴을 보고 있지 않았다. 단지 검고 쾌활한 눈과 붉은 입술과 그 안의 하얀 이 외에는 보이지 않았다. 그녀의 형체도 녹아 없어지고 말았다. 그의 눈에 보이는 것은 그녀의 한 부분 한 부분이었다. 검은 양말과 반장화를 신고 있는 발, 목덜미에 흐트러진 고수머리, 파란 머플러 속에 감추어진 햇빛에 그을린 둥근 목덜미, 팽팽한 어깨와 그 아래에서 출렁이는 숨결, 붉은빛으로 투명하게 내비치는 귀가 따로따로 보일 뿐이었다.

잠시 후 엠마는 손잡이가 달린 통 속에 잔을 떨어뜨렸다. 그 잔을 주우려고 몸을 구부리던 그녀의 무릎이 통 모서리에서 한스의 손목에 닿았다. 한스도 얼굴이 거의 그녀의 머리카락에 닿을 정도로 몸을 굽혔다. 그녀의 머리에서는 은은한 향내가 풍겼다. 흩어져 내린 고수머리의 그림자 속에 갈색의 고운 목덜미가 파란 윗도리 속에 감추어져 있었다. 윗도리에는 호크가 단단히 채워져 있었고, 그 호크 틈 사이로 가슴께가 살짝 들여다보였다.

엠마가 잔을 집어 들고 다시 몸을 일으켰을 때 그녀의 무릎이 한스의 팔을 스치고 머리카락이 그의 뺨을 스쳤다. 몸을 굽히고 있던 그녀의 얼굴은 빨갛게 상기되어 있었다. 한스는 온몸에 강한 전율을 느꼈다. 그의 얼굴은 창백해졌고, 갑자기 피로감이 몰려와 손 가까이 있던 착즙기의 조이개 나사를 꽉 붙잡아야만 했다. 심장은 경련을 일으키듯 두근거렸고 팔은 맥이 풀리고 어깨는 아팠다.

그때부터 한스는 거의 한 마디도 하지 않고 그녀의 시선을 피했다. 그녀가 다른 곳을 쳐다볼 때만 얼른 눈치채지 못하게 그녀를 응시했다. 그때 그의 기분은 이제껏 맛본 적 없던 쾌감과 꺼림칙한 양심의 가책이 뒤섞인 느낌이었다. 그의 내면에서 무엇인가가 끊어져 버리고, 길게 뻗친 푸른 해안이 있는 이국적이고 신기하며 매력적인 새로운 세계가 그의 영혼 앞에 펼쳐지는 것이었다. 이 불안함과 달콤한 고통이 무엇을 의미하는지 그는 아직 몰랐다. 고통과 쾌감 중 어느 편이 더 큰 비중을 차지하는지 기껏해야 어렴풋이 예감할 뿐이었다.

그러나 그 쾌감은 젊은 사랑의 힘의 승리와 생동감이 넘치는 생명에 대한 그의 첫 예감을 의미하는 것이었다. 그리고 그 고통은 그의 영혼의 아침의 평화가 깨어지고 두 번 다시 찾지 못할 어린 시절의 세계를 이미 떠나버렸음을 의미하고 있었다. 최초의 난파를 간신히 벗어난 그의 조각배는 이제 새로운 폭풍의 세력이 기다리고 있는 심연과 위험하기 그지없는 암초 근처로 점점 빠져들고 있었다. 아무리 훌륭한 길잡이가 많아도 이 길을 뚫고 나가는 길잡이란 세상에 없다. 자기 자신의 힘으로 여기서 벗어날 수 있는 구원의 길을 찾아내지 않으면 안 되는 것이다.

때마침 구둣방의 어린 견습공이 돌아와서 착즙기 작업을 교대해 주었다. 한스는 다시 한 번 엠마와 몸이 닿아 보거나 그녀가 친절한 말 한 마디라도 걸어 주기를 바라는 마음에서 잠시 더 거기에 머물러 있었다. 엠마는 다른 압착기들 주위를 돌아다니면서 열심히 재잘거리기 시작했다. 한스는 견습공이 신경 쓰였기 때문에 인사도 하지 않고 슬그머니 그 자리를 떠났다.

이상하게도 온갖 것이 한스의 마음을 설레게 했다. 과즙 찌꺼기로 통통하게 살이 오른 가을 참새들이 짹짹거리며 가을하늘을 날아갔다. 그 하늘이 이토록 높고 아름답고 그립게 푸르렀던 일은 이제껏 한 번도 없었다. 강물이 이다지 맑은 청록색 거울처럼 미소 짓던 일도 없었다. 둑이 이리도 눈부시게 하얀 거품을 내뿜던 적도 없었다. 어느 것이나 모두 산뜻하니, 방금 새로이 장식되어 환하게 비치는 유리 속에 들어 있는 그림처럼 보였다. 모든 것이 다 한바탕 축제가 시작되기를 기다리고 있는 것 같았다.

한스의 가슴속에도 신기하게 처음 느껴 보는 눈부신 희망의 파도가 가슴을 조이듯 강렬하고 불안하게, 그러나 달콤하게 굽이쳤다. 그리고 동시에 이것은 꿈에 지나지 않으며 결코 현실이 될 수 없을 거라는 절망스러운 불안이 뒤따랐다. 이 모순된 감정은 점차 부풀어 올랐다. 아주 강렬한 무언가가 그의 가슴속에서 자유롭게 되어 날개를 펼치려고 하는 듯한 기분이 들었다. 그것은 아마 흐느낌이거나 노래이거나 통곡 아니면 커다란 웃음이었을 것이다. 이 흥분은 집에 돌아와서야 비로소 조금 진정되었다. 물론 집에서는 모든 것이 평소와 다름없었다.

"어디 갔다 오니?"

아버지가 물었다.

"플라이크 아저씨네 과즙 짜는 데요."

"그 사람은 몇 통이나 짰던?"

"두 통인 것 같아요."

한스는 아버지도 과즙을 짤 때 플라이크 아저씨네 아이들을 부르게 해 달라고 청했다.

"그러렴."

아버지는 중얼거리듯이 말했다.

"다음 주일에 하자. 그때 모두 오라고 해라."

저녁식사까지는 아직 한 시간이 남아 있었다. 한스는 정원으로 나갔다. 두 그루의 전나무 외에 푸른 것이라곤 보이지 않았다. 그는 개암나무 가지 하나를 꺾어서 시든 잎사귀들을 두들겨 떨어뜨렸다. 해는 이미 서산 너머로 숨어 버렸고, 머리카락처럼 가느다랗게 보이는 전나무 우듬지가 솟아 있는 산의 검은 윤곽이 초록빛이 감도는 맑은 석양 하늘을 갈라놓고 있었다. 길게 누운 잿빛 구름은 저녁노을을 받아 황갈색을 띤 채 마치 귀로를 재촉하는 배처럼 천천히 한가롭게 골짜기 위쪽을 감돌며 흘러갔다.

여느 때와는 달리 석양의 풍만한 색채와 무르익은 아름다움에 마음을 빼앗긴 한스는 한가롭게 뜰을 거닐었다. 이따금 걸음을 멈추고 눈을 감으며 엠마의 모습을 그려 보기도 하였다. 착즙기 옆에서 마주 서 있던 모습, 그녀가 마시던 잔의 과즙을 자기에게 마시게 해 주었던 일, 통 위에 엎드렸다가 일어섰을 때 얼굴이 빨갛게 상기되어 있던 모습을 다시 떠올려 보았다. 그녀의 곱슬거리는 머리카락과 몸에 착 달라붙는 파란 옷을 입은 자태, 검은 머리카락 때문에 갈색으로 그늘진 목덜미가 눈앞에 떠올랐다. 그 모든 것들이 그를 황홀한 전율에 떨게 했다. 하지만 아쉽게도 그녀의 얼굴만은 아무리 애를 써도 기억이 나지 않았다.

해가 저문 뒤에도 한스는 냉기를 느끼지 않았다. 짙어 가는 황혼은 뭐라이름 지어야 좋을지 모를 비밀에 싸인 베일처럼 느껴졌다. 한스는 자신이하일브론에서 온 아가씨를 사랑하게 되었다는 것은 깨닫고 있었지만, 그의핏속에 남성이 눈을 뜨고 약동하기 시작했다는 것은 전혀 모르고 있었다.단지 막연히 초조하고 들뜬 피로가 이상스럽게 생각될 뿐이었다.

저녁식사 때 그는 예전부터의 익숙한 환경의 한가운데에 완전히 변해 버린 자신이 앉아 있다는 사실이 너무도 이상하게 느껴졌다. 아버지와 안나할멈, 식탁, 그리고 세간살이까지 방 안의 모든 것이 갑자기 낡아빠진 것처럼 보였다. 그는 마치 긴 여행에서 방금 집에 돌아온 사람처럼 놀랍고 서먹서먹하면서도 그리움이 사무친 다정한 눈길로 모든 것을 바라보았다.

얼마 전 자기가 나뭇가지에 무서운 추파를 던지고 있을 때만 해도 떠나가는 사람의 애상 어린 우월감을 가지고 지금과 다름없는 사람들과 사물들을 바라보았었다. 그런데 지금 와서는 놀라움에 미소 지으며 잃었던 현실을 되찾은 것이었다.

저녁식사를 마치고 한스가 막 식탁에서 일어서는데 아버지가 단도직입적으로 물었다.

"한스야! 너 기계공이 될래, 서기가 될래?"

"왜요?"

한스는 소스라치게 놀라며 되물었다.

"다음 주말에 기계공 슐러 씨한테 가도 되고, 그 다음 주에 읍사무소 견습생으로 들어갈 수도 있다. 잘 생각해 보고 내일 다시 이야기하자."

한스는 일어나 밖으로 나왔다. 아버지의 갑작스러운 질문에 어리둥절하고 머리가 혼란스러웠다. 몇 달간이나 멀리하고 있던 생기 넘치는 일상적인 삶이 예기치 않게 그의 눈앞에 모습을 드러냈다. 그것은 유혹도 하고 위협도 하는 얼굴로 뭔가를 약속하기도 하고 요구하기도 했다. 그러나 그는 정말로 기계공도 서기도 되고 싶지 않았다. 그는 손으로 하는 힘든 육체노동을 얼마간 두려워하고 있었다. 그때 문득 라틴어 학교 시절의 친구였으며 지금은 기계공이 되어 있는 아우구스트가 머리에 떠올랐다. 한스는 그에게 기계공에 대해 물어 봐야겠다고 생각했다.

그 일에 대한 것은 점점 흐려졌다. 그 문제는 그다지 급하거나 중요한 일이 아니었다. 지금 그의 마음속에 부풀어 오르고 있는 것, 그의 마음을 온통 사로잡고 있는 것은 다른 것이었다. 그는 초조한 걸음으로 현관 복도를 왔다 갔다 했다. 그러다가 갑자기 모자를 집어 들고 집을 나와 천천히 거리로 나섰다. 오늘이 가기 전에 어떻게 해서든 엠마를 한 번 더 만나야만 할 것 같은 생각이 들어서였다.

이미 날은 어두워져 있었다. 근처에 있는 주점에서는 사람들이 떠드는 소리와 목쉰 노랫소리가 흘러 나왔다. 창문마다 불이 켜져 있었다. 거리 여기저기에서도 하나 둘 불이 켜져 희미한 붉은빛을 어두운 창문 밖으로 내비쳤다. 젊은 아가씨들이 떼를 지어 서로 팔을 끼고 큰 소리로 웃기도 하고 재잘거리면서 골목길을 따라 내려가고 있었다. 아가씨들은 가벼운 발걸음으로 골목길을 내려가 희미한 불빛이 졸린 듯이 가물거리는 거리를 젊음과 기쁨이 넘쳐흐르는 따사로운 물결처럼 걸어갔다. 한스는 그녀들을 한참 동안 바라보았다. 그의 심장은 목구멍까지 고동쳐 왔다.

커튼이 드리워진 창문 안에서 누군가가 바이올린을 켜는 소리가 들렸다.

우물가에서는 한 여인이 상추를 씻고 있었다. 다리 위에는 애인과 함께 산책을 나온 두 젊은이의 모습이 눈에 띄었다. 한 젊은이는 아가씨의 손을 가볍게 잡고 팔을 흔들면서 여송연을 피우고 있었다. 다른 한 쌍은 서로 바싹 달라붙어서 천천히 걷고 있었다. 남자의 손은 여자의 허리를 감싸 안고 있었고 여자는 남자의 가슴에 어깨와 머리를 파묻고 있었다. 그런 광경은 지금까지 수도 없이 보아 왔지만 한스는 전혀 관심을 갖지 않았었다. 그런데 이제 막 그 은밀한 의미를 조금 알 수 있을 것 같았다. 확실히 뭔지는 모르지만, 그것은 욕정을 자극하는 달콤한 의미를 품고 있었다. 그의 시선은 두 쌍의 남녀에게로 쏠렸다.

그는 황홀한 예감을 갖고 가까이서 손짓하는 이해의 지평선을 향해 상상의 날개를 폈다. 그러나 곧 가슴이 답답해지고 마음이 흔들리기 시작했다. 자기가 어떤 커다란 비밀에 가까이 다가서고 있다는 사실을 깨달은 것이다. 그 비밀이 감미로운 것인지 무서운 것인지는 알 수 없었으나 그 각각의 한 끝을 떨면서 예감하고 있었다.

그는 한참을 걸어 플라이크 아저씨의 집 앞에 멈춰 섰다. 그러나 안으로 들어갈 용기는 나지 않았다. 설령 들어간다 하더라도 거기서 무엇을 하고 무슨 이야기를 한단 말인가! 그는 열한두 살의 소년시절에는 여기에 자주 놀러 왔던 기억을 떠올렸다. 그 무렵 플라이크 아저씨는 그에게 성경 이야기를 들려줬었다. 그리고 한스가 지옥이나 악마나 성령에 대해 호기심 어린 질문을 화살같이 퍼부어도 귀찮아하지 않고 꼬박꼬박 잘 대답해 주었다. 그것은 양심의 가책을 느끼게 하는 추억일 뿐 그의 마음을 편하게 하지는 않았다.

그는 자신이 무엇을 하고 싶은 것인지, 도대체 무엇을 원하는 것인지 알 수 없었다. 하지만 자신이 뭔가 비밀스러운 것, 금지된 것에 가까이 가려 한다는 것은 느끼고 있었다.

집 안에 들어가지 않고 어둠이 짙은 문 앞에 우두커니 서 있는 것은 플라이크 아저씨에게 미안한 일이었다. 플라이크 아저씨가 자기가 이곳에 서 있는 것을 본다든지, 지금이라도 안에서 문을 열고 나온다든지 하면 아마도 자기를 꾸짖기보다는 비웃을 것 같았다. 한스는 그것이 제일 두려웠다.

그는 발소리를 죽이고 조심스레 집 뒤로 돌아갔다. 그곳에서는 뜰의 울타리 너머로 불이 켜진 거실 안이 보였다. 아저씨의 모습은 눈에 띄지 않았다. 부인은 바느질이나 뜨개질을 하고 있는 것 같았으며, 큰아들은 아직도 잠자리에 들지 않고 책상에 앉아 책을 읽고 있었다. 엠마는 청소를 하고 있는지 거실을 왔다 갔다 하고 있었기 때문에 언뜻언뜻 보일 뿐이었다. 주위는 아주 조용하여 멀리 떨어진 골목길의 발자국 소리와 정원 저편의 시냇물 흐르는 소리까지 똑똑히 들려왔다. 주위는 점점 더 어두워지고 밤공기는 더욱 서늘해졌다.

거실 창문 곁으로 캄캄한 복도에 달린 작은 창문이 있었다. 한참 후 이 자그마한 창에 희미한 그림자가 나타나더니 창문이 열렸다. 그리고 누군가가 고개를 밖으로 내밀고 어둠 속을 바라보는 것이었다. 한스는 곧 엠마라는 것을 알아차렸다. 심장의 고동이 멎어 버릴 것만 같았.

그녀는 창가에 서서 한참이나 한스가 서 있는 쪽을 바라보고 있었다. 그녀에게 자기가 보이는지, 또 그녀가 자기를 알아보았는지 한스로서는 알 수 없는 일이었다. 그는 꼼짝도 하지 않고 그녀를 뚫어져라 쳐다보았다. 그녀가 자기라는 것을 알아주었으면 하고 바라면서 동시에 알아볼까 봐 두려워하고 있었다.

희미한 그림자가 창문에서 사라지더니 이내 복도에서 뜰 쪽으로 난 문이 열렸다. 그리고 엠마가 밖으로 나왔다. 한스는 당황해서 달아나고 싶었으나 결단을 내리지 못한 채 그대로 담장에 서 있었다. 그러고는 그녀가 어두운 뜰을 가로질러 천천히 그에게로 걸어오고 있는 것을 지켜보았다. 그녀가 한 발짝씩 내디딜 때마다 한스는 달아나려고 마음이 조급했으나 그보다 한층 더 강한 힘에 발목이 잡혀 있었다.

엠마가 바싹 다가와 섰다. 낮은 울타리가 사이에 있을 뿐, 두 사람의 간격은 반 발자국도 채 되지 않았다. 그녀는 이상하다는 듯이 한스를 주의 깊게 쳐다보았다. 두 사람 모두 꽤 오랫동안 아무 말도 하지 않았다. 이윽고 그녀가 나지막이 물었다.

"너, 무슨 일이야?"

"아무 일도 아냐."

그가 말했다.

그녀가 '너'라고 친근하게 불렀을 때, 한스는 마치 그녀의 손이 자신의 살결을 부드럽게 어루만지는 듯한 느낌을 받았다.

엠마는 울타리 너머로 그에게 손을 내밀었다. 한스는 수줍어하면서 부드럽게 그녀의 손을 잡고 약간 힘을 주었다. 그녀가 손을 빼려는 기색을 보이지 않자, 한스는 용기를 내어 그녀의 따뜻한 손을 부드럽고 조심스럽게 어루만지기 시작했다. 그래도 그녀가 여전히 가만히 있자, 이번엔 그녀의 손을 자기의 뺨에 갖다 댔다. 가슴 뛰는 흥분과 야릇한 체온, 행복한 나른함이 그의 온몸으로 번졌다. 그를 에워싼 공기는 어쩐지 미지근하기도 하고 끈적거리는 것 같기도 했다. 그에게는 더 이상 골목길도 뜰도 보이지 않았다. 다만 코앞에 있는 그녀의 흰 얼굴과 바람에 흐트러진 검은 머리카락만 보일 뿐이었다.

그때 그녀가 속삭였다.

"키스해 줄래?"

그 소리는 아주 머나먼 밤하늘의 저편에서 울려오는 것 같았다.

그녀의 하얀 얼굴이 바싹 다가왔다. 그녀의 몸에 밀린 울타리의 판자가 한스 쪽으로 약간 불거졌다. 은은한 향내를 풍기는 흐트러진 머리카락이 한스의 이마를 스쳤다. 희고 넓은 눈꺼풀과 까만 속눈썹으로 덮인 그녀의 감은 눈이 한스의 눈앞에 바싹 다가와 있었다. 수줍은 듯이 내민 한스의 입술이 그녀의 입술에 닿았을 때 강렬한 전율이 그의 온몸을 휩쓸었다. 그는 부르르 떨며 뒤로 주춤 물러섰다. 그러자 그녀가 두 손으로 그의 머리를 붙잡고 자기 얼굴을 한스의 얼굴에 내리누르면서 그의 입술을 놓아주지 않았다. 그녀의 입술은 불타는 듯 뜨거웠다. 그녀는 마치 그의 생명을 송두리째 빨아들이겠다는 듯 탐욕스럽게 그의 입술을 빨아 댔다. 전율에 휩싸인 한스는 영혼이 몸에서 빠져나가는 듯 아득했다. 그리고 그 쾌감은 곧 견디기 힘든 피로와 고통으로 변하였다. 엠마가 입술을 떼었을 때 그는 비틀거리면서 경련을 일으키듯 오그라드는 손가락으로 울타리를 꽉 움켜쥐었다.

"내일 밤에 또 와!"

엠마는 이렇게 말하고 재빨리 집 안으로 들어가 버렸다.

그녀가 들어간 지 채 5분도 안 되었는데 한스에게는 무척 오랜 시간이 흐른 것처럼 여겨졌다. 그는 여전히 울타리를 움켜쥔 채 멍하니 그녀가 사라진 뒤안길을 보고 있었다. 너무나 피로해서 한 발짝도 걷지 못할 것 같았다. 그는 꿈을 꾸는 듯한 기분으로 피가 머리를 쿵쿵 울리며 방망이질을 하고 거센 파도를 일으키며 심장을 넘나드는 소리를 들었다. 금방이라도 숨이 멎을 것 같았다.

거실의 문이 열리고 구둣방 아저씨가 들어오는 것이 보였다. 아마도 여태껏 작업장에 있었던 모양이다. 한스는 혹시라도 눈에 띨까 두려워 즉시 그 자리에서 도망쳤다.

그의 걸음걸이는 술에 취한 사람처럼 흐느적거렸다. 한 발자국 뗄 때마다 풀썩 무릎이 꺾일 것 같은 기분이었다. 졸린 듯한 박공이며 붉은색의 음침한 창문들이 있는 어두운 길이 마치 무대의 색 바랜 배경처럼 그의 눈앞을 흘러 지나갔다. 다리며 강물, 뜰이며 정원도 흘러서 지나갔다. 게르바 거리의 분수는 그날따라 이상스럽게 높은 소리를 울리면서 물을 뿜어내고 있었다.

한스는 꿈결 같은 기분으로 문을 열고 컴컴한 마루를 지나 계단을 올라갔다. 그러고는 하나의 문을 지나 또다시 하나의 문을 여닫고는 언제나 그 자리에 있는 책상에 걸터앉았다. 그리고 한참 후에야 자기가 집에 돌아와 자기 방에 앉아 있다는 것을 깨달았다. 옷을 벗어야겠다는 생각이 들기까지는 또다시 오랜 시간이 걸렸다. 그는 무심하게 옷을 벗고는 벌거벗은 채 멍하니 창가에 앉아 있었다. 그러다가 문득 가을밤의 냉기에 몸을 떨며 이불 속으로 뛰어들었다.

곧 잠들 수 있을 줄 알았다. 그런데 잠자리에 누워 몸이 좀 따스해지자

다시 가슴이 뛰기 시작하더니 피가 불규칙한 간격으로 거칠게 끓어올랐다. 눈을 감자 아직도 엠마의 입술이 자신의 입술에 달라붙어 있었다. 마치 자신의 영혼을 송두리째 빨아내고 대신에 고통스러운 열정을 그의 몸에 불어넣고 있는 것 같았다.

밤이 이슥해서야 잠이 든 한스는 꿈에서 꿈으로 누군가에게 쫓겨 다녔다. 그는 소름이 끼칠 정도로 무서운 깊은 어둠 속에 서 있었다. 그가 주위를 더듬어 엠마의 팔을 잡자, 그녀가 그를 껴안았다. 두 사람은 함께 따뜻하고 깊은 물결 속으로 천천히 가라앉았다. 갑자기 구둣방 아저씨가 불쑥 나타나서 왜 도무지 찾아오지 않느냐고 물었다. 한스는 웃음을 터뜨리고 말았다. 그는 플라이크 아저씨가 아니라 마울브론의 기도실 창가에 나란히 걸터앉아 익살을 부리던 헤르만 하일너였던 것이다. 그러나 그 광경도 이내 사라져 버렸다. 그는 과즙 착즙기 옆에 서 있었다. 엠마가 핸들을 거꾸로 잡고 버티고 있었고, 그는 핸들을 돌리려고 온 힘을 다해 발버둥치고 있었다. 그녀는 한스 쪽으로 몸을 구부리고 그의 입술을 찾았다. 주위는 오통 적막과 어둠에 휩싸여 버렸다. 그는 또다시 따뜻하고 어두운 심연으로 가라앉기 시작했다. 현기증과 죽음의 공포로 정신이 흐려지는데, 그때 교장 선생의 훈시가 들려왔다. 그 내용이 자신의 일을 말하고 있는 것인지 아닌지는 알 수 없었다.

한스는 아침 늦게서야 자리에서 일어났다. 날씨는 무척이나 화창했다. 그는 오랫동안 정원을 거닐며 잠을 깨고 머릿속을 맑게 하려고 애를 썼지만 졸음의 안개는 좀처럼 사라지지 않았다. 정원에는 동그마니 홀로 핀 보라색 과꽃이 아직 8월인 양 양지바른 곳에서 아름답게 방긋 웃고 있었다. 따스하고 포근한 햇살이 이른 봄날처럼 이미 시들어 버린 크고 작은 가지들과 잎이 떨어진 덩굴 주위에 내리 비치고 있었다. 그러나 한스는 아무런 느낌도 없이 그저 멍하게 바라볼 뿐이었다. 그 어떤 것도 그의 관심을 끌지 못했고, 또 이 모든 것이 그와는 아무 상관이 없는 것처럼 여겨졌다.

문득 이 정원에 토끼가 뛰어다니고, 장난감 물레바퀴와 절구가 움직이던 무렵의 추억이 선명하고 강렬하게 떠올랐다. 한스는 3년 전 9월의 어느 날을 생각하지 않을 수 없었다. 세당 축제(전승 기념 축제. 세당은 프랑스 동부에 있는 도시로, 1870년에 독일군이 프랑스군에게 대승을 거둔 곳임)가 열리기 하루 전날이었다. 아우구스트가 담쟁이덩굴을 가지고 한스에게 놀러 왔다. 두 소년은 윤이 날 정도로 깃대를 깨끗이 닦은 다음 그 깃대의 황금빛 꼭지에 담쟁이덩굴을 달아맸다. 그러고는 내일 있을 축제에 대한 이야기를 나눴다. 단지 그 일뿐이었다. 그 외에는 아무 일도 없었다. 하지만 두 소년 모두 축제에 대한 기대와 커다란 기쁨에 넘쳐 있었다. 담쟁이덩굴 깃발은 햇빛을 받아 빛나고 있었고, 안나 할멈은 자두를 넣은 과자를 굽고 있었다. 밤에는 높은 바위 위에서 세당의 불이 타오르기로 되어 있었다.

한스는 왜 하필 오늘 그 일이 생각나는지, 그 추억이 왜 이토록 아름답고 강렬한지, 그리고 왜 이렇듯 자신을 비참하고 슬프게 만드는지 알 수가 없었다. 이미 흘러가 버려 다시는 돌아오지 않을 자신의 유년시절과 소년시절이 그에게 이별을 고하기 위해 추억의 옷을 입고 즐겁게 미소 지으며 다시 한 번 자기 앞에 나타났다는 사실을 그는 깨닫지 못했다. 다만 그는 이 추억이 어젯밤에 있었던 엠마에 대한 기억과는 조화되지 않는다는 것, 또 그 옛날의 행복과 일치하지 않는 무엇인가가 자기 마음속에 나타난 것을 느낄 뿐이었다.

다시 황금빛 깃대 끝이 반짝이는 모습이 보이고, 깔깔거리는 아우구스트의 웃음소리가 들리고, 갓 구운 과자 냄새가 코를 간지럽혔다. 이 모든 것이 너무나도 명랑하고 행복했지만, 이제는 그에게서 너무 멀리 떨어져 자기와는 전혀 관계가 없는 것처럼 여겨졌다. 한스는 껍질이 꺼칠꺼칠한 아름드리 전나무에 기대어 절망적으로 격렬하게 흐느껴 울었다. 그것으로써 다소나마 위안을 얻고 구원을 받은 기분이었다.

한스는 점심때 아우구스트를 찾아갔다. 이미 도제가 되어 있는 아우구스트는 틀이 잡혀 있었고, 예전보다 살도 찌고 키도 상당히 컸다. 한스는 친구에게 자기의 관심사를 이야기했다.

"그게 쉬운 일은 아니지."

아우구스트는 세상물정을 잘 안다는 얼굴로 말했다.

"이 일이 그렇게 쉬운 일이 아냐. 게다가 넌 약골이잖니. 여기 들어오면 처음 일 년 동안은 지긋지긋하게 지겹도록 줄곧 망치질만 해야 돼. 망치가 수프를 떠먹는 숟가락이 아닌 건 알지? 그리고 또 쇠를 이리저리 들어 날라야 하고, 저녁엔 일이 끝나는 대로 뒷정리도 하지 않으면 안 돼. 줄질을 하는 것도 무지 힘들어. 게다가 줄도 웬만큼 숙달되기 전까지는 헌 것밖에 주지 않는데, 이건 날이 없어서 원숭이 궁둥이처럼 매끈매끈하다구."

한스는 금세 주눅이 들고 말았다.

"역시 난 못하겠지? 그만둘까?"

한스가 주저하며 물었다.

"야, 그런 뜻으로 말한 건 아냐! 벌써부터 겁먹지 말라구. 난 우리 일터가 춤이나 추는 무도장과는 다르다는 걸 말한 것뿐이야. 하지만 그 외에는, 그래, 기계공이란 확실히 아주 근사한 거야. 머리도 좋아야 하거든. 돌대가리들은 그저 그렇고 그런 대장장이가 되고 말지. 자, 한 번 봐!"

아우구스트는 번쩍번쩍 빛이 나는 강철로 정밀하게 만든 작은 기계 부속품 몇 개를 가져다 한스에게 보여 주었다.

"이건 반 밀리미터라도 틀어져 있으면 못 써. 봐, 나사까지 전부 손으로 만들어. 눈을 크게 뜨고, 정신을 바짝 차려야 해. 이걸 좀 더 갈아서 단단하게 만들어야 비로소 물건이 되는 거야."

"그래, 정말 멋지구나. 내가 알고 싶은 건……."

아우구스트는 웃음을 터뜨렸다.

"겁나니? 그래, 아무래도 견습 때는 괴로운 법이지. 날마다 힘든 일에 구박에, 그건 어쩔 도리가 없어. 하지만 내가 있잖아. 걱정하지 마, 내가 도와줄게. 하게 되면 다음 주 금요일부터 시작한다구? 난 다음 주 토요일에 만 2년의 견습공 생활을 마치고 처음으로 주급을 받게 돼 있어. 그래서 일요일에 자축 파티를 할 거야. 맥주랑 과자도 있고, 여기 사람들도 모두 참석할 거야. 그때 너도 와. 그러면 우리 사정이 어떻게 돌아가는지 알 수 있을 거야. 그럼, 알 수 있고말고! 게다가 우린 원래 친한 친구였잖니."

한스는 점심을 먹으며 아버지에게 기계공이 되겠다고 말했다. 그리고 일주일 후에 시작해도 좋으냐고 물었다.

"그렇게 해라."

아버지는 오후에 슐러의 작업장으로 한스를 데려가서 견습을 신청했다.

그러나 땅거미가 지기 시작하자 한스는 그런 것들은 다 잊어버렸다. 밤에 엠마가 기다리고 있을 거라는 생각만 할 뿐이었다. 벌써부터 숨이 차기 시작했다. 밤까지의 시간이 너무 길게 생각되기도 하고 짧게 생각되기도 했다.

한스는 뱃사공이 강여울로 배를 몰아가는 기분으로 엠마를 만나러 달려갔다. 그날 밤은 식사 같은 건 전혀 문제가 되지 않았다. 그는 우유 한 잔을 마시기가 무섭게 밖으로 뛰쳐나갔다.

모든 것이 어제와 다름없었다. 졸음에 잠긴 듯한 어두운 골목길, 불이 켜진 붉은 창문, 가로등의 희미한 불빛, 한가로이 거니는 연인들…….

구둣방 아저씨네 정원 울타리에 다다른 한스는 커다란 불안에 휩싸였다. 부스럭 소리가 날 때마다 깜짝 놀라 몸을 움츠렸다. 어둠 속에 서서 주위를 살피고 있는 자신의 모습이 영락없이 도둑인 것같이 생각되었다. 1분도 채 기다리지 않았는데 엠마가 한스 앞에 나타났다. 그녀는 두 손으로 그의 머리카락을 쓰다듬고는 정원 문을 열어 주었다. 한스는 조심스럽게 안으로 들어갔다. 그녀는 한스를 잡아끌고 덤불로 둘러싸인 길을 지나 뒷문을 열고 어두운 복도로 들어갔다.

그곳에서 두 사람은 지하실로 내려가는 맨 위 층계에 나란히 앉았다. 어둠 속에서 서로의 얼굴을 알아볼 수 있기까지는 꽤나 오랜 시간이 흘렀다. 엠마는 기분이 무척 좋은지 쉴 새 없이 소곤거렸다.

엠마는 이미 여러 차례의 키스 경험이 있을 뿐만 아니라 연애에 대해서도 훤히 알고 있었다. 그녀에게는 내성적이며 귀여운 이 소년이 딱 안성맞

춤이었다. 그녀는 한스의 갸름한 얼굴을 두 손으로 감싸고 이마며 눈이며 뺨에 입을 맞추었다. 그녀의 입술이 그의 입술에 닿고, 그녀가 예의 그 빨아들이는 듯한 키스를 오래도록 길게 하자 한스는 현기증이 나서 맥없이 축 늘어져 그녀에게 기대고 말았다. 그녀는 나지막한 소리로 웃으면서 그의 귀를 잡아당겼다.

엠마는 계속해서 재잘거렸다. 한스는 귀를 기울여 듣고는 있었으나 그녀가 무슨 이야기를 하고 있는지는 알 수 없었다. 그녀는 그의 팔이며 머리카락, 목과 두 손을 애무하고는 자기 뺨을 그의 뺨에 대고 머리를 그의 어깨에 기댔다. 한스는 입을 다문 채 그녀가 하는 대로 몸을 맡기고 가만히 앉아 있었다. 달콤한 전율과 깊고 행복한 불안이 그를 휘감았다. 그는 이따금 열병을 앓는 환자처럼 살짝 꿈틀거리고 몸을 움직였다.

"넌 정말 이상한 애인이야!"

엠마가 웃으며 말했다.

"너무 겁이 많은 거 아냐? 도대체 아무것도 하려 들지를 않아."

그녀는 한스의 손을 끌어다 손바닥으로 자기의 목덜미를 만지게 하고 다음엔 머리카락 속으로 넣었다. 그러더니 한스의 손을 자기 가슴께로 옮겨가 젖가슴을 꽉 눌렀다. 한스는 부드러운 곡선이 달콤하면서도 낯선 느낌으로 물결치는 것을 느끼며 눈을 감고 바닥이 없는 심연 속으로 빠져들어 갔다.

"그만! 이제 그만!"

엠마가 또다시 키스를 하려고 하자 그는 그녀를 밀어내면서 말했다.

그녀는 웃었다. 그러고는 그를 두 팔로 껴안아 자기 곁으로 바싹 끌어당겼다. 한스는 그녀의 몸에 닿자마자 완전히 당황하여 정신을 차릴 수가 없었다. 더 이상 아무 말도 나오지 않았다.

"너 날 좋아하니?"

그녀가 물었다.

그는 그렇다고 대답하려고 했지만 입이 열리지 않았다. 그저 고개만 계속해서 끄덕였다.

엠마는 다시 그의 손을 잡더니 장난치는 것처럼 자기의 코르셋 속으로 집어넣었다. 몽실한 젖가슴이 만져졌다. 한스는 처음으로 다른 사람의 육체의 맥박과 호흡을 뜨겁게, 그리고 너무나 가까이에서 느꼈다. 심장이 멎어 금방 죽을 것처럼 숨을 쉬기조차 힘들어졌다. 그는 손을 잡아당기고 신음하듯이 말했다.

"이젠 가 봐야 돼."

그는 비틀거리며 일어서다가 계단 밑으로 굴러 떨어질 뻔하였다.

"왜 그래?"

엠마가 놀라며 물었다.

"모르겠어. 왠지 엄청 피곤하네."

한스는 그녀가 정원의 울타리까지 자기를 꽉 껴안고 부축해 주었다는 것조차 전혀 느끼지 못했다. 그녀의 잘 쉬라는 인사도, 그의 뒤에서 작은 문이 닫히는 소리도 그의 귀에는 들리지 않았다. 마치 커다란 폭풍우와 거센 물결이 그를 휩쓸어 삼켜 버린 것만 같았다.

골목길을 나와 얼마쯤 걷다 보니 좌우로 희미한 등불이 가물거리는 집들이 보였다. 그 위로 높은 산등성이며 우뚝 솟은 전나무 우듬지, 검게 물든 밤하늘, 그리고 고요히 떠 있는 커다란 별이 보였다. 그리고 자기를 스쳐 가는 바람결이 느껴지고 냇물이 다리 기둥에 부딪치며 흘러가는 소리가 들렸다.

한스는 다리 위에서 그만 주저앉고 말았다. 너무나 지쳐 있어 어쩌면 집으로 돌아갈 수 없을지도 모른다는 생각이 들었다.

그는 다리 난간에 걸터앉아 강물이 다리 기둥에 부딪치는 소리, 둑에서 거품이 이는 소리, 물레방아 도는 소리를 듣고 있었다. 그의 손은 싸늘했다. 가슴과 목구멍에서는 피가 막히기도 하고 갑자기 밀치고 내려가기도 하여 그의 눈앞을 어둡게 하는가 하면, 또 갑자기 심장을 향해 솟구쳐 그의 머리를 어지럽게 했다.

집으로 간신히 돌아온 한스는 자기 방으로 들어갔다. 그리고 침대에 눕자마자 바로 잠이 들었다. 그리고 꿈을 꾸었다. 꿈속에서 그는 어마어마하게 넓은 공간을 넘나들며 심연에서 심연으로 점점 빠져들어 갔다.

괴로움에 시달린 나머지 한스가 기진맥진하여 눈을 뜬 것은 한밤중이었다. 그러고는 목이 말라 죽을 듯한 그리움과 뭔지 모를 억제할 수 없는 힘 때문에 몸을 이리저리 뒤척이며 잠을 이루지 못하고 한동안 몽롱한 상태로 누워 있었다.

마침내 날이 희부옇게 밝아 오는 새벽녘이 되자, 그의 고통과 번민은 기나긴 오열로 변하였다. 그는 한참을 울다가 눈물로 얼룩진 이불 위에서 다시 잠이 들었다.

못다 핀 꽃 한 송이

기벤라트 씨는 과즙 착즙기 옆에서 짐짓 의젓하게 수선을 떨며 바쁘게 움직였다. 한스도 일을 거들었다. 구둣방 플라이크 아저씨의 아들 중 두 아이만이 와서 분주하게 과일을 날랐다. 두 아이는 시음용 작은 컵을 함께 쓰면서 손에는 큼직하고 검은 빵을 쥐고 있었다. 엠마는 함께 오지 않았다.

아버지가 통을 가지러 가서 반시간쯤이나 자리를 비우게 되자 한스는 비로소 겨우 용기를 내어 그녀에 대해서 물었다.

"엠마는 어디 있어? 오고 싶지 않대?"

아이들의 입 안에는 빵이 들어 있었기 때문에 한스는 조금 후에야 그 대답을 들을 수 있었다.

"누난 갔어."

한 아이가 말하였다.

"갔다고? 어딜?"

"자기네 집에."

"아주 간 거야? 기차 타고 갔어?"

아이들은 열심히 고개를 끄덕였다.

"언제?"

"오늘 아침에."

아이들은 또 사과를 달라고 손을 내밀었다.

한스는 착즙기를 돌리면서 과즙이 담겨 있는 통 속을 응시했다. 그리고 모든 일들이 어렴풋이 차츰 이해되기 시작했다.

아버지가 돌아오자 모두들 웃고 떠들며 일에 매달렸다. 플라이크 아저씨의 아이들은 고맙다는 인사를 하고 달음질쳐 갔다. 저녁이 되어 모두 다 집으로 향했다.

저녁식사를 마친 뒤, 한스는 자기 방에 홀로 앉아 있었다. 10시가 되고 11시가 되었으나 불은 켜지 않았다. 그러다가 어느 사이에 길고도 깊은 잠에 빠져들었다. 그는 오랫동안 푹 잤다.

다음날 아침, 여느 때보다 늦게 눈을 떴을 때 그는 뭔가를 잃고 불행에 빠지고 말았다는 막연한 느낌에 사로잡혔다. 잠시 후에 엠마의 일이 다시 머릿속에 떠올랐다. 그녀는 한 마디 말도 없이, 이별도 하지 않고 떠나가 버렸다. 한스가 어젯밤에 마지막으로 그녀를 만났을 때, 그녀는 이미 언제 떠날지 분명히 알고 있었다. 그는 그녀의 미소와 키스, 그리고 능숙하게 몸을 맡겨 오던 몸놀림을 떠올려 보았다. 그녀는 진심으로 그를 상대한 것이 아니었다.

한스는 그것에 화가 났다. 그 분개는 이내 고통으로 변하고, 그것이 여전히 진정되지 않는 사랑의 힘과 뒤얽혀서 슬픈 번민이 되었다. 한스는 견딜 수 없어 집 안에서 정원으로, 정원에서 거리로, 거리에서 숲으로, 그리고 다시 숲에서 집으로 헤매 다녔다. 이리하여 한스는 그가 맛보아야 할 사랑의 비밀을 너무나 빨리 알고 말았다. 그것은 감미롭다기보다 아주 쓰디쓴 것이었다.

　부질없는 탄식과 그리운 추억, 암울한 사색으로 가득 찬 나날, 가슴의 고통과 답답증으로 잠을 이루지 못하거나 억눌리는 무서운 꿈속으로 떨어지는 밤이 이어졌다. 꿈속에서는 피가 괴상하게 끓어올라 끔찍스러운 커다란 괴물이 되기도 하고, 목을 휘감아 죽이려고 하는 팔이 되기도 하고, 눈에서 시퍼런 빛을 내뿜는 괴수가 되기도 했다. 때로는 현기증이 날 정도로 깊은 심연이 되기도 하고, 이글거리는 커다란 눈이 되기도 했다.

　한스는 한밤중에 잠에서 깨어 싸늘한 가을밤의 고독에 에워싸인 자신을 발견했다. 그는 엠마에 대한 그리움으로 몸부림치다가 눈물에 흠뻑 젖은 베개에 얼굴을 파묻었다.

　한스가 기계 견습공이 되는 금요일이 다가왔다. 아버지는 한스에게 아마로 만든 푸른색 작업복과 푸른색 반모직 모자를 사 주었다. 한스는 그것을 한번 입어 보았다. 대장장이의 작업복을 입고 있는 자신이 마치 다른 사람처럼 우스꽝스러워 보였다. 학교며 교장선생이나 수학선생의 집, 플라이크 아저씨의 작업장, 목사관 옆을 지날 때는 기분이 비참했다. 그토록 공부하면서 흘렸던 숱한 땀과 눈물도, 공부하기 위해 억눌러야 했던 자그마한 기쁨들, 자부심과 공명심, 희망에 부풀었던 꿈 그 모든 것들이 이제 모두 헛일이 되고 말았다. 그 모두가 결국 다른 아이들보다 뒤늦게 하찮은 견습공이 되어 주위 사람들의 비웃음을 받으며 작업장에 들어가기 위해서였단 말인가! 하일너가 이 일을 알게 되면 그는 무슨 말을 할 것인가?

　그래도 마음을 정하자 푸른 대장장이 옷에 차츰 익숙해졌다. 작업복을 처음으로 입게 될 금요일이 얼마간은 기다려지기도 했다. 적어도 뭔가 새로운 것을 경험하는 기회가 될 것이라고 생각했다.

하지만 이러한 생각도 시꺼먼 구름 속에서 한순간 빛나는 섬광처럼 곧 사라져 버렸다. 그는 엠마가 떠나 버렸다는 사실을 끝내 잊지 못했다. 더욱이 그의 피는 지난 며칠 동안의 자극으로 인하여 그녀와의 일을 잊을 수도 억제할 수도 없었다. 그의 피는 점점 더 많은 것을 원하고, 다시금 눈뜬 그리움을 채우려고 아우성치며 솟구쳐 올랐다. 숨 막히는 괴로운 시간은 이렇게 흘러갔다.

부드러운 햇살이 퍼지는 가을하늘은 어느 때보다도 아름다웠다. 이른 아침에는 은빛으로 떠오르고, 대낮에는 화창하게 웃었으며, 황혼 때는 맑게 개어 있었다. 멀리 보이는 산들은 벨벳처럼 부드럽고 짙은 하늘색을 띠고, 밤나무들은 황금빛으로 빛났다. 담벽이며 울타리 위에는 들포도 잎들이 보랏빛으로 드리워져 있었다.

한스는 마음이 안정되지 않아 자기 자신으로부터 도망쳐 다녔다. 온종일 시내며 들판을 돌아다니면서 자기가 사랑 때문에 괴로워하는 것을 남들이 눈치챌까 두려워 사람들을 피해 다녔다. 하지만 밤에는 거리에 나가 하녀들을 쳐다보기도 하고, 양심의 가책을 느끼면서도 젊은 연인들의 뒤꽁무니를 살금살금 따라가 보기도 했다. 인생의 모든 매혹적인 욕망이 엠마와 함께 다가왔다가 원망스럽게도 그녀와 함께 사라져 버린 것 같았다.

한스는 이제 엠마에 대해서 느꼈던 불안함이나 가슴 답답함은 없었다. 다시 한 번 그녀를 만날 수만 있다면 더 이상 수줍어하지 않고 그녀의 모든 비밀을 빼앗고 마법에 걸려 있는 사랑의 정원으로 망설이지 않고 뛰어들겠다고 그는 생각하였다. 하지만 그 정원의 문은 이제 굳게 닫혀 버리고 말았다. 그의 공상은 울적하고 위험하기 짝이 없는 덤불에 걸려서 비틀거리고, 그 속에서 헤매 다녔다. 그리고 자신을 학대하면서, 이 좁은 마술 세계를 벗어나기만 하면 그 바깥에는 아름답고 넓은 세계가 그를 환하고 다정하게 맞이해 줄 것이라는 사실을 무시하려고 했다.

처음에는 불안한 마음으로 금요일이 기다려졌지만, 막상 금요일이 되자 한스는 기쁜 마음으로 아침 일찍 일어났다. 그는 푸른 작업복을 입고 모자를 쓴 다음 약간 머뭇거리다가 게르바 거리를 걸어 슐러 씨의 작업장으로 향했다. 한스를 아는 몇몇 사람들이 더러 무슨 일인가 싶은 눈으로 그를 쳐다보았다. 그들 가운데 한 사람이,

"한스 너, 대체 어찌 된 일이냐? 대장장이가 된 거니?"

하고 묻기까지 하였다.

작업장에서는 벌써 일이 시작되어 한창 바쁘게 돌아가고 있었다. 주인은 쇠를 단련하고 있는 중이었다. 그가 빨갛게 달군 쇠를 모루 위에 올려놓자, 옆에 있던 숙련공이 마주 서서 묵직한 망치로 두들기기 시작했다. 주인은 자유자재로 집게를 놀리며 손에 맞는 망치를 들고 숙련공과 교대로 모루를 치며 박자를 맞추었다. 경쾌한 금속성 소리가 활짝 열어젖힌 문을 통해 아침거리로 울려 퍼졌다.

기름과 줄밥으로 새까매진 긴 작업대 앞에 아우구스트가 서 있는 것이 눈에 띄었다. 그는 좀 나이 들어 보이는 숙련공과 나란히 서서 각자 자기 몫의 나선대에서 일에 열중하고 있었다. 천장에서는 선반과 숫돌, 풀무와

천공기를 돌리는 가죽 벨트가 윙윙 소리를 내며 빠르게 돌고 있었다. 이곳에서는 수력을 사용하고 있었던 것이다.

아우구스트는 작업장에 들어선 친구에게 고개를 끄덕여 아는 체를 하고는 주인이 틈이 날 때까지 문간에서 기다리라고 눈짓을 보냈다.

한스는 줄과 멈춰 있는 선반, 윙윙거리는 가죽 벨트, 공전반 등을 신기한 듯 쳐다보고 있었다.

주인이 조금 전에 하던 일을 마치고 뚜벅뚜벅 한스에게 다가와서 딱딱하고 두터운 큰 손을 내밀었다.

"저기에 모자를 걸어라."

그는 벽에 박혀 있는 빈 못을 가리키며 말했다.

"자, 이리 와. 여기가 네 자리고 네 작업대다."

그러고 나서 한스를 맨 뒤에 있는 나선대로 데리고 갔다. 그는 우선 나선대를 사용하는 방법과 여러 가지 작업 도구와 작업대를 정리하는 법을 가르쳐 주었다.

"네가 힘쓰는 장사가 아니라는 건 아버지한테서 들었다. 내 보기에도 그렇군. 좋아, 당분간 힘이 세어질 때까지는 망치질을 하지 않아도 돼."

주인은 작업대 밑에서 무쇠로 만든 자그마한 톱니바퀴를 끄집어냈다.

"자, 이것부터 해 보는 게 좋겠다. 이건 지금 막 주조한 거라 톱니가 아직 제대로 다듬어지지 않은 거야. 여기저기 울퉁불퉁하고 모가 나 있는데, 넌 이걸 잘 갈아서 없애도록 해라. 그렇게 하지 않으면 나중에 정밀한 기계 부품이 다 망가져 못 쓰게 되거든."

주인은 톱니바퀴를 나선대에 끼운 다음, 닳아빠진 줄을 손에 들고 어떻게 하는 건지 한스에게 시범을 보여 주었다.

"자, 이젠 네가 해 봐. 그런데 절대 다른 줄을 사용해서는 안 돼. 그것으로 점심때까지는 충분한 일거리가 될 거다. 끝나거든 나한테 보여 주고. 일할 땐 시킨 일만 열심히 하지 다른 데 정신을 써서는 안 돼. 견습공이란 자기한테 주어진 일만 열심히 하면 되는 거야."

한스는 줄질을 시작했다.

"잠깐!"

주인이 버럭 소리를 질렀다.

"그렇게 하는 게 아냐. 왼손은 이렇게 줄 위에 올려놓아야지. 너 혹시 왼손잡이냐?"

"아뇨."

"그럼 좋아. 다시 해 봐."

주인은 문 입구에 첫 번째로 놓여 있는 자기 작업대로 갔다.

한스는 자신이 과연 잘할 수 있을지 궁금해하며 조심스럽게 줄질을 시작했다. 처음 몇 번 밀어 보니 놀랍게도 생각보다 부드럽고 아주 쉽게 벗겨졌다. 그런데 쉽사리 잘 벗겨지는 것은 단지 무쇠의 맨 바깥에 있는 부스러지기 쉬운 표피일 뿐, 매끄럽게 밀어야 되는 단단한 쇠는 그 밑에 있다는 사실을 곧 알게 되었다. 그는 정신을 집중해서 열심히 줄질을 하며 차츰 즐거운 마음이 되어 갔다. 소년시절에 장난감 만드는 일을 그만둔 이후로 이제껏 자신의 손 밑에서 무엇인가 쓸 만한 물건이 만들어지는 것을 보는 기쁨을 맛본 적이 없었다.

"좀 더 천천히 해라!"

주인이 한스를 쳐다보며 소리 쳤다.

"줄질은 하나, 둘, 하나, 둘 박자를 맞춰서 하는 거야. 그리고 아까 거길 눌러라. 안 그러면 줄이 못 쓰게 돼."

그곳에서 제일 나이 많은 숙련공이 선반에서 무슨 일인가를 하고 있었다. 한스는 궁금하여 그쪽을 슬쩍 곁눈질해 보았다. 숙련공은 강철로 된 굴대를 선반에 끼우고 벨트를 걸었다. 그러자 굴대가 요란한 소리를 내며 불꽃을 튀기면서 급속도로 돌기 시작했다. 그 사이에 숙련공은 하얀 솜털 같은, 번쩍거리는 얇은 쇠부스러기를 털어냈다.

여기저기에는 작업 도구며 쇳덩어리, 강철과 놋쇠, 하다 만 일거리들과 번들거리는 작은 바퀴, 끌, 천공기, 둥근 줄, 여러 가지 형태의 송곳이 널려 있었다. 화덕 옆에는 맞받이 망치며 모루 덮개, 부집게, 납땜인두가 걸려 있었다. 벽을 따라서는 줄이며 밀링 머신이 늘어서 있었다. 또한 선반 위에는 기름걸레와 작은 빗자루, 금강석 줄, 쇠톱 등이 놓여 있었다. 그리고 기름통과 산소 통, 못상자, 나사 상자 등이 여기저기 널려 있었다. 그리고 거기에서는 숫돌이 끊임없이 사용되고 있었다.

한스는 제법 새까매진 자기 손을 만족스럽게 내려다보았다. 하지만 그가 입고 있는 새 작업복은 헝겊을 대고 기운 다른 동료들의 시꺼먼 작업복에 비하면 너무나 새파랗게 보였다. 그는 자기 옷도 머지않아 그처럼 닳고 색이 바랜 헌 옷이 되기를 내심 바라고 있었다.

아침 시간이 지나면서 작업장 안은 외부 손님들로 활기가 더해졌다. 근처의 기계 편물공장에서 조그마한 부속품을 갈거나 편물기계를 고쳐 가기 위해 일꾼들이 찾아왔다. 그리고 한 농부가 찾아와서 수선해 달라고 맡겨 놓은 세탁기는 다 고쳤느냐고 물었다. 아직 덜 되었다고 하니까 그는 욕설을 퍼부었다. 다음에는 점잖게 생긴 공장주가 찾아와 옆방에서 슐러 씨와 상담을 했다.

그러는 동안에도 사람들은 계속해서 일하고 바퀴며 벨트는 규칙적으로 돌았다. 한스는 태어나서 처음으로 노동의 찬가를 듣고 또 노동의 신성함을 이해했다. 그것은 적어도 초보자에게 커다란 감동을 주었고 산뜻한 매력을 풍기는 것이었다. 그는 보잘것없는 자신의 존재와 인생이 커다란 리듬에 어우러지고 있음을 느꼈다.

9시가 되자 15분간의 휴식이 주어지고, 모두에게 빵 한 조각과 과즙 한 컵이 돌려졌다. 그제서야 아우구스트는 새로 들어온 견습공에게 다가와 인사를 건네며 열심히 해 보라고 격려해 주었다. 그리고는 다가오는 일요일에 처음 받은 주급을 동료들과 함께 마음껏 쓸 일에 대해서 정신없이 지껄이기 시작했다.

한스는 자기가 지금 줄질을 하고 있는 톱니바퀴가 무엇에 쓰이는 부품이냐고 아우구스트에게 물어 보았다.

"아, 그건 탑시계에 들어가는 거야."

아우구스트는 그 톱니바퀴가 나중에 어떻게 돌아가고 작동되는지를 보여 주려고 했다. 그때 마침 수석 숙련공이 다시 줄질을 시작했기 때문에 모두들 재빨리 자기 자리로 돌아갔다. 휴식시간이 끝난 것이었다.

10시가 지나자 한스는 지치기 시작했다. 무릎과 오른팔이 약간 쑤셨다. 다리를 바꾸어 딛고 슬그머니 팔다리를 뻗어 보았다. 하지만 별 효과가 없었다. 그래서 잠시 줄을 놓고 작업대에 몸을 기댔다. 아무도 그에게 주의를 기울이고 있지는 않았다. 그렇게 기대선 채로 가만히 쉬고 있으려니까 머리 위에서 돌아가고 있는 벨트 소리에 현기증이 날 것 같았다. 그는 일 분 정도 눈을 감고 있었다.

그 사이에 주인이 뒤에 와서 물었다.

"얘! 너 왜 그러냐? 벌써 지쳤냐?"

"네, 좀."

한스는 솔직하게 대답했다.

옆에 있던 숙련공들이 웃음을 터뜨렸다.

"곧 괜찮아질 거다."

주인은 느긋하게 말했다.

"이번엔 납땜하는 법을 가르쳐 주지. 자, 이리 와 봐."

한스는 신기한 듯이 주인이 납땜질하는 것을 옆에서 지켜보고 있었다. 먼저 땜질인두를 불에 달구고 땜질할 부위를 염산으로 닦았다. 그런 다음 뜨겁게 달구어진 땜질인두를 대자 하얀 금속이 흘러 떨어지면서 부드럽게 치익 하는 소리를 냈다.

"걸레를 가져다 잘 훔쳐라. 염산은 금속을 부식시키기 때문에 흘린 채로 그냥 두어선 안 되는 거야."

걸레질을 하고 나서 한스는 또 작업대 앞에 서서 줄로 톱니바퀴를 쓸었다. 팔이 아팠다. 줄을 꼭 누르고 있던 왼손은 벌겋게 되어 쓰리고 아프기 시작했다.

정오 무렵 숙련공 감독이 줄을 놓고 손을 씻으러 가자, 한스는 자기가 줄질한 톱니바퀴를 주인에게 가져갔다. 주인은 그것을 대충 살펴보았다.

"그래, 잘했다. 이만하면 됐어. 네 자리 밑에 있는 상자 속에 똑같은 게 하나 더 있으니까 오후에는 그것을 시작해라."

한스도 손을 씻고 거리로 나섰다. 한 시간 동안 점심시간이었다.

옛날 학교 친구였던 두 명의 상점 견습원이 한스를 따라오며 놀려 댔다.

"주 시험에 합격한 대장장이!"

그중 한 녀석이 소리쳤다.

한스는 걸음을 빨리했다. 자기 자신이 정말로 이 일에 만족하고 있는지 또는 그렇지 않은지 잘 몰랐다. 작업장은 마음에 들었지만 너무 피곤하여 그저 쉬고 싶은 생각뿐이었다.

집에 도착하여 현관을 들어서니 몸이 몹시 나른했다. 그때 별안간 엠마가 생각났다. 오전 내내 잊고 있었는데, 지금 또 어제와 그제의 고통이 그를 다시 괴롭히는 것이었다. 여느 때와 다름없는 괴로움이었다.

한스는 살며시 자기 방으로 올라가 침대에 몸을 던지고 마음속 고통으로 몸부림쳤다. 울고 싶었으나 눈물도 나오지 않았다. 그의 몸을 불태우는 그리움의 대상도 확실치가 않았다. 그것은 오로지 잔혹한 병처럼 그를 좀먹고 괴롭힐 뿐이었다. 머리는 미칠 듯이 아팠으며 목구멍도 흐느낌으로 아팠다.

점심 식사는 한스에게 고역이었다. 아버지가 묻는 말에 대답도 해야 하고, 작업장에서 한 일에 대해 이야기도 해야 하고, 또 기분이 좋은 아버지의 싱거운 농담도 받아넘기지 않으면 안 되었다. 한스는 식사가 끝나자 곧바로 뜰로 나왔다. 그리고 햇볕이 잘 드는 곳에 앉아 꿈꾸는 듯이 15분가량을 보냈다. 다시 작업장에 갈 시간이 되었다.

한스는 이미 오전 중에 양 손에 빨간 물집이 생겨 아픔을 참아 가며 일을 했었다. 그런데 저녁나절에는 물집이 더욱 심하게 부풀어 올라 아무것도 손에 쥘 수가 없을 정도였다. 하루 일이 다 끝난 뒤, 그는 집에 돌아가기 전에 아우구스트를 따라 작업장을 말끔히 정리해 놓지 않으면 안 되었다.

토요일에는 더욱 심했다. 양손은 타는 듯이 아팠고, 물집은 커져서 물주머니가 되었다. 주인은 기분 좋지 않은 일이 있는지 사소한 일에도 욕설을 퍼부었다. 아우구스트는 물집 같은 건 2, 3일 지나면 없어지고, 그러면 살이 굳어서 아무 감각도 없게 된다고 하면서 그를 위로해 주었다. 한스는 죽고 싶으리만큼 비통하고 참담한 심정으로 온종일 시계만 훔쳐보면서 될 대로 되라는 식으로 아무렇게나 톱니바퀴를 쓸었다.

저녁에 뒷정리를 하면서 아우구스트가 한스에게 귓속말을 건넸다. 내일 동료 몇 명과 뷔라하에 가서 멋지고 유쾌하게 한잔할 거니까 한스도 꼭 같이 가자는 것이었다. 그러면서 2시까지 작업장으로 오라고 덧붙였다. 한스는 너무나 피곤하고 지쳐 있었기 때문에 일요일엔 온종일 집에서 누워 있고 싶었다. 하지만 어쩔 수 없이 아우구스트의 초대에 응하고 말았다.

집에 돌아오자 안나 할멈이 상처 난 손에 바르라고 연고를 주었다. 그날 일찍이 8시에 잠이 든 한스는 일요일 아침 늦게까지 잤다. 아버지와 함께 교회에 가기 위해서는 서둘러야만 했다.

한스는 점심을 먹으면서 아버지에게 아우구스트 이야기를 꺼냈다. 그리고 오늘 그와 함께 소풍을 가고 싶다고 말했다. 아버지는 반대하지도 않았을 뿐만 아니라 그에게 용돈으로 50페니히를 주었다. 다만 저녁식사 때까지는 꼭 돌아와야 한다고 단단히 일렀다.

한스는 아름다운 햇살을 받으며 골목길을 걸어 나갔다. 일요일이 주는 기쁨을 맛본 지 몇 달 만인지 모른다. 평일에 손이 시꺼멓고 온몸이 나른하도록 일을 한 뒤라야 일요일의 거리가 새로워진 느낌이 들고 태양도 한층 화창하게 비치고 모든 것이 화려하고 아름다워 보이는 법이다. 햇볕이 드는 집 앞 벤치에 앉아 있는 정육점 주인이나 피혁공, 빵집 주인이나 대장간 주인은 자기가 마치 제왕인 양 환한 얼굴을 하고 있었다. 한스는 그들의 기분을 알 것 같았다. 그리고 더 이상 그들을 직업인 근성을 가진 속물 같은 인간이라고 경멸하지 않게 되었다.

그는 모자를 약간 비뚜름하게 쓰고 흰 깃이 달린 셔츠와 정성들여 손질한 나들이옷을 입은 노동자와 숙련공들, 어린 견습공들이 무리 지어 산보를 하거나 음식점에 드나드는 모습을 바라보았다. 꼭 그런 것은 아니었지만 대개 목수는 목수끼리, 미장이는 미장이끼리 어울려서 각각 자기 직업의 명예를 지키고 있었다. 그 가운데에서도 대장장이 조합은 가장 고상한 동업조합이었다. 특히 기계공의 위상이 가장 높았다. 물론 다소 유치하고 우스운 면도 적지 않았지만, 그 이면에 숨어 있는 수공업인 기질의 아름다움과 긍지가 한스에게는 정겹게 느껴졌다. 그것은 오늘날도 여전히 믿음직스러움을 나타내고 있으며, 가장 보잘것없는 양복점의 어린 숙련공까지도 공장 노동자나 상인이 갖고 있지 않은 아름다운 긍지를 갖고 있었다.

슐러의 작업장 앞에는 젊은 기계공들이 은근히 거만한 자세로 서 있었다. 지나가는 사람들에게 고개를 끄덕이며 아는 체를 하기도 하고, 서로 이야기를 주고받기도 했다. 이들이 남의 도움을 전혀 필요로 하지 않는 믿음직스러운 단체를 형성하리라는 사실은 충분히 미루어 짐작할 수 있었다. 물론 일요일의 유흥도 예외는 아니었다.

한스도 그것을 느끼고 자신이 이들 무리에 속해 있다는 사실이 무척 기뻤다. 그러나 기계공은 노는 일에도 정력적이어서 시원찮은 짓으로는 만족하지 않는다는 것을 알고 있었기 때문에 미리 계획된 일요일의 유흥에 대해서는 다소 불안을 느끼고 있었다. 어쩌면 춤을 추어야 할지도 모르는데 그는 아직 춤을 출 줄 몰랐다. 그러나 한스는 힘닿는 데까지 어른스럽게 보이리라 작정했다. 필요하다면 이틀쯤 취해 떨어지는 것도 사양하지 않을 작정이었다. 그는 맥주를 많이 마시는 축에는 들지 못했다. 담배도 놀림을 당하지 않으려고 겨우 여송연 한 대를 힘겹게 끝까지 피우는 정도였다.

아우구스트는 마치 잔칫집 주인 같은 태도로 반갑게 한스를 맞이했다. 그는 나이 든 숙련공이 오지 않는 대신 다른 작업장의 동료가 왔으며, 적어도 네 사람은 되니까 마을 하나쯤 휩쓸어 버리는 것은 문제없다고 말했다. 그러고는,

"오늘은 모두 코가 비뚤어지도록 마시고 싶은 만큼 마셔도 좋아. 전부 내가 낼 테니까."

하면서 한스에게 여송연을 권하였다.

네 사람은 으스대면서 건들건들 시내 거리를 걸어갔다. 그러나 보리수 광장에서부터는 걸음을 빨리했다. 뷔라하에 일찍 도착하고 싶었던 것이다.

푸른 강물은 햇빛을 받아 금빛 또는 은빛으로 빛나고, 거의 잎이 떨어진 단풍나무며 아카시아나무의 가로수 사이로 부드러운 10월의 태양이 따뜻한 햇살을 던지고 있었다. 담청색 높은 하늘은 구름 한 점 없이 맑았다.

참으로 고요하고 맑고 한가로운 가을날이었다. 이런 날에는 지난여름의 아름다운 일들이 괴로움 없는 즐거운 추억이 되어 부드러운 공기를 가득 채운다. 이런 날 아이들은 계절을 잊고 꽃을 찾으러 다니고, 할아버지나 할머니들은 깊은 생각에 잠긴 눈으로 창가나 혹은 집 앞의 벤치에 앉아 허공을 올려다본다. 노인들에게는 한 해뿐 아니라 전 생애의 그리운 추억들이 맑고 푸른 가을하늘 너머로 흘러가는 듯이 여겨지기 때문이다. 이런 날 젊은이들은 흥겨운 기분으로 제각기 타고난 재능이나 기질대로 배불리 먹거나 취하도록 마시며, 혹 노래를 부르거나 춤을 추면서, 또는 술판이나 큰 싸움판을 벌이면서 아름다운 날을 찬미한다. 어디를 가든 과일 바구니와 갓 구운 과자가 있고, 지하실에는 갓 담근 사과주나 포도주가 익어 가기 때문이다. 또한 모든 음식점 앞과 보리수 광장에서는 바이올린이나 하모니카로 한 해의 마지막 아름다운 날들을 노래하며 축하하고, 춤과 노래와 사랑으로 사람들을 유혹하기 때문이다.

젊은이들은 빠른 걸음으로 나아갔다. 한스는 아무렇지도 않은 듯이 여송연을 피워 물었는데, 그것이 아주 구미에 맞아 자신도 의아스러웠다.

한 숙련공이 자신이 객지에 있을 때 품팔이하던 일을 이야기했다. 그가 아무리 허풍을 떨어도 누구 한 사람 개의치 않았다. 그런 이야기는 으레 과장되기 마련이었기 때문이다. 현재 먹고사는 데 지장 없는 확실한 직장을 가지고 있고, 자신의 예전 행적을 목격한 자가 주위에 없는 것이 확실하면 아무리 겸손한 숙련공일지라도 자신의 떠돌이 행각을 마치 영웅담처럼 과장을 곁들여 재미있게, 뿐만 아니라 전설을 이야기하는 듯한 어조로 말하는 법이다. 젊은 숙련공의 생활에 담겨 있는 훌륭한 시詩는 민중의 공유 재산으로서, 그들 개개인의 체험이 오랜 전통을 자랑하는 모험담에 새로운 아라베스크 무늬를 입혀 다시금 새로이 태어나는 것이다. 객지를 떠돌던 뜨내기 직공은 누구라도 일단 이야기를 시작하면 으레 불멸의 익살꾼 오일렌 슈피겔이나 불멸의 떠돌이 노동자 슈트라우빙거의 한 단면을 보여 주는 것이다.

"프랑크푸르트에서 머물 때는 그래도 사는 맛이 있었지! 이건 아직 아무한테도 얘기하지 않은 건데 말야, 아 글쎄 어느 돈 많은 상인놈이 우리 주인 딸과 결혼하고 싶어 안달이 났지 뭐야. 좀 언짢은 자식이었는데, 우리 주인 딸이 퇴짜를 놔 버렸어. 주인 딸은 날 더 좋아했거든. 넉 달이나 내 애인이었걸랑! 주인 영감하고 싸우지만 않았어도 아마 거기 눌러앉아 그 주인 영감 사위가 되었을 텐데 말야."

그러고는 계속해서 이야기를 늘어놓았다. 더러운 인신 매매범이나 다름없는 그 놈팡이 같은 주인영감이 자기를 때리려고 겁도 없이 손을 뻗치더라나! 그때 자기는 아무 말 없이 쇠를 단련하는 망치를 휘두르며 그 늙은이를 노려보았더니, 늙은이는 머리통이 깨질까 봐 겁을 먹고 슬그머니 도망쳐 버렸다는 것이다. 그런 주제에 그 비겁한 늙은이는 직접 말로 하지도 못하고 나중에 서면으로 그를 해고시켰다는 이야기였다.

그리고 또 오펜부르크에서 한바탕 싸움을 벌였던 이야기도 했다. 자기를 포함한 세 명의 대장장이가 일곱 명이나 되는 공장 노동자들을 반쯤 죽여 놓았다는 줄거리였다. 오펜부르크에 가서 키다리 쇼르슈에게 물어 보면 자기 말이 진실이라는 것을 알 것이라고 했다. 그는 아직 그곳에 살고 있으며, 한때는 자기도 그들 패거리였다는 것이다.

그는 이 이야기들을 별것 아니었다는 듯이 거친 말투로 이야기했지만, 아주 열심히 신이 나서 이어 나갔다. 그리고 모두가 흥감히 귀 기울여 듣고 있었다. 그리고 자신들도 언젠가는 이 이야기를 다른 동료들에게 써먹어 보리라 마음먹는 것이었다. 그래야만 어느 대장장이라도 주인의 딸을 애인으로 가진 적이 있고, 악덕 주인에게 망치를 휘두르며 덤벼든 일이 있으며, 일곱 명이나 되는 공장 노동자들을 반쯤 죽여 놓은 일이 있던 것이 되기 때문이다. 이와 거의 비슷한 내용의 이야기가 때로는 바덴이나 헤센, 혹은 스위스에서 일어나기도 했다. 망치 대신에 줄이나 불에 달군 쇠붙이가 쓰이기도 했고, 반쯤 죽도록 얻어맞는 대상이 제과점이나 양복점에서 일하는 점원으로 재창조되기도 했다.

언제나 똑같은 진부한 이야기였다. 그런데도 대장장이들은 들을 때마다 즐거워했다. 이런 이야기들은 오랜 전통을 자랑하는 그들의 동업조합의 명예를 길이 빛내기 때문이었다. 그렇다고 해서 편력길에 오른 직공 가운데 그 같은 일을 실제로 경험한다거나 혹은 이야기를 꾸며 내는 데 있어 가히 천재라고 불릴 만한 인물이 아예 없어졌다는 것은 아니다.

누구보다도 그 이야기에 끌려들어가 흥겨워한 사람은 아우구스트였다. 그는 끊임없이 웃어 대며 고개를 끄덕여 맞장구를 쳤다. 그리고 벌써 숙련공이 다 되기라도 한 것처럼 시건방진 건달패의 얼굴을 하고 담배연기를 허공에 내뿜는 것이었다. 이야기꾼은 자기가 맡은 역할을 계속해 나갔다. 그로서는 자기가 어엿한 숙련공 체면에 견습공들과 어울려 일요일에 돌아다닌다는 것 자체가 그다지 자랑할 만한 일이 아니었고, 게다가 풋내기의 푼돈으로 한잔 얻어먹는다는 것도 부끄러운 노릇이었다. 그래서 딴에는 내가 오늘 너희들과 함께 어울리는 것만도 호의를 베푸는 것임을 과시할 필요가 있었던 것이다.

　국도를 따라 강 아래로 꽤 먼 거리를 걸었다. 이제 경사가 완만한 오르막길로 되어 있는 국도냐, 아니면 거리는 반밖에 되지 않으나 가파른 오솔길이냐 둘 중 하나를 택해야 했다. 그들은 먼지가 많이 나고 좀 멀기는 하지만 국도로 가기로 결정했다.

　가파른 오솔길은 시골 농부들이나 도시에서 온 자연 애호가들에게나 어울리는 길이었다. 그 길을 걷는 것은 일종의 노동이거나 운동일 뿐, 일반 서민들에게 있어서는 오락이 되지 못한다. 반면에 국도에서는 한가롭게 편히 걸으면서 이야기도 주고받을 수 있고, 구두나 나들이옷을 더럽히지 않아도 된다. 지나가는 마차며 말도 볼 수 있고, 산책하는 사람들을 만나거나 뒤따를 수도 있으며, 때로는 멋지게 차려입은 아가씨와 노래 부르고 있는 젊은이들도 만날 수 있다. 누가 뒤에서 농담을 걸어 오면 웃으면서 받아넘기기도 하고, 멈춰 서서 떠들 수도 있다. 혼자 걷는 아가씨가 있으면 꽁무니를 쫓아갈 수도 있다. 그리고 친한 친구와의 개인적인 불화를 주먹다짐으로 폭발시키고 나서 화해할 수도 있었다.

　그래서 모두들 국도를 걸었다. 좀 멀기는 하지만 완만하게 언덕 위로 뻗어 있는 오르막길을 한가롭게 걸어갔다. 아까의 그 숙련공은 겉저고리를 벗어서 지팡이에 걸더니 어깨에 걸쳤다. 그러고는 이야기 대신 매우 경쾌하게 휘파람을 불기 시작했다. 그 휘파람은 한 시간 후 뷔라하에 도착할 때까지 계속되다. 한스에게도 몇 마디 빈정거리는 말을 건넸으나 그다지 심한 것은 아니었다. 그의 농담을 열심히 받아넘긴 사람은 한스가 아니라 아우구스트였다. 그러는 사이에 어느덧 뷔라하에 다다랐다.

뷔라하는 우뚝 솟은 검은 산림을 배경으로 가을색깔을 드리운 과일 나무들에 둘러싸여 여기저기 붉은 기와지붕과 은빛 나는 회색 초가지붕이 산재해 있었다.

젊은이들은 어느 주점으로 들어갈지에 대해 의견이 분분했다. '닻'에는 가장 좋은 맥주가 있었고, '백조'에는 제일 맛있는 케이크가 있었으며, '모퉁이'에는 예쁜 주인 딸이 있었다.

그들은 결국 아우구스트에게 설득당해 '닻'으로 가기로 했다. 아우구스트는 서너 잔 마시는 사이에 '모퉁이'가 어디로 사라져 버리는 것도 아니니까 그곳은 나중에도 얼마든지 갈 수 있다고 눈짓으로 말했다. 모두들 흡족한 마음으로 마을로 들어섰다.

그들은 마구간 옆이며 제라늄 화분을 가득 올려놓은 낮은 농가의 창턱 옆을 지나서 '닻'으로 돌진해 갔다. 황금빛 간판은 싱싱하게 자란 두 그루의 어린 밤나무 너머로 햇살을 받아 반짝거리며 손님을 부르고 있었다. 그 숙련공은 어떻게든 주점 안에 들어가 앉으려고 했지만 이미 손님들이 만원이어서 뜰에다 자리를 잡은 것이 유감이었다.

손님들 사이에서 '닻'은 품격이 있는 고상한 주점이었다. 농부들이나 드나드는 오래된 주점이 아니라, 네모난 벽돌로 지어진 현대식 주점으로 창문도 많이 달려 있었다. 의자도 여럿이 함께 앉는 긴 의자가 아니라 한 사람씩 앉을 수 있는 의자였고, 함석으로 만든 화려한 색칠을 한 광고도 많이 걸려 있었다. 뿐만 아니라 도시풍으로 차려입은 여종업원이 시중을 들고 있었고, 주인도 때에 따라서는 팔소매를 걷어붙인다든지 하는 일 없이 언제나 멋진 갈색 양복을 단정하게 입고 있었다. 원래 이 주인은 거의 파산 상태였는데, 큰 맥주공장을 경영하는 채권자 대표에게 이 집을 빌려 쓰면서부터 한층 형편이 나아지게 되었다. 뜰은 아카시아나무와 커다란 철망 울타리가 둘러져 있었고, 그 울타리는 들포도나무로 반쯤 뒤덮여 있었다.

"자, 건강을 위하여!"

숙련공이 소리치며 다른 세 사람과 컵을 부딪쳤다. 그러고는 자기의 실력을 과시하기 위하여 단숨에 잔을 비워 버렸다.

"어이, 멋쟁이 아가씨! 여기 잔이 비었어. 빨리 한 잔 더 가져와!"

그는 여종업원을 큰 소리로 부르며 테이블 너머로 술잔을 내밀었다.

맥주 맛은 일품이었다. 시원했으며, 그다지 쓰지 않았다. 한스는 명랑한 기분으로 자기 술잔을 조금씩 비웠다. 아우구스트는 마치 주객酒客 같은 표정으로 술을 마시면서 혀를 차고, 이따금 뚫리지 않은 연통처럼 담배를 피워 댔다. 한스는 그러는 아우구스트가 그저 놀라울 뿐이었다.

한스는 자신이 이렇듯 인생을 알고 유쾌하게 즐길 줄 아는 사람들과 더불어 당연히 그럴 만한 자격이 있는 사람처럼 유쾌한 일요일을 보내는 것이 나쁘지 않았다. 떠들썩하니 함께 웃고 때로는 용기를 내어 농담을 던져 보는 것도 신나는 일이었다. 맥주를 쭉 들이켠 뒤 빈 잔을 힘주어 테이블에 탁 내려놓으면서,

"아가씨, 여기 한 잔 더!"

하고 소리치는 것도 신이 났다. 다른 테이블에 앉아 있는 낯익은 사람에게 건배를 청하거나 꺼진 여송연 꽁초를 왼손가락에 끼운 채 다른 사람들처럼 모자를 목덜미 뒤로 젖히는 것도 기분 좋았다.

다른 작업장에서 함께 온 숙련공도 흥에 겨워 이야기를 늘어놓기 시작했다. 그가 알고 있는 울름의 어느 대장장이 이야기였다. 그는 고급 울름 맥주를 스무 잔이나 마시더니 입을 쓱 문지르면서,

"자, 이젠 고급 포도주로 한 병 더!"

하더라는 것이었다.

또 예전에 알고 있던 칸슈타트의 어느 화부火夫는 한자리에서 소시지 열두 개를 먹어치웠기 때문에 첫 번째 내기에서 이겼다. 그러나 두 번째 내기에서는 지고 말았다. 그는 무모하게도 어느 자그마한 주점의 메뉴에 올라 있는 음식을 빠짐없이 전부 먹겠다고 했던 것이다. 아닌 게 아니라 전부를 먹어치웠는데, 예기치 않게 메뉴의 맨 마지막에 작은 글씨로 네 가지의 치즈가 적혀 있었다. 그는 세 번째 치즈를 먹다가 그만 접시를 밀어내며 울부짖었다.

"하나 더 먹을 바엔 차라리 죽는 게 낫겠어!"

이러한 이야기도 많은 갈채를 받았다. 이 세상에는 어느 곳에나 지독한 술꾼과 식충이가 있다. 그리고 누구나 나름대로 그런 영웅에 대한 이야깃거리를 가지고 있었다. 한 사람이 이야기한 호걸은 '슈투트가르트의 어느 사나이'였고, 또 한 사람은 '루드비히스부르크의 용기병'에 대한 이야기를 했다. 앞사람이 먹어치운 것은 감자 17개였고, 다른 사람은 샐러드가 딸린 계란과자 11개를 먹어치웠다는 것이다. 모두들 그러한 사건을 매우 진지한 자세로 꽤나 현실감 있게 이야기하였으므로 여러 가지 훌륭한 재능을 가진 유별난 사람들이 숱하게 많다는 사실과 개중에는 엉뚱하고 괴벽스러운 사람도 있다는 것을 알고 기분이 매우 좋았다.

이 이야기들이 주는 즐거움과 박진감 넘치는 현실성은 주점을 드나드는 평범한 단골손님들의 존경할 만한 유산이었다. 술을 마시거나 시국을 이야기하거나, 담배를 피우거나 결혼을 하거나 인생을 마감하는 일들과 마찬가지로 이것 역시 젊은이들에 의해서 모방되어 오늘에까지 이르는 것이었다.

한스가 석 잔째 맥주를 마시고 있을 때 일행 가운데 누군가가 여종업원을 불러 케이크는 없느냐고 물었다.

"네, 케이크는 없는데요."

여종업원의 대답에 모두들 무섭게 성을 냈다.

아우구스트가 일어서서 케이크가 없다면 다른 주점으로 가자고 말했다. 다른 작업장에서 온 숙련공도 형편없는 주점이라고 투덜거렸다. 프랑크푸르트에서 온 숙련공만이 그대로 있자고 주장했다. 그는 이미 여러 차례나 여종업원의 몸을 애무할 정도로 그녀와 가까워졌기 때문에 이 자리를 뜨고 싶지 않았던 것이다. 맥주를 마셔서 그런지 그 광경을 바라보던 한스는 이상하리만치 흥분되어 있었다. 모두들 이 집을 나가게 되어 그는 기뻤다.

술값을 지불하고 모두들 밖으로 나왔다. 한스는 석 잔의 맥주로 약간 취기가 오르는 것을 느꼈다. 그 절반은 지친 것 같은 기분이었고 절반은 무엇인가 해 보고 싶은 유쾌한 기분이었다. 무엇인가 얇은 베일 같은 것이 눈앞에 드리워져 있는 것 같아 마치 꿈속에서처럼 모든 것이 멀고 거의 현실이 아닌 것처럼 보였다. 그는 끊임없이 터져나오는 웃음을 참을 수가 없었다. 술에 취한 김에 대담하게 모자를 비딱하게 쓰자 진짜 껄렁패가 된 듯한 기분이었다. 프랑크푸르트에서 온 사나이는 다시금 용감무쌍하게 휘파람을 불었다. 한스는 그것에 박자를 맞추어 걸으려고 하였다.

'모퉁이' 주점은 두세 명의 농부가 새로 짠 포도주를 마시고 있을 뿐 아주 조용했다. 생맥주는 없고 병맥주뿐이어서, 이내 각자 앞에 병맥주가 한 병씩 놓여졌다. 다른 작업장에서 온 숙련공은 자신의 배짱을 과시해 보이기라도 하듯 각자 앞에 커다란 사과 케이크를 주문하였다. 한스는 갑자기 배가 무척 고팠기 때문에 그것을 계속해서 몇 조각이나 먹었다. 빛바랜 갈색의 홀 안에서 벽에 붙은 딱딱하고 널찍한 의자에 앉아 있자니 어스레한 불빛 아래 아늑하고 편안한 느낌이 들었다. 고풍스러운 선술대와 커다란 난로는 어둠 속으로 사라져 버리고, 나뭇살을 댄 커다란 새장 속에서 두 마리의 곤줄박이가 파닥파닥 날고 있었다. 새장 살 사이에는 곤줄박이의 모이인 빨간 열매가 가득 붙어 있는 마가목 가지가 꽂혀 있었다.

술집 주인이 잠깐 테이블 옆으로 와서 손님들에게 반가운 인사를 건넸다. 그러고 나서 잠시 후 젊은 무리는 다시 이야기를 시작했다. 독한 병맥주를 두 모금 마신 한스는 자기가 과연 이 한 병을 다 마실 수 있을지 궁금했다.

프랑크푸르트 사나이는 라인 지방의 포도 축제며 객지에서 품팔이로 떠돌던 방랑생활, 값싼 여인숙에서 묵을 때 있었던 일들에 대해 또다시 허풍을 떨기 시작했다. 모두들 즐겁게 듣고 있었으며, 한스도 일행과 마찬가지로 배를 잡고 웃어 댔다.

한스는 문득 이상하다는 느낌이 들었다. 홀 안이며 테이블, 술병과 술잔, 친구들이 부드러운 갈색 구름 속으로 자꾸만 녹아드는 것이었다. 정신을 바짝 차리고 긴장할 때에만 그것들이 확실한 형태로 보였다. 이따금 이야기 소리나 웃음소리가 드높아지면 그도 함께 큰 소리로 웃거나 무엇인가를 말하였다. 하지만 무슨 말을 했는지 곧 잊어버리고 말았다. 또 건배를 할 때는 그도 술잔을 같이 부딪치기도 했다. 한 시간쯤 후 자기 병이 비어 있는 것을 보고 한스는 놀랐다.

"꽤 마시는데?"

아우구스트가 말했다.

"한 병 더 할래?"

한스는 웃으면서 고개를 끄덕였다. 평소 과음하는 것은 아주 위험한 짓이라고 생각해 오던 그였다.

그때 프랑크푸르트 사나이가 노래를 부르기 시작하자 모두가 박자를 맞춰 따라 불렀다. 한스도 목청을 높여 같이 불렀다.

그러는 동안에 홀 안이 손님들로 가득 찼다. 여종업원을 거들기 위해 주인의 딸도 나왔다. 그녀는 아름다운 몸매에 키가 컸으며, 건강하고 원기 있는 얼굴에 침착한 갈색 눈을 가지고 있었다.

그녀가 한스 앞에 새 술병을 갖다 놓았을 때, 한스 옆에 앉아 있던 숙련공이 아주 능숙한 말솜씨로 그녀에게 수작을 걸었다. 그러나 그녀는 귀도 기울이지 않았다. 숙련공에게 관심이 없다는 것을 보이기 위해서였는지, 아니면 곱상하게 생긴 소년의 자그마한 얼굴이 마음에 들어서였는지 그녀는 한스 쪽을 보며 재빨리 자기 머리를 매만지고는 선술대로 돌아가 버렸다. 벌써 세 병째 술을 마시고 있던 숙련공은 그녀를 뒤쫓아갔다. 어떻게든 그녀와 이야기를 해 보려고 무척 애를 썼으나 소용없었다. 키 큰 소녀는 냉담하게 그를 쳐다보더니 아무 말도 하지 않은 채 등을 돌려 버렸다.

숙련공은 하는 수 없이 테이블로 돌아와서는 술병을 두드리며 갑자기 소리를 질렀다.

"얘들아, 신나게 놀자! 자, 건배!"

그리고 이번에는 여자에 관한 음탕한 이야기를 늘어놓기 시작했다. 하지만 한스에게 들리는 것은 주위의 말소리와 뒤섞인 흐리터분한 소리뿐이었다. 두 번째 병이 거의 비워질 즈음에는 말하기가 힘들 정도로 혀가 꼬부라지고 웃는 것조차 힘들어지기 시작했다. 그는 새장으로 가서 곤줄박이를 놀려 줘야겠다고 마음먹었다. 하지만 두 발짝을 채 내딛기도 전에 머리가 어지러워 하마터면 새장 쪽으로 쓰러질 뻔했다. 그는 조심스럽게 제자리로 돌아와 앉았다.

그때부터 한없이 들떠 있던 흥겨운 기분도 차츰 가라앉기 시작했다. 한스는 자신이 거나하게 취하고 말았다는 것을 깨달았다. 술을 마셔 대는 것도 더 이상 즐겁지가 않았다. 즐겁기는커녕 불행한 일들이 그를 기다리고 있을 거라고 생각하니 우울해지기까지 했다. 집으로 돌아가는 길, 아버지의 심한 꾸지람, 내일 아침 일찍 일어나 출근하지 않으면 안 되는 일 등을 생각하자 차츰 머리가 아파 오기 시작했다.

다른 사람들은 충분히 만족하고 있었다. 약간 술이 깨자 아우구스트는 계산을 하겠다고 나섰다. 1탈러Taler(독일의 옛 화폐 단위. 1탈러는 1마르크의 세 배에 해당함)를 지불했는데도 거스름돈은 얼마 되지 않았다.

젊은 무리는 왁자지껄하게 웃으면서 거리로 나왔다. 저녁노을이 눈부시게 아름다웠다. 한스는 몸을 가누기도 힘들어 아우구스트에게 기댄 채 비트적거리며 끌려갔다.

다른 작업장에서 온 숙련공은 아주 감상적이 되어서 '내일은 이곳을 떠나야 해'라는 노래를 부르기 시작했다. 그의 두 눈에는 눈물이 홍건히 고여 있었다.

애당초 모두들 집으로 돌아갈 생각이었다. 그러나 '백조' 앞에 이르자 그 숙련공이 여기에도 들어가자고 고집을 부렸다. 입구에서 한스는 일행의 손을 뿌리쳤다.

"나는 돌아가야 해."

"혼자 걷지도 못하는 주제에."

그 숙련공이 웃었다.

"아냐, 걸을 수 있어. 난 걸을 수 있어. 나는 꼭 집에 돌아간다."

"그럼 브랜디라도 한 잔 더하고 가, 꼬마야. 그래야 다리에 힘도 생기고 위도 가라앉으니까. 아주 직통이야."

한스는 자기 손에 작은 술잔이 쥐어진 것을 느꼈다. 잔에 담겨 있던 술은 거의 다 엎질러지고 얼마 남아 있지 않았다. 그가 비틀거리며 엎지른 것이다. 그는 남아 있는 술을 입속에 털어 넣었다. 그러자 목구멍에서 불이 나며 갑자기 속이 메스꺼워지고 구역질이 났다. 몸도 마구 떨렸다. 그는 혼자 문간의 층계를 비틀거리면서 내려와 정신없이 마을 밖으로 나왔다. 집이며 울타리며 정원들이 모두 옆으로 기울어져서 그의 곁을 빙빙 돌며 스쳐 지나갔다.

한스는 사과나무 밑 이슬에 젖은 풀밭에 벌렁 누웠다. 온갖 불쾌한 감정과 고통스러운 불안감, 갈피를 잡을 수 없는 혼돈스러운 생각 때문에 도저히 잠을 이룰 수 없었다. 자신이 마구 더럽혀지고 모욕을 당한 것 같은 기분이었다.

'집엔 어떻게 돌아가지? 아버지에겐 뭐라고 해야 하나? 내일 나는 어떻게 될까?'

이제 그는 영원히 쉬고, 자고, 또 부끄러워해야 할 것만 같아 완전히 의기소침해져 비참한 기분이 들었다. 머리와 눈도 아팠다. 도저히 더 이상 걷지 못할 것 같았다.

문득 조금 전의 환락의 끝이 다시금 갑작스럽게 파도처럼 밀려왔다. 한스는 얼굴을 찡그리고 흥얼거리기 시작했다.

오, 나의 사랑하는 아우구스틴
아우구스틴, 아우구스틴이여
오, 나의 사랑하는 아우구스틴
모든 게 이제 끝나 버렸네

노래가 채 끝나기도 전에 가슴이 저리도록 아파 왔다. 어렴풋한 상념과 추억들, 부끄러움과 자책감이 음울하게 물결치며 몰려들었다. 한스는 큰 소리로 흐느끼면서 풀밭에 엎드렸다.

한 시간 뒤에는 이미 날이 어두워져 있었다. 한스는 정신을 차려 일어서서 비틀거리는 걸음으로 힘겹게 고개를 내려왔다.

아들이 저녁식사 때가 되었는데도 돌아오지 않자 기벤라트는 혼자서 욕설을 퍼부었다. 9시가 되어도 돌아오지 않자 그는 오랫동안 사용하지 않던 단단한 등나무 회초리를 꺼내 놓았다.

'이제 아버지의 매를 맞지 않을 만큼 컸다고 생각하는 모양이지? 돌아오기만 해 봐라, 이놈. 혼쭐을 내줄 테니까!'

10시가 되자 아버지는 현관문을 잠가 버렸다.

'한밤중에 쏘다닐 양이라면, 네놈이 어디서 밤을 새워야 되는지도 알아 두는 게 좋을 거다.'

하지만 아버지는 잠을 이룰 수가 없었다. 분을 못 이기겠으면서도 한스의 손이 현관문 손잡이를 돌려 보고 두려운 나머지 머뭇거리며 초인종 줄을 잡아당기기를 이제나저제나 기다리고 있었다. 아버지는 그 장면을 상상해 보았다.

'쓸데없이 싸돌아다니는 놈은 따끔한 맛을 한번 봐야 돼. 이놈은 분명 술에 절어서 돌아올 거야. 흥, 당장에 그 술을 깨게 해 주지. 에이 나쁜 놈, 에잇 못난 놈! 이놈의 자식, 돌아오기만 해 봐라, 뼈마디가 으스러지도록 두들겨 줄 테다!'

하지만 아버지도, 아버지의 분노도 잠에 굴복하고 말았다.

그 무렵, 아버지가 잔뜩 벼르고 있는 사실을 아는지 모르는지 한스는 이미 싸늘한 시체가 되어 검푸른 강물을 따라 골짜기 아래로 천천히 떠내려가고 있었다.

그에게는 이제 구역질도 부끄러움도, 괴로움도 모두 사라지고 없었다. 가을밤의 창백한 달만이 어둠 속에 떠내려가고 있는 그의 마른 몸을 내려다보고 있었다. 시꺼먼 강물은 그의 손과 머리카락, 검푸른 입술을 희롱하고 있었다. 날이 새기 전에 먹이를 구하러 나온 겁 많은 수달이 교활한 눈초리를 번득이며 그의 곁을 소리 없이 스쳐 지나갔을 뿐 어느 누구도 한스를 보는 사람은 없었다.

그가 어쩌다 물에 빠지게 되었는지는 모른다. 길을 잃고 헤매다 가파른 곳에서 발을 헛디딘 것인지, 혹은 물을 마시려다 몸의 균형을 잃은 것인지, 아니면 아름다운 강물에 이끌려 그 위로 몸을 구부렸는지 알 수 없는 일이었다. 그리하여 평화와 깊은 안식이 가득한 밤, 창백한 달빛 아래서 피로와 불안 때문에 슬슬 죽음의 그림자 속으로 끌려들어 갔을지도 모른다.

한스는 다음날 한낮이 되어서야 발견되어 집으로 운반되었다. 소스라치게 놀란 아버지는 회초리를 옆으로 치워 놓고 이제까지 쌓이고 쌓인 분노를 풀지 않으면 안 되었다. 그러나 그는 눈물도 보이지 않았고 얼굴도 무표정했다. 하지만 그날 밤에는 잠도 자지 않고 이따금 문틈 사이로 아무 말도 없이 누워 있는 아들을 바라보곤 했다.

깨끗한 침대에 반듯하게 누워 있는 아들은 여느 사람과는 다른 운명이 마치 천부적 권리이기라도 한 듯 여전히 고운 이마와 창백하고 영리해 보이는 얼굴을 하고 있었다. 아들의 이마와 양손의 피부는 약간 보라색으로 벗겨져 있었고, 그 고운 얼굴은 고이 잠들어 있는 것 같았다. 두 눈은 하얀 눈꺼풀로 덮여 있었고 꼭 다물고 있지 않은 입은 미소를 머금고 있는 듯해 거의 즐거워 보이기까지 했다. 이 아이는 한창 꽃다운 나이에 갑자기 꺾여 즐거운 인생행로에서 억지로 잡아당겨 떨어진 것이다. 아버지는 입가에 피로와 외로운 슬픔에 지친 미소를 지었다.

장례식에는 대장장이 조합원들이며 호기심에 찬 구경꾼들이 구름처럼 몰려들었다. 한스 기벤라트는 또다시 유명인사가 되어 모든 사람들의 관심거리가 된 것이다. 선생들과 교장선생, 마을 목사도 또다시 한스의 운명에 관심을 가졌다. 그들은 모두 프록코트를 입고 엄숙한 실크 모자를 쓰고 장례 행렬을 따라나섰다. 그리고 서로 속삭이듯 이야기를 주고받으며 잠시 무덤가에 서 있었다. 그들 가운데 라틴어 선생이 특히 더 우울해 보였다.

교장선생이 그에게 낮은 목소리로 말했다.

"선생님, 저 아이는 훌륭하게 될 수 있었는데 말예요. 뛰어난 아이들이 도리어 불운을 맞는 걸 보면 정말 가슴이 아프지 않습니까?"

한스의 아버지와 줄곧 흐느껴 울고 있는 안나 할멈과 함께 플라이크 아저씨가 무덤 가에 남아 있었다.

"참으로 가혹하군요, 기벤라트 씨."

플라이크 아저씨는 진심으로 한스의 아버지를 동정하며 말했다.

"저도 이 아이를 무척이나 사랑했답니다."

"도무지 이해할 수가 없소."

기벤라트는 한숨을 길게 내쉬었다.

"저 아이는 천성이 착하고 재능이 뛰어났어요. 그리고 매사가 잘 풀렸었지. 학교며 시험이며…… 그런데 갑자기 한꺼번에 불행이 닥쳐온 거요!"

구둣방 주인은 묘지 문을 나서는 프록코트를 입은 신사들을 손가락으로 가리켰다.

"저기 가는 놈들도 한스를 이 지경이 되도록 도와주었지요."

그는 나지막한 소리로 이렇게 말했다.

"뭐라고?"

기벤라트는 깜짝 놀라 펄쩍 뛰며 구둣방 주인을 의아한 표정으로 똑바로 쳐다보았다.

"원 세상에! 대체 뭔 말이오?"

"진정하십시오, 기벤라트 씨. 나는 단지 학교 선생들을 말한 것뿐입니다."

"어째서? 도대체 왜 그렇단 말이오?"

"아니, 더 이상은 말하고 싶지 않습니다. 당신이나 나, 우리 모두가 아마 저 아이에게 소홀했던 점이 적지 않을 겁니다. 그런 생각은 안 드십니까?"

마을 위로 파란 하늘이 한가로이 펼쳐져 있고, 골짜기에는 강물이 반짝이며 흐르고 있었다. 전나무들은 그리움을 전하는 듯 저 멀리까지 짙푸른 색으로 줄지어 늘어서 있었다.

플라이크 아저씨는 슬픔에 잠긴 미소를 지으며 기벤라트 씨의 팔을 잡았다. 기벤라트 씨는 이 한때의 정적과 갖가지 괴로운 추억에서 벗어나 여느 때와 다름없는 삶의 터전을 향해 당혹스러운 심정으로 머뭇거리며 발걸음을 떼어 놓았다.

○ 작가 소개

헤르만 헤세Hermann Hesse는 남부 독일 뷔르템베르크의 칼프에서 출생하였다. 아버지 요하네스 헤세는 러시아령 에스틀란트 태생으로, 젊어서 전도에 뜻을 두고 스위스에서 공부한 다음 선교사로 인도에서 전도에 종사했다. 어머니의 집안도 유서 있는 신학자 가문이었다. 외할아버지 헤르만 군데르트는 유수有數한 신학자로 인도에서 다년간 포교에 종사하였고, 그 인품과 인도에 대한 지식, 그리고 수천 권의 장서藏書는 헤세에게 지대한 영향을 주었다. 어머니 마리는 인도에서 태어나 독일에서 교육을 받은 후 다시 인도로 돌아가 영국인 선교사와 결혼하였으나 사별한 후 칼프에서 요하네스와 재혼하여 헤세를 낳았다.

헤세는 4세부터 9세까지 한때 스위스의 바젤에서 지낸 것 외에는 대부분 칼프에서 지냈다. 후년에 이 거리를 '겔바스아우'란 이름으로 묘사하였고, 〈고향〉이라는 소품에서도 브레멘과 나폴리 사이, 빈과 싱가포르 사이의 숱한 아름다운 마을들을 가 보았으나 자기가 아는 마을 가운데 가장 아름다운 곳은 슈바벤의 작고 오래된 마을 칼프라고 서술하고 있다.

그는 1890년에 라틴어 학교에 입학하고, 그 이듬해에 어려운 주 시험을 치르고 마울브론의 신학교에 들어갔다. 외할아버지나 아버지와 마찬가지로 그가 선교 목사의 길을 걷게 되는 것은 처음부터 정해진 운명이나 다름없었다. 따라서 마울브론 신학교를 졸업한 뒤 튀빙겐 대학에서 신학을 전공한다는 것은 자명한 일이었다. 그 길은 모두 관비로 공부할 수 있고, 학업을 마치면 목사라는 존경받는 지위가 한평생 약속되는 것이었다.

그러나 헤세는 목사가 되기에는 너무나 다른 두 개의 영혼을 가지고 있었다. 타고난 자연인이었던 그는 자신의 개성에 눈뜨면서 미래의 시인을 꿈꾸게 되었다. 그리하여 신학교의 속박당하는 기숙사 생활을 견뎌내지 못하고 그곳을 탈주, 신학교에서 퇴교 조치를 당하고 만다. 결국 목사로서의 보장된 미래가 사라지고 만 것이다. 그 당시의 우울하고 힘들었던 생활상은 《수레바퀴 밑에서》에 거의 사실에 가깝게 그려져 있다.

헤세는 정신과 의사의 치료를 받으면서도 자살미수 소동을 벌이는 등 가족을 불안에 떨게 하였고, 노이로제가 회복된 후 다시 김나지움에 들어가서도 1년도 못 되어 퇴학당하고 만다. 성적은 뛰어났으나 산다는 것에 회의를 느껴 교과서를 팔아 권총을 사들이는 등 불안한 정서를 보였던 것이다. 그것으로 그의 학교생활은 완전히 끝이 났다. 그의 나이 16세 때였다.

그 후 책을 좋아하는 헤세는 서점의 견습 점원이 되었지만, 그곳에서도 사흘 만에 도망쳐 부모를 크게 걱정시키기도 했다. 그는 한동안 아버지의 일을 돕다가 병든 어머니를 안심시키기 위해서 칼프의 시계공장에서 3년간 시계 톱니바퀴를 갈면서 문학수업을 시작했다. 그리고 1895년 가을 다시 서점의 견습 점원이 되는 한편, 틈틈히 낭만주의 문학에 심취하여 처녀시집《낭만적인 노래》(1899)와 산문집《한밤중의 한 시간》(1899)을 출판하여 라이너 마리아 릴케에게 '예술의 본질적 요소인 경건성에서 출발한 산문'이라는 호평을 받았다. 그러나 일 년 동안에 겨우 53부만 팔렸을 뿐이었다.

헤세의 이름을 유명하게 하고 그에게 확고한 문학적 지위를 얻게 해 준 것은 최초의 장편소설《페터카멘친트Peter Camemzind》(1904)였다. 그는 이 해에 9세 연상의 피아니스트 마리아 베르누이와 결혼하였고, 이어 스위스의 보덴 호반의 마을 가이엔호펜으로 이주한 후 시작詩作에 전념하였다. 그곳에서 두 개의 장편소설《수레바퀴 밑에서Unterm Rad》(1906)와《봄의 폭풍Gertrud》(1910) 외에〈청춘은 아름다워〉등 주옥같은 단편과 시, 에세이가 나왔다. 이 시기에 그는 빌헬름 2세의 독재정치를 비판 풍자하는 잡지『3월』의 공동편집자가 되기도 하고, 쉴 새 없이 평론과 서평을 쓰는 등 그의 생애 중 가장 왕성한 작품 활동을 했다.

1911년에는 화가 한스 쉬틀제네거와 함께 오랫동안 꿈꾸어 오던 인도 여행을 하였다. 이 여행으로 헤세의 동양에 대한 관심은 더욱 깊어졌다.

1914년 7월, 제1차 세계대전이 발발했다. 전 세계는 전쟁에 광분하여 학자나 시인들도 애국을 부르짖으며 적국에 대한 증오심을 부채질했으나, 인도 여행으로 세계는 한 동포라는 이념을 더욱 굳혔던 헤세는 거기에 동조할 수 없었다. 그는 신문에 전쟁을 반대하는 글을 발표하였는데, 극단적 애국주의에 동조하지 않는다는 이유로 독일 국민과 저널리즘으로부터 모두 배척을 당하고 말았다. 그는 전쟁의 희생자가 된 독일 포로와 억류자를 위문하는 일을 자발적으로 맡아 헌신적으로 봉사했다. 1915년에 노벨문학상을 받은 고명한 작가였던 로망 롤랑도 평화론을 외치며 제네바 적십자사의 부상자를 위해 봉투 쓰기 등의 일을 돕고 있었다. 서로 약속한 바는 없지만 같은 생각을 하고 같은 일을 하던 로망 롤랑은 헤세에게 편지를 띄우고 베른 교외로 그를 방문했다. 이 우정은 후에 아름다운 왕복 서간집으로 결실을 맺었다.

그리고 아버지의 죽음, 아내의 정신병, 그 자신의 노이로제 등으로 위기가 닥쳐왔다. 이때 심리학자 칼 구스타프 융의 제자인 랑 박사의 정신요법 치료를 받았으며, 그것이 계기가 되어 그는 정신분석에 흥미를 가지고 그에 대한 연구를 시작했다. 《메르헨》, 《데미안》, 《내면에의 길》 등에 꿈이나 잠재의식의 추구가 자아를 규명하는 아주 효과적인 수단으로 이용되고 있는 것은 그 때문이다.

제1차 세계대전이 끝나자 헤세는 과거의 모든 것을 청산하고 본래의 자기 자신이 되기 위해 지독한 자기 탐구에 빠져들어 창작에만 열중했다. 그래서 다시금 출발하기 위해 《데미안》과 《자라투스트라의 재래》를 싱클레어라는 익명으로 발표했다. 패전 뒤의 허탈과 혼미에 빠져 있던 독인인들 사이에 《데미안》은 급속도로 반응을 불러 일으켜 일약 베를린 시의 신인문학상인 폰타네 상을 받게 되었다. 그러나 얼마 안 가 헤세가 원작자라는 것이 알려지면서 《데미안》은 다시 헤세의 이름으로 출판되고 폰타네 상은 반환되었다. 하지만 과거의 명성에 기대려는 타성적 집필을 청산하고자 했던 목적은 이룬 셈이었다.

헤세는 다시 몬타뇨라로 옮겨 가서 보헤미안적인 자유생활을 시작했다. 그곳에서 담담한 수채화와 스케치를 즐기는 한편 강렬한 색채의 표현파적

소설을 썼다. 전쟁 중에 억눌렸던 창작 의욕이 둑 터진 분류처럼 쏟아진 것이다. 이때 《싯다르타》가 창작되었는데, 헤세는 득도한 싯다르타가 아니라 싯다르타가 불교적인 절대경지에 도달하기까지의 과정을 간결하고 함축성 있는 문체로 완성하여 헤세 문학의 정수를 이루었다.

1923년에 별거 중이던 부인 마리아 베르누이와 정식으로 이혼하고 루트 뱅거와 재혼하였다. 그러나 3년 만에 뱅거의 요청으로 합의이혼을 한다. 그리고 1926년부터 비서였던 니논 도르빈 여사와 1931년에 다시 결혼, 헤세는 이때부터 비로소 안정을 찾게 되었다. 신학자로서 지성의 세계에 사는 나르치스와 여성을 향한 애욕에 사로잡힌 골트문트와의 우정의 역사를 다룬 《지와 사랑Narziss und Goldmund》(1930)은 바로 그 전 해에 씌어진 작품으로, 헤세의 감성이 원숙한 경지에 이르러 있음을 보여 주고 있다.

그러나 나치스 정부의 출현과 함께 헤세는 독일에서 달갑지 않은 작가가 되었다. 헤세의 작품이 '바람직하지 않은 문학'으로 낙인찍혀 그의 책을 출판할 용지 배정이 중지되고, 그에 따라 책 출판이 어려워 생계의 위협까지 받게 되었다. 그와 같은 상황 속에서도 헤세는 미래의 대작과 단판 씨름을 벌였다. 1932년에 나온 《동방 순례》는 그 전주곡이라고 할 만한 것이며, 20세기의 문명 비판서라 할 수 있는 미래 소설 《유리알 유희Das Glasperlenspiel》는 그 무렵부터 10여 년이 걸려 완성된 전쟁과 잡다한 문화로 점철된 20세기에 저항하여 고도의 정신문화가 지배하는 이상향을 그린 것이다. 이 작품은 종전 후 최초의 노벨문학상을 받았다.

그의 조국은 두 번의 대전을 겪는 동안 헤세를 질시하고 몰아냈었다. 전쟁이 끝나고서야 독일은 최고의 문학상인 괴테 상을 비롯해 권위 있는 라베

상, 출판문화계 최고의 영예인 평화상을 그에게 주었다. 그러나 헤세는 그 어느 것에도, 노벨문학상 시상식에까지도 참석하지 않았다. 이 무렵의 그는 호흡이 긴 작품을 쓰지 않고 회상적 에세이와 서정시를 가끔 손댈 뿐이었다. 그리고 앙드레 지드나 토마스 만, 호이스 대통령 등 저명한 친구들뿐만 아니라 이름 없는 노동자나 중학생 등 많은 독자들이 보내오는 편지에 '같이 슬퍼하는 자'로서 일일이 답장을 써 보내곤 했다.

1962년 8월 9일, 그는 뇌출혈로 쓰러져 85세의 생애를 마쳤다.

○ 헤르만 헤세 연보

1877	남부 독일 뷔르템베르크의 칼프에서 태어나다.
1890(13세)	괴팅겐의 라틴어 학교에 입학하다.
1891(14세)	마울브론 신학교에 입학하다.
1892(15세)	신학교에서 탈주하여 정신요법 치료를 하는 목사의 보호를 받게 되었으나 신경쇠약으로 자살미수 사건을 벌이다.
1893(16세)	칸슈타트의 김나지움에 입학하였으나 1년 만에 퇴학당하다.
1894(17세)	칼프에서 공장 견습공이 되어 탑시계의 톱니바퀴 가는 일을 하면서 문학수업을 시작하다.
1895(18세)	튀빙겐에서 서점의 견습 점원 노릇을 하면서 틈틈이 시와 산문을 쓰기 시작하다.
1899(22세)	처녀시집 《낭만적인 노래Romantische Lieder》와 산문집 《한밤중의 한 시간Eine Stunde hinter Mitternacht》을 출판하여 라이너 마리아 릴케에게 인정받다.
1901(24세)	《헤르만 라우세》 출판하다.
1902(26세)	서점 그만두다.
1904(27세)	《페터 카멘친트Peter Camenzind》 출간으로 문명을 날리게 되다(이 작품으로 다음해에 바우에른 펠트 상 수상). 9세 연상의 마리아 베르누이와 결혼하다.
1906(29세)	《수레바퀴 아래서Unterm Rad》 출판하다.
1907(30세)	중편소설 《이 강 언덕》을 출판, 아내 마리아 베르누이에게

	바치다.
1910(33세)	《봄의 폭풍Gertrud》 출판하다.
1911(34세)	시집 《도상途上》 출판하다.
1913(36세)	《인도에서》 출판하다.
1914(37세)	《호반의 아틀리에Rosshalde》 출판하다.
1915(38세)	소설 《크눌프Knulp》, 시집 《고독한 자의 음악》 출판하다.
1916(39세)	아버지의 죽음, 아내의 정신병원 입원, 자신의 지병 등으로 정신적 위기에 빠지다.
1917(40세)	정신과 의사 랑의 치료를 받으며 프로이트의 정신분석을 연구, 이에 자극받아 《데미안》을 쓰기 시작하다.
	《청춘은 아름다워라》 출판하다.
1919(42세)	싱클레어라는 익명으로 《데미안》을 출판하다(이듬해 9판째부터 본명으로 출간).
1922(45세)	《싯다르타Siddhartha》 출판하다.
1923(46세)	《싱클레어의 비망록》 출판하다.
	아내와 이혼하다.
	스위스 국적을 취득하다.
1924(47세)	루트 뱅거와 재혼하다.
1926(49세)	기행과 자연 풍물에 대한 감상을 모은 《그림책》 출판하다.
1927(50세)	《황야의 이리Der Steppenwolf》 출판하다.
	《병사의 시》를 쓰다.
	후고 바르의 《헤세전》이 나오고 헤세는 《후고 바르전》을 쓰다.

	루트 뱅거와 이혼하다.
1930(53세)	장편 《지와 사랑Narziss und Goldmund》을 출판하다.
1931(54세)	《내면에의 길》에 〈싯다르타〉 등 네 편을 수록하여 발간하다.
	니논 여사와 결혼하다.
1932(55세)	《동방 순례》 출판하다.
	괴테 백주기를 맞아 〈괴테에의 감사〉 발표하다.
1933(56세)	제2의 초기소설 결정판이라 할 수 있는 《조그만 세계》 출판하다.
	히틀러 정권 성립하다.
1934(57세)	《유리알 유희Das Glasperlenspiel》 서장과 《기우사祈雨師》 발표하다.
1935(58세)	《우화집》 출간하다.
1936(59세)	스위스 최고 문학상인 고트프리트 켈러 상을 수상하다.
1939(62세)	헤세의 작품이 '바람직하지 않은 문학'으로 낙인찍혀 용지 배정이 중지되다(나치스 정권에 협력하지 않은 데 대한 보복을 받은 것임).
1941(64세)	나치스 정권하에서 독일에서의 출판이 어렵게 되어 스위스 취리히의 Fertz Wasmuth 출판사에서 스위스판 저작집으로 출판하게 되다. 그리하여 절판되었던 작품이 다시 출판되었는데 그 첫 번째로 《한밤중의 한 시간》이 나오다.
1942(65세)	《시집》, 이제까지 쓴 시를 모두 수록하여 스위스 판으로 출판하다.

1943(66세)	1931년부터 1942년까지 쓴 《유리알 유희》를 2권으로 출판하다.
1946(69세)	《전쟁과 평화》 출판, 1914년 이래의 전쟁과 정치에 관한 평론을 모은것으로 1944년에 죽은 벗 로망 롤랑에게 바치다.
	괴테 상과 노벨문학상 수상하다.
	헤세의 작품집이 독일에서도 나오게 되다.
1947(70세)	베를린 대학에서 명예박사 학위 받다.
1948(71세)	《초기 산문집》 출판하다.
1950(73세)	빌헬름 라베 상 수상하다.
1951(74세)	《후기 산문집》, 《서한집》, 《두 개의 목가》 출판하다.
1952(75세)	75세 기념회를 독일, 스위스에서 여러 번 개최하다.
	주르캄프 사에서 《헤세 전집》 6권 출판하다.
1954(77세)	로망 롤랑 사망 10년을 맞아 《헤세와 롤랑이 주고받은 편지》 출판하다.
1955(78세)	독일 출판사협회의 평화상 받다.
	《후기 산문집》 속편 《과거를 일깨우라》 출판하다.
1956(79세)	서독의 칼스레 시에서 헤르만 헤세 상이 창설되다.
1957(80세)	헤세 80세 기념으로 주르캄프 사의 헤세 전집 6권에 《관찰》을 덧붙여 전 7권 출판하다.
1962(85세)	몬타뇨라에서 뇌출혈로 사망하여 르라노 호반 성 아폰티오 교회 묘지에 묻히다.

헤르만 헤세 작품선
데미안·수레바퀴 아래서

| 인 쇄 | 2013년 6월 10일 |
| 발 행 | 2013년 6월 20일 |

지 은 이 헤르만 헤세
옮 긴 이 이상희, 김경민
펴 낸 이 배태수
펴 낸 곳 신라출판사
디 자 인 DesignDidot 디자인디도
등 록 1975년 5월 23일 제6-0216호
전 화 (02) 922-4735
팩 스 (02) 922-4736
주 소 동대문구 용두동 751-14 광성빌딩 2층

ISBN   978-89-7244-121-2 03850

* 잘못된 책은 구입한 곳에서 바꾸어드립니다.